Sommaire

W0403227

biblio BAC 2022 lycée

Découvrez les œuvres au programme du Bac de français 2022, avec les titres de notre collection Bibliolycée

Toutes les clés pour réussir votre BAC 2022

- **Le texte de l'œuvre** clarifié grâce à de nombreuses notes explicatives.
- **La biographie** de l'auteur.
- **Le contexte historique, artistique et culturel** d'écriture de l'œuvre.
- **La genèse et la réception** de l'œuvre.
- **Le genre** de l'œuvre.
- **Des prolongements artistiques et culturels,** richement illustrés.
- **Un dossier SPÉCIAL BAC** proposant un groupement de textes et des sujets d'écrit sur le parcours littéraire associé à l'œuvre.

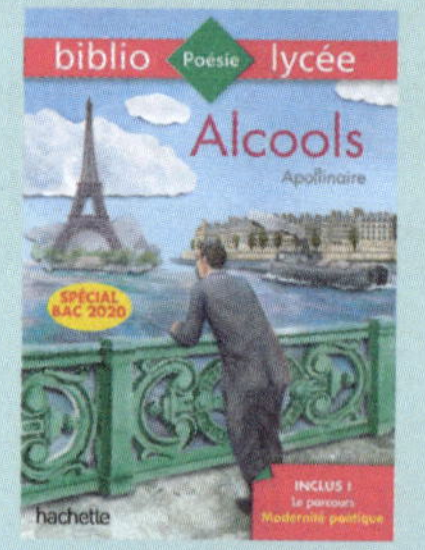

hachette ÉDUCATION

Français

BAC 2022

LES MÉTHODES

L'épreuve écrite

Le sujet offre le choix entre deux types de travaux d'écriture, liés aux objets d'étude du programme.

Épreuve écrite
Durée : 4 heures.
Coefficient : 5.

1 Le commentaire littéraire

- **Le commentaire** porte sur un texte littéraire, en lien avec un des **objets d'étude** du programme de la classe de première :
  – La poésie du XIXe siècle au XXIe siècle
  – Le roman et le récit du Moyen Âge au XXIe siècle
  – Le théâtre du XVIIe siècle au XXIe siècle
  à l'exclusion de l'objet d'étude « La littérature d'idées du XVIe au XVIIIe siècle ».
- **Le sujet est formulé** de manière à guider le candidat dans son travail. Le texte proposé pour le commentaire n'est pas extrait d'une des œuvres au programme.
- **Cette production écrite est notée sur 20.**

2 La contraction de texte et l'essai

- **La contraction de texte suivie d'un essai** prend appui sur un texte relevant d'une forme moderne et contemporaine de la littérature d'idées. D'une longueur de mille mots environ, il fait l'objet d'un **exercice de contraction au quart**, avec une marge autorisée de plus ou moins 10 %. Le candidat indique à la fin l'exercice le nombre de mots utilisés.
- **Le sujet de l'essai** porte sur le thème ou la question que le texte partage avec l'œuvre et le parcours étudiés durant l'année dans le cadre de l'objet d'étude « La littérature d'idées du XVIe au XVIIIe siècle ».
- **Pour développer son argumentation,** le candidat s'appuie sur sa **connaissance** de l'œuvre et des textes étudiés pendant l'année ; il peut en outre faire appel à ses **lectures** et à sa **culture personnelle**.
- **Cette production écrite est notée sur 20 :** la contraction de texte sur 10 et l'essai sur 10.

Conseils

Gardez du temps pour relire la copie. Vérifiez que les phrases sont claires et cohérentes, que les accords grammaticaux sont corrects. Cette épreuve teste également votre niveau d'expression écrite et il serait dommage de gâcher l'effet d'un travail d'analyse intéressant par une expression négligée ou défectueuse.

Le commentaire littéraire

1 Objectif de l'exercice

Un texte littéraire a pour particularité un travail de la forme qui modifie et enrichit le sens du propos. Réduire le texte littéraire à ce qu'il raconte l'appauvrit et le mutile.

Exemple : lorsque César concentre l'histoire de la conquête victorieuse des gaules en *Veni, vidi, vici* (je suis venu, j'ai vu j'ai vaincu), il donne par ce raccourci et cette **homophonie** une force exceptionnelle à l'entreprise.

• **Edmond Rostand,** au théâtre, prête au poète Cyrano de Bergerac une brillante démonstration de style quand il tourne en dérision la misérable insulte concernant la longueur de son nez.

• **Chaque genre utilise des procédés** destinés à renforcer la portée du message :
– la **poésie** s'est longtemps appuyée sur la musicalité, les variations de rythmes et les retours de sons ;
– le **théâtre** montre un rapport de force entre des personnages et joue sur les retournements de situations ;
– le **récit** tient en haleine et émeut ;
– les **textes argumentatifs** s'appuient sur la rhétorique pour emporter l'adhésion.

> **À retenir**
> **Objectif du commentaire littéraire :** approfondir la compréhension du sens d'un texte en analysant les effets produits par sa formulation et en recherchant quels procédés stylistiques et rhétoriques les génèrent.

2 Démarche de l'analyse

A. Mettre le texte en perspective

Pour être traité de façon pertinente, le texte proposé doit pouvoir être situé :
– cela consiste à préciser le **siècle** et le **courant littéraire** auxquels appartient l'œuvre dont il provient, son auteur, son genre littéraire ;
– s'il s'agit d'un extrait, il est très utile de le **situer dans l'œuvre** et de cerner le rôle qu'il y joue.

B. Dominer le propos

La lecture du passage doit soulever les questions suivantes :

1. De quoi est-il question ?
2. Quel(s) effet(s) l'auteur vise-t-il ? (émouvoir, scandaliser, amuser le lecteur...)
3. Quel but poursuit-il avec cette intention ?
4. Et surtout, quels procédés met-il en œuvre pour y parvenir ?

C. Analyser les procédés

L'analyse des procédés utilisés quand on écrit un texte est très ancienne. Elle a été particulièrement développée **dès l'Antiquité grecque** puis au Moyen Âge dans le contexte de civilisations où la parole et sa force de conviction étaient essentielles dans la pratique de la politique, de la justice et de la pédagogie.

• **L'analyse peut donc s'appuyer :**
– sur un **catalogue** bien connu de figures de style ;
– sur la **structure** des phrases ;
– leurs **modalités** ;
– les **connotations** du vocabulaire utilisé ;
– les **récurrences** sonores.

> **À retenir**
> Toutes ces observations n'ont d'intérêt que si elles sont guidées par le souci d'enrichir la compréhension du sens du texte.

• **Sachant qu'un extrait** est toujours découpé en fonction de sa cohérence interne, on tiendra aussi compte de :
1 la structure du passage ; 2 sa tonalité ; 3 son niveau de langue.

D. Étapes à suivre

> **Conseil**
> Travaillez au brouillon sur deux colonnes pour constamment mettre en vis-à-vis l'effet produit par le procédé que l'on observe et le moyen par lequel est créé l'effet que l'on perçoit.

étape 1 **Cette première analyse** peut procéder de façon d'abord intuitive puis, lorsqu'on est en panne, on peut rechercher plus systématiquement par type de procédés, quels ont été les **choix de l'auteur**. Il est essentiel de toujours associer un effet et son procédé ou un procédé et son effet. **Ce travail fournit la matière du commentaire** et il faut lui consacrer un temps suffisant.

étape 2 **Lorsqu'on a la « sensation d'avoir fait le tour »** de l'analyse des procédés d'expression, il faut **trouver comment tous ces éléments s'organisent** pour produire un sens. C'est la colonne « effets » qui doit être alors reprise et structurée pour voir comment l'agencement de ces différents éléments construit le sens du texte.

étape 3 **Une fois le sens cerné,** il reste à **imaginer l'organisation de la présentation** que vous en ferez pour qu'elle soit la plus claire et la plus logique possible pour le lecteur. Il est souhaitable de **bâtir un plan progressif** qui peut partir des effets de sens les plus superficiels pour progresser vers la signification la plus fondamentale. Il faut veiller à **justifier chaque point de l'analyse** en s'appuyant sur les procédés qui ont été identifiés.

3 Réalisation pratique

• **Pour éviter l'angoisse de la page blanche,** parer à un éventuel manque de temps et **synthétiser clairement son analyse,** il est judicieux de rédiger la conclusion au brouillon. Elle est essentielle puisqu'elle est l'aboutissement de l'exercice. Vous y synthétiserez ce que vous avez compris du texte et de son fonctionnement.

En cas de manque de temps, il vaut mieux laissez la dernière partie inachevée et **recopier la conclusion** préparée qui correspond à l'attente du lecteur.

• **Il est utile aussi de rédiger au brouillon l'introduction,** autre partie essentielle, pour ne rien oublier et éviter de la diluer. Cet exemple montre les types d'information qu'elle doit contenir et l'ordre souhaitable de présentation.

• **La plume est alors entraînée.** On peut se lancer, recopier l'introduction, rédiger le développement directement et recopier la conclusion.

Exemple d'introduction

Le réalisme est un mouvement littéraire du XIXe siècle qui tente de représenter la réalité de cette époque telle qu'elle est réellement. Balzac, Stendhal et Flaubert s'y sont attelés en travaillant sur leur style d'écriture, usant de descriptions minutieuses et d'un lexique très précis pour donner au lecteur une impression forte de réalisme. Guy de Maupassant était le disciple de Gustave Faubert et s'est largement illustré en tant qu'écrivain réaliste, notamment dans sa préface de *Pierre et Jean*, considéré comme un texte manifeste. *Bel-Ami* est l'un de ses romans réalistes d'apprentissage paru en 1885. L'extrait proposé à l'étude se situe au chapitre II de la deuxième partie. Georges Duroy, le personnage principal du roman s'apprête à épouser Madeleine Forestier, veuve de son ami Charles, afin de gravir les marches de la société. En quoi cet extrait met-il en avant la progression dans le monde de Duroy grâce à sa première épouse ? Pour ce faire, nous verrons dans un premier temps qu'il y a une double confidence dans cet extrait, puis, dans un deuxième temps, nous verrons que les deux personnages nouent un pacte secret, puis, enfin, nous verrons que Madeleine est une femme stratège.

Article « le commentaire littéraire » http://lettres-modernes.over-blog.com

Sujet d'entraînement

OBJET D'ÉTUDE : LA POÉSIE DU XIXE AU XXIE SIÈCLE

Désespérément égorgez l'espoir, mes frères

Dépecez l'espérance jusqu'à l'os !

La vengeance fut votre trappe
La haine votre guet-apens

Mais qui mena le jeu ?
Et qui vous a armés ?

Sans rêve sans avenir
sans visage singulier
Répandus tant que vous êtes
dans le bâti des morts

Disparus tant que vous êtes
dans la matrice funèbre

Comment se détourner de votre image, mes frères ?

Votre histoire est l'histoire
reflet de nos sueurs haineuses
de nos monstres assoupis
de nos faces déchaînées

Puérils sont les mots
Vaine l'écriture
Effréné pourtant, le désarroi du cœur

On ne sait pas on ne voit pas
ce qui pousse dans ces cloaques
quelle cause innocente ces massacres

quel chancre nous ravage
et nous entraîne si loin ?

Vos actions nous minent
Et vous déciment, mes frères !

Cessez d'alimenter la mort !

Andrée Chedid (1920-2011), *Cérémonial de la violence* (1976) © Flammarion

Question

Dans quelle mesure ce poème moderne peut-il être considéré comme une expression personnelle et une alchimie. ?

CORRIGÉS

PLAN DU COMMENTAIRE CORRIGÉ

Introduction

Ce poème « Désespérément égorgez l'espoir, mes frères... » a sa source dans l'existence de l'auteur. Française d'origine orientale, Andrée Chédid a vécu à Paris à partir de 1946.

Durant son enfance et sa jeunesse au Liban, elle a connu la guerre dont elle se souvient dans ses derniers recueils poétiques. Elle en **transfigure l'inhumanité** dans une forme qui présente de nombreuses irrégularités par rapport aux règles classiques et porte un appel vibrant et pathétique.

A. Modernité poétique

• Irrégularité rythmique

– Moitié du poème : **hexasyllabes, octosyllabes** ou **alexandrins** (vers 15 à 20 et 25, 26, 27).
– Autre moitié : **pentasyllabes, heptasyllabes** ou **vers de 13 pieds** (vers 7-8 et 11, 12, 13).

• Irrégularité des strophes

– 7 **distiques** (vers isolés) un quatrain suivi de deux tercets.
Interprétation → Effet de rupture, de halètement.

Vers blanc : vers syllabique sans rime.

• Irrégularité sonore

– **Vers blancs** mais reprise finale de « mes frères » (vers 1, 13, 27).
– **Assonances** : « trappe » / « guet-apens », « cloaque » / « massacre », « minent » / « déciment ».
– **Allitérations** en [é] puis [a] puis[i] puis [a] puis [i].
Interprétation → Effet incantatoire (emploi de formules magiques visant à produire un charme).

• Irrégularité du rythme syntaxique

– **Irrégularité de la ponctuation :** absence de virgules, ponctuations ? ! aléatoires.
– Phrases correspondant à un vers ou un distique mais **enjambements** (vers 7 à 13, 14 à 17, 18 à 20, 21 à 25).
Interprétation → Création d'une tension, dramatisation.

• Procédés rhétoriques

– Le lecteur est spectateur de deux **apostrophes : une directe** aux combattants et **une indirecte** à leurs concitoyens.
– Le poème est constitué de façon **cyclique** : isolement de l'injonction finale et retour aux sonorités du départ.
– **Anaphore (répétition)** : « mes frères ».
– **Constructions parallèles** quasi constantes dans la première partie.
– Répétition **ternaire** : vers 15 à 20.
– Retour au **binaire** : vers 21 à 27.
Interprétation → Alternance des émotions, progression ou symétrie correspondant au désir de **toucher les protagonistes et le lecteur.**

B. Lyrisme

• Sentiment de solidarité

• Répétition de l'apostrophe « mes frères » à la fin des vers 1, 13 et 26 : sensibilité à l'acharnement désespéré des combattants.

• **Horreur devant la mort :**
  – anéantissement, anonymat ;
  – effroi devant le nombre de victimes ;
  – charnier, cimetière (« bâti des morts »).

• **Horreur suscitée par les effets de la violence physique :** « égorgez », « dépecez jusqu'à l'os », « cloaque », « chancre », « massacre ».

• **Omniprésence des sentiments négatifs :** « vengeance », « haine », « sueurs haineuses », « monstres assoupis », « faces déchainées ».

C. Transformation de l'horreur

• **Retour sur l'histoire**

– **Le motif de la guerre reste vague**, son organisation confuse.
  – Désarroi.
  – Incompréhension.

– **Constat du non sens** et du paradoxe de cette violence.
  – « désespérément égorgez l'espoir »
  – Oxymores : « matrice funèbre », « alimenter la mort ».
  – Révolte : **injonction paradoxale** des impératifs : égorger l'espoir, dépecer.
  – Conscience de l'entraînement aveugle de la **vengeance** : image du piège.

Oxymore : figure de style qui consiste à allier 2 mots de sens contradictoiress.

• **Au présent,** prise de conscience de la responsabilité collective :

– **Confrontation** de « Vous » les combattants et les morts et de « nous », « les peuples haineux ». **Focalisation** sur « vous » qui bascule au vers 14 sur « nous », puis **intrication** des deux (vers 26 27). « on » définit l'humanité globalement. **Culpabilité partagée.**

Focalisation : point de vue.

– **Sentiment d'impuissance et cri pathétique** : l'injonction désespérée du début a pour écho au vers 28 un appel vibrant à la cessation du conflit.

Conclusion

Andrée Chedid, dans un poème dont la forme originale interpelle le lecteur, s'adresse à l'humanité comme **Victor Hugo** le fait dans *les Contemplations*. Cependant, l'émotion qu'elle veut faire partager a pour origine non un deuil ou une souffrance personnelle comme dans le cas de **Baudelaire** mais un **drame collectif**. Le **style incantatoire et haletant** élève au-delà de la vengeance. Il cherche à rendre la raison, maîtresse de l'horreur.

LES MÉTHODES La contraction de texte

1 Objectif de l'exercice

A. Restituer la pensée de l'auteur

• **Il entraîne à une situation de communication courante** dans la vie professionnelle et personnelle. Vous êtes un **intermédiaire** entre un émetteur d'information (un auteur) et un destinataire (votre lecteur) qui ne peut avoir accès directement à l'ensemble du message. Ce destinataire attend de vous un document de travail plus aisément utilisable (plus court, plus clair) parfaitement fiable, donc **totalement équivalent au texte d'origine**.

• **Vous devez donc comprendre la pensée de l'auteur** et la restituer fidèlement sans ajout, oubli ou interprétation susceptibles de tromper votre lecteur sur la nature du texte source.

• **Cette tâche est réalisable** du fait des caractéristiques de la communication écrite :

– **Il s'agit d'une communication différée.** Le destinataire n'est pas en présence de l'auteur et ce dernier ne peut adapter son propos, comme il le fait à l'oral, quand il perçoit des mimiques d'incompréhension.

– **De plus, le déchiffrement de la communication écrite** demande un effort de **concentration** au récepteur du message qui ne doit pas être trop important si l'on veut éviter l'abandon ou l'incompréhension.

Pour être intelligible, la pensée va donc se redire, **reformuler** différemment la même idée, prendre des **exemples concrets**.

> **À retenir**
> La contraction de texte consiste à repérer ces redites et à trouver une **formulation nouvelle qui rende compte de l'idée** qui les sous-tend.

B. Présenter la contraction du texte

• **La compréhension est encore facilitée par la mise en page,** la **structuration** en paragraphes et l'utilisation d'**outils logiques grammaticaux**. Les paragraphes correspondent à des unités de sens et aident à la compréhension de la démarche de l'auteur.

• **On accepte de se plier aux contraintes** de l'écrit pour transmettre un message important, fruit d'un travail, d'une réflexion organisée.

• **Le texte qui vous est donné** est un fragment cohérent prélevé dans un ensemble plus vaste. Sa cohérence peut tenir au développement d'un **thème** repérable par les champs lexicaux qu'il utilise et qui peut être abordé sous différents angles.

• **Il peut être aussi la démonstration d'une thèse** énoncée généralement au début, parfois à la fin du fragment. Le reste du texte est constitué par la **démonstration** de cette thèse. Donc tous les éléments du texte ne sont pas sur le même plan et s'articulent entre eux.

> **Le texte doit être considéré comme un tout structuré,** un édifice dont on ne peut supprimer un mur sans risquer l'effondrement. Il a une unité et n'est pas un enchaînement aléatoire de remarques indépendantes les unes des autres.

2 Démarche

• **L'essentiel est de comprendre l'unité et la cohérence du texte.** Pour cela, n'hésitez pas à relire le texte plusieurs fois en privilégiant d'abord la recherche du sens global puis en affinant la compréhension des détails. Cela est tout le contraire d'une perte de temps.

étape 1 **Première lecture :** repérez le **thème** (*de quoi le texte parle-t-il ?*).

étape 2 **Deuxième lecture :** repérez **l'objectif** de l'auteur : (*que veut-il faire à propos de ce thème ?*).
– Le **décrire** (*le situer dans le temps, le localiser, énumérer ses aspects ?*).
– L'**analyser** (*chercher ses causes, ses conséquences, ses conditions d'existence, ses aspects contradictoires ?*).
Cette lecture s'appuie sur :
– les **champs lexicaux** à surligner avec des couleurs différentes ;
– les **termes grammaticaux** reliant les phrases qu'il est utile d'encadrer ;
– les **verbes**.

étape 3 **Troisième lecture :** repérez précisément la **démarche logique** de l'auteur en étant sensible aux redites qui devront être synthétisées. Aucune des phrases d'un paragraphe ne peut rendre compte, telle qu'elle est écrite, de l'idée exprimée par l'ensemble du texte de l'ensemble.

étape 4 **Écrire au brouillon le plan** schématique de l'ensemble du texte. **Prévoir les paragraphes** qui correspondront dans votre résumé à la structure logique du texte. Quand on a l'impression de le dominer parfaitement, on peut se lancer directement dans la **rédaction** au propre, sans garder le texte sous les yeux pour éviter d'être parasité par les tournures de l'auteur.

3 Réalisation pratique

La longueur d'un résumé, comme celle d'un article de journal (ou d'un tweet…), est imposée. Dans le cadre d'un examen, **les dépassements sont pénalisés.**

• **Cet exercice évalue votre capacité à rédiger de façon concise.** Évitez les répétitions de mots, cherchez les tournures de phrases les plus économiques mais en restant clair.

• **Une fois le résumé terminé, relisez le texte source** pour repérer des oublis ou des approximations. Puis, relisez impérativement le résumé pour en contrôler la longueur et vérifier la correction linguistique et l'orthographe.

Conseil

Pour gagner du temps, on peut définir le nombre de lignes maximum en fonction de la taille de son écriture dans lequel le résumé devra tenir. Cela freinera la tentation de diluer le début au risque d'escamoter la restitution de la fin du siècle où se situe le plus souvent la synthèse de la démarche du texte et qu'il serait absurde de couper car on manque de place.

À éviter à tout prix !

– Commencer à rédiger avant d'avoir parfaitement compris le texte : perte de temps et risques considérables d'erreurs. L'essentiel est d'avoir compris l'idée principale du texte.
– Rendre un texte trop long, incompréhensible ou rempli de fautes.
– Mettre bout à bout des morceaux du texte recopiés : l'incapacité à reformuler révèle l'incompréhension.
– Rédiger sans alinéa ou passer à la ligne à chaque phrase : l'absence de structure révèle l'incompréhension de la démarche.

LES MÉTHODES

L'essai

1 Objectif de l'exercice

• **L'exercice entraîne à de nombreuses situations** de la vie courante où nous devons **convaincre** autrui du bien-fondé de notre point de vue ou obtenir de lui une autorisation, la réalisation d'une action qui nous est profitable. Qu'elle soit au service d'un débat intellectuel ou d'une action pratique, **l'argumentation est un des modes les plus fréquents des relations humaines**. Depuis longtemps, elle est l'objet d'une étude approfondie et d'un enseignement visant à lui donner la plus grande efficacité possible.

• **Dans le cadre des épreuves anticipées de français,** il vous est proposé de **prendre position** sur une question étudiée en cours d'année et de **faire valoir vos connaissances** et vos capacités à les mettre au service d'un point de vue cohérent et convaincant.

2 Démarche

L'essentiel est de situer la question dans l'objet d'étude « La littérature d'idées du XVIe au XVIIe siècle ».

A. Étude de la question

étape 1 **La question peut être posée directement** ou introduite par une citation dont **tous** les termes devront être pesés.

étape 2 **Commencez dans tous les cas** par réfléchir au point de vue qui vous est soumis ; mettez la question à la **forme affirmative**, tenez compte de ses éventuels **présupposés** et réfléchissez aux **arguments** qui peuvent justifier ce point de vue.

étape 3 **Cherchez ensuite quelles autres affirmations** pourraient être formulées, **contredisant** ou **nuançant** le sujet. Comment pourraient-elles être argumentés ?

étape 4 **Cette confrontation** doit vous permettre de déterminer dans cet ensemble d'hypothèses **la réponse à la question posée** par le sujet qui vous semble la plus juste.

B. Recherche

• **Faites le bilan** des connaissances dont vous disposez afin d'y trouver les **arguments** propres à justifier votre réponse. En effet, cet exercice permet d'évaluer les **acquis** de votre formation littéraire et votre **compréhension** des principaux enjeux de la littérature d'idées.

Conseil
L'essai, comme les deux exercices précédents, doit être préparé par vos révisions.

C. Construction de votre argumentation

• **Vous savez ce dont vous voulez convaincre** votre lecteur et vous avez trouvé des **exemples** et des **arguments** dans les connaissances acquises sur le sujet. Il reste à trouver la façon la plus efficace de le faire.

• **Si vous êtes partiellement d'accord** avec l'affirmation de l'énoncé, cherchez les **preuves** de son exactitude sans oublier de traiter les **objections** qui peuvent lui être faites et proposez **votre propre vision** qui peut mettre en évidence un aspect complémentaire.

• **Si vous êtes d'un avis différent** ou opposé, ne manquez pas de reconnaître que certains arguments peuvent la justifier puis **démontrez** pourquoi ils sont insuffisants.

3 Réalisation pratique

A. Organisation des idées

• **Quand vous pensez avoir organisé une argumentation** efficace :

1. ne la rédigez pas au brouillon ;
2. pour ne pas perdre le fil de votre démonstration au cours de la rédaction, **notez l'enchaînement logique et progressif** de vos arguments ;
3. **classez les arguments** du plus faible au plus fort (on se souvient du dernier mieux que du premier) et d'un mot notez l'**exemple** qui les illustrera.

• **Pour vérifier** que votre développement ne s'est pas égaré, reprenez la question posée par le sujet et donnez-lui pour réponse l'opinion que votre démarche veut démontrer. Les deux doivent coïncider logiquement

B. Rédaction au brouillon de l'introduction et de la conclusion

• **L'introduction**

– Elle situe la question du sujet dans le champ de l'objet d'étude.
– Elle explique le point de vue exprimé dans l'énoncé.
– Elle annonce comment vous allez mener l'examen de cette question sans donner la réponse qui rendrait inutile la lecture de votre développement
– La rédaction, recopiez l'introduction rédigez directement votre développement à l'aide de votre plan puis recopiez la conclusion.

> **Conseil**
> Comme pour le commentaire ne rédigez au brouillon que la conclusion et l'introduction.

• **La conclusion n'est pas la reprise** résumée du développement mais la réponse synthétique donnée à la question du sujet. Elle est essentielle. En cas de manque de temps, sacrifiez la fin du développement que le lecteur pourra reconstituer si vous lui fournissez la réponse globale à la question.

> **Conseil**
> Gardez suffisamment de temps pour relire la copie et en éliminer les fautes, oublis, erreurs… de formulation qui détourneront l'attention du lecteur et dégraderont les qualités de votre argumentation.

Sujet d'entraînement

OBJET D'ÉTUDE : LA LITTÉRATURE D'IDÉES DU XVIE AU XVIIIE SIÈCLE

Contraction de texte

Vous résumerez ce texte en 250 mots. Une tolérance de +/- 10 % est admise : votre travail comptera au moins 225 et au plus 275 mots.

Texte : Edgar Morin, *Enseigner à vivre ; manifeste pour changer l'éducation*, Actes Sud, 2014.

Une révolution sauvage des conditions d'acquisition des savoirs est en cours dans Internet et se déchaîne. Cette révolution affecte l'économie, les relations humaines, et l'éducation elle-même. Le développement d'une gratuité d'acquisition de connaissances, d'acquisition de littérature, de musique, la possibilité de diffuser gratuitement le savoir et l'art sur toute la planète, en cours de réalisation, d'une part nous ouvre une possibilité très ample de démocratisation culturelle, d'autre part nous contraint à repenser tout le système d'enseignement. En dépit de toutes les communications par vidéos, Skype et autres, il manque à Internet la présence physique, charnelle, psychique, active, réactive et rétroactive de l'éducateur, non comme auxiliaire, mais comme chef d'orchestre qui permet de considérer, critiquer, organiser les connaissances d'Internet. Il dépend de nous de civiliser cette révolution en y introduisant l'Éros[1] du chef d'orchestre, maître ou professeur, qui peut et doit guider la révolution pédagogique de la connaissance et de la pensée. Qui d'autre que ce chef d'orchestre pourrait enseigner concrètement les pièges de l'erreur, de l'illusion, de la connaissance réductrice ou mutilée dans un dialogue permanent avec l'élève ? Qui d'autre pourrait, si ce n'est dans l'échange compréhensif, enseigner la compréhension humaine ? Qui d'autre pourrait inciter concrètement, dans l'encouragement et la stimulation, à affronter les incertitudes ? Qui d'autre, dans son humanisme actif, pourrait inciter à être humain ? Qui d'autre, dans son amour de la France une et diverse, pourrait faire comprendre la nature multiculturelle de notre nation et continuer ainsi, à son échelle, la francisation ?

Cette notion de chef d'orchestre inverse le cours même de la classe. L'enseignant ne distribue plus en priorité le savoir aux élèves. Une fois le thème d'un devoir ou d'une interrogation orale fixé, c'est à l'élève de puiser dans Internet, les livres, les revues et tous documents utiles la matière du devoir ou de l'interrogation et de présenter son savoir à l'enseignant. Et c'est alors à celui-ci, véritable chef d'orchestre, de corriger, commenter, apprécier l'apport de l'élève, pour arriver, dans le dialogue avec ses élèves, à une véritable synthèse réflexive du thème traité.

Au-delà de l'école et de l'université actuelle, il faut poursuivre cette symbiose dans l'éducation permanente pour adultes. Ne pourrait-on, comme on le faisait dans le passé pour le service militaire, imaginer que chaque citoyen et citoyenne puisse effectuer vingt-huit jours par an d'un service d'éducation, incluant la révision et la remise à jour des connaissances, l'exercice de gymnastique psychique de l'autoexamen…

Le lecteur le perçoit maintenant. Le but de la réforme de l'éducation, qui est finalement le « bien vivre » de chacun et de tous, notamment pour les enseignants et pour les enseignés, nécessite de part et d'autre une régénération de l'Éros. Cela est possible puisque cela est déjà potentiel chez les uns et les autres. Chez ceux qui ont ressenti la vocation d'enseigner, l'Éros était présent, dans l'amour pour le savoir qu'ils dispenseraient, l'amour pour une jeunesse à éduquer. Chez les enfants et les jeunes, quelle merveilleuse curiosité pour toutes choses, souvent déçue par un enseignement qui coupe la réalité du monde en tranches séparées, où même la littérature devint rébarbative à l'ère sémiotique. Cette curiosité peut être réanimée en désir de savoir, non seulement avec et par un maître possédé par l'Éros, mais aussi par une formation enrichie de matières passionnantes comme celles des sept savoirs[2] et celles de l'éducation à la civilisation.

Bien entendu, cela ne pourrait se réaliser que si l'on incite et éduque à la compréhension

mutuelle des deux classes de la classe, et plus largement pour les nouvelles générations à une compréhension généralisée d'autrui, reconnu à la fois semblable et différent de soi.

Connaissance de la connaissance et compréhension sont deux maîtres mots. La connaissance de la connaissance permettra de dépister bien des erreurs chez les uns et les autres, éducateurs, éduqués qui seraient les futurs adultes de la première génération formée à la lucidité. La compréhension permettra de dépister, reconnaître et surmonter bien des erreurs chez les uns et les autres et elle sera un précieux viatique pour les futurs adultes, première génération formée à la compréhension de soi et d'autrui. La compréhension est mère de la bienveillance.

La compréhension est mère de ce qui doit constituer la vertu maîtresse de toute vie en société : la reconnaissance de la pleine humanité et de la pleine dignité d'autrui.

La compréhension, la bienveillance, la reconnaissance vont permettre non seulement un mieux vivre dans la relation enseignant-enseigné, dans toute relation d'autorité, dans toute relation humaine, mais aussi combattre le mal moral le plus cruel, le plus atroce qu'un être humain puisse faire à un autre être humain : l'humiliation.

La conflictualité ne saurait être totalement abolie, mais elle pourrait être minorée ou surmontée par la compréhension. L'harmonie qui abolit tout antagonisme est impossible et même non souhaitable.

Mais quel progrès éthique si nous nous égarons moins, si nous comprenons mieux ! Ce serait cela poursuivre l'hominisation.

Répétons à nouveau l'interdépendance de toutes les réformes. La réforme de la connaissance et de la pensée dépend de la réforme de l'éducation qui dépend de la réforme de la connaissance et de la pensée.

La régénération de l'éducation dépend de la régénération de la compréhension, qui dépend de la régénération de l'Éros, qui dépend de la régénération des relations humaines, lesquelles dépendent de la réforme de l'éducation. Toutes les réformes sont interdépendantes. Cela peut sembler un cercle vicieux décourageant. Cela doit constituer un cercle vertueux encourageant la conjugaison des deux savoir-vivre :

– celui qui aide à moins se tromper, comprendre, affronter l'incertitude, connaître la condition humaine, connaître notre monde globalisé, puiser aux sources de toute morale qui sont solidarité et responsabilité ;

– celui qui aide à se repérer dans notre civilisation, à en connaître la part immergée qui, comme celle de l'iceberg, est plus importante que la part émergée, à se défendre et se protéger, protéger les siens.

Tout cela encourageant le grand cercle vertueux, dans une volonté d'accomplir la mission historique du savoir-vivre-penser-agir au XXIe siècle.

Ce serait plus qu'une réforme, plus riche qu'une révolution, UNE MÉTAMORPHOSE.

(1 003 mots)

1. **Éros** : nom du dieu grec de l'amour, repris par le fondateur de la psychanalyse S. Freud, pour désigner le Désir soit la pulsion de vie. **2. Les sept savoirs fondamentaux** : 1. Les cécités de la connaissance : l'erreur et l'illusion, 2. Les principes d'une connaissance pertinente, 3. Enseigner la condition humaine, 4. Enseigner l'identité terrienne, 5. Affronter les incertitudes, 6. Enseigner la compréhension, 7. L'éthique du genre humain.

Essai

Les différents modèles d'éducation idéale que vous connaissez ont-ils des points communs ?

Vous développerez de manière organisée votre réponse à cette question, en prenant appui sur *Gargantua* de François Rabelais, sur le texte de l'exercice de la contraction et sur ceux que vous avez étudiés dans l'année dans le cadre de l'objet d'étude « La littérature d'idées du XVIe au XVIIIe siècle ». Vous pourrez aussi faire appel à vos lectures et à votre culture personnelle.

LA CONTRACTION DE TEXTE

Notre monde est bouleversé par Internet: les connaissances deviennent accessibles à tous, gratuitement et partout. Cependant, un médiateur humain et passionné est indispensable pour analyser et orchestrer ces données au cours d'un échange ouvert et encourageant propre à développer, entre autres, l'humanité et la compréhension de la diversité culturelle nationale. Il faut donc inverser le fonctionnement du système éducatif. Comme dans la direction d'orchestre, le pédagogue exploite et synthétise les recherches et les apports des élèves sur le thème proposé, à tous les niveaux de formation (scolaire, universitaire et à l'âge adulte), lors de séquences périodiques de suivi des savoirs et d'autoévaluation.
Cette réforme vise à résoudre la crise de l'enseignement. Pour cela, elle redynamise les désirs, présents mais étouffés ou frustrés, d'apprendre et d'enseigner, à l'aide de sujets stimulants comme les sept savoirs fondamentaux de l'humanisme moderne et la compréhension de la civilisation. Elle nécessite l'apprentissage, pour les enseignants et les enseignés, de la nature de la connaissance et de la reconnaissance d'autrui. Les nouvelles générations devenues lucides et bienveillantes auront acquis les bases du respect de l'humain, indispensables à une bonne vie à tous les niveaux de la société d'où, à défaut des tensions inévitables, l'abominable humiliation sera bannie, ouvrant une nouvelle ère.
Les différents éléments de cette réforme sont interdépendants et doivent donc être mis en œuvre simultanément: l'esprit critique conditionne la compréhension qui stimule le plaisir de connaître le monde et les autres. Cette connaissance nourrit à son tour la solidarité et le sens de la responsabilité. La connaissance de la complexité de notre civilisation, elle, nous renforce et nous sécurise. Une nouvelle humanité peut apparaître.
272 mots

L'ESSAI

Introduction

Les grandes transformations sociales ont souvent induit des projets de réforme pédagogique qui conduisent à la définition d'une éducation idéale. L'humanisme a inspiré Rabelais et Montaigne, les Lumières Rousseau et Condorcet. Au XXIe siècle, nous avons conscience d'être entrés dans une ère nouvelle du fait de l'expansion prodigieuse d'Internet. Le sociologue Edgar Morin considère indispensable de réformer la formation face à cette révolution technique. Il rédige un essai intitulé *Enseigner l'humain* qui contient ses propositions. On pourrait imaginer qu'elles n'ont rien à voir avec des projets conçus trois ou cinq siècles plus tôt. Qu'en est-il ?

I. Des conditions d'accès au savoir différentes pour chaque modèle d'éducation

- Les sources de connaissance :

– Rares et coûteuses à la Renaissance, elles restent encore au XVIIIe siècle réservées aux seuls privilégiés comme Émile, élève modèle de Rousseau.
– Aujourd'hui, le développement d'Internet permet de démocratiser l'accès au savoir officiel et universitaire, mais contrairement au temps de Rabelais et Montaigne, celui-ci est noyé dans un océan d'informations non vérifiées erronées ou mensongères.

- Les modalités de l'enseignement ont beaucoup évolué depuis la Renaissance :

– À la Renaissance, l'enseignement est individualisé. Ponocrates consacre tout son temps à Gargantua, comme le précepteur idéal de Montaigne ou de Rousseau.
– La Révolution fait naître le désir d'une éducation universelle qui donne lieu à divers projets (dont celui de Condorcet). Cette démocratisation est réalisée à la fin du XIXe siècle.

• Les changements sont considérables au cours du XXe siècle :
– essor de la technique, mondialisation ;
– brassage des cultures, évolution de la famille et du statut de l'enfant ;
– idéal démocratique.

II Des projets pédagogiques différents pour chaque modèle d'éducation

Chaque époque a suscité des projets de réforme pédagogiques liés à des conditions spécifiques.

• Le mouvement humaniste
– L'idéal de Rabelais est l'acquisition d'un savoir encyclopédique autant littéraire que scientifique, technique et artistique. Montaigne, un peu plus tard, préfère une tête bien faite à une tête bien pleine.
– Le souci d'hygiène, de diététique, de santé et d'éducation physique, essentiel pour Rabelais (à l'inverse des maîtres de la Sorbonne, premiers précepteurs de Gargantua) n'est guère repris par Montaigne ou Rousseau ; cette préoccupation, réapparue au XXe siècle, est totalement négligée dans le projet d'Edgar Morin.

• Les Lumières
– Rousseau milite pour l'apprentissage d'un métier manuel, même pour un aristocrate, et pour une éducation au plus près de la nature.
– La Révolution française souhaite surtout donner à l'ensemble de la population les compétences fondamentales (lire, écrire, compter) et une langue commune propre à unifier la nation.

III. Les convergences entre ces idéaux

Il existe pourtant des points communs entre ces idéaux.

• La révolution pédagogique
– Face à la sclérose de l'école du Moyen Âge telle qu'elle est décrite à travers le premier enseignement infligé à Gargantua, et à la crise de l'école d'aujourd'hui, Rabelais, Montaigne ou Edgar Morin préconisent l'éveil de l'intérêt de l'élève et sa participation active.
– Le pédagogue ne doit pas asséner des affirmations mais sa bienveillance ouverte aide l'élève à faire son miel de ce qu'il rencontre ou a trouvé, pour Montaigne comme pour Edgar Morin.

• La convergence des contenus
– L'étude la nature : Rabelais et Rousseau la considèrent comme le meilleur livre d'étude ; pour Edgard Morin, sa connaissance est indispensable dans notre temps d'urgence écologique.
– L'esprit critique : déjà encouragé à l'époque des Lumières il est devenu essentiel aujourd'hui. Edgard Morin fait même de l'étude de la constitution du savoir un pilier de sa réforme.
– La philosophie : la compréhension de l'humain que Montaigne cherche dans la philosophie antique est, pour Edgard Morin, obtenue par l'étude de la diversité des cultures.
– La formation morale : présente chez Rabelais à travers une pratique réfléchie de la religion, inspirée de la nature pour Rousseau, elle est le socle du projet de Morin, qui vise la tolérance, le respect et le bien vivre ensemble.

Conclusion

À cinq siècles de distance se maintient le désir d'un monde idéal qui pourrait être atteint grâce à un développement de toutes les potentialités humaines. Il en découle des projets éducatifs destinés à développer au maximum les meilleures capacités de l'enfant mais aussi de l'adulte comme l'avaient déjà souhaité les théoriciens de la Révolution. L'époque actuelle est confrontée aux problèmes écologiques ainsi qu'aux conflits nés de la mondialisation et intensifiés par Internet. Edgar Morin, comme ses prédécesseurs, compte sur une nouvelle éducation pour résoudre les problèmes les plus criants : au-delà de l'épanouissement individuel, elle doit viser à une transformation des êtres humains, indispensable à l'harmonie sociale.

LES MÉTHODES L'épreuve orale

1 Objectifs

> **Épreuve orale**
> **Durée :** 20 minutes.
> **Préparation :** 30 minutes.
> **Coefficient :** 5.

• **L'épreuve orale** permet d'apprécier la **qualité de l'expression orale** du candidat ainsi que sa capacité à développer un propos et à dialoguer avec l'examinateur. Il évalue ses **connaissances** et son **aptitude à les mobiliser** dans les deux temps successifs de l'épreuve, à la fois pour faire la preuve de ses **compétences de lecture, d'analyse et d'interprétation** des textes et des œuvres, et pour exprimer une sensibilité et une culture personnelles.

• **L'épreuve laisse une large place aux propositions** de l'élève et évalue son aptitude à les présenter, à les justifier et à en expliquer la pertinence : elle vise ainsi à **valoriser son investissement personnel** dans sa formation et à mesurer sa capacité à **mettre en relation la littérature avec les autres champs du savoir** et les autres arts.

2 Structure

A. Descriptif

• **L'épreuve se fonde** sur le « descriptif des activités » remis par l'enseignant, qui rend compte du travail qu'il a mené avec la classe durant l'année de première. Il prend la forme d'un **récapitulatif des œuvres et des textes étudiés**, en distinguant ceux qui ont fait l'objet d'une étude détaillée, sur lesquels les candidats peuvent être interrogés dans la première partie de l'épreuve. Chaque objet d'étude doit comporter au moins quatre textes susceptibles de donner lieu à une interrogation (2 extraits au minimum pour chaque œuvre, 2 extraits pour le parcours associé).

• **Ce descriptif comporte également une partie individuelle** indiquant l'œuvre choisie par le candidat parmi celles proposées par l'enseignant au titre des lectures cursives obligatoires ou parmi celles qui ont été étudiées en classe : cette œuvre fait l'objet de la seconde partie de l'épreuve.

• **Le descriptif est signé par l'enseignant** et porte le cachet de l'établissement. Il est **communiqué à l'examinateur** en amont des épreuves. Le candidat en présente une copie à l'examinateur au début de l'épreuve. Il dispose des mêmes documents pour l'épreuve et pour sa préparation.

B. Première partie de l'épreuve orale : exposé sur un des textes du descriptif

> **Épreuve orale**
> **Durée :** 12 minutes.
> **Note :** 12 points.

Cette partie se déroule de la manière suivante :

étape 1 **Après avoir accueilli le candidat,** l'examinateur lui indique :
– **le texte et le passage du texte** retenu, avec une éventuelle sélection du passage à expliquer si le texte excède le format d'une vingtaine de lignes de prose continue ;
– **la question de grammaire posée**, qui ne peut concerner qu'un passage de l'extrait faisant l'objet de l'explication de texte.

Ces éléments sont indiqués par écrit au candidat, au moyen d'une fiche qui lui est remise et qu'il signe avant de commencer sa préparation. Le modèle de fiche est porté en annexe de la présente note de service.

À l'issue de son temps de préparation :

étape 2 **Le candidat propose d'abord une lecture à voix haute** juste, pertinente et expressive du texte choisi par l'examinateur, après l'avoir situé brièvement dans l'œuvre ou le parcours associé. **Cette partie est notée sur 2 points.**

étape 3 **Le candidat propose une explication linéaire** d'un passage d'une vingtaine de lignes, sélectionné par l'examinateur dans le texte, quand celui-ci excède cette longueur. **Cette partie est notée sur 8 points.**

étape 4 **Le candidat répond à la question de grammaire** posée par l'examinateur au moment du tirage. **Cette partie est notée sur 2 points.** La question porte uniquement sur le texte : elle vise l'analyse syntaxique d'une courte phrase ou d'une partie de phrase.

C. Seconde partie de l'épreuve : présentation de l'œuvre choisie par le candidat

• **Cette partie de l'épreuve** évalue l'expression orale, en réclamant du candidat une implication personnelle dans sa manière de rendre compte et de faire partager une réflexion sur ses expériences de lecture. **Elle se déroule en deux temps** successifs :

> **Épreuve orale**
> **Durée :** 8 minutes.
> **Note :** 8 points.

étape 1 **Le candidat présente brièvement l'œuvre** qu'il a retenue et expose les raisons de son choix.

étape 2 **Le candidat réagit aux relances** de l'examinateur qui, prenant appui sur la présentation du candidat et sur les éléments qu'il a exposés, évalue les capacités à dialoguer, à nuancer et à étoffer sa réflexion, à défendre son point de vue sur la base de la connaissance de l'œuvre.

• **L'examinateur ne revient pas sur la première partie de l'épreuve.**

3 Conseils pour le temps de préparation

• **Vous disposerez d'une trentaine de minutes** de préparation, suffisantes pour mobiliser les **acquis** de vos révisions mais insuffisantes pour y suppléer.

> **Astuce**
> Notez le plan de votre présentation et les références aux passages du texte qui justifient votre démonstration ; notez les points principaux de votre réponse à la question posée.

• **Vous n'aurez pas non plus le temps de rédiger** intégralement votre réflexion sur les feuilles de brouillon qui vous seront remises. Utilisez plutôt ce temps à **réfléchir** et n'écrivez que quelques **mots-clés** pour soutenir votre mémoire durant votre exposé.

• En vue de l'entretien, **récapitulez les grandes lignes** de ce que vos révisions vous ont permis de conclure sur l'objet d'étude et le parcours historique associé.

• **Préparez votre introduction :** la **présentation** rapide de l'auteur et de l'œuvre dont est extrait le passage et la **situation** du passage dans le cas d'une œuvre intégrale.

• **Reformulez la question** posée et annoncez le plan de votre réponse.

Organiser ses révisions

LES MÉTHODES

Les épreuves de français portent sur le **programme**, directement (oral) ou indirectement (écrit). Sa connaissance est ce qui fournira le contenu de tous ces travaux et les outils de compréhension précise du texte à commenter ou de celui à contracter.
Il est donc indispensable de **réviser autant l'écrit que l'oral** (d'autant plus que son coefficient est supérieur !) et de mettre en place une **méthode globale** qui permette de préparer simultanément les deux épreuves.

1 Objectifs

A. Mesurer les connaissances

Il s'agit de mesurer votre connaissance des œuvres et les parcours étudiés et plus largement :
– votre culture littéraire et artistique ;
– votre niveau de connaissances : des outils de l'expression, de l'analyse littéraire, de l'histoire littéraire.

Conseil

Vous devrez, à l'aide du cours, de vos manuels et de vos travaux personnels repérer comment l'œuvre au programme et les études complémentaires se situent dans le parcours historique associé et y répondent d'une façon spécifique.

B. Mesurer les compétences

- **Il s'agit de mesurer :**

– vos capacités d'expression et de compréhension ;
– votre sensibilité et créativité ;
– votre sens esthétique : goût éclairé fondé sur l'analyse ;
– votre jugement et l'esprit critique : capacité de réflexion personnelle et de production d'une argumentation convaincante ;
– votre aptitude à une recherche autonome et responsable.

- **Il en découle** que le contrat ne sera pas rempli par l'apprentissage par cœur d'explications de textes.

2 Évaluation des compétences

- **Votre maîtrise de la langue** se manifestera à travers votre **rédaction écrite** et votre **prestation orale.** C'est :

– en surveillant au **quotidien** votre **expression orale** ;
– en soignant la forme de vos devoirs (quelle que soit la matière !) ;
– en **relisant** systématiquement vos copies ;
– en **corrigeant** les erreurs signalées ;
que vous progresserez et ne serez pas handicapé dans vos activités d'adulte.
Au cours de vos révisions, récapitulez vos points faibles et relisez votre copie d'examen avant de la rendre.

- **Votre aptitude à la recherche** se manifestera à travers la tenue de votre **carnet personnel**.
- **Votre capacité de compréhension** se verra à la **précision** et l'**exactitude** de votre résumé, à votre analyse du sujet d'essai, à la rigueur de vos analyses littéraires.

• **Votre sensibilité** se révélera par la finesse de vos analyses et à vos réactions personnelles au cours de l'entretien

• **Votre esprit critique** et vos capacités argumentatives s'exprimeront à travers la **démarche** de l'essai et au cours de l'**entretien oral**.

• **Votre créativité** s'évaluera à partir des travaux personnels consignés dans votre **carnet**.

C'est donc un travail au long cours qui portera ses fruits.

3 Révision des connaissances

• **Le programme vise à vous faire dominer :**
– **les caractéristiques stylistiques et formelles** propres à chaque genre littéraire (récit, poésie, théâtre, littérature d'idées) à travers l'étude complète d'une œuvre imposée par le programme et la lecture cursive d'une seconde librement choisie en rapport avec le parcours historique de la précédente ;
– **l'évolution chronologique de ces genres** tant sur le plan de la forme que sur celui des contenus, plus particulièrement sur une période variable selon les genres, définie par le programme de première et à travers un thème (parcours historique) lui-même imposé. Les **documents annexes** donneront des exemples variés de traitement du même thème dont la confrontation avec les deux œuvres permettra de les situer et de les caractériser tout en ouvrant des perspectives.

• **Il s'agit donc de récapituler** méthodiquement les connaissances littéraires **accumulées depuis la classe de seconde** (car il ne vous aura pas échappé que les programmes de seconde et de première couvrent des périodes historiques qui se complètent) sur les différents genres littéraires dont vous devrez avoir saisi les **problématiques** à travers l'étude d'un certain nombre d'œuvres et d'extraits.

4 Démarche préparatoire

étape 1 Regroupez et classez les notes de cours par objet d'étude sur :
– les **explications générales** concernant l'objet d'étude ;
– les **analyses de l'œuvre complète** qu'il sera utile de reparcourir pour se la remettre en mémoire ;
– les informations permettant de la situer dans l'é**volution chronologique du genre** ;
– les **documents complémentaires**.

étape 2 Complétez-les à l'aide :
– des **commentaires** de votre manuel, de ceux ajoutés aux œuvres par les éditeurs et des notes critiques ajoutées aux textes et documents étudiés ;
– de tous vos **travaux** comme vos notes sur la lecture cursive, vos exposés, les recherches, les différents exercices… consignés dans votre **carnet personnel** dont le contenu servira de support à l'entretien au cours de l'épreuve orale ;
– de la partie « cours » de cet ouvrage.

5 Travail de synthèse

• **Procédez par objet d'étude.**

étape 1 Avant toute chose, assurez- vous que vous avez bien compris la **problématique** du parcours historique proposé pour l'étude de l'œuvre et qui définit un angle d'étude du genre auquel appartient l'œuvre.

étape 2 **Récapitulez** les questions qu'il soulève avant de retravailler l'œuvre étudiée et les documents complémentaires qui illustrent ce parcours historique.

étape 3 Puis pour chaque œuvre ou document étudié, vous devez **clarifier** les éléments qui illustrent le parcours historique proposé en vous appuyant sur des éléments **précis de son expression** (construction, vocabulaire, figures de style).

étape 4 Enfin, consignez ces observations dans un **tableau récapitulatif**, facile à mémoriser pour confronter les différents documents et voir comment ils illustrent particulièrement le parcours.

• **Vous serez ainsi prêts** à traiter les documents hors programme de l'écrit, à répondre aux questions de l'examinateur et à construire l'argumentation de l'essai.

À retenir

Ce travail est essentiel pour dominer le sujet et être en mesure de répondre aux demandes des épreuves écrites et de l'oral. Elles ne demandent pas de réciter un fragment de cours appris par cœur mais de **réfléchir à une question posée**, d'une façon peut-être nouvelle pour vous mais à laquelle vous pourrez répondre si vous avez **une vue d'ensemble des éléments constituants l'objet d'étude** et de leur rapport avec les problèmes généraux étudiés.

6 Le jour J

Conseil

Une **montre** est indispensable pour organiser son temps de travail car les téléphones portables sont interdits !

• **Soignez l'écriture,** évitez les ratures.

• **La mise en page** doit être aérée et souligner la structure de vos propos par des paragraphes logiques.

• **La relecture finale ne porte plus sur le contenu :**
– la **cohérence de la démarche** aura dû être vérifiée au moment de l'élaboration du plan du commentaire ou de l'essai ;
– l'équivalence de l'ossature du résumé avec le texte source aura été vérifiée avant la rédaction.

• **La relecture porte sur la forme** car l'épreuve de l'EAF évalue autant les **capacités d'expression** et la **maîtrise de la langue** que les **connaissances littéraires**.

• **Contrôlez :**
– la **cohérence de la syntaxe** (mots oubliés, phrases incomplètes, ponctuation absente ou aberrante, cohérence des pronoms avec les termes qu'ils rappellent) ;
– l'**adéquation du vocabulaire** (lapsus, barbarismes, anglicismes, mots familiers ou argotiques) ;
– les **accords** au sein d'un groupe de mots, entre les sujets et les verbes ; la graphie des termes grammaticaux ; la pertinence des accents à valeur grammaticale (*à*, *où*, *dû*…).

Étude de la langue

D'après Henri Bonnard, *Le code du français courant*.

1 Les subordonnées circonstancielles

«L'indicatif y est employé pour ce qui est de l'ordre du réel, le subjonctif pour ce qui est irréel, douteux, redouté. »

A. Exprimer la cause

- **Cause d'intensité variable :** d'autant moins qu'on
- **Cause réelle non donnée pour connue :** parce que, c'est (parce) que
- **Cause censée connue :** puisque (du moment que, dès lors que, vu que, attendu que)
- **Cause présentée comme fausse ou incertaine :** sans que, soit que... soit que

B. Exprimer la conséquence

- **Conséquence donnée pour réelle :** si... que ,tel(le)... que, tellement... que, d'une telle manière... que
- **Conjonctions figées :** de (telle) sorte, manière, façon que / si bien que / au point que
- **Conséquence normale qui ne se produit pas :** sans que, sans que... ne

C. Exprimer le but

- **Conjonctions exprimant le but**

Français écrit tenu : *L'orateur doit parler fort, afin qu' on l'entende.*
Français courant : *L'orateur doit parler (assez) fort pour qu'on l'entende.*
Français familier dans un contexte impératif : *Parle fort, qu'on t'entende.*

- **Conjonction exprimant la crainte :** de peur que... (ne)
- **Conjonction exprimant le but négatif**

Français tenu : *Elle rentre ses nappes* ***pour qu'****elles ne soient pas mouillées.*
Français courant : *Elle rentre ses nappes* ***pour ne pas qu'****elles soient mouillées.*
Français populaire : *Elle rentre ses nappes* ***pour qu'****elles soient pas mouillées.*

D. Exprimer la concession, l'opposition

- **Conjonctions de subordination concessives :** quoique, encore que, malgré que. Elles sont suivies du subjonctif.
- **Concession indéterminée :** que... que, que... ou non
- **Concession tenant l'absence d'une cause ou d'une conséquence :** même si, quand même

Français littéraire : quand, (lors) même que

- **Opposition ou contraste :** si, tandis que

E. Exprimer la comparaison

- **Comparaison entre deux éléments parallèles ou égaux :** tel(le), même... que, autant, aussi... que

• **Comparaison entre deux éléments différents ou inégaux :** mieux, meilleur(e)... que, plus, moins... que... ne

• **Comparaison simple :** comme, ainsi que, de même que

F. Exprimer l'hypothèse

Un **système hypothétique**, nommé aussi **conditionnel**, se compose de deux propositions liées logiquement, *a* (protase) et *b* (apodose), à l'aide de la conjonction de subordination si ou de locutions conjonctives : comme si, même si, excepté si, sauf si.

• **Protase de l'ordre du réel**
Le mode est l'indicatif.
– *Si a est égal à b, b est égal à a* (le présent marque une vérité permanente).
– *Si mon oncle voyait un mendiant, il faisait un détour* (l'imparfait marque la répétition dans le passé).
– *Si je rencontre Paul, je l'inviterai* (le présent indique l'antériorité de l'hypothèse sur l'acte de même pour le passé composé quand l'hypothèse se situe dans le passé).
– *Si demain tu ne l'as pas rencontré, je lui écrirai.*

• **Protase rejetée du réel**
Modes indicatif et conditionnel.
Dans le **présent** :
– *Si j'étais sa mère, je l'habillerais autrement* (imparfait irréel / conditionnel présent).
Dans le **passé**
– *Si Paul était venu, il aurait mangé du canard* (plus que parfait / conditionnel passé).
Le **français populaire** emploie le conditionnel :
– *Si j'aurais su, je s'rais pas v'nu.*
Dans l'**avenir** :
– *Si Paul venait dimanche, je lui ferais un canard* (hypothèse).
– *Si vous étiez venu dimanche prochain, vous auriez mangé du canard* (irréel).
La **langue littéraire** peut employer le subjonctif plus que parfait :
– *... vous eussiez mangé du canard.*

• **Protase et apodose ne se situent pas forcément à la même époque**
– *Si Paul avait été invité* (passé), *il serait parmi nous* (présent).
– *Si tu étais plus malin* (présent), *tu n'aurais pas joué ce cheval* (passé).

• **Autres conjonctions marquant l'hypothèse :**
À (la) condition que / pourvu que, pour peu que / à moins que (ne) / supposé que, à supposer que, en admettant que, si tant est que / mettons que, qui sont suivies du subjonctif.
Au cas où suivi du conditionnel.

2 L'interrogation

A. Phrases interrogatives

• **Interrogation totale : réponse par oui ou par non**
Trois formes sont possibles :
– *Tu viendras ?* (avec une intonation ascendante)
– *Est-ce que tu viendras ?*
– *Viendras-tu ?*

• **Interrogation partielle sur le sujet, l'objet, les circonstances de l'action**
Français tenu : qui (est-ce qui), quel, où (est ce que) ?

Français parlé familier :
– Quel tableau Paul a acheté en Italie? Paul a acheté quel tableau en Italie?
– Où Paul a acheté ce tableau ? Paul a acheté ce tableau où ?
Français populaire :
– Où c'est que Paul a acheté ce tableau ?
– Où que Paul a acheté ce tableau ?
Généralement, on utilise le mode indicatif. On peut également utiliser le mode conditionnel pour évoquer le **doute** ou une **condition irréelle**. Le mode infinitif est aussi possible.

B. Phrases subordonnées interrogatives

Elles dépendent d'un **verbe d'interrogation** ou impliquant une question : *dire, savoir.*
Elles diffèrent des précédentes par la **suppression des marques syntaxiques** de l'interrogation directe.

• Dans l'interrogation totale
La locution est-ce que est remplacée par si : *Je te demande si tu as froid*.

• Dans l'interrogation partielle
La locution est-ce que est maintenue dans le langage familier mais supprimée dans le français tenu.
L'**inversion** est supprimée, sauf si le mot interrogatif est **attribut du sujet** : *Je me demande qui est cet homme.*
Français populaire : *Je me demande qui c'est cet homme.*

3 La négation

La **locution adverbiale** ne... pas ne porte que sur le verbe. Devant un adjectif ou un autre adverbe, le sens négatif est marqué par non (familièrement pas) / par des **préfixes** / une **tournure** employant un **antonyme** (mot de sens contraire) : *non (pas) submersible, insubmersible.*

A. Portée de la négation

• La négation est ambiguë car elle peut porter sur n'importe quel élément de la phrase :
Paul n'a pas acheté ce tableau en Italie = ce n'est pas Paul/ Paul n'a pas acheté (mais reçu en cadeau)/c'est un autre tableau/ ce n'est pas en Italie.

• Elle enchâsse d'ordinaire l'élément nié : *Je **n**'espère **pas** partir / J'espère **ne pas** partir.*

• Dans le cas d'un verbe subordonné à *falloir, sembler, vouloir, devoir* la négation enchâsse le verbe principal : *Je **ne** veux **pas** partir (= je veux ne pas partir).*

B. Emploi de ne seul

• Sens négatif : *je ne sais.*

• Sens explétif
Ne peut se rencontrer à l'écrit pour reprendre dans une proposition subordonnée le **sens négatif** du verbe principal : *Je crains qu'il **ne** vienne.*
Il n'apparaît pas en **français familier** : *J'ai peur qu'il vienne.*
Ou **derrière** les locutions de peur que, à moins que, avant que : *Allez le voir **avant qu** 'il ne soit parti.*
En **français écrit**, ne est complété par des **adverbes** : pas, guère, jamais nulle part, plus ; un **adjectif** : aucun ; un **pronom** : personne, rien ; une **conjonction** : ni. Ils n'ont pas de sens négatif propre et peuvent être combinés : *Je n'ai jamais vu cela nulle part. Aucun bruit.*

• L'adverbe non est employé pour faire porter la négation sur un **autre élément** que le verbe.
Le français parlé familier remplace non par pas : *Il habite **pas** loin.*
Devant un nom, non devient un préfixe lié par un trait d'union : *La **non**-violence.*

1 La poésie du XIXe au XXIe siècle

La poésie est le plus ancien genre littéraire. Son **mode d'expression particulier** était, à l'origine, destiné à faciliter la mémorisation de longs récits oraux racontant des hauts faits guerriers. Elle a été considérée ensuite comme une forme recherchée d'expression, appropriée aux genres nobles. À l'époque romantique, elle a été utilisée essentiellement pour exprimer les émotions. La poésie s'est progressivement affranchie des contraintes de la forme pour s'incarner dans la densité des contenus.

MARCELINE DESBORDES-VALMORE (1786-1859)

ARTHUR RIMBAUD (1854-1891)

ANDRÉ BRETON (1856-1966)

PAUL CLAUDEL (1868-1955)

BLAISE CENDRAS (1887-1961)

1 La forme poétique

La poésie correspond à une **mise en forme très particulière du langage**, couplée avec un **rythme** créé par la voix, le corps, ou un instrument, destinée à favoriser la mémorisation. Pour cette raison, le texte poétique remplit des fonctions spécifiques.

A L'origine de la poésie

La poésie apparaît comme une des **premières formes de la littérature**. Elle sert à honorer les puissants et valoriser leurs hauts faits, mais aussi à exprimer les sentiments (genre de la poésie lyrique) ; elle est la forme du récit jusqu'au Moyen Âge, et constitue la forme principale du dialogue théâtral jusqu'au XIXe siècle. La **prose** sera adoptée progressivement dans ces différents genres sous la poussée d'une exigence de réalisme ; elle gagnera même, à la fin du XIXe siècle, le genre poétique lui-même.

B La versification

La poésie est caractérisée par le **vers**, interruption de la ligne de la phrase avant son terme grammatical, et par le **retour cyclique de la rime** qui compense la discontinuité. Elle marque la fin du vers, mais elle l'associe à un autre vers selon un système d'alternance : syllabes accentuées et non accentuées, rimes féminines et masculines, différents mètres au sein de la strophe, refrain. La complexité de ce mode d'expression lui confère un certain prestige.

Les types de vers

Nombre de syllabes pairs : hexasyllabe, octosyllabe, décasyllabe, alexandrin.
Vers libres : vers de longueurs irrégulières.
Vers blancs : vers réguliers qui ne riment pas.

C La forme et le sens

La poésie tend à établir une équivalence entre la forme et le sens. Une ressemblance de sons débouche sur une mise en relation du sens des mots qui riment. Ces effets de sens sont de l'ordre de la **connotation**. La poésie peut donc s'interpréter de plusieurs façons ; c'est un langage ambigu. Les figures de style qu'elle utilise correspondent à une vision du monde. L'énonciateur du poème est une voix qui n'est pas seulement celle du poète car il parle au nom des autres, de tout le monde.

> Définition
> **Connotation :** association d'idées, variable selon chaque lecteur, faite à partir d'un mot.

2 Sujets de la poésie

A L'analyse des sentiments

La poésie explore :
– **les différentes émotions** engendrées par l'amour qu'il soit heureux ou malheureux, l'attachement pour les enfants, les parents, les amis ;
– **l'inquiétude** face au temps qui passe ;
– **l'angoisse** engendrée par la certitude de devoir mourir ;
– **les états de plaisir**, de bonheur, d'exaltation ou de mélancolie, de désespoir, d'ennui, de dégoût, la tristesse de l'exil ;
– **la conscience** de la petitesse de l'humain face à la nature, au divin.

B Un outil de connaissance

Décrire le monde et l'histoire est une façon de les comprendre. Les **poètes romantiques** s'interrogent sur la place de l'humain dans l'univers. **Hugo** pense que le poète est un mage inspiré qui peut guider l'humanité.

C Reflet des enjeux collectifs

La poésie peut aussi exprimer le mal d'un siècle : l'insatisfaction du présent et la quête d'autre chose, le renoncement à la poursuite du bonheur, valorisé depuis le XVIIIe siècle. Elle s'interroge sur le sens de la violence d'une époque ; elle peut s'engager pour défendre certains camps (d'Aubigné, Aragon, Éluard), certains idéaux, certaines catégories sociales. Victor Hugo en fait une arme contre la tyrannie de Napoléon III.

D Recherche esthétique

La poésie peut **revendiquer de n'avoir d'autre fonction que d'être un art** et afficher son indépendance par rapport aux soubresauts du monde et de soi-même. Elle se consacre alors à **fournir une vision esthétique de la réalité** ou à réaliser un pur jeu sur le langage. Celui-ci peut d'ailleurs renoncer aux règles classiques de la versification. Le vers libre fait ressortir l'alternance du blanc et de l'imprimé, comparable à celle du silence et de la parole. La notion de poétique tend à se détacher de la versification.

Astuces

Vérifiez que vous êtes capable :
- de **distinguer rime et assonance**, rime masculine et féminine ou vocalique et consonantique ;
- de **compter** – sans erreur due à l'absence de liaison ou à l'oubli du « e » muet – le nombre de syllabes contenues dans un vers ;
- de **repérer la nécessité de faire une diérèse** afin d'obtenir le nombre de syllabes nécessaire ;
- de **nommer les vers** de 6, 8, 10, 12 syllabes ;
- d'**identifier une rime** pauvre, suffisante ou riche ;
- de **définir vers** libres et vers blancs ;
- de **nommer une strophe** de 3, 4, 5, 6 vers ;
- de **définir un hémistiche**, un rejet, un contre-rejet, un enjambement.

Si cela n'est pas acquis :
Faites-vous une fiche à partir de vos manuels. Apprenez-la par cœur.
En effet, ces connaissances sont indispensables pour étudier les particularités de la poésie traditionnelle sur le plan de son expression et comprendre les modifications réalisées par l'expression poétique moderne.

3 Évolution historique

A Le romantisme

• **Le romantisme.** Au départ expression propre à une culture de transmission orale, la forme poétique devient quand l'écrit s'impose la forme d'expression des sujets nobles et la marque d'un art supérieur mais qui va finir par se dévitaliser du fait de son formalisme. Ceci explique la réaction romantique. Pour cette génération, l'écriture doit être **guidée par l'inspiration** et ne pas être un exercice de virtuosité. Les romantiques revendiquent une certaine liberté de forme pour exprimer leurs préoccupations.

• **Le mal-être romantique.** Le romantisme est d'abord **l'expression d'un mal-être** caractérisé par l'esprit de révolte, la nostalgie et l'angoisse, l'ennui, le désir de brûler sa vie, le refuge dans la solitude, l'attirance pour le noir, le bas, le lugubre et même la démence. Puis il s'oriente vers la **valorisation du passé national** et de la culture populaire, l'engagement politique et social. Lamartine, Vigny, Musset et Hugo sont les principales figures de ce courant.

▲ *Deux hommes contemplant la Lune* de C. D. Friedrich (1825-1830)

B La « modernité » poétique

• **Les excès des épanchements lyriques** entraînent la réaction de poètes dont le pessimisme reste impassible. **Le Parnasse** se consacre au travail de la forme dont la perfection esthétique assurera la pérennité de l'œuvre selon son chef de file Théophile **Gautier**. **Lecomte de Lisle** et José Maria de **Heredia** traitent de la nature ou de l'histoire dans des formes brèves et une langue riche.

• **Baudelaire** exprime son sentiment d'être maudit et les ambiguïtés de la nature humaine dans une forme proche de celle adoptée par les Parnassiens et il s'intéresse par ailleurs à la modernité dans l'art. Il transpose certains de ses textes en prose, déplaçant la notion de « poétique » de la forme vers le sens. Le génie précoce et rebelle de **Rimbaud** explore l'imagination poétique et en libère les formes d'expression.

• **Verlaine** exprime un repli sur soi triste dans une langue musicale qui recherche les effets de flou et d'imprécision. Comme lui, les **Symbolistes** cherchent à suggérer au lecteur un état qui le met en communion avec l'auteur à l'aide de symboles. Leur pessimisme se nuance d'amertume et d'ironie comme dans le cas de Jules **Laforgue**.

• **Mallarmé** poursuit l'aventure intérieure de Baudelaire et Rimbaud. Il rassemble autour de lui des poètes fascinés par son écriture très dense hantée par la **recherche de l'idéal et l'angoisse de la stérilité.** La fin du siècle est marquée par un sentiment de décadence qui s'étire jusqu'à la guerre de 1914 (Henri de Régnier, Anna de Noailles). Quelques « **fantaisistes** », comme **Toulet**, prolongent l'esprit grinçant de **Laforgue**. **Carco** réclame le retour à une langue plus claire. Francis **Jammes** et Paul **Fort** proposent une adhésion à la nature qui veut retrouver l'innocence enfantine. Les fermentations de l'esprit nouveau attirent vers des horizons lointains Valéry **Larbaud**, Victor **Segalen** ou Blaise **Cendrars**. La foi chrétienne anime **Claudel** et **Péguy** qui, comme **Valéry**, prolongent une poésie intellectuelle et lyrique.

• **Apollinaire** synthétise la diversité des tendances, expérimente des voies nouvelles. **L'Esprit Nouveau** se traduit par la recherche d'effets de surprise et l'affranchissement des structures classique de la poésie comme la suppression de la ponctuation ou le recours au vers libre.

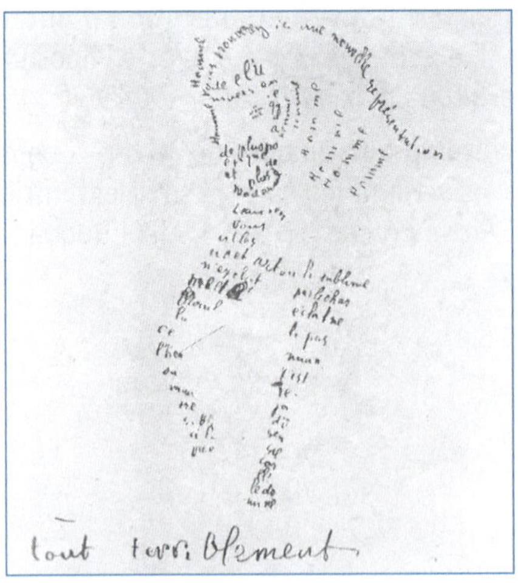

► Calligramme d'Apollinaire

C Au XXe siècle

• **Le drame de la Grande guerre** conduit la nouvelle génération au **rejet des valeurs** qui l'ont engendrée. **Le courant anarchiste et nihiliste Dada**, né à Zurich, gagne la France en 1920 ; il produit par ses provocations essentiellement le sentiment qu'il est impossible de revenir en arrière. Autour d'André **Breton** émerge l'idée d'une révolution **surréaliste** qui fera de la poésie le premier outil de changement de la vie. Elle doit être frénétiquement inventive et se recommande de **Rimbaud**, **Jarry**, **Lautréamont** et **Apollinaire**. Passionnés par la psychanalyse de **Freud**, explorant les ressources du hasard, de l'écriture automatique et du rêve, les surréalistes espèrent libérer la poésie de la rationalité. **Desnos** apparaît comme l'un des plus doués à ces jeux dont la pratique s'étend de 1920 à 1935. **Aragon** et **Éluard**, sympathisants communistes, se détachent du groupe pour suivre leur propre voie et chantent la Résistance à l'occupation allemande. **Jouve** se consacre à sa foi chrétienne.

Pierre **Reverdy**, ami des cubistes, et **Supervielle** ou **Saint John Perse**, restent à distance de cette mouvance.

• **Après la guerre, Char**, **Prévert**, **Bonnefoy**, **Cadou** se dispersent. **Follain** brosse des tableaux familiers, Char mène une recherche exigeante de densité du langage. Cette période incertaine ouvre la voie aux **recherches formelles des lettristes** et de **l'Oulipo** présidé par **Queneau** ou aux développements particuliers de **Michaux**, **Ponge**, **Guillevic**, **Bonnefoy**, **Tardieu**, **Frénaud** et **Jacottet**. L'écriture poétique est toujours largement pratiquée comme en témoigne de nombreux concours mais sa diffusion reste assez confidentielle.

Des poètes contemporains

- Michaux, *Plume* (1938 et 1963)
- Ponge, *Le Parti pris des choses* (1942)
- Char, *Fureur et mystère* (1948)
- Bonnefoy, *Pierre écrite* (1953)
- Jacottet, *L'Ignorant* (1953)

• **Si La poésie écrite peine à trouver son public,** on retrouve cette forme d'expression dans la **chanson** dont la diffusion devient extraordinaire grâce à de nouveaux moyens techniques accessibles à tous : radio, disques, télévision, Internet aujourd'hui. Des auteurs-compositeurs-interprètes de talent comme **Brassens**, **Brel**, **Ferrat**, **Barbara**, Françoise **Hardy**, Véronique **Samson**, Catherine **Ringer**, Mylène **Farmer** ont une grande audience.

D Au XXIe siècle

• **Une nouvelle génération.** Après une assez longue éclipse due à la concurrence de la variété de langue anglaise, est apparue une **nouvelle génération d'auteurs** dont de très nombreuses femmes ; On peut recenser une centaine d'« auteures-compositrices-interprètes françaises » parmi lesquelles Jeanne **Cheral** ou Émilie **Loizeau**.

• **Le rap.** Importé de la culture hip-hop américaine, le **rap** a permis une expression poétique française nouvelle, plus subversive dont les auteurs se disent inspirés par Baudelaire, Rimbaud et Lautréamont (MC Solaar : *Prose Combat en* 1994, Ali et Booba : *Mauvais œil* en 2000).

ŒUVRE

Victor Hugo, *Les Contemplations*, Livre I à IV (1856)

Les mémoires d'une âme

1 Étude de l'œuvre

A Le contexte

• **Contexte historique**
1851 : coup d'État de Louis Napoléon Bonaparte ; instauration du Second Empire (1852-1870).
1854-55 : guerre de Crimée : Français et Anglais aident les Ottomans à résister à la Russie ; Mac Mahon prend le fort Malakoff à Sébastopol ce qui entraîne le retrait du Tsar Alexandre II. Le traité de Paris, signé le 30 mars 1856, accroît le prestige de Napoléon III.

• **Situation de l'œuvre dans la vie de l'auteur**
Victor Hugo a cessé de publier des recueils poétiques lyriques depuis *Les Rayons et les ombres* (1840). Républicain, il s'est consacré à la lutte politique contre Napoléon III qui l'a exilé juste après son coup d'état. Réfugié dans les îles anglo-normandes, il publie la monumentale satire des *Châtiments* en 1853. L'exil aggrave la détresse morale qu'il éprouve depuis la mort accidentelle de sa fille Léopoldine et de son époux Charles Vacquerie. Ils se sont noyés dans la Seine, à Villequier, le 4 septembre 1843. *Les Contemplations* est inspiré par cette double souffrance.

• **Situation dans un courant littéraire**
Ce recueil est dans la ligne de la poésie romantique lyrique qui s'interroge sur la destinée humaine, le temps, le souvenir et se libère partiellement des formes de la poésie classique.

B La forme : type de poésie

Comme les autres romantiques dont il était le chef de file, Hugo conserve l'ample enchaînement de vers pairs (octosyllabes, décasyllabes, alexandrins). Il recourt parfois à des **formes fixes** comme **le sonnet**.
Fidèle à son désir de « disloquer ce grand niais d'alexandrin », il recourt à la division en trois du vers, au **rejet** et au **contre-rejet** pour briser sa monotonie binaire.

C Les thèmes

• **Le recueil** est structuré en deux parties de trois livres chacune dont l'axe est la **mort de Léopoldine.**
– « Autrefois » comprend 77 textes censément écrits avant 1843. Ils évoquent le bonheur familial passé et la nature ainsi que les engagements politiques de l'auteur depuis 1840.
– « Aujourd'hui » comporte 59 textes. Le premier livre est consacré à Léopoldine. L'expression du deuil personnel s'élargit sur une réflexion philosophique puis visionnaire.
Par le récit de sa vie, Hugo renvoie le lecteur à sa propre destinée.

• **Livre I :** Aurore - 29 poèmes
Hugo les consacre aux souvenirs de sa jeunesse : émois amoureux et devant la nature, souvenirs de collège et débats du poète en herbe.

• **Livre II :** l'âme en fleur - 28 poèmes
Ils évoquent sa relation amoureuse avec Juliette Drouet, leur rencontre et les moments de bonheur et de tension de leur longue relation.

• **Livre III :** Les luttes et les rêves - 30 poèmes
Livre de l'engagement militant Hugo y décrit la misère sociale et morale et celles de la société moderne dont il dénonce les cruautés : guerre, tyrannie, peine de mort.

• **Livre IV :** Pauca Meæ (quelques vers pour ma fille) - 17poèmes
Ils sont consacrés à sa fille et au deuil impossible à faire de cette mort accidentelle dans la fleur de l'âge.

2 Parcours « Les Mémoires d'une âme »

« **Les Mémoires d'une âme** », cette expression est celle qu'Hugo emploie dans la préface des *Contemplations* pour présenter son œuvre.
– **Âme** : « Ce sont en effet toutes les impressions, tous les souvenirs, toutes les réalités, tous les fantômes vagues, riants ou funèbres, que peut contenir une conscience, revenus et rappelés, rayon à rayon, soupir à soupir et mêlés dans la nuée sombre ».
– **Mémoires** : 25 années sont dans ces deux volumes. L'auteur a laissé pour ainsi dire ce livre se faire en lui. « La vie, en filtrant goutte à goutte à travers les événements et les souffrances, l'a déposé dans son cœur. »

Les documents complémentaires
– Œuvre poétique d'un autre siècle : Apollinaire, *Alcools*, (1913). – Un autre aspect de la poésie d'Hugo : *Les Châtiments* « Souvenir de la nuit du 4 » (1852). – Un autre objectif de la poésie : un texte parnassien, Théophile Gautier, *Emaux et Camées* « l'Art » (1852). – Une autre forme de confidence : Paul Verlaine, *Romances sans paroles* « Colloque sentimental » (1874). – Un tableau romantique : Caspar David Friedrich, *Femme dans le soleil du matin* (1818), Musée Folwgang, Essen.

▲ *Femme dans le soleil du matin* de C.D. Friedrich (1818)

ŒUVRE

Charles Baudelaire, *Les Fleurs du Mal* (1857)

Alchimie poétique : la boue et l'or

1 Étude de l'œuvre

A Le contexte

- **Contexte historique**

1851 : coup d'État de Louis Napoléon Bonaparte renversant la deuxième République.
1852-1870 : Second Empire de Napoléon III.
1854-55 : guerre de Crimée.

- **Situation de l'œuvre dans la vie de l'auteur**

Baudelaire publia à 36 ans un recueil regroupant des poèmes publiés dans diverses revues depuis 15 ans et des inédits récents sous les titre *Les Fleurs du mal*, parallèlement à son métier de journaliste, critique d'art et littéraire. Il devait effectivement exercer une activité car sa famille, inquiète de sa vie dissolue, l'avait privé de la jouissance immédiate de l'héritage paternel après avoir tenté de le ramener à la raison par un voyage et un séjour à la Réunion. Son livre fut condamné en justice pour immoralité. Cet échec s'additionnant à ses autres difficultés l'abattit complètement. Il mourut misérablement en 1867, dix ans après la publication et un an après un malaise qui le laissa aphasique et paralysé.

- **Situation dans un courant littéraire**

Cette œuvre a été publiée la même année que *La Vigne et la maison,* recueil du poète romantique Lamartine et *Odes funambulesques* le recueil du poète parnassien Théodore de Banville. Baudelaire, conscient de la décadence du romantisme en épanchements sentimentaux complaisants, n'adhère pas à la réaction parnassienne qui se tourne vers la recherche de la seule beauté matérielle car « Congédier la passion et la raison, c'est tuer la littérature » et laisser l'âme inassouvie. (*L'Art romantique* 1852). Il cherche un nouveau mode d'expression des émotions.

B La forme : type de poésie

Baudelaire revient aux **formes poétiques classiques** comme le **quatrain** à **rimes plates** ou le **sonnet**, propres à brider les épanchements inconsidérés.
Dans *Les Fleurs du mal,* il utilise les vers classiques.
Son innovation réside davantage dans la recherche d'images propres à rendre compte des caractéristiques de l'existence.

C Les thèmes

Le recueil comporte six parties :
– « Spleen et idéal » 85 poèmes,
– « Tableaux parisiens » 18 poèmes,
– « Le vin » 4 poèmes,
– « Fleurs du Mal »
– « Révolte » 2 poèmes,
– « La mort » 5 poèmes.

Il traite du déchirement de l'âme, générateur de mélancolie et d'angoisse (Spleen) entre deux pôles opposés : la nature et l'homme sont corruptibles physiquement et moralement. L'attraction

pour les plaisirs de la chair est dégradante et coupable. Le mal prend des aspects horribles et répugnants.
Cependant, l'être humain sent en lui l'aspiration à une pureté spirituelle assimilée aux images d'extase dans des ciels limpides ou des paysages exotiques et sublimes.
Pour atteindre cet idéal qui se dérobe et sortir du spleen, s'offrent divers moyens d'évasion : les drogues (haschich, alcool, tabac) mais aussi les parfums, la musique, l'extase sexuelle.
Tous échouent à apaiser l'âme ce qui suscite la révolte blasphématoire contre Dieu et Jésus.
La paix finalement ne pourra être trouvée que dans la mort où l'extase sera innocente.

2 Parcours « Alchimie poétique : la boue et l'or »

La formulation laisse entendre que la poésie disposerait du pouvoir magique de créer de la beauté à partir de la laideur.
Dans un texte destiné à servir d'épilogue au recueil, Baudelaire écrit :

« Ô vous ! soyez témoin que j'ai fait mon devoir
Comme un parfait chimiste et comme une âme sainte.
Car j'ai de chaque chose extrait la quintessence,
Tu m'as donné ta boue et j'en ai fait de l'or ».

A La boue

Baudelaire est sensible à la corruption et à la dégénérescence de la nature à l'inverse de l'idéalisation qu'en font les Romantiques. Il est de même attentif aux laideurs sociales et humaines que sont la décrépitude physique et le vice. Son univers est brouillé, noir et ruisselant. Son être même lui paraît souillé, coupable et impuissant ; son état d'esprit est morbide et déprimé. Il est hanté par la figure de Satan.

B L'or

Il aspire cependant à la pureté, à un état de sérénité créé par l'harmonie du corps et de l'esprit qu'il imagine existant ailleurs ou avant.

C L'alchimie

Les opérations de transmutation (terme qui renvoie aux pratiques des alchimistes du Moyen Âge) ont pour agents des auxiliaires artificiels (alcool, drogue, tabac) ou se font à l'aide de sensations sonores, olfactives, tactiles, particulièrement suscitées par la musique et la sensualité amoureuse.

D L'échec de l'alchimie

La femme à la fois corrompue et sublime suscite un amour ambigu qui à la fois exalte et dégrade. Elle aggrave l'écartèlement entre le Spleen et l'idéal. La religion est impuissante. La mort apparaît alors comme la voie d'accès à un état réconcilié et bienheureux.

Les documents complémentaires

– Œuvre poétique d'un autre siècle : Apollinaire, *Alcools* (1913).
– Un autre aspect de l'œuvre de Baudelaire : *Le peintre de la vie moderne* (1863).
– Un autre exemple d'alchimie : Arthur Rimbaud, *Poésies* « Les Effarés » (1870).
– Un autre type de poésie : Victor Hugo, *Les Contemplations* et Théophile Gautier, *Emaux et Camées* « l'Art » (1852).
– Un tableau : Jusepe de Ribera, *Le Pied bot* (1642), musée du Louvre.

ŒUVRE

Guillaume Apollinaire, *Alcools* (1913)

Modernité poétique ?

1 Étude de l'œuvre

A Le contexte

• **Contexte historique**

1905 : loi de séparation de l'Église et de l'État.
1906 : réhabilitation du capitaine Dreyfus.
1908 : Georges Braque peint le tableau cubiste *Le Viaduc à l'Estaque.*
1913 : Poincaré président de la République ; Roland Garros traverse la Méditerranée en avion.

• **Situation de l'œuvre dans la vie de l'auteur**

Apollinaire mène une vie précaire et itinérante jusqu'à ce qu'il se lie en 1907 à l'avant-garde artistique parisienne. À partir de 1910, il publie divers articles dans différentes revues. En 1913, il publie *Alcools* en même temps que *Les peintres cubistes, méditations esthétiques*, ce qui consacre sa notoriété.

• **Situation dans un courant littéraire**

« L'Esprit nouveau »

Autour des peintres cubistes se retrouvent Apollinaire avec d'autres poètes et prosateurs modernes (Cendrars, Larbaud, Reverdy, Morand, Cocteau...). Tous partagent l'idée que la révolution technique à laquelle ils assistent impose une révolution des modes de représentation du monde. Pour Apollinaire, la poésie n'est pas un simple travail littéraire mais une façon de vivre.

B La forme

• **Type de poésie**

Le désir de modernité dicte à Apollinaire un rejet de la prosodie, des contraintes formelles et de la construction d'ensemble. La ponctuation disparaît au profit du rythme. Les vers et les strophes sont irréguliers. L'assonance remplace souvent la rime et ne respecte plus l'alternance masculine/ féminine.

Le poème est un objet issu d'associations libres, riche en images visuelles et motrices pour se calquer sur l'accélération technique de l'époque. Il mêle les temps et les lieux, abonde en images disloquées.

C Les thèmes

Apollinaire rassemble des poèmes écrits de 1898 à 1913, correspondant aux périodes de son voyage en Allemagne, de sa fréquentation de l'avant-garde parisienne et de sa liaison avec la peintre Marie Laurencin mais sans respecter les ordres chronologiques ou thématiques. Il organise et brouille les pistes, fait alterner des textes longs et courts, mais il ouvre et ferme le recueil avec des textes forts (« Zone » et « Vendémiaire »).

Le recueil est mis sous le **signe de l'eau de vie** au sens propre comme au sens figuré, symbole d'inspiration poétique et de dynamisme vital.

Il traite en désordre divers sujets :
– beauté et énergie de la modernité qui se révèle particulièrement en ville ;
– redécouverte du quotidien ;
– mélancolie, sentiment de solitude, souffrance amoureuse ;
– les marginaux auxquels le poète s'identifie.

2 Parcours « Modernité poétique ? »

Le point d'interrogation invite à se demander si la modernité poétique est réelle dans ce recueil.

A Aspects traditionnels dans *Alcools*

- Reprise de lieux communs sentimentaux comme l'aspect éphémère de l'amour : « Le pont Mirabeau ».
- Reprise de formes anciennes et populaires comme la chanson (« Chanson du Mal aimé ») ou la fable médiévale (« La Lorelei »).
- Reprise du lieu commun romantique associant les sentiments suscités par l'amour malheureux à ceux ressentis en automne (« Les colchiques »).
- Reprise au courant symboliste du procédé associant deux réalités dont une devient l'emblème, l'allégorie, le symbole de l'autre (« Le Brasier »).

B Innovation dans *Alcools*

- Dérision face aux clichés symbolistes (« Palais », « Clair de lune »).
- Recherche de l'effet de surprise par des associations inattendues d'images imitant les procédés des peintres cubistes (collages, superpositions de points de vues différents), ou futuristes (déformation ou démultiplication d'images).
- Textes décousus et énigmatiques (« Liens »).
- Émerveillement devant la modernité (« Zone »).

Les documents complémentaires
– Œuvres poétiques d'un autre siècle : Victor Hugo, *Les Contemplations* (1856), Charles Baudelaire, *Les Fleurs du Mal* (1857). – Un autre texte de Baudelaire sur la modernité : *Le peintre de la vie moderne* (1863). – Un autre aspect de la poésie d'Apollinaire : un calligramme. – Un poème à forme traditionnelle de la même époque : Paul Valéry, *Charmes* « Cantique des colonnes » (1922). – Un tableau : Umberto Boccioni, *Les pavés de rue* (1914).

▲ *Les pavés de rue* d'Umberto Boccioni (1914)

2 La littérature d'idées du XVIe au XVIIIe siècle

La littérature est une forme d'art qui ne se limite pas à la fiction ou à la recherche esthétique. Le **travail de l'expression** a aussi été mis au service de la pensée et de la réflexion philosophique. Les grands problèmes concernant les êtres humains ont pu être abordés à travers le théâtre, la poésie et le roman, mais des genres spécifiques se sont constitués pour permettre un déploiement plus libre et plus précis de la pensée.

Rabelais (1494-1553) — Montaigne (1533-1592) — Descartes (1596-1650) — La Fontaine (1621-1695) — Voltaire (1694-1778)

1 Évolution historique

A L'Humanisme de la Renaissance

- **Au Moyen Âge, la question de Dieu est au centre de la réflexion.** Le courant de **l'humanisme** correspond à la réhabilitation de la culture littéraire gréco-latine où la réflexion philosophique se déploie en marge de la religion. Elle apparaît comme la plus apte à former l'humain, au sens le plus noble du terme. **L'exercice de la raison et la réflexion** sur ces modèles doivent conduire à l'épanouissement intellectuel et à la sagesse.
- **Cet idéal est soutenu par la diffusion du livre imprimé** et la création de **librairies** dans les villes. Le français devient la langue officielle en 1539. On le met en forme, on l'enrichit, on élabore des dictionnaires de tous types.
- **Une meilleure pédagogie.** On critique la sclérose des universités médiévales ; **Rabelais** et **Montaigne** entre autres réfléchissent à une meilleure pédagogie.
- **On compare les divers systèmes politiques** pour trouver celui qui pourrait permettre l'établissement d'une société idéale. Morale et politique sont au cœur des préoccupations des intellectuels européens.
- **Le recentrage de la pensée sur l'humain** débouche sur un autre regard sur le monde. Il n'est plus considéré du point de vue de Dieu mais il doit être découvert et compris par celui qui l'habite. Les peintres se penchent sur la question de sa représentation réaliste propre à le rendre compréhensible. On collectionne les curiosités naturelles rencontrées dans les voyages lointains.

▲ *Pantagruel* de Rabelais

Personnage-clé

Le **Pantagruel** du roman de Rabelais est un géant légendaire doté de toutes les qualités de l'humaniste.

• **Une grande confiance dans les possibilités intellectuelles de l'humain** nourrit un **appétit de savoir universel** et le désir de tout examiner par soi-même. On apprend le grec et l'hébreu en plus du latin pour pouvoir lire les auteurs antiques et la Bible, malgré la résistance de l'Église qui faisait autorité sur son interprétation mais s'était discréditée par ses abus. La chasse qu'elle fait aux hérétiques envoie sur le bûcher de nombreux ouvrages et même leurs auteurs comme **Dolet** en 1547.

• **À cette vision optimiste de l'humain** capable d'atteindre le bien par ses propres forces, va succéder un profond **pessimisme**. Les **guerres de religion** entre catholiques et protestants déchirent la fin du XVIe siècle et ébranlent sévèrement la confiance dans l'être humain. La découverte d'un nouveau continent et la **reconnaissance du système de Copernic**, qui met le Soleil et non plus la Terre au centre de la galaxie, perturbent toutes les références. Jean de Sponde dans ses poèmes et Montaigne dans *Les Essais* (1580) expriment toutes ces incertitudes.

▲ Copernic (1473-1543)

B L'époque classique

• **L'Église oppose à la Réforme une contre-offensive catholique** mais l'angoisse du salut reste vive. Les **Jansénistes** pensent que le destin de l'individu dépend du choix de Dieu et non du mérite individuel. Leur position sera brillamment défendue par **Pascal**. Ce dernier entreprend par ailleurs un ouvrage où il expose toutes les raisons qui doivent conduire l'humain à la Foi. Il reste inachevé et est publié sous le titre *Pensées* en 1670.

• **La mesure succède à la frénésie du siècle précédent ;** « l'honnête homme » est celui qui est capable de s'intéresser à tout sans pédanterie. Le philosophe **Descartes** trouve un recours essentiel dans la raison. **Tout doit être mis en doute** jusqu'à ce qu'une certitude puisse servir de base à la construction méthodique d'un système fiable (*Le Discours de la méthode,* 1637). La certitude atteinte est celle de sa pensée qui est la preuve de l'existence de l'humain. L'existence de Dieu lui semble prouvée par le fait que l'esprit en conçoit l'idée. Les règles que Descartes instaure sont **fondées sur la logique** et s'inspirent de la démarche en physique et permettront le développement des sciences.

• **Les libertins.** Parallèlement, les **Libertins** se référant au matérialisme antique contestent la religion : l'humain est un être terrestre qui doit s'épanouir sur terre en suivant les lois de la nature. La pensée matérialiste ne cessera de se renforcer au cours des siècles suivants.

• **Les moralistes classiques.** À l'inverse des auteurs **baroques**, fascinés par le mouvement et la complexité du monde, les auteurs du XVIIe siècle sont à la recherche de stabilité. Ils s'intéressent à ce qui est éternel dans l'humain et se penchent particulièrement sur les valeurs morales. (La Fontaine, La Rochefoucauld). **Leur pessimisme se révèle dans le goût pour la tragédie** qui met en scène le conflit de la raison et des passions et pose le problème du fréquent échec de la volonté. Il faut attendre le début du XXe siècle avec la théorie de l'inconscient mise en forme par Freud pour que soit profondément modifiée cette analyse psychologique.

• **La progression de l'absolutisme** génère une nouvelle forme d'autorité intellectuelle qui mobilise toutes les énergies et toutes les formes d'expression au service de la grandeur de la figure royale. Cependant, à la fin du siècle, la querelle des Anciens et des Modernes annonce des temps différents.

C L'homme des Lumières

• **Les voyages.** **Les voyages en Océanie** et les contacts avec d'autres civilisations conduisent à la notion de la **relativité des valeurs**. Il s'agit de dépasser les bornes des cultures nationales et de penser un humain cosmopolite. L'autorité et le fanatisme doivent laisser place à la pensée libre et au droit naturel. L'étude des sociétés et la comparaison des systèmes politiques passés et présents visent à imaginer le gouvernement idéal. ***L'Encyclopédie*** rassemble et organise ces conceptions

• **L'engouement pour la démarche scientifique** qui se développe dans le domaine de l'étude de la nature, l'intérêt pour l'agronomie et l'économie nourrissent l'espoir d'une possible maîtrise du monde et la foi dans un nouveau concept, celui de progrès qui mène l'humanité de l'état de nature à la civilisation. Cette idée accentue l'impatience face à toutes les formes d'autorité qui verrouillent l'ancien monde et servira de ferment à la Révolution.

• **Malgré les réticences de Rousseau,** cette conviction se maintient au XIXe siècle. **Soutenue par les résultats de la révolution industrielle**, elle sera mise en forme par le **positivisme** d'Auguste **Comte** qui décrira la marche progressive de la connaissance humaine et le scientisme manifestera une confiance aveugle dans la science. Mais le désastre des guerres mondiales du XXe siècle mettra à mal cette idéologie.

• **La révolte contre l'intolérance religieuse** accélère les progrès de la **libre-pensée** qui sera dynamisée par le **matérialisme historique de Marx** au XIXe siècle jusqu'à ce que, au milieu du XXe siècle, la philosophie cherche à penser la situation de l'humain sans Dieu. **Sartre** et **Camus** s'interrogent sur le sens de l'existence humaine dans cette hypothèse. Elle apparaît absurde, sa seule justification étant dans l'engagement au côté des autres humains pour lutter contre les maux qui l'accablent.

2 Les genres qui abordent la question de l'argumentation

• **Toute question philosophique** peut s'exprimer dans les genres traditionnels de la littérature : poésie (La Fontaine, Hugo), théâtre (la tragédie, le théâtre de l'absurde), roman (Sartre et Camus).

• **Mais elle peut aussi s'exprimer dans des genres spécifiques,** originaux comme les essais, forme inventée par Montaigne ou le détournement de légende pratiqué par Rabelais.

• **Au XVIIe siècle,** elle utilise des **formes plus codifiées** comme le discours, la fable, les maximes, les portraits.

• **Au XVIIIe siècle,** **critiques et utopies** prennent des formes imagées et se glissent dans des récits ou des contes apparemment innocents. On fait s'affronter les points de vue dans des dialogues, des échanges de lettres. Les dictionnaires, les discours et la forme encyclopédique révèlent la volonté didactique des auteurs.

Remarque

La tonalité de ces types de texte peut être :
– sérieuse et grave ;
– légère et divertissante ;
– mais aussi polémique, allant de l'épigramme ou du mot d'esprit ironique au pamphlet qui s'exprime avec violence.

3 Les démarches argumentatives

• **Défendre une thèse.** Quelles que soient les formes littéraires adoptées, **les textes argumentatifs sont construits pour défendre une thèse.** Le plus souvent les auteurs abordent, outre le leur, divers points de vue possibles sur le sujet traité, qui ont été défendus par des penseurs antérieurs ou contemporains. Ils peuvent aussi se situer par rapport au sens commun. Mais dans tous les cas, leur position s'établit :
– soit en en **réfutant** d'autres ;
– soit en les **nuançant** ;
– soit en les **appelant** en renfort.

• **La rhétorique.** Les auteurs utilisent des **types d'arguments répertoriés par la rhétorique** comme la règle de justice, l'argument *ad hominem*, le paradoxe ou le syllogisme.

• **Pour persuader, ils exploitent les ressources des figures de style :** analogies, antithèses, euphémismes, hyperboles…
Ils adoptent une disposition de leur argumentation propre à entraîner l'adhésion du lecteur.

ŒUVRE

François Rabelais, *Gargantua* chapitres XI à XXIV (1535)

La bonne éducation

1 Étude de l'œuvre

A Le contexte

• Contexte historique

1515-1547 : règne de François Ier.
1520 : rupture de Luther avec Rome.
1534 : affaire des Placards. Début de la répression contre la Réforme.
1539 : ordonnance de Villers-Cotterêts, le français devient langue officielle.
1543 : système de Copernic (la Terre tourne autour du Soleil).
1545-1563 : concile de Trente, réaffirmation du dogme catholique.

• Situation de l'œuvre dans la vie de l'auteur

Né en 1483, en Touraine, François Rabelais, fils d'un avocat, entre jeune dans les ordres où il étudie le grec. Mais en 1530, il abandonne la vie monastique pour étudier la médecine à Montpellier, métier qu'il exerce à Lyon puis au service du cardinal Jean Du Bellay qu'il accompagne à Rome. Au retour, il publie *Gargantua*, qui fait suite à *Pantagruel* édité à Lyon en 1532. Il voyage beaucoup et publie le *Tiers livre* en 1546 et une version incomplète du *Quart livre* en 1548, dont la diffusion sera combattue par l'Église catholique qui a déjà condamné la réédition, pourtant édulcorée, des deux premiers ouvrages en 1543 et 1544. Le cardinal Jean du Bellay lui conserve sa protection. La mort de Rabelais en 1553 lui épargne les poursuites que lui aurait values la publication en 1552 du *Quart livre* complet, également condamné.

• Situation dans un courant littéraire

L'humanisme, courant né en Italie au XIVe siècle, gagne l'Europe entière aux XVe et XVIe siècles. Il est dynamisé par la redécouverte des textes antiques, à l'issue de la prise de Constantinople en 1453 par les Ottomans. Il exprime l'ardent désir d'un renouveau inspiré par l'Antiquité gréco-latine. Il s'appuie sur une formation intellectuelle rénovée et facilitée par l'invention et le développement de l'imprimerie. Le roi François Ier soutient ce courant novateur. Le libre examen des textes sacrés, rendu possible par l'apprentissage du grec et de l'hébreu, débouche sur une contestation de l'autorité de l'Église catholique par divers courants de la Réforme. Malgré la tenue d'un concile, de sanglantes guerres de religion éclatent dans toute l'Europe.

B La forme

• Une parodie : *Gargantua* est une parodie des chroniques de dynasties princières, auxquelles l'œuvre emprunte la structure narrative (formation et exploits du héros), et de l'épopée, dont elle imite la démesure.

• Des éléments repris de la tradition folklorique : Rabelais reprend une tradition folklorique mettant en scène des géants légendaires, propre à la culture carnavalesque qui tourne en dérision et inverse les valeurs sociales comme le fait le carnaval le temps d'une fête.

• Diverses formes de comique : l'effet de disproportion dû au gigantisme, le registre de la farce (mauvaises plaisanteries, paillardise, scatologie), la caricature et la satire ; le comique verbal de l'oralité (poème, discours, conversation, propos de nourrice, proverbes) ; l'accumulation cocasse d'expressions populaires pittoresques ; le détournement de la langue savante,

avec des néologismes et des étymologies fantaisistes, mais aussi la caricature du latin dégradé qui était jusque-là la langue officielle.

C Les thèmes

• ***Gargantua* est une satire** des membres de l'élite nobiliaire et de l'université qui se signalent par un cérémonial et des accoutrements ridicules. Cette élite envoie en ambassade son dignitaire le plus remarquable qui s'avère être stupide, goinfre, ivrogne, cupide et surtout ignorant. Elle est le socle d'une religion purement mécanique et formaliste et d'une vie intellectuelle totalement sclérosée.

• **Une apologie d'une nouvelle idée de l'homme et de la pratique religieuse**, qui s'exprime à travers la confrontation de deux systèmes éducatifs, est également véhiculée dans l'œuvre de Rabelais.

• **Le jeu** qui consiste à passer constamment et sans transition d'un univers crédible, par sa localisation et les détails précis du quotidien, au merveilleux, a une visée sérieuse comme l'annonce le prologue de l'œuvre.

2 Parcours « La bonne éducation »

Le qualificatif « bonne » implique que l'éducation puisse être mauvaise. Rabelais oppose le système médiéval et le système humaniste tant sur le plan de la personnalité des enseignants et la durée de la formation que sur ses effets.

• **Ponocrates**, le nouveau précepteur de Gargantua, reprend les disciplines traditionnelles médiévales (arithmétique, géométrie, astronomie, musique, rhétorique) mais en mettant en évidence leurs applications concrètes. Elles sont complétées par une formation scientifique (botanique, médecine) et technique (beaux-arts et artisanat).

• **La pratique religieuse** mécanique et quantitative est remplacée par l'observation de la vie qui nourrit la foi ; grâce est rendue à Dieu à propos et en y réfléchissant personnellement.

• **L'éducation physique** était absente de la première éducation reçue par Gargantua car la religion méprise, ignore et maltraite le corps. L'équitation et l'usage des armes propres à la chevalerie sont introduits et complétés par l'apprentissage des autres techniques de guerre. Le futur roi doit être endurant, adroit, agile, fort, ce qui s'acquiert à l'aide de disciplines d'athlétisme qui sont aussi des entraînements du caractère et de la volonté.

• **Après avoir passivement écouté,** recopié et appris par cœur stupidement des textes théologiques, Gargantua étudie en jouant, en observant, en imitant de grands modèles. Les journées sont très remplies mais les activités physiques et intellectuelles sont parfaitement équilibrées et menées avec le souci de l'hygiène, de la diététique et de la salubrité.

Les documents complémentaires
– Rabelais, *Pantagruel*, « Lettre de Gargantua à Pantagruel » (chap. 8) (1532). – Montaigne, *Les Essais*, livre I, « De l'institution des enfants » (chap. 26) (1580). – Jean-Jacques Rousseau, *Émile ou de l'Éducation* (1762). – Jacques Prévert, *Paroles*, « Le cancre » (1946). – Les illustrations de Gustave Doré pour les éditions de 1851 et 1873 de *Gargantua*. – Une photographie de Robert Doisneau : *La pendule* (1956).

ŒUVRE

La Bruyère, *Les Caractères*, livre XI « De l'Homme » (1688)

Peindre les Hommes, examiner la nature humaine

1 Étude de l'œuvre

A Le contexte

• Contexte historique

1643-1715 : règne de Louis XIV.

1683 : mariage de Louis XIV avec Madame de Maintenon, très dévote ; le roi devient austère et intolérant.

1685 : révocation de l'Édit de Nantes, persécutions des protestants.

1688-1697 : guerre de la Ligue d'Augsbourg, très coûteuse.

• Situation de l'œuvre dans la vie de l'auteur

Né en 1645 dans une famille bourgeoise, Jean de La Bruyère fait des études de droit puis achète une charge de trésorier. Il mène une vie de rentier modeste à Paris jusqu'à ce que Bossuet le place comme précepteur du petit-fils du Grand Condé et de sa jeune épouse, fille naturelle de Louis XIV, en 1684. Il fréquente la cour à partir de 1687 et publie *Les Caractères* en 1688. L'ouvrage obtient un grand succès et est réédité deux fois cette même année. Cette unique œuvre fut sans cesse remaniée et augmentée par son auteur et connut huit éditions. La Bruyère meurt subitement à Versailles en 1696.

• Situation dans un courant littéraire

La querelle des Anciens et des Modernes (1687-1700) est initiée par un poème de Perrault, *Le Siècle de Louis le Grand*, qui fait l'apologie du présent. L'influence croissante du rationalisme issu de Descartes débouche sur une critique et un rejet des modèles antiques par les philosophes Bayle, Fontenelle et Saint-Évremond. Les Anciens, grands aristocrates et membres de la haute bourgeoisie, défendent des positions conservatrices sur le plan esthétique comme politique. On compte parmi eux La Bruyère, Racine et Bossuet (précepteur du Dauphin de 1670 à 1680, évêque de Meaux, célèbre pour ses sermons et ses oraisons funèbres). Boileau, poète satirique et titulaire de charges à la cour, soutint Colbert dans la clarification de l'esthétique classique dont son *Art poétique* (1674) est le manifeste.

B La forme

Les Caractères sont publiés sans nom d'auteur à la suite d'une traduction faite par La Bruyère des *Caractères* de Théophraste (371-288 av. J.-C.). Ils se présentent sous forme de fragments, illustrant des genres très variés : portraits, jugements moraux, historiettes, nouvelles, maximes, pensées, essais, tableaux, petites plaidoiries. La brièveté et la diversité relancent constamment l'intérêt du lecteur.

Les tonalités vont du sérieux le plus solennel au franc comique en passant par l'humour ou l'ironie. Réaliste par la précision et la justesse de ses observations, l'auteur n'hésite pourtant pas à céder parfois à la fantaisie d'une exagération extravagante. Une structure solide évite toutefois la dispersion ou l'effet d'incohérence. Chaque livre possède son organisation propre et l'œuvre demande à être lue comme un tout organisé.

La Bruyère suit les principes de l'écriture classique qui préconise la recherche de la perfection formelle. Il pense, de plus, que le travail de la forme lui permet d'affiner sa réflexion.

C Les thèmes

- **Les mœurs de ce siècle :** c'est une analyse de la société aristocratique de la deuxième partie du XVIIe siècle, sous le règne de Louis XIV vieillissant.

- **La recherche de ce qui est permanent et universel dans l'Homme :** La Bruyère, comme les autres classiques, étudie l'Homme naturel (livres I à IV), l'Homme social (l. V à X), l'Homme moral (l. XI à XIV), l'Homme religieux (l. XV et XVI).

2 Parcours « Peindre les Hommes, examiner la nature humaine »

La juxtaposition des deux verbes, « peindre » et « examiner », peut se charger de plusieurs valeurs : mise en parallèle ou relation de cause à effet. Pour peindre, il faut observer, ce qui permet de comprendre. Le passage du pluriel au singulier montre que la diversité des individus se résout par la mise en évidence de traits communs.

- **Dans le livre XI « De l'Homme »,** La Bruyère décrit une société très inégalitaire et très hiérarchisée qu'il ne conteste pas malgré la fatuité, la sottise et l'imposture qui y règnent. Les relations sociales y sont guidées par le sentiment de frustration, l'envie, la jalousie et marquées par l'incivilité, l'impolitesse, la raillerie voire la médisance et la calomnie, l'ingratitude.

- **S'attachant aux caractères masculins et aux traits féminins,** à ceux des enfants, des hommes mûrs et des vieillards, La Bruyère embrasse tous les aspects de la vie, ce qui lui permet de poser la question d'une nature humaine. Mais existe-t-il vraiment une constance de la personnalité puisque l'on constate qu'un bon naturel peut s'aigrir et se transformer au gré des événements ou des expériences malheureuses ? La Bruyère relève de nombreuses manifestations de la prétention, la futilité, l'incohérence et l'égocentrisme mais, surtout, il note la récurrence d'un rapport absurde à la vie et à la mort.

- **Ce constat fataliste de la nature humaine** doit nous permettre, selon l'auteur, de mieux supporter les travers de nos proches et d'adopter une attitude propre à faciliter les relations sociales donc de gagner personnellement en lucidité et en sagesse.

Les documents complémentaires
– Nicolas Boileau, *Satire III* (1666), *Satire IV* (1666), *Satire VIII* (1668). – François de La Rochefoucauld, *Maximes* (1665). – Jean de La Fontaine, *Fables*, « Les animaux malades de la peste » (1678-1679). – Molière, *Dom Juan* (1665), acte V scène 2 ; *Le Misanthrope* (1666), acte I scène 1. – André Comte-Sponville, *Petit Traité des grandes vertus* (la générosité, la gratitude, l'humilité, la tolérance) (1995).

ŒUVRE

Olympe de Gouges, *Déclaration des droits de la femme et de la citoyenne* (1791)

Écrire et combattre pour l'égalité

1 Étude de l'œuvre

A Le contexte

• Contexte historique

1774-1793 : règne de Louis XVI, déposé par l'Assemblée législative le 10 août 1792.
1789 : *Déclaration des droits de l'homme et du citoyen* (26 août).
1791 : entrée en vigueur de la Constitution (septembre).
1792 : ouverture du procès de Louis XVI (11 décembre).
1793 : durcissement de la coalition européenne décidée à anéantir la Révolution ; 10 mars : création du tribunal révolutionnaire ; guerre contre-révolutionnaire en Vendée ; 16 octobre : exécution de la reine Marie-Antoinette ; 24-31 octobre : exécution des principaux leaders girondins.

• Situation de l'œuvre dans la vie de l'auteur

Marie Gouze, qui se disait fille illégitime d'un homme de lettres, le marquis Lefranc de Pompignan, est née à Montauban en 1748 dans un milieu de langue occitane. Mariée à 17 ans, en 1765, et très rapidement veuve, elle quitte définitivement Montauban pour Paris. Sous le pseudonyme d'Olympe de Gouges, elle fréquente les salons intellectuels. En 1784, elle publie un roman épistolaire autobiographique. En 1785, elle présente au comité de lecture de la Comédie-Française *Zamore et Mirza ou l'heureux naufrage*, une pièce anti-esclavagiste qui suscite de nombreuses résistances et ne sera jouée que trois fois. Outre de multiples pièces dramatiques, Olympe de Gouges a publié dans la presse et a produit des affiches et des brochures. Elle est surtout connue pour la *Déclaration des droits de la femme et de la citoyenne* (1791) mais elle a aussi rédigé des projets de réformes sociales en faveur des opprimés, des femmes et des enfants. Son œuvre, très abondante, reste méconnue. Engagée dans l'action politique aux côtés des Girondins en 1792, s'opposant publiquement à Marat et Robespierre, elle fut condamnée à mort par le tribunal révolutionnaire et guillotinée le 3 novembre 1793.

• Situation dans un courant littéraire

Les femmes des Lumières animent des salons où s'élaborent les idées nouvelles. Elles sont aussi artistes, philosophes, physiciennes, astronomes, anatomistes, mathématiciennes… Jeanne Barret est exploratrice et botaniste. Le plus souvent autodidactes, ces femmes sont reconnues par leurs pairs.

Très impliquées tout au long de la Révolution, les femmes accèdent à la conscience de leurs droits et rejoignent des clubs militants à partir de 1790. En 1793, la Terreur interdit leur regroupement dans des associations. Beaucoup payèrent leur engagement de leur vie. Elles furent exécutées, tuées ou bien en moururent folles.

B La forme

• Un pastiche : la *Déclaration des droits de la femme et de la citoyenne* d'Olympe de Gouges reprend le style et la structure de la *Déclaration des droits de l'homme et du citoyen* de 1789, placée en exergue de la Constitution par l'Assemblée.

• **Un pamphlet :** la transposition au féminin oblige à des modifications qui mettent en évidence que la déclaration de 1789 n'est pas universelle et donnent à celle d'Olympe de Gouges un aspect polémique.

• **Un manifeste :** un postambule en deux parties très contrastées vise des destinataires différents. À une harangue véhémente adressée aux femmes succède une analyse destinée à l'ensemble de la société.

C Les thèmes

• **Les valeurs des Lumières :** la raison impose de remplacer la morale religieuse par la sagesse de la morale naturelle.

• **Les valeurs républicaines :** Olympe de Gouges milite pour l'égalité des esclaves, des femmes et des enfants naturels.

• **Le féminisme :** l'auteure rejette le préjugé d'une inégalité entre les deux sexes. Elle appelle, pour le progrès général, à balayer cette apparente vénération qui n'est que le masque de l'aliénation des femmes et de l'irrespect des hommes.

2 Parcours « Écrire et combattre pour l'égalité »

La coordination entre les deux verbes « écrire » et « combattre » suggère que l'écriture peut seconder l'action politique. Dans le cas d'Olympe de Gouges, malgré la *Déclaration des droits de l'homme* de 1789 et l'abolition des privilèges, un nombre considérable de personnes sont exclues de la citoyenneté pour laquelle elles se sont battues.

• **Combattre :** la rédaction et la publication de cinq exemplaires pour adoption par l'Assemblée législative de la *Déclaration des droits de la femme et de la citoyenne* est un acte militant. Le soutien demandé à la Reine à cette occasion par Olympe de Gouges lui portera tort.

• **Écrire :** pour convaincre les députés de réparer l'injustice faite aux femmes, le texte doit les rendre visibles en les particularisant et montrer aux révolutionnaires que leurs actes sont en contradiction avec leurs principes philosophiques, politiques et moraux. L'auteure dénonce les préjugés des hommes comme ceux des femmes. Elle veut convaincre ces dernières de la légitimité de leur participation aux affaires publiques. Elle met en scène la femme citoyenne et brosse le tableau futur d'une nation juste et harmonieuse, dont la ratification de ce texte permettrait d'amorcer la venue.

Les documents complémentaires

- Olympe de Gouges, *L'Esclavage des Noirs ou l'heureux naufrage*, drame en trois actes et en prose (1784).
- Jean-Jacques Rousseau, *Émile ou de l'Éducation*, livre V, « Sophie » (1762).
- Pierre Choderlos de Laclos, *Les Liaisons dangereuses*, lettre LXXXI, « De Madame de Merteuil au vicomte de Valmont » (1782).
- Article « femme » de l'*Encyclopédie* de Diderot et d'Alembert.
- Simone de Beauvoir, *Le Deuxième Sexe*, tome 2 (1949).

3 Roman et récit du Moyen Âge au XXIe siècle

Genre foisonnant et sous-estimé jusqu'au XIXe siècle, le **genre romanesque** connaît un succès tardif et se développe à une époque où la société connaît de grandes mutations politiques, économiques et sociales. Il reflète l'intérêt naissant pour l'individu d'une classe bourgeoise en pleine ascension sociale. L'idée de **destin personnel** s'impose ainsi que celle des déterminismes divers qui le conditionnent. Mais au XXe siècle, l'être humain semble se perdre dans la masse. Le personnage de roman est donc un révélateur des enjeux sociaux Le **personnage de roman** diffère du héros mythique, en ce que son destin n'est pas tracé. Ce dernier dépendra de la manière dont le personnage fera face aux événements auxquels il sera confronté.

MADELEINE DE SCUDÉRY (1607-1701)

DIDEROT (1713-1784)

STENDHAL (1783-1842)

FLAUBERT (1821-1880)

MAUPASSANT (1850-1893)

ALBERT CAMUS (1913-1960)

Évolution historique

A Au Moyen Âge

• **Les premiers récits en langue populaire** (ancien français) étaient écrits en vers et chantés par des jongleurs itinérants. Ils reflétaient les valeurs d'une société aristocratique et guerrière. Les **exploits surhumains** de leurs héros étaient destinés à dynamiser les auditeurs. Il nous est parvenu des versions écrites de certaines de ces chansons de gestes (hauts faits) bien postérieures à l'époque de leur version chantée.

Exemple
La Chanson de Roland dont le manuscrit trouvé à Oxford et publié en 1837 est daté du XIe siècle mais évoque Charlemagne, couronné en 800.

• **Les récits épiques.** À la même époque et au cours des deux siècles suivants on observe un foisonnement de récits épiques organisés en cycles autour d'un personnage central. D'abord inspirés par le contexte historique des Croisades, leur morale vise ensuite à dépasser l'héroïsme pour promouvoir la sainteté.

• **À partir du XIIe siècle, de grands seigneurs provinciaux concurrencent le roi.** Leurs cours animées par les femmes quand les hommes partaient en croisades développent des valeurs nouvelles. L'idéal des chevaliers devient l'élégance, la prouesse, la générosité, la mesure et la pudeur, le culte de l'amour, et la vénération de la femme.

• **Le roman courtois.** Dans ce contexte se développe un nouveau genre de récit, il est écrit par des poètes musiciens, nommés **trouvères** ou **troubadours** parce qu'ils en inventent les intrigues et chanté par les jongleurs qui animent les cours. Le roman courtois, écrit en langue romane, puise ses sujets dans l'Antiquité gréco-latine, les légendes orientales et bretonnes.

Définition

Roman courtois : texte versifié écrit en langue romane et dont les valeurs sont celles de la société de cour.

Exemples

Les œuvres les plus célèbres sont l'histoire de Tristan et Iseult dont il nous reste les versions de Thomas et de Béroul et le cycle des **chevaliers de la Table ronde**, compagnons du roi Arthur, écrit par Chrétien de Troyes entre 1160 et 1190. *Le Chevalier* à la *Charrette* raconte l'histoire de Lancelot, *Le Conte du Graal* celle de Perceval.

• **Le monde des clercs produit aussi des récits ironiques**, exercices de style d'auteurs divers cumulés entre 1174 et 1250 sous le nom de *Roman de Renart*. Ils mettent en scène un goupil nommé Renart, si populaire que l'animal sera désormais désigné par ce nom propre. Le loup Ysengrin, le chat Tibert et l'ours Brun nous sont encore familiers.

▲ *Roman de Renart*

• **Les fabliaux.** Hors des cours dans les milieux populaires se développent aux XIIIe et XIVe siècles les **fabliaux** dont le nom désigne des récits inventés. Ils racontent de brèves anecdotes destinées à faire rire par leur truculence ou leur gaillardise et qui répondent ironiquement aux contes moraux ou édifiants. La plupart des auteurs sont anonymes, poètes amateurs, jongleurs ou clercs marginaux comme Rutebeuf auteur du *Testament de l'âne* (vers 1253).

B À la Renaissance

• **Les guerres d'Italie menées par les Valois** ont fait découvrir aux rois français la **Renaissance italienne** et ses formes d'expression imitées de l'Antiquité. La sœur de François Ier, Marguerite de Navarre, anime à Nérac une cour cultivée et écrit elle-même un recueil de nouvelles inspirées du *Décameron* de l'italien Boccace, l'*Heptaméron* (vers 1545). Bloqués durant sept jours par le mauvais temps dans une abbaye, dix voyageurs racontent pour se distraire des récits aux tonalités très diverses.

▲ Marguerite de Navarre, entourée de ses dames de compagnie

• **Les interrogations humanistes** s'expriment à travers de multiples écrits et prennent une forme réjouissante sous la plume de Rabelais (1483-1553). S'inspirant de légendes populaires, il déroule sur cinq livres les aventures de géants philosophes qui donnent leur nom aux deux premiers livres : *Pantagruel* (1532) et *Gargantua* (1534).

Définition

Humanisme : mouvement intellectuel se développant en Europe à la Renaissance et qui, renouant avec la civilisation gréco-latine, manifeste un vif appétit critique de savoir, visant l'épanouissement de l'homme rendu ainsi plus humain par la culture.

C Au XVIIe siècle

• **Le roman précieux.** Au début du siècle, de grandes dames désertent le palais royal du Louvre trop vulgaire à leur goût. Autour d'elles se constitue un **courant précieux** dont les adeptes s'adonnent dans des salons privés à des jeux poétiques et littéraires subtils ou à l'écriture de récits en prose.

• **Le roman précieux est une œuvre d'imagination** mettant en scène des **personnages idéalisés** qui évoluent dans un univers artificiel et conventionnel reflétant les manières de vivre de l'aristocratie de l'époque. Les **intrigues amoureuses** sont compliquées, sans souci de vraisemblance. Charles Sorel, dans *L'Histoire comique de Francion,* le parodie. Il tourne en dérision les élans poétiques et épiques en racontant les tribulations amoureuses d'un gentilhomme dans la tradition gauloise de Rabelais ou de Montaigne.

Exemples
Le Roman bourgeois d'Antoine Furetière (1666) et *Le Roman comique* de Paul Scarron (1651-1657) appartiennent au genre burlesque, parodie d'un genre sérieux.

• **Des œuvres fondatrices.** Madame de Lafayette inaugure en 1662 avec *La Princesse de Montpensier* (dont Bertrand Tavernier a réalisé une adaptation cinématographique en 2010) ou en 1678 avec *La Princesse de Clèves* une forme nouvelle à l'origine du roman moderne. Les personnages sont toujours idéalisés, mais évoluent dans le contexte historique de la cour des Valois au XVIe siècle et côtoient des personnages réels. Les héroïnes vivent un conflit psychologique intense entre l'amour et la vertu, sujet principal du récit.

• **Le roman philosophique.** Le goût de l'époque classique pour l'Antiquité tend à s'affaiblir, cependant le précepteur du Dauphin, l'évêque Fénelon, reprendra à l'*Odyssée* le personnage du fils d'Ulysse, Télémaque, pour lui faire entreprendre un voyage propre à éduquer un futur prince dans un roman pédagogique intitulé *Télémaque* publié à l'insu de l'auteur en 1699.

D Au XVIIIe siècle

• **Un genre proche de la réalité.** Le roman est progressivement reconnu comme un **genre littéraire sérieux censé refléter la réalité**. Ses formes se diversifient. Beaucoup de récits se présentent par exemple comme de simples compilations de lettres ou de récits de gens qui ont réellement existé. Les trois plus célèbres sont les *Lettres persanes* de Montesquieu (1721), la *Nouvelle Héloïse* de Rousseau (1762) et *Les Liaisons dangereuses* de Choderlos de Laclos (1782). La bourgeoisie, classe pragmatique en pleine ascension sociale, apprécie d'autant mieux le roman qu'il met en scène des personnages de ce milieu et qui évoluent dans le monde réel. **Jacques le Fataliste** est ainsi le héros d'un roman où **Diderot** bouscule par ailleurs les conventions narratives.

• **Le roman moralisateur.** Le personnage ambigu de ***Manon Lescaut*** (1731) imaginé par l'abbé Prévost entre dans l'histoire littéraire comme la première femme fatale. Un jeune étudiant, Des Grieux, tombe sous son charme et aveuglé, ira à sa perte, faute d'avoir reconnu la vraie nature de la jeune femme. Cette héroïne inspirera aussi un opéra à Puccini en 1893. À l'inverse, **Marivaux** dans *La Vie de Marianne* (1731-1741) raconte la vie d'une jeune femme qui, quand elle était enfant, fut la seule survivante de l'attaque d'un carrosse et qui dut sa reconnaissance sociale à sa vertu.

▲ Rencontre de Manon Lescaut et du chevalier Des Grieux

• **Le roman libertin.** Le goût du libertinage répandu dans l'aristocratie à partir de la Régence inspira de nombreux récits où les personnages vivent des aventures grivoises *Les Égarements du cœur et de l'esprit* de **Crébillon** (1736-1738) en sont un exemple. La sexualité peut prendre parfois des aspects sombres et pervers, avec le couple Valmont/Merteuil *des Liaisons dangereuses* ou dans les romans de **Sade**.

• **Le roman philosophique.** À la suite de **Montesquieu**, les philosophes s'emparent du genre romanesque pour favoriser la diffusion de leurs idées. **Voltaire** écrit de nombreux contes comme *Candide* (1759) et **Diderot** des récits atypiques ou des dialogues comme le *Neveu de Rameau* (1760).

E Au XIXe siècle

• **Le roman, auparavant sous-estimé,** est **reconnu au même titre que la poésie et le théâtre** et devient progressivement le genre dominant en littérature.

• **Le roman populaire.** L'instruction augmente et la presse se développe, le roman populaire souvent **publié en feuilleton** conserve les traits dominants de la littérature diffusée dans les campagnes par les colporteurs au XVIIIe siècle : le **crime** et le **fantastique**. On y trouve aussi l'influence du **roman noir** (ou gothique) anglais. Ces histoires de démons ou d'enfants perdus sont des intrigues mélodramatiques où des personnages stéréotypés et contrastés suscitent la peur de l'agression sadique, dans un contexte médiéval marqué par le mystère et la mort (*Le Moine* de Lewis, 1796). Le **roman fantastique** illustré par Gautier ou Mérimée s'inscrira dans cette lignée.

• **Les personnages féminins** du roman populaire sont soit des femmes légères qui seront atrocement punies, soit des vertueuses qui résistent à l'acharnement du sort qui les accable de malheurs et finissent par triompher.

> **À noter**
> Le **roman populaire** écrit connaîtra son apogée en 1914, puis le cinéma, la bande dessinée et les séries télévisées prendront le relais.

• **Le roman historique.** Le dépaysement le plus recherché est celui que fournit, en réaction contre la modernité, le roman historique. **Les intrigues se situent essentiellement de la Renaissance à la Régence** et les personnages inventés y côtoient des personnages historiques.

> *Le Bossu* (Paul Féval), *Le Chevalier de Pardaillan* (Zevaco), *Les Trois Mousquetaires* (Dumas), personnages centraux de romans dits « de cape et d'épée » resteront très populaires et animeront de leurs aventures les écrans au XXe siècle.

• **Le roman romantique et social.** Dans les milieux cultivés le roman exprime le goût des romantiques pour le Moyen Âge et la spiritualité avec Chateaubriand et Madame de Staël. **Les débuts de la Révolution industrielle** entraînent des perturbations sociales auxquelles est sensible George Sand. **Victor Hugo** est celui qui écrira les plus connus, *Notre Dame de Paris* (1831), *Les Misérables* (1862).

• **Le réalisme et le naturalisme.** Progressivement, **le genre romanesque devient la forme littéraire la plus importante**. Les personnages sont d'une vraisemblance croissante et sont le moyen pour les auteurs de décrire les mœurs et la société de leurs temps.
– **Balzac** conçoit le projet de *la Comédie Humaine* (1829-1850), titre global d'une œuvre où les mêmes personnages peuvent se retrouver d'un récit à l'autre au gré de leur parcours social comme **Vautrin** ou **Rastignac** (*Le Père Goriot*, *Les Illusions Perdues*, *Splendeur et misère des courtisanes*).
– **Stendhal** retrace le destin de héros inspirés de personnages réels comme **Julien Sorel** dans *Le Rouge et le Noir*.

▲ Rencontre de Mme de Rênal et Julien Sorel (*Le Rouge et le Noir*)

• **Flaubert** dans *Madame Bovary* ou *l'Éducation sentimentale* et **Maupassant** dans de nombreux récits courts décrivent minutieusement une humanité médiocre.

• **Zola** intègre les découvertes sur l'hérédité et les mutations économiques sociales et politiques de période du Second Empire pour expliquer les destinées sociales des différents membres d'une famille, pauvres comme la blanchisseuse de *l'Assommoir* (1876) ou le mineur de *Germinal* (1885) ou puissants comme *Son Excellence Eugène Rougon* dans sa grande fresque *les Rougon-Macquart* (1871-1893).

▲ Gervaise qui lave le sol dans *L'Assommoir*

• **Le décadentisme.** La défaite contre les Prussiens en 1870 assombrit la fin du siècle. Les écrivains ont un sentiment de décadence qui s'exprime par exemple dans le roman de **Huysmans** À *rebours* ; l'amertume ou la mélancolie inspirent au début du siècle des œuvres qui préconisent le repli sur soi parfois coloré de lyrisme comme chez **Alain-Fournier** dans *Le Grand Meaulnes* (1913).

• **D'autres s'engagent dans la défense d'idéologies opposées,** conservatrices ou nationalistes comme **Maurice Barrès** (*La Colline inspirée*, 1913) ou révolutionnaire comme **Romain Rolland** dont l'épopée de *Jean-Christophe* (1904-1912) pressent la catastrophe imminente de la Première Guerre mondiale.

F Au XXe siècle

• **Le roman populaire.** L'accès de tous à l'école a permis une **généralisation des capacités de lecture** dont bénéficient la presse mais aussi les fictions. La littérature populaire se développe abondamment sous divers aspects :

– **Le roman policier** tire sa source du XIXe siècle. Inventé par l'américain **Edgar Allan Poe,** il se développe d'abord essentiellement dans les pays anglo-saxons.
En France, on se passionne aussi bien pour :

- **l'enquêteur** (Exemples : Lecoq inventé par Émile Gaboriau au XIXe siècle qui inspirera le Sherlock Holmes de Conan Doyle) ;
- le **criminel** (Exemples : Arsène Lupin de Leblanc, calqué sur l'anarchiste Jacob, Chéri-Bibi de Leroux ou Fantômas de Marcel Allain et Pierre Souvestre).

Le récit est centré soit sur l'aventure soit sur l'intrigue. Au XXe siècle apparaît le **roman d'espionnage**.

– **Le roman fantastique et la science-fiction** sont renouvelés et nourris par les spectaculaires progrès techniques du XXe siècle. Le **cinéma** y puisera d'innombrables scénarios et les progrès des effets spéciaux augmenteront encore le goût du public pour ces sujets. Les angoisses sociales, que les prodigieuses avancées techniques suscitent, inspirent aussi des romans d'anticipation le plus souvent pessimistes voire apocalyptiques largement repris par le cinéma et les séries télévisées.

Exemples
Certaines séries télévisées s'inspirent également de ces thèmes, parmi lesquelles :
– *Black Mirror* ;
– *La Servante écarlate* ;
– *Rick et Morty* ;
– *Game of Thrones.*

– **Le roman sentimental.** Le public féminin est visé par des collections de romans « à l'eau de rose » (romans « sentimentaux ») qui prendront sous l'influence du cinéma la forme de romans-photos dans la presse. Ils sont relayés aujourd'hui par des feuilletons ou des séries télévisées « romance ».

• **Le roman entre les deux guerres.** Entre les deux guerres s'élaborent de grandes fresques familiales qui rappellent les projets de Balzac et de Zola repris par **Duhamel** avec la *Chronique des Pasquier (*1933-1941) et **Roger Martin du Gard** avec *Les Thibault* (1920-1940). **Proust** dans l'ensemble monumental de *La Recherche du Temps perdu* (1913-1927) traite de l'art et innove en matière de style, de structure et de genre.

• **La montée du fascisme.** Après les remises en questions personnelles de **Gide** dans *Les Faux Monnayeurs* (1926) ou de **Mauriac** dans *Thérèse Desqueyroux* (1927), **la crise de 1929 confronte les écrivains à la montée des fascismes et des menaces de guerre**. La question de la condition humaine est posée par **Malraux** qui en fait le titre d'une œuvre (1933). Elle concerne les écrivains jusque dans les années 1950 avec **Sartre** (*Les Chemins de la Liberté*, 1945-1949) et **Camus** (*L'Étranger*, 1942).

• **Le Nouveau roman.** À L'interrogation sur les valeurs succède une interrogation sur les formes littéraires qui les véhiculent. Le personnage du roman réaliste apparaît comme une fiction artificielle ignorant les questions « qui voit et qui parle ? ». Pour les auteurs du Nouveau roman, il n'existe plus qu'à travers **le flux de ses pensées**. Il n'est plus qu'un être dont on ne peut saisir que l'apparence ou sur lequel l'observateur projette ses propres obsessions. Ou encore on ne le cerne qu'à travers les affirmations contradictoires qu'on tient à son propos (Nathalie Sarraute, *Le Planétarium*, 1959).

> **Remarque**
> On trouve regroupé sous le vocable de Nouveau roman Marguerite Duras, Alain Robbe-Grillet, Claude Simon, Michel Butor…

• **L'autofiction.** À partir des années 1970, les personnages sont le plus souvent des masques derrière lesquels l'auteur parle de lui. **L'autobiographie évolue en autofiction** (Annie Ernaux, *La Place*, 1983)

G Au XXIe siècle

• **Un récit vivant.** On aurait pu penser que la narration audiovisuelle allait tuer le récit écrit mais le nombre des auteurs, le foisonnement de prix littéraires consacrés à ce genre montrent que le récit écrit est encore très vivant.

• **De nombreux romans biographiques** se penchent sur les vies de sportifs (Echenoz, *Courir* 2008) ou de scientifiques (Deville, *Peste et choléra* 2012).

• **Les auteurs** s'intéressent à la façon dont sont conservées les traces ou les cicatrices des **conflits du siècle dernier** (guerres mondiales, de décolonisation, ethniques) ou anticipent la **société de demain** (Houellebecq, *Soumission* 2015).

• **Une littérature très érudite** cohabite avec de nouvelles formes permises par les médias électroniques (blogs, écriture collective) dont on ne mesure pas encore l'impact futur sur la littérature.

ŒUVRE

Madame de Lafayette, *La Princesse de Clèves* (1678)

Individu, morale et société

1 Étude de l'œuvre

A le contexte

- **Contexte historique**

1661 : débuts du règne personnel de Louis XIV.
1662 : Colbert ministre.
1664 : *Maximes* de La Rochefoucauld.
1678 : *Fables VII* à XII *de* La Fontaine.

- **Situation de l'œuvre dans la vie de l'auteur**

Rien ne destinait Madame de Lafayette à écrire. Née dans une famille de petite noblesse, parente de Madame de Sévigné, elle fut mariée au comte de Lafayette dont la famille réputée lui ouvrit les portes de la Cour. Protégée par la belle sœur du Roi, Madame, elle fréquenta les salons mondains et se lia à La Rochefoucauld. Conseillée par le grammairien Ménage et l'écrivain Segrais, elle se mit à écrire. Elle publia anonymement, pour préserver sa réputation, en 1662 *La Princesse de Montpensier* puis sous le nom de Segrais une nouvelle hispano-mauresque, *Zaïde,* qui eut beaucoup de succès. En 1678, *La Princesse de Clèves,* également publiée anonymement, entraîna un très vif débat dans la société cultivée. Après la mort de La Rochefoucauld (1680) et celle de son époux(1683), elle vécut retirée. Après sa mort en 1720, seront publiés une *Histoire de Madame*, les mémoires des années 1688-89 à la Cour et une nouvelle *La Comtesse de Tende*.

- **Situation dans un courant littéraire**

Le roman de Madame de Lafayette illustre parfaitement l'**esthétique du classicisme français** qui se développe à l'instigation de Colbert à la Cour de Louis XIV. Elle délaisse le modèle des grands romans baroques à la mode dans les salons précieux au début du siècle pour une forme nouvelle plus réaliste et plus sobre qui fera école.

B La forme

Ce court roman en quatre parties renoue avec les **formes narratives brèves** du XVIe siècle pratiquées sur le modèle initié par l'Italien Boccace, par l'Espagnol Cervantès ou Marguerite de Navarre.
Il s'apparente aux mémoires de cour dans la mesure où l'action se déroule à la Cour d'Henri II et où l'héroïne côtoie Catherine de Médicis, Marie Stuart et Diane de Poitiers ainsi que Madame, sœur du Roi.
L'intrigue est resserrée, le dénouement sombre comme ceux d'une tragédie.
Elle contient **quatre histoires enchâssées** qui font écho à l'intrigue principale celles de Diane de Poitiers, de Madame de Tournon, d'Anne Boleyn, du vidame de Chartres.
La langue est tenue et sobre.

C Les thèmes

• Une hagiographie (tableau historique idéalisé)
Madame de Lafayette raconte des événements historiques ayant eu lieu à la Cour d'Henri II. Ce monde est dépeint comme celui de la perfection du luxe, du goût, de la beauté, de l'élégance, de la distinction.

• La critique des mœurs
Mais ce milieu brillant et raffiné est aussi le cadre d'intrigues constantes, politiques et sentimentales. Les relations humaines y sont impitoyables et imposent un contrôle absolu des apparences. Cette critique morale, qui peut tout autant concerner la Cour de Louis XIV, atteint une portée générale.

• Un roman précieux et janséniste
Les histoires qui émaillent le roman, le choix de la princesse propre à susciter le débat, sont le reflet des centres d'intérêt des salons de l'époque où les complications et les problèmes des relations amoureuses sont la grande préoccupation des courtisans oisifs. Comme dans la tragédie racinienne, l'auteur analyse les ravages de la passion non réciproque, la fatalité d'un amour mal placé mais irrépressible.

• Une revanche paradoxale sur la condition féminine
L'intrigue découle de la situation faite à l'époque aux femmes de la noblesse comme l'auteur : une éducation rigoriste, un mariage imposé, l'obligation de la fidélité conjugale et le souci de l'honneur. Le cas de l'héroïne est étonnant dans la mesure où elle place le sens de sa dignité personnelle et les exigences de sa conscience au-dessus de la morale sociale qui aurait parfaitement toléré une liaison avec M. de Nemours pourvu qu'elle soit dissimulée ou un mariage avec M. de Nemours après le décès de M. de Clèves.
Le choix du sacrifice dénonce l'hypocrisie mondaine et la protège de souffrances supplémentaires que lui vaudrait l'infidélité inévitable du duc de Nemours.

2 Parcours « Individu, morale et société »

• **La morale** prescrit les comportements individuels propres à permettre la vie sociale. Les règles morales émanent du modèle culturel, philosophique et religieux en vigueur dans une société.

• **La réflexion morale** médite sur le conflit entre l'intérêt individuel et la morale, qui prétend servir l'intérêt général, est souvent habillée en volonté divine. Le débat entre s'y soumettre, réellement ou apparemment, ou la transgresser est générateur de nombreux dilemmes qui alimentent l'imagination littéraire.

Les documents complémentaires
– Œuvre poétique d'un autre siècle : Gustave Flaubert, *Madame Bovary* (1857). – Le dilemme de Chimène : Corneille, *Le Cid,* Acte III sc.3 (1637). – La vertu : Jean-Jacques Rousseau, *La Nouvelle Héloïse,* Ch6 lettre XII (1761). – Le vice : Choderlos de Laclos, *Les Liaisons Dangereuses,* Lettre LXXXI (1782) Vie de Madame Merteuil. – Une affiche de film : *La Princesse de Montpensier* de Bertrand Tavernier (2010).

ŒUVRE

Jules Verne, *Voyage au centre de la Terre* (1864)

Science et fiction

1 Étude de l'œuvre

A Le contexte

• **Contexte historique**

1852-1870 : Second Empire.
1860 : invention du moteur à explosion.
1863 : Pasteur met au point la pasteurisation.

• **Situation de l'œuvre dans la vie de l'auteur**

Publié en 1864, ce roman est le second des 65 *Voyages extraordinaires dans les mondes connus et inconnus* écrits entre 1862 et 1904 par Jules Verne. Finalement autorisé par son père à écrire après avoir achevé sa formation d'avocat, il voit son premier roman, *Cinq semaines en ballon,* refusé systématiquement, jusqu'à ce qu'il rencontre en 1861 l'éditeur Hetzel. Ce dernier est intéressé pour sa revue la *Bibliothèque des familles* par les romans d'aventure de Jules Verne. Ils assureront le succès d'une collection pour la jeunesse qu'Hetzel crée en 1864, Le *Magasin d'éducation et de récréation.* Les *Voyages extraordinaires* seront tous publiés dans cette collection dont la présentation la plus coûteuse aux belles couvertures rouges et richement illustrée est encore connue aujourd'hui.

• **Situation dans un courant littéraire**

Le scientisme

Enthousiasme pour les progrès croissants de la science et les réalisations extraordinaires de la technique au cours du XIXe siècle. Ernest Renan et Auguste Comte en sont les théoriciens.

B La forme

Le roman d'aventure scientifique

Otto Lidenbrock, professeur, géologue, trouve accidentellement le 24 mai 1863, un vieux parchemin écrit en caractères runiques où un alchimiste islandais du XVIe siècle, Arne Saknussem affirme avoir trouvé un passage permettant de descendre jusqu'au centre de la Terre depuis le volcan islandais Snaeffels. Lindenbrock entraîne son neveu dans l'aventure. Il veut vérifier la validité des différentes théories géologiques sur la nature du centre de la Terre. Ils réussissent à s'enfoncer dans le volcan et manquent y périr. Mais une éruption providentielle les expulse vivants par la bouche du volcan italien le Stromboli.

Cet argument relativement simple est développé dans un roman touffu de plus de 300 pages.

L'auteur détaille abondamment la découverte du manuscrit, la difficulté de son déchiffrement et les préparatifs de l'expédition puis les péripéties de l'approche du volcan, les instruments scientifiques sont décrits. Un journal de bord détaille les découvertes et les impressions des explorateurs ainsi que les accidents et la difficulté de plus en plus grande de leur progression qui prépare un retour à la surface aussi spectaculaire qu'inattendu.

C Les thèmes

• **Voyage initiatique** comme celui des héros antiques dans les Enfers.

• **Émerveillement** scientiste devant l'état des connaissances scientifiques et des réalisations techniques de la deuxième moitié du XIXe siècle.

- **Merveilleux scientifique** qui remplace pour les jeunes à qui s'adresse l'ouvrage celui des contes de fées.
- **Roman de l'humanité** pensante et savante.
- **Exploration** de toutes les dimensions de l'espace.

2 Parcours « Science et fiction »

La préposition « et » ne doit pas être négligée : elle indique que la question soulevée est celle de la représentation de la science et du savant dans la fiction.

A Idéalisation

- **Pour les époques rationalistes, le savant** est un penseur qui œuvre pour le progrès dans la solitude. Travailleur et sérieux, il fait preuve de ténacité et de patience, vit de façon austère et économe. Ces caractéristiques l'opposent terme à terme à l'artiste.

- **Pour Zola,** sa grandeur ne naît pas d'un quelconque prestige physique ou social, malgré « les ordres dont il [est] chamarré » et « ses titres universitaires et académiques de savant officiel », mais d'une noblesse intellectuelle, faite d'une « large tolérance », d'un « esprit souverain, dégagé des ignorances et des superstitions » : « l'intelligence la plus hardie, la plus libre, uniquement passionnée de vérité ». Pour Zola, la science va remplacer la politique pour mener le monde.

B Regard critique

- **Flaubert,** dans *Bouvard et Pécuchet,* se moque de cet enthousiasme naïf. Il ridiculise les multiples tentatives, finalement stériles et dépourvues de bon sens de ses personnages.

- **Le savant alchimiste** de *La Recherche de l'absolu* de Balzac est possédé par une passion qui entraînera sa ruine et celle de toute sa famille.

- **Dans la bande dessinée,** le savant incarné par le professeur Tournesol ou Léonard est un personnage ridicule physiquement et moralement, susceptible de colère ou de distraction pour le premier, mené par une imagination délirante et une obsession qui peut le rendre sadique pour le second.

- **Le thème du savant fou mégalomane** qui va détruire le monde est un lieu commun du genre fantastique et de l'anticipation. Il procède de la vision romantique qui voit en lui un héros sacrilège ou un avide qui a signé un pacte avec Satan comme Faust, et qui devient lui-même Satan. Pour le symboliste Villiers de l'Isle Adam le savant incarne le matérialisme bourgeois qui le dégoûte.

Les documents complémentaires

– Œuvre poétique d'un autre siècle : René Barjavel, *Le Grand Secret* (1973).
– Une autre œuvre de Jules Verne : *20 000 lieues sous les mers* (1870).
– D'autre œuvre explicative : Roland Barthes, *Mythologies*, « Nautilus et Bateau ivre », (1957).
– D'autres visions du savant : Balzac, *La Recherche de l'absolu* (1834), Flaubert, *Bouvard et Pécuchet* (1881), Villiers de l'Isle Adam, *l'Ève Future* (1886).
– Une affiche de film : Fritz Lang, *Metropolis* (1927).

ŒUVRE

Nathalie Sarraute, *Enfance* (1983)

Récit et connaissance de soi

1 Étude de l'œuvre

A Le contexte

• **Contexte historique**

Les années 1970 :

– **Fin des « Trente glorieuses »** : période de 30 ans de croissance économique liée à la reconstruction après la Seconde Guerre mondiale, qui s'achève avec la crise du prix du pétrole en 1973.
– Poursuite de **la Guerre froide**, rivalité économique et idéologique des deux plus grandes puissances de l'époque, les USA et l'URSS.

• **Situation de l'œuvre dans la vie de l'auteur**

Nathalie Sarraute publie *Enfance* à 83 ans. Elle y revient sur ses jeunes années. Née en 1900, en Russie dans une famille d'intellectuels, Nathalie Sarraute passe son enfance entre la France et la Russie. Elle fait ses études en France et épouse un Français. Leurs origines juives les exposent au moment de la Seconde Guerre mondiale. Elle se lance dans la littérature et initie le courant du Nouveau roman avec des articles regroupés dans *l'Ère du soupçon* publié en 1956 qu'elle illustre par de nombreuses œuvres romanesques ou dramatiques. Une fois la vieillesse venue, elle choisit de rédiger ce texte autobiographique d'esprit surprenant de la part d'un écrivain célèbre et reconnu. Elle meurt presque centenaire.

• **Situation dans un courant**

Alain Robbe Grillet dans *Pour un nouveau roman* (1963) théorise la rupture nécessaire avec les principes d'écriture du roman réaliste du XIXe siècle après le traumatisme de la Seconde Guerre mondiale. Il s'agit de détruire l'illusion de la cohérence du personnage et du monde dans lequel il évolue.

B La forme

Dans le domaine de l'autobiographie, genre que Philippe Lejeune définit comme un « récit rétrospectif en prose que quelqu'un fait de sa propre existence quand il met l'accent principal sur sa vie individuelle en particulier sur l'histoire de sa personnalité », Nathalie Sarraute innove également : elle s'interdit toute recherche de cohérence. Le texte est rédigé au présent ce qui le définit comme un travail actuel sur un passé parfois nécessairement transposé. Le récit enchaîne sans ordre chronologique des éléments correspondant à la vie avec sa mère jusqu'à 8 ans puis de la vie avec son père jusqu'à l'entrée en 6e. Le ton reste le plus souvent neutre, restituant parfois l'effroi ou l'amusement de l'enfant qu'elle fut.

C Les thèmes

Sarraute cherche à retrouver fidèlement le **mode de perception et l'imaginaire enfantin**. Elle privilégie des fragments, des non-dits, les transpositions d'un vécu non verbalisé à l'époque, l'expression d'éléments fugaces et impalpables. Elle reconstitue le regard lucide qu'elle portait enfant sur le monde des adultes.

2 Parcours « Récit et connaissance de soi »

• **L'expression peut sembler contradictoire :** le terme « récit » évoque la narration d'une histoire réelle ou inventée généralement vécue par une personne qui n'est pas l'auteur. La connaissance de soi est un projet qui se mène souvent dans des genres spécifiques comme le journal intime ou l'autobiographie.

• **L'autofiction** tente une synthèse entre les deux modes. La **poésie lyrique** comme dans le cas de Hugo ou de Baudelaire se prête aussi à l'effort fait pour se connaître.
Peut-on donc raconter une histoire dans le but de se connaître ? Raconter sa vie permet-il de se connaitre ? La connaissance de soi nourrit-elle l'invention de récit ?

Les documents complémentaires
– Œuvres poétiques d'un autre siècle : Montaigne, *Les Essais* (1580), George Sand, *Histoire de ma vie* (1854-55). – D'autre aspect de l'œuvre de Nathalie Sarraute : *Les Fruits d'or* - incipit (1963). – D'autres sortes d'autobiographie : Jean-Jacques Rousseau, *Les Confessions* - second préambule (1765-1770), Marguerite Duras, *L'Amant* (1984). – Un tableau : Gustave Courbet, *Le Désespéré* (1841).

▲ *Le désespéré* de Gustave Courbet (1841)

4 Le théâtre du XVIIe siècle au XXIe siècle

Aristote distingue 2 modes de restitution des événements : le **récit** et l'**imitation**. Le théâtre est la mise en œuvre de ce deuxième mode dont l'invention est très ancienne. Né pour figurer l'histoire des divinités, il s'est ensuite attaché à faire vivre celle des humains pour en montrer soit les dimensions terribles soit les aspects dérisoires. Les auteurs ont élaboré des textes de plus en plus complexes et précis mais qui ne prennent tout leur sens qu'au cours de la **représentation** pour laquelle ils ont été conçus.

CORNEILLE (1606-1684)

MOLIÈRE (1622-1673)

MARIVAUX (1688-1763)

HUGO (1802-1885)

SARTRE (1905-1980)

Évolution historique

A L'époque classique

Le XVIIe siècle

• **Thèmes.** Les XVIIe et XVIIIe siècles connaissent une influence déterminante de **l'humanisme** et du **retour aux modèles de l'Antiquité**. En cette période de concentration du pouvoir royal, il se crée un modèle esthétique destiné à **glorifier le roi**. Il consiste en une épuration et une simplification des spectacles sur le modèle de ce qu'on croit être ceux de l'Antiquité.

• **Le baroque.** Au début du XVIIe siècle, le **goût baroque triomphe** ; le théâtre dans le théâtre (*L'Illusion comique* de Corneille, 1636), les jeux de la réalité et de l'apparence, les erreurs sur l'identité ou le sexe, le songe, la folie (un personnage se croit mort, se prend pour un autre) sont les ingrédients de ce théâtre. Au plaisir suscité par ces jeux va bientôt succéder le goût pour la rigueur des Classiques.

• **Dimensions matérielles.** On construit de plus en plus de théâtres fixes de forme rectangulaire, inspirée de celle des salles de jeu de paume, en ville ou dans les palais. À partir de 1630, le prix des places augmente et le théâtre devient un divertissement de classe puis un rituel social à la cour où il égaie les mariages et les fêtes royales.

Les acteurs appartiennent à des troupes professionnelles, itinérantes, protégées par les nobles. Ils sont encore mal considérés comme le raconte un roman du XIXe siècle, *Le Capitaine Fracasse* de T. Gautier. À Paris, à l'Hôtel de Bourgogne, la **troupe des Comédiens** français est spécialisée dans la représentation de tragédies comme celles de Corneille (*Horace*, 1640) ou de Racine (*Andromaque*, 1667). La **troupe de Molière** subventionnée par Louis XIV lui succède partageant la scène avec les troupes italiennes de la commedia dell'arte. On apprécie « les pièces à machines » où le talent des techniciens italiens transforme les décors de façon merveilleuse.

• **Règles d'écriture.** Mais, vers 1630, on part en guerre contre les excès du baroque au nom d'Aristote et de la raison. **Le modèle antique s'impose progressivement** : le théâtre s'intellectualise, le texte tend à l'emporter sur les jeux de scène. La comédie et la tragédie surtout suscitent des querelles de forme comme la dispute autour de *Le Cid* de Corneille (1637).

• **Pour être en accord avec les impératifs matériels de la représentation** (un espace unique et une durée limitée) l'écriture théâtrale est contrainte aux **unités de temps, de lieu et d'action**, à l'impératif de la **bienséance** et de la **vraisemblance**. L'influence du goût du roi s'y ajoute. Le théâtre est utilisé par Marie de Médicis, Richelieu et Louis XIV comme un instrument de diversion pour empêcher la noblesse de comploter et comme support de propagande. L'Académie impose des normes strictes à cet effet.

▲ *Tartuffe* de Molière

• **Genres.** Corneille écrit des **comédies** et des **tragédies** ; Molière des farces des **comédies-ballets** et des **comédies de mœurs** ou de caractère ; Racine des **tragédies**.

Le XVIIIe siècle

• **Évolution des formes classiques.** Le XVIIIe siècle conserve les mêmes genres, mais **les œuvres sont plus fades et plus loin de la réalité sociale. Voltaire** est célèbre de son vivant essentiellement pour des tragédies qui essaient d'intégrer le modèle shakespearien aux normes classiques. Sous l'influence de **Diderot**, des essais de comédie larmoyante et de drame bourgeois cherchent à répondre aux attentes de la classe montante, la bourgeoisie. **Marivaux** s'inspire de Molière et de la *commedia dell'arte* ; ses pièces sont jouées par les comédiens italiens. À la fin du siècle, le théâtre se politise fortement.

• **Nouvelles formes et nouveaux lieux.** Cependant, parallèlement au théâtre officiel, et malgré de nombreuses tentatives d'interdiction, de 1697 à 1789, se maintient la popularité des spectacles donnés dans des petites salles illégales à l'occasion des grandes foires commerciales où s'inventent de nouveaux genres comme le mime et le **vaudeville** pour contourner les interdictions.

Définition
Vaudeville : comédie sans prétentions psychologiques ni morales, fondée sur un comique de situations, d'intrigues et de quiproquos.

• **L'opéra importé d'Italie connaît un succès croissant.** On construit pour l'accueillir des salles dites « à l'italienne » comme l'Odéon à Paris en 1792 dont le plan va se généraliser et s'imposer durablement. La salle est un amphithéâtre ; elle comporte un parterre et des balcons ; plus on monte moins les places sont chères : le clivage social est net (loges privées, escaliers séparés, salons). Le public populaire se retrouve au « paradis » ou « poulailler ». Les spectateurs sont ainsi situés dans un espace différent de celui où jouent les acteurs : une scène cubique avec machinerie et rideaux, éclairage artificiel, jeux d'éclairage.

B Le théâtre au XIXe siècle

• **La fin du monopole. La Révolution autorise la construction libre de salles de théâtre.** Quinze salles, éclairées au gaz dès 1831, seront construites à Paris sur le boulevard du Temple à l'emplacement des fortifications. Elles seront détruites lors de la modernisation de la capitale par **Haussmann**.

• **On y joue des mélodrames sanglants** annoncés par des parades de saltimbanques qui vaudront à l'endroit le surnom de « Boulevard du crime ». Les spectacles tournent très vite, les acteurs ont du mal à retenir leur texte et sont aidés par un souffleur.

• **On pratique des changements de décor spectaculaires.** Cependant les représentations se déplacent en soirée, ce qui élimine le public des travailleurs. Depuis la création de la Société des auteurs à la fin du XVIIIe siècle, écrire peut procurer des revenus. Les auteurs deviennent professionnels.

• **Le drame romantique.** Au début du siècle Les romantiques revendiquent la liberté de **s'affranchir des règles classiques** qui gouvernent la comédie et la tragédie. Ils assouplissent la versification et font alterner dans une même œuvre scènes comiques et tragiques. Ils substituent aux héros antiques des personnages historiques mais ne remettent pas en question au-delà les formes classiques.

Exemples
Hugo : *Hernani* (1830), *Ruy Blas* (1835)
Vigny : *Chatterton* (1835)
Musset : *Lorenzaccio* (1834)

• **Le théâtre de boulevard.** La révolution industrielle marque le triomphe **de la bourgeoisie d'affaires qui veut s'amuser. Le** théâtre devient un divertissement de classe. La comédie jouée dans les théâtres privés des Grands Boulevards se veut théâtre de mœurs familiales autour de l'adultère et du mariage, mais elle a pour principal objectif de faire rire en multipliant les mots d'auteurs, servis par des acteurs vedettes. (*Le Gendre de M. Poirier* d'**Augier**, *La Dame aux Camélias* de **Dumas fils**, *Madame Sans-gêne* de **Victorien Sardou**). De 1837 à 1888, **Labiche** écrit 176 comédies.

▲ Le personnage d'Ubu dans *Ubu Roi*

• **Naissance de la mise en scène.** Cependant en 1887, le Théâtre libre d'Antoine souligne la nécessité d'une **organisation des différents éléments de la représentation pour servir au mieux le texte**. Le rôle du **metteur en scène** va prendre dès lors une importance croissante.

À noter
En 1896, Alfred Jarry écrit *Ubu Roi* qui sera considéré comme la première pièce d'avant-garde du point de vue de son contenu.

• **En 1897, un jeune auteur en difficulté, Edmond Rostand,** propose un drame poétique qui fait sensation et sera une des pièces les plus jouées, *Cyrano de Bergerac,* tandis que Paul **Claudel** exalte les valeurs chrétiennes achevant une époque et un style théâtral.

C Le XXe siècle

• **Face à la concurrence du café-théâtre et de l'opérette,** Georges **Feydeau** renouvelle le **vaudeville** (*La Puce à l'oreille,* 1907). Courteline pratique l'humour noir et la caricature dont les petites-bourgeoises font souvent les frais.

▲ Cyrano de Bergerac joué par Coquelin (1897)

• **La tradition du théâtre de boulevard** se poursuit avec des auteurs féconds comme Sacha **Guitry**, André **Roussin**, Françoise **Sagan**, Françoise **Dorin**, Marcel **Achard** servis par des metteurs en scène imaginatifs et des acteurs remarquables. Marcel **Pagnol** poursuit la tradition du mélodrame avec sa trilogie marseillaise (*Marius* 1929, *Fanny* 1932, César 1936).

• **Les metteurs en scène.** Dans le premier tiers du XXe siècle, les metteurs en scène comme **Antoine**, **Stanislavski**, **Reinhardt**, **Craig**, **Copeau**, **Meyerhold** deviennent aussi célèbres que les auteurs. La mode de la précision historique, après s'être imposée pour son effet de vérité, commence à être jugée creuse.

• **Entre les deux guerres.** **La mise en scène s'émancipe du respect du texte**, l'éclairage de la scène devient plus symbolique que réaliste. **Giraudoux** (*La Guerre de Troie n'aura pas lieu,* 1935) et **Anouilh** (*Antigone,* 1942) revisitent les tragédies antiques en leur donnant un sens contemporain. **Montherlant** reste fidèle à la forme de la tragédie classique avec *Port Royal* (1954).

Le théâtre sert aux philosophes **Sartre** (*Les Mains Sales*, 1948) et **Camus** (*Les Justes*, 1950) à exprimer leurs thèses avec des héros qui se trouvent confrontés aux problèmes de l'action.

• **Une mise en scène gestuelle.** En 1938, Antonin **Artaud** publie *Le Théâtre et son double*, où il explique que **le théâtre doit renouer avec sa dimension sacrée** et s'inspirer pour cela d'une mise en scène essentiellement gestuelle portant à la transe, et rompre avec le théâtre psychologique.

• **Un outil d'éducation politique.** Bertold **Brecht** (auteur allemand) considère le théâtre comme un outil d'éducation politique. Pour qu'il remplisse sa fonction, la mise en scène doit empêcher le spectateur de s'identifier aux personnages, de tomber dans l'illusion de réalité. Il doit toujours rester à distance pour être disponible au **message porté par la pièce** (notion de distanciation).

• **Les années 1950.** Une grave **crise morale** est engendrée par les horreurs de la Seconde Guerre mondiale et de ses suites.
– **Ionesco** (*La Leçon,* 1953) et **Beckett** (*En attendant Godot*, 1952) explorent les possibilités d'une **nouvelle forme de théâtre vidée de tout contenu didactique** pour mieux coller au malaise contemporain né du sentiment de l'absurdité de la condition humaine.
– **Genet** dans *les Bonnes* (1947) ou *le Balcon* (1960) adopte une attitude subversive et provocatrice.

D La fin du xxe siècle et le début du xxie siècle

• **Les représentations d'œuvres du répertoire classique** ne doivent pas faire oublier qu'il existe des auteurs contemporains. Certains sont déjà considérés comme des classiques.

Exemples
Jean-Luc **Lagarce**, Bernard-Marie **Koltès**, Valère **Novarina**, Michel **Vinaver**, Jean-Claude **Grumberg**, Yasmina **Reza**, Jean-Claude **Brisville**, Jean-Michel **Ribes** et Éric-Emmanuel **Schmitt** sont des auteurs importants et qui remplissent les salles.

• **Les auteurs appartiennent souvent au milieu théâtral.** Ils sont aussi acteurs ou metteurs en scène comme Macha **Mekaieff**, Jérôme **Deschamps** ou Olivier **Py**. Ils peuvent être liés à une troupe comme Hélène **Cixous**, auteur pour le Théâtre du Soleil d'Ariane **Mnouchkine**.

• **Il existe une forte interaction entre le théâtre et le cinéma** comme le montrent les réalisations de Jean Pierre **Bacri** et Agnès **Jaoui** (*Cuisine et dépendances,* 1993).

• **Un phénomène nouveau à la frontière du théâtre** est apparu avec la multiplication de spectacles humoristiques dans la lignée des fantaisistes ou des chansonniers du siècle précédent où un personnage seul en scène joue ses propres textes. La satire sociale et politique voisine avec l'exhibition personnelle.

• **Internet et les réseaux sociaux jouent un rôle important** dans l'émergence de nouveau mode d'expression et de mise en scène de soi. Les limites entre les domaines s'effacent. Le théâtre investit la danse et le cirque. Des textes romanesques ou poétiques sont lus ou dits en scène par des acteurs.

ŒUVRE

Molière, *Le Malade imaginaire* (1673)

Spectacle et comédie

1 Étude de l'œuvre

A Le contexte

• **Contexte historique**

1673 : Douze ans après le début de son règne personnel, Louis XIV a accentué l'absolutisme du pouvoir royal. La noblesse est tenue sous tutelle à l'aide d'un cérémonial de cour complexe. Le roi contrôle aussi bien la politique que les arts et la culture avec l'aide de Colbert.

• **Situation de l'œuvre dans la vie de l'auteur**

En 1659, *Les Précieuses ridicules*, pièce qui plaît au Roi, remporte un grand succès et celui-ci autorise la troupe de Molière à jouer au théâtre du Palais-Royal.

Le 10 février 1673, au Palais-Royal, la comédie-ballet du *Malade imaginaire* est créée. Saisi d'un malaise au cours de la quatrième représentation, Molière est transporté chez lui où il meurt d'une hémorragie.

• **Situation dans un courant littéraire**

Molière avait renouvelé avec talent la farce médiévale mais, au moment où il revient à Paris, ce genre était devenu un objet de dérision de la part d'un public mondain qui le trouvait démodé et vulgaire. Les « doctes », encouragés par les travaux de l'Académie royale et certains auteurs comme Boileau qui consacre le troisième chant de son *Art poétique* au théâtre, militent pour imposer une hiérarchie des genres et promouvoir la comédie « soutenue » encadrée par des règles précises qui jettent les bases du **classicisme** français. Molière met en œuvre ces règles dans ses grandes comédies.

B La forme

• **La comédie-ballet**

Le Malade imaginaire est la dernière comédie-ballet de Molière. Il inventa et perfectionna ce genre pour plaire à Louis XIV qui aimait et pratiquait la danse. Entre 1661 et 1670, il en composa huit avec Lully dont *Le Bourgeois gentilhomme* en 1670. Pour les deux dernières, il obtint du roi, qui avait donné le monopole de la musique à Lully, l'autorisation de recourir à Marc-Antoine Charpentier. Contrairement à l'opéra-ballet, la comédie-ballet intègre davantage les intermèdes musicaux, les chants et les danses à l'intrigue principale.

C Les thèmes

• **La critique de la médecine**

Molière est gravement malade mais partage avec nombre de ses contemporains l'idée que la médecine conduit plus sûrement à la mort que la maladie elle-même. Il met en scène l'ignorance et l'impuissance à résoudre les problèmes de santé que cherche à masquer le discours pédant et obscur des médecins. De plus, il les montre avides de pouvoir et d'argent, et manipulant leurs patients les plus crédules et les plus angoissés à travers les personnages de Diafoirus et Purgon.

• **La satire de l'hypocondrie**

Dans cette nouvelle comédie de caractère, Molière s'attaque à une obsession qui aveugle celui qui s'y abandonne, la crainte panique de la maladie, ridicule chez un homme dont l'entourage

constate la bonne santé. Cette angoisse obsessionnelle transforme un père, plutôt brave homme, en tyran et le rend vulnérable aux manœuvres intéressées de sa seconde épouse.

• L'amour et le mariage

Ce thème est central dans la plupart des comédies. Ici, les gens raisonnables comme Toinette et Béralde défendent le mariage d'amour contre le mariage imposé à des fins égoïstes par Argan. Au bonheur promis par une union fondée sur une attirance réciproque s'oppose le malheur prévisible d'Angélique si elle épouse Thomas Diafoirus.

2 Parcours « Spectacle et comédie »

• La part du spectacle correspond au prologue qui précède la pièce et aux trois intermèdes musicaux, chantés et dansés, qui la ponctuent et la terminent. Molière utilise des styles divers : la pastorale, la fantaisie exotique et la parodie. Ces séquences se composent d'un entrelacement de morceaux musicaux, de chants en solo, duo ou chœurs et de ballets. Les acteurs utilisent aussi les masques, les costumes et les pantomimes propres à la *commedia dell'arte*.

• La part de la comédie consiste en :
– une intrigue dans la pure tradition de la comédie antique où un serviteur aide un jeune couple à s'unir malgré l'opposition du père ;
– la caricature d'un personnage aveuglé qui perd son bon sens et son humanité ;
– la dimension burlesque des relations entre Toinette et Argan. Celui-ci ne peut maîtriser ses provocations et venir à bout de sa finesse et de ses astuces ;
– la satire des médecins et de l'épouse cupide et infidèle.

• Le spectacle et la comédie sont entremêlés. Le prologue met en scène une idylle antique qui annonce l'union retardée mais réalisée de Cléante et Angélique. Symétriquement, le petit opéra chanté par les jeunes gens devant Diafoirus et Argan est un spectacle dans la comédie qui fait écho à ce prologue.
Le deuxième intermède incite à profiter de l'amour quand on a l'âge propice à ce sentiment et a pour but d'attendrir Argan en faveur d'Angélique et Cléante. Toinette est la maîtresse de Polichinelle, un comédien de la troupe qui se produit non loin et que Béralde sollicite à deux reprises. Le premier intermède montre ce même Polichinelle en amoureux ridicule et rossé. Cet amour est le pendant inversé des amours juvéniles et renvoie à l'attachement ridicule d'Argan pour Béline.
Les scènes de combat mimées dans le prologue et l'acharnement burlesque contre Polichinelle, clou du premier intermède, ont leur reflet inversé dans la comédie où Toinette malmène Argan et réussit à se soustraire à ses coups et à sa rage.
Le dernier intermède reprend et généralise le déguisement de Toinette pour mieux tourner en dérision la médecine. Le spectacle de l'intronisation d'Argan, outre l'inversion carnavalesque des rôles du malade devenu médecin, donne corps à toutes les critiques de Béralde et est l'écho amplifié de façon burlesque des prestations des Diafoirus père et fils, Purgon et Fleurant auprès d'Argan.

Les documents complémentaires
– Une œuvre d'un autre siècle sur le même thème : Jules Romains, *Knock ou le Triomphe de la médecine* (1923). – Un autre aspect de la comédie chez Molière : *Le Misanthrope* (1666), *Tartuffe* (1669). – Une peinture : Rembrandt, *La Leçon d'anatomie du docteur Tulp* (1832).

ŒUVRE

Marivaux, *L'Île des esclaves* (1725)

Maître et valet

1 Étude de l'œuvre

A Le contexte

• Contexte historique

1715-1723 : régence de Philippe d'Orléans. Cette période est marquée par :
– la dation de la Nouvelle-Orléans (Louisiane) aux États-Unis d'Amérique en 1718 ;
– le développement des ports atlantiques autour du commerce triangulaire ;
– la réforme financière et la banqueroute de Law ;
– l'amorce d'un développement économique ;
– le déclin de la cour versaillaise et du mécénat royal.

• Situation de l'œuvre dans la vie de l'auteur

Marivaux (1688-1763) est considéré à ses débuts comme un moraliste et un essayiste. Il écrit dans des journaux et publie un roman en 1712. Ruiné par la banqueroute de Law, il commence une carrière théâtrale, par goût et par nécessité. C'est son œuvre dramatique qui est aujourd'hui la plus célébrée. *L'Île des esclaves* est sa neuvième comédie.

• Situation dans un courant littéraire

La cour du Régent revient à Paris. Une certaine effervescence contestataire, née de l'affaiblissement de l'absolutisme, y règne dans les cafés et les salons. On assiste aux débuts de ce qui va constituer l'esprit des Lumières.
Dans la querelle des Anciens et des Modernes qui agite la fin du XVIIe siècle, Marivaux se range du côté des Modernes, comme Montesquieu qui publie les *Lettres Persanes* en 1721 ou comme l'académicien Fontenelle. Ce dernier s'attache à la vulgarisation des avancées scientifiques et fréquente les grands salons. Fontenelle publie en 1687 *L'Histoire des Oracles* qui suggère une possible fonction mystificatrice des religions à partir de l'exemple de l'antiquité grecque.

B La forme

L'Île des esclaves est une comédie en un acte qui comprend 11 scènes. La rapidité de son développement lui donne une concision proche de celle de la moralité médiévale ou de la fable, genre poétique illustré par La Fontaine ou Florian, et où une leçon morale se déduit d'une courte aventure exemplaire. Proche des comédiens italiens, Marivaux leur emprunte souvent des personnages de valet (comme Arlequin) ou de servante mais il renouvelle leur jeu et leur fonction dramatique.

C Les thèmes

• Une utopie

L'intrigue se déroule sur une île imaginaire abritant une société idéale comme celle inventée par l'humaniste Thomas More en 1516.

• Une réflexion

La pièce se présente également comme une réflexion sur les fondements de la valeur :
– des individus : est-elle fondée sur la naissance, l'argent ou la vertu ?
– des sentiments : repose-t-elle sur les formes galantes ou la sincérité des sentiments ?

• Une situation expérimentale
On observe les effets de l'inversion des noms, des habits et des statuts des personnages sur leurs sentiments et leurs idées.

• Une philosophie optimiste
Le dénouement révèle la croyance en la possibilité d'une amélioration morale et sociale grâce à l'éducation. Mis à l'épreuve en étant forcés de se mettre à la place de l'autre, les personnages, grâce à leur raison et à leur bon naturel, sont en mesure de reconsidérer leurs préjugés sociaux.

2 Parcours « Maître et valet »

• Au XVIIe siècle, la comédie classique reprend avec Molière le schéma de la comédie latine, de Plaute par exemple, où un esclave défend les intérêts d'un jeune couple face à l'avarice et l'autorité du vieillard qui est son maître.

• La *commedia dell'arte* dont s'inspire Molière pour certaines intrigues et des personnages de valets comme Scapin *(Les Fourberies de Scapin)*, Sganarelle *(Dom Juan)* et Covielle *(Le Bourgeois gentilhomme)*, ou de servantes comme Dorine *(Tartuffe)* et Toinette *(Le Malade Imaginaire)*, joue sur les démêlés entre des maîtres brutaux et des valets aux profils divers. Ces derniers peuvent être ridicules, balourds et ignares ; cupides et avides, toujours affamés ; rusés et vifs ; dotés de lucidité morale et de bon sens (chez les femmes surtout) ; des personnages carnavalesques, fantaisistes et inconvenants à l'irrespect subversif.
Mais, comme il partage la vie de la famille des maîtres, le serviteur est impliqué dans les problèmes qu'elle rencontre. Il peut en résulter une complicité avec le maître ou un soutien des intérêts des jeunes face à la tyrannie des pères.

• Au XVIIIe siècle, au fil de l'évolution de la société, les valets peuvent être impliqués personnellement dans les intrigues amoureuses concernant les maîtres. Chez Marivaux ou Beaumarchais, le serviteur est placé sur un pied d'égalité, ou presque, avec le maître. L'évolution des rapports sociaux transparaît dans l'évolution de leur statut : ils expriment des protestations contre les injustices, se font porte-parole des opprimés.

• Au cours du XIXe siècle et au XXe siècle, on assiste à une inversion des rôles : le valet domine le maître.

Les documents complémentaires

– Une œuvre d'un autre siècle sur le même thème : Jean Genet, *Les Bonnes* (1947).
– Un autre type de relation entre maître et valet chez Marivaux : *Le Jeu de l'amour et du hasard* (1730).
– Un autre type de relation entre maître et valet au XVIIIe siècle : Beaumarchais, *Le Mariage de Figaro* (1784).
– Un tableau : Watteau, *Les Comédiens italiens* (1720).
– Des films : Claude Chabrol, *La Cérémonie* (1995) ; Joseph Losey, *The Servant* (1963) ; Robert Altman, *Gosford Park* (2001).

ŒUVRE

Jean-Luc Lagarce, *Juste la fin du monde* (1990)

Crise personnelle et crise familiale

1 Étude de l'œuvre

A Le contexte

• Contexte historique

1979 : second choc pétrolier.
1981 : premiers cas de SIDA découverts aux États-Unis.
1982 : la loi française supprime toute pénalisation de l'homosexualité impliquant des personnes de plus de quinze ans.
1987 : le film *Wall Street* d'Oliver Stone sur le krach boursier de Wall Street met en cause le rôle de la haute finance et des « Golden Boys ».
Période de repli sur le foyer face aux désordres du monde extérieur.

• Situation de l'œuvre dans la vie de l'auteur

Jean-Luc Lagarce (1957-1995) est fils d'ouvriers. Élève doué, il fait des études de philosophie à Besançon. Dès l'enfance, il écrit des textes de théâtre ce qui l'incite à suivre les cours du conservatoire de théâtre de Besançon. À l'âge de 19 ans, l'un de ses textes est publié. Il continue parallèlement la mise en scène et l'écriture. Il fonde ensuite une maison d'édition de textes de théâtre : Les Solitaires intempestifs. Il est l'auteur d'une œuvre maintenant reconnue et traduite en 30 langues, très inspirée par sa propre vie.
Contaminé par le SIDA, il en meurt cinq ans après la création de *Juste la fin* du monde, reprise d'une pièce ancienne et dont il écrira en 1994 une nouvelle version. Xavier Dolan a réalisé un film à partir de cette œuvre en 2016.

• Situation dans un courant littéraire

Jean-Luc Lagarce connaît Samuel Beckett (1906-1989), Marguerite Duras (1914-1996) et Nathalie Sarraute (1900-1999) qui ont mené une exploration théâtrale des relations entre le langage et le corps dans la communication ainsi que des rapports de force qui se jouent dans l'échange verbal. Il adhère à une nouvelle conception du théâtre basée sur des textes d'auteurs contemporains de types très divers mis en voix et incarnés. On assiste à une disparition quasi-totale de l'intrigue ainsi qu'à un abandon des formes dramatiques traditionnelles au profit du montage d'éléments divers et disparates. Le théâtre met en scène à l'aide de procédés variés des textes de tous types, poétiques, narratifs ou des témoignages.

B La forme

Juste la fin du monde est une pièce atypique que l'auteur a construite en deux « parties » séparées par un « intermède » comme un ballet, et complétées par un épilogue, comme un roman, mais le tout en forme dialoguée.
La langue utilisée est inhabituelle au théâtre. La figure rhétorique la plus fréquente est l'épanorthose c'est-à-dire la reprise fréquente des bribes de phrases. Il en résulte une sorte de bégaiement, de ressassement du texte, très proche de l'énonciation courante. Ce procédé relève d'un désir de maîtrise et de contrôle des réactions de l'autre mais aussi d'un contournement, d'un évitement, d'une tentative d'effacer les traces, de ne pas laisser entrer l'autre dans la communication. Cette langue particulière qui parasite les personnages a pour effet un mélange de mélancolie, de drôlerie et d'ironie.

C Les thèmes

• La mort imminente

L'auteur, qui se sait condamné, explore le décalage qui existe au moment du bilan que l'on fait de sa vie entre l'idée qu'on se fait de soi et celle qu'en ont les autres.

• La famille

La pièce met en évidence la fonction ambivalente de la famille. Le groupe familial retient ses membres par la sécurité qu'il leur assure mais ils se trouvent englués dans son immobilisme et ses contraintes. Ils souffrent d'être figés par les autres dans une image d'eux-mêmes qui n'évolue pas. Ceux qui quittent ce groupe ne peuvent s'y réinsérer.

• L'incommunicabilité

Il est impossible d'aborder avec des proches la question de sa propre mort. Les actes sont irrémédiables et le discours ne peut dissiper leurs effets. Le langage est incapable de transcrire avec précision les sentiments et les émotions ressentis.

2 Parcours « Crise personnelle et crise familiale »

• Une crise personnelle

L'imminence de la mort annoncée entraîne une crise psychologique morale et philosophique pour la personne condamnée. Elle modifie sa perception du monde, du temps et des relations humaines :
– elle met en évidence la difficulté de dire « Je vais mourir » et de maîtriser les conséquences sur autrui de cette annonce ;
– elle mène à un bilan de soi et de son vécu déstabilisant car il ne coïncide pas avec l'idée qu'en ont les autres ;
– elle fait prendre conscience de l'irrémédiable, de l'impossibilité de renouer autant que de faire évoluer ses relations avec ses proches. Rien n'a changé : la mère est toujours confinée dans les mêmes sentiments.

• Une crise familiale

Le retour dans la famille de l'enfant prodigue, qui a quitté le foyer depuis longtemps sans donner de nouvelles, entraîne une crise générale qui prend plusieurs aspects.

Un retour sur le passé plein de ressentiments :
– la réapparition du fils aîné réactive les vieux conflits de l'enfance ;
– le souvenir du départ ranime le sentiment d'avoir été abandonné et l'humiliation qui l'accompagne ;
– le silence et l'absence de nouvelles est perçu comme du mépris ou de l'indifférence (le personnage ne connaît même pas ses neveux).

Un sentiment de révolte devant le gâchis que les membres de la famille imputent à ce départ :
– la solidarité familiale a été rompue ;
– les destins de ceux qui sont restés comparé à celui qu'ils imaginent pour le frère parti semblent médiocres, ce qui nourrit un sentiment d'injustice ;
– le retour révèle la vraie nature des relations quotidiennes des membres de la famille.

Les documents complémentaires
– Une œuvre sur le même thème : Eugène Ionesco, *Le Roi se meurt* (1962). – Un autre aspect de la question dans l'œuvre de Jean-Luc Lagarce : *Retour à la Citadelle* (1984), *J'étais dans la maison et j'attendais que la pluie vienne* (1994). – Un film sur un sujet proche : Arnauld Desplechin, *La Vie des morts* (1991).

Sciences et techniques sanitaires et sociales

STSS

COURS | EXERCICES

1 Qu'est-ce que la santé, le bien-être et la cohésion sociale ?

Souvent définie en négatif comme l'absence de maladie ou d'infirmité, la santé inclut de plus en plus une **perception positive** et revêt une **prise en compte du milieu de l'individu**. La santé est vue non seulement comme pendant des possibilités biologiques de l'individu, mais aussi de l'intégration sociale, c'est-à-dire en tenant compte de l'environnement et des conditions de vie.

1 De la santé individuelle à la santé publique

A Relativité de la notion de santé

La santé est :

– **un état variable :** d'un individu à un autre, selon les groupes sociaux et les cultures… Cette notion varie avec le temps, mais aussi dans l'espace, avec le degré de satisfaction des besoins fondamentaux ;

– **un état subjectif :** les frontières entre le normal et le pathologique sont sans cesse modifiées par les progrès des connaissances et des techniques ;

– **un état difficilement mesurable** sinon par ses altérations (détection du trouble) ;

– **un état dynamique :** état instable qui dépend des potentialités biologiques, d'adaptation à l'environnement naturel, familial, social de l'individu.

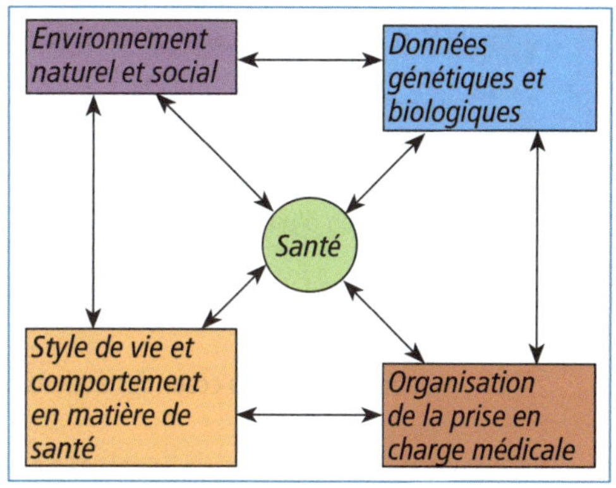

▲ Les quatre dimensions de la santé (d'après Marc Lalonde, ancien ministre de la santé nationale et du bien-être social, Canada, 1975)

B Définition de la santé par l'OMS

• **L'Organisation mondiale de la santé (OMS)** a officiellement défini en 1946, de façon positive et même positiviste, la santé comme « **un état de complet bien-être physique, mental et social et qui ne consiste pas seulement en l'absence de maladie ou d'infirmité** ».

• **Cette définition** introduit la relativité, la dynamique historique de l'environnement. Elle implique la notion de bien-être et notamment que tous les besoins fondamentaux de la personne soient satisfaits, qu'ils soient affectifs, sanitaires, nutritionnels, sociaux ou culturels. En revanche, elle pousse l'exigence de cet état jusqu'à l'utopie (projet dont la réalisation est impossible) et pourrait amener à confondre santé et bonheur.

Le saviez-vous ?
Santé renvoie par son origine latine à *sanus* qui signifie « sain ».

C Notion de santé publique

• **Santé publique et ordre public.** Pendant très longtemps, la peur des contagions, notamment, a fait que la santé publique et l'ordre public ont été confondus. Les États intervenaient pour limiter l'extension des maladies infectieuses entraînant parfois une privation de liberté. La santé publique a souvent été associée à la salubrité publique. De nos jours, elle est multidisciplinaire et dépasse le seuil de la médecine.

	La santé publique
XVIIIe siècle	• **Essor de la médecine sociale** avec une intervention active de l'État, une médecine urbaine avec l'essor des villes (gestion des eaux usées, qualité de l'air…). • **Durant la Révolution française de 1789,** proclamation de la responsabilité de l'État dans la protection de la santé du peuple.
XIXe siècle	• **Ascension de l'hygiène publique** avec la prise de conscience des ravages sanitaires dus au paupérisme ; en effet, la pauvreté est considérée comme la mère des épidémies. • **Développement de la science et du progrès** de l'Humanité avec la reconnaissance de l'hygiénisme en 1820 : amélioration du cadre et des conditions de vie de la population, législation sanitaire. • **Révolution « pastorienne »** (Louis Pasteur) avec la reconnaissance du rôle pathogène des microbes.
XXe siècle	• **Développement d'une santé publique** avec une première loi relative à la protection de la santé publique en 1902 : dispositions en matière de vaccination, déclaration obligatoire de maladies, création de règlements sanitaires. • **Création du ministère de l'Hygiène, de l'assistance publique et de la prévoyance publique** en 1920 (sans réels moyens financiers et humains). • Vers le milieu du siècle, essor de la médecine curative avec des progrès très avancés de la biomédecine (antibiotiques, dialyse rénale (1944), assistance respiratoire (1952), contraception orale (1960), greffe de rein (1963), scanner (1971), FIV (1978)). • **Essor des industries pharmaceutiques.** • Dès les années 1980, **retour de la santé publique** avec l'émergence de la pandémie du sida puis l'apparition d'une politique de sécurité sanitaire face aux crises sanitaires répétées.
XXIe siècle	• **2e loi de santé publique** (09/08/2004) reconnaissant la responsabilité de l'État en matière de santé de la population et la fixation d'objectifs pluriannuels. • **Loi de modernisation du financement de la Sécurité sociale** (26/01/2016) plaçant l'égalité en matière de santé au cœur des actions de santé publique.

• En 1986, la Charte d'Ottawa souligne que la santé est créée et vécue dans les divers lieux de la vie quotidienne : lieu d'habitation, l'école, le travail, les espaces extérieurs...

• En 1988, l'OMS définit la santé publique comme un « concept social et politique qui vise une amélioration de la santé, une plus grande longévité et un accroissement de la qualité de vie de toutes les populations par le biais de la promotion de la santé, de la prévention des maladies ainsi que par d'autres interventions afférentes à la santé ».

D L'objectif général de la santé publique

L'objectif général de la santé publique est de permettre à l'ensemble de la population d'**atteindre le meilleur état de santé possible**. Les ambitions de santé publique sont :
– de maîtriser les risques sanitaires ;
– d'organiser le système de santé ;
– d'atteindre la « bonne santé ».

E Les priorités de santé publique

Les priorités sont essentiellement :
– réduire la mortalité et la morbidité évitables ;
– réduire les disparités sociales et régionales de santé ;
– prévenir les maladies et les accidents.

Définitions

Mortalité : nombre de décès dans une population.
Morbidité : nombre d'individus atteints par une maladie dans une population pendant une période dérerminé.

F Les grands défis du système de santé français

Les grands défis du système de santé français sont les suivants :
– les risques sanitaires liés à l'augmentation prévisible de l'exposition aux polluants et aux toxiques ;
– les risques d'exposition de la population aux risques infectieux ;
– les maladies chroniques et leurs conséquences ;
– l'adaptation du système de santé aux enjeux démographiques, épidémiologies et sociétaux.

La stratégie nationale de santé 2018-2022

1. Mise en place d'une politique de promotion de la santé, incluant la prévention, dans tous les milieux et tout au long de la vie ;

2. Lutte contre les inégalités sociales et territoriales d'accès à la santé ;

3. Accès aux soins sur l'ensemble du territoire ;

4. Qualité, sécurité et pertinence des prises en charge à chaque étape du parcours de santé.

2 Bien-être et cohésion sociale

A Bien-être et santé : notions interdépendantes

• **L'OMS** fait référence à la **notion de bien-être** dans sa définition de la santé.

• **Le bien-être** peut être considéré comme la satisfaction de besoins et l'accomplissement des capacités physiques, intellectuelles et spirituelles.

• **Abraham Maslow** a classé dans une pyramide les différents besoins des individus avec le respect d'une hiérarchie de la base au sommet.

Il faut que les besoins physiologiques soient satisfaits pour ensuite satisfaire les autres.

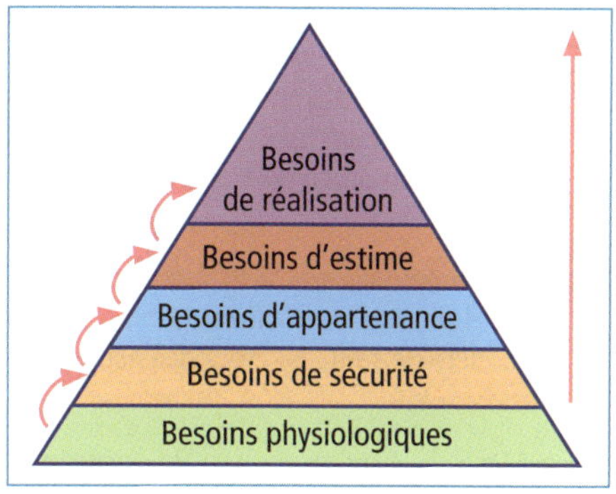

▲ La pyramide des besoins de Maslow

B La socialisation et l'intégration sociale

• **La socialisation** est un processus par lequel sont transmises des valeurs et des **normes sociales** dans le but de construire une identité sociale et d'intégrer l'individu à la société. La socialisation est un processus qui se poursuit tout au long de la vie de l'individu :
– **la socialisation primaire** est distinguée au cours de l'enfance ;
– **la socialisation secondaire** apparaît avec l'adolescence et se poursuit à l'âge adulte ;
– **la socialisation interactive**, c'est-à-dire que chaque individu est à la fois socialisé et socialisateur.

• **Notion de normes sociales.** Les comportements des individus sont régis par des règles implicites ou explicites que l'individu intègre tout au long de sa vie. Ce sont les normes sociales auxquelles il faut se conformer pour être accepté ou reconnu par le groupe, la société. Ces règles sont attachées à des valeurs et évoluent en fonction des changements de mentalités, de sociétés, de pays.

• **Les principales instances de socialisation**

Instances	Rôles principaux
Famille	Lieu de la première socialisation Éducation, soutien et protection
Jeu	Contribution au développement physique et psychique
École	Apprentissage de la vie en collectivité et le respect des règles
Lieu de travail	Tissage de liens sociaux et apprentissage des règles au travail

• **Autres instances :** les amis, les médias, les associations, les communautés sportives, culturelles, religieuses.

• **L'identité sociale** peut être la synthèse des identités individuelle et collective : elle désigne la somme des identités particulières, selon les situations rencontrées et en fonction des différentes appartenances collectives. Elle peut renvoyer ainsi aux caractéristiques personnelles, à la classe d'âge, au groupe social, à la catégorie professionnelle…

• **Le travail, instance essentielle d'intégration sociale.** Le travail participe à la construction de l'identité de l'individu mais est aussi source de revenu. Le travail est souvent à la base du système de protection sociale avec la garantie de droits et la couverture de risques sociaux.

▼ La carte des besoins fondamentaux de l'enfant

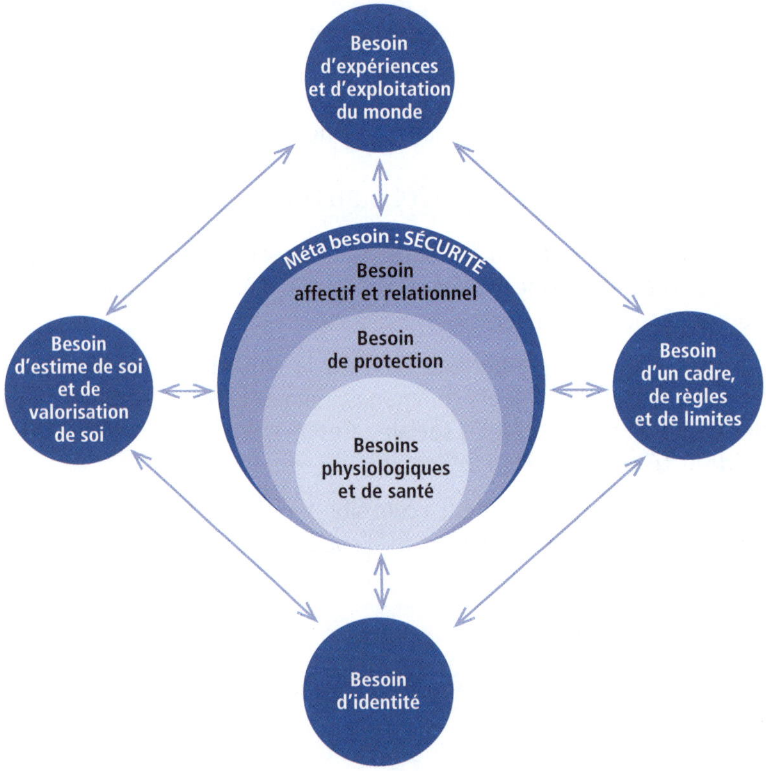

Démarche de consensus sur les besoins fondamentaux de l'enfant en protection de l'enfance – Février 2017.

C Dynamique des groupes sociaux

• **Stratification sociale.** Elle renvoie à un modèle de représentation de la société sous la forme d'une hiérarchie entre groupes sociaux.

• **Milieu d'appartenance et milieu de référence.** L'individu appartient en principe à un groupe social. Chaque groupe social apporte des caractéristiques spécifiques et les individus qui le composent ont le sentiment de former une unité :
– le groupe ou **milieu d'appartenance** est celui dont relève objectivement l'individu (exemple : la famille est le premier milieu d'appartenance) ;
– le groupe ou **milieu de référence** est celui dont l'individu emprunte les valeurs, les modèles et les comportements : celui auquel il choisit d'appartenir.

> **La stratégie nationale de prévention et de lutte contre la pauvreté**
> **Les 5 engagements actuels sont :**
> **1.** L'égalité des chances dès les premiers pas pour rompre la reproduction de la pauvreté.
> **2.** La garantie au quotidien des droits fondamentaux des enfants.
> **3.** Un parcours de formation garanti pour tous les jeunes.
> **4.** Vers des droits sociaux plus accessibles, plus équitables et plus incitatifs à l'activité.
> **5.** L'accompagnement de tous vers l'emploi.

• **Groupe social et classe sociale.** Un groupe social permet de repérer les individus socialement par des caractéristiques spécifiques (façon de s'exprimer, valeurs, style vestimentaire, âge). Une classe sociale se constitue d'individus ayant des intérêts identiques, une même condition sociale et économique…

• **Reproduction sociale et mobilité sociale.** La reproduction sociale renvoie à la hiérarchie sociale qui se perpétue dans le temps, les enfants occupent les mêmes positions sociales que leurs parents. La mobilité sociale indique le changement de position sociale d'un individu (mobilité intergénérationnelle et/ou intragénérationnelle).

D Des liens sociaux à la cohésion sociale

• **Notion de liens sociaux.** Un lien social désigne l'ensemble des relations qui unissent des individus faisant partie d'un même groupe social et/ou qui établissent des règles sociales entre individus ou groupes sociaux différents.

• **Rôle des liens sociaux.** Ils permettent d'assurer la **cohésion sociale** et l'intégration des individus, soit par le partage de valeurs communes, soit par la reconnaissance sociale des différences lors de l'établissement des règles sociales. Ces liens sociaux permettent aux individus de se forger une **identité sociale**.

• **Cohésion sociale : enjeu de société.** La cohésion sociale se traduit par le partage de valeurs communes partagées par tous les membres de la société. Elle favorise l'**intégration sociale** en dépassant la diversité des individus.

E Les facteurs de cohésion sociale

Un certain nombre de facteurs peuvent favoriser la cohésion sociale comme :
– la diversité ;
– la recherche d'égalités sociales et de justice sociale ;
– les solidarités.

2 Comment mesurer santé, bien-être et cohésion sociale ?

La mise en œuvre de politiques de santé publique et sociales à tous les niveaux (État, collectivités locales) exige un suivi quantitatif et qualitatif de la mise en place des dispositifs ainsi qu'un repérage du niveau sanitaire et social d'une population.

1 La mesure par des indicateurs diversifiés

A Notion d'indicateur

Un indicateur est une **valeur de mesure**, un **outil statistique**, une donnée chiffrée qui permet de mesurer et d'évaluer une situation, une population, de réaliser des comparaisons dans le temps et l'espace.

B Intérêts des indicateurs

• **Les indicateurs sont nécessaires** pour :
– connaître l'état de santé et de bien-être social d'une population et son évolution ;
– étudier un phénomène, dégager des constats ;
– identifier les besoins en santé et sociaux, les disparités ;
– effectuer des choix en matière de priorités publiques ;
– mettre en place des réponses politiques adaptées.

• **Les indicateurs permettent également de comparer les niveaux de santé et de bien-être** social selon les époques, entre populations. D'après le chercheur Kue Young (1998), les intérêts des indicateurs peuvent être résumés en 4 actions :
– décrire ;
– expliquer ;
– prévoir ;
– contrôler.

Le saviez-vous ?

« Le recueil chiffré et commenté des indicateurs est coordonné depuis 2006 par la DREES, qui publie chaque année un rapport sur l'état de santé de la population en France. [...] Des indicateurs transversaux permettent un cadrage général (démographique, social, etc.) ainsi qu'une appréciation globale de la santé en France, avec toujours une perspective européenne. »

DREES*, « L'état de santé de la population en France », Études et résultats, n° 747, janvier 2011.

**DREES : Direction de la recherche, des études, de l'évolution et des statistiques.*

C Diversité des indicateurs

Il existe une multitude d'indicateurs qui présentent l'état d'une population sur différents plans : démographique, sanitaire, social, économique, culturel.

• **Les indicateurs démographiques**
– **La population totale :** somme de toutes les personnes résidant sur le territoire, à l'exception des personnes en séjour de courte durée.
– **Le nombre de naissances :** nombre total de naissances dans une population donnée pour une année déterminée.
– **Le taux de natalité :** nombre de naissances vivantes de l'année rapporté à la population totale moyenne de l'année.
– **L'indice de fécondité :** nombre d'enfants qu'aurait une femme tout au long de sa vie, si les taux de fécondité observés l'année considérée à chaque âge demeuraient inchangés.
– **Le nombre de décès :** nombre total de décès dans une population pour une période donnée.

– **Le taux de mortalité :** nombre de décès de l'année rapporté à la population totale moyenne de l'année.
– **Le solde naturel** : différence entre le nombre de naissances et le nombre de décès d'une population à un moment donné.
– **L'espérance de vie :** moyenne des âges de décès d'une génération fictive qui serait soumise aux conditions de mortalité de l'année considérée.
– **L'espérance de vie en bonne santé :** nombre d'années qu'une personne pourrait s'attendre à vivre sans incapacité (modérée ou grave), à partir d'un âge spécifié.
– **La morbidité :** nombre (ou taux) de personnes souffrant d'une maladie donnée pendant un temps donné dans une population.
– **Le taux d'incidence :** rapport du nombre de nouveaux cas d'une pathologie observés pendant une période donnée à une population donnée.
– **Le taux de prévalence :** rapport du nombre de personnes atteintes d'une certaine maladie pendant un moment donné à une population donnée.
– **Le taux de mortalité infantile :** nombre de décès dans l'année d'enfants de moins d'un an rapporté au nombre de naissances vivantes de l'année, exprimé pour 1 000 nouveau-nés vivants.

• **Les indicateurs socio-économiques**
– **Le produit intérieur brut (PIB) :** indicateur économique de la richesse produite par année dans un pays donné. Il est utilisé pour mesurer la croissance économique d'un pays.
– **Le taux de pauvreté :** proportion d'individus (ou de ménages) dont le niveau de vie est inférieur pour une année donnée à un seuil, dénommé seuil de pauvreté.
– **Le taux de chômage :** pourcentage de chômeurs dans la population active.
– **L'indicateur de développement humain (IDH) :** indicateur synthétique de développement calculé chaque année par pays se basant sur des indicateurs de santé (l'espérance de vie), d'éducation (la scolarisation et l'alphabétisation) et de richesse monétaire (PIB/habitant).

D Relativité des indicateurs

• **Il est nécessaire d'étudier plusieurs indicateurs,** parfois de domaines différents, pour dégager des constats sanitaires et/ou sociaux. Ainsi, il existe une complémentarité entre indicateurs.
• **Un même indicateur peut être calculé différemment** d'un pays à un autre, d'un institut de statistiques à un autre. De ce fait, l'interprétation peut différer.

Définition
Indicateur composite ou synthétique : indicateur global qui résulte d'un ensemble d'indicateurs individuels valorisés.
Ex. : l'IDH.

Les organismes de statistiques

EUROSTAT : office statistique des Communautés européennes.
INSEE : Institut national de la statistique et des études économiques.
INED : Institut national d'études démographiques.
IRDES : Institut de recherche et de documentation en économie de la santé.
DREES : Direction de la recherche, des études, de l'évaluation et des statistiques.
INSERM : Institut national de la santé et de la recherche médicale.
OCDE : Organisation de coopération et de développement économiques.
OMS : Organisation mondiale de la santé.
ORS : Observatoire régional de la santé.

E Les principales sources de données

Plusieurs organismes de statistiques produisent et fournissent des données chiffrées dans les domaines de la santé et du bien-être social. Parmi eux, on retrouve :
– **au niveau local :** ORS, Atelier santé ville ;

– **au niveau national :** INSEE, INED, DREES, SCORE-Santé, Assurance maladie, INSERM, IRDES, instituts spécialisés ;
– **au niveau international :** OCDE, EUROSTAT, OMS.

F Valeurs d'indicateurs concernant la population française, 2020

Population totale	67,4 millions d'habitants
Nombre de naissances	740 000 (– 1,8 % par rapport à 2019)
Nombre de décès	658 000 (+ 7,3 % par rapport à 2019)
Taux de mortalité infantile	3,5 ‰
Espérance de vie à la naissance	79,2 ans (H) ; 85,2 ans (F)
Espérance de vie en bonne santé	62,6 ans (H) ; 64,9 ans (F)
IDH	0,89 (valeur 2020)
Taux de chômage	9,1 %

▲ Insee, estimations de population et statistiques de l'état civil, valeurs 2020

Sigle
IDH : indicateur de développement humain.

2 Les niveaux de santé et de bien-être social

A Comparaisons de différentes populations régionales

Prenons comme exemple 4 régions françaises : la Bretagne, les Hauts-de-France, la région Provence-Alpes-Côte d'Azur (PACA) et l'Île-de-France (IdF).

Le saviez-vous ?
Depuis le 1er janvier 2016, les 22 régions métropolitaines ont fusionné pour former 13 nouvelles régions.

	Indice conjoncturel de fécondité, en 2015	Espérance de vie à 65 ans, en 2016	Nombre d'allocataires d'une aide au logement, en 2015	Total des décès par cancers, en 2015
Bretagne	1,8 enfant / femme	18,6 ans	307 938	33 821
Hauts-de-France	1,9 enfant / femme	17,6 ans	654 464	55 413
Île-de-France	2 enfants / femme	20 ans	1 010 846	74 638
PACA	2 enfants / femme	19,3 ans	524 598	49 948

▲ Comparaison régionale des niveaux de santé et de bien-être (données tirées de SCORE-Santé, données disponibles au 25 janvier 2019)

Voici la lecture que nous pouvons faire de ce tableau :
– **l'indice conjoncturel de fécondité** paraît légèrement supérieur en PACA et IdF, avec 2 enfants par femme ;
– quant à **l'espérance de vie** à 65 ans, on remarque qu'elle est la plus élevée en IdF et la plus basse en Hauts-de-France ;
– **le nombre d'allocataires d'une aide au logement** est le plus élevé en IdF (liée probablement à la densité) et le plus bas en Bretagne ;
– **le nombre de décès par cancers** est le plus important en IdF avec près de 74 638 décès contre 33 821 en Bretagne ;
– la région Île-de-France paraît être une région très contrastée ;
– un certain nombre de déterminants et d'inégalités peuvent expliquer ces différentes entre populations régionales.

B Contrastes et inégalités intra et inter-populationnels

• **D'après le rapport de la DREES de mai 2017** sur « l'état de santé de la population en France », la situation reste globalement favorable. Les Français sont globalement en bonne santé par rapport aux pays de niveau de richesse similaire, et à plus forte raison en regard de la population mondiale.

• **Cependant, des disparités sociales importantes sont notées :**
– un **taux de décès prématurés** élevé et plus important chez les hommes que chez les femmes ;
– la **mortalité prématurée** est plus importante dans les DROM qu'en Métropole (225 décès sur 1 000 *versus* 200 en Métropole chez les moins de 65 ans en 2013) ;
– l'incidence des **maladies chroniques** qui ne régresse pas et une prévalence importante et en forte hausse ;
– une fréquence importante des **troubles mentaux** ;
– les principaux **indicateurs d'état de santé** s'améliorent continûment au fur et à mesure qu'on monte dans « l'échelle sociale » ;
– les **inégalités** s'inscrivent avant même la naissance, au cours de la grossesse, entraînant un taux de prématurité et de petit poids de naissance plus important dans les foyers à faibles revenus, comme le montrent les enquêtes nationales périnatales ;
– les **différentes catégories socioprofessionnelles** étant inégalement réparties sur le territoire, les **disparités sociales de santé** s'accompagnent de disparités territoriales.

C Gradient social et inégalités intergénérationnelles

• **Définition.** On appelle **gradient social de santé** la correspondance entre les différences de santé observées et la position dans la hiérarchie sociale (selon des indicateurs comme les revenus, le niveau d'études, la profession, etc.). C'est précisément à la période de l'enfance que le gradient social de santé apparaît.

• **Un gradient social** a été constaté dans la relation entre la situation socio-économique des enfants et des adolescents et leur santé. Les enfants en situation socio-économique plus élevée étaient en meilleure santé. Le capital social individuel avait un impact favorable sur la santé : les individus étaient en meilleure santé dans la mesure où ils avaient davantage de capital social individuel.

D Niveau sanitaire en Europe en 2018 selon l'OMS

Les points positifs	Les points à améliorer
• Les Européens vivent plus longtemps (77,9 ans en moyenne). • Les Européens vivent en meilleure santé. • La mortalité globale a chuté de 25 % en 15 ans. • Le nombre de morts prématurées a atteint une moyenne de 2 % de réduction par an, grâce à l'orientation des politiques de santé des pays vers le traitement des maladies chroniques.	• Le nombre de cancers est en hausse avec des disparités importantes entre pays. • Les comportements à risque restent problématiques. • La consommation d'alcool des Européens est la plus élevée du monde. • L'Europe possède le taux de tabagisme le plus important chez les adultes de plus de 15 ans. • L'obésité, quant à elle, est en constante progression : + 2,5 % entre 2010 et 2016. • Les inégalités d'accès à des soins abordables financièrement sont « immenses en Europe ».

▲ Extraits du rapport « La santé en Europe », OMS, 2018.

3 Comment émerge un problème de santé ?

Reconnaître et identifier les différents déterminants permet de mieux comprendre et de mieux prévenir les problèmes de santé et sociaux, de mieux cibler les actions de correction. Leur étude met aussi en évidence les disparités et plus précisément les **inégalités sociales de santé** qui ont une influence importante sur les individus. Comprendre l'impact des déterminants sur la santé et le bien-être social d'un individu ou d'une population permet d'orienter les actions des politiques sanitaires et sociales.

1 État de santé : une articulation de déterminants

A Notion de déterminant

Un déterminant est **un facteur qui peut avoir un impact positif ou néfaste sur la santé** et le bien-être d'un individu ou d'une population.

B Déterminant, santé et bien-être social

- **Un déterminant influence** l'état de santé et de bien-être social d'un individu, mais aussi d'une population.
- **L'état de santé d'une personne** se caractérise par des interactions complexes entre plusieurs facteurs individuels, socioenvironnementaux et économiques qui agissent tout au long de l'existence.

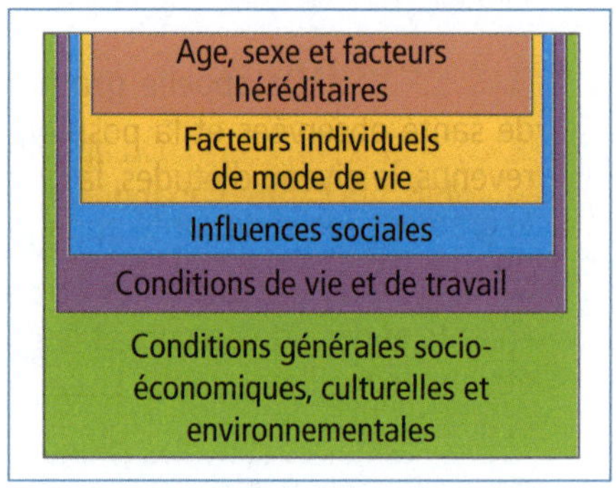

▲ Déterminants de la santé (d'après Dahlgren et Whitehead, 1991)

C Diversité des déterminants

- **Les déterminants endogènes** (spécifiques à un individu) : les facteurs biologiques (sexe, âge…), les facteurs héréditaires et génétiques.
- **Les déterminants comportementaux :** les conduites des individus et leurs prises de décisions.
- **Les déterminants socio-environnementaux :** les niveaux socio-économiques et culturels comme les conditions de travail, de logement, les revenus, l'éducation.
- **Les déterminants liés aux contextes politique, socio-économique :** les politiques publiques sanitaires et sociales en matière de soins, de logement, d'emploi, d'aide sociale…

Facteur protecteur et facteur de risque

Un **facteur protecteur** a une influence positive sur la santé et le bien-être de l'individu et de la population (ex. : catégorie socioprofessionnelle favorisée). À l'inverse, un **facteur de risque** a une influence négative (ex. : chômage).

D Les déterminants structurels et intermédiaires

- **Les déterminants structurels** dépendent du contexte politique et socio-économique d'un pays : la gouvernance, les politiques macroéconomiques, les politiques fiscales, les politiques sociales, les autres politiques publiques, la culture et les valeurs de la société.

• **Les déterminants intermédiaires** sont fonction des conditions matérielles (le logement, la qualité de l'environnement du quartier, la consommation, l'environnement physique du travail), sociopsychologiques (les conditions de vie et de travail, les relations et le soutien social), des facteurs biologiques et génétiques, des comportements ainsi que du rôle de l'accès au système de santé. Les facteurs psychosociaux renvoient au stress des individus. Les comportements concernent la nutrition, l'activité physique, la consommation de tabac et d'alcool, qui ont une répartition socialement stratifiée entre les différents groupes sociaux.

E Interaction des déterminants

• **Les déterminants sont interdépendants** (rapport de dépendance mutuelle). Il est difficile de les dissocier même s'il est évident que certains ont un impact plus important que d'autres. Par exemple, un revenu faible peut être à l'origine d'une plus grande difficulté d'accès aux soins.

• **Même si la France bénéficie d'un système de santé et de protection sociale** relativement développé qui prévoit un accès égal de tous à la santé, notamment par la PUMA, il n'en demeure pas moins que persistent des inégalités sociales et géographiques qui influent positivement ou négativement sur la santé et le bien-être social d'un individu ou de l'ensemble de la population.

> **Sigle**
> **PUMA :** protection universelle maladie.

2 Du repérage du risque à la reconnaissance collective

A Définitions

• **Le risque sanitaire.** On appelle **risque sanitaire** la probabilité que survienne un événement nuisible à la santé d'un individu ou d'une population. Il existe 2 types de risques sanitaires :
– les **risques naturels** : inondation, canicule, sécheresse, séismes…
– les **risques technologiques :** activité industrielle, amiante, bruit, risque nucléaire…

• **La crise sanitaire.** La crise sanitaire est une situation aiguë, difficile à gérer, engendrant des conséquences néfastes importantes et durables sur la santé des individus. Par conséquent, les crises sanitaires sont des **menaces brèves et brutales** qui montrent les risques encourus par la population du fait des **carences du système.**

Exemples : *nuage de Tchernobyl, crise dite de la « vache folle », la canicule de 2003, la pandémie de la Covid-19…*

B Les différents niveaux de risques sanitaires

• **Le risque individuel.** L'individu peut être créateur volontaire de risques pour lui ou pour les autres (**Exemple :** abus d'alcool, tabagisme, rapports sexuels non protégés…).

• **Le risque collectif potentiel.** La survenue de l'événement nuisible concerne un effectif important de la population et est repérée à partir de la perception du danger par les individus (**Exemple :** contamination de volailles par le virus de la grippe A H1N1).

• **Le risque collectif avéré.** Le risque collectif est repéré à partir d'une information scientifique (**Exemple :** possible transmission du virus de la grippe A H1N1 à l'humain pouvant provoquer une pandémie).

• **Le risque collectif réalisé.** Le risque collectif est repéré à partir d'une augmentation rapide et brutale de la mortalité ou de la morbidité et/ou de bouleversements sociétaux importants. C'est la crise **sanitaire**.

C Reconnaissance des problèmes de santé publique

Repérage du problème de santé

Repérage individuel : symptômes ressentis et diagnostic médical	**Repérage collectif :** étude de déterminants et d'indicateurs de santé

Signalement du problème de santé

Par la société civile : citoyens, victimes, professionnels de santé	**Par les organismes de veille sanitaire :** ministère de la Santé, Comité national de sécurité sanitaire, Haut conseil de santé publique, SPF, Cellules interrégionales d'épidémiologie (CIRE), ARS, préfectures…

Déclenchement d'une enquête

Sollicitation d'experts dans le domaine concerné (médecine, alimentation, environnement, nucléaire)

Décision d'intervention

L'Institut national de veille sanitaire (InVS) déclenche le dispositif d'alerte si les informations transmises sont caractéristiques d'un événement sanitaire anormal et le ministère de la Santé analyse l'alerte et met en place un plan d'action approprié

Activation du plan d'action

Plan national	Plan régional	Plan départemental	
mis en place par le gouvernement en cas d'épidémie ou de catastrophe	plans régionaux de santé publique (PRSP) mis en œuvre par les agences régionales de santé (ARS)	Le plan ORSEC (organisation de la réponse de sécurité civile)	Le plan d'urgence ou « plan blanc »
Exemple : la lutte contre la grippe aviaire	– Organiser le dispositif d'alerte et de surveillance – Vérifier que le dispositif soit opérationnel	– Recensement des moyens privés et publics départementaux – Organisation des secours sous une direction unique	Organisation des protocoles à suivre en cas de situation de crise sanitaire

Sigles

SPF : Santé Publique France.
CIRE : Cellules interrégionales d'épidémiologie.
ARS : Agences régionales de santé.
PRSP : Plans régionaux de santé publique.
ORSEC : Organisation de la réponse de sécurité civile.

Définition

Épidémiologie : discipline qui a pour objet l'influence de divers facteurs (facteurs individuels, environnement, mode de vie, milieu social) sur les maladies, notamment sur leur fréquence, distribution et étiologie, ainsi que sur tout autre phénomène biologique ou social déterminé.

D Le rôle de l'OMS

L'OMS a fourni un cadre d'action orienté autour de quelques composantes clés, telles que :
- l'identification des besoins et priorités ;
- l'élaboration d'un plan d'action ;
- l'identification des structures de soutien, des ressources, des dispositifs et instruments existants et mobilisables ;
- la mise en place de système d'information, de suivi, d'évaluation...

4 Comment émerge un problème social ?

La reconnaissance des problèmes sociaux passe par l'identification des inégalités sociales et territoriales, une mobilisation et, enfin, par une intervention des pouvoirs publics.

1 Notions clefs

A Définitions

• **Le risque social.** Un risque social est un événement qui entraîne des **conséquences négatives sur la situation économique de l'individu**, c'est-à-dire une diminution de ses revenus, et/ou une augmentation de ses dépenses.

• **La précarité.** « La précarité est l'absence d'une ou plusieurs des sécurités permettant aux personnes et aux familles d'assumer leurs responsabilités élémentaires et de jouir de leurs droits fondamentaux. L'insécurité qui en résulte peut être plus ou moins étendue et avoir des conséquences plus ou moins graves et définitives. Elle conduit le plus souvent à la grande pauvreté quand elle affecte plusieurs domaines de l'existence qu'elle tend à se prolonger dans le temps et devient persistante, qu'elle compromet gravement les chances de reconquérir ses droits et de réassumer ses responsabilités par soi-même dans un avenir prévisible. » (J. Wresinski dans le J.O.).

• **La pauvreté.** La pauvreté est la conséquence d'une précarité accumulée dans différents domaines. Le critère retenu pour caractériser la pauvreté est économique. L'ensemble des revenus se situe en dessous d'un certain seuil. En France, en 2016, ce sont donc 8,8 millions de personnes qui vivaient ainsi au-dessous du seuil de pauvreté, c'est-à-dire avec moins de 1 026 € par mois (2018, France, Insee).

• **L'exclusion.** L'exclusion est le rejet d'individus ou de groupes par ceux qui représentent le modèle dominant d'une société. Elle engendre un processus se traduisant par l'enchaînement de facteurs. Elle peut être économique par manque de revenus suffisamment conséquents pour assumer les besoins essentiels, ou sociale par rejet de tout contact avec l'extérieur, ou encore culturelle.

• **La crise sociale.** Dans une situation de crise sociale, le problème social se caractérise par : un événement déclencheur qui joue le rôle de révélateur, une forte visibilité sociale avec couverture médiatique, une ampleur jugée importante et un fort soutien de l'opinion publique.

B Inégalités sociales et territoriales contre cohésion sociale

• **Un certain nombre d'inégalités** peuvent fragiliser la cohésion sociale au sein de la société et générer des tensions, des mouvements sociaux.

• **Elles peuvent être observées à différents niveaux** entre individus, groupes d'individus. Elles peuvent également toucher à des domaines comme l'éducation, logement, le revenu, la santé, les loisirs…

• **Les inégalités s'accroissent** dans de nombreux domaines, en particulier en ce qui concerne les revenus avec notamment un appauvrissement des pauvres.

> **Le rôle des politiques sociales**
> Pour lutter contre ces inégalités, des politiques sociales, en cohérence avec la devise républicaine, visent à rendre la société plus équitable.

2 La reconnaissance des problèmes sociaux par la collectivité

A Modes de reconnaissance

- **La reconnaissance des problèmes sociaux** peut se faire par une institution, un mouvement social… D'autre part, les travaux sociologiques permettent de mieux comprendre les phénomènes sociaux.
- **La reconnaissance par les pouvoirs publics** correspond à la phase finale, souvent après la nécessité de mener un diagnostic.

B Principales phases de cette reconnaissance

phase 1 Mobilisation de personnes ou groupes de personnes face à une situation problématique.

↓

phase 2 Relais de cette mobilisation par les groupes de pression, les médias, l'opinion publique.

↓

phase 3 Reconnaissance par les pouvoirs publics.

↓

phase 4 Réalisation de diagnostics et études pour mieux analyser le problème social par les pouvoirs publics.

↓

phase 5 Proposition de réponses au problème soulevé avec la mise en place de dispositifs.

Les mesures d'urgence économiques et sociales de fin 2018 en lien avec le mouvement des « Gilets jaunes »

L'Assemblée nationale a adopté, dans la nuit du jeudi 20 au vendredi 21 décembre 2018, le projet de loi comportant des mesures d'urgence économiques et sociales : revalorisation de la prime d'activité, prime exceptionnelle défiscalisée, défiscalisation des heures supplémentaires et annulation de la hausse de la CSG pour les retraités modestes.

Exercices d'entraînement

Exercice 1 ★★ 20 min

Corrigé p. 110

Montrez, en vous appuyant sur le tableau ci-dessous portant sur la « Part des personnes déclarant une maladie ou un problème de santé chronique ou durable selon l'âge et les conditions de vie du ménage en 2018 », la variation des déclarations des Français selon les critères « âge » et « conditions de vie des ménages ».

▼ Extrait de l'étude menée par l'INSEE

« Toutes les catégories de population ne sont pas égales face à l'espérance de vie ou à la santé. C'est le cas pour les maladies ou problèmes de santé chroniques ou durables, qui concernent, en 2018, 38 % de la population, mais plus de deux personnes sur trois parmi les 70 ans ou plus. Différents facteurs influent sur la santé, qu'elle soit mesurée ou perçue, en particulier la pauvreté en conditions de vie. »

Part des personnes déclarant une maladie ou un problème de santé chronique ou durable selon l'âge et les conditions de vie du ménage en 2018

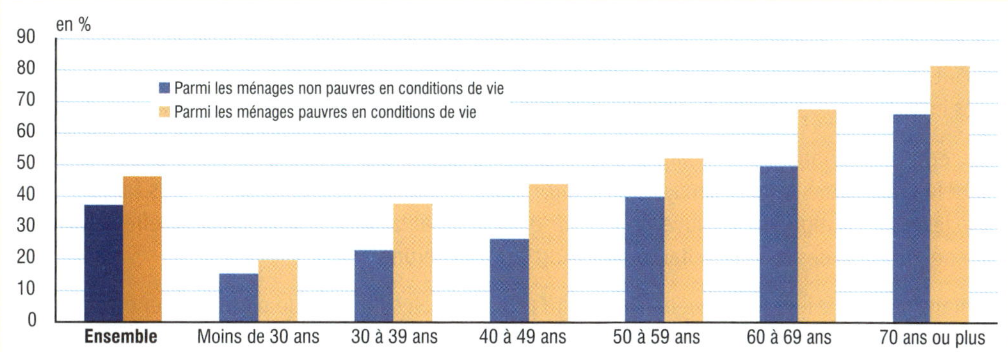

Lecture : 20 % des personnes de moins de 30 ans vivant dans un ménage pauvre en conditions de vie déclarent souffrir d'une maladie ou d'un problème de santé chronique ou durable en 2018.
Champ : France métropolitaine, personnes âgées de 16 ans ou plus résidant en ménage ordinaire.
Source : Insee, enquête sur les ressources et conditions de vie (SRCV) 2012, calculs Dress.

Étude « France, Portrait social – édition 2020 », Insee.

Exercice 2 ★★ 20 min *Corrigé p. 110*

À l'aide du document, comparez sous forme de tableau les mutations en matière d'éducation entre la société moderne et celle postmoderne.

▼ Document

D'une société moderne à une société postmoderne

Au sein de cette société en profonde mutation, les parents ont de nouvelles théories implicites de l'éducation. Ils les mettent en œuvre dès la naissance de leur bébé, qui reçoit une éducation bien différente de celle de la génération précédente. Une étude longitudinale montre que les changements en matière d'éducation sont considérables d'une génération à l'autre. D'une éducation moderne on en vient à une éducation postmoderne.

Le statut de la personne change : sur deux générations, on passe de la dominance du parent à celle de l'enfant ; celui-ci est intensément investi ; il tend à prendre les initiatives et à les imposer à son milieu familial. Le mode d'éducation n'est plus le même : la pédagogie opératoire et rationnelle des familles modernes fait place à l'éducation relationnelle et émotionnelle de la génération postmoderne.

Ainsi, y a-t-il mutation des valeurs. La société moderne avait pour objectif d'éduquer l'enfant à devenir un adulte capable de contribuer au progrès social et au bien-être de l'homme. L'éducation suivait donc une démarche instrumentale et stratégique. En revanche, la postmodernité vise le bonheur individuel et recherche le plaisir personnel. C'est ce que l'on éprouve qui devient important.

Les règles relationnelles intrafamiliales sont, elles aussi, modifiées : la modernité défendait un modèle familial hiérarchisé dans lequel l'autorité de l'adulte était incontestable ; les familles de la deuxième génération optent davantage pour un style égalitaire dans les relations ; elles favorisent une négociation des règles en lieu et place de leur imposition.

L'émancipation de l'enfant devient un objectif prioritaire : les familles de première génération fonctionnaient de manière complémentaire et interdépendante ; la socialisation tentait de répondre aux exigences d'un progrès social collectif ; au sein de la deuxième génération, la socialisation est individualiste ; elle vise l'épanouissement personnel de l'enfant et son autonomie, garants de son intégration sociale.

La Santé de l'homme n° 400, mars-avril 2009 © www.inpes.santepubliquefrance.fr.

Exercice 3 ★★ 15 min

Corrigé p. 110

Présentez les différentes inégalités selon le sexe, en vous appuyant sur le tableau réalisé par l'Observatoire des Inégalités et publié le 5 mars 2021.

Les inégalités entre les femmes et les hommes en France : principaux indicateurs

	Hommes	Femmes
Éducation Part des étudiants à l'université en 2018-2019	41,3 %	58,7 %
Santé Espérance de vie à la naissance en 2019	79,7 ans	85,6 ans
Chômage Taux de chômage en 2019	8,5 %	8,4 %
Salaires Tous temps de travail confondus, les hommes gagnent x % de plus que les femmes et les femmes gagnent x % de moins que les hommes en 2017	30 %	23 %
Emploi Nombre d'actifs occupés en temps partiel subi en 2019	386 200	1 012 200
Pauvreté Taux de pauvreté en 2018 (au seuil de 50 % du revenu médian)	8,2 %	8,5 %
Conditions de vie Temps journalier consacré au travail domestique en 2010	2 h 00	3 h 26
Part des personnes qui consacrent tous les jours au moins une heure au travail domestique en 2016	35,6 %	79,6 %
Part des personnes qui s'occupent tous les jours au moins une heure d'enfants ou de personnes âgées ou handicapées en 2016	29,4 %	45,6 %
Vie politique Part des députés à l'Assemblée nationale en 2017	61,3 %	38,7 %
Part des maires en 2020	80,2 %	19,8 %

Source : INSEE, ministère de l'Enseignement supérieur, ministère de l'Intérieur © Observatoire des Inégalités

Exercice 4 ★ 10 min

Corrigé p. 110

Relevez les inégalités sociales de santé dont sont victimes les femmes en situation précaire ainsi que leurs répercussions.

Entretien avec Geneviève Couraud, membre du Haut Conseil à l'égalité entre les femmes et les hommes, rapporteuse de « La santé et l'accès aux soins : une urgence pour les femmes en situation de précarité ».

▼ Document

La Santé en action : Pourquoi le rapport du Haut Conseil à l'égalité met-il l'accent sur l'urgence d'améliorer la santé des femmes ?

Geneviève Couraud : Les inégalités sociales de santé (ISS) sont accablantes : le risque de mortalité prématurée par maladie cardio-vasculaire et par cardiopathie ischémique est trois fois plus élevé pour les ouvrières que pour les femmes cadres. Il y a urgence à réduire les inégalités sociales de santé dont les femmes sont victimes, parce qu'elles ont aussi des effets à moyen terme sur la société française : l'état de santé détérioré de ces femmes se répercute sur la situation des enfants, entraîne une dégradation sociale et conduit à un recul de la mixité sociale.

La Santé en action n° 445, septembre 2018 © inpes.santepubliquefrance.fr

Exercice 5 ★★ 10 min *Corrigé p. 110*

Précisez comment l'affaire du Médiator est devenue une crise sanitaire.

▼ **Document**

L'affaire Médiator

Irène Frachon, pneumologue au CHU de Brest, a découvert en 2009 les méfaits parfois mortels du Médiator sur plusieurs de ses patients. Un médicament prescrit à des diabétiques en surpoids, détourné comme coupe-faim. Elle a été rejointe dans son combat solitaire d'abord par Charles Josephoudin, un jeune avocat parisien de 28 ans, puis, par le député socialiste de Haute-Garonne, Gérard Bapt, ancien cardiologue. Ensemble, ils convainquent les premières victimes de se lancer dans la bataille judiciaire contre les Laboratoires Servier celui qui a commercialisé le Médiator pendant 30 ans et exigent la vérité auprès des autorités sanitaires et des ministres de l'époque. Un médecin, un avocat, un député. À eux trois, ils vont faire éclater le scandale du Médiator qui aurait tué entre 500 et 2 000 personnes, provoquer le tsunami du système français du médicament et faire vaciller un géant de l'industrie pharmaceutique.
L'affaire Médiator, c'est l'histoire de leur combat et de celui des victimes du médicament.

Public Sénat, octobre 2011.

Exercice 6 ★★ 15 min *Corrigé p. 111*

Présentez l'Indice de cohésion sociale Ipsos. Puis dégagez les principaux constats de l'enquête réalisée par Ipsos dans le monde, entre le 25 septembre et le 9 octobre 2020.

L'Indice de cohésion sociale Ipsos (ISCI) suggère que la cohésion sociale est en péril à l'échelle mondiale. Sur la base d'une enquête menée auprès de plus de 20 000 adultes dans 27 pays, Ipsos a mesuré que 41 % des citoyens du monde étaient en train de se désolidariser de la société dans laquelle ils vivent contre seulement 21 % dont les liens sociaux sont encore solides.

L'Indice de cohésion sociale d'Ipsos repose sur 3 dimensions principales :
- **Les relations sociales** – confiance dans les autres, priorités partagées, respect de la diversité ;
- **Les facteurs d'unité** – identité nationale, confiance dans le système politique et sentiment d'être traité équitablement par les institutions ;
- **La recherche du bien commun** – aide mutuelle, respect de la loi et de l'éthique.

Peu de pays peuvent être qualifiés de cohésifs
Le manque de cohésion sociale **touche la plupart des pays**, même si certains sont plus touchés que d'autres. Par exemple :
- **Seuls 6 des 27 pays sont positifs en termes de cohésion sociale: la Chine** (+ 65 %), **l'Arabie saoudite** (+ 37 %), **l'Australie** (+ 12 %), **l'Inde** (+ 11 %), **la Malaisie** (+ 4 %) et **la Suède** (+ 3 %) ;
- **Les autres pays sont tous négatifs**, les plus nettement négatifs étant **le Japon** (– 52 %), **la Corée du Sud** (– 52 %), **la Pologne** (– 51 %), **la France** (– 49 %) et **la Belgique** (– 46 %). Le score net des **États-Unis** est de – 26 %.

Article « La cohésion sociale, à l'épreuve de la Covid », www.ipsos.com, 10 novembre 2020

5 Qu'est-ce que la protection sociale ?

Les contextes socio-politique et économique ont un rôle primordial dans l'évolution des droits sociaux et de la protection sociale.

1 La notion de droits sociaux

A L'accès aux droits

L'accès aux droits fondamentaux est l'ensemble des interventions qui garantissent à toute personne **les sécurités lui permettant d'assumer ses besoins** élémentaires. Il est garanti par :
– la Déclaration universelle des droits de l'homme de 1789 ;
– la Constitution française de 1958 (dans son Préambule) ;
– la loi de lutte contre l'exclusion du 29 juillet 1998 ;
– la loi de cohésion sociale du 18 janvier 2005 ;
– la loi sur le droit au logement opposable (DALO) du 5 mars 2007.

La déclaration universelle des droits de l'homme et du citoyen (article 25)

Toute personne a droit à un niveau de vie suffisant pour assurer sa santé, son bien-être et ceux de sa famille, notamment pour l'alimentation, l'habillement, le logement, les soins médicaux ainsi que pour les services sociaux nécessaires ; elle a droit à la sécurité en cas de chômage, de maladie, d'invalidité, de veuvage, de vieillesse ou dans les autres cas de perte de ses moyens de subsistance par suite de circonstances indépendantes de sa volonté. La maternité et l'enfance ont droit à une aide et à une assistance spéciale. Tous les enfants, qu'ils soient nés dans le mariage ou hors mariage, jouissent de la même protection sociale.

B Les droits fondamentaux et mesures sociales associées

• **Droit à l'emploi.** La **loi de cohésion sociale** permet de lutter contre le chômage (surtout chez les jeunes) et de favoriser le retour à l'emploi des chômeurs de longue durée.

• **Droit aux ressources.** Différents minima sociaux sont mis en place en France afin de permettre aux personnes d'assurer leurs besoins essentiels. Ils varient en fonction des personnes.

• **Droit à la santé.** Le 1er janvier 2016, la **protection universelle maladie (Puma)** est entrée en application. Désormais, tous les assurés qui travaillent ou résident en France de manière stable et régulière (plus de six mois par an) bénéficieront pleinement du droit à la prise en charge de leurs frais de soins.

• **Droit au logement.** La **loi de cohésion sociale** prévoit l'amélioration des dispositifs existants pour l'attribution des logements sociaux, ainsi que l'amélioration de l'accès au **fonds de solidarité logement (FSL).** La **loi DALO** reconnaît le droit à un logement décent et indépendant garanti par l'État et vise par une procédure à favoriser l'accès à un logement.

• **Droit à l'éducation et à la culture.** La **loi d'égalité des chances** lutte notamment contre l'illettrisme et l'échec scolaire.

Sigle
FSL : Fonds de solidarité logement.

2 Du risque social à la protection sociale

A Définition

Le **risque social** est un événement qui entraîne des conséquences négatives sur la situation économique de l'individu. Cet événement peut être prévu ou non, mais est pris en charge par la collectivité. Il induit une augmentation des dépenses et/ou une diminution des recettes.

B Les 6 catégories de risques sociaux et les réponses de protection

Risques et sous-catégories de risques		Différentes prises en charge
1 Risque santé	Risque maladie	• Prise en charge des soins de santé • Indemnités journalières
	Risque invalidité	• Allocations et rentes d'invalidité • Soins de santé
	Risque des accidents du travail	• Soins dispensés aux victimes de maladies professionnelles ou d'accidents de trajet • Dépenses de réadaptation fonctionnelle, professionnelle et sociale des victimes
2 Risque famille maternité	Risque famille	• Prestations couvrant les besoins éducatifs des enfants (allocations familiales et logement, bourses d'études, réductions…)
	Risque maternité	• Besoins supplémentaires relatifs à la conception et à la mise au monde d'enfants (soins de santé, indemnités et primes)
3 Risque vieillesse-survie		• Prestations relatives à la cessation d'activité (préretraites, l'ASPA – Allocation de solidarité aux personnes âgées…) • Prestations versées à la suite du décès du conjoint
4 Risque emploi	Risque chômage	• Versements compensant la perte de salaire due à l'absence de travail (allocations-chômage)
	Risque de formation professionnelle	• Indemnités et stages de formation • Contrats emploi-solidarité (CES) • Aides aux demandeurs d'emploi créant une entreprise (ACCRE)
5 Risque logement		• Allocation de logement à caractère familial (ALF) • Allocation de logement à caractère social (ALS) • Aide personnalisée au logement (APL)
6 Risque pauvreté et exclusion sociale		• Revenu de solidarité active (RSA) • Prime pour l'activité pour soutenir le pouvoir d'achat des travailleurs modestes

© Risques sociaux, base 2000 – IRDES Eco-Santé, 2010.

C Les principes et techniques de la protection sociale

• **Les principes.** La protection sociale repose sur des principes de solidarité, d'universalité et de responsabilité.

• **Les techniques.** Deux principales techniques sont employées : l'**assurance** et l'**assistance**.

• **Le système Bismarckien** fonctionne sur la technique d'assurance : l'assurance-maladie et vieillesse sont obligatoires. Il est principalement financé par des cotisations sociales : ½ patronales + ½ salariales.

• **Le système de Beveridge** fonctionne sur le principe de solidarité car il est majoritairement financé par l'impôt. La sécurité sociale y est automatique, sans obligation de cotisations préalables et sans lien avec la profession.

• **Le système français** est un compromis entre ces deux systèmes mais à dominante assurantielle.

3 Organisation générale de la protection sociale

A Composantes de la protection sociale selon le type de couverture

	Organisme de protection	Division de l'organisme	Risques couverts	Prestations
Couverture de base	Sécurité sociale	Régime général, Régime agricole, Sécurité sociale des indépendants, Régimes spéciaux	Risques maladie, invalidité, maladie professionnelle, famille, maternité, vieillesse, survie	Prestations en nature, en espèces, allocations familiales (CAF)
	Système d'assurance et de lutte contre le chômage	UNEDIC Pôle emploi	Risque chômage	Allocation-chômage Formation professionnelle
Couverture complémentaire	Organismes de protection complémentaire	Mutuelles	Couverture complémentaire du risque santé et autres (responsabilité civile…)	Complément, capital
		Assurances privées		
		Prévoyance	Risque vieillesse-survie	Supplément retraite, Capital
		Retraites complémentaires		
Couverture subsidiaire	Sécurité sociale	Régime réservé aux personnes pauvres	Risque maladie	PUMA
	État	Aide sociale	Risque pauvreté et exclusion sociale	CMUC, AME, Prime d'activité
	Département	Aide sociale	Risque pauvreté et exclusion sociale	AAH, ASPA, RSA, APA
	Commune	CCAS	Risque pauvreté et exclusion sociale	Prestations en nature, en espèces

Sigles

UNEDIC : Union nationale interprofessionnelle pour l'emploi dans l'industrie et le commerce.
CAF : Caisse d'allocations familiales.
AME : Aide médicale d'État.
AAH : Allocation adulte handicapé.
APA : Allocation personnalisée d'autonomie.
CCAS : Centre communal d'action sociale.
PUMA : Protection universelle maladie.
RSA : Revenu de solidarité active.
ASPA : Allocation de solidarité aux personnes âgées.

B Vue d'ensemble de la Sécurité sociale

Le système français de Sécurité sociale se caractérise aujourd'hui par une protection contre les risques sociaux généralisée à l'ensemble de la population, mais éclatée entre de nombreuses institutions faisant appel à des sources diversifiées de financement.

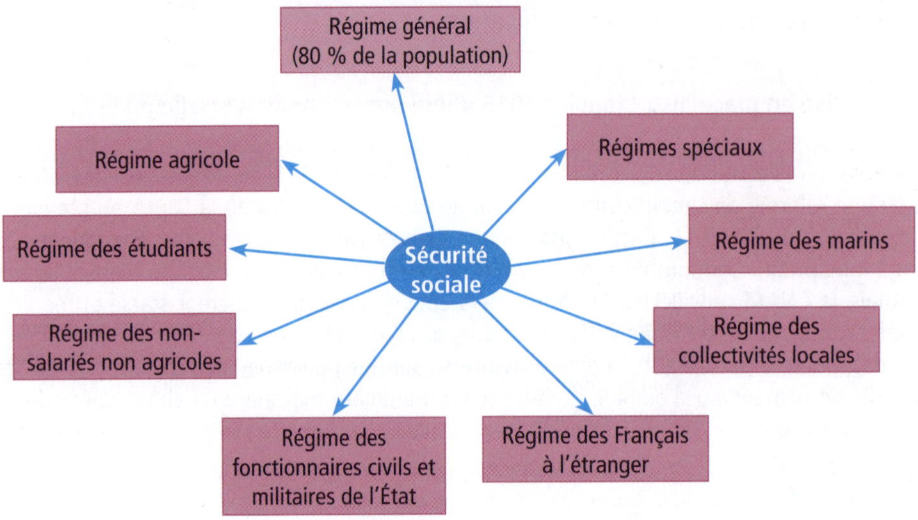

C Organisation du régime général, principal régime de la Sécurité sociale

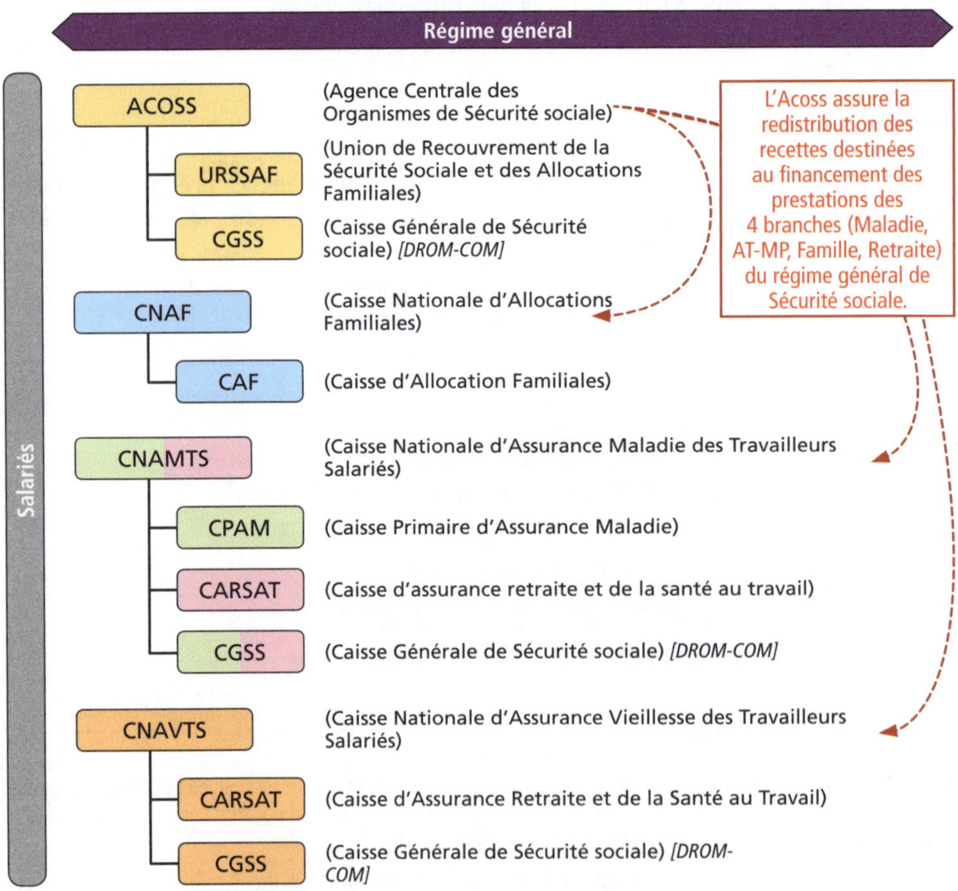

Exercices d'entraînement

Exercice 1 ★★ 15 min

Corrigé p. 111

Présentez la Protection universelle maladie (PUMA) instaurée au 1er janvier 2016 et précisez en quoi cette mesure vise la simplification.

▼ Document

Mise en place au 1er janvier 2016 d'une protection universelle maladie

La mise en place, à partir du 1er janvier 2016, d'une « protection universelle maladie » (Puma), visant à assurer la continuité des droits aux remboursements de la Sécurité sociale, « est infiniment plus qu'une réforme de simplification », a affirmé mardi la ministre de la Santé, au premier jour de l'examen du PLFSS 2016. Cette disposition « vient consolider la démarche, engagée en 2012, visant à faire progresser durablement les droits sociaux des Français », a ajouté Marisol Touraine. Désormais, la CNAM considérera que toute personne résidant de manière « stable et régulière » pendant six mois sur le territoire français dispose, dès l'âge de 18 ans, de droits ouverts en propre. Cette inscription « par défaut » comme assuré social des personnes ne relevant pas du statut de salarié, de demandeur d'emploi, de retraité ou d'étudiant marque un « changement de paradigme », estime dans *Le Monde* Didier Tabuteau, titulaire de la chaire santé à Sciences-Po Paris.

« L'assurance maladie passe d'une assurance sociale à une prestation universelle, sur le modèle des allocations familiales », indique-t-il.

« La spécificité des anciens régimes sera évidemment maintenue, précise pour sa part la ministre de la Santé. Mais dans les faits, les statuts d'étudiant, d'épouse, d'indépendant, de salarié ou de chômeur s'effaceront au profit d'une seule et unique citoyenneté sociale. »

John Sutton, site Internet de la Mutualité française, 22 octobre 2015.

Exercice 2 ★★ 15 min

Corrigé p. 111

Analysez le graphique « Les acteurs qui devraient, selon les Français, prendre en charge financièrement les personnes âgées en perte d'autonomie » ci-dessous, issu du baromètre d'opinion réalisé par la DREES en 2018.

Les acteurs qui devraient, selon les Français, prendre en charge financièrement les personnes âgées en perte d'autonomie

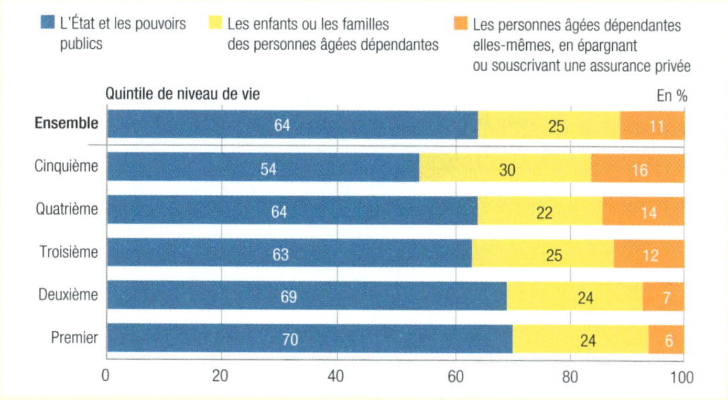

Note : le premier quintile de niveau de vie du ménage correspond aux 20 % des ménages les plus modestes. Le dernier (ou cinquième) quintile correspond aux 20 % des ménages les plus aisés.
Lecture : en 2018, 64 % des Français pensent que c'est principalement à l'État et aux pouvoirs publics de prendre en charge financièrement les personnes âgées en perte d'autonomie (c'est-à-dire ne pouvant vivre seules, sans aide).
Champ : personnes habitant en France métropolitaine et âgées de 18 ans ou plus.

Baromètre d'opinion réalisé par la DREES en 2018, drees.solidarites-sante.gouv.fr

6 Comment agir sur les déterminants de santé ?

Les modes d'intervention et les acteurs sont pluriels et agissent sur différents déterminants.

1 La pluralité des modes d'intervention

A La veille sanitaire

La veille sanitaire repose sur la récolte d'informations émanant des organismes spécialistes pour observer, contrôler l'état de santé de la population afin d'alerter les autorités compétentes en cas de risques pour la santé.

B La sécurité sanitaire

La sécurité sanitaire est un dispositif de gestion des risques sanitaires. Elle inclut entre autres la veille sanitaire. Elle nécessite un certain nombre de moyens structurels, humains, financiers et procéduraux.

C La prévention

Elle est définie par la loi du 4 mars 2002 relative aux droits des malades et à la qualité du système de soins comme « un ensemble de mesures qui visent à améliorer l'état de santé de la population en évitant l'apparition, le développement ou l'aggravation des maladies ou des accidents et en favorisant des comportements individuels et collectifs pouvant contribuer à réduire le risque de maladie ou d'accident. »

D La restauration de la santé

La restauration de la santé est essentiellement vue comme curative : il s'agit d'apporter les soins nécessaires pour améliorer l'état de santé des individus et éviter l'aggravation de leur état. Cette restauration suppose que chacun puisse se faire soigner et qu'il reçoive des soins de qualité.

E L'éducation à la santé

L'éducation à la santé vise à favoriser les comportements favorables à la santé et au bien-être de l'individu par une démarche volontaire.

F La promotion de la santé

La promotion de la santé se traduit par un ensemble d'interventions qui visent à optimiser les déterminants influençant la santé de l'individu, en tenant compte de ses conditions de vie, afin de lui permettre de préserver son capital santé.

La priorité prévention, premier axe de la stratégie nationale de santé 2018-2022

Avec la parution du premier « Plan prévention », l'ensemble des acteurs et décideurs du monde de la santé et des autres secteurs sont conviés, collectivement, à un projet d'envergure pour améliorer la santé de la population. « Priorité prévention » aborde tous les déterminants de la santé, environnementaux ou comportementaux, et parcourt les différents âges de vie avec leurs spécificités, de la préconception à la préservation de l'autonomie de nos aînés.

2 La diversité des acteurs en santé et leurs rôles

A Le rôle de l'État

- L'État est le garant de la protection de la santé de sa population.
- Il doit déterminer des objectifs de santé publique à partir des problèmes de santé reconnus comme prioritaires, puis agir en partenariat avec les principaux acteurs de la santé.

Politique de santé publique

La loi du 9 août 2004 affirme pour la première fois la responsabilité de l'État en matière de santé publique.

B L'organisation de la veille sanitaire en France

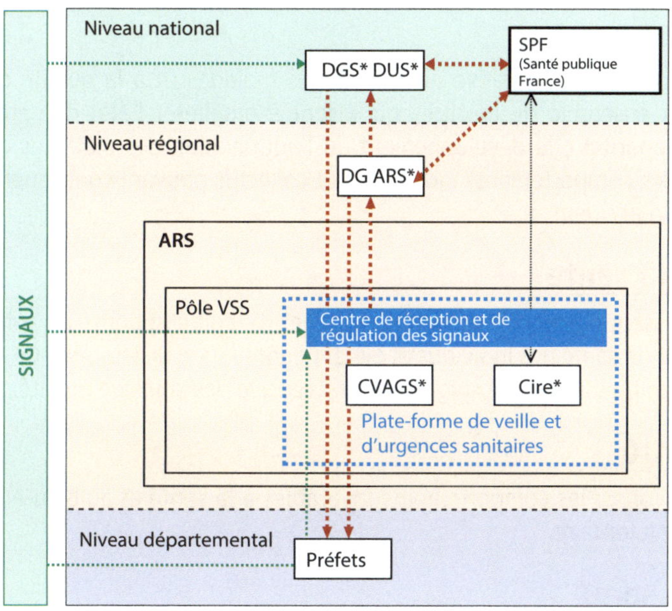

* DGS : Département des urgences sanitaires
* DUS : Direction générale de la santé
* DG ARS : Direction générale des agences régionales de santé
* CVAGS : Cellule de veille d'alerte et gestion sanitaire
* Cire : Cellule d'intervention en région

C Les structures de prévention et de promotion de la santé

Un certain nombre d'acteurs interviennent en matière de prévention et de promotion avec :
– **à l'échelle nationale :** le ministère chargé de la Santé, Santé Publique France, l'ANSES, l'ANACT, l'ANSM, la HAS, le HCSP… ;
– **à l'échelle régionale et locale :** les ARS, les conseils départementaux, les Comités d'éducation à la santé, les établissements de santé, les services municipaux de prévention, les centres de santé…

D Les acteurs du système de soins

Acteurs		Rôles
État		• Financer et organiser l'offre de soins. • Favoriser une couverture homogène du territoire national.
ARS = gouvernance du système de soins au niveau régional		• Définir et mettre en œuvre la politique régionale d'offre de soins hospitaliers et médico-sociaux. • Réguler l'offre de médecine de ville.
Établissements de santé		Assurer les missions de soins (diagnostic, surveillance et traitement des maladies) et de prévention.
Services extra-hospitaliers	Réseaux de santé	Favoriser l'accès aux soins, la coordination, la continuité ou l'interdisciplinarité des prises en charge sanitaires.
	Maisons de santé	Assurer la prise en charge globale et multidisciplinaire du patient.
	Maisons médicales de garde	Délivrer des prestations de médecine générale, fonctionnant uniquement aux heures de la permanence des soins.
	Services de soins à domicile	Assurer à domicile la prise en charge sanitaire des personnes en évitant l'hospitalisation.
	Centres de santé	Accueillir des malades ambulatoires. Ils dépendent des collectivités locales ou d'organismes à but non lucratif comme les mutuelles ou associations.
Professionnels de santé		Réaliser les activités de soins et de prévention.

E L'apport de la protection sociale à la santé des populations

La protection sociale, avec notamment la Sécurité sociale, a contribué nettement à améliorer la santé individuelle et populationnelle par les prestations délivrées mais aussi par les nombreuses **actions de prévention et de promotion de santé** mises en œuvre.

« Santé et protection sociale », CIS 2015-2019, Agence Française de Développement.

3 Droits et participation de la personne

A Reconnaissance des droits de la personne

• **La loi du 4 mars 2002** relative aux droits des malades et à la qualité du système de santé constitue un événement charnière dans l'histoire des droits des usagers.

• **Dans le champ des droits collectifs des usagers, la loi du 9 août 2004** relative à la politique de santé publique renforce la participation des usagers aux politiques publiques de santé. Enfin, **la loi LMSS du 26 janvier 2016** crée plusieurs nouveaux droits concrets pour les

patients, notamment le droit à l'oubli pour les anciens malades, le droit pour les citoyens de se défendre collectivement face à certains préjudices subis.

B Des exemples de participation citoyenne

- **Référendums** d'initiative citoyenne (RIC).
- **Plateformes de consultation** en ligne.
- **Conférences de citoyens :** ce sont des outils de démocratie participative qui permettent d'associer davantage et autrement les citoyens au débat public et à la prise de décision politique.
- **Ateliers citoyens :** inspirés des conférences de citoyens et fondés sur le principe de délibération collective, ces ateliers ont pour vocation de produire un avis collectif.
- **Évaluations d'impact sur la santé (EIS) :** il s'agit d'une démarche qui favorise autant que possible la participation de la population concernée par le projet ; une approche favorisant la réduction des inégalités sociales de santé.
- **Participation active à des réseaux de santé :** l'implication de patients dans les activités d'**éducation thérapeutique du patient (ETP)** reste faible en France. De nombreuses publications internationales soulignent le savoir expérientiel des patients-ressources, la construction de partenariats avec les soignants et l'amélioration de l'état de santé de patients ciblés grâce à leur intervention.

La santé communautaire

La santé communautaire est l'approche locale des problèmes de santé d'une communauté impliquant sa participation active à toutes les étapes. Elle est théoriquement mise en œuvre par un groupe associant professionnels et population. La priorité de la santé communautaire est la promotion de la santé.

L'empowerment

Notion récente apparue il y a quelques décennies, l'empowerment désigne l'accroissement de la capacité d'agir de la personne malade via le développement de son autonomie, la prise en compte de son avenir et sa participation aux décisions la concernant.

- **Reconnaissance du droit d'interpellation dans le cadre des conseils citoyens.** La loi « Égalité et Citoyenneté du 22 décembre 2016, crée de nouveaux droits avec entre autres l'extension du rôle des conseils citoyens, au travers de la reconnaissance d'un droit d'interpellation qui permettra de modifier le contrat de ville afin de mieux répondre aux besoins des habitants. »
- **Représentants des usagers et système de santé.** « La représentation des usagers dans les instances de santé publique et hospitalières permet aux usagers de participer, par l'intermédiaire de leurs représentants, à l'élaboration des politiques de santé ou au fonctionnement des établissements de santé. Leur mission consiste notamment à faire connaître les attentes des patients et à proposer de nouvelles orientations pour l'amélioration du système de santé. Pour qu'ils puissent jouer pleinement leur rôle, les représentants d'usagers peuvent bénéficier de formations. »

7 Quelles interventions pour agir sur les problèmes sociaux ?

Les modes d'intervention sont différents selon les caractéristiques des problèmes sociaux. Les acteurs et les actions qu'ils peuvent mener sont très diverses.

1 Notion d'intervention sociale

A Notion et objectifs de l'intervention sociale

• **Définition.** L'intervention sociale, qu'elle soit **individuelle** (intervention sociale d'aide à la personne) ou **collective** (intervention sociale d'intérêt collectif), est centrée sur la personne dans l'objectif de l'accompagner et de parvenir aux conditions de bien-être.

• **Le déroulement d'une intervention** suit un ordre logique. En premier lieu, le **repérage** d'un problème social conduit les acteurs à formuler une **analyse** (compréhension de la situation) et à émettre des **hypothèses** de travail pour parvenir à une **résolution**. En second lieu, on donne une **visibilité** à l'action et on mesure le rythme de son évolution par des évaluations.

> **Intervention sociale et politique de la ville**
> Le lien entre le travail social et la politique de la ville est historique et évident. L'intervention sociale a très tôt été mobilisée en faveur de la cohésion sociale dans les quartiers populaires.

B La pluralité des modes d'intervention sociale

• **Le diagnostic social** est une « photographie » d'une population sur un territoire ciblé à un instant donné. Il permet de comprendre les difficultés sociales d'un territoire et d'apporter les réponses correctives nécessaires pour les résoudre. Ces réponses seront adaptées aux problèmes prioritaires mis en évidence.

• **Le développement social local.** Le développement local désigne l'évolution qualitative d'un territoire ; il vise le mieux-être des habitants et part d'une dynamique de projet. Le développement social ajoute la dimension de solidarité. Ses méthodes sont participatives pour le diagnostic, le projet et l'évaluation, dans une approche transversale et globale.

• **L'accompagnement social** permet à un certain nombre de personnes en difficulté d'être aidées en restant dans leur environnement. Sa finalité est d'arriver à ce que l'usager ne fasse plus appel à ce dispositif.

2 Diversité et rôles des différents acteurs

A La territorialisation des actions

• **L'échelon national :** l'État peut intervenir à l'échelon national pour la proposition et la mise en place d'une politique sociale, en fonction des priorités politiques actuelles. Il est garant de la cohésion sociale et de la justice sociale.

• **L'échelon local :** la majorité des dispositifs d'insertion et de lutte contre les exclusions fait intervenir un travail en partenariat entre services de l'État, collectivités territoriales, associations, autres acteurs privés et usagers pour répondre aux besoins et demandes locaux.

B Les principaux acteurs de l'intervention sociale

Pouvoirs publics	Secteur privé
État Collectivités territoriales	Sécurité sociale Unédic Régimes de retraite complémentaire Mutuelles, Institutions de prévoyance, Assurances Associations (acteur clef) Entreprises

Le rôle primordial de la protection sociale

En cas de crises multiples, les transferts sociaux en espèces ou en nature peuvent aider à faire face aux risques sociaux et à atténuer la vulnérabilité économique des ménages pauvres.
« Il n'y a pas de cohésion sociale, sans protection sociale. » (Robert Castel, sociologie)

3 Droit et participation de la personne et du groupe

A Droit de la personne

• **Définition.** Le **droit des personnes** est l'ensemble des règles qui envisagent les personnes comme des sujets de droit.

• **Dans le champ social et médico-social,** on parle souvent d'**usager** dont les droits sont régis par un certain nombre de textes dont celui de la loi du 2 janvier 2002 portant rénovation de l'action sociale.

B Exemples d'instances de participation

• **Le conseil citoyens.** Il est mis en place dans chaque quartier prioritaire de la politique de la ville, sur la base d'un diagnostic des pratiques et des initiatives participatives.

• **Le conseil de quartier.** Dans les communes de 80 000 habitants et plus, le conseil municipal fixe le périmètre de chacun des quartiers constituant la commune. Les conseils de quartier peuvent être consultés par le maire et peuvent lui faire des propositions sur toute question concernant le quartier ou la ville. Le maire peut les associer à l'élaboration, à la mise en œuvre et à l'évaluation des actions intéressant le quartier, en particulier celles menées au titre de la politique de la ville.

• **La participation citoyenne à l'élaboration et au suivi des politiques publiques** constitue l'un des 6 grands principes du **plan pluriannuel contre la pauvreté** et pour l'inclusion sociale… Cette participation est un axe majeur du **plan d'action en faveur du travail social et du développement social** qui prévoit que la participation des personnes doit être recherchée à toutes les étapes des politiques publiques, depuis leur élaboration jusqu'à leur mise en œuvre et leur évaluation.

• **Les budgets participatifs.** Il s'agit de donner la possibilité à chaque personne / habitant de faire connaître leurs préférences concernant l'utilisation d'une partie du budget d'investissement d'une municipalité. Les budgets participatifs ont aussi été créés pour faire participer les citoyens qui n'avaient pas la parole. En ouvrant la participation à tous les citoyens, ils donnent la capacité de réorienter des ressources publiques dans un objectif de justice sociale.

• **Les universités populaires de parents (UPP).** Ce sont des groupes de parents qui mènent une recherche sur la parentalité avec le soutien d'un universitaire pour qualifier et légitimer leurs savoirs, ceci dans l'objectif de croiser leur réflexion avec d'autres acteurs (écoles, travailleurs sociaux, autres parents, élus…) pour rechercher ensemble comment améliorer la vie quotidienne des enfants et de leurs parents.

STSS

Exercices d'entraînement

Exercice 1 ★ 10 min

Corrigé p. 111

Relevez les propositions de Marie-Hélène Bacqué pour favoriser l'*empowerment* en France.

▼ Entretien avec Marie-Hélène Bacqué, sociologue, professeure d'études urbaines à l'université Paris Ouest – Nanterre La Défense

La santé en action : Qu'est-ce qui pourrait favoriser le développement de l'*empowerment* dans notre pays ?

M.-H. B. : Il faudrait que les politiques publiques s'appuient sur les initiatives collectives, au lieu d'essayer de les chapeauter en permanence dans une logique de contrôle social. Des expériences existent, qui sont très intéressantes. Dans les quartiers populaires, la solidarité et l'initiative se déploient sous diverses formes : épiceries sociales, collectifs de parents, aides aux devoirs, mobilisations autour des enjeux de rénovation, collectifs contre la discrimination. Cependant, pour être financées, ces initiatives doivent passer par le filtre des appels d'offres et de la mise en concurrence. La formation des professionnels est un autre point essentiel. Il serait souhaitable qu'ils soient « coformés » avec des citoyens ; ceci leur permettrait de faire évoluer leurs modes d'intervention. On pourrait également imaginer la création d'espaces publics de débat sur la santé, sur l'école, etc.

La santé en action n° 446, décembre 2018.

Exercice 2 ★★ 15 min

Corrigé p. 111

Montrez en quoi le dispositif départemental « Culture et lien social » du conseil départemental d'Aveyron s'apparente à un outil d'intervention sociale et d'amélioration du vivre ensemble.

▼ Document

[…] Dès 2014, chacun de ces services a défini de nouveaux projets stratégiques dédiés aux publics en difficultés en vue de créer du lien social : le département à travers l'adoption des quatre projets de territoires ; AVEYRON CULTURE — Mission Départementale en intégrant un axe « culture et lien social ». Le département souhaite conforter cette démarche de développement social local en intégrant la dimension culturelle à ces projets, comme facteur de lien social. En effet, la culture peut être un bon moyen d'intégration et d'insertion pour les publics en difficultés, à travers des projets culturels et artistiques dédiés aux plus fragiles.

L'enjeu du dispositif départemental « culture et lien social » est de mobiliser la culture comme outil d'intervention sociale et d'amélioration du vivre ensemble.

– Mobiliser les acteurs des territoires autour de projets « culture et lien social ».
– Lever les freins pour l'accès à la culture des publics les plus éloignés.
– Inciter les acteurs culturels à développer des projets en direction des plus fragiles.
– Promouvoir le rôle de la pratique culturelle comme levier de remobilisation des plus fragiles.
– Favoriser le vivre ensemble autour de projets culturels locaux dans lesquels les plus fragiles seront des acteurs. […]

Extraits du cahier des charges « Dispositif Culture et lien social, appel à projets 2019 », conseil départemental de l'Aveyron.

Exercice 3 ★★ 15 min *Corrigé p. 111*

Présentez les caractéristiques du dispositif « Un chez soi d'abord » lancé en 2011 par les ministères en charge de la santé et du logement.

▼ Document

Le dispositif « Un chez soi d'abord » permet aux personnes sans-abri les plus fragiles, celles qui souffrent de troubles psychiques et cumulent les plus grandes difficultés, d'accéder directement à un logement ordinaire et d'être ainsi accompagnées vers la réinsertion.

Un dispositif innovant pour sortir les personnes de la rue et les orienter directement vers un logement ordinaire

Les personnes sans abri vivent en moyenne 30 ans de moins que la population générale, et un tiers des personnes vivant à la rue souffrent de problèmes psychiques sévères. C'est pour combattre ce phénomène que les ministères en charge de la santé et du logement ont lancé, en 2011, le dispositif « Un chez soi d'abord » à Marseille, Lille, Toulouse et Paris. Le dispositif « Un chez soi d'abord » a été le précurseur du plan quinquennal pour le logement d'abord et la lutte contre le sans-abrisme, dit plan « Logement d'abord ».

Après une première phase d'expérimentation réussie, l'État souhaite porter à 16 le nombre de sites « Un chez soi d'abord » d'ici 2022, soit 2 000 nouvelles places.

Le dispositif « Un chez soi d'abord » propose aux personnes en situation de grande précarité et présentant des troubles psychiques sévères un accès direct à un logement stable, sans passer obligatoirement par un centre d'hébergement temporaire. Une fois logés, les bénéficiaires sont accompagnés au quotidien par une équipe médico-sociale pluridisciplinaire. Le logement, droit fondamental, sert alors de tremplin pour faciliter les soins et l'inclusion sociale. [...]

Extrait du site du ministère de la Cohésion des territoires et des relations avec les collectivités territoriales, publié le 26 octobre 2018.

8 Comment mener une recherche documentaire ?

STSS

1 Notions d'information et de donnée

A Notion d'information

Une information est un élément de connaissances susceptible d'être transmis, manipulé. C'est un ensemble de renseignements disponibles à un moment donné, plus ou moins ciblé.

B Information et donnée

Une donnée est un élément sans sens accordé. Une donnée devient une information en lui associant un sens.

> **Remarque**
> Les **données quantitatives** apportent une connaissance chiffrée de la réalité.
> Les **données qualitatives** enrichissent les connaissances par des notions de ressenti ou de vécu des populations et des acteurs du terrain.

C Utilités de l'information

L'information est précieuse pour :
– permettre la communication ;
– diminuer l'incertitude qui environne la prise de décision ;
– favoriser le travail collaboratif, notamment en réseau.

D La diversité de l'information

Il existe une grande variété dans les domaines de l'information. En effet, les informations peuvent porter sur des domaines différents : sanitaire, social, juridique, administratif, scientifique, médical, économique…

E Les sources de l'information

On note deux sources :
– **les sources d'information formelles :** celles que l'on trouve par exemple dans les livres, les périodiques ;
– **les informations informelles :** ces dernières se trouvent souvent dans le « non-dit » et exigent une définition plus approfondie.

F Les caractéristiques d'une information de qualité

Une information est de qualité lorsqu'elle est :
– pertinente ;
– fiable, sûre et vérifiable ;
– facile d'accès et disponible.

2 La démarche de recherche documentaire

A La notion de démarche de recherche

• **Définition.** La recherche documentaire est une démarche qui consiste à **identifier**, **collecter** et **traiter** des informations sur un sujet donné, en s'appuyant sur des sources fiables.

• C'est un excellent moyen d'approfondir ses connaissances. Elle répond à un besoin : exposé, mémoire, étude ou encore simple curiosité.

B Les étapes de la recherche documentaire

La recherche documentaire suit une méthodologie particulière :

étape 1 Cerner le sujet de recherche	→	étape 2 Identifier les sources	→	étape 3 Formuler une équation de recherche*	→	étape 4 Valider les sources
étape 5 Sélectionner des documents pertinents	→	étape 6 Extraire et organiser les données	→	étape 7 Structurer et présenter l'information	→	étape 8 Réaliser la bibliographie

*Requête – Équation de recherche = mot-clé, descripteur, expression, locution permettant de représenter le sujet (en tenant compte des limitations du sujet).

C Type de ressources

Le type de ressources va dépendre de la nature du sujet et du type de document recherché. Il peut s'agir de :
– catalogues de médiathèques ;
– bases de données bibliographiques (bases pluridisciplinaires, bases spécialisées) ;
– corpus de textes ;
– ressources – sites Internet (utilisation des moteurs de recherche, portails spécialisés, sites institutionnels…) ;
– revues – périodiques…

D Méthodes d'aide à la recherche

• **Méthode de questionnement « QQQOCP » :** Qui ? Quoi ? Quand ? Où ? Comment ? Pourquoi ?

• **L'utilisation des opérateurs booléens : ET, OU, SAUF.** Ils permettent, en établissant une connexion logique entre des termes de recherche ou mots-clés, de trouver une information ou un document.

• **La recherche par expression :** l'utilisation des guillemets (« ») permet de lancer une recherche sur une « chaîne de caractères » (mêmes mots dans le même ordre). Elle est particulièrement utile lorsqu'une recherche entraîne un trop grand nombre de résultats ou pour rechercher précisément une expression.

E Les références à la recherche documentaire

• **Une référence bibliographique** est une notation, codifiée, juste et complète, qui permet d'identifier, sans ambiguïté, le document décrit.

• **Les règles de rédaction.** Les références bibliographiques doivent respecter des règles de rédaction. Celles-ci sont déterminées par les **normes** de catalogage en vigueur (AFNOR). À chaque type de document correspond une manière bien spécifique de citation bibliographique.

9 Qu'est-ce qu'une démarche d'étude ?

Les études permettent de connaître et comprendre les problèmes sanitaires et sociaux et aident ainsi à la prise de décision. Leur validité dépend de la rigueur avec laquelle elles sont construites.

1 L'étude au service de l'action

A Apports des études à la compréhension des questions

- Les études permettent de caractériser, de comprendre et d'analyser les situations, les faits, les états en lien avec les questions du domaine sanitaire et social.
- Elles peuvent porter sur des éléments quantitatifs ou qualitatifs.

B Place de la démarche d'étude dans le diagnostic et l'évaluation

Dans le cadre de l'élaboration d'un projet, **la consultation et la réalisation d'études** contribuent à **analyser la situation de départ du projet tout comme à son évaluation**. Il peut s'agir de recherches documentaires autant que de la réalisation d'enquêtes. Il existe une pluralité d'outils pour mener à bien une évaluation à trois niveaux : avant la réalisation du projet, pendant sa mise en œuvre et lors de son évaluation finale.

2 La démarche d'étude

A Construction de l'objet d'étude

- **L'objet délimite les recherches et études** pour une meilleure connaissance de la santé et de l'état de bien-être d'une population. Il est nécessaire pour formuler problématique et hypothèse(s). **Le thème définit un champ général d'étude**, l'objet est une définition plus précise du projet envisagé, avec une problématique interrogeant la façon de traiter le thème.
- **La construction de l'objet** incorpore le choix de la population étudiée, et l'inscription de la recherche dans un espace-temps donné. Il faut également tenir compte des conditions de réalisation de l'enquête.

B Formulation d'une problématique et d'hypothèses de recherche

- **Une étude peut poser une problématique,** c'est-à-dire une question d'ensemble qui soulève un problème en lien avec l'objet d'étude. Cette question centrale va amorcer le plan de recherche et constituer un fil directeur pour l'argumentation, un angle d'approche. Elle s'élabore, se travaille, se transforme et s'affine au cours du travail de recherche.

- **À partir de la problématique,** une ou des **hypothèses de recherche** sont proposées : il s'agit d'un début de réponse qu'il faudra vérifier à travers le travail d'étude (confirmation ou infirmation des hypothèses), c'est-à-dire de prédiction des résultats attendus.

- **Le protocole d'étude :** le premier choix méthodologique va consister en la mise en place d'une enquête quantitative, qualitative ou mixte.

• **L'enquête,** qu'elle soit **qualitative** (entretiens, histoire de vie) ou **quantitative** (par questionnaire), part des renseignements fournis par les sujets. Des biais sont donc possibles car, dans leurs dires, les personnes peuvent exagérer, dissimuler consciemment ou non, se méprendre, répondre au hasard.

C Méthodes quantitatives et qualitatives

Méthodes quantitatives	Méthodes qualitatives
Enquête par questionnaire	L'observation L'entretien

D Protocole d'étude

Définition. C'est un **document écrit** décrivant l'étude, avec une description détaillée de toutes les étapes.

E Contenu

On peut y retrouver un certain nombre d'éléments comme : justification de l'étude et objectifs, population, méthodologie, organisation et déroulement de l'étude…

> **À savoir**
> **L'enquête selon la population à étudier**
> Selon la population à interroger, l'enquête peut être :
> – **exhaustive** (auprès de toute la population) ;
> – **par échantillonnage** auprès d'une population réduite.

F Méthodes et outils d'enquête

Définition. L'**enquête** est une recherche méthodique d'informations auprès d'une population permettant d'aboutir, le plus souvent, à des résultats quantifiables.

G Typologie

• Elle peut être :
– **transversale** : elle se déroule dans une période brève et donne une image instantanée du phénomène étudié dans la population ;
– **longitudinale** : elle se déroule sur plusieurs années et a pour objectif l'étude d'une tendance évolutive sur une cohorte ;
– **rétrospective** : elle a pour but d'étudier les liens entre le problème et un facteur de risque ;
– **permanente** : elle enregistre en continu une caractéristique donnée qui apparaît dans une population.

• **L'enquête peut se faire par :**
– observation (on utilise une grille d'observation) ;
– questionnaire ;
– entretien (on utilise un guide d'entretien ou un questionnaire) ;
– consultation documentaire (consultation de sources fiables).

• **Dans le cadre d'une enquête, les données** doivent être récoltées, traitées, analysées et présentées dans un rapport.

> **Définitions**
> **Cohorte :** ensemble des individus ou des couples considérés ensemble sur le plan démographique.
> **Consultation documentaire :** fait de consulter, compiler et traiter les études et recherches déjà existantes sur un sujet.

H Présentation de l'étude

• **Le rapport** doit respecter un plan qui se composera des éléments suivants : une introduction, la méthodologie employée, l'étude et ses résultats, une conclusion.

• **D'autres éléments constitueront le dossier :** le sommaire, la bibliographie, les annexes.

• **Le rapport pourra relater les résultats** de l'étude au moyen de textes, tableaux, graphiques, images et schémas.

• **La conclusion et les perspectives** (comme les propositions d'amélioration ou d'ouverture) seront également dans le rapport.

I Protection de l'information

• **Définition.** La protection de l'information est une démarche consciente qui vise à **protéger ce qui vaut la peine d'être protégé**, tant au niveau des données que des supports d'information.

• **Certaines informations, du fait de leur nature, doivent être protégées.** Ce sont notamment les informations portant sur l'individu (les données nominatives ou personnelles qui permettent aisément de l'identifier) sur sa vie personnelle, son état de santé, sa situation socio-économique…

• **Le secret statistique** est une forme de secret professionnel défini par la loi n° 51-711 du 7 juin 1951. Il concerne les données à caractère personnel collectées lors d'enquêtes. Il interdit, pendant une durée de 75 ans (sauf dérogation) toute communication de données ayant trait à la vie personnelle des personnes enquêtées, et plus généralement, aux faits et comportements d'ordre privé recueillis au moyen d'une enquête statistique.

Les étapes de la démarche d'étude

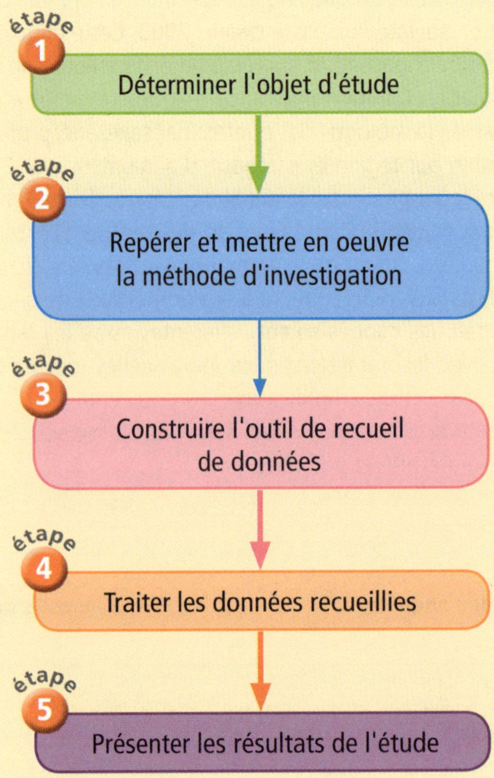

Exercices d'entraînement

Exercice 1 ★★ 10 min

Corrigé p. 113

Remettez dans l'ordre les étapes suivantes pour réaliser un dossier documentaire en ligne.

A. Réaliser le dossier selon le type de dossier défini.
B. Rédiger l'éditorial.
C. Rechercher et collecter les documents existants (par type de documents), ceux qui servent à comprendre la problématique et qui serviront à écrire les synthèses, les documents à proposer en ressources url (distinction en documents internes et externes).
D. Délimiter le sujet (dans le cadre de la charte éditoriale).
E. Tester, faire valider en pré-diffusion.
F. Structurer le dossier : faire le plan, le sommaire.
G. Mettre en ligne.

Exercice 2 ★★ 15 min

Corrigé p. 113

Présentez, à l'aide du tableau (document 2), les caractéristiques de l'enquête évoquée dans le document 1, à savoir le Baromètre d'opinion de la DREES.

▼ Document 1

Le Baromètre d'opinion de la DREES

Le Baromètre d'opinion de la DREES est une enquête de suivi de l'opinion des Français sur la santé, les inégalités et la protection sociale qui existe depuis 2000. Cette enquête est effectuée chaque année en face-à-face d'octobre à décembre auprès d'un échantillon d'au moins 3 000 personnes représentatives de la population habitant en France métropolitaine et âgées de 18 ans ou plus. L'échantillon est construit selon la méthode des quotas (par sexe, âge, profession de la personne de référence), après stratification par région et catégorie d'agglomération. C'est dans cette enquête que les répondants donnent leur opinion sur la durée des congés de maternité et de paternité, ainsi que sur plusieurs stéréotypes de genre. Dans la plupart des chiffres cités dans cette étude, les deux derniers millésimes de l'enquête traitant de la thématique « Famille », 2014 et 2016 ont été agrégés pour disposer de résultats plus précis. Bien que les proportions de personnes étant favorables à l'augmentation de la durée des congés soient différentes entre les deux années, les éléments explicatifs et corrélations avec les caractéristiques individuelles restent globalement identiques dans le temps. En outre, par souci de simplification, les pourcentages d'opinion sont calculés en excluant les réponses « ne se prononce pas », qui sont très marginales pour les opinions portant sur la durée des congés de maternité et paternité. […]

Extraits d'*Études et Résultats* n° 1098 – janvier 2019, DREES

▼ Document 2

Caractéristiques de l'enquête	Éléments de réponse
Objet de l'enquête	
Type d'enquête selon la durée	
Type d'enquête selon la population	
Population interrogée	
Méthode d'enquête	
Outil d'enquête	

Exercice 3 ★★ 15 min

Corrigé p. 112

Replacez dans l'ordre les cinq étapes menant du sujet à l'équation de recherche, selon le Cirad (Centre de coopération internationale en recherche agronomique pour le développement).

– Construire l'équation de recherche = étape …
– Préciser le sujet de la recherche documentaire = étape …
– Évaluer la pertinence des résultats et ajuster la requête = étape …
– Identifier les concepts et les traduire en mots-clefs = étape …
– Définir le vocabulaire spécifique du sujet = étape …

Exercice 4 ★ 15 min

Corrigé p. 112

Repérez les méthodes de recueil de données employées dans le cadre de l'étude Elfe menée par l'Inserm.

▼ Document

Elfe est la première étude scientifique d'envergure nationale consacrée au suivi des enfants, de la naissance à l'âge adulte, qui aborde les multiples aspects de leur vie sous l'angle des sciences sociales, de la santé et de l'environnement. Grâce au suivi régulier des enfants, elle permettra de mieux comprendre comment l'environnement, l'entourage familial, le milieu scolaire ou encore les conditions de vie des enfants peuvent influencer leur développement, leur santé et leur socialisation. […]

L'essentiel du recueil de données s'effectue à partir d'enquêtes régulièrement réalisées auprès des parents (entretiens téléphoniques, questionnaires postaux et Internet).

Les enfants ont été directement sollicités à partir de 3 ans et demi dans le cadre d'une visite à domicile puis continuent à être progressivement associés à l'étude (questionnaires-jeux par internet vers 5-6 ans).

À certaines étapes clés du développement, des recueils d'échantillons biologiques sont proposés à un sous-échantillon de familles et des mesures environnementales sont réalisées dans certains foyers.

Les différentes étapes de l'étude sont réalisées par des enquêteurs professionnels, mais aussi avec l'appui de professionnels de terrain comme les personnels soignants pour l'observation en maternité, les médecins lors de recueil d'informations plus techniques sur la croissance, les vaccinations, le développement psychomoteur, etc., ou encore les enseignants pour l'observation des apprentissages des enfants. […]

Extrait du site elfe-france.fr, consultation le 10 avril 2019.

CORRIGÉS

I – Santé, bien-être et cohésion sociale

EXERCICE 1 *Énoncé p. 86*

Le graphique présente la part des personnes déclarant une maladie ou un problème de santé chronique ou durable, en fonction de leur âge et de leurs conditions de vie (ménages pauvres/ménages non pauvres) en 2018.

Près de 46 % des personnes vivant dans un ménage pauvre déclarent une maladie ou un problème de santé chronique contre 38 % des ménages non pauvres.

On observe que plus les personnes avancent en âge, plus elles déclarent de problèmes de santé, quel que soit la situation des ménages.

L'écart de déclarations de maladie ou problème de santé entre ménages semble le plus élevé dans la tranche d'âge des 60 à 69 ans.

EXERCICE 2 *Énoncé p. 87*

Mutations en matière d'éducation

	Société moderne	Société postmoderne
Statut de la personne	Dominance du parent	Dominance de l'enfant
Mode d'éducation	Éduquer l'enfant à devenir adulte	Éduquer au bonheur et au plaisir personnel
Règles relationnelles	Modèle hiérarchisé avec autorité de l'adulte incontestable	Modèle égalitaire avec négociation des règles
Objectif de socialisation de l'enfant	Favoriser le progrès social collectif	Favoriser l'épanouissement personnel et l'autonomie

EXERCICE 3 *Énoncé p. 88*

Le tableau, publié le 5 mars 2021, présente une série d'inégalités entre hommes et femmes, mise en évidence par l'Observatoire des Inégalités, à travers différents indicateurs. Beaucoup de ces indicateurs présentent des situations défavorables pour les femmes : elles perçoivent des salaires plus bas que les hommes (tous temps de travail confondus) avec un gain de moins de 23 %.

Par ailleurs, elles sont nettement plus touchées par le temps partiel subi (plus d'un million), et elles sont légèrement plus touchées par la pauvreté.

Les femmes consacrent 1 h 26 de plus aux tâches domestiques que les hommes. Elles sont plus nombreuses à s'occuper d'enfants ou de personnes âgées ou en situation de handicap. Enfin, elles sont moins présentes sur la scène politique : elles sont 4 fois moins nombreuses en tant que maires. Cependant, deux indicateurs sont moins favorables aux hommes : la part d'étudiants à l'université et l'espérance de vie à la naissance.

EXERCICE 4 *Énoncé p. 88*

D'après Geneviève Couraud, les femmes en situation de précarité présentent plus de risques en matière de santé que le reste de la population féminine. Ainsi, elles sont plus touchées par la mortalité prématurée par MCV (malaise cardio-vasculaire) et par cardiopathie ischémique (3 fois plus que les cadres).

Cette inégalité en matière de santé se répercute défavorablement sur la vie familiale et notamment sur la situation des enfants : dégradation de leur situation sociale avec un risque de reproduction.

L'impact général sur la population entraîne le risque d'une moindre mixité sociale.

EXERCICE 5 *Énoncé p. 89*

L'affaire du Médiator peut-être qualifiée de crise sanitaire suite à un enchaînement de situations :

– première alerte lancée par Irène Frachon, pneumologue en 2009 qui dénonce un nombre de décès important (au moins 500) imputables directement au Médiator ;

– alerte relayée par C. Josephoudin, avocat puis Gérard Bapt, député et ancien cardiologue ;

– lancement d'une « bataille judiciaire » : dépôt de plaintes des victimes contre le laboratoire Servier, « géant pharmaceutique » ;

– interpellation des autorités sanitaires et ministres ;

– remise en question et critiques du système de contrôle du médicament et de l'action contestée des autorités.

EXERCICE 6 *Énoncé p. 89*

L'ISCI est un indicateur créé par l'institut de sondage Ipsos. C'est un indicateur composite qui englobe un certain nombre d'indicateurs comme ceux en lien avec les relations sociales, les facteurs d'unité et la recherche du bien commun. Le sondage réalisé en novembre 2020, dans le contexte de la pandémie de Covid-19, indique que 41 % des citoyens du monde étaient en train de se désolidariser de la société dans laquelle ils vivent (contre 21 % dont les liens sociaux sont considérés comme encore solides). Peu de pays sont estimés cohésifs : en tête, la Chine (+ 65 %). La France est classée parmi les pays ayant l'un des ISCI le plus bas : – 49 %.

II – Protection sociale

EXERCICE 1 *Énoncé p. 94*

Dans le cadre de la modernisation du système de santé français, la protection universelle maladie (PUMA) a été mise en place au 1er janvier 2016 et est venue remplacer la CMU (couverture maladie universelle) de base (la CMU Complémentaire existant toujours). Ainsi, toute personne résidant de manière « stable et régulière » pendant six mois sur le territoire français dispose, dès l'âge de 18 ans, de droits ouverts à l'assurance maladie.
Cette réforme vise à garantir une continuité des remboursements de soins et une dimension universelle. Elle a pour but aussi de simplifier le système en revoyant les statuts des assurés sociaux pour offrir une couverture de base à tout citoyen régulier sur le territoire.

EXERCICE 2 *Énoncé p. 94*

Le graphique de la DREES présente l'opinion des Français selon leur niveau de vie en 2018, concernant les acteurs qui devraient prendre en charge financièrement les personnes âgées en perte d'autonomie.
On note, qu'en 2018, la majorité des Français interrogés, soit 64 %, estiment que l'État et les pouvoirs publics devraient financer la prise en charge des personnes âgées en perte d'autonomie. Un quart (25 %) pense que cette prise en charge doit incomber aux enfants et aux familles des personnes dépendantes. Seuls 11 % jugent que les personnes âgées dépendantes doivent supporter elles-mêmes la prise en charge de leur état.
Les ménages les plus modestes (les deux premiers quintiles) sont les plus nombreux à estimer cette intervention de l'État et des pouvoirs publics nécessaire (respectivement 70 et 69 %), à l'inverse des ménages les plus aisés (54 %). Ces derniers sont les plus nombreux à considérer que la charge liée à la dépendance incombe à la sphère privée (la personne âgée elle-même, ses enfants et sa famille par extension). Les plus aisés sont ainsi plus enclin à évoquer l'idée d'épargne et de souscription d'une assurance privée.

III – Modes d'intervention sociale et en santé

EXERCICE 1 *Énoncé p. 101*

D'après Marie-Hélène Bacqué, les propositions pour favoriser l'*empowerment* (reprise d'initiative) sont :
– s'appuyer sur les initiatives collectives avec diverses formes : épiceries sociales, collectifs de parents, aides aux devoirs, mobilisations autour des enjeux de rénovation, collectifs contre la discrimination ;
– la coformation des professionnels avec des citoyens ;
– la création d'espaces publics de débat sur la santé, sur l'école…

EXERCICE 2 *Énoncé p. 101*

Le dispositif « Culture et lien social » s'inscrit dans une démarche de développement social local car il fait intervenir une grande partie des acteurs locaux du milieu ainsi que les habitants. En raison de ses objectifs, il cherche à inclure toute la population et préférentiellement la population la plus fragile et démunie. Le vivre ensemble est recherché pour favoriser l'intégration et l'insertion sociale.

EXERCICE 3 *Énoncé p. 102*

Le dispositif « Un chez soi d'abord » présente plusieurs caractéristiques, dans le cadre d'une intervention sociale :
– il vise les plus fragiles, victimes d'un cumul de problèmes lourds ;
– l'accès à un logement ordinaire ;
– un accompagnement social visant à l'accès aux soins et à l'inclusion sociale.

EXERCICE 2 *Énoncé p. 108*

Présentation des caractéristiques du Baromètre d'opinion de la DREES

Caractéristiques de l'enquête	Éléments de réponse
Objet de l'enquête	Opinion des Français sur la santé, les inégalités et la protection sociale (illustration ici : opinion sur la durée des congés de maternité et de paternité, ainsi que sur plusieurs stéréotypes de genre)
Type d'enquête selon la durée	Longitudinale mais un face-à-face d'octobre à décembre
Type d'enquête selon la population	Par échantillonnage (par quotas)
Population interrogée	Cohorte de 3 000 personnes représentatives de la population habitant en France métropolitaine et âgées de 18 ans ou plus
Méthode d'enquête	Par entretien (face-à-face)
Outil d'enquête	Non communiqué

EXERCICE 3 *Énoncé p. 109*

Les 5 étapes de l'élaboration d'une équation de recherche.

– Construire l'équation de recherche = étape 4
– Préciser le sujet de la recherche documentaire = étape 1
– Évaluer la pertinence des résultats et ajuster la requête = étape 5
– Identifier les concepts et les traduire en mots-clefs = étape 3
– Définir le vocabulaire spécifique du sujet = étape 2

EXERCICE 4 *Énoncé p. 109*

Les méthodes de recueils de données de l'étude Elfe sont :

– enquête par entretiens ;
– enquête par questionnaires postaux et en ligne ;
– enquête par observations ;
– enquête par prélèvements.

Biologie et physiopathologie humaines

LES MÉTHODES

Méthodologie

1 Structure du programme

• Le programme de Biologie et physiopathologie humaines est organisé autour de 9 thèmes s'articulant en deux parties : **la physiologie** et **les pathologies**.

• 5 thèmes seront étudiés en Première (organisation et fonctionnement de l'organisme, appareil locomoteur et motricité, alimentation et digestion, cœur et circulation sanguine, respiration) et 4 en Terminale (homéostasie, défense de l'organisme, transmission de la vie, hérédité).

2 Astuces

• **Relisez vos cours** le soir avant le prochain cours afin de mémoriser et de mieux comprendre la logique du cours.

> **Conseil**
> Faites des fiches résumant l'essentiel de vos cours.

• **Pensez à refaire vos exercices** lors de vos révisions de cours.

• **Lors de l'apprentissage des schémas,** apprenez le terme en association avec ce qu'il représente. Ne vous contentez pas d'apprendre une liste de mots.

• **En ce qui concerne les examens paracliniques,** vous devez en connaître les principes physiques, les intérêts et les reconnaître à partir de clichés.

3 Lors de l'examen

• **Prenez le temps de lire le sujet en entier** avant de commencer votre rédaction. Repérez les mots-clés et les éventuelles indications contenues dans l'énoncé qui vont vous permettre de répondre à certaines questions. Écrivez brièvement vos réponses au brouillon au fur et à mesure de votre lecture.

• **Répondez précisément à chaque question.** Vérifiez que vous avez répondu à tout ce qui était demandé au sein de la question.

• **Vos réponses doivent être structurées,** grammaticalement correctes. Vous devez utiliser le vocabulaire scientifique et médical approprié.

• **Dans le cas d'une justification,** vous devez expliquer pourquoi vous avez écrit cette affirmation.

• **Vos schémas** doivent être titrés et légendés même si ce n'est pas précisé dans l'énoncé.

• **Une analyse** doit comporter une observation, une description du document (expériences, tableau, graphiques) dont vous pourrez ensuite dégager les éléments importants et donner une interprétation. N'oubliez pas de conclure.

• **En cas de comparaison,** vous devez citer aussi bien les points communs que les différences. N'oubliez pas de citer chiffres, variation, etc.

1 De l'appareil à la molécule

Le corps humain assure de nombreuses fonctions grâce à l'interaction entre les différents systèmes de l'organisme. Ces fonctions sont les fonctions de relation au sein même de l'organisme mais également avec l'environnement, de nutrition, de reproduction et de régulation.

1 Les différents niveaux d'organisation

L'être humain est constitué d'un ensemble d'unités fonctionnelles s'associant entre elles et assurant le fonctionnement de l'organisme. On distingue **différents niveaux d'organisation** allant des molécules aux appareils.

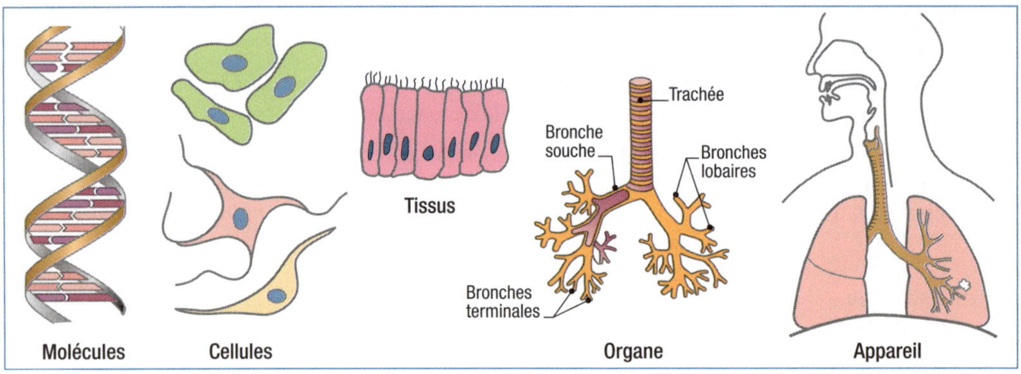

▲ Les différents niveaux d'organisation du corps humain

A Les molécules

- **Les molécules** sont les constituants de la matière. Elles sont formées par l'assemblage d'atomes de carbone C, d'hydrogène H, d'oxygène O, d'azote N, de phosphore P et de soufre S.
- **Quatre grands types de biomolécules :** les glucides, les lipides, les protides et les acides nucléiques.
- **Divers tests biochimiques** permettent d'identifier des molécules comme le glucose, les hormones, les anticorps présents dans le sang.

B Les cellules

- **Les cellules** sont les plus petites unités vivantes structurales et fonctionnelles. Elles assurent la nutrition, les synthèses et l'élimination des déchets.
- **Elles sont observables** à l'aide des différentes techniques de **microscopie**.

C Les tissus

Les tissus sont constitués d'un ensemble de cellules différenciées qui collaborent entre elles afin d'assurer une même fonction. Comme les cellules, des coupes de tissus s'observent au microscope.

D Les organes

Les organes sont des structures anatomiques bien différenciées formées d'au moins deux tissus ayant chacun un rôle spécifique.

Définition

Systèmes ou appareils : ensemble de plusieurs organes assurant une même fonction de relation, nutrition, reproduction ou régulation. Ils sont dépendants les uns des autres. Des techniques d'imagerie médicale comme la radiologie, ou l'IRM, permettent d'observer ses structures.

E Les systèmes (ou appareils)

Le système nerveux	Il comprend l'encéphale, la moelle épinière et les nerfs. Le centre nerveux permet la régulation des activités de l'organisme et les fonctions mentales. Il capte les informations internes et externes, les traite et établit un mécanisme d'action qu'il envoie *via* les nerfs.
Le système osseux	Il comprend les os, les cartilages et articulations. Les os assurent la locomotion, soutiennent et protègent les organes et stockent les minéraux (calcium, phosphore). Il contient les cellules de la moelle osseuse productrices des cellules sanguines.
Le système musculaire	Il comprend les muscles. Il produit les mouvements et assure la posture.
Le système endocrinien	Il comprend les glandes endocrines sécrétant diverses hormones. Il assure la croissance, le métabolisme et la reproduction.
Le système cardiovasculaire	Il comprend le cœur, les vaisseaux sanguins et le sang. Le cœur permet le transport des nutriments et déchets de l'organisme *via* les vaisseaux sanguins. Le sang régule la température, l'équilibre acido-basique et hydrique des liquides de l'organisme.
Le système lymphatique	Il comprend les vaisseaux, ganglions lymphatiques et la lymphe. La lymphe, *via* les vaisseaux, assure le transport des nutriments et déchets vers le sang. Les ganglions protégent l'organisme.
Le système respiratoire	Il comprend les poumons et les voies respiratoires. Celles-ci favorisent l'apport en dioxygène et le rejet du dioxyde de carbone. Elles facilitent l'émission des sons grâce au passage de l'air dans les cordes vocales. Les poumons sont le lieu des échanges gazeux.
Le système digestif	Il comprend l'appareil digestif et les glandes annexes (foie, pancréas, glandes salivaires). Ils transforment ensemble des aliments en nutriments, nécessaire au fonctionnement de la cellule.
Le système urinaire	Il comprend le rein, la vessie, l'urètre et l'uretère. Le rein produit de l'urine et ainsi l'évacuation des déchets. Il permet la régulation de l'équilibre minéral et acido-basique des liquides de l'organisme.
Le système génital masculin	Il comprend les testicules, le pénis, la prostate et les vésicules séminales. Il permet la production des gamètes mâles : les spermatozoïdes.
Le système génital féminin	Il comprend les seins, les ovaires, les trompes, l'utérus et le vagin. Les ovaires produisent des gamètes femelles : les ovocytes. L'utérus est le lieu de la gestation.

2 Les différentes coupes et l'orientation dans l'espace

• **Les différents plans permettent de situer,** d'orienter les organes les uns par rapport aux autres sur des coupes. Ils sont utilisés lors des examens d'imagerie médicale.

• **Le plan frontal** est un plan vertical parallèle au front qui divise le corps en partie antérieure et postérieure.

• **Le plan transverse** est un plan horizontal perpendiculaire au plan frontal ; il scinde le corps en partie inférieure et supérieure.

• **Le plan sagittal** est un plan vertical qui suit une flèche d'avant en arrière ; il sépare le corps en partie droite et gauche. S'il passe par le milieu du corps, il est dit « médian ».

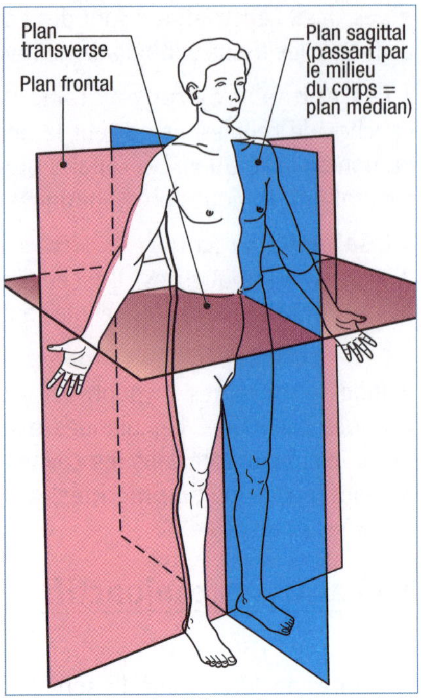

▲ Les plans sagittal, frontal et transverse

3 Les différentes cavités de l'organisme

• **La plupart des organes sont contenus dans des cavités.** Ces organes (ou viscères) sont entourés d'une membrane appelée **séreuse**. Le péricarde entoure le cœur, le péritoine les organes abdominaux et la plèvre les poumons.

• **La séreuse** est composée de 2 feuillets. Le feuillet pariétal est accolé à la paroi et le feuillet viscéral attenant à l'organe. Ils sont séparés par un liquide permettant le mouvement des organes sans frottements.

• **La cavité crânienne** inclut entre autres l'encéphale et les organes des sens.

• **La cavité rachidienne** comprend la moelle épinière.

• **La cavité thoracique** est composée de l'appareil respiratoire, du cœur et de l'œsophage, d'une partie des gros vaisseaux sanguins.

• **La cavité abdominale** est constituée de l'appareil digestif (estomac, foie, intestin grêle et pancréas) et d'une partie de l'appareil urinaire (reins).

• **La cavité pelvienne** comprend l'appareil génital interne et urinaire (vessie, conduits urinaires) et la fin de l'appareil digestif (côlon, rectum).

4 Les tissus

L'organisme est composé de 4 grands types de tissus : les tissus épithéliaux, conjonctifs, musculaires et nerveux.

> **Rappel**
> Les **tissus** sont constitués d'un ensemble de cellules différenciées qui collaborent entre elles afin d'assurer une même fonction.

A Les tissus épithéliaux

• **Les tissus épithéliaux** sont des tissus formés de cellules jointives unies par des jonctions. On distingue les tissus épithéliaux de revêtement et les tissus épithéliaux glandulaires.

• **Les épithéliums de revêtement.** Ils ont un rôle de **protection**. Suivant le nombre de couches de cellules, ils portent le nom d'épithélium unistratifié ou pluristratifié. Ils possèdent ou non de la kératine. Les cellules présentent également différentes formes : planes (protection, séparation), cubiques ou cylindriques (absorption, sécrétion).

• **L'épithélium recouvre la surface du corps** (peau) ainsi que les cavités et orifices naturels de l'organisme (muqueuses). Il est en renouvellement constant. Le pôle apical du tissu peut contenir des cils (mouvement), des cellules à mucus ou des microvillosités (absorption).

• **Les épithéliums glandulaires.** Ils assurent la **sécrétion** de différentes substances. Les glandes **endocrines** (hypophyse) sécrètent des hormones dans le sang par diffusion au travers des capillaires. Les glandes **exocrines** déversent leur sécrétion par l'intermédiaire d'un canal excréteur soit dans les cavités (duodénum) soit à l'extérieur (cellules sudoripares). Les glandes mixtes (ou **amphicrines**) possèdent à la fois les fonctions endocrine et exocrine (ovaire, pancréas et testicule).

B Les tissus conjonctifs

• **Les tissus conjonctifs** assurent une fonction de **remplissage** et de **soutien** des différentes structures de l'organisme. Ils sont constitués de cellules non jointives (fibrocytes, macrophages) et d'une matrice extracellulaire. Cette dernière contient des fibres d'élastine et/ou de collagène et la substance fondamentale.

• **La composition du tissu conjonctif** varie créant ainsi différents types de tissus :
– le tissu **conjonctif lâche** possède un rôle de soutien et de protection. Il comble les espaces vides ;
– le tissu **conjonctif dense** est un tissu riche en fibres de collagène et d'élastine ;
– le tissu **adipeux** contient comme cellules des adipocytes ;
– le tissu **cartilagineux** contient des chondrocytes et le **tissu osseux** des ostéocytes, ostéoclastes et ostéoblastes. Ces deux tissus ont un rôle de soutien ;
– le tissu **sanguin** est un tissu conjonctif formé de 5 types de cellules et d'un liquide (le plasma).

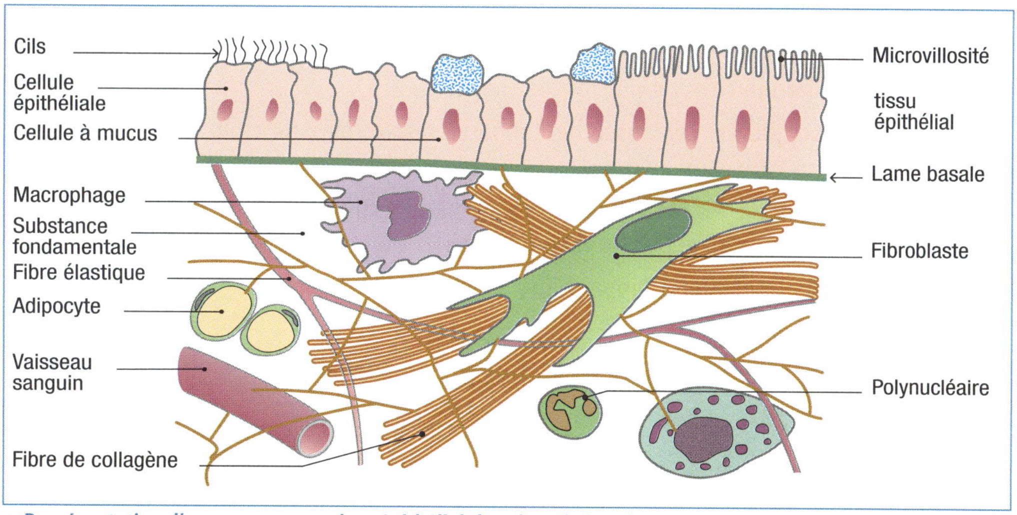

▲ Représentation d'une muqueuse : tissu épithélial dont le pôle basal est séparé du tissu conjonctif par une membrane basale.

C Le tissu musculaire

• **Le muscle lisse** se situe dans la paroi des viscères (utérus, intestin, sphincters). Il est constitué de cellules autonomes, fusiformes, non striées. Il assure le mouvement de certains liquides, des cellules et est contrôlé par le système nerveux autonome.

> **À retenir**
> **Le tissu musculaire** a une fonction de contraction.

• **Le muscle cardiaque** est constitué de fibres striées, autonomes, en forme de Y se contractant toutes en même temps. Il est contrôlé par le système nerveux autonome.

• **Le muscle squelettique strié** est formé de faisceaux de fibres musculaires. Ces cellules possèdent plusieurs noyaux. Il assure le maintien de la posture et le mouvement, stabilise les articulations et dégage de la chaleur. Il est contrôlé par le système nerveux somatique.

D Le tissu nerveux

• **Le tissu nerveux** permet de recevoir, de produire et de conduire les influx nerveux. Il rend possible la coordination et la régulation des fonctions de l'organisme.

• **Les neurones** (ou cellules nerveuses) reçoivent les informations, les transforment en influx nerveux et les transmettent aux cellules musculaires ou aux glandes.

• **Les cellules gliales** sont des cellules non excitables ayant pour rôle de nourrir et protéger les neurones. Elles constituent la névroglie.

5 Les cellules

> **Rappel**
> Les cellules sont **les plus petites unités vivantes** structurales et fonctionnelles. Elles assurent la nutrition, les synthèses et l'élimination des déchets.

• **La taille** de la plupart des cellules est d'environ 10 à 20 µm, mais certaines peuvent atteindre plusieurs centimètres comme les neurones.

• **Leurs formes** sont également très variables (ronde, en étoile, en fuseau) en fonction des tissus.

• **Leur rôle** est d'assurer leur propre activité ainsi que leur reproduction. La cellule est capable de se diviser. Elle intervient dans la digestion, la sécrétion, la respiration, la circulation, la croissance, la locomotion. Elle capte et transmet les différents messages environnants.

6 L'ultrastructure de la cellule

La cellule est délimitée par une membrane cytoplasmique contenant le noyau, délimité lui aussi par une membrane, et le cytoplasme au sein duquel se situent les divers organites.

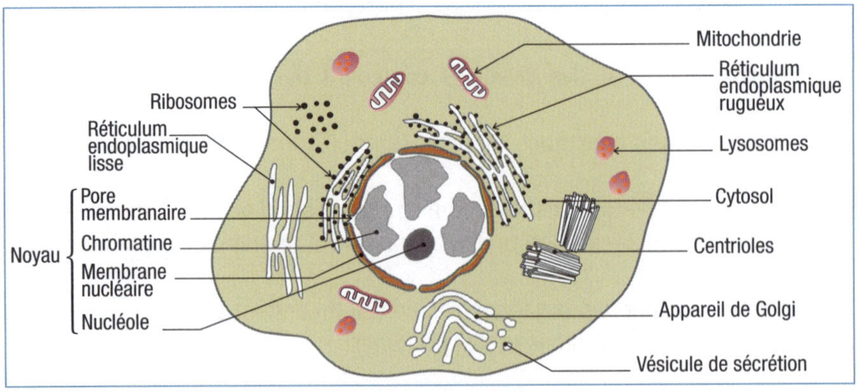

Structure de la cellule ▶

A La membrane cytoplasmique

• **Sa structure.** La membrane cytoplasmique délimite la frontière avec le milieu extérieur. Elle est constituée de **2 feuillets phospholipidiques** dans lesquels s'insèrent du cholestérol, des protéines ou des glucides en surface. Chaque phospholipide est constitué d'une tête hydrophile (groupement phosphate) et de 2 queues hydrophobes (acides gras). Les 2 feuillets se font face, les queues étant dirigées vers l'intérieur du feuillet. Les lipides ont la capacité de se mouvoir au sein même de la membrane (modèle de mosaïque fluide).

• **Son rôle.** La membrane **protège** la cellule. Elle assure les **échanges membranaires** entre les milieux intra et extracellulaires. La cellule puise dans le milieu extracellulaire toutes les substances dont elle a besoin et y rejette déchets et produits de synthèse. Elle intervient dans la **communication** et la **reconnaissance** cellulaire grâce à différents types de récepteurs (récepteur à hormones, à neurotransmetteurs, groupe sanguin) présents en surface.

B Le noyau

• **Sa structure.** Le noyau est entouré par une enveloppe nucléaire constituée de deux membranes. Des pores permettent une communication entre noyau et cytoplasme. Il contient la chromatine, structure formée de l'association d'ADN chromosomique et de protéines, les histones.

• **Son rôle.** L'ADN est le **support de l'information génétique**. Le nucléole permet la synthèse des sous-unités du ribosome. On y détecte également de l'ARN, forme de transport de l'information génétique. Le noyau assure la division des cellules et la transmission des caractères héréditaires.

C Le cytoplasme

Le cytoplasme contient de nombreux organites :

– **le réticulum endoplasmique** est constitué de feuillets aplatis délimités par une membrane. Le réticulum endoplasmique **lisse** est spécialisé dans la synthèse et le transport de lipides. Le réticulum endoplasmique **rugueux** possède à sa surface des ribosomes. Il est spécialisé dans la synthèse des protéines membranaires et achemine vers l'appareil de Golgi les molécules synthétisées ;
– **l'appareil de Golgi** est constitué de sacs empilés et aplatis. Il intervient dans la modification, le stockage et le transport des protéines synthétisées au sein de vésicules de sécrétion ;
– **les ribosomes** libres ou fixés au réticulum endoplasmique rugueux sont constitués de deux sous-unités contenant de l'ARN. Ils interviennent dans la synthèse des protéines ;
– **les mitochondries** sont constituées de deux membranes. La membrane interne est repliée en crêtes. L'intérieur est appelé la matrice. Elles synthétisent l'énergie nécessaire à la cellule sous forme d'ATP ;
– **les lysosomes** sont des vésicules contenant des enzymes impliquées dans la digestion intracellulaire ;
– **les centrosomes** constitués de deux centrioles interviennent dans la formation du fuseau mitotique ;
– **le cytosquelette** est constitué de microfilaments d'actine et de myosine, de microtubules (tubuline) et des filaments intermédiaires assurant le maintien ou le changement de forme de la cellule ;
– **le cytosol** englobe les organites cellulaires. Il contient de l'eau, des ions, des glucides, des acides gras, des acides aminés et des protéines.

2 L'interdépendance des systèmes ou appareils

L'organisme doit en permanence adapter ses besoins afin d'assurer son bon fonctionnement.

1 Les échanges d'informations

• **L'organisme possède 2 systèmes de communication :** le **système nerveux** et le **système endocrinien**. Ces deux systèmes interagissent l'un sur l'autre afin de coordonner toutes les fonctions de l'organisme.

• **De nombreux récepteurs** présents dans tout l'organisme perçoivent en permanence les variations des paramètres physico-chimiques de l'organisme (variation de concentrations en ions , en molécules, variation de la pression, de la température) ainsi que les informations de l'environnement (coup, chaleur). Ces informations sont transmises :
– soit au centre nerveux qui les analyse et établit une réponse adaptée ;
– soit directement aux cellules endocrines.
Les messages nerveux moteurs sont envoyés *via* des neurotransmetteurs vers les muscles, glandes afin de répondre aux besoins. Les hormones secrétées dans la circulation sanguine vont agir *via* un récepteur sur leurs cellules cibles afin de moduler leur fonctionnement.

• **Les cellules** communiquent également entre elles en continu par voie chimique. Lors d'une communication autocrine, les messagers chimiques agissent sur des récepteurs présents sur la propre cellule sécrétrice. Lors d'une communication paracrine, les messagers sécrétés agissent sur les cellules cibles voisines de la cellule sécrétrice. La communication juxtacrine nécessite un contact entre cellules.

2 Les échanges de matières

Comme on peut le voir sur le schéma de la page suivante :

• **L'appareil respiratoire** ❶ va fournir le dioxygène nécessaire à la production d'énergie par la cellule. Celui-ci passe dans la circulation sanguine.

• **L'appareil digestif** ❹ permet la transformation des aliments en nutriments et leur absorption dans le sang ou la lymphe. Leur transport est assuré par le système cardiovasculaire ❷. Les nutriments sont ensuite absorbés dans la cellule pour permettre à celle-ci de produire de l'énergie nécessaire aux synthèses, au transport actif des molécules ou bien à la contraction musculaire.

> **À retenir**
> **Afin de fonctionner**, les cellules ont besoin de nutriments et d'énergie. Les différents appareils interviennent de manière coordonnée afin d'assurer ses besoins.

• **En retour,** la circulation sanguine permet par filtration au niveau des reins ❸ l'élimination des déchets toxiques pour l'organisme et par transport passif le rejet du CO_2 dans l'air.

• **Tous ces échanges** d'informations et circulations de matières contribuent au maintien de l'homéostasie.

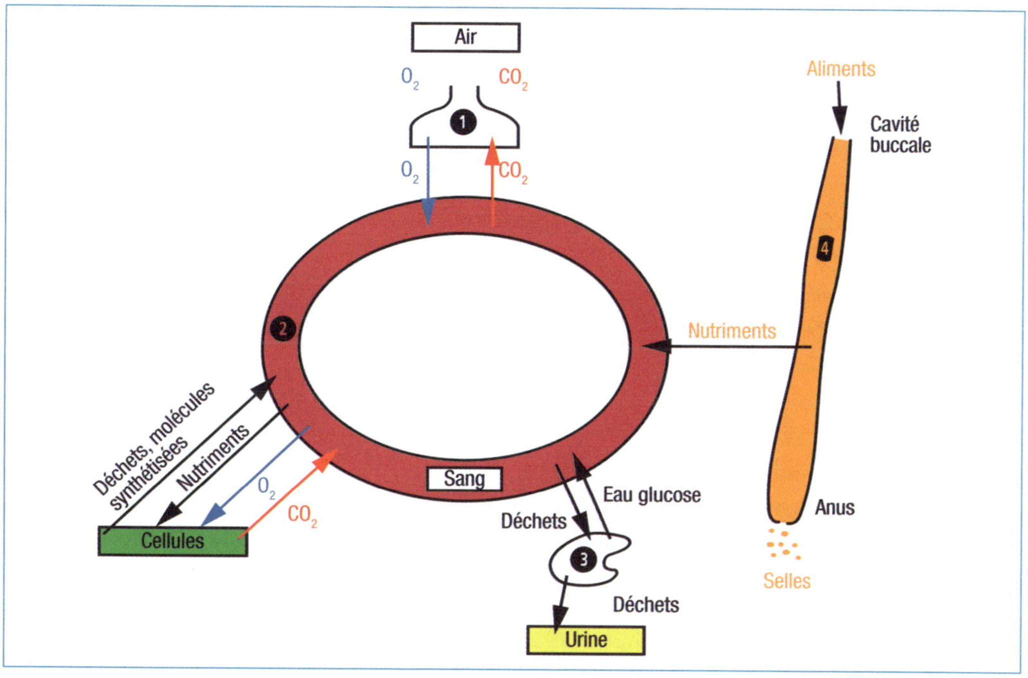

▲ L'interdépendance des différents systèmes de l'organisme

Exercices d'entraînement

Exercice 1 Les plans de coupes ★★ 10 min

Corrigé p. 189

Le document 1 représente trois images du cerveau issues de trois coupes différentes obtenues lors d'une IRM : imagerie par résonance magnétique.

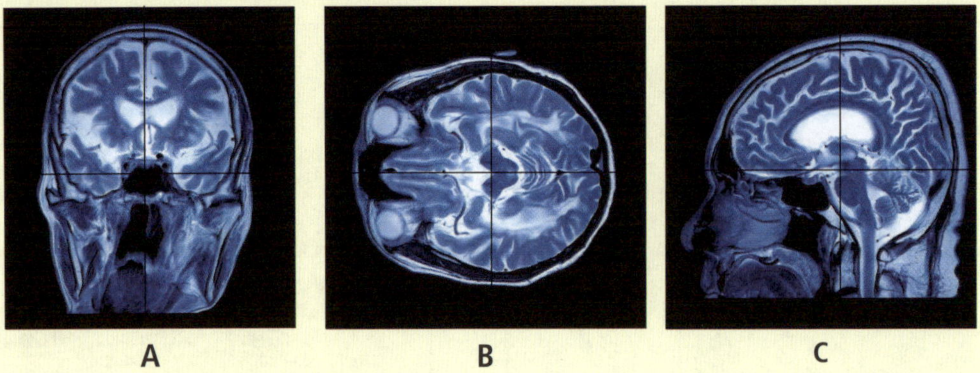

▲ Document 1

1. Quelle cavité est visualisée sur ces clichés ?
2. Citer deux organes visibles sur les clichés.
3. Citer quels types de plan a permis l'obtention de ces clichés. Justifier la réponse.

Exercice 2 La cellule ★★ 5 min

Corrigé p. 189

Le document 2 présente l'ultrastructure d'une cellule animale.

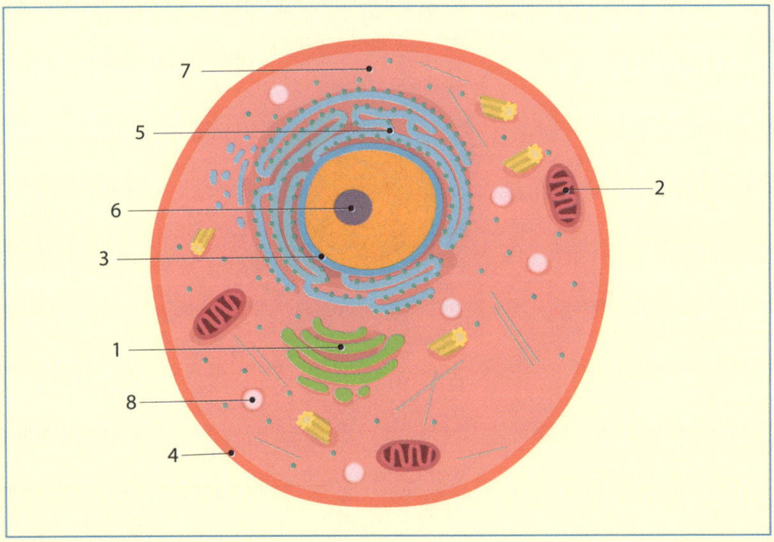

▲ Document 2

1. Légender de façon détaillée le document 2.
2. Citer le rôle des éléments numérotés de 1 à 6.

Exercice 3 Les tissus ★★ 10 min

Corrigé p. 189

Le document 3 représente une coupe de peau observée au microscope optique et les schémas interprétatifs respectifs.

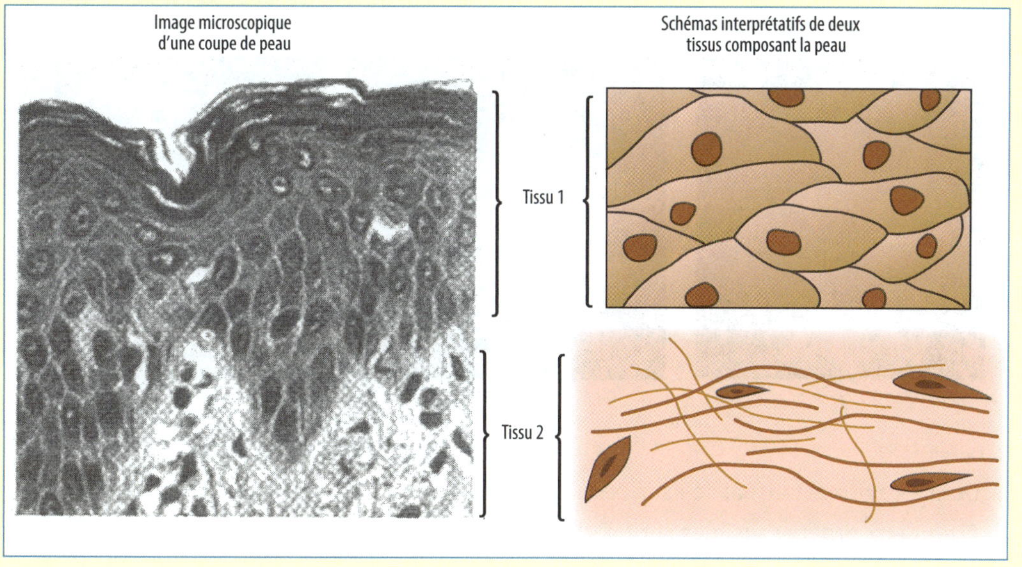

▲ Document 3

1. **Donner la définition d'un tissu.**
2. **Identifier les tissus 1 et 2 en justifiant votre réponse.**
3. **Expliquer les relations existantes entre la structure du tissu 1 et sa fonction.**

3 Anatomie et physiologie de l'appareil locomoteur

L'appareil locomoteur comprend les systèmes osseux (os, articulation, cartilage) et musculaires. Ils assurent principalement les mouvements. Ces derniers sont engendrés par le système nerveux somatique.

1 Organisation du squelette

A Le squelette

Le squelette forme la charpente du corps humain. Il comprend **206 os** répartis entre le squelette axial, axe de soutien du corps, et le squelette appendiculaire. Les os sont reliés entre eux par les ligaments au niveau des articulations.

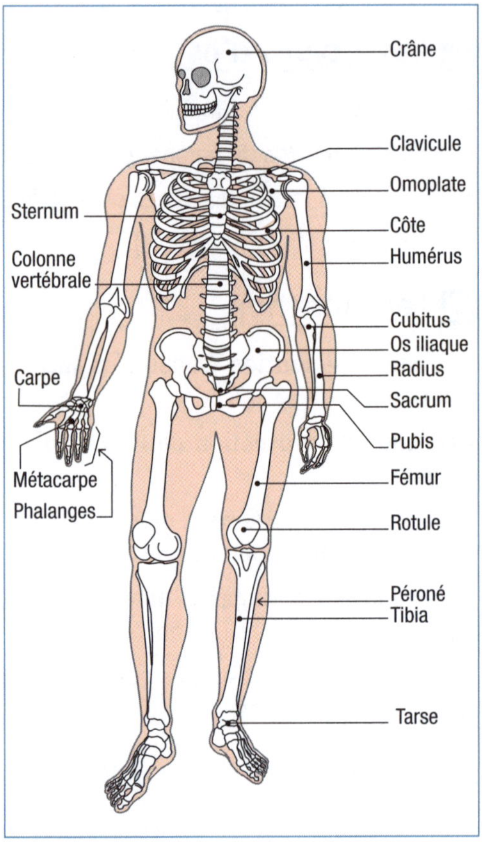

▲ Le squelette

B Le squelette axial

- **Le squelette axial** est formé par la tête, la colonne vertébrale, ou rachis, et la cage thoracique.
- **Le squelette de la tête.** Il comprend 22 os. Les os du crâne entourent et protègent l'encéphale. Le crâne est formé de 8 os plats, incurvés et étroitement soudés entre eux par des sutures (os frontal, os temporaux, os occipital, os pariétaux, os sphénoïde et os ethmoïde). Les os de la face abritent la plupart des organes sensoriels et servent d'insertion aux muscles de la mimique. Parmi les 14 os de la face, un seul est mobile : le **maxillaire inférieur**.
- **La colonne vertébrale.** Elle est l'axe de soutien principal du corps. Elle protège la moelle épinière et porte la tête. Elle est formée de 33 vertèbres (7 vertèbres cervicales, 12 thoraciques, 5 lombaires, 5 sacrées et 4 coccygiennes). Ces vertèbres s'articulent entre elles par les disques intervertébraux et sont unies par des ligaments. Par leur élasticité, ils amortissent les chocs liés aux mouvements et améliorent la flexibilité de la colonne.
- **La cage thoracique.** Elle est constituée du **sternum** relié aux 12 paires de côtes par des cartilages costaux souples. Il existe 7 paires de côtes sternales, 3 paires unies au sternum par un cartilage commun et 2 paires flottantes. Elle protège les viscères thoraciques.

C Le squelette appendiculaire

Le squelette appendiculaire comprend les os des membres inférieurs et supérieurs et leurs ceintures respectives : les ceintures scapulaires et pelviennes.

• **Les membres supérieurs.** Ils sont formés de l'**humérus**, du **radius**, du **cubitus** et des **os de la main** (8 carpes, 5 métacarpes et 14 phalanges). La ceinture scapulaire est composée des omoplates et des clavicules. Elle fixe les membres supérieurs au tronc.

• **Les membres inférieurs.** Ils sont formés du **fémur**, du **tibia**, du **péroné**, de la **rotule** et des **os du pied** (7 tarses, 5 métatarses, 14 phalanges, et le calcanéum). La ceinture pelvienne est formée de l'os iliaque, dont le pubis et le sacrum. Elle fixe les membres inférieurs au squelette axial.

2 Les os et leurs fonctions

> **Définition**
> **Os :** tissu conjonctif solidifié, innervé et vascularisé formé d'une matrice extracellulaire (substance fondamentale, glycoprotéines, fibres de collagènes) et de cellules (ostéoblastes, ostéoclastes).

A Les 4 types d'os

• **Les os longs** (os des membres) jouent le rôle de levier et participent aux mouvements.

• **Les os courts** (os du poignet et des chevilles) relient deux os entre eux.

• **Les os plats** (sternums, côtes, os du crâne) protègent les organes.

• **Les os irréguliers** (vertèbres).

B Leur fonction

• Fonction de **soutien** (support et ancrage des tissus mous).

• Fonction de **protection** de l'encéphale et la moelle épinière.

• Fonction de **mouvement** grâce aux muscles squelettiques et aux articulations.

• Fonction de **stockage** des minéraux (calcium, magnésium, phosphore) dans la matrice osseuse.

• Fonction de **formation des cellules sanguines** dans la moelle rouge des os.

C La structure d'un os long

• **La diaphyse :** c'est un os compact relativement épais qui renferme un canal médullaire, contenant chez l'adulte de la moelle jaune riche en graisse et en ostéoclastes.

• **Les épiphyses** sont les extrémités de l'os constituées à l'extérieur d'os compacts et à l'intérieur d'os spongieux. Elles sont recouvertes par les surfaces articulaires qui amortissent les chocs. L'os spongieux contient des cavités comportant la moelle osseuse rouge, lieu de synthèse des cellules sanguines et de stockage des minéraux.

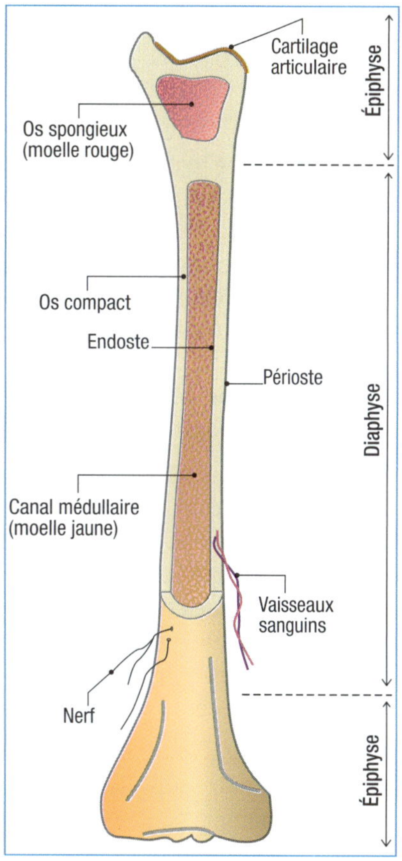

▲ Structure d'un os long

- **Le périoste** est une membrane formée de tissu conjonctif dense qui recouvre l'os. Il est riche en fibres nerveuses et en vaisseaux lymphatiques et sanguins qui pénètrent dans l'os par des trous vasculaires ou foramens nourriciers.
- **L'endoste** est la membrane qui tapisse la surface interne de l'os, du canal médullaire et des cavités de l'os spongieux. Elle contient des ostéocytes, des ostéoblastes (cellules productrices de la matrice osseuse) et des ostéoclastes (cellules qui détruisent la matrice osseuse) permettant ainsi le renouvellement permanent de l'os.

3 Les articulations

- **Les articulations** relient les os entre eux.
- **Les articulations semi-mobiles** relient deux os par du cartilage (vertèbres).
- **Les articulations immobiles** relient deux os par du tissu fibreux (crâne).
- **Les articulations mobiles** relient deux os par deux surfaces articulaires au sein desquelles se situe le liquide synovial contenu dans la cavité articulaire. Ce liquide visqueux, lubrifiant, nourrit les surfaces articulaires et absorbe la chaleur lors des mouvements. Ces articulations assurent les flexions (hanche, genou, coude).

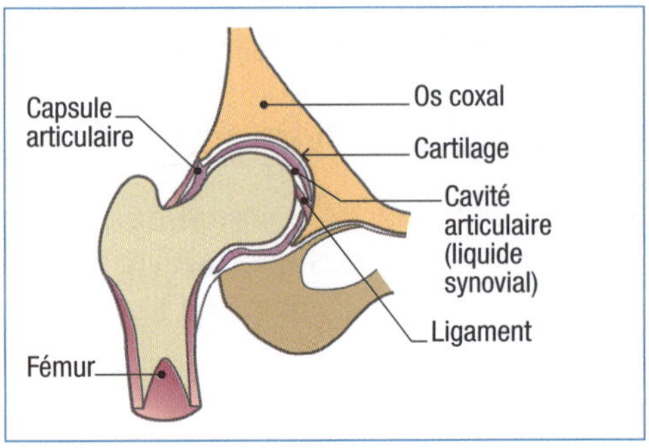

▲ Articulation de la hanche

4 Le système nerveux

Le système nerveux est un **système de régulation** des fonctions de l'organisme (métabolisme, nutrition, reproduction, croissance). Il reçoit différentes informations provenant du monde extérieur et de l'organisme lui-même, les analyse et élabore une réponse adaptée qu'il envoie en direction des muscles et des glandes.

1 Les systèmes nerveux central et périphérique

A Du point de vue physiologique

• **Le système nerveux somatique ou cérébrospinal.** Il est le système nerveux de la vie de relation. Il coordonne les activités conscientes et volontaires. Il est en interaction avec le milieu environnant. Il comprend l'encéphale, la moelle épinière ainsi que les nerfs crâniens et rachidiens.

• **Le système nerveux autonome ou système neurovégétatif.** Il contrôle les activités des organes assurant les fonctions vitales (circulation, respiration, digestion). Il comprend des centres nerveux (hypothalamus, tronc cérébral, moelle épinière) auxquels se rattachent les nerfs orthosympathiques et parasympathiques.

B Du point de vue anatomique

• **Le système nerveux central.** Il est formé par l'encéphale situé dans le crâne et la moelle épinière située dans la colonne vertébrale.

• **L'encéphale.** Il comprend :
– **le cerveau** formé de deux hémisphères cérébraux. Chaque hémisphère comprend 4 lobes : le lobe frontal, pariétal, occipital et temporal. La surface du cerveau est parcourue par des sillons appelés scissures et est creusée de cavités remplies de liquide céphalorachidien. Il participe aux fonctions sensorielles, cognitives et aux mouvements volontaires ;

– **le diencéphale** : le thalamus rassemble les informations sensorielles, les traite, et envoie une réponse vers les hémisphères cérébraux. Le complexe hypothalamo-hypophysaire connecte le système nerveux au système hormonal ;

– **le cervelet** est composé de 2 hémisphères cérébelleux. Il contrôle l'équilibre, les mouvements et le tonus musculaire ;

– **le tronc cérébral** est principalement constitué du bulbe rachidien. Celui-ci relie l'encéphale à la moelle épinière. Il renferme de nombreux centres régulateurs des fonctions vitales.

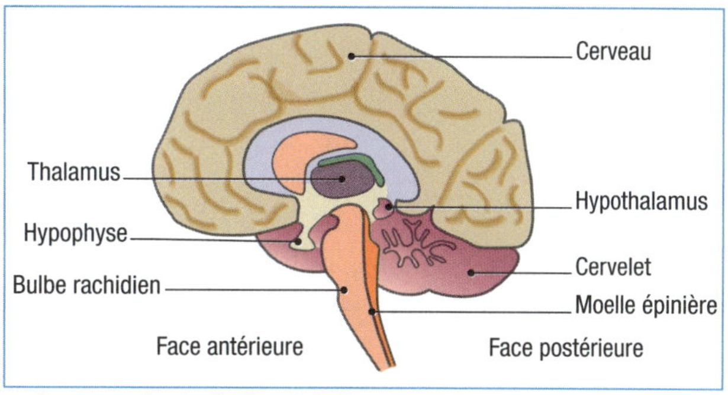

▲ Coupe sagittale de l'encéphale

• **La moelle épinière.** La moelle épinière est un cordon blanc contenu dans le canal rachidien auquel sont reliés les **31 nerfs rachidiens.** Elle transmet les informations sensitives provenant des récepteurs sensoriels au centre nerveux et reçoit en retour le message moteur de l'encéphale qu'elle transmet au reste des organes. Elle commande également les activités réflexes, c'est-à-dire les réponses automatiques de l'organisme (arc réflexe).

• **L'encéphale et la moelle épinière sont protégés** respectivement par les os du crâne et la colonne vertébrale ainsi que par 3 membranes formant les **méninges** :
– la **dure-mère** est une membrane épaisse et vascularisée ;
– l'**arachnoïde** contient le liquide céphalorachidien (rôle de nutrition et d'épuration) ; elle absorbe les chocs ;
– la **pie-mère** est une membrane très fine, très vascularisée adhérant à l'encéphale et à la moelle épinière et assurant leur nutrition.

• **Le système nerveux périphérique.** Il relie les centres nerveux aux organes. Il est composé de 12 paires de **nerfs crâniens** émergeant de l'encéphale et innervant la tête, le cou et les organes des sens et de 31 paires de **nerfs rachidiens** émergeant de la moelle épinière entre les vertèbres et innervant le reste du corps. Chaque nerf rachidien est relié à la moelle épinière par deux racines, une racine dorsale (fibres sensitives) sur laquelle se situent un ganglion rachidien et une racine ventrale (fibres motrices). Ces deux racines se rejoignent pour former le nerf rachidien. C'est un nerf mixte répondant à la fois au système nerveux autonome et somatique.

• **Les différentes substances.**
La substance blanche contient les axones des neurones qui transportent l'influx nerveux. Elle est centrale dans l'encéphale, et en périphérie dans la moelle épinière
La substance grise contient les corps cellulaires et les cellules gliales. Elle reçoit et analyse les informations. Elle est à la périphérie dans l'encéphale, et centrale dans la moelle épinière.

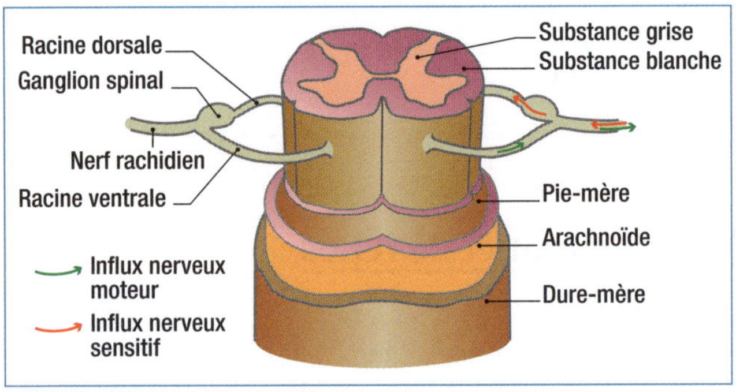

▲ Schéma de la moelle épinière et départ du nerf rachidien

Définition
Nerf : long filament contenant plusieurs fibres nerveuses.

2 Organisation du nerf

Le nerf est délimité par l'épinèvre et contient plusieurs faisceaux. Chaque faisceau, entouré lui-même par le **périnèvre,** se compose de plusieurs axones enveloppés de leur gaine de myéline et entourés par **l'endonèvre**.

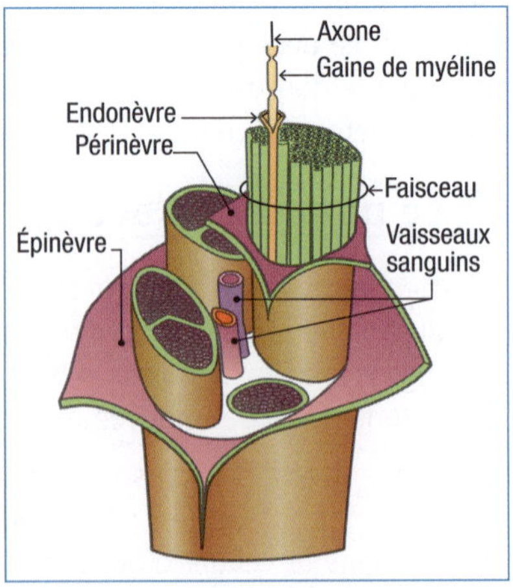

Structure du nerf ▶

3 Structure du neurone

• **Le neurone** est l'unité fonctionnelle du système nerveux. Il est constitué d'un corps cellulaire, de prolongements fins et courts, les dendrites, et d'un axone se terminant par les arborisations terminales.

• **Les dendrites** sont des récepteurs qui reçoivent l'information et l'envoient au corps cellulaire. Leurs nombreuses ramifications permettent aux neurones d'être reliés les uns aux autres et de transmettre ainsi l'influx nerveux.

• **L'axone** conduit l'influx nerveux du corps cellulaire vers l'arborisation terminale. Il est entouré d'une gaine de myéline (couches successives de membrane plasmique) formée par les oligodendrocytes dans le système nerveux central et par les cellules de Schwann dans le système nerveux périphérique. Elle isole le neurone des autres neurones. Dans le nerf, la gaine de myéline est interrompue par les nœuds de Ranvier.

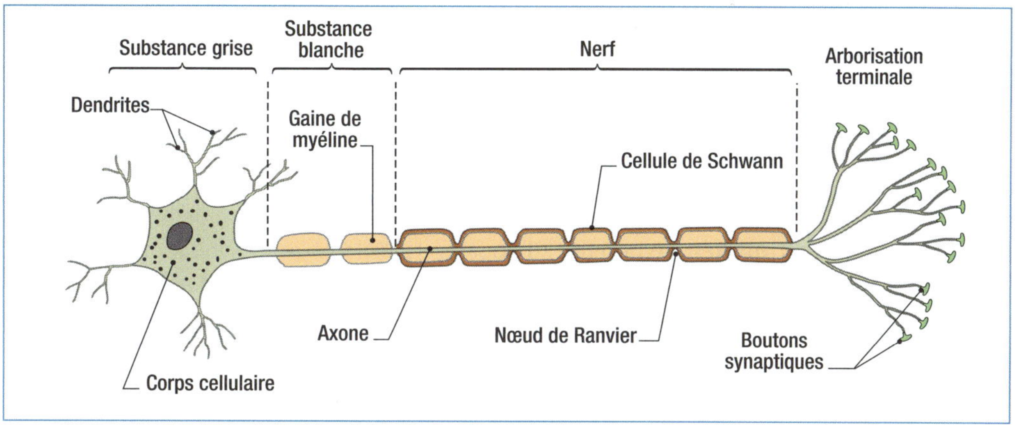

▲ Schéma d'un neurone

4 Circulation de l'influx nerveux

A Le potentiel de repos

• **Pour mesurer l'état électrique d'un neurone,** on utilise 2 micro-électrodes réceptrices reliées à un oscilloscope. L'une d'elles pénètre dans la fibre nerveuse et l'autre reste en surface. On détecte alors une **différence de potentiel (ddp)** entre l'intérieur et l'extérieur du neurone appelé **potentiel de repos ou potentiel de membrane**. La ddp est de –70 mV.

• **Cette ddp a pour origine une répartition inégale des ions** de part et d'autre de la membrane. Le milieu intracellulaire étant plus riche en ions potassium (K), on observe une diffusion passive des ions K^+ vers l'extérieur du neurone. Le milieu extracellulaire étant plus riche en ions sodium (Na), on observe une diffusion des ions Na^+ vers l'intérieur du neurone. Pour maintenir ce déséquilibre ionique de part et d'autre de la membrane, la pompe Na/K ATP ase dépendante doit transporter des ions Na^+ vers l'extérieur et des ions K^+ vers l'intérieur en utilisant l'énergie fournie par l'hydrolyse de l'ATP.

B Le potentiel d'action

• **Suite à une stimulation** mécanique, thermique, chimique ou électrique d'intensité suffisante, la cellule nerveuse envoie un message nerveux en déclenchant un **potentiel d'action (PA)** qui se prolonge le long du neurone. On observe une inversion des charges de chaque côté de la membrane du neurone due à des mouvements ioniques, d'où une diminution du potentiel de membrane.

• **Le potentiel d'action se compose de 3 phases :**
– **la dépolarisation** (en rose) : ouverture des canaux sodium voltage-dépendant, entrée de sodium dans la cellule d'où une diminution du potentiel de membrane et une inversion des

charges de part et d'autre de la membrane ;
– **la repolarisation** (en vert) : fermeture des canaux sodium voltage-dépendant et ouverture des canaux potassium voltage-dépendant entraînant une sortie des ions K^+ et une augmentation du potentiel de membrane qui revient à la normale ;
– **l'hyperpolarisation** (en bleu) : excès de sortie des ions potassium.
– **Le retour au potentiel de repos** (en rouge) après action de la pompe Na/K. Tous les canaux Na et K sont fermés.

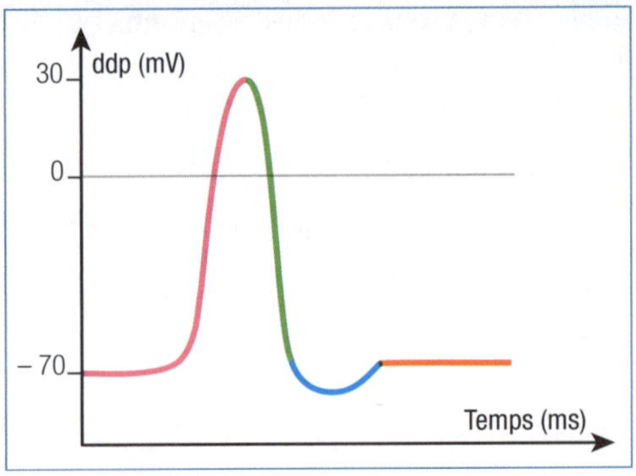

▲ Le potentiel d'action

C Les propriétés de la réponse nerveuse

• **La réponse du neurone.** La fibre nerveuse obéit à la **loi du tout ou rien**. Le potentiel d'action n'apparaît que si la stimulation est égale ou supérieure (supraliminaire) au seuil d'excitation de la fibre nerveuse.

• **L'amplitude de la réponse** sera alors toujours la même quelle que soit l'intensité supraliminaire de la stimulation. En revanche, plus l'intensité de la stimulation est importante, plus la fréquence des potentiels d'action augmente.

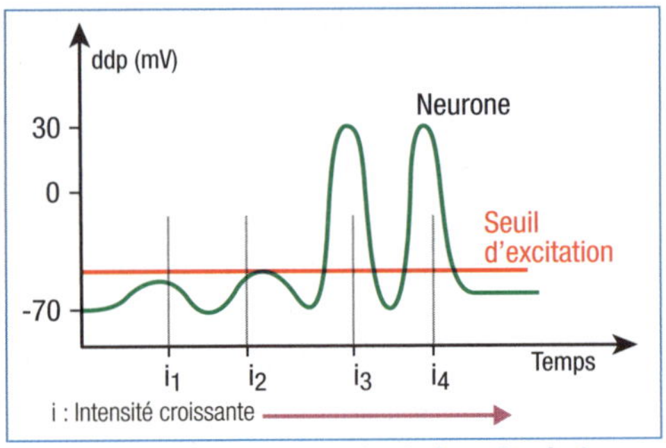

▲ La réponse du neurone suite à des stimulations d'intensité croissante

• **Le message nerveux est donc codé en fréquence de potentiel d'action.** Si la fibre est stimulée pendant la phase d'hyperpolarisation, il n'y a pas création d'un nouveau potentiel d'action : on parle de période réfractaire.

• **La réponse du nerf.** Le nerf est composé de plusieurs fibres nerveuses, il n'obéit pas à cette loi.

• **Plus l'intensité de stimulation augmente,** plus l'amplitude de la réponse augmente. Ceci s'explique par l'augmentation du nombre de fibres stimulées. Lorsque toutes les fibres sont stimulées, l'amplitude est maximale. La fréquence des potentiels d'action augmente également en fonction de l'intensité de stimulation. L'influx nerveux véhiculé par le nerf est codé en amplitude des fibres recrutées et en fréquence des potentiels d'action.

• **La propagation de l'influx nerveux.** L'influx nerveux est la propagation du potentiel d'action du corps cellulaire vers les arborisations terminales où se situent les synapses par dépolarisations successives le long de l'axone. Il sera alors transmis à un autre neurone, un muscle ou une glande. Lorsque les fibres sont myélinisées, l'influx nerveux se propage par saut d'un nœud de Ranvier à un autre. On parle de conduction saltatoire. La vitesse de conduction est alors importante.

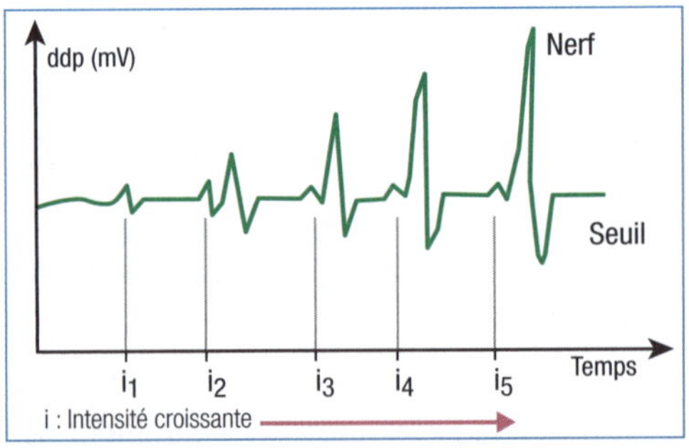

▲ La réponse du nerf suite à des stimulations d'intensité croissante

5 Le muscle et sa contraction

Les muscles striés squelettiques sont responsables des mouvements grâce à leur propriété de contractions.

1 Structure du muscle strié

A Le muscle

• **Un muscle est composé de plusieurs faisceaux.** Il est entouré par du tissu conjonctif appelé **épimysium**. Il se prolonge par les tendons qui permettent son insertion sur l'os. Chaque faisceau est entouré par du tissu conjonctif, le **périmysium**. Il est innervé et vascularisé. Chaque faisceau est composé de plusieurs fibres musculaires.

• **La fibre musculaire, ou myocyte,** est recouverte également de tissu conjonctif appelé **endomysium**. Elle est délimitée par une membrane plasmique appelée **sarcolemme** et contient plusieurs noyaux. Le cytoplasme (ou **sarcoplasme**) contient entre autres de la myoglobine, molécule capable de fixer l'oxygène nécessaire à la contraction, de nombreuses mitochondries produisant à l'énergie, des grains de glycogène (réserve énergétique), le réticulum sarcoplasmique (réserve de calcium nécessaire à la contraction) et des **myofibrilles**.

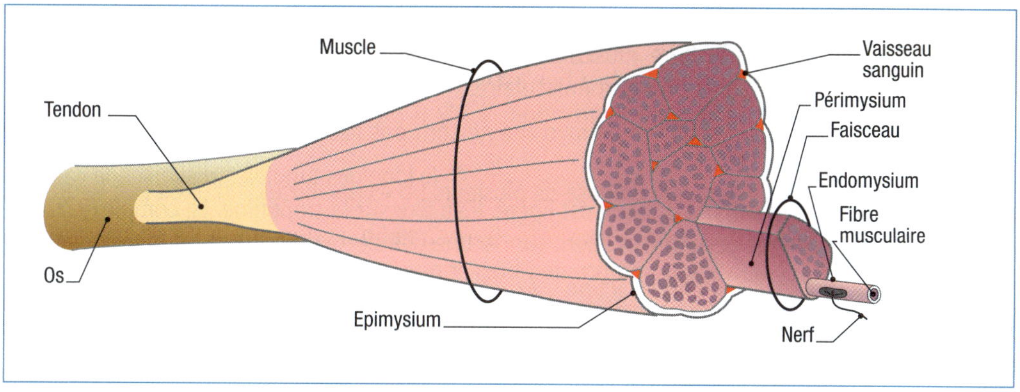

▲ Structure d'un muscle

B Les myofibrilles

• **Les myofibrilles** sont constituées d'une succession de **sarcomères** : unités contractiles de la fibre.

• **Les sarcomères** se composent de myofilaments fins d'**actine** et de myofilaments épais de **myosine**.

• **Le glissement** de ces deux filaments les uns par rapport aux autres assure la contraction, c'est-à-dire la diminution de la longueur de la fibre.

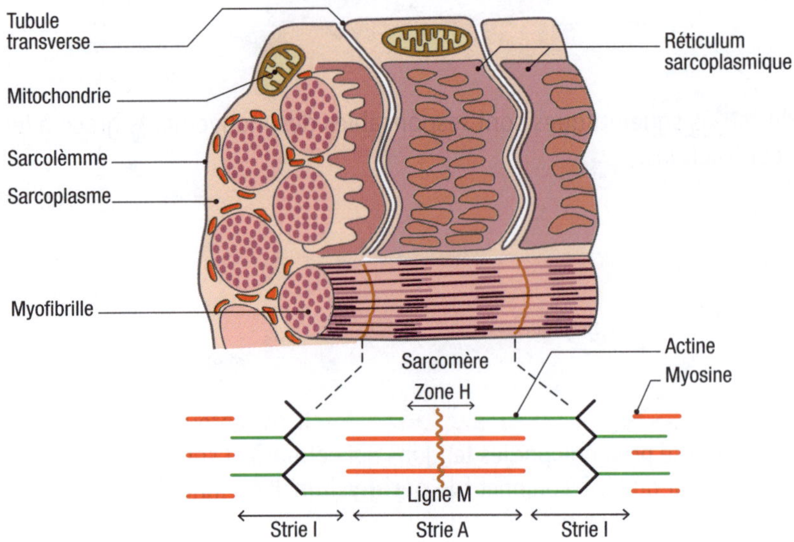

▲ Structure du myocyte

2 Mécanisme de la contraction musculaire

Comme on peut le voir sur le schéma de la page suivante :

• **Afin de se contracter,** la fibre musculaire doit recevoir un potentiel d'action musculaire engendré au niveau de la jonction neuromusculaire.

• **Au repos,** les filaments d'actine et de myosine ne sont pas liés.

• **Suite à l'arrivée du potentiel d'action musculaire** le long des tubules transverses, le calcium stocké dans le réticulum sarcoplasmique est libéré. Il se fixe sur la troponine. Le complexe troponine-tropomyosine change de forme et libère sur l'actine des sites de liaison de la myosine (1).

• **Les têtes de myosine** se lient à l'actine (2).

• **Les têtes de myosine pivotent** et tirent les filaments d'actine vers le centre du sarcomère. Les filaments d'actine glissent le long des filaments de myosine. La fibre se raccourcit (3).

• **La myosine se détache** de l'actine (4). La myosine est à nouveau prête pour une nouvelle fixation.

• **Ce mécanisme de contraction musculaire** nécessite de l'énergie sous forme d'ATP qui sera hydrolysé en ADP et phosphate inorganique.

• **L'ATP** est ensuite régénéré lors de la respiration cellulaire (hydrolyse du glucose dans le cytoplasme), lors de la fermentation (hydrolyse du glucose en anaérobiose) et par la créatine phosphate dont le stock est maintenu constant par la dégradation du glycogène musculaire et du glucose sanguin.

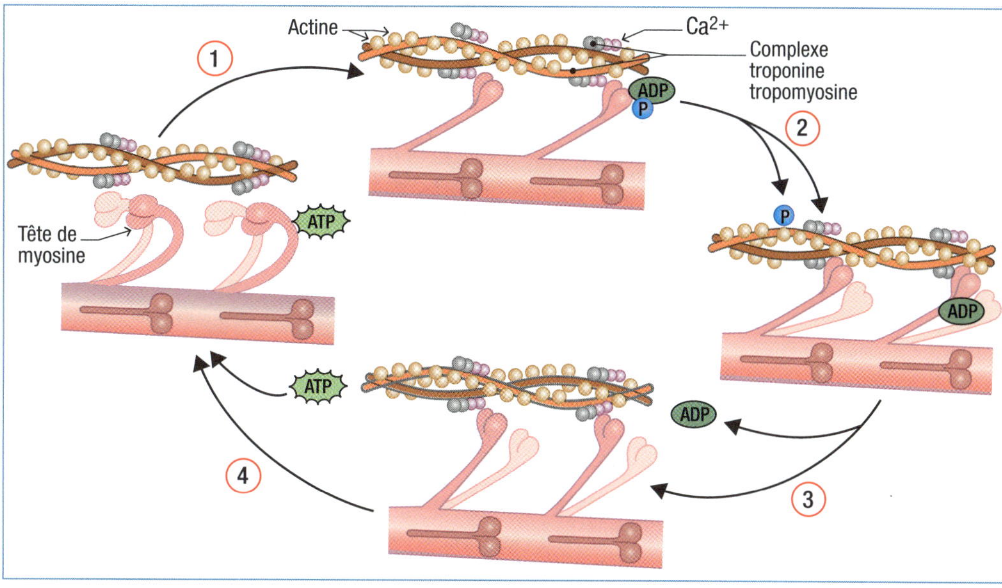

▲ Mécanisme de la contraction musculaire

3 Jonction neuromusculaire

La transmission des messages nerveux vers les muscles s'effectue au niveau de la jonction neuromusculaire ou plaque motrice. Elle est composée de synapses assurant la liaison entre un nerf moteur et les fibres musculaires afin de leur transmettre l'ordre de contraction.

A Structure de la plaque motrice

- **Un élément présynaptique, ou bouton synaptique,** situé au niveau de l'arborisation terminale de l'axone renferme des vésicules contenant un neuromédiateur, l'acétylcholine.
- **Une fente synaptique :** espace entre les deux membranes pré et post-synaptiques.
- **Un élément post-synaptique :** région de la membrane de la fibre musculaire contenant des récepteurs à **l'acétylcholine**.

B Fonctionnement de la plaque motrice

- **Suite à l'arrivée du potentiel d'action** (1), les canaux calcium voltage-dépendant présents sur la membrane présynaptique de l'axone s'ouvrent entraînant une entrée de calcium dans le bouton synaptique (2).
- **Les vésicules migrent vers la membrane** présynaptique et libèrent l'acétylcholine dans la fente synaptique (3).
- **L'acétylcholine se fixe sur ses récepteurs** présents sur la membrane post-synaptique de la fibre musculaire (4).
- **Ces récepteurs sont des canaux sodium chimio-dépendant** qui vont s'ouvrir, entraînant l'entrée de sodium dans la fibre musculaire (5) et le déclenchement d'un potentiel appelé potentiel de plaque, donnant par la suite un potentiel d'action musculaire (6). L'acétylcholine est ensuite dégradée par l'acétylcholinestérase. Les produits de l'hydrolyse sont recapturés au niveau présynaptique.

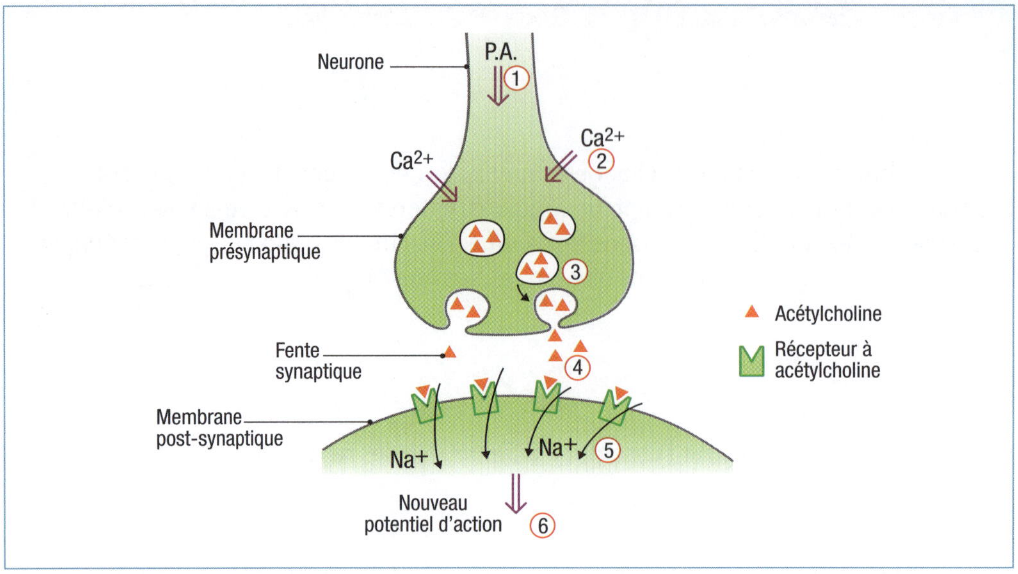

▲ Jonction neuromusculaire et transmission synaptique

6 Techniques d'exploration de l'appareil locomoteur

De nombreuses techniques d'imagerie médicale permettent d'étudier d'éventuelles anomalies de l'appareil locomoteur (fracture, entorse). Il existe également d'autres examens d'exploration fonctionnelle comme l'électromyogramme, ou l'encéphalogramme, qui étudie les fonctions électriques des muscles ou de l'encéphale.

1 La radiographie

La radiographie est basée sur l'absorption différentielle des **rayons X.**

A Principe

- **Des rayons X** sont envoyés sur l'organe à étudier. Ils sont plus ou moins **absorbés** par les différents tissus traversés. Les rayons X non absorbés sont recueillis sur un film photographique.
- **Les zones opaques** aux rayons X (les os) apparaissent claires : on les nomme des **opacités**.
- **Les zones transparentes** aux rayons X (les muscles) apparaissent foncées : on les nomme des **clartés**.

B Intérêts

- **La radiographie est utilisée pour observer la plupart des organes** des appareils ostéo-articulaire, respiratoire, digestif, cardio-vasculaire, urinaire ou génital.
- **La radiographie permet d'observer** des organes durs (os, articulations) ou de densités différentes visibles par contraste (les poumons et la cage thoracique). Elle fournit une image fixe des organes.
- **Afin de visualiser les organes remplis de liquide ou d'air,** on utilise des produits de contraste. Ceux-ci rendent opaques les organes aux rayons X. Ces produits sont ingérés, inhalés ou injectés par intraveineuse en fonction des organes à observer. Ils contiennent du baryum ou de l'iode.
- **Elle permet d'établir un diagnostic** de fracture, d'ostéoporose ou bien d'entorses, de lésions intra-articulaires.

C Les dangers

- **Les rayons X en doses importantes** sont néfastes pour l'organisme (altérations de certains tissus : cancérogenèse). Ces examens ne doivent donc pas être répétés trop souvent. Les femmes enceintes, ainsi que les manipulateurs de radiographie, doivent se protéger en utilisant des protections plombées (vitres, tabliers, gants) qui absorbent totalement les rayons X.
- **Dans le cas d'utilisation de produits de contraste,** cet examen est dit invasif et des allergies sont possibles.
- **Certaines lésions peuvent passer inaperçues** du fait d'une image de l'organe en entier et non en coupe.

2 La tomodensitométrie TDM ou scanographie

La scanographie est basée sur l'utilisation **de rayons X** et d'un **système informatique** (détecteur, amplificateur et ordinateur). L'appareillage utilisé est appelé scanner.

A Principe

Un tube radiogène tourne autour du patient en émettant des rayons X. Cette rotation permet de fournir différentes **coupes successives** du corps. Les rayons X sont plus ou moins absorbés par ses différents tissus. Les rayons X non absorbés sont recueillis par le détecteur, puis convertis en image par l'ordinateur. Afin d'améliorer la qualité de l'image, on utilise le plus souvent un produit de contraste iodé.

B Intérêt

La scanographie est une technique **plus précise** et **plus sensible** que la radiographie. Elle permet de visualiser plus précisement les structures de l'appareil locomoteur (os, articulations, tendons, ligaments) ainsi que la plupart des organes, de localiser les tumeurs et d'analyser les caractéristiques d'une opacité : taille, contour, position. Elle permet une reconstitution de l'organe.

C Avantage

La dose de rayons X utilisée est plus faible que lors des examens radiologiques.

3 L'imagerie par résonance magnétique IRM

L'IRM est une technique d'imagerie diagnostique basée sur l'utilisation d'un **champ magnétique intense**.

A Principe

- **L'IRM** porte sur les **modifications** du **comportement** des atomes **d'hydrogène** quand ils sont soumis à un champ magnétique intense.
- **Un champ magnétique statique** permet aux atomes d'hydrogène de s'orienter dans la direction du champ. Puis, on applique un champ magnétique tournant : les atomes d'hydrogène pivotent sur eux-mêmes ; ils entrent en résonance. Lorsqu'on retire le champ magnétique tournant, les atomes d'hydrogène reviennent à leur position initiale à des vitesses différentes suivant la richesse en eau du tissu. L'appareil mesure ces différentes vitesses que l'ordinateur traite afin de reconstituer une image plane ou tridimensionnelle. Il est possible d'utiliser des produits de contraste afin d'améliorer la qualité des images.

B Intérêt

- **L'IRM permet d'obtenir des coupes transversales très précises** des organes en fonctionnement, des organes mous et riches en eau. Il permet d'identifier très précisément le type d'altération d'un tissu lésé.
- **On obtient ainsi une très bonne exploration fonctionnelle** des ligaments, tendons ou articulations. Elle permet également d'observer le système nerveux, des muscles, du cœur, des vaisseaux, des reins, du pancréas, et du foie. La précision de cet examen permet d'éviter certaines biopsies.

7 Atteintes de l'appareil locomoteur et du SNC

Les atteintes de l'appareil locomoteur sont les fractures, entorses, luxations, élongations ou déchirures musculaires. Celles du système nerveux central sont des traumatismes, maladies dégénératives, tumeurs cérébrales, accidents vasculaires cérébraux.

1 Atteintes de l'appareil locomoteur

A Les troubles musculo-squelettiques

• **Définition.** Ils affectent les muscles, les tendons, les ligaments, les nerfs situés autour des articulations. Ils regroupent une dizaine de maladies concernant l'épaule, le coude, le poignet, la main et les doigts. Le membre supérieur est contraint à des mouvements répétitifs nocifs.

• **Les affections les plus fréquentes** sont les cervicalgies, tendinites, l'épicondylite du coude ou le syndrome du canal carpien.

B Cas du syndrome du canal carpien

Ce syndrome est causé par la compression du nerf médian du poignet. Il se manifeste par une douleur, des fourmillements ou engourdissement des doigts d'abord nocturnes, puis permanents. La force musculaire du poignet et de la main diminue, entraînant une fatigabilité et une maladresse des doigts.

• **Les facteurs de risque.** Ils sont la répétition de mouvements de flexion et extension du poignet et de l'avant-bras, les vibrations répétées, les appuis sur la paume, la préhension serrée, les postures extrêmes ou certaines maladies comme le diabète, la polyarthrite rhumatoïde mais également le stress.

• **Les traitements consistent au repos du poignet,** au port d'une attelle, à l'administration d'analgésiques et d'anti-inflammatoires, à des infiltrations de corticoïdes, à la chirurgie pour ouvrir le ligament du carpe formant le canal carpien et entourant le nerf médian.

2 Atteintes du système nerveux central

A Lésion de la moelle épinière, ou lésion médullaire

• **Les lésions de la moelle épinière** sont la plupart du temps des **contusions**. Elles vont entraîner une perturbation de la communication entre le système nerveux et le reste du corps. Selon la gravité et la localisation de la lésion, on observe des **troubles neurologiques variables**. Plus la lésion est haute, plus les conséquences sont importantes.

• **Les principaux signes cliniques** sont une hypothermie ou hyperthermie, une hypoesthésie, des douleurs, une perte partielle ou totale des sensations ou de la motricité. Lors de lésions plus graves, il y a perte des fonctions intestinales, urinaire, sexuelle, des troubles cardiaques et respiratoires.

• **La section de la moelle épinière entraîne des lésions définitives.** Une lésion au niveau des vertèbres C1 ou C2 provoque une atteinte de la moelle épinière et du bulbe rachidien et un arrêt de la contraction du diaphragme, d'où la mort. Une lésion entre les vertèbres C3 et C7 conduit à une tétraplégie. Une lésion entre les vertèbres D12 et L1 déclenche une paraplégie, des troubles sexuels et sphinctériens. Une lésion sous la vertèbre L2 entraîne des névralgies crurales et des sciatiques.

B Lésion de l'encéphale : l'accident vasculaire cérébral (AVC)

• **Définition.** L'accident vasculaire cérébral est une **perte de la fonction cérébrale** causée soit par une oblitération d'un vaisseau sanguin au niveau du cerveau, soit par une hémorragie cérébrale. L'absence d'irrigation d'une partie du cerveau entraîne des lésions **irrémédiables et la mort des neurones**.

• **Les conséquences du manque d'oxygénation** sont très variables. Elles dépendent de la région du cerveau qui est atteinte et donc des fonctions qu'elle régule. Les atteintes peuvent toucher les différentes aires motrices, sensitive, visuelle, ou du langage.

• **Les signes cliniques** peuvent être une aphasie, une hémiplégie, un trouble de la mémoire, de la pensée, des capacités d'apprentissage, de l'émotion de communication.

Exercices d'entraînement

Exercice 1 La nicotine et le système nerveux ★★★ 20 min Corrigé p. 189

La nicotine modifie le fonctionnement des synapses entre les neurones dopaminergiques du système nerveux central. Pour comprendre le mode d'action de la nicotine, on réalise des expériences à partir du montage réalisé sur le document suivant.

1. **Légender le document 1.**

2. **Analyser chacune des expériences du tableau 1 afin de montrer l'effet de la nicotine sur la transmission synaptique.**

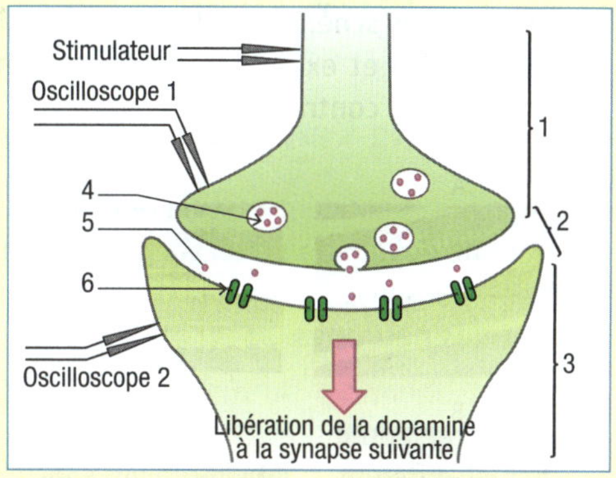

Document 1 : La synapse neuro-neuronale ▶

Protocole expérimental	Enregistrement de l'oscilloscope 1	Enregistrement de l'oscilloscope 2	Mise en évidence de la libération de dopamine par l'élément 3 du document 1
A : Aucune stimulation appliquée	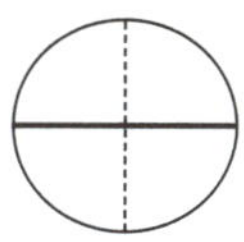	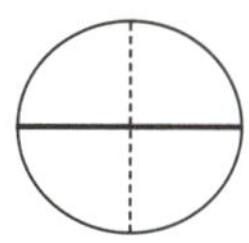	Non
B : Stimulation appliquée sur l'élément 1 du document 1	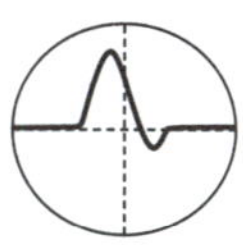	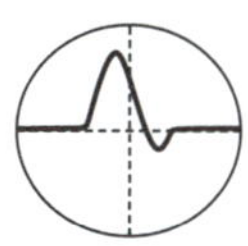	Oui
C : Aucune stimulation appliquée et injection de nicotine dans la zone 2 du document 1	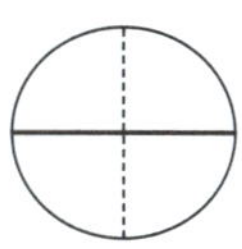	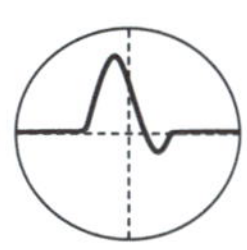	Oui

▲ Tableau 1

Exercice 2 Les muscles et le tissu musculaire ★★★ 20 min Corrigé p. 189

Le document 2 présente des microphotographies (A, B, C) des 3 types de tissus musculaires et leurs interprétations.

1. **À l'aide du document, identifier ces tissus et indiquer leurs principales caractéristiques cytologiques.**

2. **Pour chaque type de tissu musculaire, préciser sa localisation dans l'organisme.**

Le document 3 représente l'ultrastructure d'une portion de fibre musculaire squelettique.

3. **Indiquer les noms des éléments correspondants aux repères 1 à 5.**

Les électronographies du document 4 montrent des coupes longitudinales d'une fibre au repos (A) et lors d'une contraction (B).

4. **Reporter les deux légendes correspondant aux repères 1 et 2.**

5. **Citer les deux types de myofilaments constituants l'unité fonctionnelle de la fibre musculaire. Sur un schéma d'interprétation, les localiser par rapport aux repères 1 et 2 du document 4(A) et expliquer succinctement le mécanisme permettant de passer de l'état relâché à l'état contracté.**

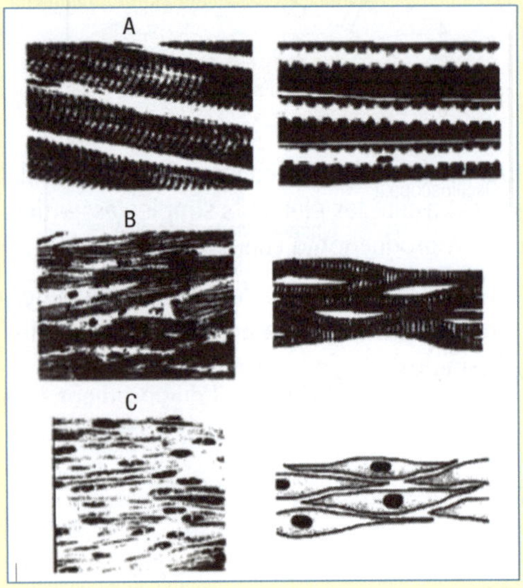

▲ Document 2

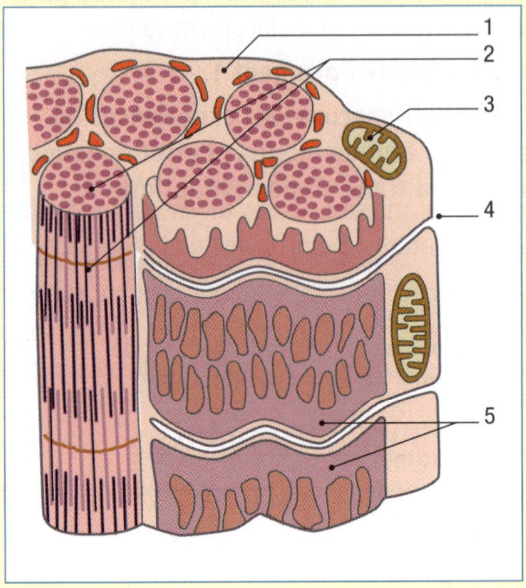

▲ Document 3

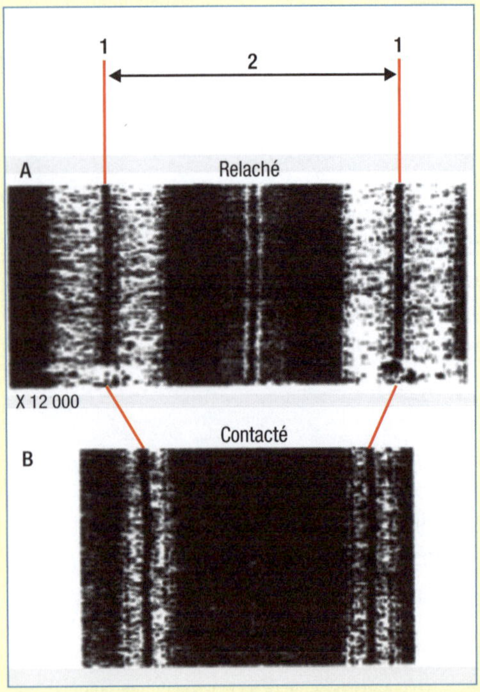

▲ Document 4

8 Nutrition et équilibre alimentaire

Les systèmes vivants sont composés d'eau, de sels minéraux et de molécules organiques ou biomolécules. Ces substances ont un rôle structural, fonctionnel ou énergétique au sein de l'organisme.

1 Composition des aliments et notion de nutriments

- **Les aliments** sont des substances complexes appelées biomolécules consommées par l'individu. Ils fournissent, après digestion les nutriments, c'est-à-dire les éléments simples essentiels à la réparation, la croissance de l'organisme ainsi qu'à la production d'énergie.
- **Les nutriments** se décomposent en **macronutriments** : molécules qui fournissent de l'énergie à l'organisme (glucides, lipides, protides) et en **micronutriments** qui sont des molécules n'ayant qu'un rôle fonctionnel (eau, sels minéraux, vitamines).

A Les micronutriments

Micronutriments →

Eau (60 %) :
- ■ **Transport des substances**
- Maintien de la température
- Participation à l'hydrolyse des molécules
- Solvant lors des réactions chimiques

Vitamines :
- ■ **Rôle fonctionnel**
- Indispensable en petites quantités
- Activation des réactions chimiques

Sels minéraux :
- ■ **Rôle fonctionnel** dans l'équilibre homéostatique
- Participation aux réactions chimiques, à la formation des os, de l'influx nerveux, à la contraction musculaire
- Régulation des mouvements de l'eau

→ **Macroéléments :** le sodium (Na), le potassium (K), le magnésium (Mg), le calcium (Ca), le chlore (Cl) et le phosphore (P).

→ **Oligoéléments :** le fer (Fe), l'iode (I), le cuivre (Cu), le zinc (Zn). Indispensables. Présents en très faibles quantités.

B Les macroéléments

Les biomolécules sont composées d'un assemblage d'atomes. La cellule est composée de 6 atomes principaux : le carbone (C), l'hydrogène (H), l'oxygène (O), l'azote (N), le phosphore (P) et le soufre (S). Ces molécules sont des glucides, des lipides, des protides et des acides nucléiques.

Macronutriments → **Glucides :**
- Oses simples ($C_6H_{12}O_6$) : Glucose, fructose, galactose
- Diholosides ($C_{12}H_{22}O_{11}$) : maltose (glucose + glucose) lactose (glucose + galactose), sacharose (glucose + fructose)
- Polyholosides : glycogène, substance de réserves amidon apporté par l'alimentation

→ **Lipides :**
- Acides gras ($CH_3 – (CH_2)$ n – COOH) insaturés ou essentiels (une ou plusieurs doubles liaisons) ou saturés
- Triglycérides : acides gras + glycérol, réserve énergétique
- Phospholipides : triglycérides avec un ion phosphate PO_3^- construction de la membrane cellulaire
- Cholestérol : membranes cellulaires, le précurseur des hormones stéroïdes et des sels biliaires

→ **Protides :**
- Acides aminés (20), formés d'atomes de carbone, d'oxygène, d'hydrogène et d'azote et parfois de soufre
- Peptides, chaine de 2 à 100 acides aminés
- Protéines, chaine > 100 acides aminés

Rôle des Macronutriments → **Glucides :**
- **Rôle énergétique**, sources d'énergie directement utilisables (glucose) ou mises en réserve (glycogène)
- **Rôle structural ou plastique** (chitine ou la cellulose)

→ **Lipides :**
- **Rôle énergétique** : molécules de réserves
- **Rôle plastique** (constituants des membranes cellulaires et nucléaires)
- **Rôle fonctionnel** (précurseurs de diverses molécules)

→ **Protides :**
- **Rôle structural** (constituants de la cellule)
- **Rôle fonctionnel** :
  - Protéines de transport
  - Métabolisme (enzymes)
  - Défence de l'organisme (anticorps)
  - Régulation endocrinienne (hormones)

2 L'équilibre alimentaire

A Les besoins énergétiques de l'organisme

• **Les besoins énergétiques de l'organisme** correspondent au **métabolisme basal** ou **métabolisme de repos**, c'est-à-dire aux dépenses minimales nécessaires pour assurer les fonctions vitales (respiration, circulation, régulation nerveuse et hormonale, le maintien de la température corporelle) et aux dépenses extra-basales, c'est-à-dire aux dépenses lors de l'activité physique, de la digestion.

• **Les dépenses** varient en fonction de l'âge (diminution), du sexe (moins important pour la femme), de l'état physiologique, des maladies ou de l'activité physique. Elles sont d'environ 2 600 kcal/j pour les hommes et de 2 100 kcal/j pour les femmes, soit de kJ/jour pour un adulte.

Besoins énergétiques Kcal/J	Garçon		Fille	
Enfant de 1 à 3 ans	770 à 1 170		710 à 1 100	
Adolescents	2 680		2140 L	
Adultes	– de 50 ans	+ de 50 ans	– de 50 ans	+ de 50 ans
Sédentaire	2 400	2 100	1 850	1 600
Activité moyenne	2 650	2 270	2 050	1 800
Activité intense	2 950	2 570	2 300	2 050
Femmes enceintes			2 150 à 2 250	

• **Le bilan énergétique** va dépendre des apports énergétiques (énergie fournie par la digestion des aliments) et des pertes énergétiques (métabolisme basal, effort physique).

B La ration alimentaire quotidienne

Définition

Ration alimentaire : quantité et qualité des aliments à consommer par jour afin de subvenir aux besoins de l'organisme.

• **Au cours de la journée,** les différents nutriments doivent être repartis à la fois sur le plan qualitatif et quantitatif de façon équilibrée.

• **Sur un plan quantitatif,** l'apport énergétique global doit être couvert par :
– 10 à 20 % de protides, 1 g équivaut à 17 kJ ;
– 35 à 30 % de lipides, 1 g équivaut à 38 kJ ;
– 40 à 55 % de glucides, 1 g équivaut à 17 kJ.

• **Les protides** apportent en autre les 8 acides aminés essentiels ; les lipides un apport correct en acides gras essentiels (acides gras insaturés) ; les glucides de l'énergie.

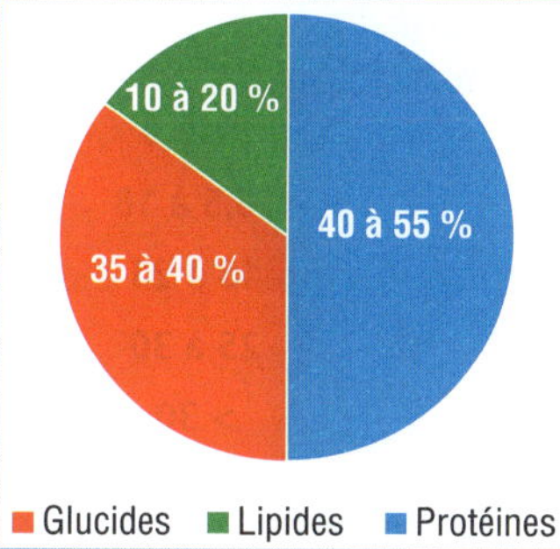

• 50 % de protides d'origine animale
• 50 % de protides d'origine végétale

• 1/3 de lipides d'origine animale
• 2/3 de lipides d'origine végétale

• 70 % de glucides à index glycémique faible
• 30 % de glucides à index glycémique élevé

• **Les aliments sont classés en 10 groupes** en fonction de leurs caractéristiques nutritionnelles :
1. les viandes et charcuteries, produits de la pêche et œufs (riches en protéines, lipides) ;
2. le lait et les produits laitiers (riches en lactose, protéines, lipides, calcium) ;
3. les matières grasses ajoutées (riches en lipides) ;
4. les féculents (protéines, glucides, sels minéraux, fibres) ;
5. les légumineuses (glucides, protéines, fibres) ;
6. les fruits et légumes (riches en fibres, sels minéraux, vitamines) ;
7. les produits sucrés ou sucrés et gras (riches en glucides à index glycémique élevé et en lipides) ;
8. les boissons sucrées ;
9. le sel ;
10. l'eau.

• **Chaque aliment doit être consommé par jour** suivant le respect de la pyramide alimentaire.

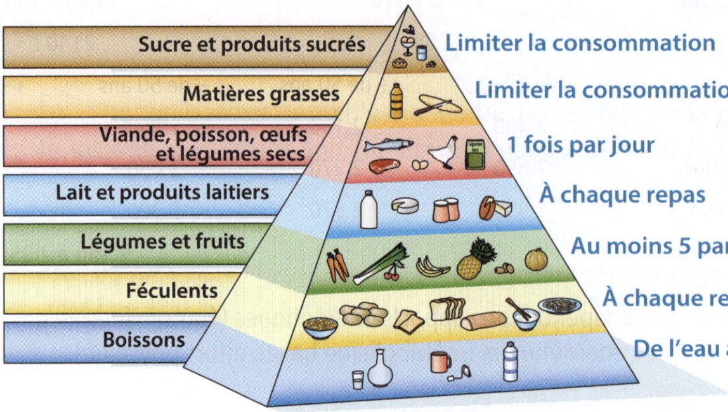

C Variations des besoins selon l'état physiologique

• **Chez la femme enceinte,** les besoins s'élèvent surtout au 3e trimestre. Les besoins en calcium, fer et vitamines sont augmentés ainsi que ceux en protéines pour édifier le placenta et le développement du fœtus.

• **Chez les enfants et adolescents,** les besoins en protéines, calcium, phosphore, fer, eau, vitamines sont très importants pour la croissance staturo-pondérale, le développement intellectuel, et les activités physiques.

D L'IMC

L'indice de masse corporelle (IMC) permet d'évaluer un déficit pondéral, un surpoids ou une obésité.

IMC = P / T²
(P = poids en kg et T la taille en m)

IMC	Observation
< 16,5	dénutrition
16,5 à 18	maigreur
18 à 25	poids normal
25 à 30	surpoids
> 30	obésité

Exemple Taille : 1,60 m
Poids : 60 kg
IMS = 60 ÷ 1,60 (× 1,60) = 60 ÷ 2,56 = 23,4 (poids normal)

BIOLOGIE ET PHYSIO. HUMAINES

9 Déséquilibres alimentaires

Les déséquilibres alimentaires concernent aussi bien les excès d'apport que les déficits. Un déficit d'apport peut être global entraînant une carence qualitative et quantitative ou sélective.

1 La malnutrition par excès d'apport : l'obésité

A Causes et formes d'obésité

• **La cause la plus fréquente** est une **ration alimentaire hypercalorique** associée à une **sédentarité**. Lorsque l'apport d'énergie totale est supérieur aux besoins, l'organisme met en réserve l'énergie non utilisée sous forme de graisse d'où l'augmentation de poids.

> **Définition**
> **Obésité :** excès de poids dû à une augmentation de la masse grasse.

• **L'obésité est dite gynoïde** lorsqu'elle se situe au niveau des cuisses et des fesses.

• **L'obésité est androïde** lorsqu'elle se situe au niveau de l'abdomen et de la partie haute du corps.

B Les facteurs favorisants

Une prédisposition génétique, l'âge, de mauvaises habitudes alimentaires prises dès l'enfance, des problèmes endocriniens, la prise de certains médicaments ou des facteurs socioculturels sont des facteurs favorisants l'obésité.

C Les conséquences physiopathologiques

• **Chez l'enfant et l'adolescent,** on observe une croissance staturo-pondérale trop rapide, associée à une diminution de l'activité physique et des problèmes d'ordre esthétique.

• **Chez l'adulte,** les complications sont nombreuses. On observe :
– des atteintes ostéoarticulaires (arthrose au niveau du genou, de la hanche, arthralgie), des atteintes respiratoires (dyspnée, insuffisance respiratoire) ;
– des atteintes cardiovasculaires (varices, athérosclérose, artérite des membres inférieurs, hypertension artérielle, angor, infarctus du myocarde) ;
– des atteintes cutanées (dermites, vergetures) ;
– des problèmes métaboliques (hypercholestérolémie, hypertriglycéridémie, dyslipoprotéinémie, diabète de type II).

D Les traitements

• Ils consistent en un **régime hypocalorique**, l'administration de **médicaments** diminuant l'appétit, ou bloquant l'absorption des graisses.

• **La gastroplastie** est une intervention chirurgicale avec mise en place d'un anneau gastrique afin de diminuer le volume de l'estomac d'où un sentiment de satiété plus rapide.

• **Le *by-pass* gastrique** est l'abouchement de l'estomac au jéjunum. Ceci met hors circuit une grande partie de l'estomac et du duodénum, lieu principal de l'absorption des nutriments.

2 La malnutrition par carence

A Carence qualitative et quantitative

• **Cause.** La carence est due à un déficit d'apport global, c'est-à-dire à une diminution de l'apport des aliments ; on parle de **dénutrition**. L'apport énergétique n'est pas suffisant pour couvrir les besoins de l'organisme.

• **Lors du marasme**, les enfants présentent une diminution de la masse grasse et musculaire, une cachexie, un retard de croissance, une asthénie, une amyotrophie et une déshydratation.

Définitions

Cachexie : affaiblissement profond de l'organisme.
Asthénie : fatigue physique anormale.
Amyotropie : atrophie musculaire.
Anémie : manque de globules rouges.
Marasme : forme très grave de dénutrition infantile.
Oedème : gonflement constitué d'eau qui a infiltré les tissus de la peau.

B Carence quantitative

• **Cause.** Elle est due à un déficit d'apport sélectif, c'est-à-dire à une diminution d'un ou de deux aliments, bien que la valeur énergétique soit normale.

• **Le kwashiorkor** est une carence en protéines additionnée d'une carence en fer, zinc et en vitamines. Il est favorisé par des sols pauvres et l'arrêt de l'allaitement.

• **Les symptômes** sont une fatigue, une anémie, une anorexie, des œdèmes de l'abdomen, des troubles digestifs de type diarrhée, un retard staturo-pondéral, un retard mental, des lésions cutanées.

10 Anatomie et physiologie de l'appareil digestif

L'appareil digestif a pour rôle de transformer les aliments en nutriments capables de passer dans la circulation sanguine ou lymphatique et ensuite d'être utilisés par la cellule.

1 Organisation de l'appareil digestif

L'appareil digestif est constitué d'un tube digestif et de glandes annexes (foie, pancréas, glandes salivaires).

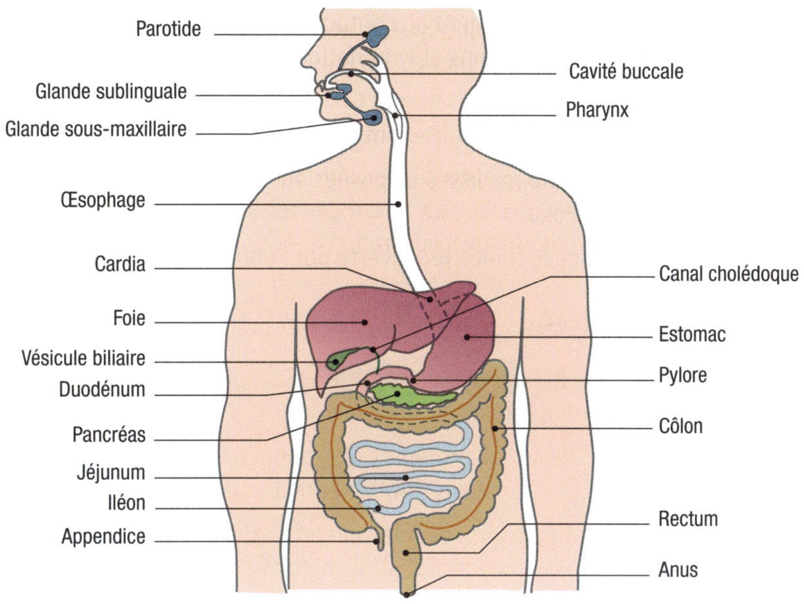

▲ Schéma de l'appareil digestif

A Les organes du tube digestif

• **La cavité buccale** comprend le palais osseux, la luette, la langue, les dents (4 incisives, 2 canines, 4 prémolaires et 6 molaires) et le pharynx : carrefour musculo-muqueux.

• **L'œsophage** est un conduit musculo-muqueux, situé derrière la trachée. Le péristaltisme conduit les aliments de la bouche à l'estomac.

• **L'estomac** est une poche acide limitée par 2 régions, le cardia et le pylore. Il sécrète les sucs gastriques et permet le brassage des aliments.

• **L'intestin grêle** est un conduit musculo-membraneux formé de nombreux replis, les anses intestinales comprenant des villosités et des microvillosités. Il est divisé en 3 parties : le duodénum, le jéjunum et l'iléon.

• **Le côlon** est un canal comprenant le cæcum et l'appendice. Le côlon se poursuit par le rectum et l'anus. Celui-ci est entouré de 2 sphincters.

B Les glandes annexes

• **Les glandes salivaires** parotides, sous-maxillaires et sublinguales sont des glandes exocrines acineuses sécrétant la salive.

• **Le foie** est une glande synthétisant la bile. Celle-ci est stockée dans la vésicule biliaire. Le foie stocke le glucose sous forme de glycogène.

• **Le pancréas** est une glande amphicrine assurant une fonction endocrine (sécrétion de l'insuline et du glucagon) et exocrine (sécrétion du suc pancréatique). Le suc pancréatique se déverse dans le duodénum par le canal de Wirsung et le canal de Santori.

2 Histologie du tube digestif

De l'œsophage à l'anus, la paroi du tube digestif est formée de **4 couches de tissus :**

• **la muqueuse :** épithélium de revêtement au contact de la lumière de l'organe reposant sur un chorion contenant des vaisseaux sanguins et lymphatiques ; elle contient les cellules endocrines (hormones) et exocrines (mucus) ;

• **la sous-muqueuse :** tissu conjonctif contenant des glandes exocrines ;

• **la musculeuse :** fibres musculaires lisses disposées en 2 couches, l'une de fibres circulaires, et l'autre de fibres longitudinales ;

• **la séreuse :** couche conjonctive mince recouverte par l'épithélium.

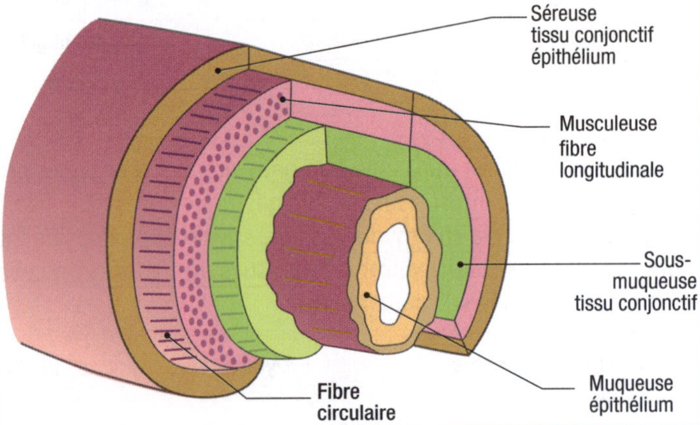

▲ Schéma de la paroi du tube digestif

3 Phénomènes mécaniques et chimiques

La digestion est un ensemble de phénomènes mécaniques (progression des aliments) et chimiques (hydrolyse des macromolécules en molécules simples) qui aboutit à la transformation des aliments en nutriments afin de permettre leur absorption par la cellule.

A Les phénomènes mécaniques

• **Au niveau de la bouche,** les aliments sont broyés par les dents (mastication) et mélangés à la salive formant le bol alimentaire. Suite à la déglutition, le bol alimentaire progresse dans l'œsophage grâce aux mouvements péristaltiques.

• **Arrivés dans l'estomac,** les aliments sont brassés et mélangés avec le suc gastrique grâce aux contractions des muscles lisses. Le chyme obtenu est évacué par le pylore dans le duodénum. Le chyme progresse dans l'intestin grêle grâce aux mouvements péristaltiques et est imprégné des sucs intestinaux et pancréatiques par des mouvements pendulaires.

• **Au niveau du côlon,** des mouvements péristaltiques permettent la progression des déchets. Le **chyle** est ensuite déshydraté pour former les selles évacuées au niveau de l'anus.

Définition

Chyme : bouillie formée par la masse alimentaire au moment où elle passe dans l'intestin, après avoir subi l'action de la salive et du suc gastrique.

Chyle : produit de la digestion, destiné à passer de l'intestin grêle dans le sang.

B Les phénomènes chimiques

• La digestion des glucides.

Différentes enzymes présentes dans la salive, les sucs pancréatiques et intestinaux vont dégrader les glucides complexes en **oses simples**. La digestion commence au niveau de la bouche et se finit dans l'intestin grêle.

Lieu de digestion	Produits de départ	Enzymes	Produits formés
Bouche	Amidon	Amylase salivaire	Dextrines (polymères de glucose) ; Maltose
Intestin grêle	Amidon, Dextrines	Amylase pancréatique	Dextrines ; Maltose
	Maltose	Maltase	Deux glucoses
	Sucrose ou saccharose	Sucrase	Glucose et fructose
	Lactose	Lactase	Glucose et galactose

▲ La digestion des glucides

• La digestion des protéines.

Elle débute dans l'estomac et se finit dans l'intestin grêle grâce aux enzymes présentes dans les sucs gastriques, pancréatiques et intestinaux. Le suc gastrique contient le pepsinogène précurseur inactif qui, en présence d'acide chlorhydrique, se transforme en pepsine molécule active. Il en est de même pour la trypsine et la chymotrypsine issues du trypsinogène et du chymotrypsinogène précurseurs inactifs dans le suc pancréatique.

Lieu de digestion	Produits de départ	Enzymes	Produits formés
Estomac	Protéines	Pepsine Milieu acide (HCl)	Polypeptides
Intestin grêle	Protéines Polypeptides	Trypsine pancréatique	Polypeptides ; Peptides
		Chymotrypsine pancréatique	
		Élastase, carboxypeptidases pancréatiques	
	Polypeptides ; Peptides	Peptidase intestinale	Acides aminés

• La digestion des lipides.

Des **lipases** linguales et gastriques vont dégrader les triglycérides en acides gras, diglycérides et monoglycérides. Cependant, les lipides sont principalement digérés au niveau de l'intestin grêle. Au niveau de l'intestin grêle, les lipides sont dans un premier temps, émulsionnés par les sels biliaires puis dégradés en acides gras et glycérol par la lipase pancréatique. La **bile** est

un liquide jaune clair produit par le foie. Elle contient des sels biliaires, du cholestérol et des phospholipides. Elle permet la solubilisation du cholestérol et elle émulsionne les gros globules lipidiques en fines gouttelettes afin de permettre à la lipase pancréatique d'agir.

• **La digestion des acides nucléiques.** Des **nucléases** pancréatiques et intestinales vont hydrolyser dans l'intestin grêle l'ADN et l'ARN. Les nucléotides sont dégradés en bases azotées, désoxyribose ou ribose et phosphates.

C Le microbiote intestinal

• **Notre tube digestif** contient environ 10^{12} micro-organismes. Ces bactéries, virus, champignons non pathogènes constituent le microbiote intestinal. Il est principalement localisé dans l'intestin grêle et le colon.

• **Le microbiote intestinal** joue un rôle dans la digestion en assurant ainsi la fermentation de résidus alimentaires non digestibles mais aussi l'assimilation des nutriments.

• **Il intervient également dans le métabolisme,** la fonction immunitaire et la fonction neurologique.

4 Absorption des nutriments et de l'eau

L'**absorption** est le passage des nutriments de la lumière de l'intestin grêle vers le sang ou la lymphe par diffusion simple, ou par transport actif. Les nutriments sont transportés jusqu'aux cellules pour y être stockés ou utilisés pour l'assemblage des tissus.

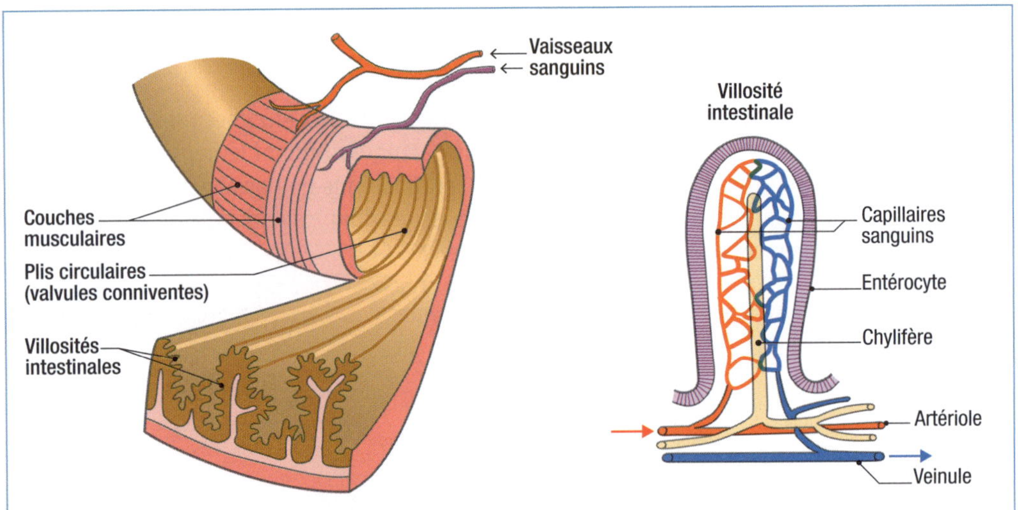

▲ La paroi de l'intestin grêle et une villosité intestinale

A La muqueuse intestinale

L'absorption intestinale est favorisée par la structure de la muqueuse intestinale. Celle-ci contient de nombreux plis circulaires (valvules conniventes) au sein desquels se situent des villosités contenant des vaisseaux sanguins et lymphatiques. Au niveau du pôle apical, des entérocytes se situent des **microvillosités** (fins prolongements de la membrane). Toutes ces structures augmentent la surface de l'épithélium utilisable pour la digestion et l'absorption.

B L'absorption par voie sanguine

• **L'eau** diffuse dans le sang par osmose : du milieu le moins concentré vers le milieu le plus concentré.

• **Les sels minéraux** vont diffuser dans le sang, soit par diffusion simple (chlore) soit par transport actif (sodium, potassium).

• **Le glucose et le galactose** vont passer dans la cellule intestinale par transport actif couplé au sodium. Au pôle basal, ils vont diffuser dans la lymphe interstitielle par diffusion facilitée grâce à des protéines transmembranaires puis dans le sang.

• **Les acides aminés** vont pénétrer dans la cellule par transport actif et passer dans la lymphe interstitielle par diffusion simple.

• **Les lipides** inférieurs à 10 carbones sont absorbés dans le sang par diffusion simple au travers de la membrane cellulaire (caractères hydrophobes).

C L'absorption par voie lymphatique

• **Les acides gras** supérieurs à 10 carbones et les vitamines A, D, E, K, sont absorbés par voie lymphatique. La lymphe les déversera dans le sang au niveau de la veine sous-clavière gauche.

• **Les lipides** vont pénétrer dans la cellule intestinale par **diffusion simple**. Au sein de l'entérocyte, les acides gras et les monoglycérides reforment des triglycérides. Ceux-ci s'agglomèrent avec des phospholipides et du cholestérol et s'entourent d'une couche protéique. Ils vont former les chylomicrons (lipoprotéines). Ceux-ci vont ensuite pénétrer par diffusion dans les chylifères (vaisseaux lymphatiques) contenant la lymphe.

11 La fibroscopie

La fibroscopie (ou endoscopie) est basée sur l'observation à l'œil nu des cavités et organes *in situ*. Elle permet également d'effectuer des prélèvements et des gestes thérapeutiques.

1 Le principe

Définition

Fibroscopie : examen invasif avec risque de perforation qui nécessite parfois une anesthésie.

La fibroscopie est utilisée afin de visualiser les organes un fibroscope. Le fibroscope est un appareil en fibres souples muni d'un système optique et d'un système lumineux. Il permet d'observer directement une muqueuse, un organe ou une cavité accessible soit par les orifices naturels (bronches, tube digestif, vessie, utérus), soit après une incision de la paroi (cavité abdominale, cavité pelvienne).

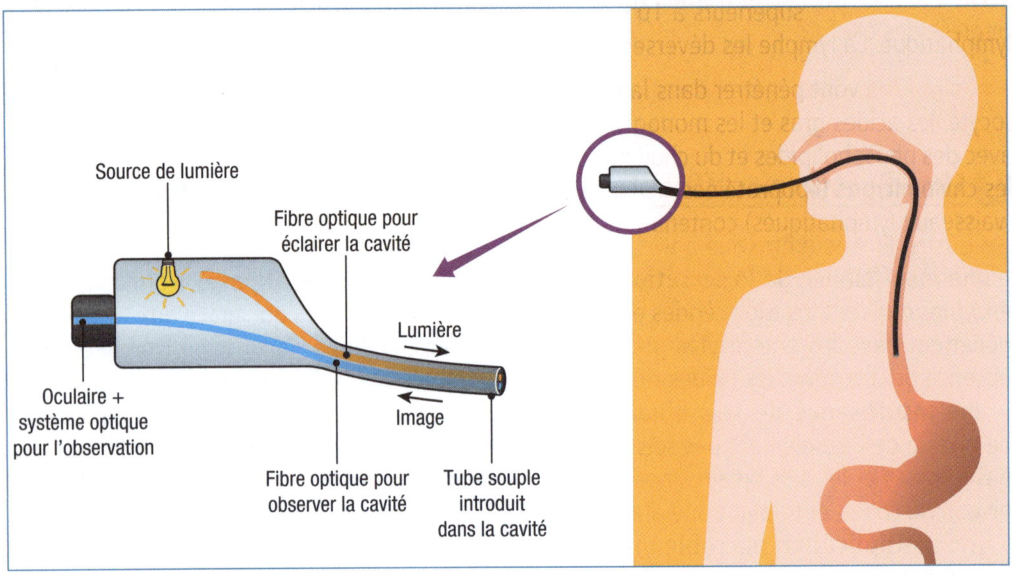

▲ Le fibroscope

2 L'intérêt

- **Cet examen permet d'établir un diagnostic** comme une inflammation, un ulcère ou une hernie hiatale après observation de la muqueuse.
- **Des prélèvements biopsiques** en vue d'une étude anatomopathologique ou des **gestes thérapeutiques** comme l'exérèse d'un polype colique, l'ablation d'un corps étranger dans l'œsophage, la dilatation d'une **sténose œsophagienne** (rétrécissement de l'œsophage) sont réalisés sous fibroscopie.

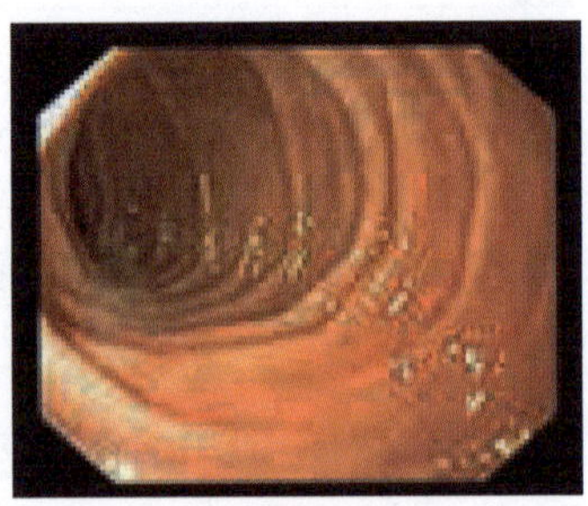

▲ Vue du duodénum

BIOLOGIE ET PHYSIO. HUMAINES

12 Un exemple de pathologie : la malabsorption

La malabsorption est due à une assimilation insuffisante des nutriments due soit à des anomalies de la digestion, de l'absorption ou du transport des nutriments.

1 Signes cliniques

• **La malabsorption touchant principalement le système digestif,** on observe des douleurs abdominales, un météorisme abdominal, des gaz, une stéatorrhée et des diarrhées.

• **La malabsorption des nutriments** va entraîner également des **carences nutritionnelles** en vitamines (B12, A, D) en minéraux (fer). Ceci va provoquer une anémie, une altération de l'état général de la personne avec amaigrissement et pâleur.

• **On observe une atteinte des muscles,** des dents, de la peau, des phanères (cheveux, poils, ongles), des os.

2 Causes et conséquences

A Une digestion insuffisante des lipides dans la lumière de l'intestin grêle

• **Causes.** Elle peut être due à :
– **une insuffisance de la sécrétion des enzymes pancréatiques (lipase).** Normalement ces enzymes digèrent les triglycérides en acides gras et monoglycérides qui, grâce aux sels biliaires, pénètrent dans les entérocytes pour être ensuite transportés par le système lymphatique. En absence de digestion, les lipides restent dans le côlon d'où les stéatorrhées ;
– **une insuffisance de sels biliaires** dans la lumière intestinale (diminution de la synthèse de bile ou de l'écoulement des sels biliaires). Le manque de sels biliaires va limiter l'absorption des graisses et les sels biliaires non réabsorbés dans l'iléon vont stimuler la sécrétion d'eau au niveau du côlon, entraînant une diarrhée ;
– **une multiplication microbienne.** Celle-ci entraîne des anomalies des sels biliaires, limitant l'absorption des graisses.

• **Les lipides non absorbés** fixent les vitamines liposolubles (A, D, E, K), et certains minéraux, entraînant ainsi une carence.

B Une digestion insuffisante des glucides dans la lumière de l'intestin grêle

• Normalement, **les amylases pancréatiques et intestinales digèrent les polysaccharides en oses simples** qui traversent les entérocytes pour passer dans la circulation sanguine.

• **Les bactéries présentes dans le côlon** entraînent la **fermentation des glucides non absorbés** en CO_2, méthane, et acides gras. Les acides gras entraînent une diarrhée et les gaz une distension de l'abdomen et des ballonnements.

C Une anomalie de la muqueuse de l'intestin grêle

Des atrophies villositaires peuvent empêche l'absorption des nutriments issus de la digestion.

Exercices d'entraînement

Exercice 1 L'obésité ★★★ 20 min

Corrigé p. 190

Lors de l'examen clinique, le médecin détermine que M. X. pèse 124 kg pour 1,78 m. Son IMC est d'environ 39 kg.m^2 et indique une obésité sévère. Il apprend également que le père de M. X., est décédé à l'âge de 55 ans d'un infarctus du myocarde consécutif à une athérosclérose coronarienne.

1. Donner la signification du sigle IMC puis présenter le calcul réalisé par le médecin pour déterminer l'IMC de M. X.

Le médecin lui conseille de perdre du poids. Pour cela, il met en place un traitement hygiéno-diététiques (régime hypocalorique et activité physique) accompagné d'un traitement médicamenteux.
On cherche à comprendre comment agit le médicament prescrit dont le principe actif est appelé Orlistat.
L'obésité est souvent la conséquence d'un déséquilibre alimentaire avec une ingestion excessive d'aliments gras qui contiennent des proportions importantes de triglycérides. Afin d'être absorbés au niveau de l'intestin grêle puis utilisés ou stockés par l'organisme, les triglycérides doivent être digérés par les lipases, des enzymes du tube digestif.
Des prélèvements ont été effectués chez des sujets sans traitement à différents niveaux du tube digestif et ont permis d'obtenir les résultats consignés dans le tableau 1 ci-dessous.

▼ Tableau 1

	Présence dans…				
	la bouche	l'estomac	le duodénum	le jéjunum et l'iléon	le côlon
Triglycérides	+++	+++	++	+	Traces
Acides gras	-	-	+	++	Traces

2. Déterminer, à l'aide du tableau 1, les niveaux du tube digestif ou les triglycérides ont été digérés.

Les mêmes prélèvements ont été effectués chez des personnes sous traitement par Orlistat. Les résultats sont donnés dans le tableau 2 ci-dessous.

▼ Tableau 2

	Présence dans…				
	la bouche	l'estomac	le duodénum	le jéjunum et l'iléon	le côlon
Triglycérides	+++	+++	++	++	++
Acides gras	-	-	+	+	Traces

3. Comparer les deux tableaux (tableaux 1 et 2) pour en déduire le mode d'action de l'Orlistat sur les triglycérides. Expliquer pourquoi ce médicament favorise alors la perte de poids.

BIOLOGIE ET PHYSIO. HUMAINES

Exercice 2 Mesures hygiénodiététiques ★★ 10 min Corrigé p. 190

La prise en charge du diabète gestationnel débute par les mesures hygiénodiététiques suivantes :
– les recommandations énergétiques sont chez la femme de poids normal : 120 kJ par kg de masse corporelle par jour (kJ : kilojoules) avec un apport énergétique total supérieur ou égal à 6 400 kJ/jour ;
– le pourcentage énergétique glucidique doit représenter environ 50 % de l'apport total ;
– autres mesures : une activité physique régulière est recommandée en dehors de contre-indications obstétricales.

1. Calculer l'apport énergétique total quotidien nécessaire à Mme S. (poids 60 kg) puis, approximativement l'apport énergétique en kJ revenant aux glucides.

2. Citer le rôle majeur que jouent les glucides dans l'organisme.

3. Compte tenu de son diabète gestationnel, quelle catégorie de glucides doit consommer de préférence Mme S. ? Justifier la réponse.

4. Donner un exemple d'aliment riche en ce type de glucides.

5. Pourquoi conseiller une activité physique régulière ?

Exercice 3 La digestion des composants de l'œuf ★★ 20 min Corrigé p.190

L'œuf est constitué d'un blanc riche en ovalbumine et d'un jaune composé essentiellement de lipides. Ces molécules sont simplifiées dans le tube digestif pour être absorbées. Afin de déterminer les conditions d'actions des enzymes digestives, des tests *in vitro* sont effectués. Le tableau présente les conditions expérimentales et les résultats des tests.

1. Analyser chaque expérience du tableau et conclure en précisant les conditions expérimentales à la digestion complète du blanc d'œuf.

2. La digestion de l'œuf fait intervenir deux catégories d'enzymes : des protéases et des lipases. Préciser pour ces enzymes leur origine, leur lieu d'action, leur substrat et les produits de la réaction.

3. L'œuf fait partie d'un groupe d'aliments particulier. Rappeler le nom de ce groupe et justifier, par rapport à sa composition le classement de l'œuf dans ce groupe.

Constituant testé	Tube	Température d'incubation en °C	pH initial	Extraits ajoutés	Test de Biuret réalisé après 30 minutes
Blanc d'œuf	1	37	8	Extraits pancréatiques	Coloration bleue
	2	0	8		Coloration violette
	3	80	8		Coloration violette
	4	37	2		Coloration violette

▲ La digestion du blanc d'œuf

Rappel : le test de Biuret met en évidence la présence des protéines. Une coloration violette prouve la présence de protéines.

13 Anatomie et physiologie de l'appareil cardiovasculaire

L'appareil cardiovasculaire est composé du cœur et des vaisseaux sanguins et du sang. Il assure le transport des nutriments, produits de synthèse, déchets. Il intervient également dans la thermorégulation et dans l'équilibre acido-basique et hydrique des liquides de l'organisme.

1 Anatomie du cœur

Le cœur est un muscle comprenant 2 hémicœurs se contractant en même temps. Chaque hémicœur est composé d'une oreillette et d'un ventricule séparé par une valvule. Il est constitué de **3 tuniques** : le **péricarde** (séreuse), le **myocarde** et l'**endocarde**. Il est vascularisé par les vaisseaux coronaires.

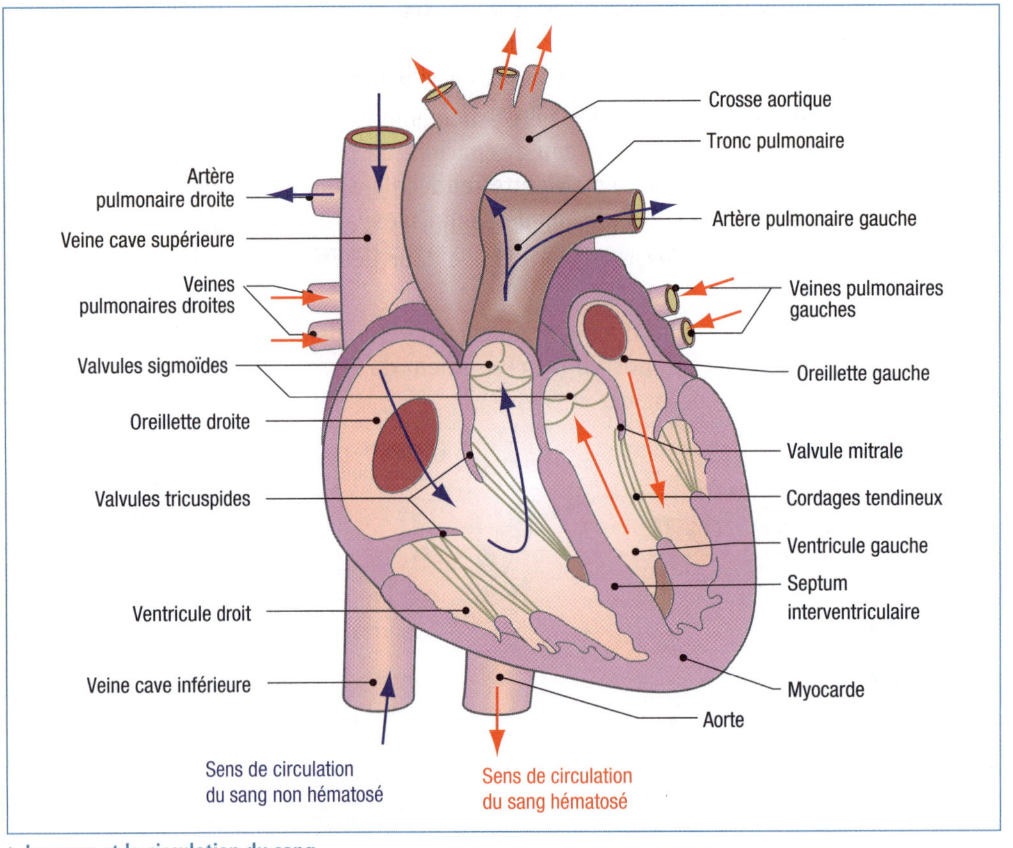

▲ Le cœur et la circulation du sang

2 Automatisme cardiaque

A Le tissu nodal

En plus des cellules musculaires, le myocarde contient le **tissu nodal** : tissu capable d'auto-excitation. Ce tissu engendre spontanément et rythmiquement un influx nerveux se propageant à l'ensemble du tissu et entraînant la contraction du myocarde. C'est **l'automatisme cardiaque**.

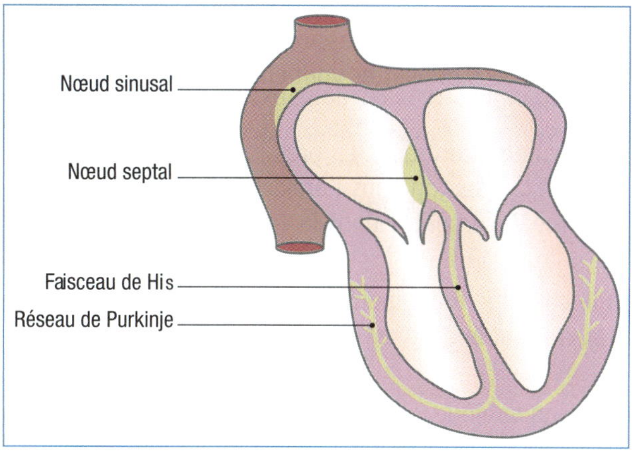

Le tissu nodal ▶

B L'électrocardiographie

• **L'électrocardiogramme, ou ECG.** L'enregistrement graphique de l'activité électrique du myocarde s'effectue grâce à des électrodes (courbe 1 du bilan de la révolution cardiaque, page 159).

• L'ECG se compose d'une succession de 5 ondes : P, Q, R, S, T.
– **Onde P**. Dépolarisation des oreillettes suite à une auto-excitation du nœud sinusal. Elle va entraîner la contraction des oreillettes.
– **Complexe QRS**. Repolarisation des oreillettes et dépolarisation du ventricule. Il précède le relâchement des oreillettes et la contraction des ventricules.
– **Onde T**. Repolarisation du ventricule. Elle précède le relâchement ventriculaire.

3 Aspect mécanique de la révolution cardiaque

La révolution cardiaque se décompose en 5 phases :

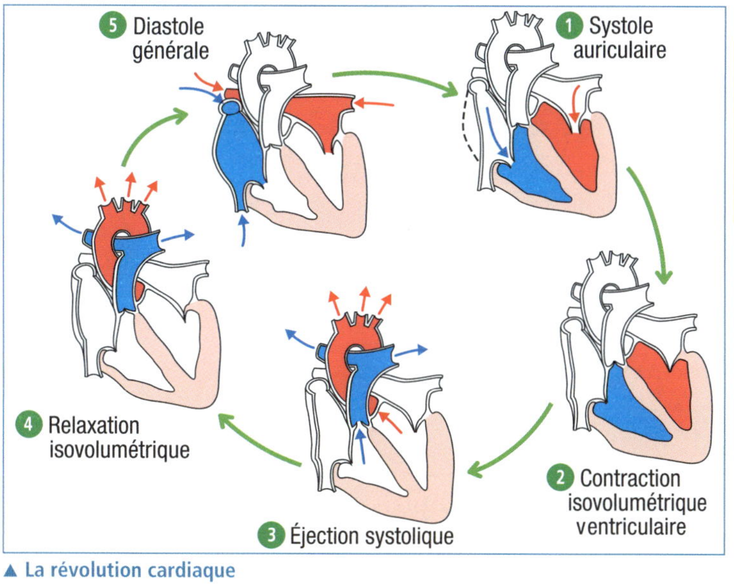

▲ La révolution cardiaque

À savoir

Chaque cycle cardiaque (ou révolution cardiaque) est composé de la succession d'une systole (contraction) et d'une diastole (relâchement) des oreillettes et des ventricules.

A Les différentes phases de la révolution cardiaque (courbes 2 et 3 du bilan)

• **La systole auriculaire ①.** Remplissage des ventricules. L'oreillette se contracte, entraînant l'augmentation de la pression auriculaire. Les 30 % de sang restants sont expulsés dans le ventricule. Les oreillettes vont ensuite se relâcher.

• **La systole ventriculaire : phase de contraction isovolumétrique ventriculaire ②.** Le ventricule se contracte. La pression dans le ventricule augmente. Cette pression devient supérieure à la pression dans l'oreillette, les valvules auriculo-ventriculaires se ferment. Le sang est enfermé et comprimé dans le ventricule.

• **La systole ventriculaire : phase d'éjection systolique ③.** La pression dans le ventricule continue à augmenter, elle devient supérieure à celle dans l'aorte. Les valvules sigmoïdes s'ouvrent et le sang est expulsé dans l'artère.

• **La relaxation isovolumétrique : le début de diastole ④.** Les ventricules se relâchent, la pression diminue, elle devient inférieure à celle dans l'aorte. Les valvules sigmoïdes se ferment. Le ventricule est à nouveau entièrement fermé.

• **La diastole générale ⑤.** Pendant la systole ventriculaire, les oreillettes se sont remplies de sang. La pression ventriculaire devient inférieure à la pression auriculaire entraînant l'ouverture des valvules auriculo-ventriculaires. 70 % du sang va s'écouler dans les ventricules.

B Les bruits du cœur

• **Le cœur émet un premier bruit** à la fermeture des valvules auriculo-ventriculaires et un second à la fermeture des valvules sigmoïdes (phonocardiogramme, courbe ④ du bilan).

• **À partir du cardiogramme,** on peut définir :

– la **fréquence cardiaque** : nombre de révolutions cardiaques par minute (70 battements/min) ;
– le **débit cardiaque** : volume de sang éjecté par chaque ventricule en une minute (5 l/min) ;
– le **volume d'éjection systolique** : volume de sang éjecté lors de la systole ventriculaire par chaque ventricule (60 ml).

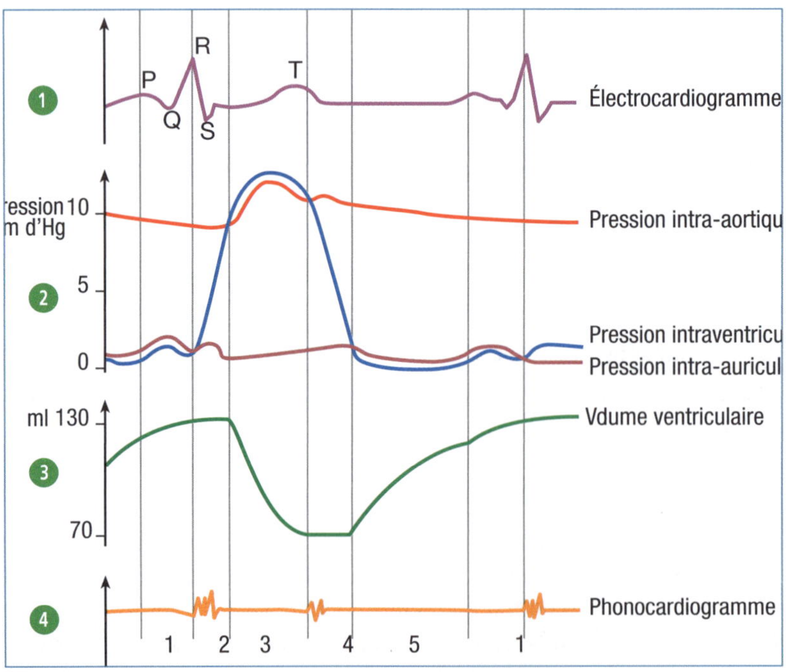

▲ Bilan de la révolution cardiaque : courbes 1, 2, 3, 4

4 Organisation générale du système circulatoire

Le système circulatoire comprend la circulation pulmonaire et la circulation systémique. Elles sont assurées en même temps. Le système vasculaire est formé par **3 catégories de vaisseaux :** les **artères**, les **capillaires** et les **veines**.

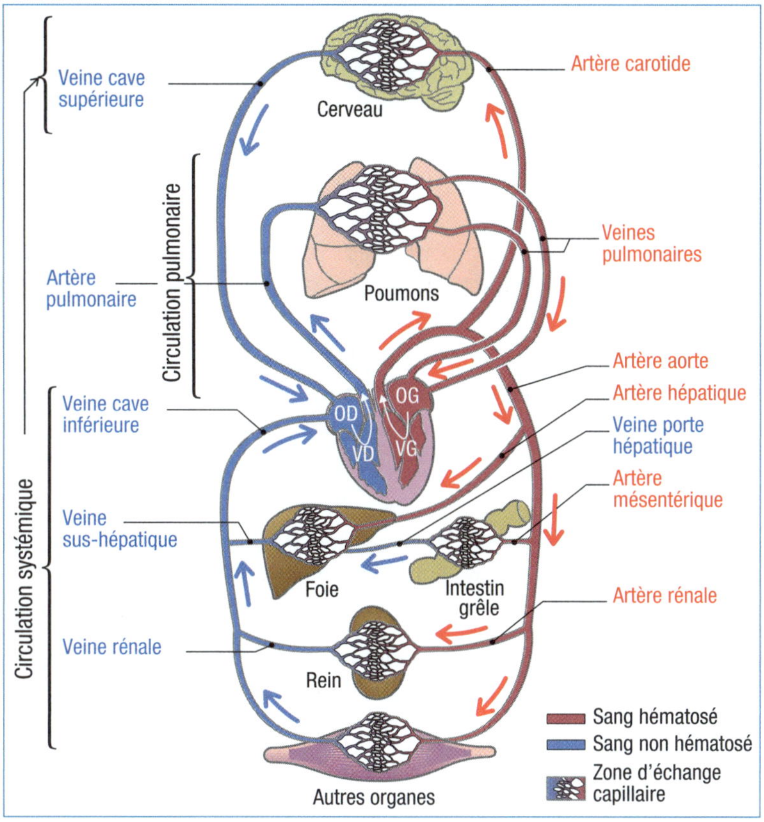

▲ L'appareil circulatoire

Définitions

Circulation pulmonaire : circulation entre le cœur et les poumons.

Circulation systémique : circulation entre le cœur et les organes.

Capillaires : les plus fins et les plus petits vaisseaux sanguins.

5 Histologie et propriétés hémodynamiques des vaisseaux

A L'histologie

• **La paroi des artères et des veines** se compose de 3 couches : **l'intima** (endothélium et lame basale), la **média** (fibres élastiques et/ou musculaires) et l'**adventice** (fibres de collagène).

• **Les capillaires** sont constitués uniquement de l'intima afin de favoriser les échanges gazeux.

• La média des artères est épaisse afin de supporter la pression sanguine. La lumière des veines contient des valvules afin de faciliter le retour du sang au cœur.

B Les propriétés hémodynamiques des artères

Suite à l'éjection systolique, les fibres élastiques des artères amortissent l'onde systolique en se dilatant et propulsent le sang lors du retour à leur diamètre initial. Elles permettent ainsi de transformer le flux sanguin discontinu en un flux continu. La vasomotricité des artères musculaires permet la régulation du débit sanguin en fonction des besoins de l'organisme.

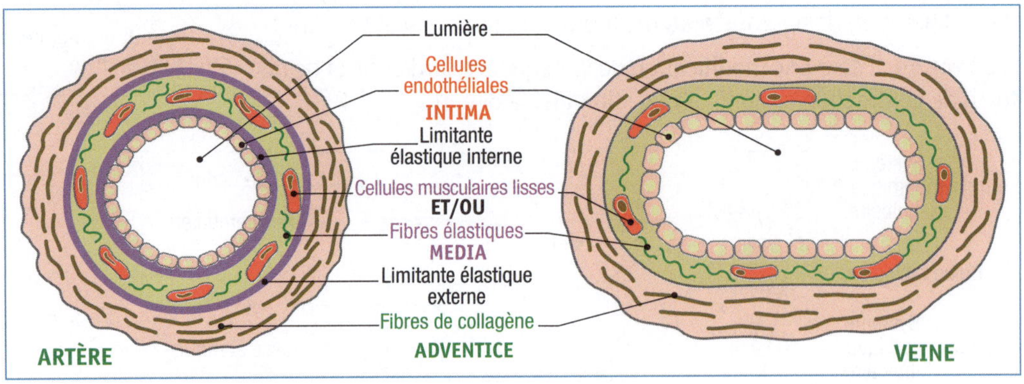

▲ Schéma histologique d'une artère et d'une veine

6 Mesure de la tension artérielle systolique et diastolique

• **Définition.** La tension artérielle est la pression exercée par le sang sur la paroi des artères. Elle se mesure à l'aide d'un **tensiomètre** (brassard gonflable relié à un manomètre) et d'un **stéthoscope** (écoute du bruit du flux sanguin).

• **Méthode.** On comprime l'artère jusqu'à l'arrêt du flux sanguin, puis on dégonfle progressivement. Lorsque le sang recommence à circuler dans l'artère, un bruit apparaît. Il correspond à la pression systolique dans l'artère (12-14 cm d'Hg). On continue à dégonfler le brassard. Le bruit disparaît lorsque le sang s'écoule librement. Cela correspond à la pression diastolique dans l'artère (8-9 cm d'Hg).

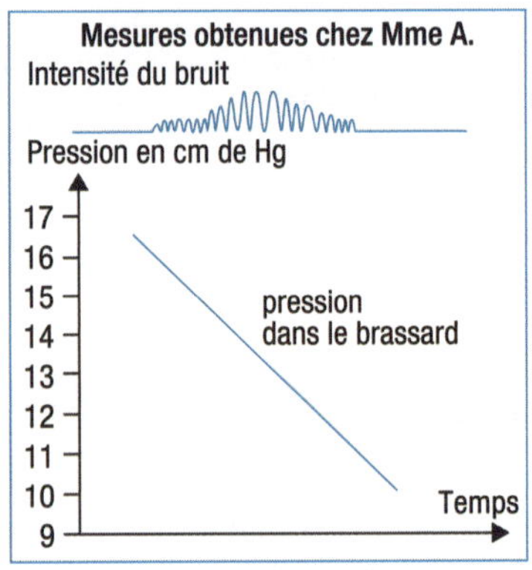

7 Régulation cardiaque

A L'arc réflexe cardiaque

• **Le fonctionnement cardiaque** est régulé par le système nerveux autonome ou végétatif. Il comprend le système orthosympathique et le système parasympathique.

• **Les récepteurs sensoriels.** Les barorécepteurs et les chémorécepteurs détectent les anomalies au niveau du sinus carotidien et de la crosse aortique.

> **Définition**
> **Arc réflexe :** trajet suivi par l'influx nerveux suite à une stimulation, le système nerveux autonome envoie une réponse motrice réflexe automatique et immédiate.

• **Les nerfs sensitifs.** Les **nerfs de Héring** et **de Cyon** transportent l'influx nerveux sensitif vers le centre nerveux.

• **Le centre nerveux bulbaire.** Il analyse le message. Le système orthosympathique est cardioaccélérateur et le système parasympathique est cardiomodérateur. Ces deux systèmes antagonistes sont reliés par un neurone inhibiteur.

• **Les nerfs moteurs.** Ils vont transporter l'influx nerveux moteur vers l'effecteur. Le **nerf cardiaque** est un nerf orthosympathique (système accélérateur). Le **nerf vague ou X, ou pneumogastrique** est un nerf parasympathique (système modérateur).

• **L'effecteur.** Le nœud sinusal va recevoir le message sous forme d'une libération de neuromédiateurs (noradrénaline ou acétylcholine).

• **La réponse** sera une modification de la fréquence cardiaque et de la force de contraction en fonction du stimulus de départ.

Définitions

Acétylcholine : hormone cardiomodératrice.

Noradrénaline : hormone cardioaccélératrice.

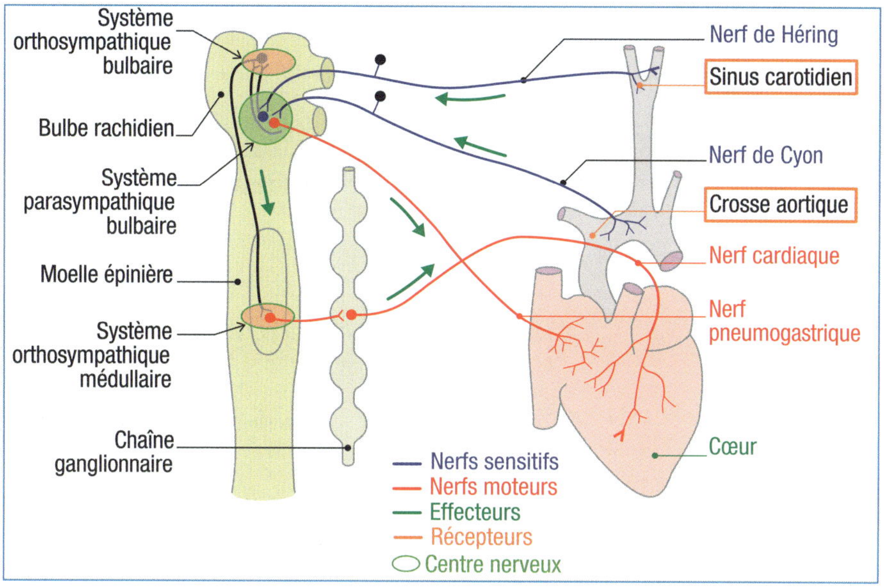

▲ Arc réflexe

B Un exemple de régulation du rythme cardiaque : une hémorragie

• **L'hémorragie** entraîne une diminution de la pression artérielle. Celle-ci est détectée par les barorécepteurs situés dans la crosse aortique. L'information est transmise au centre bulbaire par les nerfs sensitifs. Le centre nerveux orthosympathique est alors activé, le centre parasympathique inhibé. Le nerf cardiaque va transporter l'influx nerveux vers le nœud sinusal. La noradrénaline est libérée et, en réponse, la fréquence cardiaque va augmenter pour rétablir la pression artérielle.

14 Techniques d'exploration de l'appareil cardiovasculaire

Des examens paracliniques simples permettent d'apprécier l'état des artères et le fonctionnement du cœur (mesure de la pression artérielle, bilan sanguin glucidique et lipidique, ECG). Lors de complications, l'échographie, le doppler ou l'angiographie peuvent être réalisés.

1 L'échographie et le doppler

A L'échographie

L'échographie est fondée sur l'utilisation d'ultrasons.

- **Définition.** L'appareil, constitué d'une sonde émettrice d'ultrasons et d'un système de réception des échos, est placé sur la région à explorer. L'onde émise se propage dans les tissus et est réfléchie sous forme d'échos par les différents organes. Les échos sont détectés par la sonde, traités et enregistrés par un ordinateur.
- **But.** Elle permet de détecter des cardiomyopathies et des anomalies valvulaires.

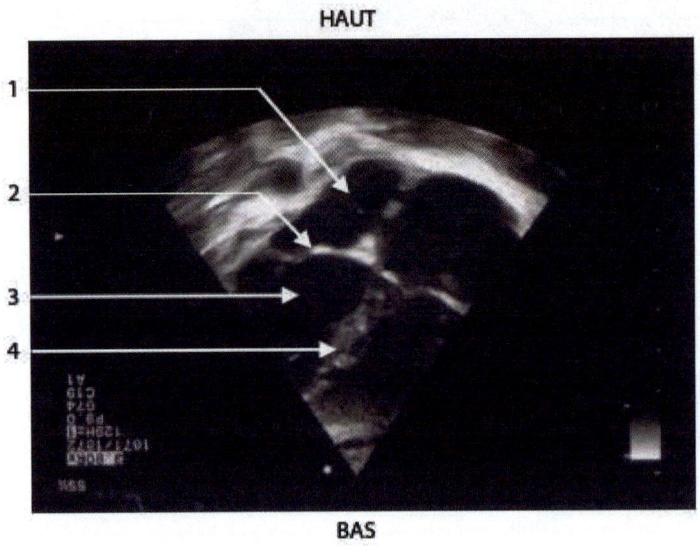

1 : oreillette
2 : valvule auriculo-ventriculaire
3 : ventricule
4 : cloison interventriculaire

▲ Échographie cardiaque

B Le doppler

- **Rôle.** Il consiste à visualiser le débit sanguin à l'aide d'ultrasons.
- **Déroulement de l'examen.** Les ultrasons se propagent dans les vaisseaux. L'onde est renvoyée sous forme d'échos par les hématies. Ce signal est transformé en une image reflétant la circulation sanguine. Le doppler renseigne sur l'écoulement du sang, l'état des vaisseaux et l'irrigation des organes.

2 La scintigraphie

• **Déroulement de l'examen.** Des substances radioactives sont injectées par voie intraveineuse (le thallium pour le cœur). Le thallium se fixe sur les hématies et les cellules cardiaques. Le rayonnement émis est enregistré par une gamma caméra. L'image de l'organe est reconstruite. Il est possible d'obtenir des coupes de l'organe.

À savoir
La scintigraphie est basée sur l'utilisation de substances radioactives.

• **Rôle.** Elle permet d'observer l'irrigation du myocarde, de rechercher les zones nécrosées ou sténosées, de mesurer la gravité d'un infarctus.

3 L'angiographie

• **Déroulement de l'examen.** Elle utilise un produit de contraste à base d'iode. Le produit injecté en intraveineuse rend visibles les vaisseaux sanguins.

Définition
Angiographie : radiographie des vaisseaux sanguins.

• **Rôle.** L'angiographie permet de détecter des anomalies vasculaires (sténose, anévrisme, phlébite, thrombus) et aide aux traitements chirurgicaux.

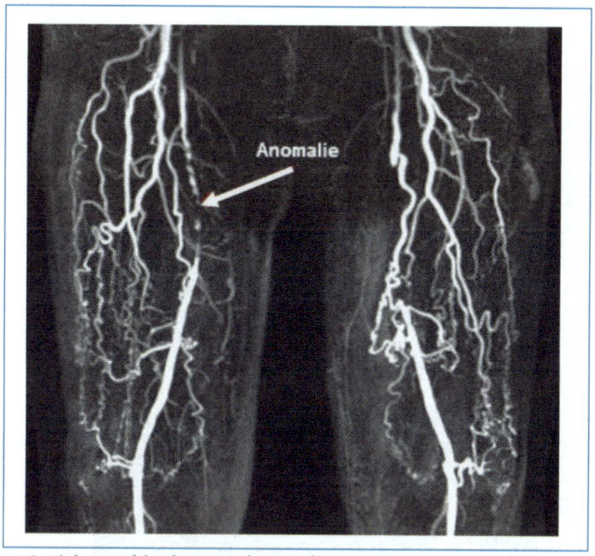

▲ Artériographie des membres inférieurs suite à l'injection d'un produit de contraste

4 L'électrocardiographie

• **L'examen.** Le tracé obtenu est un électrocardiogramme ou ECG. L'analyse du tracé (courbe 1, page 159) permet l'étude des modifications de la fréquence, de l'intensité des phénomènes électriques.

Définition
Électrocardiographie : électrodes placées autour du cœur mesurant l'activité électrique du myocarde.

• **Rôle.** Il permet le dépistage et le suivi des troubles ischémiques du myocarde, des coronaropathies. Il peut être réalisé en continu grâce à un système portatif (Holter).

15 Exemples de pathologies de l'appareil cardiovasculaire

Les pathologies cardiovasculaires sont très nombreuses et concernent aussi bien les vaisseaux sanguins (athérosclérose, hypertension artérielle, infarctus du myocarde) que le cœur en lui-même (endocardite, péricardites, insuffisance cardiaque).

1 L'athérosclérose

Définition

Athérosclérose : maladie dégénérative de l'intima des grosses et moyennes artères suite à la formation de plaques lipidiques sur la face interne des parois vasculaires.

A La pathogénie

- **L'athérosclérose est un processus évolutif** avec formation d'une **plaque d'athérome**. Une lésion au niveau de l'intima entraîne une inflammation et un dépôt de LDL (low density lipoproteins). Les macrophages vont capter les LDL, formant ainsi des cellules spumeuses et une strie lipidique. Les cellules musculaires de la média se multiplient, formant la plaque d'athérome (fibrose).
- **La paroi artérielle** va alors se durcir par calcification (sclérose de l'intima).
- **Les lésions athéromateuses** sont principalement localisées au niveau des artères cérébrales (rupture d'anévrisme, embolie, accident vasculaire cérébral), des artères des membres inférieurs (douleur à la marche, artérite) ou des artères coronaires (angor, infarctus du myocarde).

• Lésion de l'intima :
– Réaction inflammatoire ;
– Formation de cellules spumeuses créant la strie lipidique.

• Plaque d'athérome :
Fibrose et sclérose de l'intima.

• Conséquences :
– Sténose : flux sanguin réduit, ischémie transitoire, hypoxie ;
– Calcification : perte d'élasticité, hypertension artérielle ;

– Thrombose : ischémie permanente, anoxie, nécrose
– Embolie ;
– Fragilité de la paroi : anévrisme et risque de rupture.

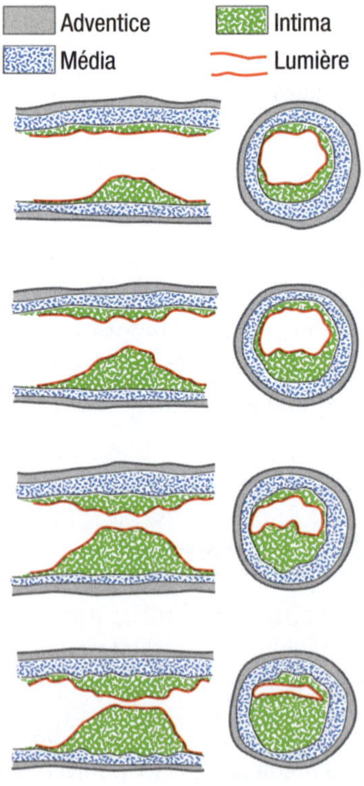

▲ Formation de la plaque d'athérome et ses conséquences

B Les facteurs favorisants

• **L'hypercholestérolémie.** Les triglycérides et le cholestérol sont associés dans le sang à des protéines : les lipoprotéines (LP). Certaines LP, les LDL, transportent le cholestérol du foie vers les organes en fonction de leurs besoins. D'autres LP, les HDL (high density lipoproteins), ramènent le cholestérol non utilisé au foie, où il est recyclé (construction membranaire, synthèse).

• **Les autres facteurs favorisants.** L'hypertension artérielle, le diabète, l'obésité, le tabagisme, le stress, la sédentarité.

C Les mesures de prévention

Afin de limiter les risques cardiovasculaires et la formation de la plaque d'athérome, l'alimentation doit être saine et équilibrée. Elle doit être associée à une pratique sportive régulière.

2 L'infarctus du myocarde et l'angor

A La comparaison de l'angor et de l'infarctus du myocarde

	Angor	Infarctus du myocarde
Définition	Douleur thoracique due à une ischémie transitoire (rétrécissement des vaisseaux coronaires) entraînant une hypoxie du myocarde.	Nécrose du myocarde due à une ischémie permanente (occlusion totale d'une coronaire) entraînant une hypoxie prolongée.
Signes cliniques	Douleur thoracique rétrosternale brutale, violente. Irradiations typiques vers la mâchoire inférieure et le bras gauche. Fatigue, sueur, nausées, agitation.	
	Apparition lors d'un effort ou d'une émotion. Disparition au repos ou à la prise de trinitrine. Durée : entre 1 et 3 minutes.	Apparition spontanée, au repos ou à l'effort. Résiste à la trinitrine. Durée : souvent 2 à 3 heures.

B Le diagnostic de l'IDM

• **Le diagnostic.** Il repose sur un ECG, le dosage des enzymes cardiaques sériques libérées par le myocarde lésé : la créatine phosphokinase myocardique, la troponine et la myoglobine et une scintigraphie.

• **La scintigraphie.** C'est un examen utilisant des substances radioactives injectées par voie intraveineuse (le thallium pour le cœur – voir page 164).

C Le traitement

• **Il est basé sur l'utilisation de traitements médicamenteux d'urgence** (thrombolytiques, anticoagulants, vasodilatateurs) ainsi que des **traitements chirurgicaux** (angioplastie transluminale, pontage).

• **Le suivi à long terme** est basé sur des mesures hygiéno-diététiques ainsi que sur la prise de divers médicaments (hypoglycémiants, hypocholestérolémiants, anti-agrégants, bétabloquants).

• **L'angioplastie transluminale** consiste à restaurer la lumière d'un vaisseau obstrué par dilatation. Un ballonnet est inséré dans l'artère puis gonflé. L'augmentation de volume va écraser la plaque d'athérome, augmentant ainsi la lumière de l'artère. On peut ensuite mettre en place une endoprothèse (stent) qui maintient le diamètre de l'artère.

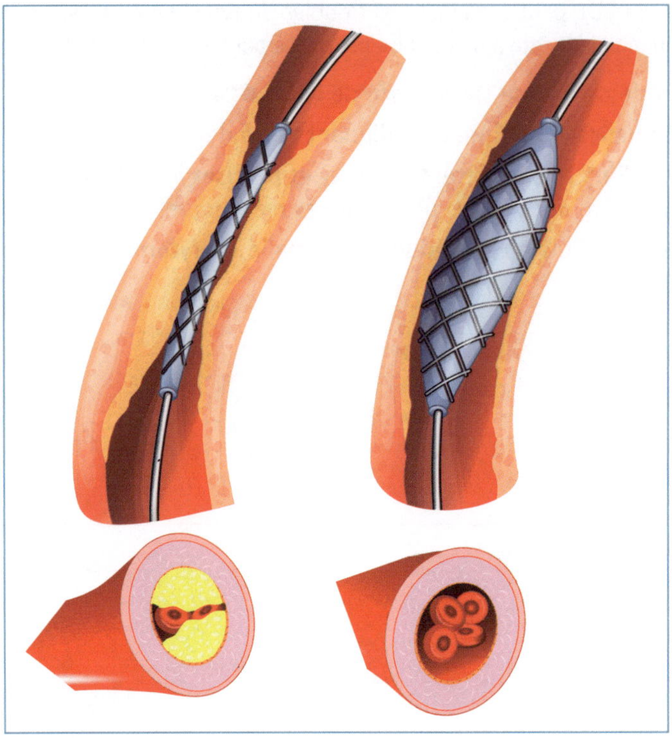

▲ Représentation d'une angioplastie

• **Le pontage.** Un vaisseau est greffé en amont et en aval d'un caillot obstruant une artère afin de revasculariser le cœur. Les vaisseaux utilisés sont les artères mammaires, les artères radiales ou les veines saphènes (jambe).

Exercices d'entraînement

Exercice 1 Anomalies du rythme cardiaque ★★ 15 min *Corrigé p. 191*

La consommation de BDE peut entraîner des troubles du rythme cardiaque. Le document 1 représente les ECG d'un individu suite à un malaise provoqué par l'absorption de BDE et après traitement.

1. **Délimiter le cycle cardiaque sur le tracé de l'ECG n° 2.**
2. **Calculer la fréquence cardiaque en indiquant votre démarche.**
3. **Repérer sur l'ECG n° 2 les différentes ondes et préciser à quels phénomènes électriques elles correspondent. En déduire les phénomènes mécaniques qui en découlent.**
4. **Comparer les deux ECG et en déduire l'anomalie du rythme cardiaque provoquée par l'ingestion de BDE.**

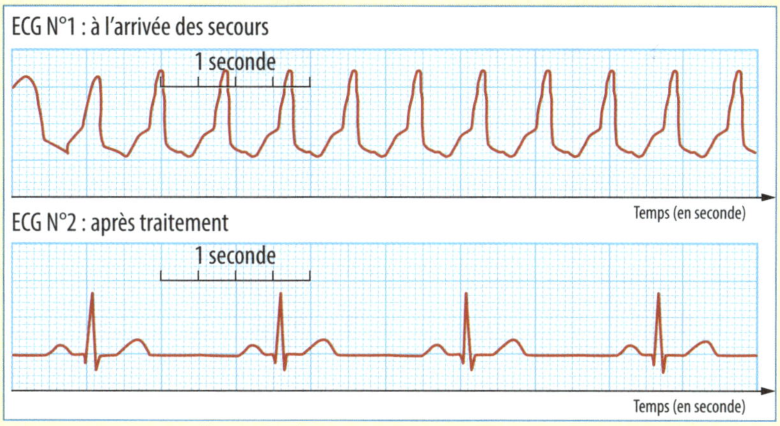

▲ Document 1 : ECG d'un individu ayant consommé une BDE

Exercice 2 L'activité électrique du cœur ★★★ 13 min *Corrigé p. 191*

L'athérosclérose d'une artère coronaire peut être à l'origine d'un infarctus du myocarde (IDM) pouvant entraîner des contractions cardiaques anarchiques ou fibrillation. Un traitement à l'aide d'un défibrillateur est alors indispensable. Il consiste à délivrer un électrochoc qui permet de rétablir une activité cardiaque normale.

1. **Nommer le tissu responsable de l'activité électrique du cœur.**
2. **Ce tissu est schématisé sur le document 2. Légender les annotations correspondant aux repères 1 à 4 du document.**

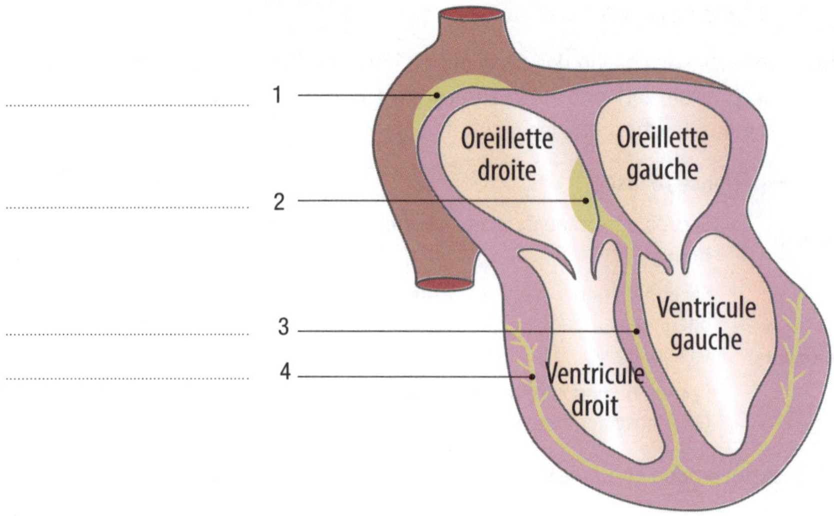

▲ Document 2 : Tissu responsable de l'activité électrique du cœur

Des expériences historiques ont été réalisées afin de comprendre l'action du tissu du cœur qui subit l'électrochoc. Un cœur normal en dehors de l'organisme a un rythme de 100 battements par minute (bpm).

3. Interpréter les trois expériences du tableau ci-dessous.

Expériences	Manipulation	Résultat de l'expérience
Expérience 1	Destruction du tissu responsable de l'activité électrique du cœur.	Le cœur s'arrête de battre.
Expérience 2	Destruction du nœud sinusal.	Le cœur s'arrête de battre, puis les oreillettes et les ventricules reprennent leurs contractions à un rythme de 50 bpm.
Expérience 3	À la suite de l'expérience 3, destruction du nœud septal.	Les oreillettes s'arrêtent de battre. Les ventricules se contractent à un rythme de 40 bpm.

4. Indiquer le nom de la structure (1, 2, 3 ou 4 du document 2), sur laquelle l'électrochoc a agi, permettant de restaurer une activité cardiaque normale. Justifier la réponse.

Exercice 3 L'arc réflexe cardiaque ★★ 15 min

Corrigé p. 191

Pour comprendre le rôle de chacun des nerfs mis en jeu dans l'arc-réflexe cardiaque, des expériences historiques de section de nerf ont été réalisées chez le chien. Le tableau ci-dessous présente les conditions expérimentales ainsi que les résultats obtenus.

Expérience réalisée		Résultats	
Nerfs sensitifs	Section du nerf de Cyon et Hering	Augmentation de la fréquence cardiaque	Augmentation de la pression artérielle
Nerfs moteurs	Section du nerf pneumogastrique (= vague = X)	Augmentation de la fréquence cardiaque	Augmentation de la pression artérielle
	Section du nerf cardiaque (= orthosympathique)	Diminution de la fréquence cardiaque	Diminution de la pression artérielle

Analyser les expériences réalisées.

Exercice 4 La circulation sanguine ★★ 15 min

Corrigé p. 192

Le document 3 montre la variation de la vitesse de circulation du sang dans le réseau sanguin.

1. Analyser le document 3. En déduire la relation existant entre la vitesse de circulation du sang et les différents types de vaisseaux sanguins.

2. Expliquer en quoi la vitesse de circulation du sang au niveau des capillaires permet d'affirmer que les échanges gazeux ont lieu à ce niveau.

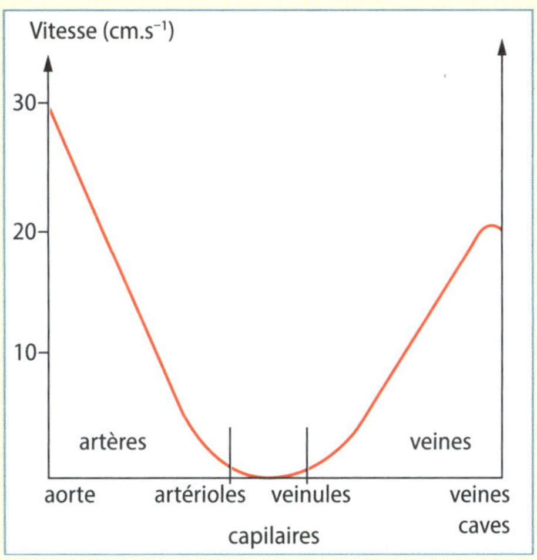

▲ Document 3 : variation de la vitesse de circulation sanguine dans le réseau sanguin

16 Anatomie et physiologie de l'appareil respiratoire

L'appareil respiratoire comprend les poumons et les voies respiratoires. Ces dernières assurent l'apport en dioxygène et le rejet du dioxyde de carbone. Elles facilitent l'émission des sons grâce aux passages de l'air dans les cordes vocales. Les poumons sont le lieu des échanges gazeux.

1 Anatomie de l'appareil respiratoire

L'appareil respiratoire est situé dans la cavité thoracique et se compose des voies aériennes et des poumons.

- **Les voies aériennes.** Elles assurent la conduction de l'air et la protection de l'organisme.
- **Les poumons.** Situés dans la cage thoracique, ils sont composés de tissus spongieux et élastiques nécessaire aux mouvements inspiratoires et expiratoires et sont entourés par une séreuse : **la plèvre**.
- **Les deux circulations sanguines.** Le sang non hématosé arrivant par l'artère pulmonaire est hématosé au niveau des alvéoles pulmonaires et ressort riche en dioxygène (O_2) par les veines pulmonaires pour se diriger vers le cœur. La circulation pulmonaire permet ainsi les échanges gazeux. La circulation systémique (artère et veine bronchiques) permet l'apport nutritionnel des cellules pulmonaires.

Le saviez-vous ?
Le sang hématosé est riche en O_2.
Le sang non hématosé est riche en CO_2.

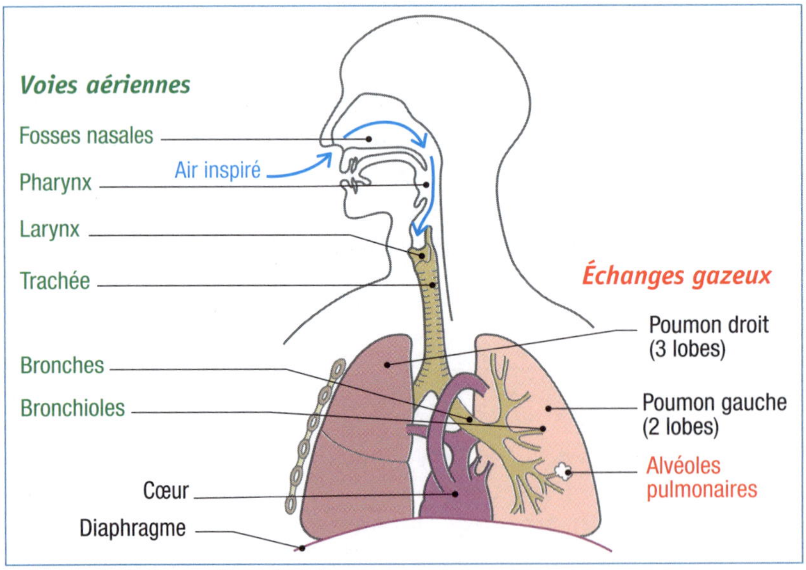

▲ Anatomie de l'appareil respiratoire

2 Histologie de la trachée, bronches et bronchioles

• **La trachée et les bronches sont constituées de 4 tuniques :** la **muqueuse**, la **sous-muqueuse**, la **tunique moyenne** et l'**adventice**. Elles sont vascularisées et innervées au niveau de l'adventice.

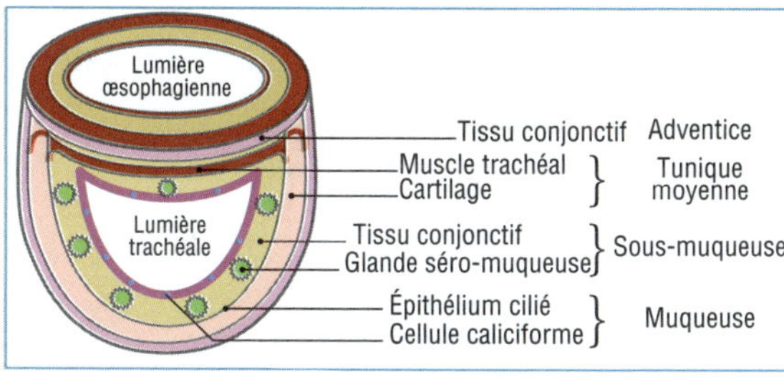

▲ Schéma d'une coupe de trachée

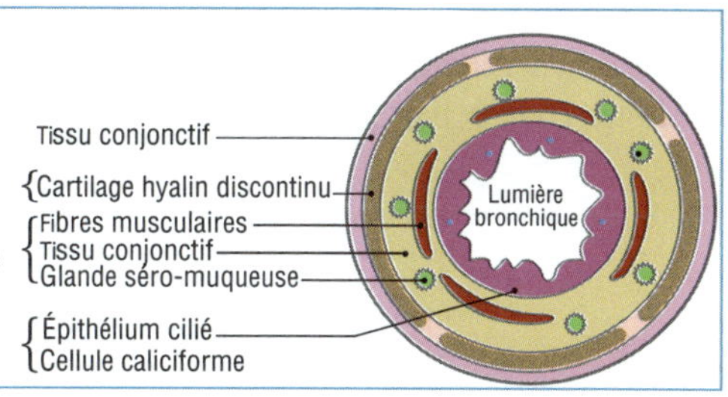

▲ Schéma d'une coupe de bronche

• **La trachée** est caractérisée par la présence d'anneaux de cartilage (16 à 20) reliés entre eux par une membrane élastique. Ils maintiennent ouvertes les voies respiratoires. Sa muqueuse est tapissée de cils et de mucus. Celui-ci est sécrété par les cellules caliciformes et les glandes séro-muqueuses. Ils captent les poussières et micro-organismes contenus dans l'air qui seront évacués grâce au mouvement des cils.

• **Les bronches** sont issues de la ramification de la trachée. Chaque bronche souche se ramifie en bronches lobaires puis au final en bronchioles. Elles ont une composition voisine de celle de la trachée. Le cartilage est devenu discontinu. Les fibres musculaires assurent la variation du diamètre des voies respiratoires par bronchoconstriction ou bronchodilatation.

• **Les bronchioles** sont constituées uniquement d'un épithélium cilié, les cils disparaissant aux niveaux des bronchioles terminales, de fibres musculaires lisses et de tissu conjonctif.

3 Barrière alvéolo-capillaire

• **La paroi des alvéoles,** petite cavité à l'extrémité des bronchioles terminales, est très vascularisée et très fine, ce qui permet les échanges gazeux (dioxygène et dioxyde de carbone) entre l'air et le sang.

• Les pneumocytes (II) sont des cellules sécrétant une substance phospholipidique le surfactant. Ce dernier permet d'éviter aux alvéoles d'adhérer entre elles.

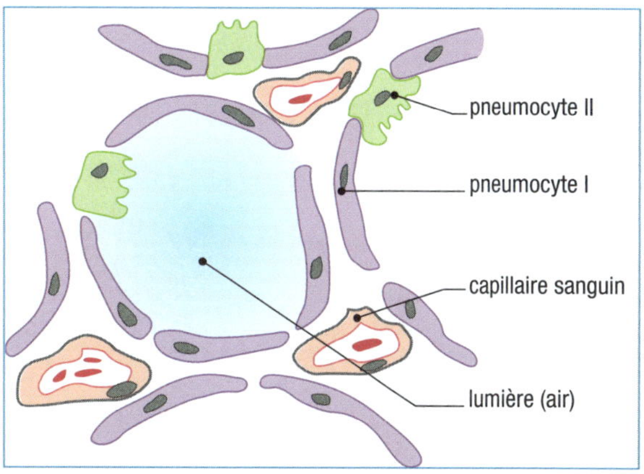

Schéma de la barrière alvéolo-capillaire ▶

17 Transport et échanges des gaz respiratoires

Les gaz respiratoires comprennent le dioxygène (O_2) et dioxyde de carbone (CO_2) et le diazote (N_2). Ils sont inspirés et expirés grâce à la mécanique respiratoire puis transportés par le sang dans l'organisme.

1 Nature et sens des échanges gazeux

Les poumons assurent l'apport en O_2 et le rejet en CO_2. Les échanges pulmonaires ou hématose ont lieu au travers de la barrière alvéolo-capillaire par diffusion simple. Les échanges tissulaires assurent la respiration cellulaire.

À retenir
Les gaz se diffusent d'une zone de haute pression vers une zone de basse pression jusqu'à équilibre des pressions.

A Dans les poumons

• **La pression partielle en O_2 (PO_2) du sang artériel** ou sang non hématosé (5,3 kPa) est inférieure à celle des alvéoles (14 kPa). L'O_2 se diffuse des alvéoles vers les capillaires sanguins. Le sang, riche en O_2, quitte alors les poumons *via* les veines pulmonaires.

• **La PCO_2 dans le sang artériel (6,1 kPa)** est plus élevée que la PCO_2 des alvéoles (5,3 kPa). Le CO_2 va se diffuser des capillaires sanguins dans les alvéoles où il sera expiré.

B Dans les tissus

• **La PCO_2 dans la cellule (6,1 kPa)** est plus élevée que celle dans le sang artériel (5,3 kPa). Le CO_2 va se diffuser de la cellule vers les capillaires sanguins.

• **La PO_2 du sang artériel (14 kPa)** est plus élevée que celle des cellules (4 kPa). L'O_2 va se diffuser des capillaires sanguins vers la cellule. Le sang, riche en CO_2, quitte les cellules pour se diriger vers les veines caves.

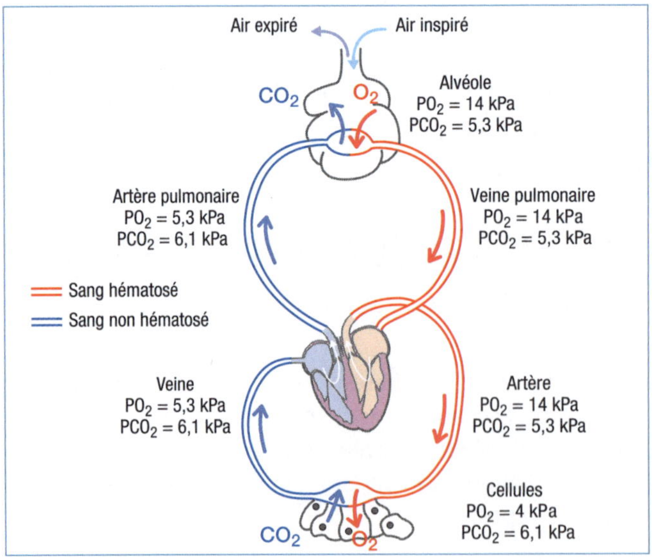

▲ Les échanges gazeux

BIOLOGIE ET PHYSIO. HUMAINES

2 Transport du dioxygène dans le sang

- **Les hématies assurent le transport de l'O_2** grâce à une hétéroprotéine : l'**hémoglobine (Hb)**. L'hémoglobine fixe une à quatre molécules d'O_2 de manière réversible sur le fer ferreux.
- **L'O_2** est également transporté sous forme dissoute dans le plasma (2 %).

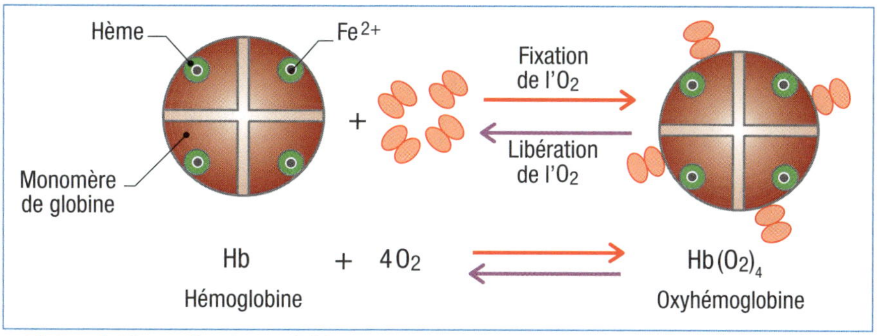

▲ L'hémoglobine et l'oxyhémoglobine

3 Facteurs modulant l'affinité de l'hémoglobine pour le dioxygène

La pression antérielle d'oxygène (PO_2), la pression artérielle de gaz carbonique (PCO_2), la température et l'acidité du sang (pH) influencent la saturation de l'hémoglobine en O_2 en modifiant sa structure tridimensionnelle. Ceci permet de saturer l'hémoglobine en O_2 au niveau pulmonaire et de libérer plus ou moins d'O_2 au niveau cellulaire en fonction des besoins.

A L'influence de la PO_2 (courbe 1)

- **La fixation de l'O_2 sur l'Hb** dépend de la PO_2. Plus la PO_2 augmente, plus le pourcentage de saturation de l'Hb en O_2 augmente rapidement pour se stabiliser à 98 %.
- **Plus la PO_2 augmente,** plus l'affinité de l'Hb pour l'O_2 est importante, celle-ci fixe de plus en plus d'O_2.
- **Pour une PO_2 alvéolaire (14 kPa),** l'Hb a une grande affinité pour l'O_2. Elle est saturée à 98 % pour permettre le transport et la distribution de l'O_2 au tissu.
- **Pour une PO_2 tissulaire (4 kPa),** l'Hb a une faible affinité pour l'O_2 (saturation à 50 %). Cela permet de céder l'O_2 aux tissus.

B L'influence de la PCO_2, la température et le pH (courbe 2)

- **Ces différents facteurs influencent le transport de l'O_2** par l'Hb en modifiant la saturation de l'Hb en O_2.
- **Lors d'un exercice musculaire,** les besoins en O_2, les rejets de CO_2 (augmentation de la PCO_2), la température corporelle augmentent et le pH diminue. Au niveau pulmonaire, l'Hb fixera la même quantité d'O_2. Mais au niveau tissulaire, le pourcentage de saturation, donc l'affinité de l'Hb pour l'O_2, diminue. La libération de l'O_2 aux cellules sera plus importante par rapport à celle observée au repos.

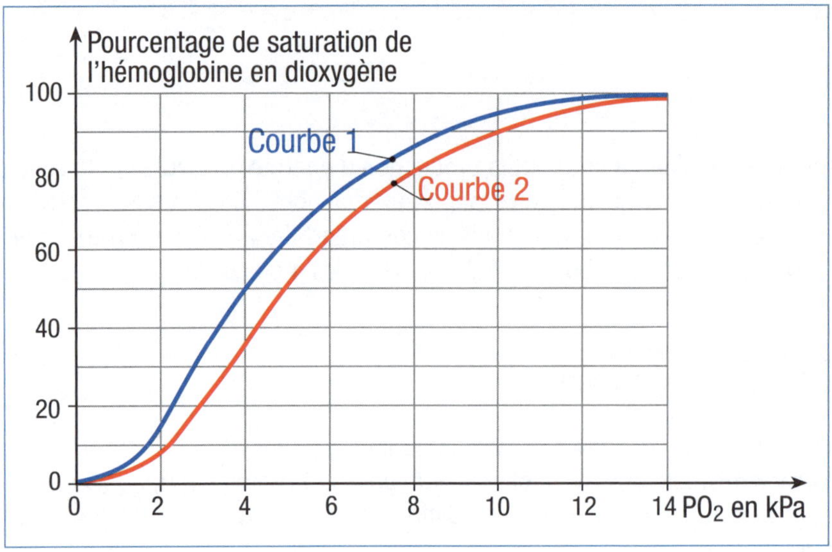

4 Transport du dioxyde de carbone

Le dioxyde de carbone est transporté soit :

Le dioxyde de carbone est transporté soit :

– dissous dans le plasma (8 %) ;

– combiné à l'hémoglobine (25 %) : il se fixe sur la fonction NH_2 (amine) de la globine ;

$$\underset{\text{Hémoglobine}}{Hb\text{-}NH_2} + CO_2 \rightleftharpoons \underset{\text{Carbaminohémoglobine}}{Hb\text{-}NH\text{-}CO_2^- + H^+}$$

– hydraté grâce à l'anhydrase carbonique (67 %).

$$CO_2 + H_2O \rightleftharpoons \underset{\text{Ions hydrogénocarbonate}}{HCO_3^- + H^+}$$

18 Respiration cellulaire

La respiration cellulaire a pour but la production d'énergie utilisable par la cellule. Elle est issue du métabolisme, qui correspond aux réactions biochimiques catalysées par des enzymes spécifiques. Le métabolisme comprend l'anabolisme (synthèse de nouvelles molécules) et le catabolisme (dégradation des molécules).

1 La mitochondrie

• **La mitochondrie** est présente dans le cytoplasme de toutes les cellules **eucaryotes**. Elle produit la plus grande part de l'énergie utilisable par la cellule à partir de la dégradation catabolique des lipides et des glucides.

Définition

Mitochondrie : centrale énergétique de la cellule.

• **C'est un organite en forme de bâtonnet à ovoïde** formée de différents compartiments et de différents constituants :
– une membrane externe 2 ;
– une membrane interne qui forme des crêtes ou replis tubulaires 1 ;
– un espace intermembranaire 3 ;
– une matrice : ADN mitochondrial et ribosomes 4.

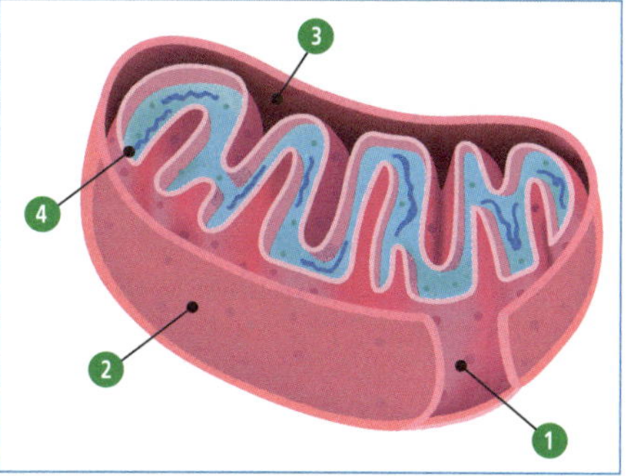

2 La production d'énergie : respiration cellulaire

• **La production d'énergie (respiration cellulaire)** a lieu principalement dans la mitochondrie. Le dioxygène issu de la respiration est utilisé par les cellules pour produire de l'énergie sous forme d'**adénosine triphosphate : l'ATP**.

• **Les nutriments issus de la digestion :** le glucose, les acides gras et les acides aminés diffusent dans la cellule. Différentes réactions ont au lieu dans le cytoplasme (glycolyse) puis dans la **mitochondrie** (cycle de Krebs, phosphorylation oxydative). Au cours de ces réactions, de l'**eau** est produite grâce au **dioxygène** ainsi que du **dioxyde de carbone** et de l'**ATP**.

$$O_2 + \text{glucose} \longrightarrow ATP + H_2O + CO_2$$

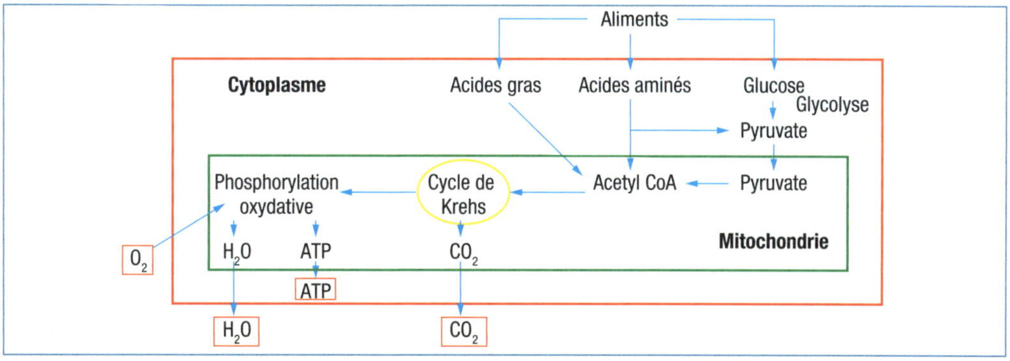

19 Techniques d'exploration de l'appareil respiratoire

Afin de diagnostiquer les pathologies respiratoires comme l'asthme, l'emphysème, la bronchite, le cancer, différents examens sont réalisés comme la radiographie, scanographie, la fibroscopie ou la spirométrie.

1 La spirométrie

A Le principe

• **Définition.** La spirométrie consiste à quantifier le volume d'air entrant et sortant des poumons grâce à un spiromètre. Le patient souffle dans l'appareil et différentes mesures, dont le VEMS et la CVF, sont réalisées.

• Le VEMS est le volume de gaz rejeté pendant la première seconde d'une expiration forcée. La CVF représente le volume gazeux maximal expiré suite à une inspiration forcée.

• Normalement, le rapport VEMS/CVF est de à 70 à 80 %. Celui-ci est diminué en cas d'asthme, par exemple.

Définitions

VEMS : volume expiratoire maximum seconde.
CVF : capacité vitale forcée.

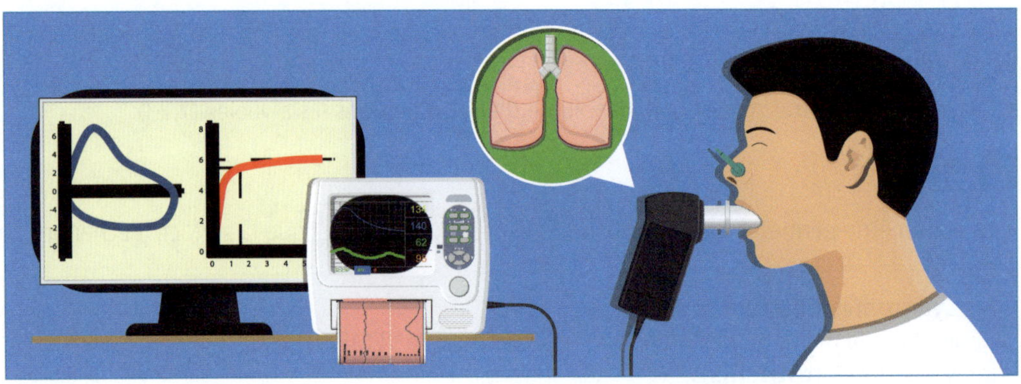

▲ Test pulmonaire

• **Données d'une spirométrie :** la capacité pulmonaire totale représente la capacité vitale et le volume résiduel.

BIOLOGIE ET PHYSIO. HUMAINES

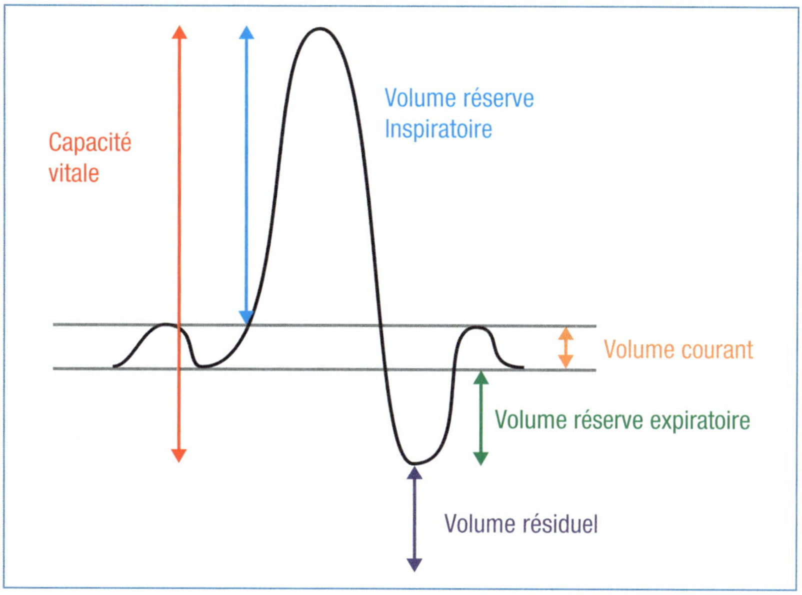

▲ Données d'une spirométrie

- **Le volume courant** correspond à la quantité d'air entrant et sortant lors d'une respiration normale (500 ml).
- **La capacité vitale** correspond au volume d'air que l'on peut mobiliser (4,8 l).
- **Le volume réserve expiratoire** correspond au volume d'air que l'on est capable d'expirer en plus du volume courant (expiration forcée – 1,2 l).
- **Le volume réserve inspiratoire** correspond au volume d'air que l'on est capable d'inspirer en plus du volume courant (inspiration forcée – 3,1 l).
- **Le volume résiduel** correspond au volume d'air restant dans les alvéoles (1,2 l).

B Intérêts

- La spirométrie permet d'évaluer l'obstruction des bronches ainsi que la surface d'échanges.
- **Elle permet de détecter :**

– **les syndromes obstructifs :**
diminution du diamètre des bronches ⟶ diminution de VEMS) ;
– **les syndromes restrictifs :**
diminution de la surface d'échanges ⟶ diminution de la capacité pulmonaire totale d'au moins 20 % ;
– **les syndromes de distension :**
augmentation de la surface d'échange ⟶ augmentation du volume résiduel.

2 Intérêts des autres techniques d'exploration

• **La radiographie** (voir p. 136) pulmonaire permet d'observer des modifications des zones de clartés ou d'opacités. Des opacités diffuses sont observables lors des fibroses pulmonaires (pneumonie, tuberculose, bronchite). Des opacités rondes révèlent la présence de nodules.

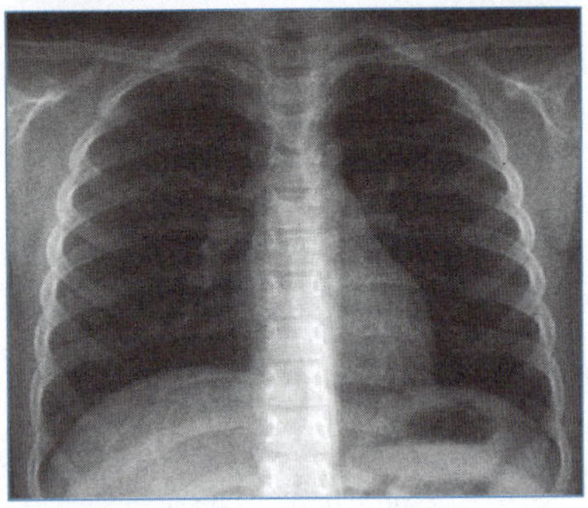

▲ Radiographie A : poumon sain

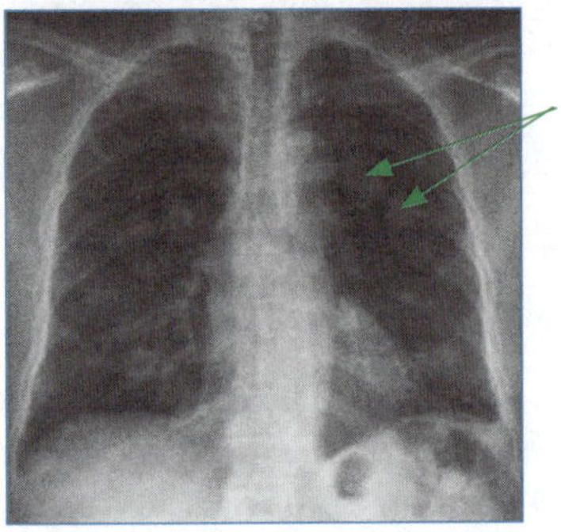

▲ Radiographie B : les flèches montrent des nodules pulmonaires

• **La scanographie** permet d'affiner le diagnostic en localisant les tumeurs et en analysant les caractéristiques d'une opacité : taille, contour, position.

• **La fibroscopie** (voir p. 153) permet d'effectuer soit des prélèvements biopsiques pour réaliser ensuite des examens anatomopathologiques, c'est-à-dire des observations microscopiques des cellules prélevées, soit des lavages broncho-alvéolaires afin de recueillir les sécrétions pulmonaires, soit des gestes thérapeutiques comme l'extraction d'un corps étranger.

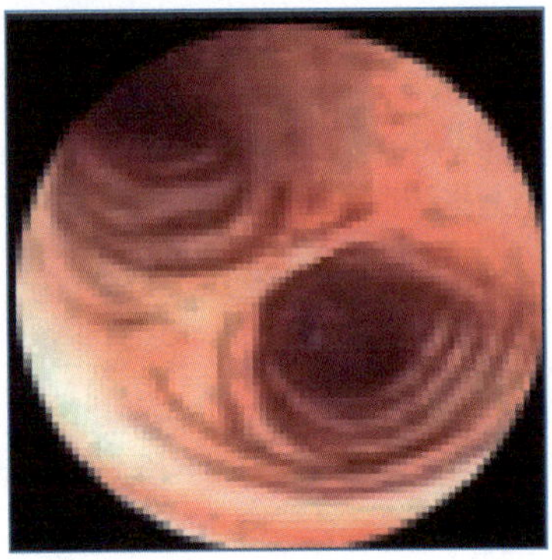

▲ Bronchoscopie

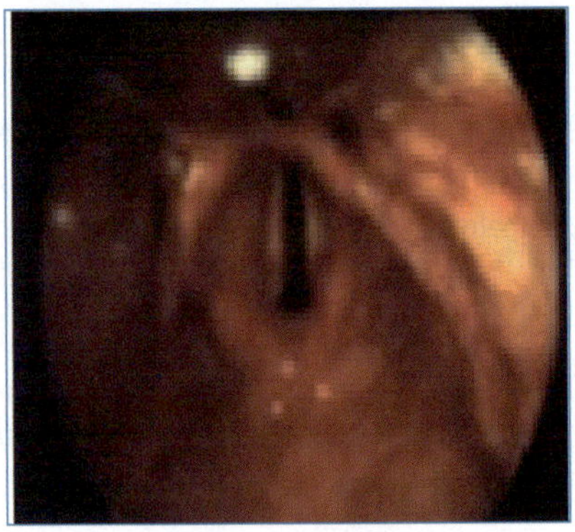

▲ Laryngoscopie

20 Exemples de pathologies de l'appareil respiratoire

Les pathologies de l'appareil respiratoire comprennent les atteintes des voies aériennes (asthme, bronchite) et celles des poumons (pneumonie, cancer).

1 L'asthme

A Physiologie

Lors d'une crise d'asthme, la muqueuse bronchite présente une inflammation. Ceci va entraîner un œdème et une hypersécrétion de mucus visqueux. De plus, les muscles lisses vont se contracter. On observe donc une obstruction partielle des bronches.

> **Définition**
> **Asthme :** maladie inflammatoire chronique des bronches.

B Facteurs responsables de la crise d'asthme

Les facteurs responsables de la crise d'asthme sont multiples :
– allergènes : acariens, pollen, moisissure, poils de chat ;
– pollution atmosphérique, fumée de tabac ;
– exercice physique intense ;
– stress ;
– exposition professionnelle : la farine, la peinture…

> **Rappel**
> Les bronches sont constituées d'un épithélium cilié contenant des cellules caliciformes et de fibres musculaires lisses.

C Signes cliniques

L'asthme se manifeste par une dyspnée (difficulter à recopier), une bradypnée expiratoire (ventilation ralentie), un sifflement à l'expiration et/ou à l'inspiration, une oppression thoracique, une toux qui peut être chronique ou prédominer la nuit.

D Traitement

Le traitement consiste à supprimer les facteurs déclenchants, à administrer par inhalation un bronchodilatateur (relâchement des muscles bronchiques et réouverture des bronches) et un anti-inflammatoire.

2 Le tabagisme

A Les risques du tabac

• **Le tabagisme** est une intoxication par consommation régulière de tabac. L'intoxication est due à l'inhalation directe de la fumée (**tabagisme actif**) ou à l'inhalation des rejets de fumée (**tabagisme passif**).

• **Les constituants de la fumée du tabac** provoquent de nombreuses pathologies respiratoires (bronchites chroniques, emphysème, broncho-pneumopathies chroniques obstructives), cardiovasculaires (athérosclérose, insuffisance coronarienne, AVC), mais également intestinale (ulcère) ou urinaire (cancer de la vessie).

B La nicotine

La nicotine stimule le système nerveux et le rend dépendant. Elle accentue l'état d'éveil par libération d'adrénaline ; elle provoque une sensation de détente et une diminution de l'anxiété. Elle entraîne une augmentation de la fréquence cardiaque et de la pression artérielle. Elle favorise les thromboses, l'athérosclérose, les angors et les infarctus du myocarde.

C Constituants issus de la combustion du tabac

La fumée de tabac contient plus de 4 000 substances toxiques.

• **Le goudron.** Le goudron se colle sur la paroi des voies respiratoires, pénètre dans les muqueuses et se fixe sur l'ADN. Avec le temps, les cellules épithéliales perdent le contrôle de leur division et des cancers des voies respiratoires et des poumons se développent. Les goudrons détruisent les macrophages alvéolaires entrainant une diminution de la défense immunitaire. Les goudrons entrainent la transformation du fer ferreux contenu dans l'hémoglobine (Hb) en fer ferrique rendant l'hémoglobine incapable de transporter le dioxygène aux cellules. On observe alors une hypoxie et une ischémie myocardique.

• **Le monoxyde de carbone.** Le monoxyde de carbone pénètre dans le sang à travers la paroi des alvéoles. Il se fixe sur l'Hb à la place de l'O_2. Il favorise une hypoxémie et une hypoxie. L'augmentation de la fréquence respiratoire et cardiaque provoque des essoufflements, une toux et des risques cardiovasculaires.

> **Définitions**
> **Hypoxémie :** diminution de la quantité d'O_2 dans le sang.
> **Hypoxie :** diminution de la quantité d'O_2 dans le tissu.

• **Les irritants.** L'acétone, les phénols et l'acide cyanhydrique agressent les parois des bronches. Les cils sont détruits. La production accrue du mucus rétrécit les voies respiratoires et entraîne une toux et une dyspnée. Le mucus devient un terrain favorable aux infections bactériennes. Les irritants détruisent également les alvéoles pulmonaires.

D Traitement et prévention

• **Les traitements pour lutter contre le tabagisme** sont multiples. Ils vont du **sevrage** à la **prise en charge** médicamenteuse et psychologique en centre de tabacologie en passant par les produits substitutifs (patch, cigarette électronique).

• **Le tabagisme étant une priorité de santé publique,** de nombreuses mesures de prévention sont prises comme les paquets neutres, l'interdiction de fumer dans les lieux publics et aires de jeux, l'interdiction des arômes et additifs, le remboursement des substituts nicotiniques.

• **L'éducation sanitaire** ainsi que l'information sur les risques encourus permettent de réduire le nombre de nouveaux fumeurs.

E Le tabagisme passif

• Chez les enfants, le tabagisme passif augmente les infections de la sphère otorhinolaryngée, les bronchiolites et les crises d'asthmes.

• Chez l'adulte, il augmente le risque de développer des maladies cardio-vasculaires et pulmonaires ainsi que le cancer du poumon.

Exercice 1 Caféine et fonction respiratoire ★★★ 30 min Corrigé p. 192

Pour déterminer l'influence de la caféine sur les volumes respiratoires d'un individu, on réalise une spirométrie avant et après consommation de boissons dites énergisantes (BDE). Pour cela, on demande au patient de respirer normalement durant 15 secondes, puis d'effectuer une inspiration forcée, suivie d'une expiration forcée.
L'examen est présenté dans le document 1.

1. Légender le document 1.

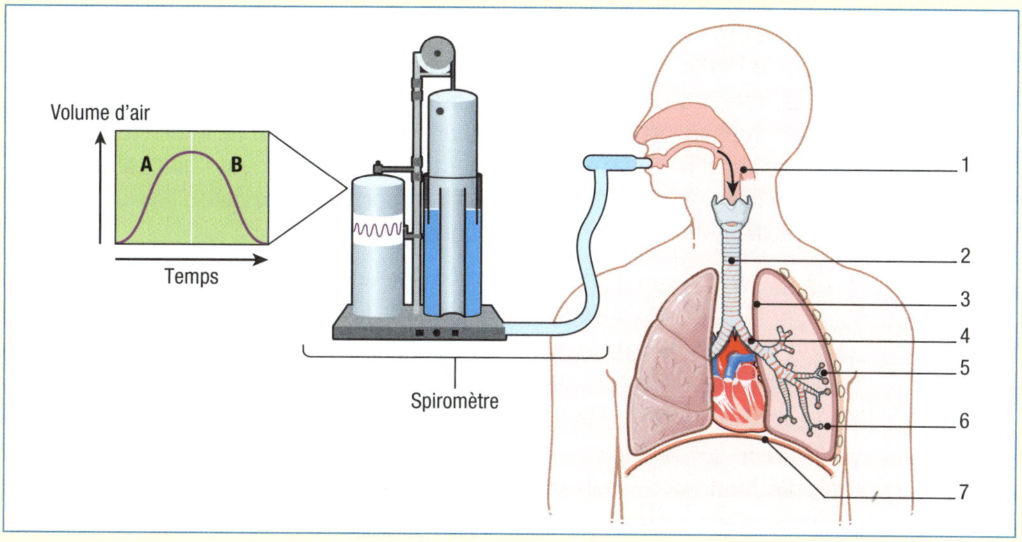

▲ Document 1 : représentation schématique de l'examen de spirométrie

2. À l'aide des documents 2 et 3, déterminer X et Y correspondant respectivement au volume courant et au VEMS chez un individu ayant consommé une BDE.

3. Comparer ces valeurs à celles avant consommation de BDE et en déduire l'effet de la caféine contenue dans cette boisson sur les volumes respiratoires.

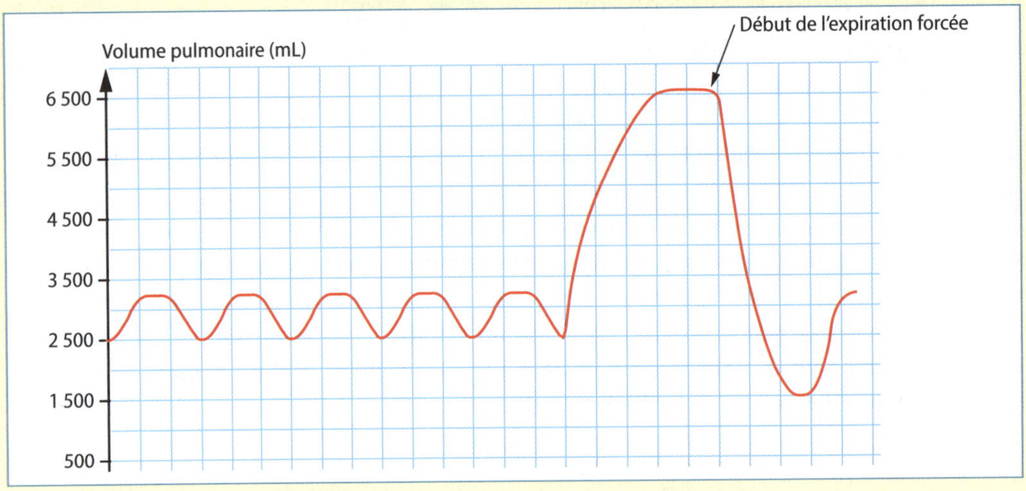

▲ Document 2 : spirogramme obtenu après consommation de BDE

Grandeur étudiée	Définition	Patient avant consommation de BDE	Patient après consommation de BDE
Volume courant (L)	Volume d'air mobilisé au cours d'une inspiration ou d'une expiration normale	0,5	X
VEMS (L)	Volume maximal d'air expiré au cours de la première seconde d'une expiration forcée	2,7	Y

▲ Document 3 : exploitation du spirogramme

Il a été montré que la caféine agit en provoquant un relâchement du muscle lisse présent dans la paroi des bronches. Le document 4 montre l'organisation histologique d'une bronche.

4. En s'appuyant sur le document 4, établir le lien existant entre le relâchement musculaire provoqué par la caféine et les modifications des volumes respiratoires observés après consommation excessive d'une BDE.

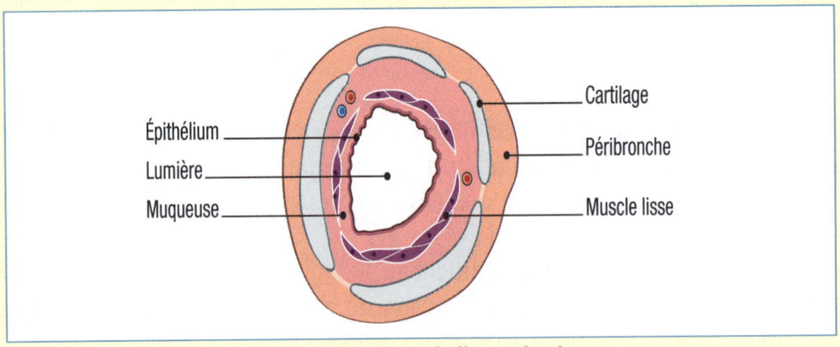

▲ Document 4 : représentation schématique de l'organisation histologique d'une bronche en coupe transversale

Exercice 2 Altitude et respiration ★★★ 30 min

Corrigé p. 192

Lors d'une ascension en altitude, l'organisme va être soumis à une hypoxémie suivie d'une hypoxie et va donc devoir compenser par une tachypnée.

Pour comprendre l'effet de l'altitude sur le transport du dioxygène, on mesure le pourcentage de saturation de l'hémoglobine en O_2 en fonction de la pression partielle en dioxygène. Les résultats sont donnés dans le document 5.

1. Déterminer graphiquement à l'aide du document 5, et du tableau 1, le pourcentage de saturation de l'hémoglobine en O_2 dans le sang entrant dans les cellules et dans le sang sortant des cellules lorsque le sujet se trouve au bord de la mer (altitude : 0 mètre).

2. Déterminer de la même manière, à l'aide du tableau 1, le pourcentage de saturation de l'hémoglobine en O_2 dans le sang entrant dans les cellules et dans le sang sortant des cellules lorsque le sujet est à 3 700 m d'altitude.

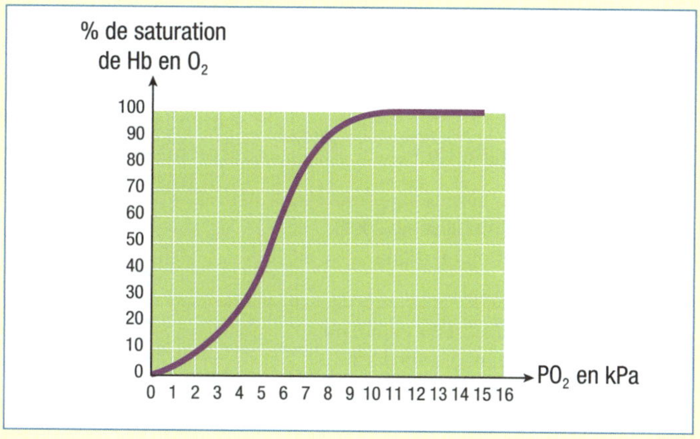

▲ Document 5 : pourcentage de saturation de l'hémoglobine (Hb) en O_2 en fonction de la pression partielle en O_2 (PO_2)

	Sang sortant des cellules	Sang entrant dans les cellules
Pression partielle en O_2 (en kPa) au niveau de la mer (altitude : 0 mètre)	5	14
Pression partielle en O_2 (en kPa) à une altitude se 3 700 mètres	5	8

▲ Tableau 1 : Pression partielle en O_2

3. Déterminer le pourcentage d'O_2 disponible pour les cellules aux deux altitudes. Comparer les résultats et en déduire l'effet de l'altitude sur l'organisme.

Le médecin décide de faire passer une spirométrie à Monsieur X car lors de la consultation, une légère dyspnée a été détectée à l'auscultation.

La spirométrie permet de calculer l'indice de Tiffeneau. Il s'agit du rapport en pourcentage du volume expiratoire maximal par seconde (VEMS) sur la capacité vitale forcée (CVF). Sa valeur normale est supérieure à 70 %.

• Volume expiratoire maximal par seconde (VEMS) : quantité d'air expulsé durant la première seconde d'une expiration rapide et forcée, réalisé après une inspiration maximale.

• Capacité vitale forcée (CVF) : volume d'air expulsé avec force jusqu'au volume résiduel (VR) à partir de la capacité pulmonaire totale (CPT).

4. Calculer l'indice de Tiffeneau après avoir déterminé graphiquement VEMS et CVF, à partir de la courbe du document 6. Indiquer s'il existe, au niveau respiratoire, une contre-indication pour Monsieur X à la randonnée en altitude. Justifier la réponse.

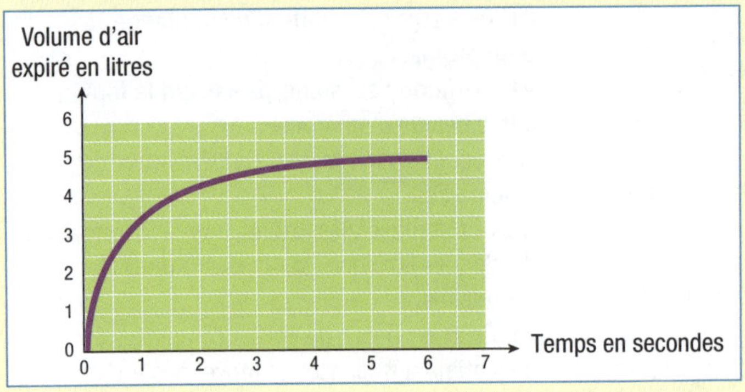

◂ Document 6 : courbe volume-temps

Terminologie médicale

A

Accident vasculaire cérébral (AVC) : affection neurologique due à une lésion d'un vaisseau cérébral.
Agnosie : perte de la reconnaissance des objets et personnes.
Akinésie : lenteur d'initiation des mouvements et réduction des mouvements spontanés et automatiques.
Alexie : perte de la lecture.
Amnésie : perte de la mémoire.
Amyotrophie : diminution de volume d'un muscle.
Anémie : diminution de la quantité d'hémoglobine contenue dans l'hématie.
Anévrisme : dilatation de la paroi artérielle avec saillie vers l'extérieur.
Angiographie : radiographie des vaisseaux utilisant un produit de contraste.
Angioplastie : réparation chirurgicale d'un vaisseau.
Anémie : manque de globules rouges.
Anesthésie : abolition réversible de la sensibilité.
Anorexie : diminution de l'appétit.
Anoxémie : diminution très importante du taux d'O_2 dans le sang.
Anoxie : diminution très importante du taux d'O_2 dans le tissu.
Aphasie : altération du langage oral et écrit.
Apnée : absence de respiration.
Arc réflexe : trajet suivi par l'influx nerveux suite à une stimulation, le système nerveux autonome envoie une réponse motrice réflexe automatique et immédiate.
Appareils : voir « systèmes »
Apraxie : perte de l'exécution des mouvements volontaires coordonnés.
Artérite : inflammation d'une artère.
Arythmie : rythme cardiaque irrégulier.
Asthénie : état de fatigue général.
Asymptomatique : pathologie ne présentant pas de symptômes.
Asthme : maladie inflammatoire chronique des bronches.
Athérectomie : ablation de la plaque d'athérome.
Athérogène : substance favorisant la formation d'une plaque d'athérome.
Athérosclérose : maladie dégénérative de l'intima des
grosses et moyennes artères suite à la formation de plaques lipidiques sur la face interne des parois vasculaires.
Athérome : dépôt de lipides complexes au niveau de l'intima des grosses et moyennes artères.
Atrophie : dimunition du volume d'un corps ou d'un organe.
Arthrite : inflammation d'une ou de plusieurs articulations.

B

Bradycardie : battements cardiaques trop lents.
Bronchiolite : inflammation des bronchioles.
Bronchorrhée : hypersécrétion de mucus entraînant toux et difficulté respiratoire.

C

Cachexie : maigreur extrême.
Cardiomyopathie : manifestations pathologiques dues à l'atteinte du muscle cardiaque.
Capillaires : les plus fins et les plus petits vaisseaux sanguins.
Chyme : bouillie formée par la masse alimentaire au moment où elle passe dans l'intestin, après avoir subi l'action de la salive et du suc gastrique.
Chyle : produit de la digestion, destiné à passer de l'intestin grêle dans le sang.
Circulation pulmonaire : circulation entre le coeur et les poumons.
Circulation systémique : circulation entre le coeur et les organes.
Cyanose : coloration bleue de la peau due à un manque d'oxygène dans le sang.
CVF : capacité vitale forcée.

D

Dégénérescence : processus de dégradation totale ou partielle d'un tissu ou d'un organe.
Diarrhée : émission fréquente de selles liquides.
Dyspepsie : difficulté à digérer.
Dysphagie : difficulté à avaler.
Dyspnée : difficulté à respirer.

E

ECG : électrocardiogramme.
Embolie : oblitération d'un vaisseau par un corps étranger qui a migré dans la circulation et s'est bloqué.
Entorse : lésion ligamentaire au niveau des chevilles, genoux ou rachis cervical.
Eupepsie : digestion normale.
Expectoration : expulsion par la toux de substances provenant des voies respiratoires.

F

Fibrillation : contractions rapides et inefficaces du ventricule.
Fibroscopie : examen invasif avec risque de perforation qui nécessite parfois une anesthésie.
Fibrose : dégénérescence du tissu fibreux.
Fracture : rupture de la continuité de l'os.

G

Gastralgie : douleur au niveau de l'estomac.
Gastro-entérite : inflammation des muqueuses de l'estomac et de l'intestin grêle.

H

Hématémèse : vomissement de sang d'origine digestive.
Hématose : transformation d'un sang riche en CO_2 en un sang riche en O_2.
Hématurie : présence de sang dans les urines.
Hémiplégie : paralysie de la moitié droite ou gauche du corps.
Hémoptysie : crachement de sang d'origine respiratoire.
Hémorragie : écoulement de sang en dehors de la circulation sanguine naturelle.
Hernie discale : saillie vers l'arrière du disque intervertébral pouvant comprimer les racines nerveuses et la moelle épinière.
Hypercapnie : quantité trop importante de CO dans le sang.
Hypertension : pression artérielle supérieure à 14/9 cm d'Hg.
Hypocapnie : quantité trop faible de CO_2 dans le sang.
Hypotension : pression artérielle systolique inférieure à 9 cm d'Hg.
Hypoxémie : diminution de la quantité d'O_2 dans le sang.
Hypoxie : diminution de la quantité d'O_2 dans le tissu.

I

Iatrogène : qui est engendré par la thérapeutique.
Infection nosocomiale : infection contractée à l'hôpital ou dans un établissement de soins.
Ischémie : diminution de l'apport sanguin à un organe.

L

Lombalgie : douleur au niveau de la région lombaire.
Luxation : déplacement des articulations au niveau des extrémités osseuses.

M

Marasme : forme très grave de dénutrition infantile.
Méléna : émission par l'anus de sang noir.
Mitochondrie : centrale énergétique de la cellule.
Myalgie : douleur musculaire.
Myasthénie : tendance excessive à la fatigue musculaire.

N

Nécrose : mort d'une ou de plusieurs cellules ou d'un tissu.
Nerf : long filament contenant plusieurs fibres nerveuses.
Noradrénaline : hormone cardioaccélératrice.

O

Obésité : excès de poids dû à une augmentation de la masse grasse.
Oedème : gonflement constitué d'eau qui a infiltré les tissus de la peau.
Orthopédie : médecine qui corrige les lésions osseuses, articulaires, tendineuses et musculaires.
Os : tissu conjonctif solidifié, innervé et vascularisé formé d'une matrice extracellulaire (substance fondamentale, glycoprotéines, fibres de collagènes) et de cellules (ostéoblastes, ostéoclastes).
Ostéoplastie : restauration d'un os en utilisant des greffons osseux ou une prothèse.
Ostéoporose : ostéopathie métabolique caractérisée par une diminution de la masse osseuse.
Ostéosynthèse : réduction chirurgicale des fractures par fixation des os par des vis ou des plaques.

P

Paraplégie : paralysie des deux membres inférieurs.
Pneumopathie : maladie du système respiratoire.
Pontage : procédé de revascularisation de la partie en aval d'un vaisseau obstrué.
Précordialgie : douleur rétrosternale, douleur de la région précordiale (dans le thorax).

R

Ration alimentaire : quantité et qualité des aliments à consommer par jour afin de subvenir aux besoins de l'organisme.
Rectorragie : émission de sang rouge par l'anus.
Rétrosternal : derrière le sternum.

S

Stéatorrhée : présence de lipides dans les selles.
Système : ensemble de plusieurs organes assurant une même fonction de relations nutrition, reproduction ou régulation.

T

Tachycardie : augmentation de la fréquence cardiaque.
Tétraplégie : paralysie des 4 membres.
Thrombose : formation d'un caillot dans un vaisseau sanguin.

U

Ulcère : perte localisée de substances des couches superficielles de la peau ou des muqueuses.

V

Valvulopathie : atteinte des valvules cardiaques.
Vasodilatateur : médicament augmentant le diamètre des vaisseaux.
VEMS : volume expiratoire maximal seconde.

Organisation et fonctionnement intégré de l'être humain

EXERCICE 1 (Énoncé p. 123)

1. La cavité visualisée sur ces clichés est la cavité crânienne.

2. On peut observer l'encéphale, les yeux, le bulbe rachidien, le départ de la moelle épinière.

3. **Le cliché A** montre les deux hémisphères de l'encéphale mais ne montre pas les orbites. Il s'agit donc un plan vertical : le plan frontal.
Le cliché B montre les deux hémisphères droit et gauche de l'encéphale ainsi que les yeux et la cavité nasale. Il s'agit d'un plan horizontal : le plan transverse.
Le cliché C montre la cavité crânienne vue de profil. Il s'agit d'un plan vertical : le plan sagittal.

EXERCICE 2 (Énoncé p. 123)

1. **1.** l'appareil de Golgi.
2. la mitochondrie.
3. la membrane nucléaire.
4. la membrane cytoplasmique.
5. le réticulum endoplasmique rugueux.
6. le nucléole.
7. le cytoplasme.
8. un lysosome.

2. ❶ **L'appareil de Golgi** permet la maturation des protéines issues du réticulum endoplasmique rugueux ainsi que leurs transports.
❷ **La mitochondrie** permet la synthèse d'énergie sous forme d'ATP.
❸ **La membrane nucléaire** délimite le noyau du cytoplasme et permet également les échanges.
❹ **La membrane cytoplasmique** délimite la cellule et permet les échanges entre le milieu extra et intracellulaire.
❺ **Le réticulum endoplasmique rugueux** intervient dans la synthèse des protéines grâce aux ribosomes.
❻ **Le nucléole** intervient dans la synthèse des sous-unités du ribosome.

EXERCICE 3 (Énoncé p. 124)

1. Un tissu est un ensemble de cellules exerçant une même fonction.

2. Le **tissu 1** est un tissu épithélial. On observe des cellules jointives disposées en couches successives.
Le tissu 2 est un tissu conjonctif. On observe des cellules isolées plutôt fusiformes ainsi que des fibres.

3. Le tissu 1, ou épithélial, est constitué de plusieurs couches de cellules jointives ; ce tissu a donc un rôle de protection vis-à-vis du milieu environnant. C'est un tissu de revêtement qui recouvre l'organisme.

Appareil locomoteur et motricité

EXERCICE 1 (Énoncé p. 140)

1. **1** : neurone pré-synaptique.
2 : fente synaptique.
3 : neurone post-synaptique.
4 : vésicule de sécrétion.
5 : neurotransmetteur.
6 : récepteur post-synaptique.

2. **A** : sans stimulation du neurone pré-synaptique, le neurone post-synaptique n'est pas excité et ne libère pas de dopamine.
B : après stimulation du neurone pré-synaptique, on observe la création d'un potentiel d'action qui est transmis au neurone post-synaptique. La dopamine est secrétée par le neurone post-synaptique.
C : sans stimulation, le neurone pré-synaptique ne produit pas de potentiel d'action. Par contre l'injection de nicotine dans la fente synaptique provoque la création d'un potentiel d'action au niveau du neurone post-synaptique et la libération de dopamine.
La nicotine remplace l'action d'un neurotransmetteur ; elle est capable de stimuler les neurones post-synaptiques et de déclencher la libération de dopamine (molécule du plaisir).

Conseil
Afin d'analyser les graphes, vous devez vous rappeler la progression logique du message nerveux.

EXERCICE 2 (Énoncé p. 140)

1. **A** : fibres musculaires squelettiques striées : cellules géantes possédant plusieurs noyaux. Elles permettent les mouvements du squelette.
B : fibres musculaires cardiaques : cellules à un seul noyau en forme de Y. Elles se contractent spontanément.

C : fibres musculaires lisses : cellules striées fusiformes capables de contraction.

2. **Les fibres musculaires squelettiques** striées sont situées dans les muscles rattachés aux os.
Les fibres musculaires cardiaques sont situées dans le myocarde.
Les fibres musculaires lisses sont situées dans l'utérus, l'estomac.

3. **1** : sarcoplasme.
2 : myofibrille.
3 : mitochondrie.
4 : tubule transverse ou tubule T.
5 : réticulum sarcoplasmique.

4. **1** : deux stries Z.
2 : sarcomère.

5. L'unité fonctionnelle, ou sarcomère, comprend un filament fin d'actine et un filament épais de myosine.
Les têtes de myosine s'accrochent aux filaments d'actine. Les têtes pivotent et tirent les filaments d'actine vers le centre du sarcomère. Le sarcomère se rétrécit et la fibre musculaire se raccourcit. Lorsque les têtes se détachent, la fibre revient à l'état relâché.

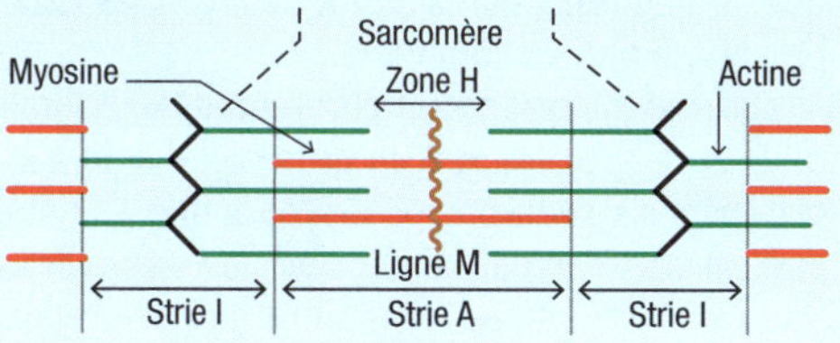

Appareil digestif et nutrition

EXERCICE 1 (Énoncé p. 155)

1. IMC = indice de masse corporelle
Formule : IMC (kg/m^2) = poids (kg) / taille ^{2} (m^2)

2. Les triglycérides sont présents en grande quantité dans la bouche et l'estomac. Ils n'ont donc pas encore été digérés. La quantité diminue dans le duodénum puis dans le jéjunum et l'iléon. On ne retrouve que des traces dans le côlon. Les triglycérides ont donc été digérés par une enzyme, la lipase en acides gras et glycérol au départ dans le duodénum puis dans le jéjunum et l'iléon. Ceci est confirmé par l'apparition des acides gras dans le duodénum en petite quantité puis en quantité plus importante dans le jéjunum et l'iléon.

3. En comparant les résultats présentés dans les deux tableaux, on remarque qu'il n'y a aucun changement sur la digestion des triglycérides avec ou sans traitement au niveau de la bouche, de l'estomac et du duodénum. Par contre sous traitement à l'Orlistat, on observe que les triglycérides et les acides gras sont présents en même quantité dans le jéjunum et l'iléon que dans le duodénum. Les triglycérides n'ont donc pas été digérés en acides gras par la lipase dans les deux dernières parties de l'intestin grêle. L'Orlistat agit sur la digestion des triglycérides en la diminuant.

> **Conseil**
> Afin d'analyser la digestion des lipides, vous devez connaître le nom et l'ordre des différentes parties de l'intestin grêle.

Ce médicament favorise la perte de poids en diminuant la digestion des triglycérides ce qui va diminuer l'absorption des acides gras au niveau de l'intestin grêle.

EXERCICE 2 (Énoncé p. 156)

1. L'apport énergétique de Mme S. est de :
$60 \times 120 = 7\,200$ kJ/jour.
L'apport énergétique revenant aux glucides est de $7\,200 \times 50\ \% = 3\,600$ kJ/jour.

2. Le rôle majeur des glucides est l'apport en énergie sous forme d'ATP à l'organisme.

3. Mme S. doit consommer des glucides à index glycémique faible afin d'éviter une hausse brutale du taux de glucose dans l'organisme entraînant un pic d'insuline.

4. Les légumineuses (lentilles, haricots), les légumes ou les fruits contiennent des glucides à index glycémique faible.

5. Il est conseillé d'avoir une activité physique régulière afin de maintenir l'organisme en forme, de lutter contre le stress, l'anxiété, de prévenir contre certaines pathologies (maladies cardiovasculaires, diabète, maladies neurodégénératives).

EXERCICE 3 (Énoncé p. 156)

1. **Dans le tube 1** : le test de Biuret est négatif, ce qui montre une absence de protéine, donc d'ovalbumine. L'extrait pancréatique a digéré l'ovalbumine en peptides à 37 °C et à pH 8.
Dans le tube 2 : le test de Biuret est positif. L'ovalbumine ne peut être hydrolysée par les extraits pancréatiques à une température de 0 °C.
Dans le tube 3 : le test de Biuret est positif. L'ovalbumine ne peut être hydrolysée par les extraits pancréatiques à une température de 80 °C.
Dans le tube 4 : le test de Biuret est positif. L'ovalbumine ne peut être hydrolysée par les extraits pancréatiques à un pH acide.

La digestion du blanc d'œuf par les extraits pancréatiques (protéases) nécessite une température de 37 °C et un pH de 8.

2. **Les protéases** ont pour origine les acini pancréatiques. Elles agissent dans le duodénum en hydrolysant les protéines en peptides.

Les lipases ont pour origine les acini pancréatiques. Elles agissent dans le duodénum en hydrolysant les triglycérides en acides gras et glycérol.

3. L'œuf fait partie du groupe **viandes – poissons – œufs**. Ce groupe est riche en protéines (blanc d'œuf) et en lipides (jaune d'œuf) d'origine animale.

Appareil cardio-vasculaire et circulation sanguine

EXERCICE 1 *(Énoncé p. 168)*

1.

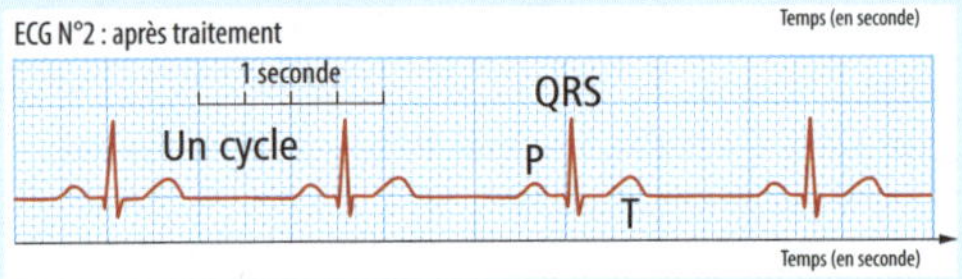

2. La fréquence cardiaque est de 60 battements par minute. En se plaçant entre deux ondes QRS, on observe que le cycle dure 1 seconde donc dans 1 minute, soit 60 secondes, il y a 60 cycles.

3. Les ondes constituant l'ECG sont :

– **onde P** : dépolarisation des oreillettes, elle précède la contraction des oreillettes ;

– **complexe QRS** : repolarisation des oreillettes et dépolarisation des ventricules ; elle précède le relâchement des oreillettes et la contraction des ventricules ;

– **onde T** : repolarisation des ventricules. Relâchement des ventricules.

4. En comparant les deux ECG, on remarque que les profils sont totalement différents. Sur l'EGC n° 1 on ne distingue clairement que le complexe QRS. On observe également sur l'ECG n° 1, que suite au malaise, le nombre de cycles cardiaque est fortement augmenté. La durée du cycle est de 0,4 seconde ; ce qui correspond à une fréquence cardiaque de 150 battements par minute.

Suite à l'ingestion de BDE, l'individu présente une tachycardie.

EXERCICE 2 *(Énoncé p. 168)*

1. Le tissu responsable de l'activité électrique du cœur est le tissu nodal.

2. Annotation du document : tissu responsable de l'activité électrique du cœur.
1 : nœud sinusal.
2 : nœud septal.
3 : faisceau de His.
4 : réseau de Purkinje.

3. Analyse des expériences :
Expérience 1 : lorsque l'on détruit le tissu nodal, le cœur s'arrête donc le tissu nodal est responsable de l'automatisme cardiaque.
Expérience 2 : lorsque l'on détruit le nœud sinusal, le cœur s'arrête de battre puis les oreillettes et les ventricules se remettent à battre mais à un rythme deux fois plus lent. Donc le nœud sinusal est responsable du rythme cardiaque. Cependant, il existe un autre nœud : le nœud septal qui prend le relais.
Expérience 3 : si en plus on détruit le nœud septal, seuls les ventricules continuent de battre à un rythme encore plus lent. Donc les ventricules sont sous la dépendance du faisceau de His qui impose alors un rythme plus lent de 40 battements par minute.

4. L'électrochoc doit agir sur le nœud sinusal. Ce nœud est le point de départ de l'onde électrique, il impose le rythme au reste des tissus nodaux. C'est le pacemaker du cœur.

Conseils

Vous devez décrire chaque expérience pour en expliquer les phénomènes observés à l'aide de vos connaissances. La conclusion rassemble toutes vos déductions obtenues lors de l'analyse des expériences.

EXERCICE 3 *(Énoncé p. 170)*

La section des nerfs de Cyon ou de Hering entraîne une tachycardie (augmentation de la fréquence cardiaque) et une hypertension (augmentation de la pression artérielle). Ces nerfs sensitifs transportent donc un influx nerveux ayant un effet cardiomodérateur.
La section du nerf pneumogastrique entraîne également une tachycardie et une hypertension. Ce nerf moteur a donc un rôle cardiomodérateur. Le nerf pneumogastrique est un nerf parasympathique cardiomodérateur.
La section du nerf cardiaque entraîne une bradycardie (diminution de la fréquence cardiaque)

et une hypotension (diminution de la pression artérielle). Ce nerf moteur a donc un rôle cardioaccélérateur. Le nerf cardiaque est un nerf orthosympathique cardioaccélérateur.

> **Remarque**
> La section d'un nerf entraîne une action opposée à celle exercée normalement.

EXERCICE 4 *(Énoncé p. 170)*

1. Au niveau de l'aorte, la vitesse du sang est de 30 $cm.s^{-1}$. Cette vitesse diminue progressivement jusqu'aux artérioles où elle est de l'ordre d'environ 1 $cm.s^{-1}$. Dans les capillaires, la vitesse est pratiquement nulle. Au niveau des veinules, la vitesse du sang réaugmente pour atteindre environ 20 $cm.s^{-1}$ dans les veines caves.
Au niveau de la circulation artérielle, la vitesse diminue car le diamètre des vaisseaux diminue, ce qui offre une plus grande résistance à l'écoulement du sang et le réseau vasculaire est plus important. Au niveau veineux, le diamètre des vaisseaux augmente et le réseau vasculaire diminue donc la vitesse du sang réaugmente.

2. Comme la vitesse du sang au niveau des capillaires est très faible, cela permet aux gaz respiratoires de diffuser au travers de la paroi des capillaires.

Appareil respiratoire et échanges gazeux

EXERCICE 1 *(Énoncé p. 182)*

1. **1** : pharynx.
2 : trachée.
3 : plèvre.
4 : bronche souche.
5 : bronchiole terminale.
6 : sac alvéolaire.
7 : diaphragme.

2. Le volume courant (VC) est le volume d'air mobilisé au cours d'une inspiration ou expiration normale. Il se calcule par différence entre le volume d'air maximal et le volume d'air minimal lors d'une respiration normale.
Donc X = 3 250 – 2 500 = 750 ml soit 0,7 l.
Le VEMS est la quantité d'air expulsé durant la première seconde d'une expiration forcée, réalisé après une inspiration maximale. Il se calcule par différence entre le volume maximal obtenu suite à l'inspiration forcée et le volume d'air une seconde après l'expiration.
Donc Y = 6 500 – 3 250 = 3 250 ml soit 3,25 l.

3. Avant ingestion de BDE, le VC est de 0,5 l et le VEMS de 2,7 l. Les valeurs obtenues après ingestion de BDE sont donc supérieures à celle avant ingestion. La caféine a donc pour effet d'augmenter le volume courant et le VEMS.

4. Le relâchement des muscles lisses des bronches entraîne une vasodilatation, donc une augmentation du diamètre de celles-ci. Le volume d'air pouvant passer dans la lumière est donc augmenté.

EXERCICE 2 *(Énoncé p. 184)*

1. **Pour un individu du bord de mer :** le pourcentage de saturation de l'hémoglobine en O_2 dans le sang entrant dans les cellules est de 98 %. Le pourcentage de saturation de l'hémoglobine en O_2 dans le sang sortant des cellules est de 40 %.

2. **Pour un individu à 3 700 m d'altitude :** le pourcentage de saturation de l'hémoglobine en O_2 dans le sang entrant dans les cellules est de 90 %. Le pourcentage de saturation de l'hémoglobine en O_2 dans le sang sortant des cellules est de 40 %.

3. Le pourcentage d'O_2 disponible pour les cellules est de 58 % pour un individu se trouvant au bord de la mer et de 50 % pour un individu en altitude. En altitude, la quantité d'O_2 est plus faible entraînant un PO2 inférieure à celle du bord de mer, d'où une saturation de l'hémoglobine en O_2 plus faible.

4. Le VEMS est de 3,5 l et le CVF est de 5 L.
Le rapport de Tiffeneau est donc de 70 %, or celui-ci doit être supérieur à 70 % donc Monsieur X devra faire attention lors de sa randonnée et prévoir éventuellement un traitement.

Physique-chimie pour la santé

1 Acides, bases et produits ménagers

1 Quantité de matière, concentrations molaires, massiques

A La quantité de matière

• **En chimie,** la quantité de matière est exprimé en **mole** de symbole mol. Une mole est un système qui contient un nombre N_A d'entités, appelé **nombre d'Avogadro** tel que $N_A = 6{,}02 \cdot 10^{23}\ mol^{-1}$.

• **On appelle masse molaire** d'une espèce chimique la masse d'une mole de cette espèce. Elle est exprimée en $g \cdot mol^{-1}$.

• **Pour les atomes ou les ions monoatomiques,** elle se lit directement sur la **classification périodique**.

• **Pour des molécules ou des ions polyatomiques,** la masse molaire se calcule comme la **somme des masses molaires de chacun des atomes** constituant la molécule.

• **La relation entre masse et quantité de matière s'écrit :**

$$\boldsymbol{m = n \times M}$$

g mol $g.mol^{-1}$

B Les concentrations molaires et massiques

• **Concentration massique** t (en $g.L^{-1}$) d'une solution : $t = \frac{m}{V}$

avec m : masse de soluté dissous (en g) ;

V : volume de solution (en mL).

• **Concentration molaire** (en $mol.L^{-1}$) de la même solution : $C = \frac{t}{M}$

avec M : masse molaire du composé dissous (en $g.mol^{-1}$).

2 Acides et bases, pH d'une solution aqueuse

A Couple acide-base

• **Définition d'un acide et d'une base selon Brönsted**

• **Un acide** est une espèce chimique capable de **libérer** un proton H+.

• **Une base** est une espèce chimique capable de **capter** un proton H+.

• **Un acide AH** qui libère son proton, se transforme en une base A–, sa base conjuguée : ces deux espèces constituent un **couple acido-basique** noté : AH / A^-.

$$AH = A^- + H^+ \text{ (soit acide = base + proton)}$$

Exemple

l'acide cède un proton → $H_3C - COOH = H_3C - COO^- + H^-$ ← la base conjuguée capte un proton

acide (base) proton

B Produit ionique de l'eau

L'eau H2O est un ampholyte, à la fois acide et basique. Il est **acide** selon : $H_2O = HO^- + H^+$, sa base conjuguée étant l'**ion hydroxyde**. Il est **basique** selon : $H_3O^+ = H_2O + H^+$, son acide conjugué étant l'ion oxonium H_3O+. Pour toute solution aqueuse diluée, le produit des concentrations en ion oxonium, $[H_3O+]$, et en ion hydroxyde, $[HO^-]$ est constant.

Ce produit ionique K_e est appelé **produit ionique de l'eau**.

> ion oxonium
> **Ke = $[H3O^+].[HO^-] = 10^{-14}$ (à 25°C)**
> ion hydroxyde

C pH d'une solution

Le pH d'une solution aqueuse diluée est relié à la concentration molaire en ions oxonium H_3O^+ dans la solution par la relation : $pH = - \log [H_3O^+]$ ou $[H_3O^+] = 10^{-pH}$.

> **Exemple** Une solution d'acide acétique CH_3COOH a un pH = 3,2. Calculer la concentration de la solution en ions oxonium.
> **Solution** $[H_3O^+] = 10^{-pH}$. Donc $[H_3O^+] = 10^{-3,2}$.
> $[H_3O^+] = 6,3 \times 10^{-4}$ mol.L^{-1}

> **Exemple** Une solution de chlorure d'hydrogène (acide chlorhydrique) a une concentration molaire $C = 2,5 \times 10^{-2}$ mol.L^{-1}. Calculer son pH, sachant qu'il s'agit d'un acide fort.
> **Solution** Puisque la solution est un acide fort, $[H_3O^+] = C = 2,5 \times 10^{-2}$ mol.L^{-1}.
> $pH = - \log (2,5 \times 10^{-2}) = 1,6$.

Solutions, pH et $[H_3O^+]$:

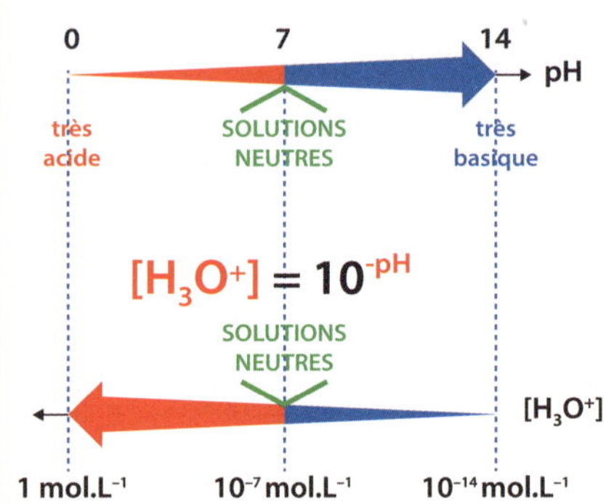

> acide fort : $C = [H3O^+] = 10^{-PH}$
> acide faible : $C > [H3O^+] = 10^{-PH}$
> base forte : $C = [HO^-] = 10^{14-PH}$
> base faible : $C > [HO^-] = 10^{14-PH}$

3 Utiliser les produits ménagers en toute sécurité

A Pictogrammes de sécurité

Dangers physiques				
 Explosif	 Inflammable	 Comburant	 Corrosif pour les métaux	 Gaz comprimé, liquéfié, dissout

Dangers pour la santé				Dangers pour l'environnement
Dangers aigus élevés		Danger chronique ou aigu moyen	Danger chronique élevé	

Toxique	Corrosif pour la peau, les yeux	Irritant, sensibillisant	Danger par aspiration	Milieu aquatique

B Utilisation d'acides ou de bases concentrées

- **Le port de gants et de lunettes** de protection est vivement recommandé.
- **Les réactions acido-basiques** sont des **réactions exothermiques** (qui dégagent de la chaleur). Aussi, il convient de ne jamais verser de l'eau sur un acide ou une base concentrée mais au contraire d'ajouter progressivement un acide ou une base concentrée dans un volume d'eau.
- **Il faut éviter également** de mélanger acides et bases.

C Conduite à tenir en cas de projection d'acide ou de base

Il faut rincer abondamment à l'eau durant 20 à 30 minutes et enlever tout vêtement ayant été souillé par la projection.

Exercices d'entraînement

Exercice 1 ★ **20 min** *Corrigé p. 246*

Donnée : solubilité du glucose à 25 °C : s = 700 $g.L^{-1}$.

1. Expliquer pourquoi le glucose est particulièrement soluble dans l'eau.

2. Quelle masse de glucose peut-on dissoudre dans un verre d'eau de 25 cL ?

3. On introduit 200 g de glucose dans un verre d'eau chaude qu'on laisse refroidir jusqu'à 25 °C. Pourrait-on dissoudre ces 200 g de glucose dans 25 cL à une température de 25 °C ? Pourquoi ?

4. Au fur et à mesure que l'eau refroidit, on observe des cristaux de sucre qui se déposent au fond du verre. Expliquer.

5. Quelle masse de sucre est présente au fond du verre lorsque la température atteint 25 °C ?

6. Calculer la concentration molaire en glucose de la solution saturée à 25 °C. On donne la masse molaire du glucose $M_{glucose}$ = 180 $g.mol^{-1}$.

Exercice 2 ★ 15 min

Corrigé p. 246

On dissout 0,5 g de pastilles d'hydroxyde de sodium de formule NaOH dans un volume V = 250 mL d'eau distillée. La soude est une base forte. On donne :
$M_{Na} = 23$ g.mol^{-1},
$M_O = 16$ g.mol^{-1},
$M_H = 1$ g.mol^{-1}.

1. **Écrire la réaction de dissolution d'hydroxyde de sodium dans l'eau.**
2. **Déterminer la concentration en soluté de la solution.**
3. **En déduire la concentration en ions hydroxyde de la solution.**
4. **Calculer alors la concentration en ions oxonium de la solution.**
5. **En déduire le pH de la solution.**

Exercice 3 ★ 15 min

Corrigé p. 246

On dissout 5 g d'acide benzoïque C_6H_5-COOH dans 500 mL d'eau distillée. On mesure alors le pH et on trouve pH = 2,7.

1. **Calculer la concentration en soluté de la solution.**
2. **Calculer la concentration en ions oxonium de la solution si on considère que l'acide benzoïque est un acide fort.**
3. **L'hypothèse faite à la question précédente est-elle vraie ? Conclure.**

Données : MH = 1 g.mol^{-1} , MC = 12 g.mol^{-1}, MO = 16 g.mol^{-1}

Exercice 4 ★ 20 min

Corrigé p. 246

Préparation d'une solution aqueuse d'acide lactique

L'acide lactique est un composé chimique solide de formule semi-développée CH_3-CHOH-COOH.
C'est l'acide du couple acide/base lactique/ion lactate : CH_3-CHOH-COOH/CH_3-CHOH-COO-
On souhaite préparer un volume V = 2,0 L de solution aqueuse d'acide lactique de concentration molaire C = 0,05 mol.L^{-1}. Le pH de cette solution est pH = 2,9.

1. **Quelle est la formule brute de l'acide lactique ?**
2. **Calculer la masse molaire de l'acide lactique.**
3. **Définir un acide.**
4. **Écrire l'équation chimique de la dissolution de l'acide lactique dans l'eau.**
5. **Quelle quantité de matière d'acide lactique doit-on prélever pour préparer la solution ? En déduire la masse d'acide lactique à peser.**
6. **Lister le matériel nécessaire à cette préparation.**
7. **Calculer la concentration en ions oxonium, [H_3O^+], de la solution. L'acide lactique est-il un acide fort ?**

Données : masse molaire atomique en g.mol^{-1} : $M_H = 1,0$; $M_C = 12,0$; $M_O = 16,0$.

2 Antiseptiques et désinfectants

1 Couple rédox

• **Un oxydant est une espèce chimique** (atome, ion ou molécule) capable de capter un électron : c'est un accepteur d'électrons. Un **réducteur** est une espèce chimique (atome, ion ou molécule) capable de céder un électron : c'est un donneur d'électrons. Un oxydant et un réducteur forment un **couple rédox** tel que :

$$Ox + ne^- = Red$$

(demi-équation électronique)

Le couple rédox s'écrit alors Ox/Red.

• **Pour équilibrer les demi-équations électroniques** on peut, si besoin, utiliser les espèces chimiques suivantes :

En milieu acide : H^+ et H_2O . **En milieu basique :** HO^- et H_2O .

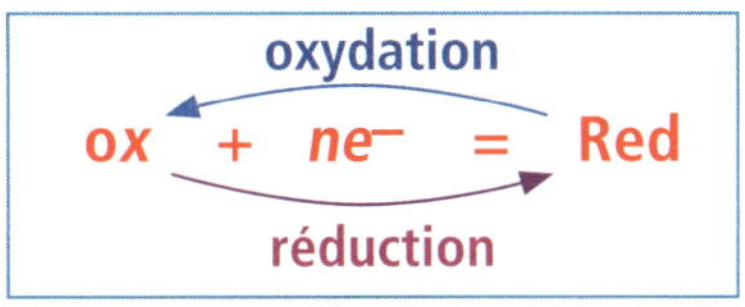

2 Réaction d'oxydoréduction

• **Une réaction d'oxydoréduction** met en jeu deux couples oxydant/réducteur, par exemple Ox_1/Red_1 et Ox_2/Red_2. L'équation de la réaction peut s'établir à partir de deux demi-équations :

$$\{ Ox_1 + n_1e^- = Réd_1 \} \times n_2$$
$$\{ Red_2 = Ox_2 + n_2e^- \} \times n_1$$
$$n_2Ox_1 + n_1 Red_2 \longrightarrow n_1 Ox_2 + n_2 Red_1$$

• **Une réaction d'oxydoréduction** consiste en un **échange d'électrons** entre l'oxydant d'un couple rédox et le réducteur d'un autre couple rédox.

Exemple On donne les couples rédox suivants : MnO_4^-/Mn^{2+} et Fe^{3+}/Fe^{2+}.
Écrire l'équation de la réaction entre le permanganate de potassium et le sulfate de fer II, sachant que l'on acidifie avec de l'acide sulfurique.

Solution Demi-équations électroniques :
$MnO_4^- + ... = Mn^{2+} + ...$ égalité du nombre d'atomes de manganèse dans les deux membres ;
$MnO_4^- + ... = Mn^{2+} + 4\,H_2O$ égalité du nombre d'atomes d'oxygène dans les deux membres ;
$MnO_4^- + 8H^+ + ... = Mn^{2+} + 4\,H_2O$ égalité du nombre d'atomes d'hydrogène dans les deux membres.
$MnO_4^- + 8H^+ + 5\,e^- = Mn^{2+} + 4\,H_2O$ égalité du nombre de charges dans les deux membres :
8 – 6 = 2 charges positives dans le premier membre et deux charges positives dans le second membre.
Autre demi-équation électronique :
$Fe^{2+} = Fe^{3+} + e^-$
$MnO_4^- + 8H^+ + 5\,e^- = Mn^{2+} + 4\,H_2O\ (\times 1)$
$Fe^{2+} = Fe^{3+} + e^- (\times 5)$
$MnO_4^- + 5\,Fe^{2+} + 8H^+ \longrightarrow Mn^{2+} + 5\,Fe^{3+} + 4\,H_2O$
En tenant compte des ions spectateurs :
$(K^+ + MnO_4^-) + 5\,(Fe^{2+} + SO_4^{2-}) + 4\,(2H^+ + SO_4^{2-})$
$\longrightarrow (Mn^{2+} + SO_4^{2-}) + 5/2\,(2Fe^{3+} + 3SO_4^{2-}) +$
$1/2\,(2\,K^+ + SO_4^{2-}) + 4\,H_2O$
Permanganate de potassium + sulfate de fer II + acide sulfurique ⟶ sulfate de manganèse + sulfate de fer III + sulfate de potassium + eau

3 Antiseptiques et désinfectants

• **Les antiseptiques** empêchent la prolifération des germes pathogènes (microbes, bactéries, virus…) à l'intérieur de l'organisme ou à sa surface et ainsi permettent de lutter contre les infections.

• **Les désinfectants** détruisent les germes pathogènes en dehors de l'organisme. Les antiseptiques s'utilisent sur les tissus vivants et les désinfectants sur les milieux inertes.

4 Principes actifs

Les principes actifs de quelques désinfectants et antiseptiques courants sont :

Solutions	Principe actif	Titre
Eau de Javel	Ion hypochlorite : ClO^-	Degré chlorométrique (°chl) : il s'agit du volume de dichlore Cl_2 qu'un litre d'eau de Javel est susceptible de libérer sous l'action de l'acide chlorhydrique concentré*.
Eau oxygénée	Peroxyde d'hydrogène : H_2O_2	Titre en volumes : il s'agit du volume (en L) de dioxygène susceptible d'être libéré par un litre de solution d'eau oxygénée.
Permanganate de potassium	Ion permanganate : $M_nO_4^-$	Concentration molaire ou massique en ions permanganate de la solution d'eau de Dakin
Iode	Diiode : I_2	Concentration molaire ou massique de la solution de diiode.

*L'eau de Javel nettoie aussi (en détruisant la matière organique par oxydation ou peut détacher, colorer...).

Exemple 1° Quelle est la différence entre un antiseptique et un désinfectant ?
2° Pourquoi ne faut-il pas mélanger de l'acide chlorhydrique et de l'eau de Javel ?

Solution 1° Les antiseptiques empêchent la prolifération des germes pathogènes (microbes, bactéries, virus…) à l'intérieur de l'organisme ou à sa surface et ainsi ils permettent de lutter contre les infections. Les désinfectants détruisent les germes pathogènes en dehors de l'organisme.
2° Le mélange risque de produire un dégagement gazeux de dichlore qui est un gaz toxique.

5 Précautions de stockage et d'utilisation

• **L'eau de Javel :** porter des gants, rincer après utilisation. Les solutions concentrées peuvent provoquer des **brûlures**. Ne pas utiliser avec des produits acides (détartrant par exemple), il se produirait un dégagement d'un **gaz très toxique** : le dichlore. Ne pas mélanger à l'ammoniac.

• **L'eau oxygénée :** porter des lunettes. Les solutions concentrées peuvent provoquer des **brûlures**. Ne pas utiliser avec des antiseptiques type Dakin, contenant des ions permanganate et des ions hypochlorite.

• **La Bétadine** (qui contient du diiode) et les produits iodés peuvent provoquer des **réactions allergiques**. Ne pas utiliser avec des antiseptiques contenant des dérivés mercuriels : Chromaplaie, Mercurescéine (risque de formation de composés caustiques).

Exercices d'entraînement

Exercice 1 ★ 10 min

Corrigé p. 246

Pour désinfecter certaines surfaces, on utilise parfois de l'eau javellisée à 7°chl. La personne chargée de l'entretien doit préparer 5 litres d'eau javellisée à partir de berlingots de 250 mL d'eau de Javel à 36°chl.

1. **Que signifie l'expression « une eau javellisée à 7°chl » ?**
2. **Quel est le nom du principe actif de l'eau de Javel ?**
3. **Quel volume d'eau de Javel à 36°chl doit-on utiliser pour fabriquer les 5 L d'eau javellisée ?**
4. **Établir un protocole simple permettant de préparer cette solution facilement à partir des berlingots de 250 mL d'eau de Javel concentrée.**

Exercice 2 ★ 10 min

Corrigé p. 247

Pour désinfecter les lentilles de contact, on utilise une solution d'eau oxygénée. L'étiquette du flacon indique : concentration massique en eau oxygénée : $t = 30\ g.L^{-1}$

1. **Comment se nomme le principe actif de l'eau oxygénée ? Donner sa formule.**
2. **Calculer la concentration molaire C de la solution.**
3. **Sachant que le titre d'une eau oxygénée (exprimé en volume) se calcule par $T = 11,2 \times C$ (T en L et C en $mol.L^{-1}$), donner le volume de dioxygène susceptible d'être libéré par 100 mL de cette solution.**

Données : masses molaires : $M_H = 1\ g.mol^{-1}$ et $M_O = 16\ g.mol^{-1}$

Exercice 3 ★ 15 min

Corrigé p. 247

L'eau de Javel peut être utilisée comme un antiseptique. En effet, elle entre dans la composition de l'eau de Dakin, mise au point durant la Première Guerre mondiale. L'eau de Dakin est composée, entre autres espèces, d'eau de Javel à 1,5°chl, d'ions hydrogénocarbonate et de permanganate de potassium à la concentration massique de $10\ g.L^{-1}$ (la masse molaire du permanganate de potassium est $M = 158\ g.mol^{-1}$).

1. **À quelle espèce chimique est due la coloration rose de l'eau de Dakin ?**
2. **Quelle est la concentration molaire en ions permanganate MnO_4^- de l'eau de Dakin ?**
3. **Par accident, on a mélangé 50 mL d'eau de Dakin avec de l'acide chlorhydrique concentré. Quel est le volume de dichlore gazeux susceptible de se dégager ?**

Exercice 4 ★ 5 min

Corrigé p. 247

Parmi les équations ci-dessous, indiquer celles qui correspondent à une réaction d'oxydoréduction. Indiquer alors les deux couples rédox mis en jeu.

$2\ Ag^+ + Cu \rightarrow Cu^{2+} + 2\ Ag$

$ZnSO_{4(s)} \rightarrow Zn^{2+}_{(aq)} + SO^{2-}_{4(aq)}$

$CH_3COOH + H_2O \rightarrow CH_3COO^- + H_3O^+$

$Fe + 2H^+ \rightarrow Fe^{2+} + H_2$

Exercice 5 ★ 10 min

Corrigé p. 247

Écrire les équations des réactions suivantes :

1. **Réaction entre le diiode et l'aluminium.**
2. **Réaction entre les ions cuivre(II) et le fer.**
3. **Réaction entre le dichlore et le titane.**

On donne les couples redox suivants : Al^{3+}/Al, Cu^{2+}/Cu, Cl_2/Cl^-, I_2/I^-, Ti^{4+}/Ti, Fe^{2+}/Fe

Exercice 6 ★ 5 min

Corrigé p. 247

L'eau de Javel ne doit jamais être mélangée avec une solution inconnue. En effet, si cette solution est acide, il se produit un dégagement de dichlore gazeux. Le dichlore est un gaz toxique, utilisé en tant qu'arme chimique durant la première guerre mondiale.
En milieu acide les ions hypochlorite réagissent avec les ions chlorure, tous deux présents dans l'eau de Javel, pour former du dichlore gazeux.

1. **Quel est le principe actif de l'eau de Javel ?**
2. **Sachant que les deux couples redox mis en jeu lors de la réaction sont : ClO^-/Cl_2 et Cl_2/Cl^-, écrire les deux demi-équations électroniques correspondant à chacun des couples.**
3. **Écrire l'équation de la réaction.**

Exercice 7 ★ 15 min

Corrigé p. 247

Les ions permanganate MnO_4^- sont de couleur violette. On dispose d'un volume $V_1 = 5$ mL d'une solution acidifiée de permanganate de potassium (K^+, MnO_4^-) de concentration molaire C_1 inconnue. On la fait réagir avec une solution d'ions fer (II) de concentration molaire $C_2 = 2 \times 10^{-3}$ mol.L^{-1}.
Il faut verser exactement $V_2 = 30$ mL de cette solution dans la solution de permanganate de potassium pour la décolorer. Couples redox mis en jeu : MnO_4^-/Mn^{2+} et Fe^{3+}/Fe^{2+}

1. **Écrire l'équation de la réaction.**
2. **En déduire la relation entre les quantités de matière d'ions permanganate et d'ion fer (II) lorsque la solution se décolore.**
3. **Calculer alors la concentration molaire de la solution de permanganate de potassium.**

Exercice 8 ★ 20 min

Corrigé p. 247

1. **Écrire l'équation de la décomposition de l'eau oxygénée.**
2. **Identifier les deux couples redox mis en jeu, quel(s) rôle(s) joue le peroxyde d'hydrogène dans cette réaction d'oxydoréduction ?**
3. **Dans 100 mL d'une solution d'eau oxygénée, on verse un petit peu de sang, on recueille alors 1,5 L de dioxygène, dans les conditions normales de température et de pression. Quel est le titre, en volume, de la solution ?**
4. **À l'aide de l'équation écrite à la question 1°, calculer la quantité de matière de peroxyde d'hydrogène présent initialement dans la solution d'eau oxygénée. (Dans les conditions de l'expérience, le volume molaire des gaz est $V_m = 22,4$ L.mol^{-1}.)**
5. **En déduire la concentration molaire en peroxyde d'hydrogène de la solution d'eau oxygénée.**

Données : masses molaires exprimées en g.mol^{-1} : H : 1 et O : 16

3 Les risques électriques dans l'habitat

1 Tension alternative sinusoïdale

• **Les caractéristiques d'une tension alternative** sinusoïdale sont :

– l'**amplitude U_m**, en volt, (V), qui est la valeur maximale de la tension ;

– la **période T**, en seconde (s), qui est la plus petite durée au bout de laquelle la tension se reproduit identique à elle-même ;

– la **tension efficace U**, en volt, (V) est mesurée par un voltmètre en mode alternatif. Elle est liée à l'amplitude par la relation $U = \frac{U_m}{\sqrt{2}}$;

– la **fréquence f**, en Hertz (Hz) correspond au nombre de périodes (exprimées en seconde) par seconde. Elle est liée à la période T par la relation $f = \frac{1}{T}$.

• **L'oscillogramme d'une tension** donne sa courbe de variation au cours du temps.

▼ Oscillogramme d'une tension

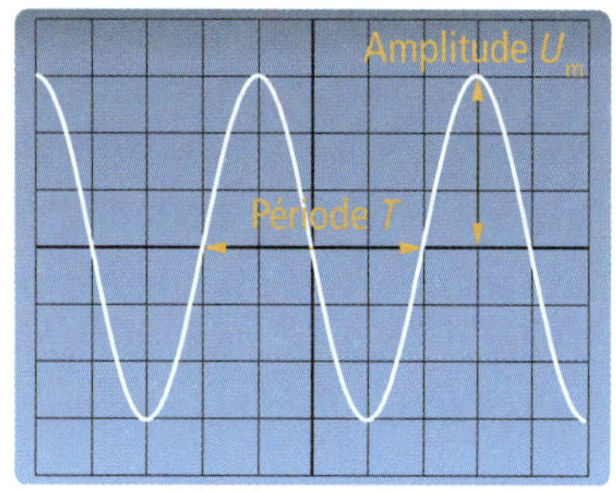

Sensibilité horizontale : 5 ms.div^{-1}
Sensibilité verticale : 2 V.div^{-1}

Exemple Pour la tension sinusoïdale visualisée ci-dessus, déterminer :
1° l'amplitude U_m ;
2° la période et la fréquence.

Solution **1°** Amplitude (ou tension maximale) = sensibilité verticale × nombre de divisions. $U_m = 2 \times 3 = 6$ V.
2° Période = sensibilité horizontale × nombre de divisions. $T = 5 \times 4 = 20$ ms.

2 Tension aux bornes d'une prise électrique

• **La tension du secteur est sinusoïdale :**
– sa **valeur efficace** est $U = 230$ V ;
– sa **valeur maximale** $U_m = 325$ V ;
– sa **période** $T = 0{,}020$ s ;
– sa **fréquence** $f = 50$ Hz.

• **La tension efficace** entre la phase et le neutre est 230 V, entre la phase et la terre 230 V, entre le neutre et la terre 0 V.

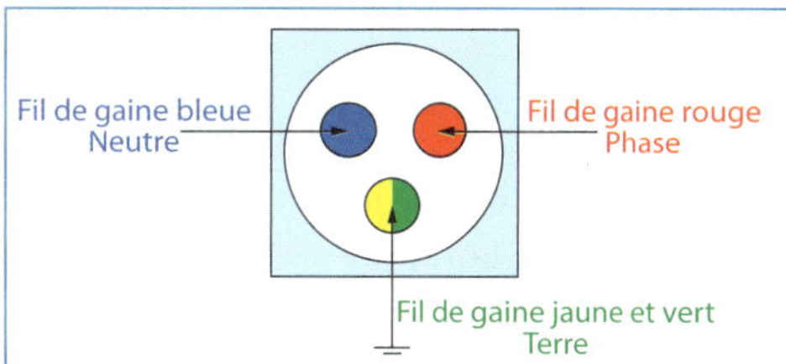

▲ Tension d'un secteur

3 Électrisation et électrocution

• **L'électrisation du corps** peut provoquer des brûlures, des lésions d'organes et la mort dans les cas d'électrocution. La **gravité** du choc électrique dépend de quatre facteurs : la **durée** de passage du courant électrique dans le corps Δt, l'**intensité** I_c qui le traverse, la **tension électrique** U_c et la **résistance** du corps humain R. Les installations électriques domestiques sont protégées par :

– par le **disjoncteur divisionnaire**, le coupe-circuit ou fusible ;
– par le **disjoncteur différentiel** et la prise de terre.

• **La mise à la terre** d'une installation électrique évite, pour un appareil électrique défectueux, que le courant ne transite par le corps humain pour aller à la terre. Elle protège ainsi les personnes d'une électrocution.

• **Le disjoncteur** permet une protection des biens et des personnes. Il agit à la manière d'un interrupteur automatique en cas de court-circuit ou de surintensité du courant électrique.

4 Les effets du courant électrique

Le passage d'un courant dans un circuit électrique provoque un échauffement de ce dernier (effet joule). Si le courant est trop important, il peut entraîner la détérioration de certains composants.

Exercices d'entraînement

Exercice 1 ★ 5 min

Corrigé p. 247

1. Citer la valeur de la tension efficace et de la fréquence de la tension du secteur alimentant une installation électrique domestique.

2. Citer des appareils électriques qui protègent l'installation électrique domestique.

3. Citer les noms des trois bornes d'une prise de courant.

Exercice 2 ★ 15 min

Corrigé p. 247

L'oscillogramme d'une tension délivrée par un générateur basse fréquence est reproduit ci-contre. La sensibilité horizontale est 10 ms.Div^{-1}, la sensibilité verticale est 5 V.Div^{-1}.

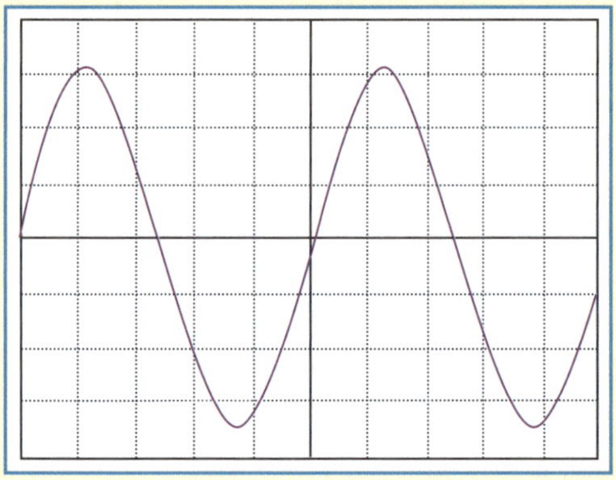

1. Cette tension est-elle variable ou continue ?

2. Déterminer la valeur de la tension maximale de cette tension. En déduire la valeur de sa tension efficace.

3. Avec quel appareil peut-on mesurer cette tension efficace ?

4. Déterminer la période de cette tension. En déduire sa fréquence.

5. On sélectionne la sensibilité 5 ms.Div^{-1}, combien de périodes seront visualisées sur l'écran de l'oscilloscope ?

Exercice 3 ★ 10 min

Corrigé p. 248

1. Citer des effets du courant électrique sur le corps humain.

2. Quels sont les facteurs qui influent sur la gravité d'une électrisation ?

3. Citer un appareil électrique protégeant de l'électrisation dans une installation électrique.

4. Pourquoi est-il déconseillé de brancher sur une même multiprise, des appareils électriques trop puissants et trop nombreux ?

5. Pourquoi ne faut-il jamais relier les bornes d'une prise par un conducteur électrique (trombone, paire de ciseaux…) ?

4 Ondes infrarouges et systèmes de détection

1 Les ondes électromagnétiques

Les rayons ultraviolets (UV) et les rayons infrarouges (IR) sont des **radiations électromagnétiques** de même nature que la lumière, mais leurs domaines de longueurs d'onde sont différents. Ils se propagent dans le vide à la vitesse de la lumière, c = 300 000 $km.s^{-1}$. Plus la longueur d'onde est faible, plus le rayonnement transporte de l'énergie et plus il est dangereux.

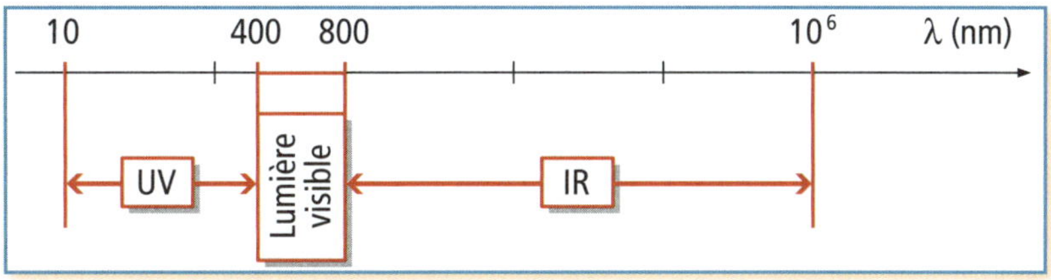

▲ Les rayons ultraviolets et les rayons infrarouges

2 Sources et applications des rayonnements IR, UV et X

A Rayonnement infrarouge IR : 800 nm < λ < 1 mm

Les corps chauds, comme le Soleil, les lampes à incandescence, les plaques chauffantes, le corps humain émettent des IR. Le thermomètre IR et la thermographie IR constituent deux applications médicales.

B Rayonnement UV : 10 nm < λ < 400 nm

- **La principale source naturelle d'UV** est le Soleil, la source artificielle est une lampe UV. Les biologistes classent les UV selon leurs effets sur le corps humain.
- **L'exposition aux rayons ultraviolets** présente des **dangers** (lésions de l'œil, réactions cutanées et cancers de la peau). Il est donc nécessaire de se protéger (lunettes de soleil, crème solaire…). Les UV sont aussi utilisés pour la désinfection et la stérilisation de l'eau ou des instruments chirurgicaux et également pour durcir des résines dentaires.

C Rayons X : 10^{-3} nm < λ <10 nm

- **Les rayons X** peuvent être obtenus en bombardant un métal cible avec des électrons animés d'une grande vitesse.
- **Les propriétés des rayons X** sont comparables à celles des UV, mais ils sont beaucoup plus pénétrants, car plus énergétiques. L'absorption des rayons X par la matière est d'autant plus grande :
– que l'**épaisseur** du matériau traversé est grande ;
– que le **numéro atomique** de l'élément chimique est élevé ;
– que la **longueur d'onde** du faisceau de rayons X est grande.
- **La radiographie,** la tomodensitométrie (ou scanographie) et la radiothérapie sont des applications médicales des rayons X.

• **Modèle du corps noir :** on appelle « corps noir » un objet idéal dont le spectre électromagnétique ne dépend que de se température. On considèrera que les objets étudiés se comportent tous comme des corps noirs.

• **Loi de Wien :** un corps, quelle que soit sa température, émet une multitude de rayonnements électromagnétiques comme le montrent les courbes ci-dessous.

• La longueur d'onde rayonnée avec le maximum d'intensité par un corps est donnée par la loi de Wien : $\lambda_{max} \cdot T = A$

• A est une constante, A= $2{,}9 \cdot 10^{-3} m \cdot K$, T est la température du corps exprimé en degré Kelvin (K) et λ_{max} est la longueur d'onde émise avec le maximum d'intensité, exprimée en mètre (m).

• **La longueur d'onde** émise avec le plus d'intensité pour le corps humain se situe dans le domaine des **ondes infrarouges**. On peut donc mesurer la température corporelle en mesurant la longueur d'onde émise avec le plus d'intensité : c'est le principe du **thermomètre infrarouge**.

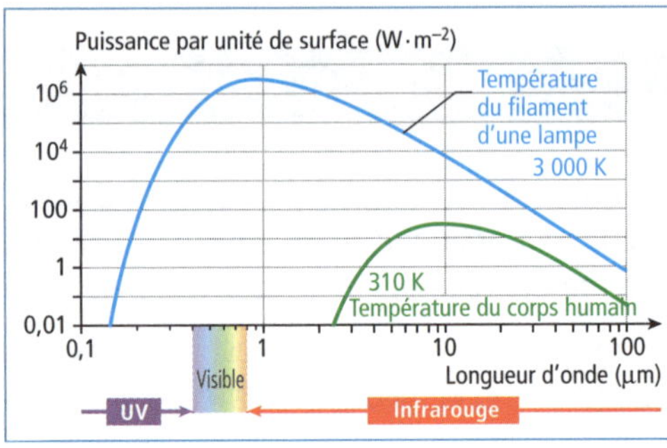

Exercices d'entraînement

Exercice 1 ★ 10 min

Corrigé p. 248

Sur un axe représentant les valeurs des longueurs d'onde des rayonnements en *nm*, placer les domaines des ultraviolets, du visible, des infrarouges en indiquant les longueurs d'onde limites de chacun de ces domaines.

Exercice 2 ★ 5 min

Corrigé p. 248

La température du corps d'un enfant provoque l'émission d'ondes électromagnétiques détectables par un thermomètre adapté. Le profil spectral de cette émission est donné ci-dessous ainsi que le détail autour du maximum d'émission.

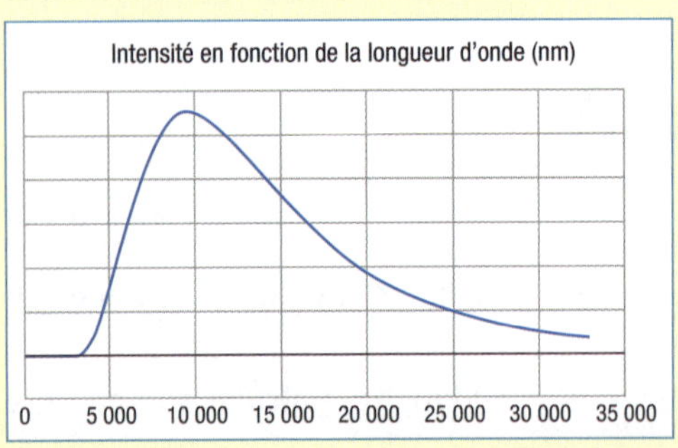

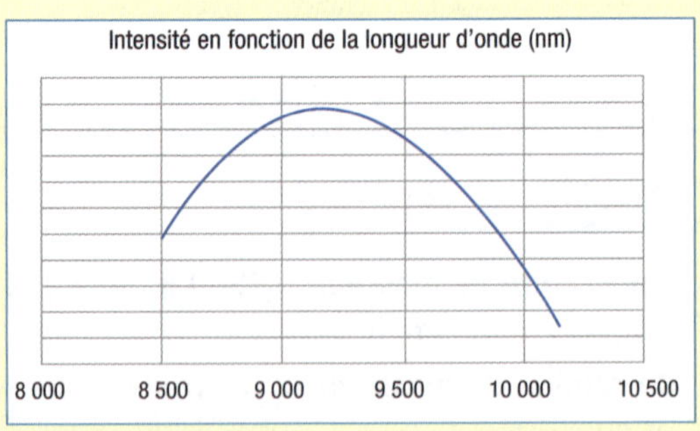

1. **À quel domaine d'ondes électromagnétiques appartient le rayonnement émis ?**
2. **Quelle est la valeur de la longueur d'onde du rayonnement émis avec un maximum d'intensité ?**
3. **En déduire la température du corps de l'enfant.**

5 La sécurité routière

1 L'énergie cinétique d'un solide en translation

Définition de l'énergie cinétique. Un solide de masse m animé d'un mouvement de translation à la vitesse v possède une énergie cinétique : $Ec = ½\,m.v^2$, Ec en joule (J), m en kg, v en $m.s^{-1}$.

À retenir

Comment passer des m·s–1 aux km·h–1 et inversement ?

Il faut retenir que $1\ m \cdot s^{-1} = 3{,}6\ km \cdot h^{-1}$

Ainsi : $v(m \cdot s^{-1}) = \dfrac{v(km \cdot h^{-1})}{36}$ et $v(km \cdot h^{-1}) = v(m \cdot s^{-1}) \times 3{,}6$.

2 Application à la sécurité routière

- **La distance de freinage D_F** est la distance parcourue par le véhicule entre le moment où le conducteur actionne les freins et celui où le véhicule s'arrête. Elle dépend du véhicule (état du système de freinage...), de sa vitesse, de l'adhérence sur la chaussée, etc.
- **Le temps de réaction T_R** est le temps qui s'écoule entre le moment où le conducteur perçoit un obstacle et celui où il commence à freiner.
- **La distance de réaction D_R** est la distance parcourue pendant le temps de réaction T_R. Elle est proportionnelle à la vitesse du véhicule : $D_R = v \cdot T_R$.
- **La distance d'arrêt D_A** d'un véhicule est la distance parcourue par un véhicule entre le moment où le conducteur perçoit un obstacle et l'arrêt complet du véhicule.

C'est la somme de la distance parcourue pendant le temps de réaction du conducteur et de la distance de freinage : $D_A = D_F + D_R$.

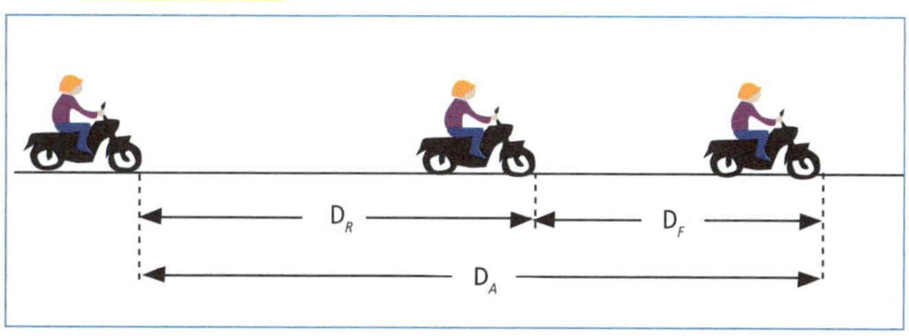

▲ Les distances d'arrêt

Exercice d'entraînement

Exercice ★ 15 min Corrigé p. 248

1. **Une voiture de masse $m = 750$ kg roule à la vitesse $v = 80\ km \cdot h^{-1}$. Calculer son énergie cinétique. $v = 80\ km \cdot h^{-1}$.**

2. **Un camion de masse $m' = 5\ t$ roule à une vitesse $v' = 50\ km \cdot h^{-1}$. Calculer son énergie cinétique.**

3. **Lors d'un tournoi du grand chelem, lors d'un service, une balle de tennis de masse $m_{balle} = 57$ g possède une énergie cinétique $E_c = 71$ J. Quelle est sa vitesse en $km \cdot h^{-1}$?**

6 Les ondes sonores

1 Les sons et ultrasons

A Nature des sons et ultrasons

• **Les sons et les ultrasons sont de même nature :** ce sont des **ondes mécaniques** qui sont créées par des vibrations de la source sonore et qui se propagent de proche en proche sous forme de zones de compression et de dilatation du milieu de propagation.

• **Les ondes sonores ne se propagent pas dans le vide.** Une onde sonore ou ultrasonore est caractérisée par sa fréquence f en hertz (Hz) liée à sa période T en seconde (s) par la relation :

$$f = \frac{1}{T}.$$

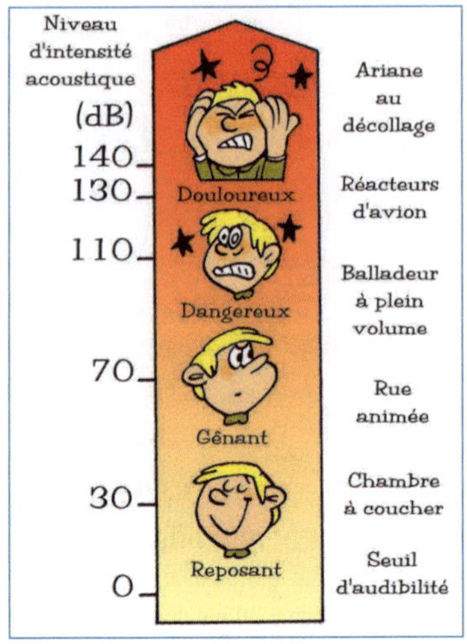

▲ Niveau d'intensité accoustique

B Domaine de fréquences

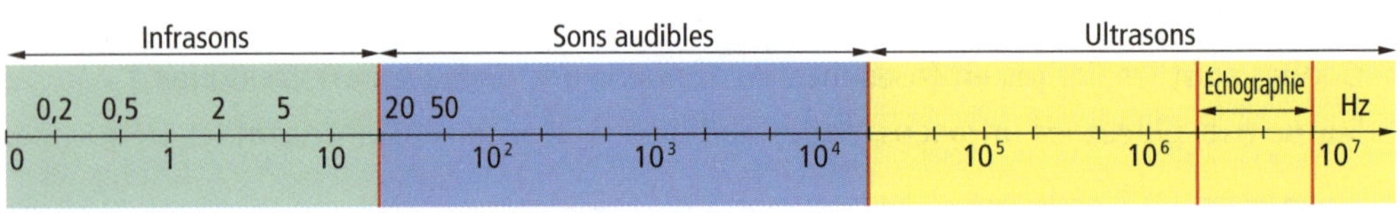

C Vitesse de propagation des ondes sonores ou ultrasonores

La vitesse de propagation (ou célérité) des ondes sonores ou ultrasonores dépend du **milieu de propagation** et de sa **température**. Dans l'air, la vitesse est de 340 $m.s^{-1}$.

Exemple **1°** Un son de fréquence 100 kHz est-il audible ?
2° Pourquoi est-il dangereux lors d'une soirée, de se placer trop près des haut-parleurs ?

Solution **1°** Non, un son de fréquence 100 kHz n'est pas audible. Cette fréquence correspond à un ultrason.
2° Le niveau sonore est très grand et peut provoquer des lésions irréversibles de l'oreille. Quand on s'éloigne des haut-parleurs, le niveau sonore diminue.

2 L'oreille

• **L'oreille humaine** n'est sensible qu'aux fréquences sonores comprises entre 20 Hz et 20 kHz. Le **niveau d'intensité sonore, L**, est mesuré en **décibel (dB)** avec un sonomètre. Les dangers d'une exposition au bruit dépendent du niveau sonore et de la durée d'exposition. L'oreille peut subir des lésions irréversibles : il est nécessaire de se protéger (casque, bouchons…).

• **Une source sonore** est un objet vibrant qui va générer une vibration de l'air (zones de compression et zones de dépression) qui se propage. L'oreille convertit la vibration des molécules

d'air en un message électrique transmis par le système nerveux. Le **tympan**, fine membrane vibre en même temps que l'air. Cette vibration est ensuite amplifiée (système : marteau, enclume, étrier) puis transformée dans la cochlée en message nerveux.

• **Pour mesurer la capacité auditive** d'un patient, on construit son audiogramme c'est-à-dire le seuil d'audibilité du patient pour diverses fréquences.

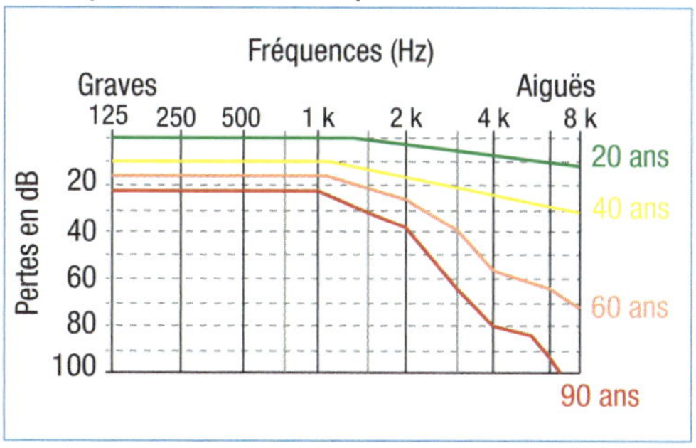

▲ Audiogramme « normal » de sujet de différents âges

• **Les capacités auditives** varient en fonction de l'âge du patient.

• **Un patient ayant une perte auditive gênante** peut avoir recours à des **appareils auditifs** qui captent et amplifient les ondes sonores.

Exercices d'entraînement

Exercice 1 ★ 10 min

Corrigé p. 248

1. Quelles sont les limites en fréquence du domaine des ondes sonores audibles ?

2. Sur un axe, placez les infrasons, ondes audibles et ultrasons en précisant les fréquences.

Exercice 2 ★ 5 min

Corrigé p. 248

Soit une onde sonore de période. Cette onde sonore fait-elle partie du domaine audible, des infrasons ou des ultrasons ?

Exercice 3 ★ 20 min

Corrigé p. 248

L'audiogramme d'un patient présentant des problèmes d'audition est représenté ci-contre.

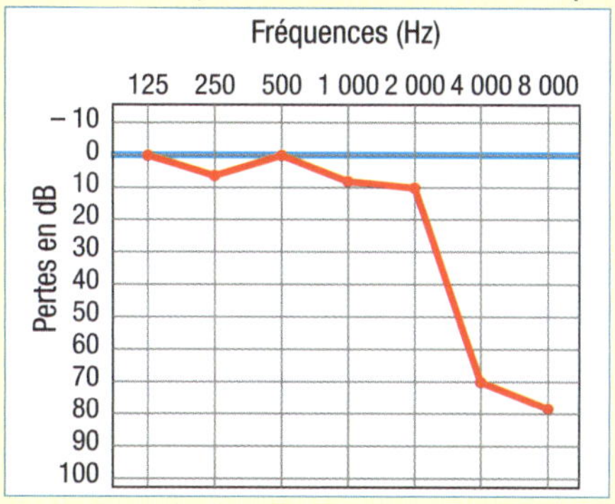

1. Quelles sont les fréquences que ce patient ne parvient plus à distinguer ?

2. Cela concerne-t-il des sons graves, moyens ou aigus ?

3. Quelle(s) solution(s) le médecin peut-il lui proposer ?

7 Lumière et vision

1 Modélisation de l'œil humain

A Anatomie de l'œil

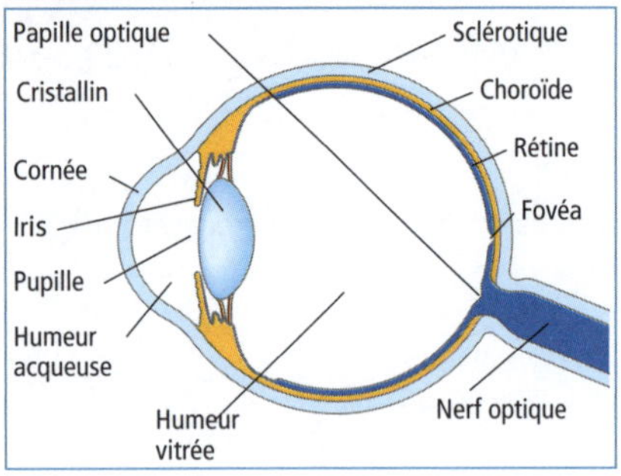

B L'œil est un système optique

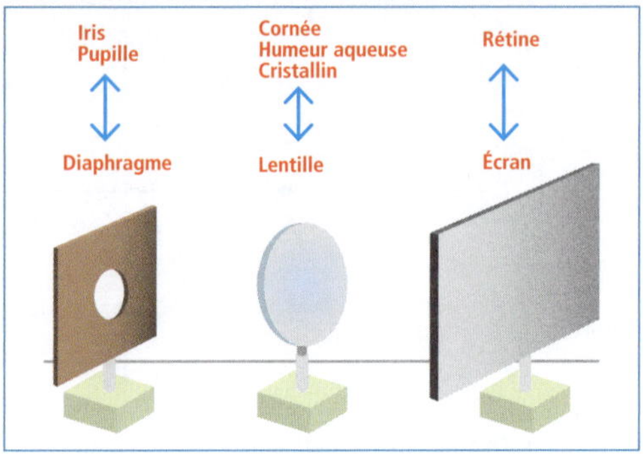

2 Les lentilles minces

• **Une lentille** est un **milieu transparent** délimité par deux surfaces dont l'une, au moins, n'est pas place. Il existe des lentilles **convergentes** (surface non plane convexe) et les lentilles **divergentes** (surface non plane concave).

• **Une lentille convergente** rapproche les rayons émergents de l'axe optique. Sa distance focale est $f' = \overline{OF'}$.

Sa vergence est $C = \frac{1}{f'}$. C en dioptrie (δ) et f' en mètre (m).

• **La cornée, l'humeur aqueuse et le cristallin** sont équivalents à une lentille convergente de vergence variable. Ils donnent une image sur la rétine.

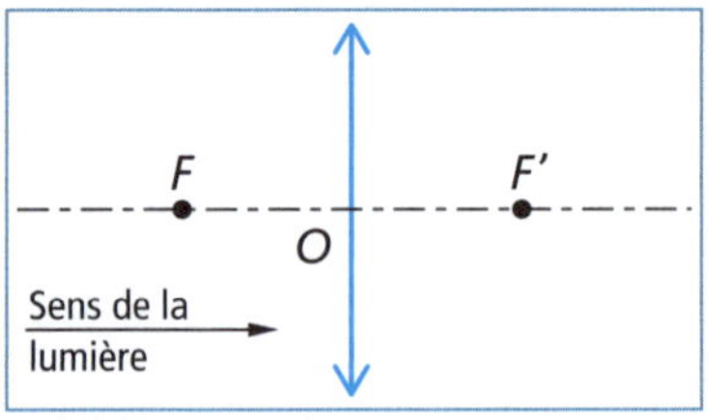

▲ Lentille convergente

• **Une lentille divergente** écarte les rayons émergents de l'axe optique.

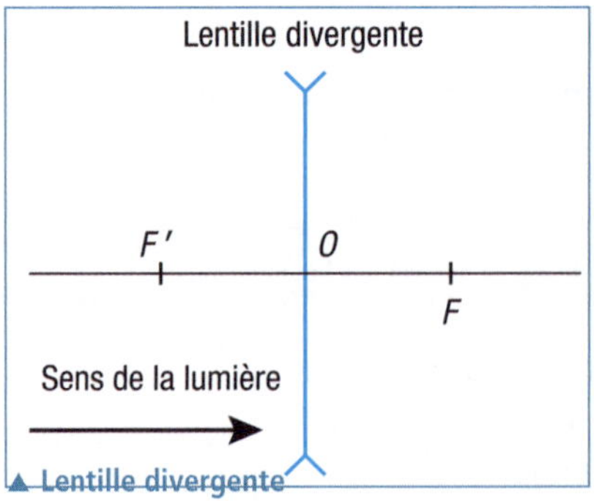

▲ Lentille divergente

PHYSIQUE-CHIMIE POUR LA SANTÉ

3 Image d'un objet donné par une lentille mince

La lumière se propage en ligne droite dans les milieux homogènes et transparents.

- **Pour une lentille convergente**

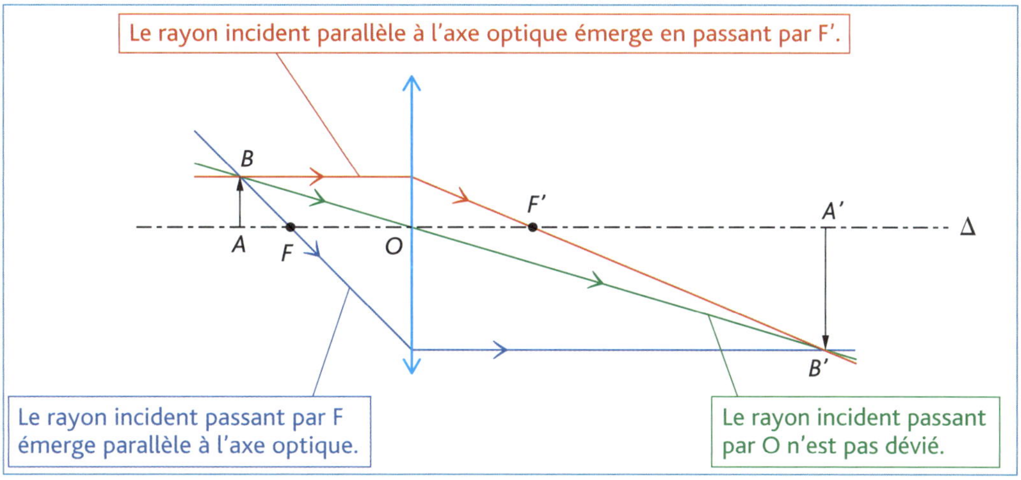

- **Pour une lentille divergente**

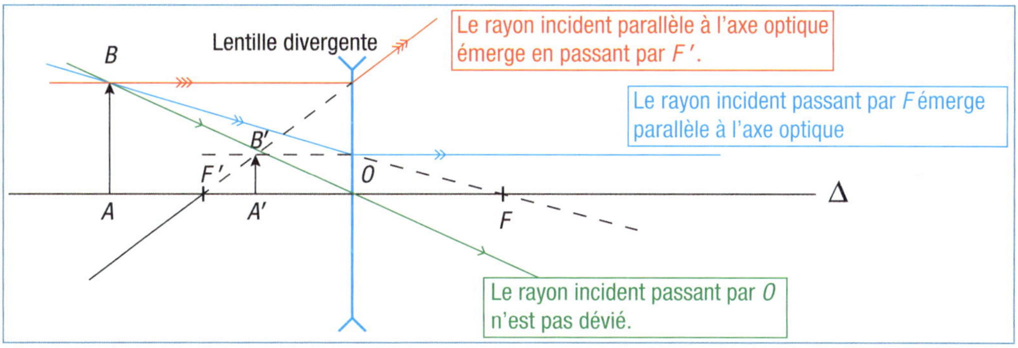

- **Deux des trois rayons particuliers** suffisent pour rechercher les caractéristiques (position, taille, sens) de l'image A′B′ d'un objet AB.
- **Le grandissement γ** est défini par la relation : $\gamma = \frac{\overline{A'B'}}{\overline{AB}}$ γ est sans unité.
- **Si $\overline{OA'} > 0$,** on dit que l'image est réelle et on peut l'observer sur un écran placé après la lentille, dans le cas contraire, on dit qu'elle est virtuelle.

4 Conditions de vision d'un œil emmétrope

- **Un œil emmétrope** est un œil normal, sans défaut. L'œil voit nettement un objet si l'image de cet objet se forme sur la rétine.
- **Le *ponctum remotum***, PR, est la position la plus éloignée pour laquelle l'objet est visible sans accommodation.

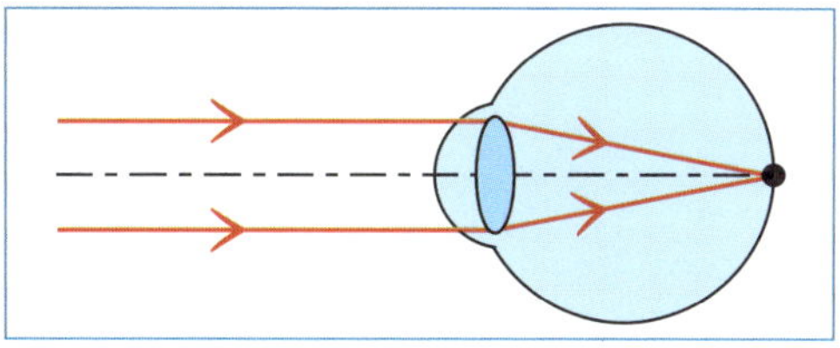

▲ Œil emmétrope

- **Le *ponctum proximum***, PP, est la position la plus proche pour laquelle l'objet est visible en accommodant au maximum.
- **Pour un œil emmétrope,** le PR est situé à l'infini et le P.P à 25 cm.

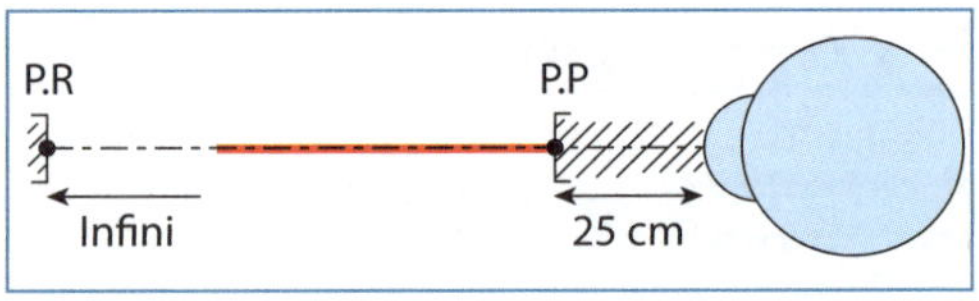

▲ Domaine de vision nette (en rouge) pour un œil emmétrope

Exemple Un œil emmétrope au repos peut-il voir nettement un objet placé à 25 cm ?

Solution
La réponse est non, car un œil au repos n'accommode pas, il ne peut voir nettement que les objets à l'infini.

5 Les principaux défauts de l'œil et leurs corrections

Œil	Emmétrope	Myope	Hypermétrope
Défaut ou non	Pas de défaut.	Ne voit pas nettement un objet éloigné.	Ne voit pas nettement un objet proche.
Caractéristiques de la vision d'un objet à l'infini pour l'œil au repos	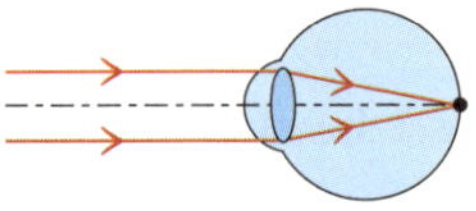 L'image se forme sur la rétine.	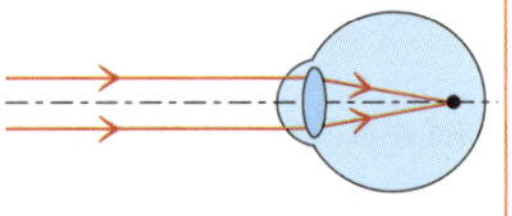 Œil trop convergent. L'image se forme en avant de la rétine.	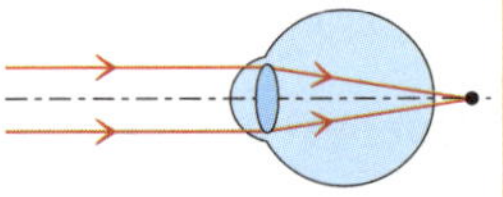 Œil pas assez convergent. L'image se forme en arrière de la rétine.
Domaine de vision nette (en rouge)	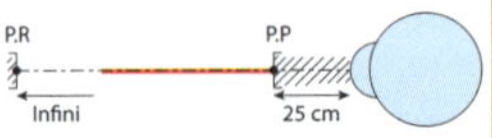	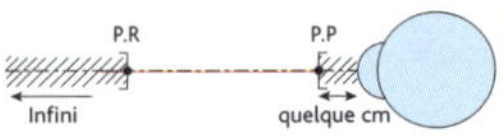	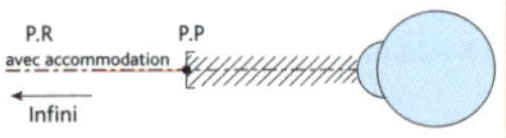
Correction	Pas de correction.	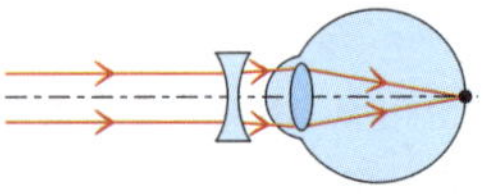 Correction avec une lentille divergente.	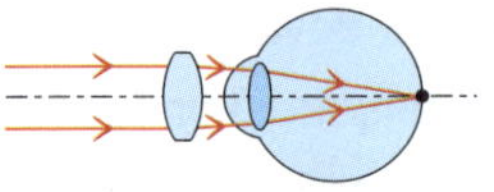 Correction avec une lentille convergente.

Quand l'œil vieillit, le cristallin perd de son élasticité, l'œil accommode moins : c'est la **presbytie**.
Si la cornée n'est pas parfaitement sphérique, mais plutôt ovale, ou si les milieux ne sont pas parfaitement homogènes, l'œil est **astigmate**.

Exercices d'entraînement

Exercice 1 ★ 10 min

Corrigé p. 248

1. Recopier et compléter le schéma en traçant le rayon émergent correspondant aux deux rayons incidents.

2. Où se situe l'objet AB qui envoie les rayons parallèles sur la lentille ?

3. Où se situe l'image A'B' de cet objet ?

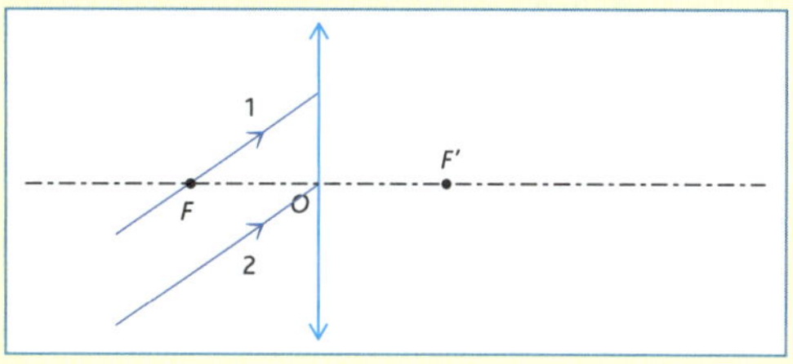

Exercice 2 ★ 10 min

Corrigé p. 249

Les deux situations représentées ci-dessous concernent un œil normal.

1. Reproduire et compléter la légende du schéma a. :

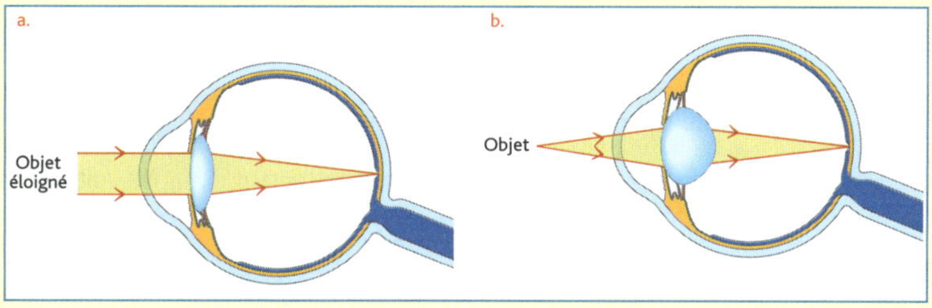

2. Quel est le schéma représentant un œil au repos ? Justifier la réponse.

3. Dans quel cas l'œil accommode ? Justifier la réponse. Si l'œil n'accommodait pas, où devrait se former l'image ?

Exercice 3 ★ 10 min

Corrigé p. 249

1. Pour un œil hypermétrope au repos, l'image d'un objet éloigné se forme-t-elle sur la rétine, devant ou derrière ?

2. Comparé à un œil emmétrope, un œil hypermétrope est-il trop ou pas assez convergent ?

3. La vergence de la lentille correctrice est-elle positive, négative ou nulle ?

Exercice 4 ★ 15 min

Corrigé p. 249

Sans accommodation, la vergence d'un œil est de 56,3 δ. Lorsqu'il accommode au maximum, la vergence de cet œil varie de 4,0 δ. La distance cristallin-rétine est égale à 16,7 mm.

1. À quelle distance du cristallin se forme l'image d'un objet lointain quand l'œil au repos n'accommode pas ?

2. Comparer cette distance à la distance cristallin-rétine. En déduire le défaut présenté par cet œil.

3. Calculer la vergence quand l'œil accommode au maximum.

4. Cet œil peut-il voir nettement un objet lointain ?

5. Préciser le type de lentille correctrice prescrite pour corriger ce défaut.

8 Les propriétés des fluides et la pression sanguine

1 La force et la pression

A La représentation d'une force

- **Une force** est représentée par un segment fléché appelé vecteur-force.
- **Un vecteur-force** est caractérisé par :
– son **origine** qui est le point d'application de la force ;
– sa **direction** et son sens qui sont ceux de la force ;
– sa **longueur** qui est proportionnelle à la valeur de la force exprimée en newton (symbole N).

Exemple
La force de 125 N exercée par la main sur l'élastique est représentée par le vecteur–force, à l'échelle 1 cm pour 50 N.

Quelle doit être la longueur du vecteur force représentant la force exercée par la main sur l'élastique ?

Solution On a choisi de représenter 50 N par 1 cm, donc 125 N seront représentés par 2,5 cm. La longueur du vecteur est de 2,5 cm.

B La force pressante et la pression

- **La pression *p***, due à une force pressante $\vec{F}$ agissant perpendiculairement et uniformément sur une surface *S*, est égale au quotient de la valeur *F* de la force pressante par l'aire *S* de la surface pressée : $p = \frac{F}{S}$ avec *p* en pascals (Pa), *F* en newton (N) et *S* en m^2.
- **L'unité de pression** dans le système international (SI) est le pascal (Pa). 1 Pa = 1 N/m^2.
- **La pression se mesure** avec un manomètre.
- En tout point de l'atmosphère, il existe une pression, appelée **pression atmosphérique**, que l'on mesure à l'aide d'un baromètre. La pression atmosphérique moyenne, au niveau de la mer, est égale 1 013 hPa, soit environ 1 bar. 1 bar = 10^5 Pa.

Exemple La pression atmosphérique un jour de beau temps est de 1 025 mbar.
Exprimer cette pression dans l'unité SI.

Solution 1 025 mbar = 1,025 bar.
Comme 1 bar = 10^5 Pa,
1,025 bar = 1,025 × 10^5 Pa.

2 La masse volumique et la densité

A La masse volumique

- **La masse volumique ρ** d'un corps homogène de masse *m* et de volume *V* est donnée par la relation : $\rho = \frac{m}{V}$ avec *m* en kg, *V* en m^3 et ρ en kg.m^{-3}.
- **1 000 kg.m^{-3} = 1 g.cm^{-3} = 1 kg.dm^{-3} = 1 kg.L^{-1}**

PHYSIQUE-CHIMIE POUR LA SANTÉ

Exemple L'heptane est un hydrocarbure présent dans l'essence. 50 mL d'heptane ont une masse $m = 34$ g.
Quelle est la masse volumique de l'heptane ?

Solution
La masse volumique est donnée par $\rho = \frac{m}{V}$
$\rho = \frac{34}{50} = 0{,}68 \text{ g.mL}^{-1} = 0{,}68 \text{g.cm}^{-3}$
$= 0{,}68 \text{ kg.L}^{-1}$.

B La densité d'un liquide

- **La densité d** d'un liquide de masse volumique ρ_l est donnée par la relation :
$d = \frac{\rho_l}{\rho_e}$. ρ_e est la masse volumique de l'eau. La densité n'a pas d'unité.
- **$\rho_e = 1\,000 \text{ kg.m}^{-3} = 1 \text{ kg.L}^{-1} = 1 \text{ g.cm}^{-3}$**

Exemple Le mercure a une masse volumique de 13,6 g.cm^{-3}. Calculer sa densité.

Solution $d = \frac{\rho_l}{\rho_e} = \frac{13{,}6}{1} = 13{,}6$

3 La loi fondamentale de la statique des fluides

- **La différence de pression** entre deux points A et B d'un liquide en équilibre s'exprime par : $\Delta p = p_A - p_B = \rho.g.h$, si A est au-dessous de B, avec ρ en kg.m^{-3}, h en m, Δp en Pa ; $g = 9{,}8$ N.kg^{-1} (valeur de l'intensité de la pesanteur). Dans un liquide, la pression p_M reste la même en tout point M d'un même plan horizontal.

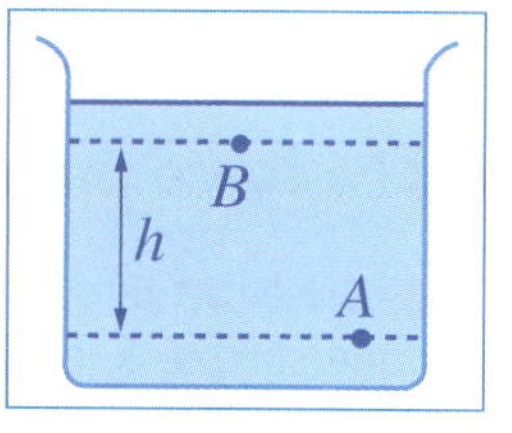

4 La pression artérielle

- **La pression artérielle T,** appelée aussi tension artérielle, est définie par : $T = p_{sang} - p_{atm}$.
- **La tension artérielle** s'exprime en cm Hg (1 cm Hg = 1 333 Pa).
- **La pression systolique** est la pression maximale.
- **La pression diastolique** est la pression minimale.

Exemple
La tension artérielle moyenne au niveau du cœur d'un homme est $T_C = 13{,}2 \times 10^3$ Pa.
Calculer la tension artérielle T_t au niveau de la tête.

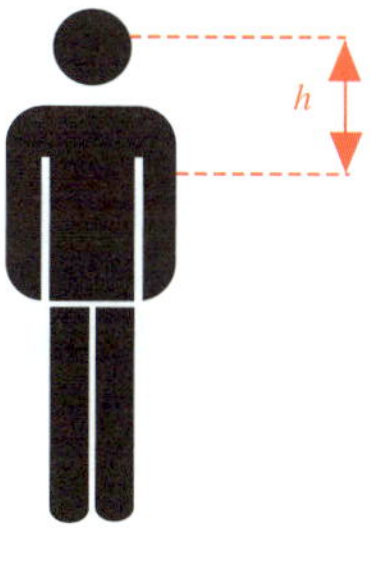

Données :
$h = 45$ cm ;
$\rho_{sang} = 1{,}10 \times 10^3 \text{ kg.m}^{-3}$;
$g = 9{,}8 \text{ N.kg}^{-1}$.

Solution La tension artérielle au niveau du cœur vérifie :
$T_C = p_C - p_{atm}$; où p_C est la pression du sang au niveau du cœur.
La tension artérielle au niveau de la tête vérifie :
$T_t = p_t - p_{atm}$; où p_t est la pression du sang au niveau de la tête.
On en déduit $T_t - T_C = p_t - p_C$.
On applique ensuite la loi fondamentale de la statique des fluides au sang :
$p_C - p_t = \rho.g.h$.
D'où $T_t - T_C = -\rho.g.h$
donc $T_t = T_C - \rho.g.h$
$T_t = 13{,}2 \times 10^3 - 1{,}10 \times 10^3 \times 9{,}8 \times 0{,}45$
$T_t = 8{,}35 \times 10^3$ Pa.

5 Le débit d'écoulement volumique

A Définition

• **Le débit en volume D** d'un liquide est le volume de liquide qui traverse une section d'un tuyau pendant l'unité de temps.

• **Si V est le volume de liquide** qui traverse la section du tuyau pendant la durée Δt, le débit D est donné par la relation : $D = \frac{V}{\Delta t}$ avec V en m^3, Δt en s, D en m^3.s^{-1}.

B Les unités de débit

• **Unité du système international :** le mètre cube par seconde : m^3.s^{-1}.

• **Autres unités usuelles :**
– le **litre par seconde** : 1 L.s^{-1} = 1 dm^3.s^{-1} = 10^{-3} m^3.s^{-1} ;
– le **litre par minute** : 1 L.min^{-1} = 1 dm^3.min^{-1} = 0,017 dm^3.s^{-1} = 1,7 × 10^{-5} m^3.s^{-1}.

C L'expression du débit volumique

Le débit volumique D d'un liquide lors d'un écoulement permanent est égal au produit de la vitesse v d'écoulement du fluide par la section S d'écoulement.

$D = v.S$ avec v en m.s^{-1}, S en m^2, D en m^3.s^{-1}.

D Expression du débit cardiaque

• **Le débit cardiaque D_C** correspond au volume de sang éjecté par le cœur par unité de temps. Il est exprimé en litre par minute ($L \cdot$ min^{-1}).

• **Il se calcule comme le produit de volume de sang éjecté** à chaque battement (volume d'éjection systolique V_{ES}, en litre) par la fréquence cardiaque (F_c, nombre de battements par minute) tel que :

$$D_C = V_{ES} \times F_c$$

PHYSIQUE-CHIMIE POUR LA SANTÉ

Exercices d'entraînement

Exercice 1 Seringue ★ 15 min

Corrigé p. 249

On suppose qu'on appuie légèrement sur le piston d'une seringue horizontale bouchée. La pression du liquide contenu dans la seringue est alors de 2,0 bars. Sans calculatrice :

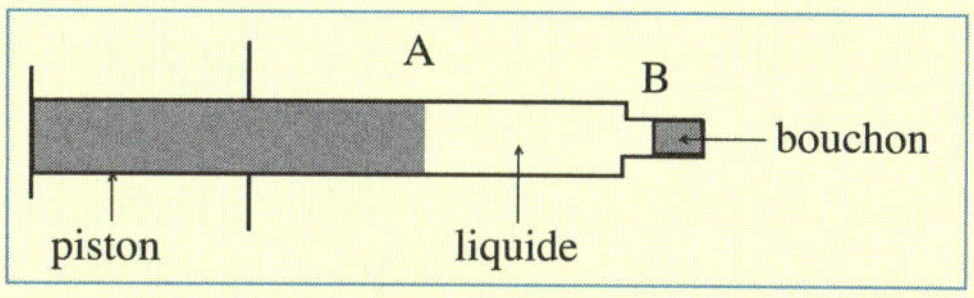

1. **Donner la valeur de cette pression dans l'unité légale.**
2. **Quelle est la valeur de la force pressante exercée par le liquide sur le piston en *A*, dont la surface est 2,5 cm² ?**
3. **Donner les caractéristiques de cette force pressante et sa représentation avec pour échelle 1 cm pour 25 N.**

Exercice 2 Masse de sirop ★ 10 min

Corrigé p. 249

La densité d'un sirop de codéine est 1,3. Un malade prend une cuillère à soupe de sirop d'un volume 15 mL.

Quelle est la masse de sirop ingérée ?

On donne ρ_{eau} = 1 000 kg.m^{-3} ; g = 9,8 N.kg^{-1}.

Exercice 3 Tension artérielle ★ 20 min

Corrigé p. 249

On a mesuré la tension artérielle de Tom, au niveau du cœur et des pieds.

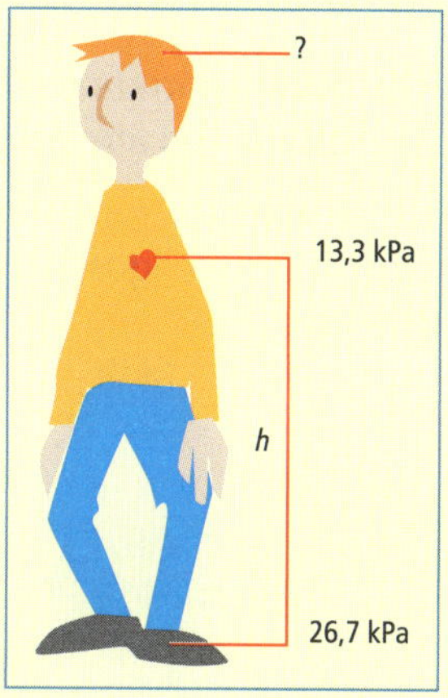

1. **Exprimer la tension au niveau du cœur en cm Hg, sachant que 1 cm Hg = 1 333 Pa.**
2. **En déduire l'altitude *h* du cœur de Tom.**
3. **Tom mesure 1,70 m. Quelle est la valeur de la tension artérielle au niveau de la tête ?**

Données :

ρ_{sang} = 1 060 kg.m^{-3} ; g = 9,8 N.kg^{-1}.

Exercice 4 Débit et vitesse d'écoulement ★ 10 min

Corrigé p. 250

1. **De l'eau s'écoule dans une conduite de 30,0 cm de diamètre à la vitesse de 0,50 m.s^{-1}. Calculer le débit en m^3.s^{-1} et L.min^{-1}.**
2. **Dans une conduite de 30,0 cm de diamètre, l'eau circule avec un débit de 1 800 L.min^{-1}. Calculer la vitesse moyenne d'écoulement.**

Exercice 5 Débit cardiaque ★ 10 min

Corrigé p. 250

Le débit cardiaque moyen chez un homme est de 5 L.min^{-1}.

Calculer la vitesse d'éjection systolique d'un patient dont la fréquence cardiaque est de 70 battements par minute.

9 Les molécules organiques

1 Valence de quelques atomes courants

On appelle valence le nombre de liaisons qu'un atome est susceptible de former avec d'autres atomes.

Atome	H	C	N	O
Valence	1	4	3	2

2 Représentation des molécules, isomérie

• **Formule brute :** elle indique uniquement la **nature** et le **nombre** des atomes présents dans la molécule (ex : le butane de formule brute C_4H_{10}).

• **Formule développée :** elle représente les **liaisons** formées par l'ensemble des atomes présents dans la molécule :

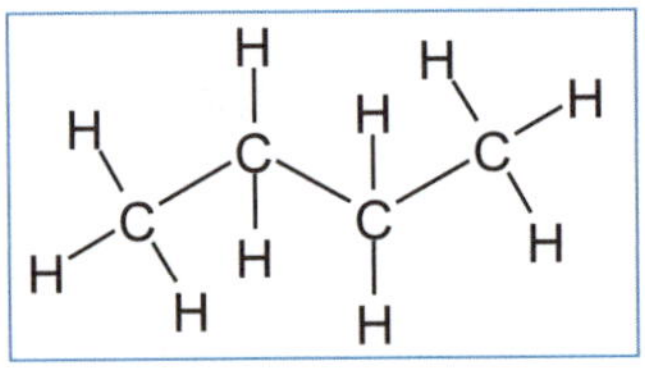

• **Formule semi-développée :** elle ne fait pas apparaître les liaisons $C - H$ mais indique le **nombre d'hydrogène** portés par les atomes de carbone :

$CH_3—CH_2—CH_2—CH_3$

• **Formule topologique :** chaque tiret indique une liaison entre deux atomes de carbone qui n'apparaissent plus. On continue d'indiquer les atomes autres que C et H :

• **On appelle isomères** des composés qui ont la même formule brute mais des formules développées, semi-développées, topologiques différentes.

Exemple Écrire les formules semi-développées possibles pour C_2H_6O.
C_2H_6O peut s'écrire : $H_3C—CH_2—OH$ ou $H_3C—O—CH_3$: ces molécules sont des isomères, la première est un alcool (éthanol), l'autre un etheroxyde (methoxymethane).

PHYSIQUE-CHIMIE POUR LA SANTÉ

3 Les principales fonctions en chimique organique

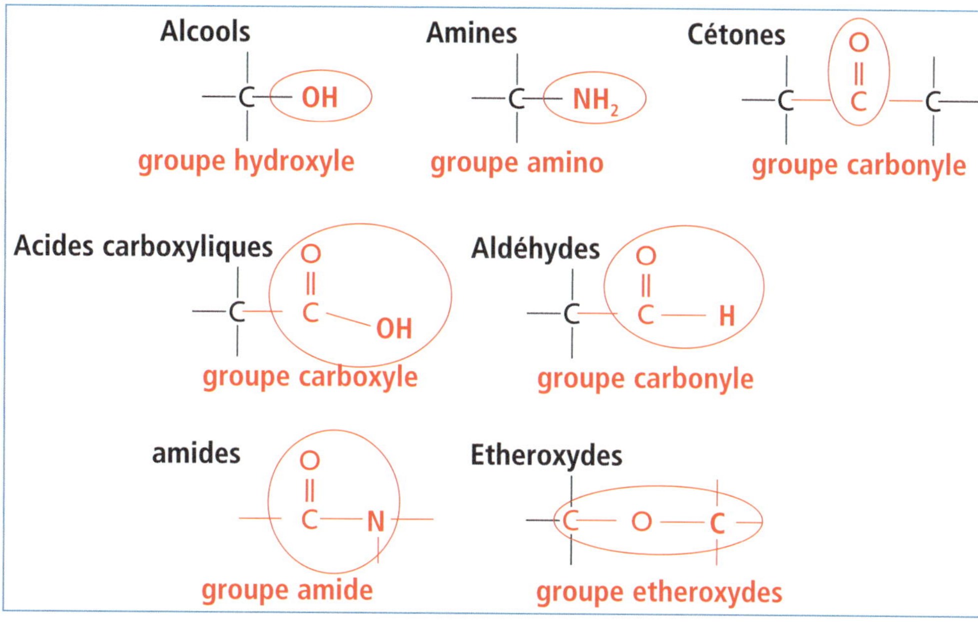

4 Nomenclature

A Nomenclature des alcanes linéaires

Nombre d'atomes de carbone présents dans la chaîne carbonée	Nom et formule brute	Formule semi-développée
1	**méthane**, CH_4	CH_4
2	**éthane**, C_2H_6	$H_3C–CH_3$
3	**propane**, C_3H_8	$H_3C–CH_2–CH_3$
4	**butane**, C_4H_{10}	$H_3C–CH_2–CH_2–CH_3$
5	**pentane**, C_5H_{12}	$H_3C–CH_2–CH_2–CH_2–CH_3$
6	**hexane**, C_6H_{14}	$H_3C–CH_2–CH_2–CH_2–CH_2–CH_3$

B Comment nommer les molécules

La nomenclature des alcanes linéaires sert de référence à la nomenclature des autres molécules organiques. La terminaison du nom change suivant la fonction chimique présente dans la molécule :

– ***ol*** pour un alcool ;

– ***al*** pour un aldéhyde (on n'indique pas la position de la fonction, celle-ci étant toujours sur le carbone n° 1) ;

– ***one*** pour une cétone ;

– ***oïque*** pour un acide carboxylique (comme pour les aldéhydes, pas de position de la fonction, et le nom de la molécule commence par « acide ».

C Nommer une molécule

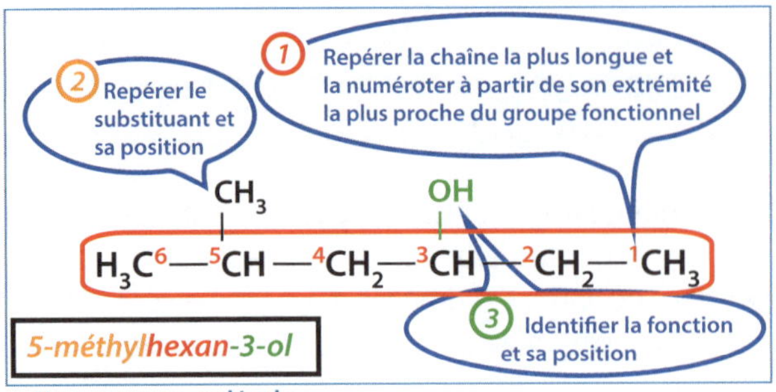

▲ Nommer une molécule

Exemple 1° Nommer le composant suivant :

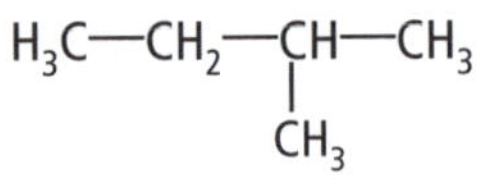

2° Écrire la formule semi-développée du composé : 4-éthylhexanal.

Solution **1°** Il s'agit du 2-méthylbutane.

2° Le 4-éthylhexanal a pour formule :

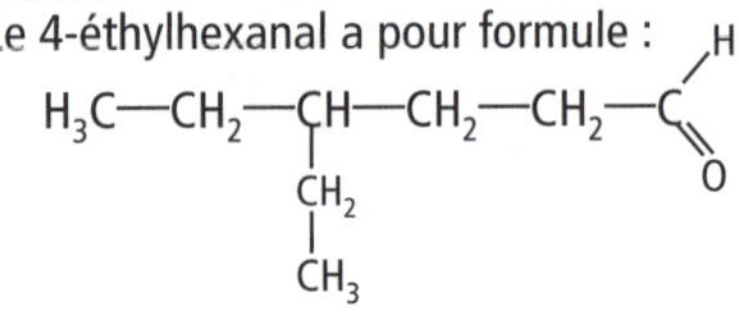

Exercices d'entraînement

Exercice 1 ★ 10 min

Corrigé p. 250

Le pentane est un alcane linaire de formule brute $C_5 H_{12}$

1. **Écrire la formule développée du pentane.**
2. **Écrire les formules semi-développée et topologique du pentane.**
3. **Écrire les formules semi-développée et topologique d'un isomère du pentane.**

Exercice 2 ★ 5 min

Corrigé p. 250

Donner le nom des fonctions ainsi que des groupes fonctionnels dans les molécules suivantes.

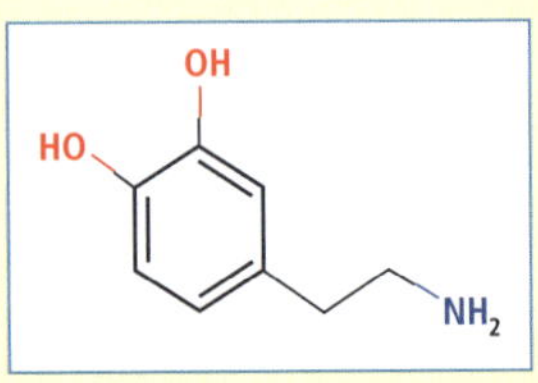

▲ Dopamine

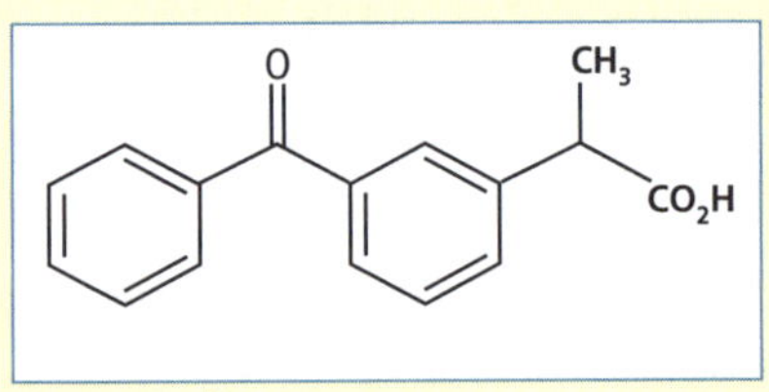

▲ Kétoprofène

Exercice 3 ★ 5 min

Corrigé p. 250

Nommer les composés suivants :

1.

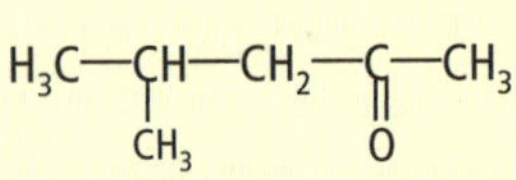

2.

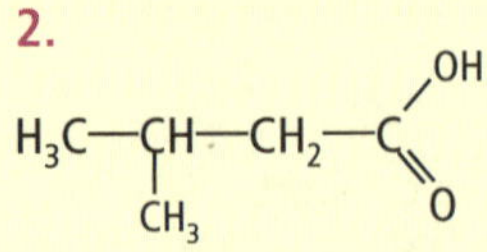

Exercice 4 ★ 5 min

Corrigé p. 250

Écrire la formule semi-développée des composés suivants :

1. **2-méthylpropane.**
2. **Acide méthanoïque.**

10 La structure des molécules d'intérêt biologique

1 Les glucides, classement et fonctions chimiques

• **Les cellules du corps humain** ont besoin d'**énergie** pour remplir leurs fonctions. Cette énergie est contenue dans les glucides et particulièrement le glucose. La grande solubilité des glucides dans l'eau s'explique par l'existence de liaisons hydrogène entre l'eau et les molécules de glucide. La solubilité des glucides dépend de la température de la solution (voir p. 235).

• **Le glucose,** le fructose, le lactose existent tant sous la forme linéaire que cyclique.

Exemple pour le glucose

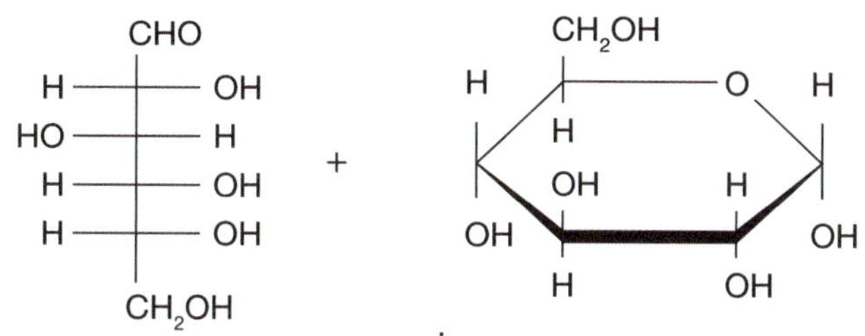

2 Les lipides

• **Les lipides sont des molécules amphiphiles** en ce sens qu'elles présentent une partie polaire hydrophile et une partie apolaire hydrophobe. Elles sont à la base de toutes les membranes biologiques.

• **Parmi cette famille de molécules,** on peut citer les acides gras et les tryglycérides.

A Les acides gras

• **Les acides gras** ont une seule fonction acide carboxylique (–COOH) et une longue **chaîne carbonée**.

• **La chaîne carbonée d'un acide gras saturé** ne comporte que des liaisons simples C – C ; sa formule brute est $C_nH_{2n+1} - COOH$.

Exemple l'acide butyrique.
$H_3C - CH_2 - CH_2 - COOH$ dont la formule semi-développée est : C_3H_7COOH.

• **La chaîne carbonée d'un acide gras insaturé** comporte une ou plusieurs doubles liaisons, C=C.

Exemple l'acide linoléique comporte deux doubles liaisons C = C :
$CH_3–(CH_2)_4–CH = CH–CH_2–CH = CH–(CH_2)_7COOH$.
Sa formule semi-développée est : $C_{17}H_{31}–COOH$.

B Les tryglycérides

Ce sont des triesters d'acides gras et de glycérol, obtenus par **estérification** d'acides gras par le glycérol selon la réaction :

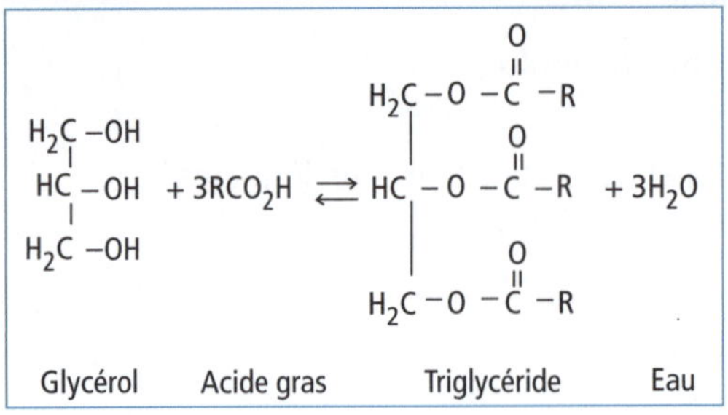

C Stérols

Parmi les lipides, on peut également citer la famille des stérols comme le **cholestérol**.

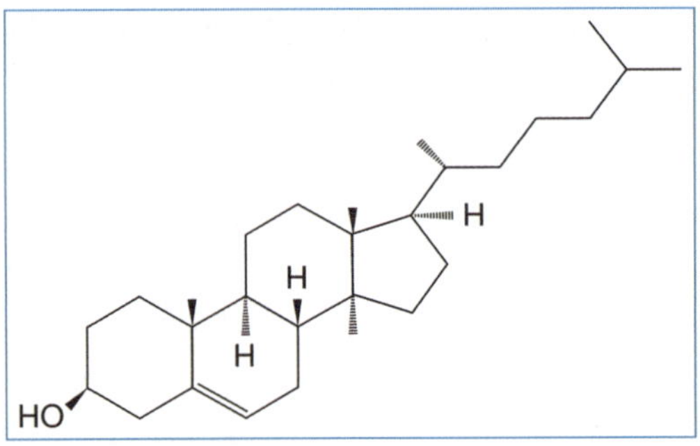

3 Les acides α–aminés

A Les groupes fonctionnels

Les acides aminés et les peptides renferment plusieurs groupes fonctionnels caractéristiques (doc. 1).

Groupe fonctionnel	Nom	Formule générale	Exemple
$-C(=O)-OH$	Acide carboxylique	$R-C(=O)-OH$ (R ou H)	$H_3C-C(=O)-OH$ acide éthanoïque
$-NH_2$	Amine	$R-NH_2$	$H_3C-CH_2-NH_2$ éthanamine
$-C(=O)-N<$	Amide	$R-C(=O)-N(R'')-R'$ (R, R', R", ou H)	$H_3C-C(=O)-NH_2$ éthanamide

▲ Doc. 1 : Les groupes caractéristiques

B Les acides aminés

- **Un acide aminé** renferme un groupe acide carboxylique – COOH et un groupe amine – NH_2.
- **Un acide α-aminé a pour formule :**

$H_2N-CHR-COOH$.

Les deux groupes caractéristiques sont fixés sur le même atome de carbone en position α (doc. 2).

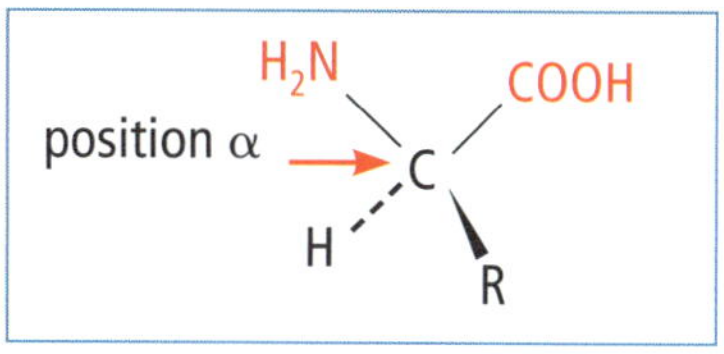

▲ Doc. 2 : Acide α-aminé

C Les peptides

- **Définition**

Un peptide résulte de l'enchaînement d'au moins deux acides α-aminés. La liaison peptidique assure le lien entre les deux acides aminés : il s'agit d'une **fonction amide**.

- **La synthèse d'un dipeptide.**

La liaison peptidique se crée par réaction entre la fonction acide d'un acide aminé et la fonction amine d'un autre acide aminé. La réaction est une **condensation**, il y a élimination d'eau (doc. 3).

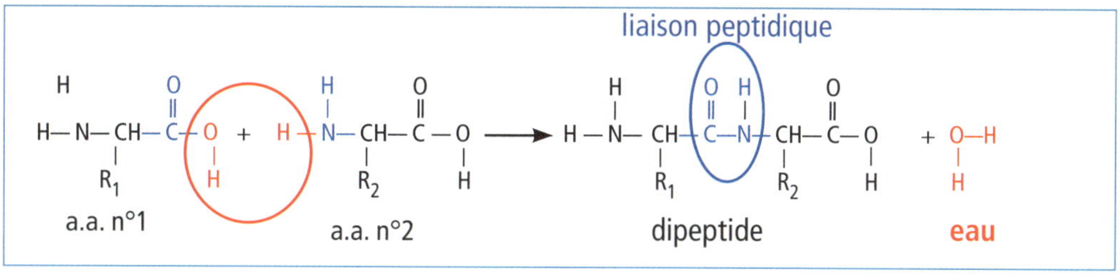

▲ Doc. 3 : Synthèse d'un dipeptide

À partir d'un mélange équimolaire de deux acides α-aminés, on peut obtenir quatre dipeptides.

- **L'hydrolyse d'un dipeptide**

La réaction inverse de la réaction de synthèse est l'hydrolyse du peptide : elle régénère les deux acides aminés qui le constituent.

- **Le polypeptide**

Le groupe –COOH d'un dipeptide peut réagir avec le groupe $-NH_2$ d'un autre acide aminé : on obtient un tripeptide (doc. 3).

Un tripeptide peut réagir avec un autre acide aminé : on passe progressivement des peptides aux protéines.

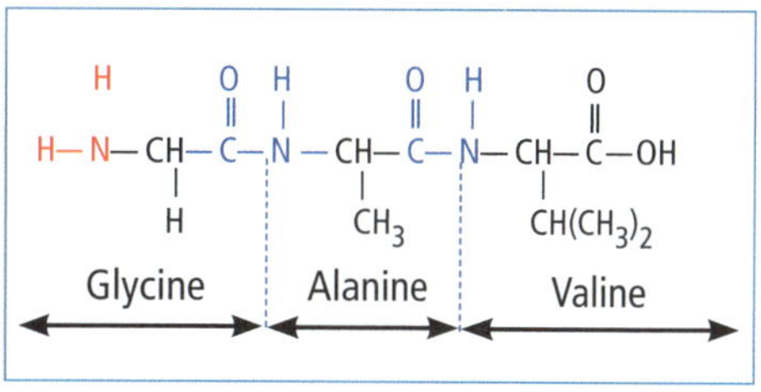

▲ Doc. 3 : Le nom de ce tripeptide est Gly — Ala —Val

- Les protéines sont des polypeptides formés à partir de plus de 100 acides aminés. L'un des produits de dégradation des pérotéines dans le corps humain est l'urée :

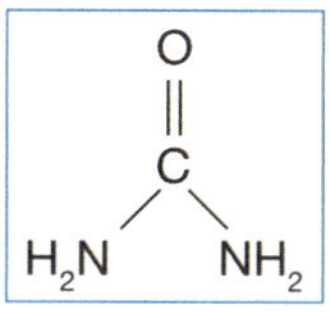

Exercices d'entraînement

Exercice 1 ★ 10 min

Corrigé p. 251

Le fructose se trouve sous forme linéaire ou cyclique :

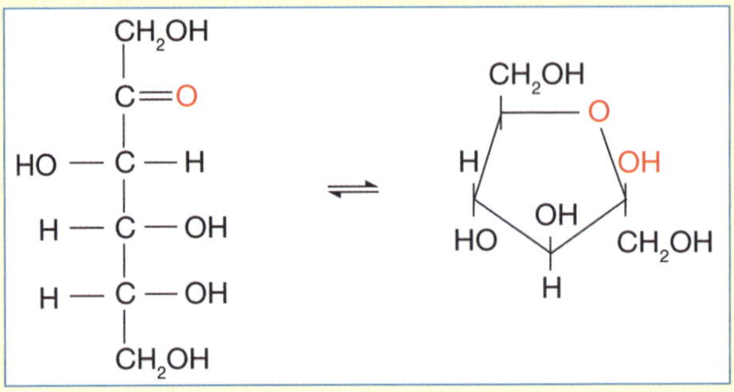

Recopier les formules linéaire et cyclique, entourer les groupes fonctionnels et les nommer.

Exercice 2 Groupes caractéristiques ★ 5 min

Corrigé p. 251

(exercice sans calculatrice)

La molécule de glutamine a pour formule :

$$\begin{array}{l} H_2N-\underset{|}{CH}-COOH \\ \qquad\;\; CH_2-CH_2-CO-NH_2 \end{array}$$

Entourer et nommer les groupes qu'elle renferme.

Exercice 3 L'aspartame ★★ 20 min

Corrigé p. 251

L'aspartame est un édulcorant de formule :

$$HOOC-CH_2-\underset{NH_2}{\underset{|}{CH}}-\overset{\overset{O}{\|}}{C}-NH-\underset{CH_2-C_6H_5}{\underset{|}{CH}}-\overset{\overset{O}{\|}}{C}-O-CH_3$$

1. **Qu'est ce qu'un édulcorant ?**
2. **Encadrer les différents groupes fonctionnels et les nommer.**
3. Une boisson allégée contient 0,50 g d'aspartame par litre.
Déterminer la quantité de matière d'aspartame n, contenue dans un litre de cette boisson. En déduire sa concentration volumique C.
Données :
– $M(H) = 1{,}0\ g.mol^{-1}$;
– $M(O) = 16{,}0\ g.mol^{-1}$;
– $M(C) = 12{,}0\ g.mol^{-1}$;
– $M(N) = 14{,}0\ g.mol^{-1}$.
4. **La dose journalière d'aspartame autorisée est égale à 40 mg par kg de masse corporelle.**
a. **Calculer la masse maximale qu'une personne de 50 kg peut absorber.**
b. **En déduire la quantité de matière d'aspartame correspondante.**
c. **Quel volume maximal de boisson allégée, VM, une personne de 50 kg peut-elle consommer ?**
5. **Écrire la formule de l'un des acides α-aminés constitutif de l'aspartame.**

11 L'eau et ses interactions avec les molécules biologiques

1 Polarité de la molécule d'eau

• **On appelle électronégativité** la capacité qu'ont certains atomes à plus ou moins **attirer les électrons** à eux.

• **Lorsqu'une liaison de covalence** entre deux atomes A et B avec l'atome A plus électronégatif que l'atome B, alors la liaison A—B est dite **polaire**. Une liaison est d'autant plus polarisée que la différence d'électronégativité entre les deux atomes engagés dans la liaison est grande. **Une liaison polarisée fait apparaître des charges partielles positives et négatives.**

• **Dans une molécule,** si le barycentre des charges partielles négatives est distinct de celui des charges partielles positives alors la molécule est **polaire**, dans le cas contraire, elle est **apolaire**.

• **C'est le cas de la molécule d'eau :**

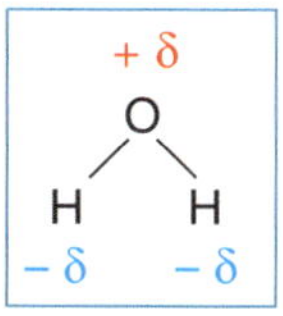

2 Les états physiques de l'eau

A Les trois états de l'eau

À une pression donnée, le changement d'état d'un corps pur s'effectue à **température constante**. Cette température dépend de la pression.

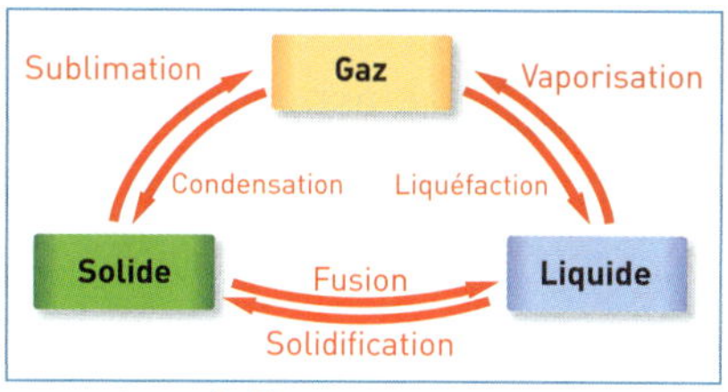

▲ Les états de l'eau

B Les domaines des états de l'eau

• **On établit le diagramme d'état (p, T)** de l'eau qui permet de connaître l'état physique de l'eau suivant la température et la pression. Les courbes représentent la température de changement d'état en fonction de la pression. Les trois courbes se rejoignent en un point : le **point triple** où les trois états de l'eau coexistent.

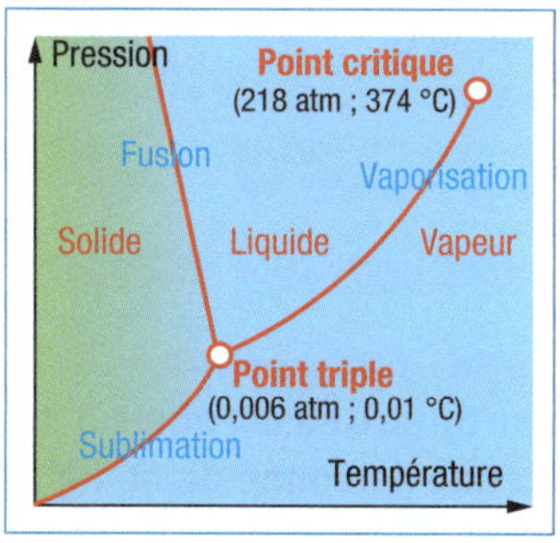

▲ Diagramme de l'eau

3 La liaison hydrogène

• **Une liaison hydrogène** s'établit entre un atome d'hydrogène engagé dans une liaison polaire avec un atome très électronégatif et un atome très électronégatif d'une autre molécule.

• **Les liaisons hydrogène** entre les molécules d'eau et le glucose permet de comprendre la grande solubilité des glucides dans l'eau.

• **La polarisation des liaisons O–H** de la molécule d'eau et des fonctions alcool permet l'établissement de liaisons hydrogène entre l'eau et le glucose.

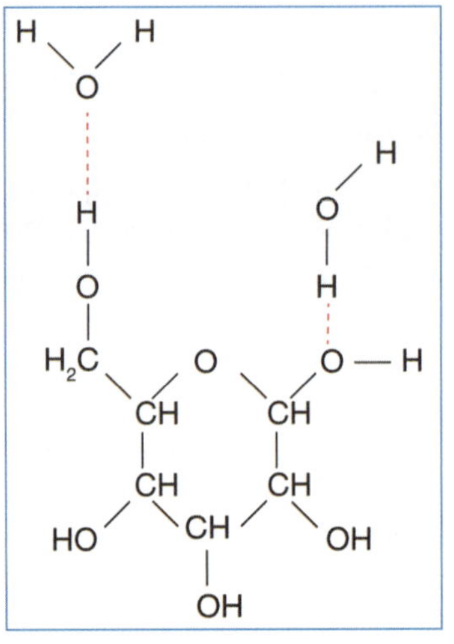

4 Caractère hydrophobe et hydrophile de certaines molécules

• **Les molécules polaires** sont particulièrement **solubles** dans des **solvants polaires** (comme l'eau). Au contraire, les molécules apolaires sont plutôt **solubles** dans des **solvants apolaires**.

• **Les acides gras,** lorsque leur chaîne carbonée contient au moins 4 atomes de carbone, sont **insolubles dans l'eau**. En milieu aqueux, ils s'organisent en **micelles**, c'est-à-dire un assemblage sphérique où les chaînes carbonées lipophiles sont tournées à l'intérieur de la sphère, les têtes polaires à l'extérieur.

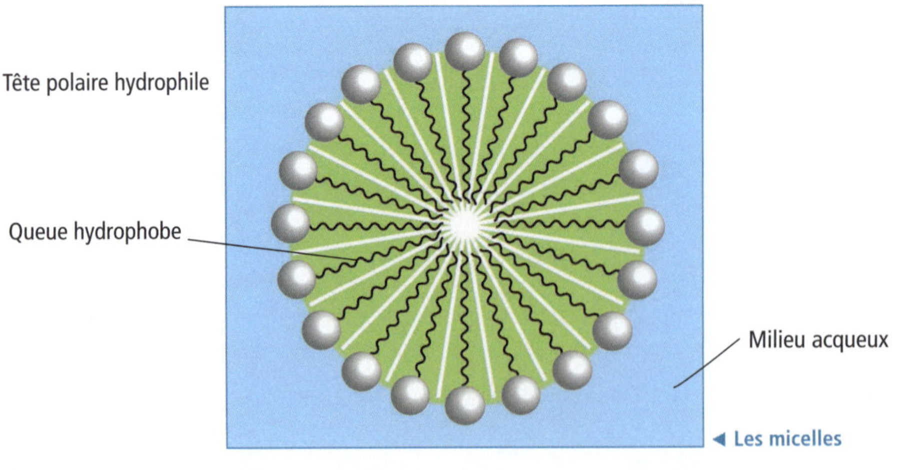

◄ Les micelles

Exercices d'entraînement

Exercice 1 ★ 5 min

Corrigé p. 251

Nommer les changements d'état suivants :

a. **Liquide – Gaz**
b. **Solide – Gaz**
c. **Gaz – liquide**

Exercice 2 ★ 15 min

Corrigé p. 251

L'éthanol, alcool de formule brute C_2H_6O est très soluble dans l'eau.

1. **Établir la formule semi-développée de l'éthanol.**
2. **Un atome d'oxygène est bien plus électronégatif qu'un atome d'hydrogène. Comment est polarisée la liaison O–H de l'éthanol ? Faire apparaître les charges partielles.**
3. **Qu'est-ce qui peut expliquer la grande solubilité de l'éthanol dans l'eau ?**

Exercice 3 ★ 10 min

Corrigé p. 251

Les atomes de carbone et d'hydrogène ont des électronégativités très proches tandis que l'oxygène est bien plus électronégatif que l'hydrogène.

Expliquer pourquoi l'eau et l'huile ne sont pas miscibles.

12 Les besoins énergétiques de l'être humain

L'organisme, pour fonctionner, a besoin d'un apport constant en énergie. Cette énergie va permettre d'assurer le fonctionnement de la cellule et des différents systèmes.

1 Dépense énergétique journalière : DEJ

A Définition

- **La dépense énergétique journalière** correspond à la **quantité d'énergie utilisée** par un organisme afin d'assurer le **métabolisme basal** (fonctionnement cellulaire, respiration, circulation, maintien de la température corporelle), la **digestion** et l'**activité physique**.
- **Le métabolisme de base** représente environ 60 à 70 % des dépenses énergétiques journalières, l'activité physique environ 20 % et la digestion 10 %.
- **L'effet thermique des aliments** correspond à l'énergie nécessaire pour **digérer** et **transformer** un aliment. L'effet thermique des lipides est de 2 à 3 %, celui des glucides de 5 à 10 % et celui des protéines de 20 à 30 %.
- **Cette dépense varie** en fonction du sexe, de l'âge, de l'état physiologique et de l'activité physique.
- **La dépense énergétique peut se mesurer** par **calorimétrie** soit directement (production de chaleur), soit indirectement (consommation de dioxygène).

Activité	Dépense énergétique (kcal/heure)
Métabolisme de base	40 à 60
Marche	150 à 260
Footing	500 à 900
Natation	500 à 700
Vélo	400 à 600

▲ Exemple de dépenses énergétiques en fonction de l'activité physique

B Le calcul du métabolisme de base (MB)

- **Afin d'établir les besoins en énergie de l'organisme,** différentes formules de calcul du métabolisme de base sont utilisées. Parmi elles, la relation de Harris et Bénédict.
- ***Cette formule*** fut établie en 1919, puis réajustée en 1984 car elle n'était pas très précise.

À retenir

La relation de Harris et Bénédict

Pour un homme :

MB (kcal) = 13,7516 × Poids (kg) + 500,33 × Taille (m) – 6,7550 × Âge (an) + 66,473

Pour une femme :

MB (kcal) = 9,5634 × Poids (kg) + 184,96 × Taille (m) – 4,6756 × Âge (an) + 655,0955

PHYSIQUE-CHIMIE POUR LA SANTÉ

• **Afin de calculer les besoins** réels de l'organisme en énergie, il faut multiplier le MB par un facteur dépendant de l'activité physique :
– MB × 1,2 pour une **personne sédentaire** ;
– MB × 1,375 pour une personne pratiquant une **activité physique légère** ;
– MB × 1,55 pour une personne pratiquant une **activité physique moyenne** ;
– MB × 1,9 pour une personne pratiquant une **activité physique intense** (travail, sportif).

C Les unités d'énergie

• **Les calories (cal) :** quantité d'énergie nécessaire (quantité de chaleur) pour élever la température d'un gramme d'eau liquide de 14,5 °C à 15,5 °C.

• **Les joules (J) :** quantité d'énergie, de travail ou de chaleur. C'est l'unité du système international.

• **Leurs correspondances :** on utilise plutôt les kilocalories et les kilojoules.

> **À retenir**
> Une calorie = 4,1855 joules
> Un joule = 239 cal

2 Transferts thermiques

Les transferts thermiques sont des **transferts d'énergie** entre deux systèmes, l'un chaud et l'autre froid.

A Le rayonnement

• **Les échanges thermiques** par rayonnement s'effectuent entre des corps distants les uns des autres et à des températures différentes. Tous les corps (solide, liquide, gaz) émettent des **rayonnements électromagnétiques** caractérisés par des longueurs d'onde comprises entre 0,1 et 100 µm.

• **Chez l'humain,** ces rayonnements sont des **rayons infrarouges**. Ils sont absorbés par l'environnement ce qui modifie l'agitation thermique et sont convertis en chaleur.

B La convection

Elle correspond à un transfert de chaleur lié au mouvement d'un fluide (gaz, liquide). Ce mouvement est dû à un déplacement macroscopique de matière sous l'effet d'une différence de température entre les différentes zones du fluide.

C La conduction

Elle correspond à un transfert de chaleur entre des matières solides en contact sans déplacement de matières. Cette diffusion de chaleur est due à la transmission par chocs de l'énergie d'atomes les plus agités (chauds) vers les atomes les moins agités (froids).

D Les pertes de chaleur de l'organisme : la thermolyse

• **Rayonnement, convection, conduction, évaporation.**

• **La thermorégulation** permet à l'organisme de **maintenir sa température corporelle constante**. Il existe un **gradient de température** entre les organes profonds et la peau. Ceci permet également les échanges de chaleur avec le milieu extérieur. La peau joue le rôle d'isolant thermique.

• **Les apports en chaleur** (thermogenèse) sont principalement des apports dus au métabolisme cellulaire et un peu par absorption de la chaleur du milieu externe (soleil).

• **Environ 60 % des pertes de chaleur** se font par émission **des rayonnements infrarouges** qui sont absorbés par un milieu environnant plus froid.

À savoir
Chez l'humain, 75 % de l'énergie issue des aliments est rejetée sous forme de chaleur.

• **Les échanges thermiques** entre la paroi des voies aériennes et l'air et ceux entre les organes et la peau grâce à la circulation sanguine s'effectuent par **convection** (15 %).

• **Le transfert de chaleur** entre la peau et les vêtements ou supports plus froids se fait par **conduction** (3 %).

• **Les pertes de chaleur par évaporation de l'eau** (22 %) ont lieu lors de l'expiration, au travers de la peau par diffusion passive et surtout lors de la sudation. C'est la perte de chaleur la plus importante de l'organisme.

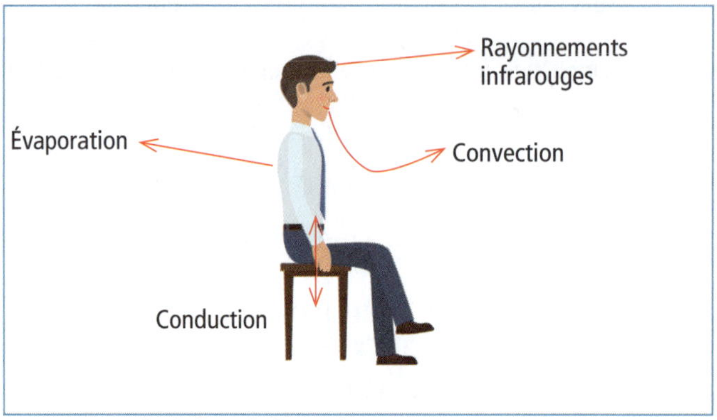

▲ Les pertes de chaleur de l'organisme

3 La conversion d'énergie lors d'une activité musculaire

• **Pour se contracter, le muscle** a besoin d'énergie. Cette énergie est fournie par l'**hydrolyse de l'ATP** (Adénosine triphosphate). L'ATP est issue du léger stock présent dans la cellule musculaire (5,5 mmol/kg de muscle), de l'hydrolyse de la créatine phosphate, mais surtout du glycogène musculaire.

Définition
Conversion d'énergie : consiste à transformer une énergie, par exemple chimique, en un autre type d'énergie, par exemple électrique (oxydoréduction), mécanique (contraction musculaire) ou thermique (combustion).

• **L'énergie chimique issue de l'ATP** sera transformée en énergie mécanique (contraction des fibres musculaires) et en chaleur.

À retenir
ATP ⟶ ADP + Pi + 30 kJ/mol d'ATP + chaleur
Énergie chimique ⟶ énergie mécanique (25 %) + énergie thermique (75 %)

4 Transformations endothermiques et exothermiques

• **Lors d'une réaction chimique,** les réactifs et les produits possèdent une certaine énergie interne ou **enthalpie H**. La variation d'enthalpie correspond à l'énergie thermique qui sera soit absorbée soit dégagée lors de la réaction. Elle est notée ΔH et s'exprime en kJ ou kJ/mol.

• **L'énergie thermique** est issue de la formation ou de la rupture de liaisons covalentes ou bien d'échanges de protons ou d'électrons.

• **L'endothermicité** se dit d'une réaction chimique qui va absorber de l'énergie thermique (chaleur) : $\Delta H > 0$; l'énergie absorbée est supérieure à l'énergie émise.

Réactifs + énergie ⟶ produits

Exemples cuisson des aliments, sudation, photosynthèse.

$2\ H_2O$ + 480 kJ/mol ⟶ $2\ H_2 + O_2$
NaCl + 18 kJ/mol ⟶ $Na^+ + Cl^-$

• **L'exothermicité** se dit d'une réaction chimique qui va produire de l'énergie thermique. $\Delta H < 0$; l'énergie absorbée est inférieure à l'énergie émise.

Réactifs ⟶ produits + énergie

Exemples Réaction de combustion (respiration cellulaire), réaction d'oxydoréduction, réaction acido-basique

Combustion du glucose
$C_6H_{12}O_6 + 6\ O_2$ ⟶ $6\ CO_2 + 6\ H_2O$ + 2 800 kJ/mol
Combustion de l'acide lactique
$C_3H_7O_3 + 3\ O_2$ ⟶ $3\ CO_2 + 3\ H_2O$ + 683 kJ/mol
Combustion de l'acide stéarique
$C_{18}H_{36}O_2 + 26\ O_2$ ⟶ $18\ CO_2 + 18\ H_2O$ +11 380 kJ/mol

• **Représentation des réactions exo- et endothermiques**

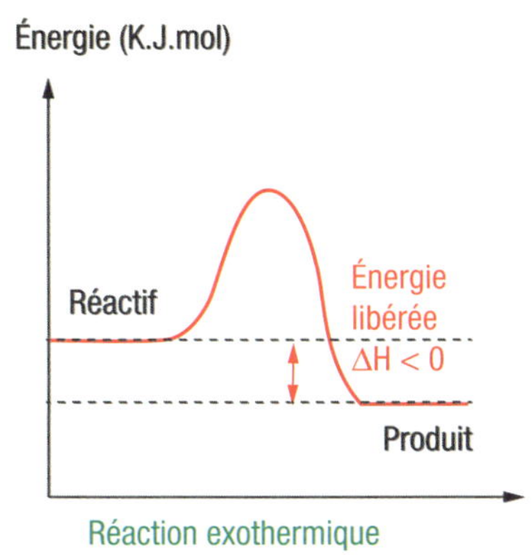

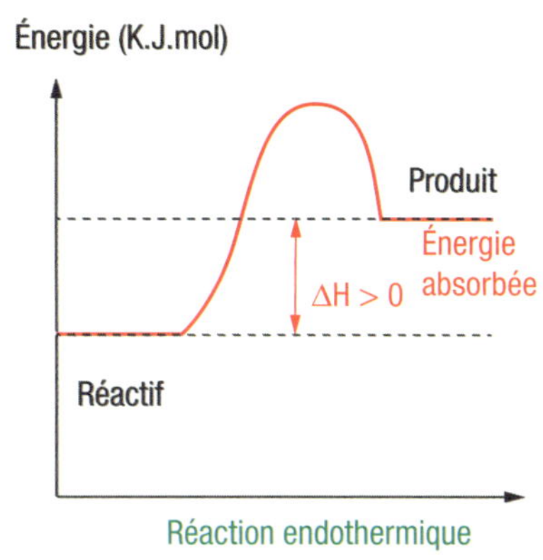

• **Le calorimètre** est un instrument qui permet la mesure de la quantité d'énergie cédée par le milieu extérieur lors d'une réaction exothermique ou celle absorbée lors d'une réaction endothermique.

13 La satisfaction des besoins énergétiques

Les besoins énergétiques de l'être humain sont assurés par la digestion des aliments, l'assimilation des nutriments au sein de la cellule puis leur transformation en énergie.

1 Les aliments, combustibles du corps humain

A Les différents types d'aliments

> **À savoir**
> Les besoins énergétiques moyens sont d'environ :
> – 11 300 kJ (2 700 kcal) pour un homme ;
> – 9 200 kJ (2 000 kcal) pour une femme.

• **Il existe trois sortes d'aliments :** les aliments **fonctionnels** (fruits et légumes), **bâtisseurs** (VPO, féculents) et **énergétiques** (sucres, corps gras).

• **Les aliments sont composés** d'eau, de glucides, lipides, protides, vitamines, sels minéraux et fibres. Leur **catabolisme** va permettre de fournir à l'organisme l'énergie chimique dont il a besoin. Cette énergie est ensuite transformée en énergie mécanique, thermique, électrique et chimique suivant les besoins.

• **Les aliments sont classés** en 10 groupes. (voir page 144) Une **ration alimentaire équilibrée** doit comprendre un aliment de chacun de ces 10 groupes.

B Identification des glucides, lipides, protéines et minéraux dans les aliments

Constituants	Réactifs utilisés	Observations
Glucides réducteurs (galactose, glucose, lactose, maltose)	Liqueur de Fehling (ions cuivre II) à chaud (bleu)	Précipité rouge brique
Amidon **Glycogène**	Eau iodée (jaune)	Coloration bleu noir **Coloration brune**
Lipides	**Rouge soudan III**	Coloration rouge
Protéines	Réactif de biuret (soude + sulfate de cuivre) (bleu)	Coloration bleu violette
	Les minéraux	
Sodium Na^+	Test à la flamme	Flamme orange vif
Calcium Ca^{2+}	Oxalate d'ammonium $Ca^{2+} + C_2O_4^{2-} \longrightarrow CaC_2O_4$	Précipité blanc d'oxalate de calcium CaC_2O_4
Phosphate PO_4^{3-}	Nitrate d'argent $AgNO_3$ $3Ag^+ + PO_4^{3-} \longrightarrow Ag_3PO_4$	Précipité jaune de phosphate d'argent
Chlorure Cl^-	Nitrate d'argent $AgNO_3$ $Ag^+ + Cl^- \longrightarrow AgCl$	Précipité blanc de chlorure d'argent AgCl
Magnésium Mg^{2+}	Hydroxyde de sodium NaOH $Mg^{2+} + 2OH^- \longrightarrow Mg(OH)_2$	Précipité blanc d'hydroxyde de magnésium $Mg(OH)_2$
Potassium K^+	Picrate de sodium Test à la flamme	**Précipité jaune de picrate de potassium** **Flamme violette**

2 Valeurs énergétiques des aliments

• **Chaque aliment** contient une valeur énergétique dépendant de la quantité des différentes biomolécules le constituant.

	Valeurs énergétiques pour 100 g d'aliments						
	Viande rouge	Poisson	Pomme	Riz complet	Beurre	Lait	Chocolat
Énergie **(kJ)**	814	601		668	3 000	195	2 300
Énergie **(kcal)**	194	143		158	730	46,2	553
Protéines **(g)**	26,1	23,4	0,27	3,21	0,77	3,28	1,2
Glucides **(g)**	0,028	0	10,7	32,6	0,55	4,82	45,9
Lipides **(g)**	10	5,48	0,13	1	80,5	1,57	36,2
Sucres **(g)** (1)	0	0	10,1	< 0,2	0,4	4,77	39,9
Acides gras saturés **(g)** (1)	4,12	1,18	0,021	0,17	54	0,94	22,5

(1) Les sucres sont les sucres simples comme le saccharose, le lactose, le fructose. Les acides gras saturés sont les lipides nocifs à la santé en grande quantité.

Source : ciqual.anses.fr.

• **La calorie** correspond à la **quantité de chaleur énergétique fournie** par la combustion d'un aliment. La mesure de la valeur calorique est effectuée dans des laboratoires spécialisés.

• **L'énergie délivrée par une ration alimentaire** (la **quantité et la nature des aliments ingérés** par jour), doit être représentée par environ 10 à 25 % de protéines, 30 à 40 % de lipides et 50 à 55 % en glucides. Pour la calculer, il faut connaître les quantités des aliments ingérés, leur composition et rapporter le tout en énergie à l'aide des équivalences énergétiques.

À retenir

Les équivalences énergétiques :
– 1 g de protides fournit 16,7 kJ ou 4 kcal ;
– 1 g de glucides fournit 16,7 kJ ou 4 kcal ;
– 1 g de lipides fournit 37,5 kJ ou 9 kcal.

Exercice d'entraînement

Exercice ★ 10 min *Corrigé p. 251*

Voici la composition du petit-déjeuner de Mme X.

	Quantité ingérée	Protéines (g/100 g)	Lipides (g/100 g)	Glucides (g/100 g)	Fibres (g/100 g)	Calcium (g/100 g)
Lait entier	250 g	3,3	3,6	4,8	0	120
Pain	60 g	8,2	2	55	3,2	31
Confiture	40 g	0,3	0,1	60	1	9,2
Jus de fruit	125 g	0,5	0,1	9,1	0,3	4,3

Calculer la valeur énergétique en kJ du petit-déjeuner de Mme X.

14 Les transformations biochimiques des aliments

Les aliments, lors des processus de digestion enzymatique sont transformés en nutriments. Ces derniers sont ensuite métabolisés dans la cellule pour produire de l'énergie sous forme d'ATP.

1 Aspect énergétique des transformations biochimiques

• **La valeur énergétique d'une molécule** correspond à la **quantité d'énergie libérée** suite à sa transformation lors des différentes réactions du catabolisme. Elle s'exprime en kJ ou en kcal (1 kcal = 4,18 kJ).

• **Les nutriments glucidiques, lipidiques et protidiques** sont assimilés dans la cellule suite à leur digestion. Les glucides forment une des principales sources d'énergie. Les **glucides complexes** sont transformés en **oses simples** (glucose, galactose, fructose). Le catabolisme du glucose lors de la respiration cellulaire (glycolyse, cycle de Krebs et phosphorylation oxydative) permet la formation d'une molécule énergétique, l'**ATP**. Lorsque les réserves en glucides sont épuisées, les acides gras peuvent également entrer dans le **cycle de Krebs**. Leur catabolisme fournit plus d'énergie que celui du glucose.

2 Transformation du glucose dans l'organisme

• **Deux voies métaboliques** existent dans l'organisme pour fournir de l'énergie : **la respiration et la fermentation**. Suite à la digestion enzymatique, les glucides sont transformés en glucose afin de permettre la production d'énergie chimique sous forme d'ATP.

• **En aérobie,** c'est-à-dire en présence d'O_2, le glucose est transformé grâce à la respiration cellulaire.

• **En anaérobie,** c'est-à-dire en absence d'O_2, le glucose est transformé par fermentation lactique.

• **Cette réaction** est observée dans l'organisme lorsque les muscles **manquent de dioxygène**. Le glucose est transformé en **acide pyruvique** mais celui-ci ne peut entrer dans le cycle de Krebs (besoin d'O_2) et est transformé en acide lactique grâce à une enzyme, le lactate déshydrogénase. L'acide lactique est ensuite recyclé dans le foie en acide pyruvique.

À retenir

Transformation du glucose en aérobie

$C_6H_{12}O_6 + 6\ O_2 \rightarrow 6\ CO_2 + 6\ H_2O + 36$ ATP + chaleur

Glucose + dioxygène → dioxyde de carbone + eau + énergie + chaleur

Le rendement énergétique est de 40 % et fournit 2 800 kJ/mol glucose.

À retenir

Transformation du glucose en anaérobie

$C_6H_{12}O_6 \rightarrow 2\ C_3H_4O_3 \rightarrow 2\ C_3H_6O_3 + 2$ ATP + chaleur

Glucose → acide pyruvique → acide lactique + énergie + chaleur

Le rendement énergétique est de 2 % et fournit 151 kJ/mol glucose.

3 Réaction de combustion

• **Une réaction de combustion** est une **réaction chimique d'oxydoréduction** entre un **combustible** (substance qui est oxydée : réducteur) et un **comburant** (substance qui est réduite : oxydant), en général le dioxygène. Cette réaction libère de l'énergie ; elle est donc **exothermique**. Elle transforme l'énergie chimique en chaleur.

• **Si la quantité d'O_2 est suffisante,** les combustions sont complètes et produisent du CO_2 et de l'H_2O.

$$\text{Combustible } (C_aH_b \text{ ou } C_aH_b O_c) + O_2 \rightarrow CO_2 + H_2O$$

• **Dans l'organisme,** les combustions correspondent à l'oxydation des glucides, lipides et protéines.

À retenir

La combustion du glucose :
$C_6H_{12}O_6 + 6\ O_2 \rightarrow 6\ CO_2 + 6\ H_2O$ + énergie
La combustion de l'acide pyruvique :
$2\ CH_3COCOOH + 5O_2 \rightarrow 6\ CO_2 + 4\ H_2O$ + énergie

4 Réaction d'hydrolyse

• **L'hydrolyse du lactose** se réalise en milieu acide (par exemple en présence d'acide chlorhydrique) et à chaud.

$$\underset{\text{Lactose}}{C_{12}H_{22}O_{11}} + H_2O \xrightarrow{\text{À chaud, } H_3O^+} \underset{\text{glucose + galactose}}{C_6H_{12}O_6 + C_6H_{12}O_6}$$

Définition

Hydrolyse : réaction chimique entraînant la rupture d'une liaison covalente en présence d'H_2O.

• **Dans l'organisme,** le lactose est hydrolysé par une hydrolase, la β galactosidase, en présence d'H_2O.

$$\underset{\text{Lactose}}{C_{12}H_{22}O_{11}} + H_2O \xrightarrow{\beta\ galactosidase} \underset{\text{glucose + galactose}}{C_6H_{12}O_6 + C_6H_{12}O_6}$$

5 Transformation des nutriments et besoin en O_2 du sportif

• **Lors d'un effort de longue durée,** les muscles ont besoin rapidement d'une quantité d'énergie importante. Cette énergie va provenir de la **dégradation** du glucose et des acides gras principalement.

• **Pour fournir une quantité d'énergie suffisante,** cette dégradation ne peut se faire sans dioxygène. L'organisme a donc besoin d'augmenter ces apports en O_2 pour **cataboliser les nutriments** et ainsi produire plus d'énergie.

15 Le rôle des biomolécules dans l'organisme

Parmi les biomolécules présents dans l'organisme, les **glucides** ont un rôle indispensable. Ils représentent la **principale source d'énergie**. Mais comment les glucides sont-ils stockés et transformés dans l'organisme ?

1 Classification des glucides

- **Les glucides,** ou oses, sont des **biomolécules organiques** de formule générale $C_nH_{2n}O_n$. Les glucides sont classés en fonction du nombre de carbone et de la nature du groupement carbonyl : aldéhyde ou cétone. Ils portent tous une fonction alcool.
- **On distingue les glucides simples** comme le glucose, le galactose, le fructose et les **glucides complexes** comme le lactose, le maltose, le saccharose ou l'amidon, la cellulose ou le glycogène.

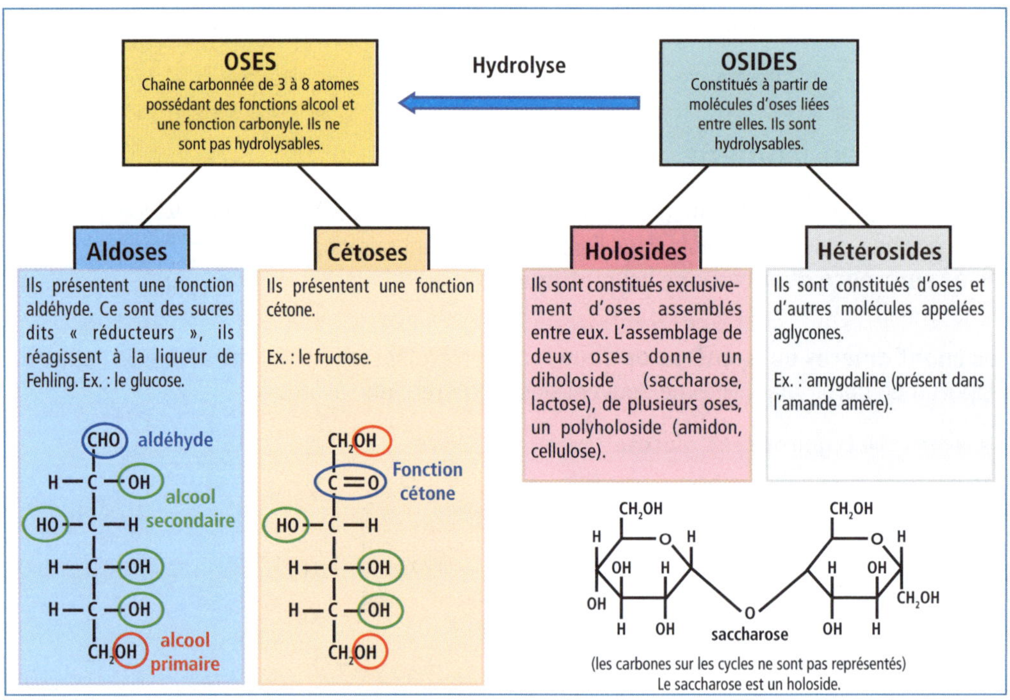

▲ Les glucides, classement et fonctions chimiques

2 L'isomérie des glucides

Il existe **l'isomérie de constitution** (enchaînement des atomes différents) et la **stéréo-isomérie** (arrangement spatial différent).

Définition

Isomères : molécules ayant une même formule chimique brute mais une formule développée différente lui conférant ainsi des propriétés physiques, chimiques et biologiques différentes.

A L'isomérie de constitution

- **Isomérie de chaîne :** chaîne carbonée différente.

Exemple **Butane et isobutane**

- **Isomérie de position de la fonction :** fonction à une position différente sur la chaîne carbonée.

Exemple **Butan-1-ol et butan 2-ol**

- **Isomérie de nature de la fonction :** ceci permet de distinguer les aldoses des cétoses.

Exemple **Glucose et fructose**

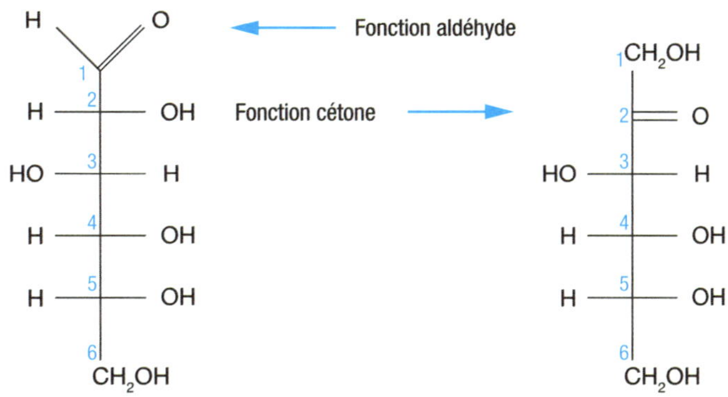

Glucose   Fructose

B La stéréo-isomérie

- Les isomères possèdent la même formule développée mais diffèrent par la position des groupements dans l'espace. Cette configuration est liée à la **présence d'un carbone asymétrique C***.

> **Rappel**
> Les molécules possédant un ou plusieurs carbones asymétriques sont appelées des **molécules chirales**.

- **Les stéréo-isomères de configuration**

Les énantiomères ou isomères optiques : ces molécules sont symétriques l'une de l'autre par rapport à un miroir plan. Elles ne peuvent se superposer l'une à l'autre.

Exemple **Le D glucose et L glucose**

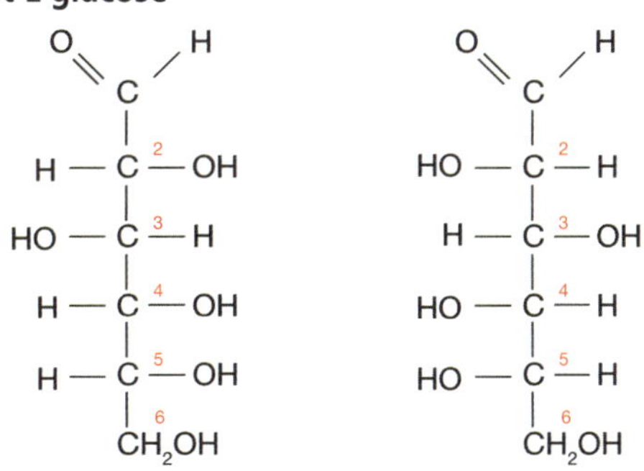

D-Glucose   L-Glucose

- **En configuration de Fischer,** c'est le carbone asymétrique le plus éloigné de la fonction aldéhyde ou cétose qui détermine la série D ou L de la molécule.

> **À retenir**
> Série D : groupement — OH porté par le C* à droite
> Série L : groupement – OH par le C* à gauche

• **Ces molécules ont également un pouvoir rotatoire.** Elles dévient la lumière polarisée. Les molécules déviant la lumière vers la droite par rapport au plan de polarisation sont appelées **dextrogyre**, on les représente par un signe + ; les molécules déviant la lumière vers la gauche sont appelées **lévogyre** et on les représente par un signe –.

> **Remarque**
> En chimie, l'énantiomère D correspond à l'énantiomère R de la nomenclature absolue et l'énantiomère L à l'énantiomère S.

• **Les diastéréo-isomères**

Deux stéréo-isomères non-énantiomères sont des **diastéréo-isomères.** On distingue :
– les **épimères** : les molécules ne diffèrent que par la configuration d'1C*. L'orientation d'une fonction alcool secondaire est différente ;

Exemple **Le glucose et le galactose sont des épimères en C4.**

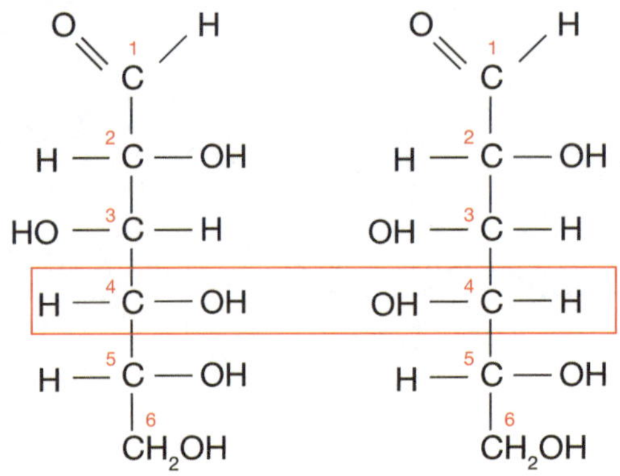

D (+) Glucose   D (+) Galactose

– les **anomères** : en milieu aqueux, les oses de plus de 5 carbones sont sous forme cyclique : pyranose (cycle à 5 atomes de carbone) et furanose (cycle à 4 atomes de carbone). On les nomme avec les lettres α et β. La position de la fonction OH du carbone portant la fonction réductrice est différente.

Exemple **Glucopyranose ou glucofuranose en configuration de Haworth**

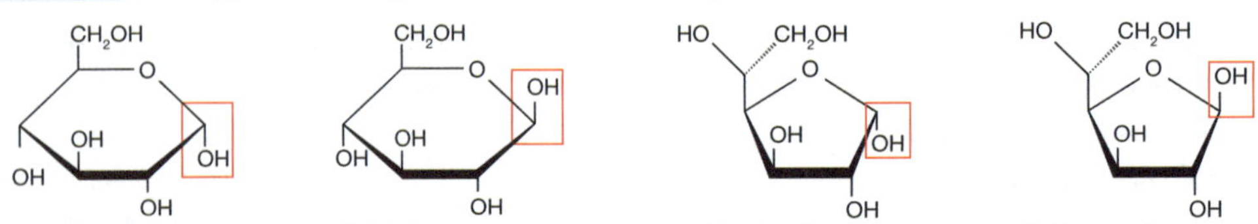

α-D-glucopyranose   β-D-glucopyranose   α-D-glucofuranose   β-D-glucofuranose

3 Transformations chimiques des glucides complexes

Les transformations chimiques peuvent être de deux types suivant le type de catalyseurs utilisés : les **catalyseurs minéraux** (hydrolyse acide) ou les **catalyseurs protéiques** (hydrolyse enzimatique).

A Hydrolyse acide

C'est une réaction lente, à chaud, en présence d'un acide qui va rompre les liaisons covalentes comme les liaisons glycosidiques et libérer des monomères.

$$(C_6H_{10}O_5)\,n \; + \frac{n}{2}\, H_2O \xrightarrow{\text{À chaud, catalyseur : HCl}} nC_6H_{12}O_6$$

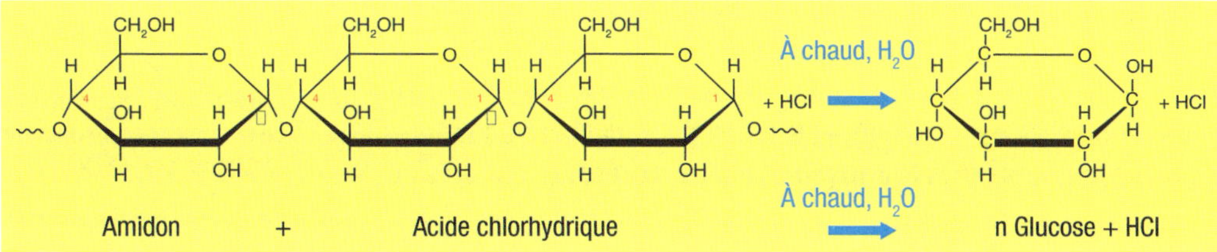

B Hydrolyse enzymatique

• **Chez l'être humain,** l'amylase est une enzyme présente dans la salive et le suc pancréatique. Elle intervient dans la digestion de l'amidon. Elle hydrolyse la liaison glycosidique α 1-4.

• **Hydrolyse de l'amylose**

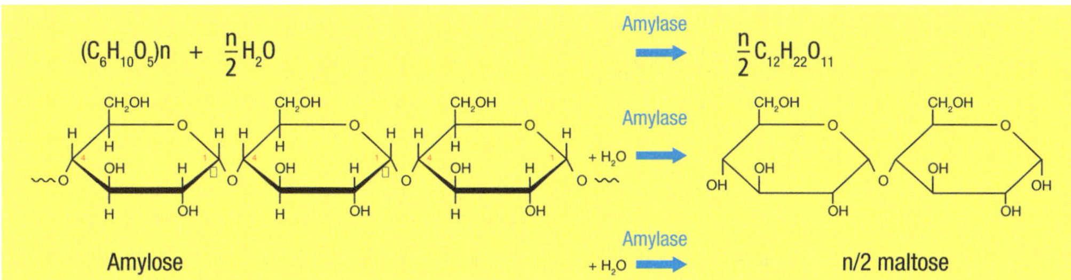

• **Hydrolyse du maltose**

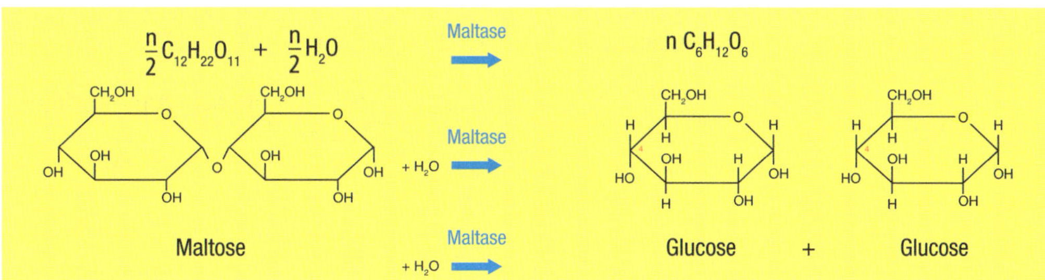

• **L'hydrolyse enzymatique de l'amylopectine** par l'amylase va engendrer des **molécules de maltose** et des **molécules d'isomaltose** (deux glucoses reliés par une liaison α 1-6). Ces dernières seront digérées par une α 1-6 glucosidase en glucose.

> **Définition**
> **Polymère :** molécule constituée par l'enchaînement de plusieurs sous-unités appelées **monomères**. Ses unités sont reliées entre elles par des liaisons covalentes.

4 Les différents polymères du glucose

Il existe plusieurs polymères du glucose : le **glycogène**, l'**amidon** et la **cellulose**.

A Le glycogène

• **Le glycogène** est la forme de **réserve du glucose dans le foie** et les **cellules musculaires** chez l'être humain. Les unités de glucose sont reliées par les liaisons osidiques α 1-4 et des ramifications en α 1-6 sont présentes tous les 10 résidus environ.

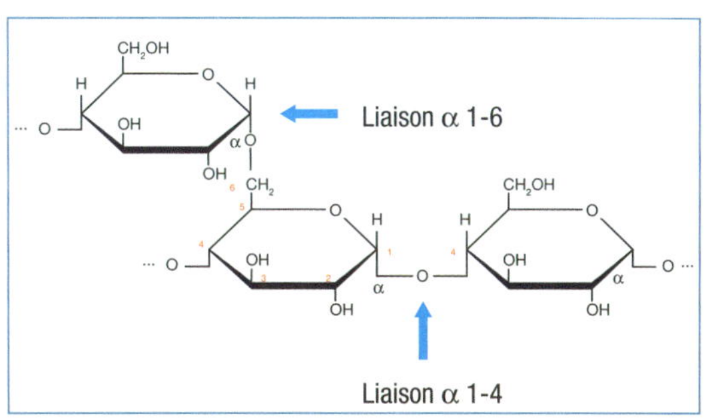

▲ Structure du glycogène

B L'amidon

- **L'amidon** est la forme de **réserve en glucose chez les végétaux.** C'est donc un aliment courant de l'alimentation. L'amidon est un mélange de deux polysaccharides : l'**amylose** et l'**amylopectine**. Les unités de glucose sont reliées par des liaisons osidiques α 1-4. Dans l'amylopectine, des ramifications osidiques α 1-6 se retrouvent tous les 30 résidus de glucose environ.

- **Structure de l'amylopectine**

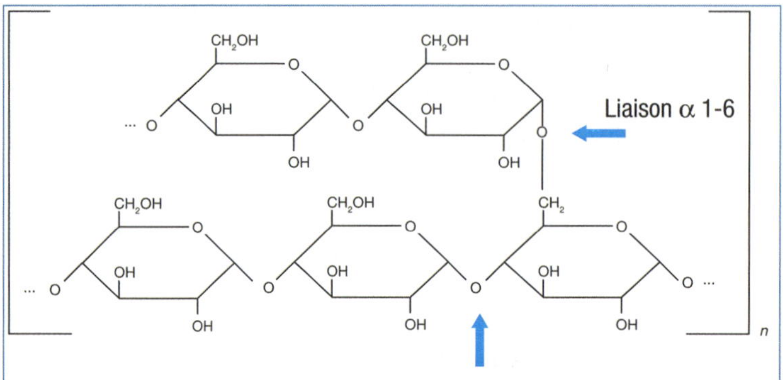

C La cellulose

- **La cellulose** est présente dans la **paroi des cellules végétales**. Elle présente une structure fibreuse. C'est un polymère de glucose lié par des liaisons osidiques β 1-4.

- **Structure de la cellulose**

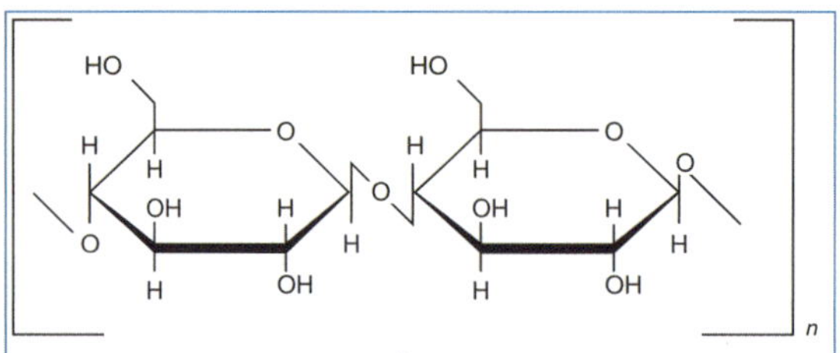

Liaison β 1-4

5 Condensation du glucose en glycogène : la glycogénogenèse

- **Dans l'organisme**, le glycogène est une forme de **réserve directement mobilisable par la cellule**. Il est présent dans le foie (100 g) et le muscle squelettique (100 à 300 g) et représente 2 500 kJ (600 kcal) alors que les réserves de glucose ne représentent que 170 kJ (40 kcal).

- **Le glucose issu de la digestion** pénètre dans le cytoplasme de la cellule. Il est condensé en **glycogène** sous l'action de différentes enzymes dont la glucokinase et le glycogène synthétase. Cette condensation du glucose en glycogène est sous la dépendance d'une hormone, l'**insuline**. L'insuline est une **hormone hypoglycémiante** synthétisée par les cellules β des îlots de Langerhans du pancréas. Elle est sécrétée lorsque le taux de glucose sanguin est trop important. L'insuline agit en activant les enzymes de la glycogénogenèse.

Exercice d'entraînement

Exercice ★ **5 min** *Corrigé p. 251*

Parmi les structures suivantes, citer celle qui est un polymère du glucose.

Structure A

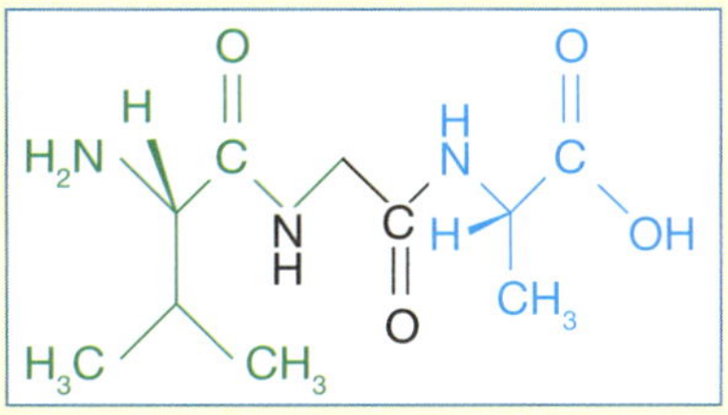

Structure B

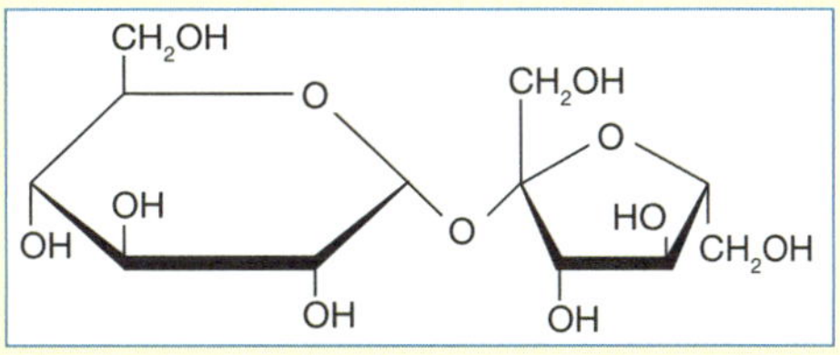

Structure C

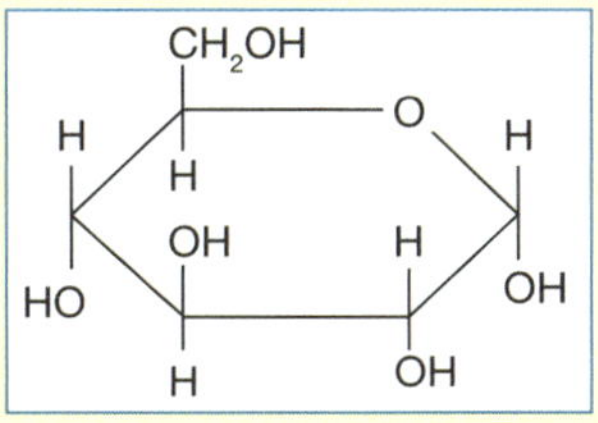

Structure D

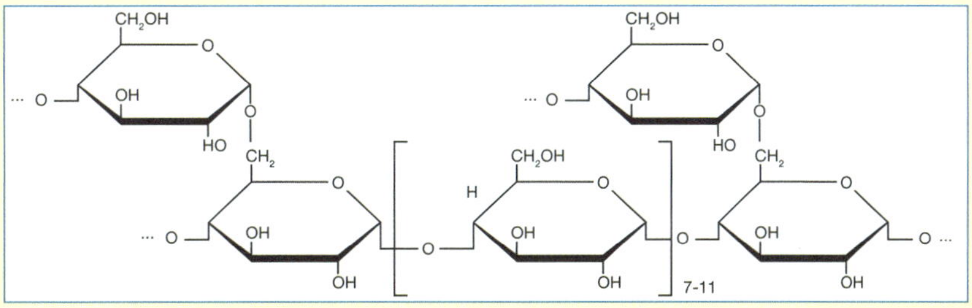

16 La gestion responsable des ressources naturelles

Afin de préserver notre planète, un usage raisonné des ressources naturelles indispensables à la vie sur Terre est nécessaire.

1 Critères chimiques de potabilité de l'eau

A Les différents types d'eau

• **L'eau est un élément indispensable à la vie. Elle contient de nombreux éléments minéraux** en quantité variable. Les principaux sont le sodium, calcium, magnésium, potassium, chlore, sulfates, bicarbonates, nitrates. Des oligo-éléments comme le manganèse, zinc, fluor, cuivre, fer, iode, silicium sont aussi présents.

• **L'eau potable** provient de **différentes sources** : eau du robinet, eau minérale naturelle, eau de source. Les eaux minérales sont divisées en 3 catégories : les eaux faiblement, moyennement et fortement minéralisées.

• **Les eaux minérales naturelles et de source** ont des origines souterraines et ne subissent aucun traitement. La différence entre les deux concerne les vertus thérapeutiques des eaux minérales. Les eaux minérales sont une composition en **sels minéraux stables** ; elles proviennent d'une source unique. En revanche, les eaux de sources ont une composition variable car elles ont des origines multiples.

• **Les eaux du robinet** sont d'origine souterraine, de pluie ou de surface. Elles subissent un **traitement physique et chimique** afin de devenir potable.

	Eau du robinet	Eau minérale				Eau de source
		Évian	Vittel	Contrex	Volvic	Cristalline
Calcium Ca^{2+}	79	78	240	468	43	12
Magnésium Mg^{2+}	12	24	42	74,5	11	8
Sodium Na^{+}	21	5	5,2	9,4	44	12
Potassium K^{+}	1,6	1	2	2,8	7,3	6
Bicarbonates HCO_3^-	245	357	384	372	180	74
Sulfates SO_4^{2-}	30	10	400	1 121	6	6
Chlorures Cl^-	36	4,5	8	nc	76	15
Nitrates NO_3^-	3,9	3,8	4,6	2,9	1	7,3
Fluor F^{+}	0,16	0,1	0,16	0,36	absence	

▲ Teneur en sels minéraux de différentes eaux en mg/ml

B Les critères de potabilité de l'eau

• **L'eau est considérée comme potable** suite à différents **contrôles organoleptiques microbiens et chimiques.** Les critères de qualités sont définis par le ministère de la Santé. Ils sont au nombre de 70 et ont pour but de protéger la santé de la population.

PHYSIQUE-CHIMIE POUR LA SANTÉ

• **Le contrôle microbien** assure une absence totale de micro-organisme dans l'eau (virus, bactéries, parasites, champignons).

• **Le contrôle chimique** vérifie le **pH** de l'eau afin de s'assurer d'une certaine neutralité, la température, la concentration en sels minéraux, en substances indésirables et/ou toxiques (nitrates, phosphates, pesticides, cyanure, plomb).

pH	Entre 6,5 et 9	**Chlore**	250 mg/L	**Nitrates**	50 mg/L
Sulfate	250 mg/L	**Sodium**	200 mg/L	**Nitrites**	0,5 mg/L
Potassium	12 mg/L	**Magnésium**	50 mg/L	**Plomb**	0,01 mg/L
Fluor	1,5 mg/L	**Fer**	0,2 mg/L	**Cyanure**	0,05 mg/L
Calcium	60 mg/L	**Cuivre**	2 mg/L	**Pesticides**	0,0001 mg/L

▲ Normes (valeurs maximales)

• **Les eaux minérales naturelles** sont en général **trop minéralisées** par rapport aux normes mais elles sont acceptées du fait de leurs propriétés thérapeutiques.

C Les besoins en oligo-éléments

• **L'apport en eau journalier** doit être au minimum de 2,5 L : 1 L doit être apporté par l'alimentation et 1,5 L par les boissons.

• **Pour fonctionner,** l'organisme humain a besoin d'un apport en **oligo-éléments**. Ceux-ci sont essentiels en quantité très faible afin d'assurer toutes les réactions chimiques au sein de l'organisme.

Fluor	2 à 4	**Zinc**	12
Silicium	10 à 50	**Cuivre**	2 à 5
Fer	9 à 16	**Iode**	150

▲ Besoins de l'organisme en oligo-éléments (mg/jour)

• **Les besoins en fluor** sont de 2 à 4 mg/jour. Les eaux en contiennent de 1 à 1,5 mg/L. les besoins en silicium sont de 10 à 50 mg/jour. L'eau du robinet contient un taux < 10 mg/L. Il faut donc ajuster sa consommation d'eau journalière en fonction du type d'eau que l'on consomme.

2 Les origines de la pollution de l'eau

A Les rejets domestiques

• **L'évacuation des eaux usées** domestiques individuelles (salle de bains, cuisine, toilettes) mais aussi collectives (commerces, hôpitaux), contiennent des solvants, détergents, déchets organiques, germes fécaux et matières azotées.

• **L'eau de pluie** va également capter les produits organiques et minéraux issus de la **pollution urbaine** (voiture, industrie).

B L'agriculture

• **L'agriculture** utilise de nombreux **engrais** (nitrates, phosphates), du lisier (phosphates), des **pesticides** : **produits phytopharmaceutiques** afin d'assurer une production quantitativement et qualitativement satisfaisante.

• **L'élevage intensif** produit des quantités important d'excréments animaliers. Ces derniers restent au sol et y pénètrent.

• **Les différents produits utilisés,** les déchets organiques et germes fécaux vont s'infiltrer et polluer dans les eaux souterraines.

C Les rejets industriels

• **Les industries** rejettent de nombreuses substances chimiques comme des **métaux lourds** (plomb, mercure, nickel), des **composés aromatiques organochlorés** (PCB : polychlorobiphényl), les **hydrocarbures**, des **micropolluants organiques** (benzène) dans l'eau. On appelle **effluents industriels** les rejets d'eaux polluées par les industries.

• **Les centrales nucléaires** utilisent les eaux de rivières comme système de refroidissement, ce qui entraîne un réchauffement de l'eau.

D L'eutrophisation

L'excès d'azote (nitrates) et de phosphates est entraîné par le **ruissellement des eaux**. Les eaux de surface vont donc s'enrichir en nutriments. Les algues et les plantes aquatiques ainsi que des cyanobactéries présentent dans l'eau vont se multiplier de manière excessive. Leur décomposition va entraîner une **multiplication de bactéries hétérotrophes** d'où une diminution de la quantité d'oxygène présente dans l'eau. Des plantes se développent en surface limitant l'apport de lumière. La qualité de l'eau s'amoindrit avec comme conséquence la disparition de la flore et de la faune aquatique.

> **Définition**
> **Eutrophisation :** développement naturel excessif de végétaux aquatiques aggravé par les rejets des industries, de la ville ou l'agriculture.

3 Sols, milieux d'échanges de matières : engrais N, P, K

A Le complexe argilo-humique

• **Définition.** Le complexe argilo-humique est un mélange d'**argile** et d'**humus**. Ce dernier constitue la couche supérieure du sol. Il provient de la décomposition de la matière organique par les animaux (vers de terre) et les micro-organismes.

• **L'humus** se fixe sur l'argile par l'intermédiaire du calcium, créant ainsi des microporosités. Ceci permet une **aération du sol**, un **stockage de l'eau** et un **passage de la matière organique** utilisée par les micro-organismes. De plus, ces deux structures sont chargées négativement et vont donc retenir les cations (Ca^{2+}, Mg^{2+}, K^+, Na^+) issus des eaux de ruissellement nécessaires aux végétaux. C'est la capacité d'échanges cationiques.

> **À retenir**
> De l'état du complexe argilo-humique dépendent donc les propriétés des sols.

B Rôle de certains éléments contenus dans les engrais

• **Les engrais** sont des substances organiques d'origine animale, végétale ou minérale utilisées comme **apports nutritifs** pour les végétaux afin d'améliorer la croissance, la qualité et le rendement des cultures.

• **Les ions nitrates NO_3^-,** présents sous forme de nitrate de sodium ou nitrate de calcium, sont puisés par les racines des plantes et décomposés en azote. L'azote est utilisé en autre dans la synthèse des protéines, de la chlorophylle et intervient dans la **croissance végétative**.

• **Les ions phosphates PO_4^{3-}** favorisent un **enracinement correct** de la plante, renforcent la résistance des végétaux vis-à-vis de la sécheresse, interviennent dans la maturation des fruits. Ils contrôlent les échanges d'énergie an niveau cellulaire.

• **Les ions potassium K^+** permettent le **transport et le stockage des sucres**. Ils maintiennent la pression osmotique au sein des cellules végétales. Ils favorisent la croissance et le développement des racines, des feuilles et des fruits.

C Les fonctions des pesticides

• **Les insecticides** sont des produits destinés à **détruire les insectes** (les polluants organiques persistants POP, les organochlorés).

• **Les fongicides** vont **détruire les champignons** (bouillie bordelaise qui contient du soufre, cuivre, benzène).

• **Les herbicides** vont s'attaquer à un certain type de végétaux : les « **mauvaises herbes** » (acide sulfurique, phytohormones).

Définition

Pesticides : substances naturelles ou chimiques ayant des propriétés toxiques destinées à contrôler ou détruire les organismes considérés comme nuisibles afin de protéger la plante. Ce sont des produits phytopharmaceutiques.

D Le bon usage des pesticides

• **La politique agricole commune (PAC)** européenne comporte des mesures permettant le bon usage des pesticides afin de réduire les risques sanitaires et environnementaux.

• **Les mesures** concernent l'utilisation de produits agréés, les bonnes conditions de stockage, le respect des doses et des conditions d'application (traitements aériens, fumigation), le respect des délais par rapport aux récoltes, l'utilisation d'équipements de protection adaptées aux produits utilisés, le contrôle des pulvérisateurs. Une surveillance de la santé des utilisateurs de pesticides est également préconisée.

• **Des prélèvements de sols** et de plantes sont analysés ainsi que le contrôle des produits phytopharmaceutiques.

E La compétition entre le rôle de nutriments et de biocarburant d'une céréale

• **Les céréales** comme le blé, le maïs ou le **manioc sont utilisés aussi bien comme nutriment que comme biocarburant** après extraction de l'amidon et sa transformation en bioéthanol par fermentation.

• **Cette compétition** a entraîné de nombreux dangers comme la diminution des parcelles de terre allouées à l'alimentation, l'augmentation des prix des céréales comestibles. Les besoins en eau et en engrais sont augmentés afin de produire de plus grande quantité.

• **À l'heure actuelle,** la production de biocarburant s'oriente sur l'utilisation de ressources non comestibles et l'utilisation de micro-algues.

Exercice d'entraînement

Exercice ★ 5 min

Corrigé p. 251

Parmi les propositions suivantes, choisissez la (ou les) bonne(s) réponse(s).

1. Parmi les minéraux suivants, quels sont ceux faisant partie des oligo-éléments ?
a) Le magnésium
b) Le cuivre
c) Le fer
d) Le sulfate

2. Quelle est l'origine des eaux de sources ?
a) Une seule origine souterraine
b) Plusieurs origines souterraines
c) Une seule origine de surface
d) Plusieurs origines de surface

3. De quel volume d'eau, l'organisme a-t-il besoin ?
a) 1 L
b) 1,5 L
c) 2,5 L
d) 3,5 L

4. Parmi les rejets agricoles, lequel est le plus important ?
a) Les nitrates
b) Les phosphates
c) Les pesticides

5. L'eutrophisation est :
a) un phénomène naturel.
b) un phénomène artificiel.
c) due à la multiplication des algues.
d) due à la multiplication des bactéries.

6. Quels sont les rôles du complexe argilo-humique ?
a) Créer une zone imperméable au ruissellement des eaux.
b) Créer une aération du sol.
c) Capter les anions.
d) Laisser passer les nutriments.

CORRIGÉS

CHAPITRE 1 *(Énoncés p. 196)*

1 1. L'eau est un solvant polaire et on trouve des liaisons polaires dans le glucose. C'est ce qui explique la bonne solubilité du glucose dans l'eau.

2. m = s × V ; soit m = 700 × 25 ×10^{-2}. On peut dissoudre m = 175 g de glucose dans 25 cL d'eau.

3. On ne peut pas dissoudre 200 g de glucose dans un verre de 25 cL d'eau car la solution est saturée lorsqu'on introduit 175 g de glucose dans les 25 cL d'eau (voir question précédente).

4. La solubilité du glucose augmente avec la température. Lorsque celle-ci diminue, la solubilité diminue aussi et le sucre précipite.

5. On souhaite dissoudre 200 g de glucose, or à 25°C, la masse maximale de glucose dissous est de 175 g. On aura donc 25 g de glucose au fond du verre.

6. $C_{glucose} = \frac{s}{M_{glucose}} = \frac{700}{180}$.

La concentration de la solution saturée en glucose est $C_{glucose} = 3{,}9$ mol.L^{-1}

2 1. $NaOH_{(s)} \overset{eau}{\rightarrow} Na^+_{(aq)} + HO^-_{(aq)}$

2. $C_{NaOH} = \frac{m_{NaOH}}{M_{NaOH} \times V}$;

$M_{NaOH} = M_{Na} + M_O + M_H$

$M_{NaOH} = 23 + 16 + 1 = 40$ g.mol^{-1}

$C_{NaOH} = \frac{0{,}5}{40 \times 0{,}250}$;

$C_{NaOH} = 5 \times 10^{-2}$ mol.L^{-1}

3. D'après l'équation de dissolution,
$C_{NaOH} = [HO^-] = 5 \times 10^{-2}$ *mol.*L^{-1}

4. D'après la formule du produit ionique de l'eau :
$[H_3O^+].[HO^-] = 10^{-14}$

Donc $[H_3O^+] = \frac{10^{-14}}{HO^-}$ soit : $[H_3O^+] = 2 \times 10^{-13}$ mol.L^{-1}

5. pH = -log $[H_3O^+]$ donc
pH = –log 2 × 10^{-13}. On trouve alors pH = 12,7.

3 1. La masse molaire de l'acide benzoïque :
$M_{acide} = 7M_C + 6M_H + 2M_O$
$M_{acide} = 7 \times 12 + 6 \times 1 + 2 \times 16$
$M_{acide} = 122$ g.mol^{-1}
La concentration molaire C en soluté de la solution :
$C = \frac{m_{acide}}{M_{acide} \times V} = \frac{5}{122 \times 0{,}5}$

C = 8,2 × 10-2 mol.L^{-1}

2. $[H_3O+]$ = C = 8,2 × 10-2 mol.L^{-1}

3. Si l'acide benzoïque est un acide fort, son pH sera de :
pH = –log $[H_3O+]$ = –log C
Donc pH = –log 8,2 × 10-2 soit pH = 1,1.
Or le pH de la solution est pH = 2,7. Donc l'hypothèse de la question 3. est fausse, l'acide benzoïque est un acide faible.

4 1. La formule brute de l'acide lactique est $C_3H_6O_3$.

2. La masse molaire de l'acide lactique est M + 3 $M_C = 6\ M_H + 3\ M_O$
M = 3 × 12,0 + 6 × 1,0 + 3 × 16,0 = 90,0 g.mol^{-1}

3. Un acide est une espèce chimique susceptible de donner un proton.

4. $CH_3 - CHOH - COOH + H_2O \rightarrow CH_3 - CHOH - COO^- + H_3O^+$

5. La quantité de matière d'acide lactique, n, à prélever est : n = C . V = 0,05 × 2,0 = 0,1 mol.
La masse d'acide lactique à peser est
m = n . M = 0,1 x 90 = 9,0 g.

6. Le matériel nécessaire à cette préparation est : balance, spatule, sabot de pesée, fiole jaugée de 2,0 L, pissette d'eau distillée.

7. La concentration en ions oxonium, $[H_3O^+]$, de la solution est : $[H_3O^+] = 10^{-pH} = 10^{-2,9} = 1{,}26.10^{-3}$ mol. Si l'acide lactique était fort, l'acide serait totalement dissocié dont $[H_3O^+]$ = C et le pH de la solution serait pH = –log C = -log 0,05 = 1,3. Le pH de la solution est inférieur, l'acide lactique est un acide faible.

CHAPITRE 2 *(Énoncés p. 200)*

1 1. Un litre de cette eau de Javel est susceptible de dégager 7 L de dichlore gazeux (conditions normales de température et de pression) par action de l'action chlorhydrique concentré.

2. Le principe actif de l'eau de Javel est l'ion hypochlorite ClO^-.

3. 5L d'eau javellisée à 7°chl peut libérer 35 L de Cl_2 par action d'acide chlorhydrique concentré, avec de l'eau de javel à 36°chl, il suffit de $\frac{35}{36}$ = 0,97 L pour libérer le même volume de dichlore gazeux.

4. Un protocole simple qui permet d'obtenir une eau javellisée à environ 7 °chl consiste à placer 4 berlingots d'eau de Javel à 36 °chl dans un bidon de 5 L et de compléter avec de l'eau.

2 1. Le principe actif de l'eau oxygénée se nomme le peroxyde d'hydrogène de formule $H_2 O_2$.

2. La masse molaire du peroxyde d'hydrogène :
$M_{H2\ O2} = 2 \times M_H + 2 \times M_O$
$M_{H2\ O2} = 2 \times 1 + 2 \times 16$
$M_{H2\ O2} = 34$ g.mol^{-1}
On en déduit la concentration de la solution en peroxyde d'hydrogène :

$$C_{H2\ O2} = \frac{t}{M_{H_2O_2}} = \frac{30}{34}$$

soit $C_{H2\ O2} = 0{,}88$ mol.L^{-1}.

3. $T = 11{,}2 \times C$
ainsi $T = 11{,}2 \times 8{,}8.10^{-1}$.
On trouve T = 9,9 volumes. Le volume de dioxygène susceptible d'être libéré par 100 mL = 0,1 L de cette solution est donc 0,99 L.

3 1. La coloration rosée de l'eau de Dakin est due à la présence des ions permanganate (de couleur violette).

2. Concentration molaire en ions permanganate :

$$CMnO_4^- = \frac{t}{M} = \frac{10}{158}$$

$CMnO_4^- = 6{,}3 \times 10^{-2}$ mol.L^{-1}

3. Le volume de dichlore susceptible d'être dégagé par un litre d'eau de Dakin est de 1,5 L de Cl_2 gazeux. Ainsi, 50 mL d'eau de Dakin dégagent 75 mL de Cl_2.

4 $2Ag^+ + Cu \rightarrow Cu^{2+} + 2Ag$: réaction d'oxydoréduction
Couples : Ag^+ / Ag et Cu^{2+} / Cu.
$ZnSO_{4(s)} \rightarrow Zn^{2+}_{(aq)} + SO^{2-}_{4(aq)}$: dissolution du sulfate de zinc dans l'eau.
$CH_3\,COOH + H_2O \rightarrow CH_3COO^- + H_3O^+$: réaction acide-base
$Fe + 2H^+ \rightarrow Fe^{2+} + H_2$: réaction d'oxydoréduction
Couples : Fe^{2+} / Fe et H^+ / H_2

5 1. $(I_2 + 2e^- = 2I^-) \times 3$
$(Al = Al^{3+} + 3e^-) \times 2$
$3I_2 + 2Al \rightarrow 6I^- + 2Al^{3+}$

2. $Cu^{2+} + 2e^- = Cu$
$Fe = Fe^{2+} + 2e^-$
$Cu^{2+} + Fe \rightarrow Cu + Fe^{2+}$

3. $(Cl_2 + 2e^- = 2Cl^-) \times 2$
$Ti = Ti^{4+} + 4e^-$
$2Cl_2 + Ti \rightarrow 4Cl^- + Ti^{4+}$

6 1. Le principe actif de l'eau de Javel est l'ion hypochlorite ClO^-.

2. $2ClO^- + 4H^+ + 2e^- = Cl_2 + 2H_2O$
$2Cl^- = Cl_2 + 2e^-$

3. $ClO^- + Cl^- + 2H^+ \rightarrow Cl_2 + H_2O$

7 1. Les deux demi-équations électroniques sont :
$MnO_4^- + 8H^+ + 5e^- = Mn^{2+} + 4H_2O$
$(Fe^{2+} = Fe^{3+} + e^-) \times 5$
$MnO_4^- + 8H^+ + 5Fe^{2+} \rightarrow 5Fe^{3+} + Mn^{2+} + 4H_2O$

2. Lorsque la solution se décolore, les réactifs sont dans les proportions stœchiométriques aussi peut-on écrire que :
$nMnO_4^- = \frac{n_{Fe^{2+}}}{5}$. $C_1 V_1 = \frac{C_2V_2}{5}$

Donc $C_1 = \frac{C_2V_2}{5V_1}$ ainsi $C_1 = \frac{2 \times 10^{-3} \times 30}{5 \times 5}$

$C_1 = 2{,}4 \times 10^{-3}$ mol.L^{-1}.

3. Comme nous sommes dans les proportions steochiométriques, l'équation de réaction nous donne :

$$n_{MnO_4^-} = \frac{n_{Fe^{2+}}}{5} = \frac{2 \cdot 10^{-3} \times 30 \cdot 10^{-3}}{5} = 1{,}2 \cdot 10^{-5}\text{mol}$$

Ainsi : $C_{MnO_4^-} = 2{,}4 \cdot 10^{-3}$mol.L^{-1}.

8 1. $2H_2\,O_2 \rightarrow 2H_2O + O_2$

2. Couples rédox : $H_2\,O_2 / H_2O$ et $O_2 / H_2\,O_2$. $H_2\,O_2$ joue le rôle d'oxydant dans l'un des couples et de réducteur dans l'autre couple.

3. Si 100 mL de solution produisent 1,5 L de dioxygène gazeux alors 1 L de cette même solution est susceptible de dégager 15 L de dioxygène gazeux. Par définition, le titre de cette solution est donc de 15 volumes.

4. La quantité de dioxygène dégagé est $nO_2 = \frac{V_{O_2}}{V_m}$.

$nO_2 = \frac{1{,}5}{22{,}4}$. Ainsi : $nO_2 = 6{,}7 \times 10^{-2}$ mol.

D'après l'équation écrite à la question 1.,
$nH_2\,O_2 = 2 \times nO_2$. Ainsi $nH_2\,O_2 = 1{,}3 \times 10^{-1}$ mol.

5. $[H_2\,O_2] = \frac{n_{H_2O_2}}{V_{solution}}$

$[H_2\,O_2] = \frac{1{,}3 \times 10^{-1}}{0{,}1}$

$[H_2\,O_2] = 1{,}3$ mol.L^{-1}.

CHAPITRE 3 *(Énoncés p. 203)*

1 1. La tension du secteur a une valeur efficace de 230 V et une fréquence de 50 Hz.

2. Les installations électriques domestiques sont protégées par le disjoncteur divisionnaire, le coupe-circuit ou fusible.

3. La phase, le neutre et la prise de terre sont les trois bornes d'une prise de courant.

2 1. Cette tension est variable.

2. Amplitude ou tension maximale = sensibilité verticale × nombre de divisions

$U_m = 5 \times 3{,}3$ Div = 16,5 V.

Tension efficace : $U = U_m/\sqrt{2} = 16{,}5/\sqrt{2} = 11{,}7$ V.

3. Un voltmètre ou multimètre branché en voltmètre permet de mesurer cette tension efficace.

4. Période = sensibilité horizontale × nombre de divisions. $T = 10 \times 5 = 50$ ms.

Fréquence $f = \dfrac{1}{T} = \dfrac{1}{50 \times 10^{-3}} = 20$ Hz.

5. Une période sera visualisée.

3 1. L'électrisation du corps peut provoquer des brûlures, des lésions d'organes et la mort dans les cas d'électrocution.

2. La gravité du choc électrique dépend de quatre facteurs : la durée de passage du courant électrique dans le corps Δt, l'intensité I_c du courant qui le traverse, la tension électrique de choc U_c et la résistance du corps humain R.

3. Le disjoncteur différentiel et la prise de terre protègent de l'électrisation.

4. L'intensité du courant dans la branche principale augmente, une surintensité peut faire fondre les isolants et provoquer un incendie. Un fusible ou disjoncteur protège de ce risque.

5. Le courant revient vers la prise sans traverser un récepteur : c'est un court-circuit. Il y a risque d'incendie.

CHAPITRE 4 *(Énoncés p. 205)*

1

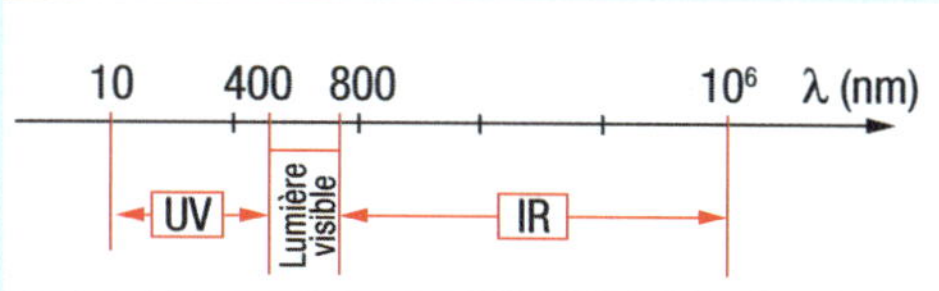

2 1. Domaine des ondes infrarouges car les longueurs d'ondes émises sont comprises entre 5 000 nm et 30 000 nm (les IR ont des longueurs d'onde comprises entre 800 nm et 10^6 nm).

2. Graphiquement, on lit

$\lambda_{max} = 9\ 300 \text{ nm} = 9{,}3 \cdot 10^{-6}$ m.

3. Loi de Wien : $\lambda_{max} \times T = 2{,}9 \cdot 10^{-3}$

on en déduit que $= \dfrac{2{,}9 \cdot 10^{-3}}{\lambda_{max}}$.

$T = \dfrac{2{,}9 \cdot 10^{-3}}{9{,}3 \cdot 10^{-6}} \approx 312\ K$ soit une température corporelle de 39 °C.

CHAPITRE 5 *(Énoncés p. 206)*

1. Il faut convertir la vitesse en $\text{m} \cdot \text{s}^{-1}$ $v = 80 \text{ km} \cdot \text{h}^{-1} = \dfrac{80}{3{,}6} = 22{,}2 \text{ m} \cdot \text{s}^{-1}$

$E_c = \dfrac{1}{2}mv^2 = 1{,}85 \cdot 10^5$ J.

2. De même, $E_c = 4{,}82 \cdot 10^5$ J

3. $E_c = \dfrac{1}{2}mv^2$ donc $v = \sqrt{\dfrac{2E_c}{m}}$

et on trouve $= 50 \text{ m} \cdot \text{s}^{-1} = 180 \text{ km} \cdot \text{h}^{-1}$.

CHAPITRE 6 *(Énoncés p. 208)*

1 1. Le domaine audible s'étend de 20 Hz à 20 kHz.

2.

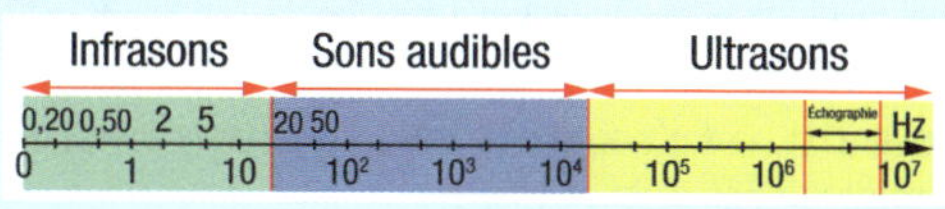

2 $f = \dfrac{1}{T} = \dfrac{1}{5{,}0 \cdot 10^{-4}} = 2\ 000$ Hz.

Cette onde est une onde sonore audible car sa fréquence est comprise en 20 Hz et 20 kHz.

3 1. Le patient ne parvient plus à distinguer les fréquences au-delà de 2 000 Hz.

2. Les fréquences inaudibles par le patient correspondent à des fréquences aigues.

3. Le médecin peut proposer d'appareiller le patient en apportant une amplification sur les fréquences aigues.

CHAPITRE 7 *(Énoncés p. 212)*

1 1. Construction des rayons émergents et position de l'image A'B'

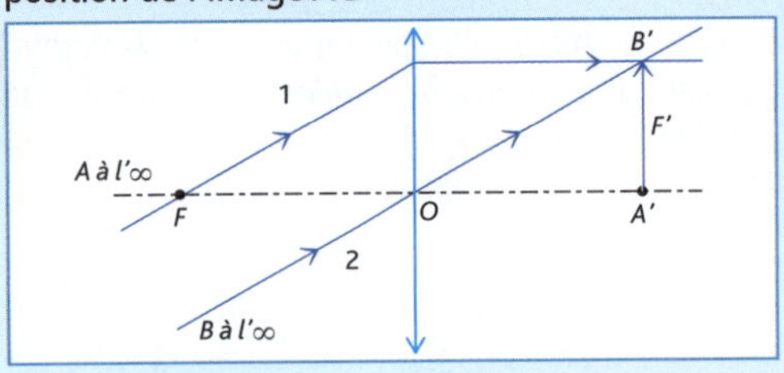

2. L'objet AB est à l'infini, très éloigné de la lentille parce que les rayons incidents sont parallèles.

3. L'image est située dans le plan perpendiculaire à l'axe optique en passant par F' : OA' = OF'.

2 1. Schéma de l'œil

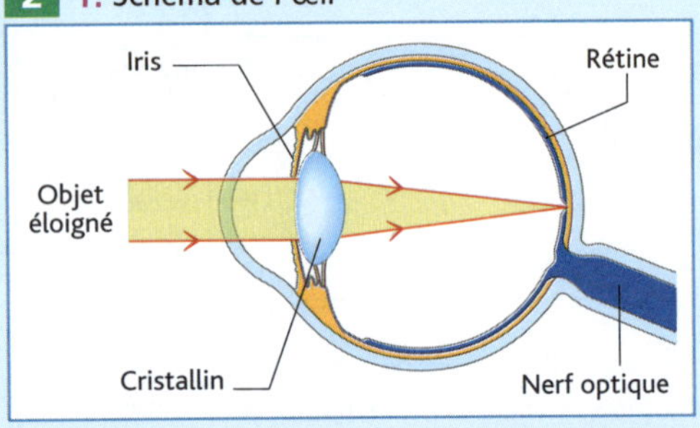

2. Le schéma a correspond à la situation de l'œil au repos : l'image d'un objet à l'infini se forme sur la rétine.

3. Le schéma b correspond à la situation de l'œil qui accommode. Le cristallin est plus bombé dans ce cas : l'œil est plus convergent et l'image se forme toujours sur la rétine alors que l'objet n'est plus à l'infini. Si l'œil n'accommodait pas, l'image se formerait en arrière de la rétine et sa vision serait floue.

3 1. L'image se forme en arrière de la rétine.

2. L'œil hypermétrope n'est pas assez convergent.

3. L'hypermétropie est corrigée par une lentille convergente : sa vergence est positive.

4 1. L'objet lointain forme une image dans le plan focal image, soit à la distance
$f' = 1/C = 1/56,3 = 0,0178$ m = 17,8 mm.

2. Cette distance f' est supérieure à la distance cristallin-rétine. L'image se forme en arrière de la rétine. Cet œil est hypermétrope.

3. Quand l'œil accommode au maximum, sa vergence est C' = 56,3 + 4,0 = 60,3 δ.

4. L'objet à l'infini forme une image dans le plan focal image, soit à la distance
f' = 1/C' = 1/60,3 = 0,0166 m = 16,6 mm. Cet œil peut voir un objet à l'infini.

5. Une lentille convergente corrige l'hypermétropie pour la vue de près et la vue de loin (sans accommodation).

CHAPITRE 8 *(Énoncés p. 216)*

1 1. 1 bar = 10^5 Pa.
Donc 2,0 bar = 2,0 × 10^5 Pa.

2. Appliquons la relation $F = p.S$
avec $S = 2,5 \times 10^{-4}$ m^2,
on obtient $F = 2,0 \times 10^5 \times 2,5 \times 10^{-4} = 50$ N.

3° La force pressante est de direction horizontale, dans le sens liquide vers piston. Sa valeur est de 50 N.
Elle est représentée par un vecteur de longueur : 50/25 = 2 cm.

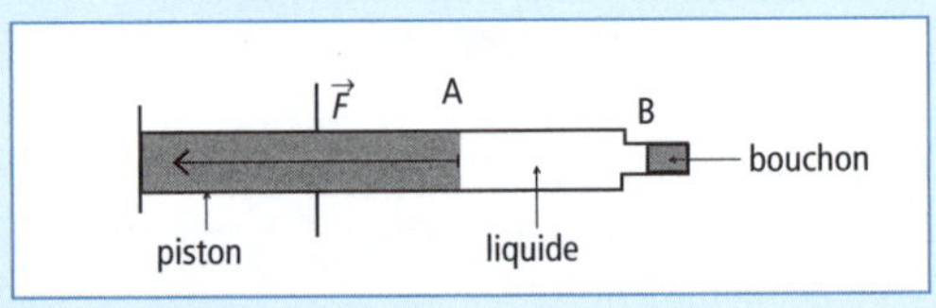

2 Par définition, la densité est égale à :
$d = \frac{\rho}{\rho_{eau}}$. Donc r = d. r_{eau}.
Connaissant le volume et la masse volumique, on peut calculer la masse car r = $\frac{m}{V}$.
On en déduit m = r.V = d. r_{eau}.V.
15 mL = 15 × 10^{-6}m^3.
$m = 1,3 \times 1\,000 \times 15 \times 10^{-6} = 19,5 \times 10^{-3}$ kg
m = 19,5 g.

3 1. La tension de Tom, au niveau du cœur, est de 13 300 Pa.
Or 1 Pa = $\frac{1}{1\,333}$ cm Hg ;
d'où T = $\frac{1}{1\,333} \times 13\,300 = 9,97$ cm Hg.

2.

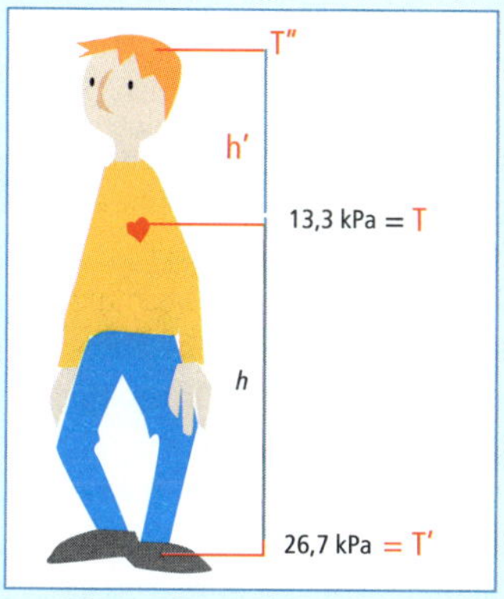

Soit T la tension au niveau du cœur et p_{sang} la pression du sang à ce niveau-là ; T' la tension au niveau des pieds et p'_{sang} la pression du sang au niveau des pieds.

$T = p_{sang} - p_{atm}$;
$T' = p'_{sang} - p_{atm}$
d'où $T' - T = p'_{sang} - p_{sang}$.

En appliquant la relation fondamentale de la statique des fluides entre les pieds et le cœur, on a :
$p'_{sang} - p_{sang} = r_{sang} .g.h = T' - T$.

$$h = \frac{T' - T}{g.\rho_{sang}} = \frac{26\,700 - 13\,300}{1\,060 \times 9{,}8} = 1{,}3 \text{ m.}$$

3. Soit T'' la valeur de la tension artérielle au niveau de la tête :
$T - T'' = \rho_{sang} .g.h'$ donc $T'' = T - \rho_{sang} .g.h'$.
Or $h' = 1{,}7\ 2\ 1{,}3 = 0{,}4$ m.
$T'' = 13\,300 - (1\,060 \times 9{,}8 \times 0{,}4) =$
$9{,}14 \times 10^3$ Pa = 9,14 kPa.

4 1. Appliquons la relation $D = s.v$.
Le rayon de la conduite est égal à
15,0 cm = 0,15 m
d'où $s = \pi \times (0{,}15)^2 = 0{,}07$ m².
Donc $D = 0{,}07 \times 0{,}50 = 0{,}035$ m³.s⁻¹.
Or 1 m³= 1 000 L et 1 s = 1/60 min, on a donc

$$D = \frac{0{,}035 \text{ m}^3}{1\text{s}} = \frac{35 \text{ L}}{\frac{1}{60} \text{ min}} = 2\,100 \text{ L.min}^{-1}.$$

2. De la relation $D = s.v$, on tire $v = \frac{D}{s}$;
$D = 1\,800 \text{ L.min}^{-1} = 1{,}8 \text{ m}^3.\text{min}^{-1}$
$= \frac{1{,}8}{60} = 0{,}03 \text{ m}^3.\text{s}^{-1}$.
$s = 0{,}07$ m², d'où $v = \frac{0{,}03}{0{,}07} = 0{,}43 \text{ m.s}^{-1}$.

5 $D_c = V_{ES} \times f_c$ ainsi $V_{ES} = \frac{D_c}{f_c} = 0{,}07L$ par battement.

CHAPITRE 9 (Énoncés p. 219)

1 1.

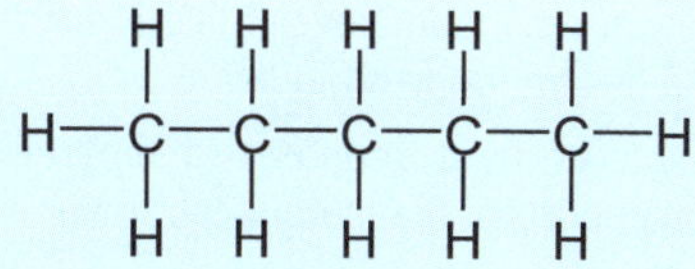

2. Formule semi-développée :

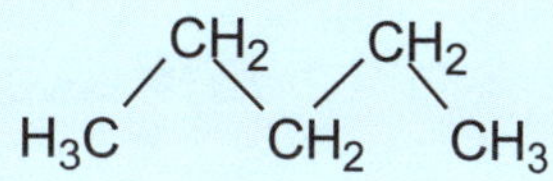

Formule topologique : 

3. Un isomère du pentane : le 2-methylbutane (on pouvait également choisir le 2,2-dimethylpropane…)
Formule semi-développée :

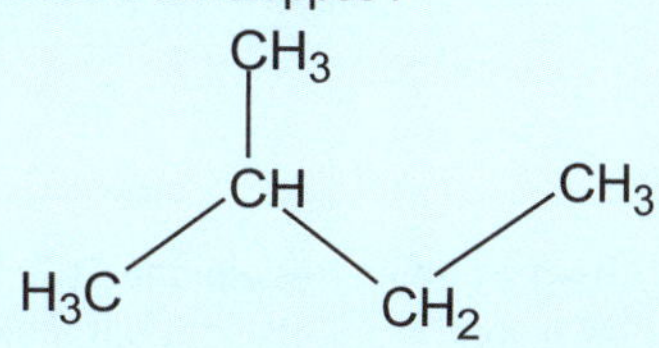

Formule topologique : 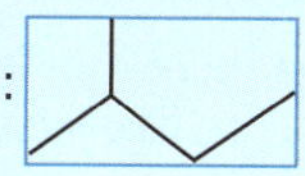

2

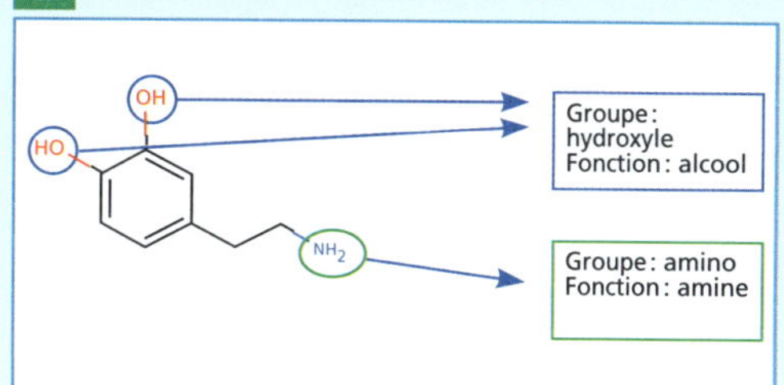

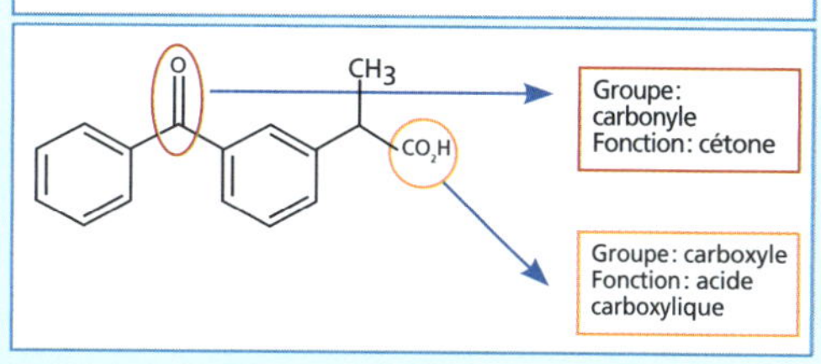

3 1. 4-méthylpentan-2-one
2. Acide 3-méthylbutanoïque

4

1. 2-méthylpropane

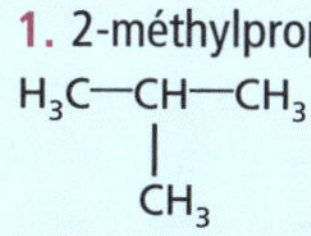

2. Acide méthanoïque

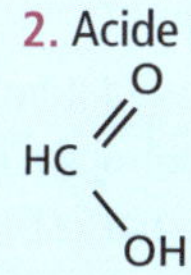

CHAPITRE 10 (Énoncés p. 223)

1

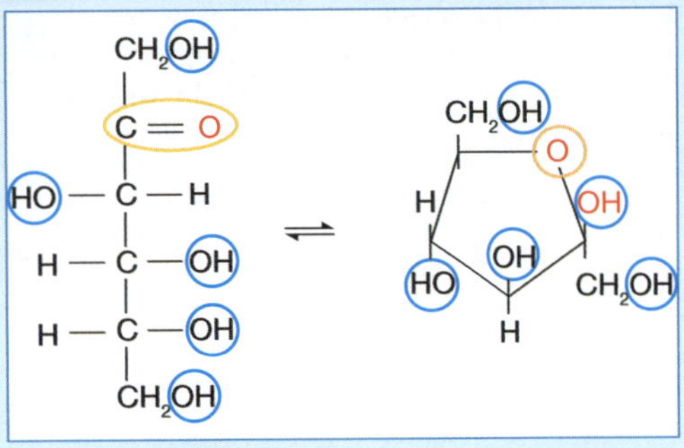

En bleu : groupement hydroxyle formant une fonction alcool.

En jaune : groupement carboxyle formant une fonction cétone.

En orange : fonction étheroxyde.

2 Groupes de la molécule de glutamine :

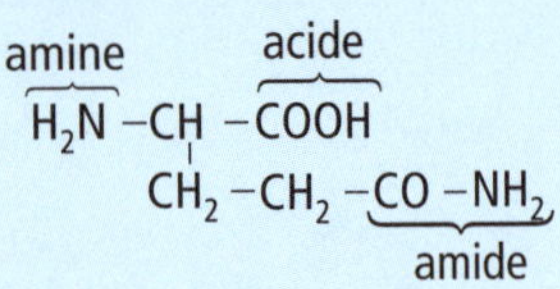

3 **1.** Un édulcorant est une substance sucrée utilisée pour remplacer le saccharose.

2.

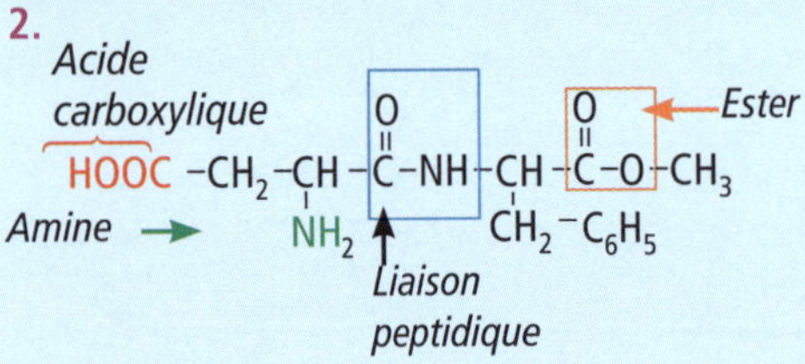

La liaison peptidique est une fonction amide.

3. La formule brute de l'aspartame est :
$C_{14}H_{18}O_5N_2$.
Sa masse molaire moléculaire est :
$M(C_{14}H_{18}O_5N_2) = 14 \times 12 + 18 \times 1 + 5 \times 16 + 2 \times 14 = 294$ g.mol^{-1}.
La quantité de matière d'aspartame dans un litre de boisson est donc :
$n = m / M = 0{,}5 / 294 = 1{,}7 \times 10^{-3}$ mol.
La concentration volumique est :
$C = n / V = 1{,}7 \times 10^{-3} / 1 = 1{,}7 \times 10^{-3}$ mol.L^{-1}.

4. a) La masse maximale que la personne, de masse 50 kg, peut absorber par jour est :
$m_M = 50 \times 40 \times 10^{-3} = 2{,}00$ g.

b) La quantité de matière d'aspartame correspondante est : $n_M = \frac{m_M}{M} = 2{,}00 / 294 = 6{,}8 \times 10^{-3}$ mol.

c) On déduit le volume maximal de boisson que la personne peut consommer :
$V_M = n_M / C = 6{,}8 \times 10^{-3} / 1{,}7 \times 10^{-3} = 4{,}0$ L.

5.

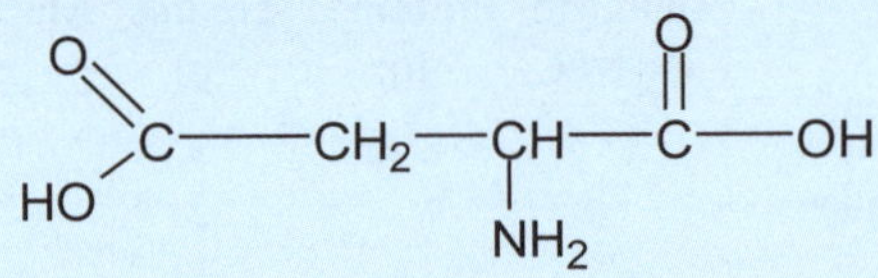

CHAPITRE 11 (Énoncés p. 226)

1 **a.** Ébullition
b. Sublimation
c. Liquéfaction

2 **1.** $H_3C—CH_2—O—H$

2. L'oxygène étant plus électronégatif que l'hydrogène, il attire les électrons de la liaison à lui. Il apparaît donc une charge partielle négative sur l'atome d'oxygène et une charge partielle positive sur l'atome d'hydrogène.

$H_3C—CH_2—\overset{\delta^-}{O}—\overset{\delta^+}{H}$

3. L'eau et l'éthanol peuvent établir des liaisons hydrogène entre eux, ce qui permet d'expliquer la grande solubilité de l'éthanol dans l'eau.

3 Les acides gras contenus dans l'huile possèdent de grandes chaînes carbonées, uniquement constituées d'atomes de carbone et d'hydrogène. Toutes ces liaisons sont apolaires et donc sont très solubles dans un solvant polaire comme l'eau. Ainsi l'eau et l'huile ne sont pas miscibles.

PHYSIQUE-CHIMIE POUR LA SANTÉ

CHAPITRE 13 *(Énoncé p. 232)*

Il faut dans un premier temps calculer la quantité en g de chaque élément énergétique ingéré (protéines, lipides et glucides).
Exemple : quantité de protéines : lait :
m = (3,3 × 250) / 100 = 8,25 g.

	Quantité ingérée	Protéines (g)	Lipides (g)	Glucides (g)
Lait entier	250 g	8,25	9	12
Pain	60 g	4,92	1,2	33
confiture	40 g	0,12	0,04	24
Jus de fruit	125 g	0,625	0,009	11,4

Selon les équivalences énergétiques :

	Protéines (kJ)	Lipides (kJ)	Glucides (kJ)
	1 g = 17 kJ	1 g = 38 kJ	1 g = 17 kJ
Lait entier	140,25	342	204
Pain	83,6	45,6	561
confiture	2,04	1,52	408
Jus de fruit	10,6	0,342	193,8

Le bilan énergétique du petit déjeuner de Mme X est de 1 992,7 kJ.

CHAPITRE 15 *(Énoncé p. 240)*

La structure D correspond à un polymère de glucose : le glycogène.
La structure A est un tripeptide, la structure B du saccharose (glucose et fructose), la structure C est le glucose.

CHAPITRE 16 *(Énoncés p. 245)*

1. b), c)
2. a)
3. c)
4. a)
5. a), c), d)
6. b), d)

Mathématiques

MATHS

1 Algorithmique et programmation

1 Rappels du programme de seconde

A Définition

• **Un algorithme est une suite ordonnée d'instructions** énoncées en langage commun (c'est-à-dire en français) dans le but de résoudre un problème. **Cet algorithme peut être traduit dans un langage de programmation** afin que ces instructions soient exécutées par une machine (ordinateur, calculatrice…).

• **Il existe un grand nombre de langages** de programmation mais celui qui est imposé dans les programmes scolaires depuis la classe de seconde est **Python**. Ce dernier est très complet, facile d'accès et très puissant.

B Les variables : objets indispensables

Les variables sont très utiles et très utilisées en algorithmique et en programmation. **Elles permettent de stocker des valeurs.**

• **Ces valeurs peuvent être de diverses natures :** une variable peut donc stocker des **chaînes de caractères** (des mots ou des phrases par exemples) ou des valeurs numériques (des entiers, des réels…). Dans les algorithmes et les programmes, les variables seront repérées par des étiquettes, c'est-à-dire une lettre ou des caractères servant à les nommer.

• **Il existe deux procédés d'affectation** d'une valeur à une variable : soit par la **saisie de l'utilisateur** soit par une **instruction à l'intérieur du programme** ou de l'algorithme.

Type d'affectation	Algorithmique	Python	Effet(s)
Saisie de l'utilisateur	Saisir *a* Entrer *a* Lire *a*	*a* = *input*()	La valeur entrée par l'utilisateur est stockée dans la variable *a* **en tant que chaîne de caractère.** Pour pouvoir faire des calculs, il faudra convertir celle-ci en nombre.
		a = *int*(*input*())	Permet de convertir la valeur entrée en entier.
		a = *float*(*input*())	Permet de convertir la valeur entrée en nombre à virgule.
		a = *input* (*"Valeur de a ?"*)	Permet d'ajouter un message dans la boîte de dialogue.
Instruction interne	$a \leftarrow 3$	*a* = 3	La variable *a* prend la valeur 3.
	$a \leftarrow a + 5$	*a* = *a* + 5	La variable *a* est augmentée de 5
	$a \leftarrow a^2$	*a* = *a***2	La valeur de la variable *a* est remplacée par son carré. (La commande ** permet de mettre un nombre en puissance)

C Structures conditionnelles

Les structures conditionnelles permettent d'exécuter des instructions sous condition.

Algorithme	Python	Effet
age ← 16 Si *age* < 18 alors Afficher « Vous êtes mineur »	*age* = 16 if *age* < 18 : print("*Vous êtes mineur*")	La variable *age* contient la valeur 16. La condition « *age* < 18 » est donc vérifiée. Le message est donc affiché.
age ← 19 Si *age* < 18 alors Afficher « Vous êtes mineur »	*age* = 19 if *age* < 18: print("*Vous êtes mineur*")	Cette fois, la condition « *age* < 18 » n'est pas vérifiée. Il n'y aura donc aucun affichage.
Saisir *age* Si *age* < 18 alors Afficher « Vous êtes mineur » Sinon Afficher « Vous êtes majeur »	*age* = *int(input())* if *age* < 18: print("*Vous êtes mineur*") else : print("*Vous êtes majeur*")	L'utilisateur entre une valeur stockée dans la variable *age*. Selon que cette valeur est strictement inférieure à 18 ou non, le message affiché sera différent.

D Structures de boucles

Les boucles sont utiles dans les situations qui nécessitent de répéter une ou plusieurs instructions.

La boucle TANT QUE : avec cette structure, la répétition des instructions est assujettie à une condition.

Algorithmique	Python	Effet
age ← 0 Tant que *age* < 18 *age* ← *age* + 1	*age* = 0 while *age* < 18 : *age* = *age* + 1	La valeur de la variable, initialement égale à 0, est augmentée de 1 tant que celle-ci est strictement inférieure à 18.

La boucle POUR : cette structure est utilisée lorsque l'on sait combien de fois l'on veut que les instructions soient répétées.

Algorithmique	Python	Effet
Pour i allant de 0 à 9 Afficher 3 × i	for i in range (10) : print(3*i)	Affiche la table de multiplication de 3, en partant de 3 × 0
Pour i allant de 1 à 9 Afficher 3 × i	for *i* in range(1,10) : print(3*i)	Affiche la table de multiplication de 3, en partant de 3 × 1.

2 Les fonctions en Python

Les fonctions sont des sous-programmes à l'intérieur d'un programme. Elles sont utiles lorsque l'on a besoin de faire appel aux mêmes instructions dans plusieurs endroits d'un même programme.

MATHS

Exemple	Affichage	Commentaire
def coucou() : print("Coucou !") coucou()	Coucou !	On définit d'abord la fonction puis on l'utilise.
def coucou(nom) : print("Coucou "+nom+" !") coucou("Jordi")	Coucou Jordi!	On ajoute un paramètre dans la fonction. L'affichage change en fonction de celui-ci.
def f(x): print(2*x+3) f(3)	9	À l'instar d'une calculatrice scientifique, on peut calculer l'image de n'importe quel réel par une fonction (affine ici).
def f(x): return(2*x+3) f(3)		Avec la commande « return », il n'y a pas d'affichage. La valeur est calculée afin d'être utilisée plus loin dans le programme.
def aire_rectangle(longueur,largeur): print (longueur*largeur) aire_rectangle(7,4)	28	Permet de calculer l'aire d'un rectangle dont les dimensions sont en paramètres. On a donc ici deux paramètres.

3 Les listes

La liste est une structure particulièrement utile permettant de **stocker plusieurs valeurs** (nombres, chaînes de caractères,...), d'en ajouter ou d'en enlever à volonté.

Exemple	Affichage	Commentaire
L = [ ]		Cette commande a permis de créer une liste vide nommée L.
L = [2 , 4 , 6] print(L)	[2 , 4 , 6]	On crée la liste L qui contient les entiers 2, 4 et 6 (dans cet ordre) et on affiche celle-ci.
L = [2 , 4 , 6] print(L[0]) print(L[1]) print(L[2])	2 4 6	On peut afficher un nombre spécifique dans la liste. Ceux-ci sont numérotés et il suffit de préciser le numéro du nombre qui nous intéresse. Attention : la numérotation commence à 0.
L = [2 , 4 , 6] print(len(L))	3	La commande « len(L) » correspond au nombre d'éléments dans la liste L. Il y a ici trois nombres dans la liste, ce qui explique l'affichage.
L = [2 , 4 , 6] L.append(8) print(L)	[2 , 4 , 6 , 8]	La commande « .append » permet d'ajouter un élément dans la liste, à la suite de ceux déjà présents.
L = [2 , 4 , 6] del L[1] print(L)	[2 , 6]	La commande « del » permet de supprimer un élément dans la liste, celui situé à la place spécifiée.
L=[] for i in range(1,10) : L.append(2*i) print(L)	[2 , 4 , 6 , 8 , 10 , 12 , 14 , 16 , 18]	On voit ici que l'on peut combiner les nouvelles fonctionnalités que l'on vient de découvrir avec celles plus anciennes, notamment avec une structure de boucle. Cet exemple a ainsi permis de remplir la liste L avec la table de multiplication de 2.
L= [2*i for i in range(1,10)] print(L)	[2 , 4 , 6, 8 , 10 , 12 , 14 , 16 , 18]	Dans un souci d'optimisation, on peut remplacer le code précédent par celui-ci. La liste ainsi créée est appelée liste en compréhension. Le résultat est le même, mais le code est plus « léger ».

2 Fonctions de référence

1 Fonctions polynômes de degré 2

- **On appelle fonction polynôme de degré 2**, toute fonction f définie sur $\mathbb{R}$ par $\boldsymbol{f(x) = ax^2 + bx + c}$ où a, b et c sont des nombres réels donnés tels que $a \neq 0$.

Exemples

- $f(x) = 2x^2 - 7x + 1$ ($a = 2$, $b = -7$, $c = 1$)
- $g(x) = -3x^2 + x$ ($a = -3$, $b = 1$, $c = 0$)

f et g sont des fonctions polynômes de degré 2.

- $h(t) = 3(t-2)(t-3)$

h est une fonction polynôme de degré 2. En effet,
$h(t) = 3(t-2)(t-3) = 3(t^2 - 3t - 2t + 6) = 3t^2 - 15t + 18$.

- **La courbe représentative** d'une fonction polynôme de degré 2 est une **parabole**.

2 Fonctions de la forme $f(x) = ax^2$

Si $a > 0$

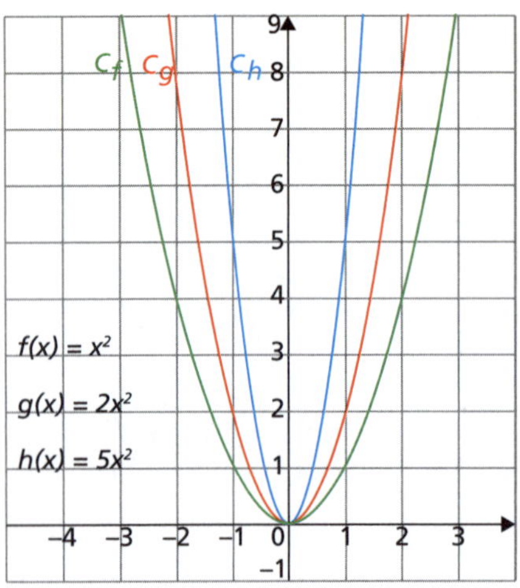

Tableau de variations

x	$-\infty$	0	$+\infty$
f	↘	0	↗

f admet 0 comme minimum en 0.

Si $a < 0$

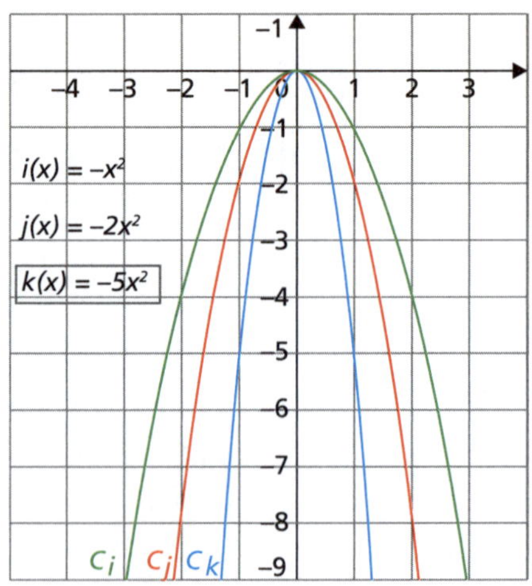

Tableau de variations

x	$-\infty$	0	$+\infty$
f	↗	0	↘

f admet 0 comme maximum en 0.

3 Fonctions de la forme $f(x) = ax^2 + b$

• **Propriétés**

• Dans un repère $(O\,;\vec{i}\,;\vec{j})$, la courbe représentative de la fonction g définie sur $\mathbb{R}$ par $g(x) = ax^2 + b$ s'obtient par **translation de vecteur** $b\vec{j}$ de la courbe représentative de la fonction f définie sur $\mathbb{R}$ par $f(x) = ax^2$.

• **Si $a > 0$,** f admet b comme minimum atteint en 0.

• **Si $a < 0$,** f admet b comme maximum atteint en 0.

Exemples

Si $a > 0$

Soient f, g et h les fonctions définies sur $\mathbb{R}$ par $f(x) = x^2$, $g(x) = x^2 + 3$ et $h(x) = x^2 - 4$.
Soient C_f, C_g et C_h leurs courbes représentatives dans un repère $(O;\vec{i}\,;\vec{j})$.

La courbe C_g s'obtient par translation de vecteur $3\vec{j}$ de la courbe C_f. La courbe C_h s'obtient par translation de vecteur $-4\vec{j}$ de la courbe C_f.

Les courbes C_f, C_g et C_h admettent l'axe des ordonnées comme axe de symétrie.

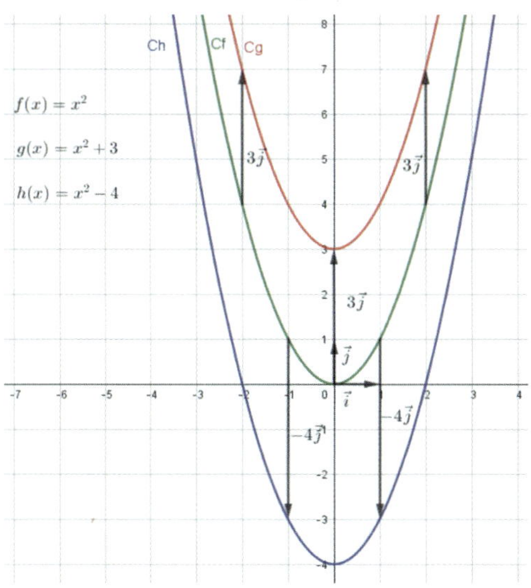

3 est le minimum de g et –4 celui de h.

Si $a < 0$

Soient i, j et k les fonctions définies sur $\mathbb{R}$ par $i(x) = -2x^2$, $j(x) = -2x^2 - 2$ et $k(x) = -2x^2 + 5$.
Soient C_i, C_j et C_k leurs courbes représentatives dans un repère $(O;\vec{i}\,;\vec{j})$.

La courbe C_j s'obtient par translation de vecteur $-2\vec{j}$ de la courbe C_i. La courbe C_k s'obtient par translation de vecteur $5\vec{j}$ de la courbe C_i.

Les courbes C_i, C_j et C_k admettent l'axe des ordonnées comme axe de symétrie.

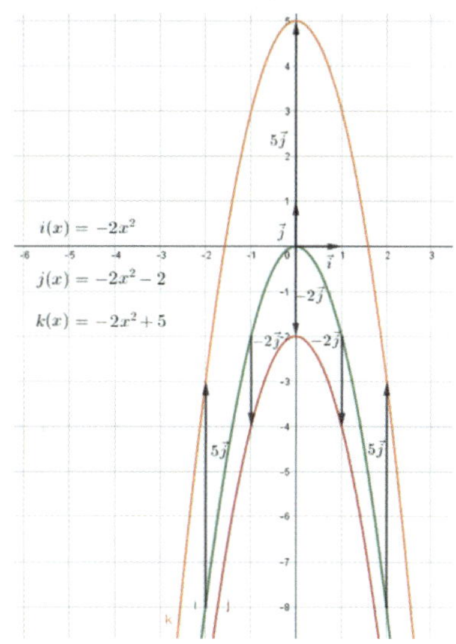

5 est le maximum de k et –2 celui de j.

4 Fonctions de la forme $f(x) = a(x - x_1)(x - x_2)$

A Propriété

Il s'agit de la forme factorisée d'un polynôme de degré 2. x_1 et x_2 sont les solutions de l'équation $f(x) = 0$. On dit que x_1 et x_2 sont les racines de $f(x)$.

B Courbe représentative

Si $a > 0$

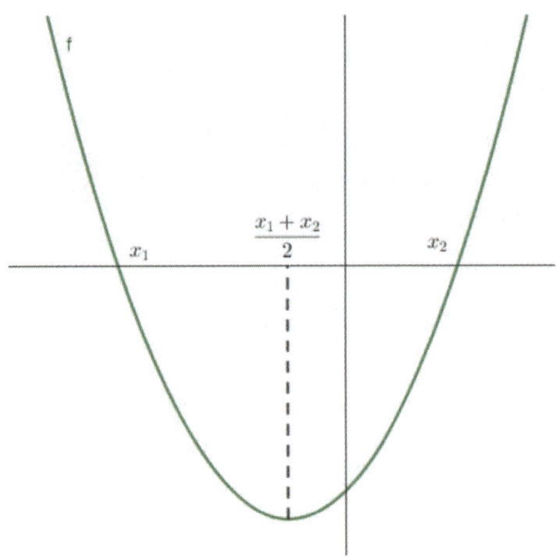

Si $a < 0$

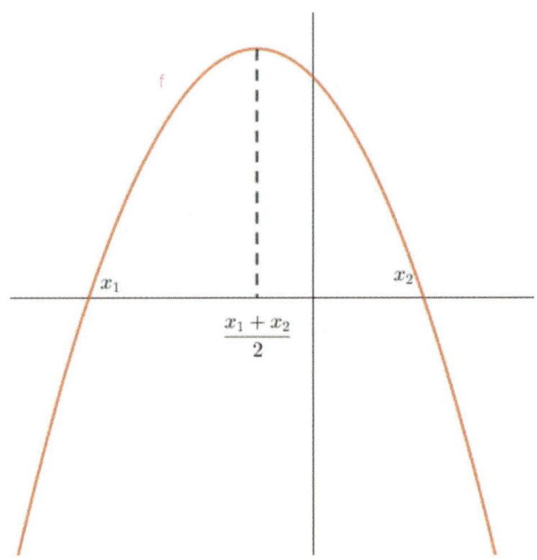

La courbe représentative de la fonction *f* admet la droite d'équation $x = \frac{x_1 + x_2}{2}$ comme axe de symétrie.

C Tableau de variations

x	$-\infty$	$\frac{x_1 + x_2}{2}$	$+\infty$
f	↘		↗

f admet un minimum en $\frac{x_1 + x_2}{2}$.

x	$-\infty$	$\frac{x_1 + x_2}{2}$	$+\infty$
f	↗		↘

f admet un maximum en $\frac{x_1 + x_2}{2}$.

D Signe de *f(x)*

x	$-\infty$		x_1		x_2		$+\infty$
a		+		+		+	
$x - x_1$		−	0	+		+	
$x - x_2$		−		−	0	+	
$f(x)$		+	0	−	0	+	

x	$-\infty$		x_1		x_2		$+\infty$
a		−		−		−	
$x - x_1$		−	0	+		+	
$x - x_2$		−		−	0	+	
$f(x)$		−	0	+	0	−	

5 Quelques fonctions polynômes de degré 3

A Fonction cube

- **On appelle fonction cube** la fonction f définie sur $\mathbb{R}$ par $f(x) = x^3$.
- **Courbe représentative**

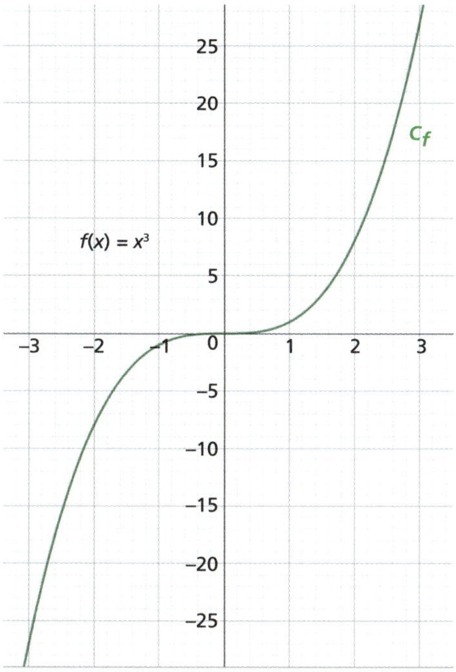

- **Propriété**

La courbe représentative de la fonction cube est **symétrique** par rapport à l'origine du repère.

- **Tableau de variations**

x	$-\infty$ $\quad$ $+\infty$
f	↗

B Équations de la forme $x^3 = c$

- **Propriété**

Soit c un nombre réel positif.

– L'équation $x^3 = c$ admet une **unique solution** notée $c^{\frac{1}{3}}$ ou $\sqrt[3]{c}$. $\sqrt[3]{c}$ se lit racine cubique de c.

– L'équation $x^3 = -c$ admet une **unique solution** notée $-c^{\frac{1}{3}}$ ou $-\sqrt[3]{c}$.

> **Exemple**
>
> $x^3 = 8 \Leftrightarrow x = 2$ car $2^3 = 8$.
>
> $x^3 = -27 \Leftrightarrow x = -3$ car $(-3)^3 = -27$
>
> $2x^3 + 7 = 3 \Leftrightarrow 2x^3 = -4 \Leftrightarrow x^3 = -2 \Leftrightarrow x = -\sqrt[3]{2} = -2^{\frac{1}{3}} \simeq -1{,}26$, en utilisant la touche puissance (^) de la calculatrice.

C Courbes représentatives de quelques fonctions polynômes de degré 3

• Fonctions de la forme $f(x) = ax^3$

Si $a > 0$

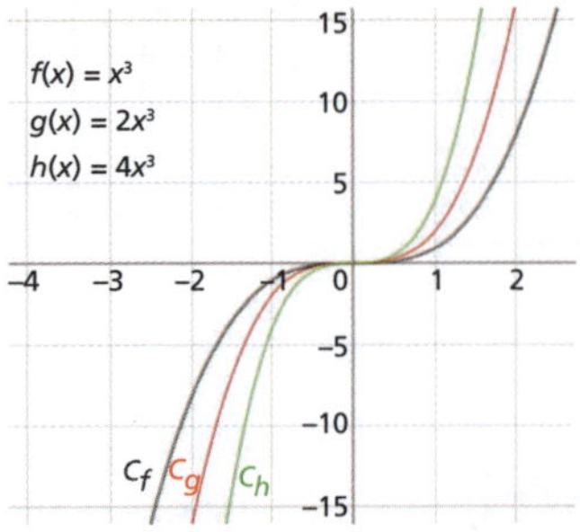

La fonction est **strictement croissante** sur $\mathbb{R}$

Si $a < 0$

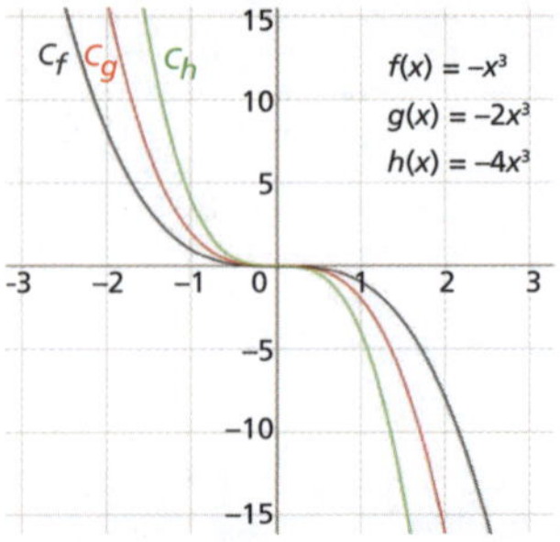

La fonction est **strictement décroissante** sur $\mathbb{R}$

• Fonctions de la forme $f(x) = ax^3 + b$

Dans un repère $(O;\vec{i};\vec{j})$, la courbe représentative de la fonction g définie sur $\mathbb{R}$ par $g(x) = ax^3 + b$ s'obtient par **translation de vecteur** $b\vec{j}$ de la courbe représentative de la fonction f définie sur $\mathbb{R}$ par $f(x) = ax^3$.

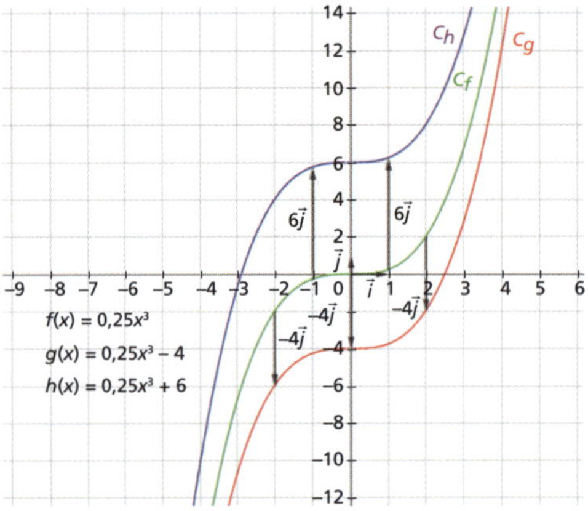

• Fonctions de la forme $f(x) = a(x - x_1)(x - x_2)(x - x_3)$

Équation $f(x) = 0$

x_1, x_2 et x_3 sont les solutions de l'équation $f(x) = 0$. On dit que x_1, x_2 et x_3 sont les racines de $f(x)$

Courbes représentatives

Si $a > 0$

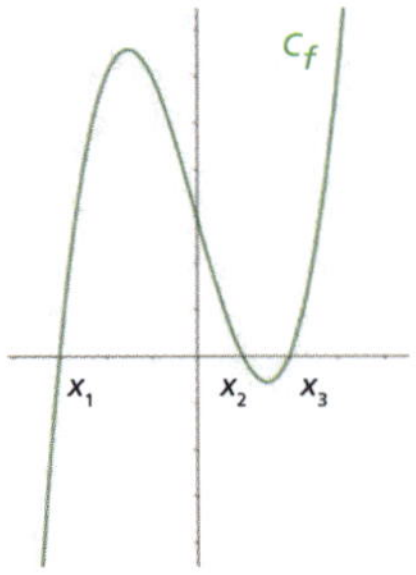

Si $a < 0$

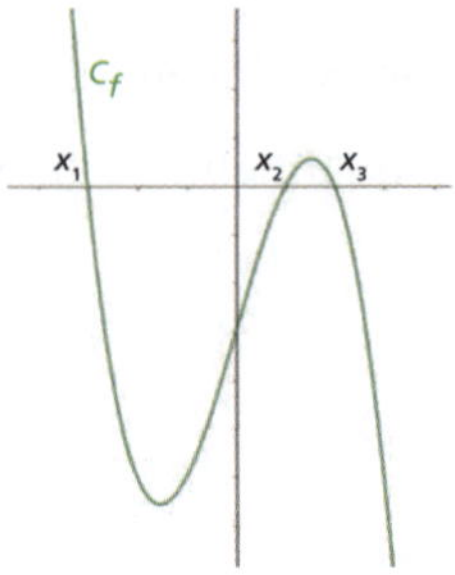

Signe de $f(x)$

Si $a > 0$

x	$-\infty$		x_1		x_2		x_3		$+\infty$
a		+		+		+		+	
$x - x_1$		−	0	+		+		+	
$x - x_2$		−		−	0	+		+	
$x - x_3$		−		−		−	0	+	
$f(x)$		−	0	+	0	−	0	+	

Si $a < 0$

x	$-\infty$		x_1		x_2		x_3		$+\infty$
a		−		−		−		−	
$x - x_1$		−	0	+		+		+	
$x - x_2$		−		−	0	+		+	
$x - x_3$		−		−		−	0	+	
$f(x)$		+	0	−	0	+	0	−	

Exercices d'entraînement

Exercice 1 ★ 20 min Automatisme

Corrigé p. 288

Soit la courbe représentative d'une fonction f définie sur $[-4\,;\,4]$:

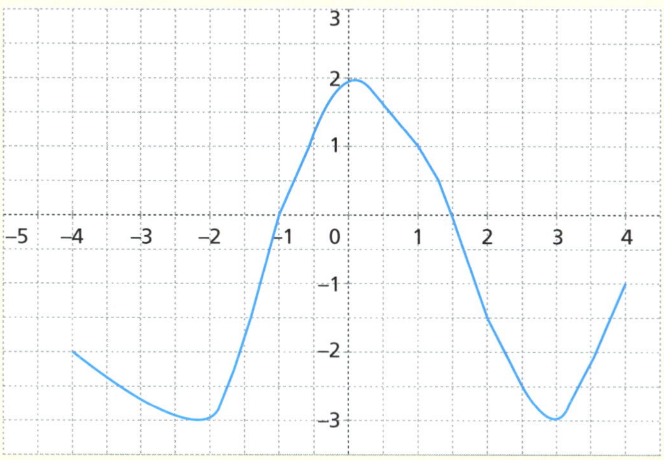

1. **Déterminer par lecture graphique l'image par f de 0 et de −2.**

2. **Déterminer $f(3)$.**

3. **Déterminer les antécédents éventuels de −3 et de 3.**

4. **Dresser le tableau de variations de f sur $[-4\,;\,4]$.**

5. **Dresser le tableau de signes de f sur $[-4\,;\,4]$.**

6. **Déterminer le maximum de f sur $[-4\,;\,4]$. En quelle valeur est-il atteint ?**

7. **Résoudre l'équation $f(x) = 0$ et l'inéquation $f(x) \geqslant 1$.**

Exercice 2 ★ 5 min Automatisme

Corrigé p. 288

Développer les expressions suivantes :

1. $A(x) = (2x - 4)(3x + 1)$

2. $B(x) = (x + 3)^2$

Exercice 3 ★ 10 min Automatisme

Corrigé p. 288

Soit f la fonction définie sur $\mathbb{R}$ par $f(x) = -x^2 + 3x - 1$.

1. Déterminer l'image de 2 et de –1.

2. Le point $A(1;3)$ appartient-il à la courbe représentative de f ?

Exercice 4 ★ 10 min Automatisme

Corrigé p. 288

Résoudre les équations et inéquations suivantes :

1. $x^2 = 4$ **2.** $x^2 = -1$ **3.** $x^2 < 9$ **4.** $x^2 \geq 3$

Exercice 5 ★ 30 min

Corrigé p. 288

Soit f la fonction définie sur $\mathbb{R}$ par $f(x) = 2x^2 - 4x - 6$.

1. Montrer que pour tout réel x, $f(x) = 2(x - 3)(x + 1)$.

2. Résoudre l'équation $f(x) = 0$.

3. a) Déterminer le signe de $f(x)$.

b) En déduire les solutions de l'inéquation $f(x) \geqslant 0$.

4. Dresser le tableau de variations de f. En déduire la valeur de l'extremum de f.

5. Tracer la courbe représentative de la fonction f.

MATHS

Exercice 6 ★ 15 min

Corrigé p. 289

Soit g la fonction définie sur $\mathbb{R}$ par $g(x) = -3x^2 - 9x + 12$.

1. Montrer que $g(x) = -3(x + 4)(x - 1)$

2. Résoudre l'équation $g(x) = 0$.

3. Déterminer le signe de $g(x)$.

4. En déduire les solutions de l'inéquation $g(x) \geqslant 0$.

Exercice 7 ★★ 30 min *Corrigé p. 289*

Une entreprise produit des montres. Sa production journalière varie entre 0 et 24 montres. Ses coûts de production en euros sont modélisés par la fonction f définie sur $[0\,;24]$ par $f(x) = x^2 - 4x + 80$.

Partie A

Sa courbe C est représentée ci-dessous ainsi que la droite D représentant la recette de l'entreprise.

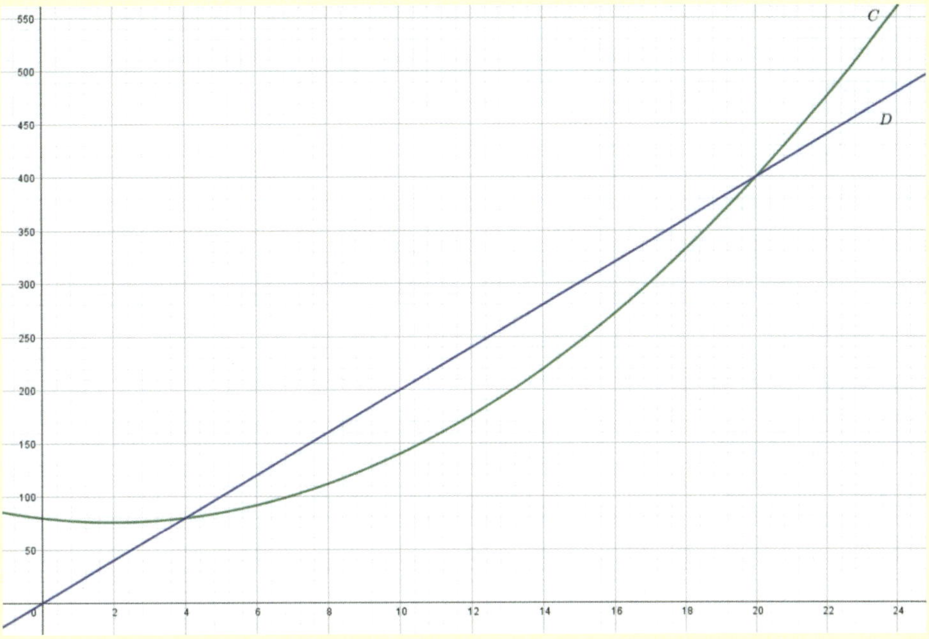

1. **Déterminer le montant des charges fixes.**

2. **a) Déterminer par lecture graphique la recette lors de la vente de 10 montres.**

b) En déduire le prix unitaire d'une montre, ainsi que l'expression de la fonction R représentant la recette de l'entreprise.

3. **Sur quel intervalle l'entreprise réalise-t-elle un bénéfice ?**

4. **Pour quelle(s) valeur(s) de x le bénéfice semble-t-il maximal ?**

Partie B

Soit B la fonction représentant le bénéfice de l'entreprise sur $[0\,;\,24]$.

1. **Déterminer l'expression de la fonction B.**

2. **Montrer que pour tout x de $[0\,;\,24]$, $B(x) = -(x-4)(x-20)$.**

3. **Pour combien de montres vendues, l'entreprise est-elle rentable ?**

4. **Quel est le bénéfice maximal ? Pour quelle valeur est-il atteint ?**

Exercice 8 ★★ 20 min

Corrigé p. 290

On admet que le programme en langage Python suivant permet de trouver une valeur approchée au millième de la solution positive de l'équation $x^2 = 2$:

```
def f(x):
    return x*x

def balayage(f,k,e):
    s = 0
    while f(s)<= k:
        s=s+e
    print(s)

balayage(f,2,0.001)
```

1. **Grâce à votre calculatrice, donner une valeur approchée au millième de la valeur affichée par ce programme.**

2. **Modifier ce programme pour qu'il affiche la solution négative de l'équation $x^2 = 2$.**

3. **Compléter le programme ci-dessous afin qu'il affiche une valeur approchée de la solution de l'équation $x^3 = c$, où c est un nombre non nul entré par l'utilisateur.**

```
def f(x) :
return.......

def balayage(f, k, e) :
s = 0
if k>0 :
while.........:
s = s+e
else :
while.........:
s = s-e
print(s)

c = int(input(« Saisir c »))

balayage(....,.....,0.001)
```

3 Suites numériques

1 Définition et généralités

A Définition

Une suite u est une fonction qui à chaque entier naturel n associe un nombre réel $u(n)$. Pour chaque entier n, le nombre $u(n)$ est appelé terme de rang n de la suite.

Exemple

On peut par exemple considérer la suite u qui à chaque entier naturel associe son carré ; on aurait ainsi $u(0) = 0^2 = 0$, $u(1) = 1^2 = 1$, $u(2) = 2^2 = 4$, $u(3) = 3^2 = 9$, etc.

B Remarques

- **Une suite peut aussi être notée (u_n).** De même, ses termes pourront être notés u_0, u_1, u_2…
- Une suite peut être assimilée à une **liste ordonnée de nombres** dans laquelle chaque terme u_n occupe une place particulière donnée par son rang n. Ainsi, u_0 sera le premier terme de la suite, aussi appelé terme initial, u_1 sera le deuxième terme etc.
- Par conséquent, pour un entier naturel n donné, **u_{n+1} sera le terme qui suit le terme u_n** dans la liste.
- Il arrive parfois que la suite **ne soit pas définie pour tout entier naturel** et que celle-ci démarre par exemple à u_1 (au lieu de u_0).

À retenir

On veillera à ne pas confondre **u_{n+1}** qui est le terme de rang **$n + 1$** et **$u_n + 1$** qui est le terme de rang n auquel on additionne 1.

2 Suite définie par une relation explicite

Une suite est définie par une relation explicite lorsque ses termes sont donnés par une formule du type **$u_n = f(n)$**. Avec ce modèle, la valeur de chaque terme dépend de son rang.

Exemples

- On reprend l'exemple précédent où l'on considérait la suite qui associait à chaque entier son carré. Celle-ci peut être définie par la relation explicite suivante : $u_n = n^2$.
- On considère la suite définie par la relation explicite $u_n = 3n^2 - 2$;
  On a $u_0 = 3 \times 0^2 - 2 = -2$, $u_1 = 3 \times 1^2 - 2 = 3 - 2 = 1$, $u_7 = 3 \times 7^2 - 2 = 147 - 2 = 145$.

3 Suite définie par une relation de récurrence

A Définition

Une suite est définie par une relation de récurrence lorsque ses termes sont donnés par une formule du type **$u_{n+1} = f(u_n)$**. Une telle formule est appelée **relation de récurrence**. Avec ce modèle, chaque terme dépend de celui qui le précède.

Exemple

On considère la suite définie par : $u_0 = 1$ et $u_{n+1} = 2u_n - 3$.

Le terme initial est donné et les suivants se calculent en remplaçant n par des entiers naturels dans la relation de récurrence :

$n = 0 : u_{0+1} = 2u_0 - 3 = 2 \times 1 - 3$, ce qui amène : $u_1 = -1$

$n = 1 : u_{1+1} = 2u_1 - 3 = 2 \times (-1) - 3$, ce qui amène : $u_2 = -5$

On constate que u_1 a été obtenu grâce à u_0, u_2 grâce à u_1. Ainsi pour les autres termes, on pourra aller un peu plus vite en écrivant :

$u_3 = 2u_2 - 3 = 2 \times (-5) - 3 = -13$; $u_4 = 2u_3 - 3 = 2 \times (-13) - 3 = -29$…

B Remarque

Ce type de suite présente un inconvénient majeur. Lorsque nous voulons connaître la valeur d'un terme, cela nécessite de connaître la valeur de celui qui le précède et par voie de conséquence de connaître la valeur de TOUS ceux qui le précèdent.

En effet, si l'on désire avoir u_{100} il faut connaître u_{99}; mais pour connaître u_{99} il faut avoir u_{98} et ainsi de suite.

4 Sens de variation d'une suite

A Définition

On considère une suite numérique (u_n).

- On dit que (u_n) est **croissante** si pour chaque entier naturel : $u_{n+1} \geqslant u_n$.
- On dit que (u_n) est **décroissante** si pour chaque entier naturel : $u_{n+1} \leqslant u_n$.
- On dit que (u_n) est **monotone** si elle est croissante ou décroissante.
- On dit que (u_n) est **constante** si pour chaque entier naturel : $u_{n+1} = u_n$.

B Méthode

Pour n'importe quel entier n, $u_{n+1} \geqslant u_n$ équivaut à $u_{n+1} - u_n \geqslant 0$ et $u_{n+1} \leqslant u_n$ équivaut à $u_{n+1} - u_n \leqslant 0$.

Il conviendra donc d'étudier le signe de l'expression $u_{n+1} - u_n$ pour déterminer le **sens de variation** d'une suite.

Remarques

– Toutes les suites ne sont pas monotones. Par exemple, la suite définie par $u_n = (-1)^n$ n'est ni croissante, ni décroissante.

– Certaines suites ne sont monotones qu'à partir d'un certain rang.

Exemples

On considère la suite (u_n) définie par $u_n = n^2$.

Alors pour tout entier naturel n, $u_{n+1} - u_n = (n + 1)^2 - n^2 = n^2 + 2n + 1 - n^2 = 2n + 1$. Puisque n est un entier naturel, $2n + 1$ est positif donc $u_{n+1} - u_n$ est positif et la suite (u_n) est **croissante**.

On considère la suite (v_n) définie par $v_n = -3n + 2$.

Alors pour tout entier naturel n, $v_{n+1} - v_n = -3(n+1) + 2 - (-3n + 2) = -3n - 3 + 2 + 3n - 2 = -3$.

Donc $v_{n+1} - v_n$ est cette fois négatif et la suite (v_n) est **décroissante**.

5 Représentation graphique d'une suite

Dans un repère, la représentation graphique d'une suite (u_n) est l'ensemble des points de coordonnées $(n\ ;\ u_n)$.

Exemple

On considère à nouveau la suite (u_n) définie par $u_n = n^2$. On a $u_0 = 0$, $u_1 = 1$, $u_2 = 4$, $u_3 = 9$... Ainsi, pour représenter graphiquement cette suite, on place les points de coordonnées (0 ; 0), (1 ; 1), (2 ; 4), (3 ; 9), etc.

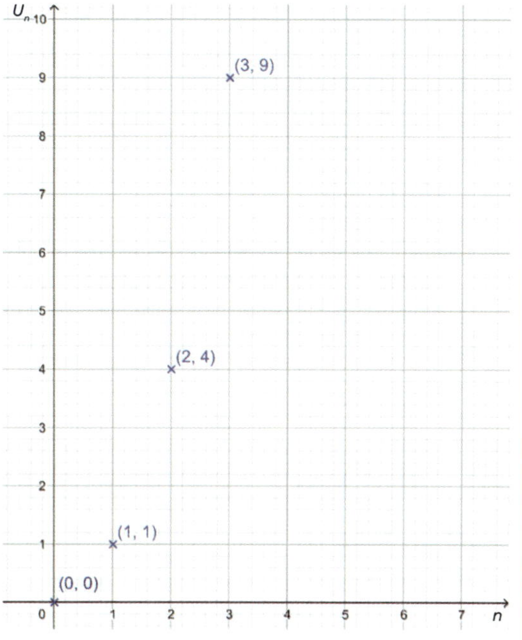

6 Suites arithmétiques

A Définition

Soit (u_n) une suite numérique. On dit que (u_n) est **arithmétique** si chaque terme est obtenu en additionnant le même nombre r à celui qui le précède. Autrement dit, une telle suite est définie par une **relation de récurrence** de la forme : $u_{n+1} = u_n + r$. Le nombre r est appelé la **raison** de la suite arithmétique.

B Méthode

Pour démontrer qu'une suite est arithmétique, on prouvera que pour n'importe quel entier n, $u_{n+1} - u_n$ **est constant** ; cette constante sera la raison de la suite.

C Propriété

Soit (u_n) une suite arithmétique de raison r.

– Si r est positif, alors (u_n) est **croissante**. Si r est négatif, alors (u_n) est **décroissante**. Si $r = 0$, alors (u_n) est **constante**.

Exemple

La suite définie par $u_0 = 2$ et $u_{n+1} = u_n + 3$ est une **suite arithmétique de raison 3**. La raison est positive donc cette suite est croissante.

$u_1 = u_0 + 3 = 5$; $u_2 = u_1 + 3 = 8$; $u_3 = u_2 + 3 = 11$; $u_4 = u_3 + 3 = 14$...

Graphiquement, les points de la représentation sont alignés :

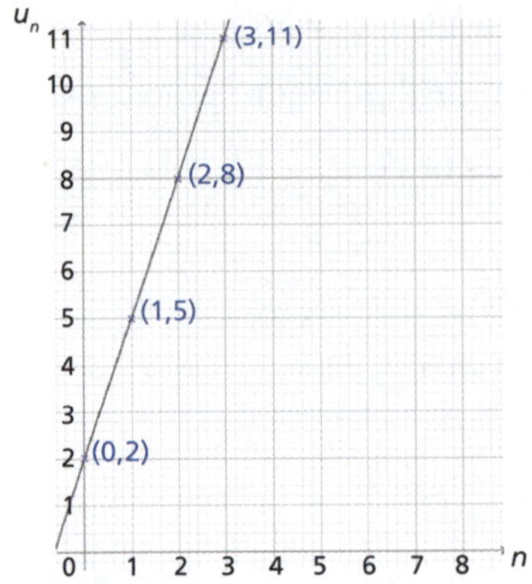

7 Suites géométriques

A Définition

Soit (u_n) une suite numérique. On dit que (u_n) est **géométrique** si chaque terme est obtenu en multipliant celui qui le précède par le même nombre q. Autrement dit, une telle suite est définie par une **relation de récurrence** de la forme : $u_{n+1} = u_n \times q$. Le nombre q est appelé la **raison** de la suite géométrique.

B Méthode

Pour démontrer qu'une suite est géométrique, on prouvera que pour n'importe quel entier n, $\frac{u_{n+1}}{u_n}$ **est constant** ; cette constante sera la raison de la suite.

C Propriété

Soit (u_n) une suite géométrique de premier terme positif de raison strictement positive q.
– Si $q > 1$ alors (u_n) est **croissante**. Si $q < 1$ alors (u_n) est **décroissante**. Si $q = 1$ alors (u_n) est **constante**.

Exemple
La suite définie par $u_0 = 1$ et $u_{n+1} = 2 \times u_n$ est une suite géométrique de raison 2. La raison est strictement supérieure à 1 donc cette suite est croissante.
$u_1 = 2 \times u_0 = 2$; $u_2 = 2 \times u_1 = 4$; $u_3 = 2 \times u_2 = 8$; $u_4 = 2 \times u_3 = 16$

Exercices d'entraînement

Exercice 1 ★ 20 min *Corrigé p. 290*

On considère la suite définie par la relation $u_n = 2n^2 + 3$.

1. Calculer les quatre premiers termes de cette suite.

2. Représenter graphiquement cette suite en vous aidant des termes calculés précédemment. Quelles conjectures peut-on émettre à propos de la monotonie de cette suite ?

3. Étudier le sens de variation de cette suite.

MATHS

Exercice 2 ★ 10 min

Corrigé p. 290

On considère la suite définie par la relation $u_n = 3n - 5$.

1. **Démontrer que la suite (u_n) est arithmétique ; préciser sa raison.**

2. **Quel est le sens de variation de (u_n) ?**

Exercice 3 ★★ 20 min

Corrigé p. 290

On considère la suite définie par récurrence par $u_0 = 1$ et $u_{n+1} = u_n^2 + 3u_n + 1$.

1. **Calculer u_1 et u_2.**

2. **Étudier la monotonie de cette suite.**

3. **Donner l'affichage de l'algorithme lorsque la valeur de N saisie est 4.**

On considère l'algorithme suivant :

```
Saisir N
U ← 1
Pour k allant de 0 à N–1
U ← U² + 3U + 1
k ← k + 1
FinPour
Afficher U
```

4. **Modifier l'algorithme afin que celui-ci affiche tous les termes de la suite de u_0 à u_N pour un certain rang N saisi.**

Exercice 4 ★★ 20 min

Corrigé p. 290

En 2018, Cyprien dispose d'un capital de 1 250 euros et il désire placer son argent en banque. On lui propose une épargne à 3 % d'intérêts annuels. Pour y voir plus clair, Cyprien modélise l'évolution de son capital grâce à une suite (u_n). Pour un entier n donné, u_n correspond au capital dont il disposerait l'année $2018 + n$ avec le placement proposé par la banque.

1. **Donner u_0.**

2. **Calculer u_1, u_2. Interpréter les résultats dans le contexte de l'exercice.**

3. **Trouver une relation de récurrence définissant la suite (u_n). Que peut-on en déduire quant à sa nature ?**

On considère le programme en langage Python ci-dessous :

```python
u=1250
n=0
while(u<1500):
    u=u*1.03
    n=n+1
print(n)
```

4. **Quelle est la valeur retournée par ce programme ? Interpréter le résultat.**

4 Dérivation

1 Le taux de variation

A Rappels

Une droite D non parallèle à l'axe des abscisses admet une équation réduite de la forme $y = ax + b$ où a est appelé le **coefficient directeur** de la droite D et b son ordonnée à l'origine.

- **Propriétés**
- Si $A(x_A ; y_A)$ et $B(x_B ; y_B)$ sont deux points distincts ($x_A \neq x_B$) de la droite D alors $a = \dfrac{y_B - y_A}{x_B - x_A}$.
- b est l'**ordonnée du point d'intersection** entre la droite D et l'axe des ordonnées.

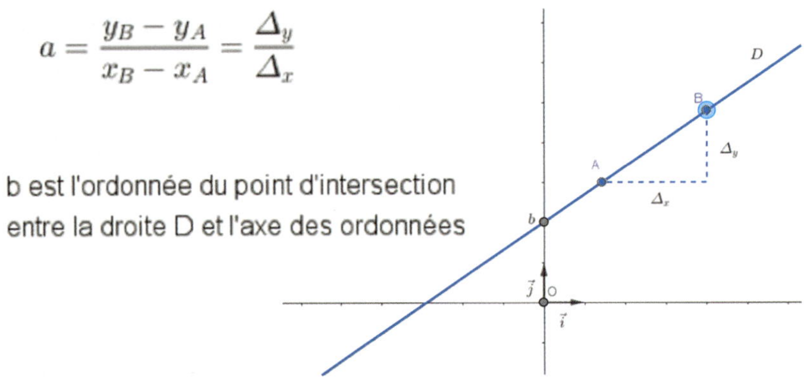

B Taux de variation

- **Soit f une fonction** définie sur un intervalle I et C_f sa courbe représentative.
- **Soient $A(x_A ; f(x_A))$ et $B(x_B ; f(x_B))$** deux points de C_f tels que $x_A \neq x_B$. La droite (AB) est appelée **sécante** à C_f.
- **Le coefficient directeur de la droite (AB)** est égal à $a = \dfrac{f(x_B) - f(x_A)}{x_B - x_A}$, ce nombre est appelé **de taux de variation de f entre x_A et x_B.**

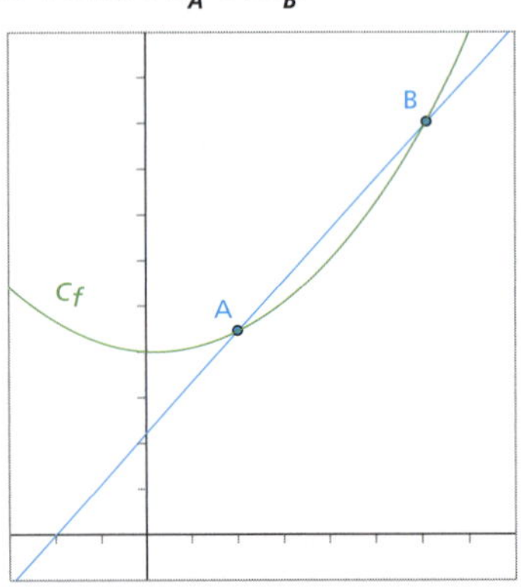

Cas particulier

Si f est la fonction carrée, le taux de variation de f entre x_A et x_B est égal à :

$$\frac{f(x_B) - f(x_A)}{x_B - x_A} = \frac{x_B^2 - x_A^2}{x_B - x_A} = \frac{(x_B + x_A)(x_B - x_A)}{x_B - x_A} = x_B + x_A$$

C Nombre dérivé

- **Lorsque le point B se rapproche de A,** donc que x_B tend vers x_A, les sécantes se rapprochent d'une position limite. Cette droite est appelée la tangente T à la courbe représentative de f en x_A.
- **Si la limite du taux de variation** $\dfrac{f(x_B) - f(x_A)}{x_B - x_A}$ quand x_B tend vers x_A existe, on dit que la fonction f est **dérivable en** x_A et la limite du taux de variation $\dfrac{f(x_B) - f(x_A)}{x_B - x_A}$ quand x_B tend vers x_A est appelé **nombre dérivé de f en** x_A. Il est noté $\boldsymbol{f'(x_A)}$.

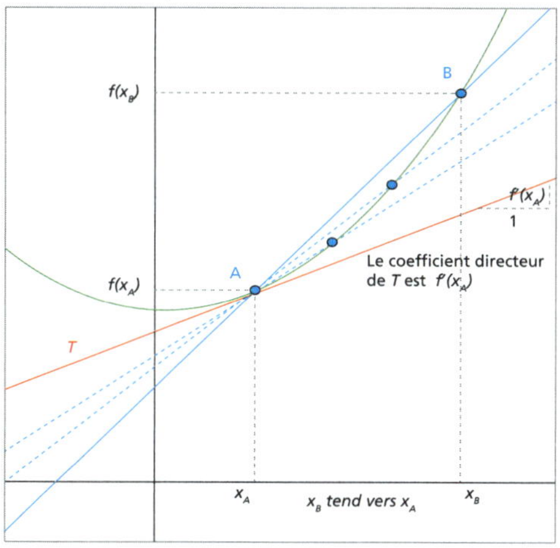

Cas particulier

Si f est la fonction carrée, la limite du taux de variation $\dfrac{f(x_B)-f(x_A)}{x_B - x_A}$ quand x_B tend vers x_A est égale à :

$$\lim_{x_B \to x_A} \frac{f(x_B)-f(x_A)}{x_B - x_A} =$$

$$\lim_{x_B \to x_A} x_B + x_A = 2x_A = f'(x_A)$$

D Tangente

- **Propriétés**

Soit f une fonction dérivable sur un intervalle I. Soit x_A un réel de I. L'équation réduite de la tangente T_{x_A} au point d'abscisse x_A est : T_{x_A} : $\boldsymbol{y = f'(x_A)(x - x_A) + f(x_A)}$.

Le coefficient directeur de T_{x_A} la tangente au point d'abscisse x_A est $\boldsymbol{f'(x_A)}$.

Exemple

- **Soit f la fonction définie sur** $\mathbb{R}$ par $f(x) = 0{,}5x^2 + x + 1$ et C sa courbe représentative. C et les tangentes en –3, en –1 et en 0 sont représentées ci-dessous :

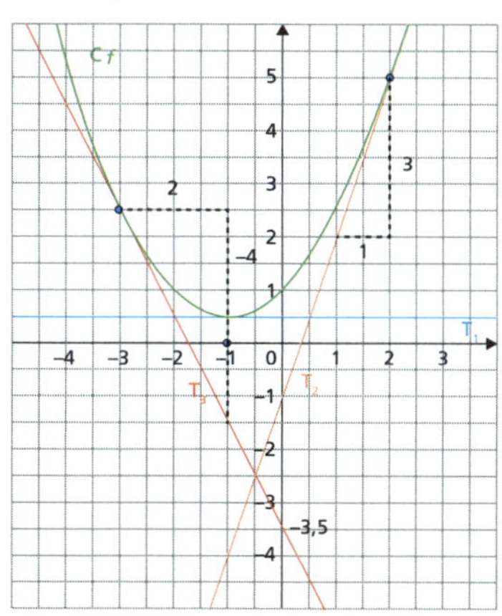

- **La tangente T_1 en -1** est horizontale donc son coefficient directeur est égal à 0 donc $f'(-1)=0$. De plus, $f(-1)=0{,}5$ donc $T_1 : y = f'(-1)(x+1)+f(-1)$ donc ici $T_1 : y = 0{,}5$.
- **Le coefficient directeur de la tangente T_2** en 2 est égal par lecture graphique à $\frac{3}{1}=3$ donc $f'(2)=3$. De plus, $f(2)=5$ donc $T_2 : y = f'(2)(x-2)+f(2)=3(x-2)+5$ donc ici $T_2 : y = 3x-1$.
- **Le coefficient directeur de la tangente T_3** en -3 est égal par lecture graphique à $\frac{-4}{2}=-2$ donc $f'(-3)=-2$. De plus, $f(-3)=2{,}5$ donc
  $T_3 : y = f'(-3)(x+3)+f(-3)=-2(x+3)+2{,}5$ donc ici
  $T_3 : y=-2x-3{,}5$.

Remarque
Les ordonnées à l'origine de T_2 et T_3 auraient également pu être déterminées par lecture graphique.

2 Fonction dérivée

A Dérivées des fonctions usuelles

• Définitions

Soit f une fonction définie sur un intervalle I. Si la fonction f est **dérivable** pour tout réel a de I, on dit que la fonction f est dérivable sur I.

Soit f une fonction dérivable sur un intervalle I. La **fonction dérivée** de f notée f' est la fonction qui à tout réel x de I associe son nombre dérivé $f'(x)$.

$$f' : I \to \mathbb{R}$$
$$x \mapsto f'(x)$$

• Propriété : dérivées des fonctions usuelles

Si $f(x)$ =	alors $f'(x)$ =	Ensemble de dérivabilité
k ($k \in \mathbb{R}$)	0	$\mathbb{R}$
x	1	$\mathbb{R}$
x^2	$2x$	$\mathbb{R}$
x^3	$3x^2$	$\mathbb{R}$

B Opérations sur les fonctions usuelles

• Propriété : dérivée d'une somme

Soient u et v deux fonctions dérivables sur un intervalle I.

La fonction f définie sur I par $f(x)=u(x)+v(x)$ est dérivable sur I et pour tout réel x de I,

$$f'(x)=u'(x)+v'(x)$$

Exemple

Soit g la fonction définie sur $\mathbb{R}$ par $g(x) = x^2 + 1$. La fonction g est la somme des fonctions u et v définies sur $\mathbb{R}$ par $u(x) = x^2$ et par $v(x) = 1$.

D'après les propriétés sur les dérivées usuelles, $u'(x) = 2x$ et $v'(x) = 0$.

Donc pour tout x de $\mathbb{R}$, $g'(x) = 2x + 0 = 2x$.

• **Propriété : dérivée du produit d'une fonction par un réel**

Soient u une fonction dérivable sur un intervalle I et k un nombre réel.

La fonction f définie sur I par $\boldsymbol{f(x) = k \times u(x)}$ est dérivable sur I et pour tout réel x de I,

$$f'(x) = k \times u'(x)$$

Exemples

- Soit h la fonction définie sur $\mathbb{R}$ par $h(x) = 3x^2$. La fonction h est le produit de la fonction u définie sur $\mathbb{R}$ par $u(x) = x^2$ et du réel $k = 3$.
  D'après les propriétés sur les dérivées usuelles, $u'(x) = 2x$.
  Donc pour tout x de $\mathbb{R}$, $h'(x) = 3 \times 2x = 6x$.
- Soit i la fonction définie sur $\mathbb{R}$ par $i(x) = -\frac{2}{7}x^3$. La fonction i est le produit de la fonction u définie sur $\mathbb{R}$ par $u(x) = x^3$ et du réel $k = -\frac{2}{7}$.
  D'après les propriétés sur les dérivées usuelles, $u'(x) = 3x^2$.
  Donc pour tout x de $\mathbb{R}$, $i'(x) = -\frac{2}{7} \times 3x^2 = -\frac{6}{7}x^2$.

3 Application de la dérivation

A Propriétés

Soit f une fonction dérivable sur un intervalle I et f' sa dérivée.

Si pour tout réel x de I, $\boldsymbol{f'(x) \geqslant 0}$, alors la fonction f est **croissante** sur I.

Si pour tout réel x de I, $\boldsymbol{f'(x) \leqslant 0}$, alors la fonction f est **décroissante** sur I.

Si pour tout réel x de I, $\boldsymbol{f'(x) = 0}$, alors la fonction f est **constante** sur I.

> **Remarque**
> Les propriétés réciproques sont vraies. Par exemple, si la fonction f est croissante sur I, alors pour tout réel x de I, $f'(x) \geqslant 0$.

B Méthode pour étudier les variations d'une fonction

étape 1 **Calculer** la dérivée f'.

étape 2 **Étudier** le signe de $f'(x)$.

étape 3 En **déduire** le tableau de variations de f.

étape 4 **Déterminer** s'ils existent le maximum ou le minimum de f.

étape 5 **Utiliser** la calculatrice graphique pour vérifier les résultats.

Exemple

- **Étudier sur $\mathbb{R}$ le sens de variations** de la fonction f définie par $f(x) = -2x^2 + 8x - 3$.
- **On commence par calculer la dérivée de f.**
  $f'(x) = -2 \times 2x + 8 \times 1 + 0 = -4x + 8$.
- **Puis on étudie le signe de $f'(x)$:**
  $-4x + 8 = 0 \Leftrightarrow -4x = -8 \Leftrightarrow x = \dfrac{-8}{-4} = 2.$
- **Puis on dresse le tableau de signe** de la dérivée et on conclut avec le tableau de variations de la fonction :

x	$-\infty$		2		$+\infty$
$f'(x)$		+	0	−	
f		↗	5	↘	

$f(2) = -2 \times 2^2 + 8 \times 2 - 3 = 5$

- **La fonction f admet donc 5** comme maximum et il est atteint en 2.

- **En utilisant la calculatrice graphique** avec la fenêtre d'affichage $Xmin = -5$, $Xmax = 5$, $Ymin = -12$ et $Ymax = 6$, on vérifie les résultats obtenus.

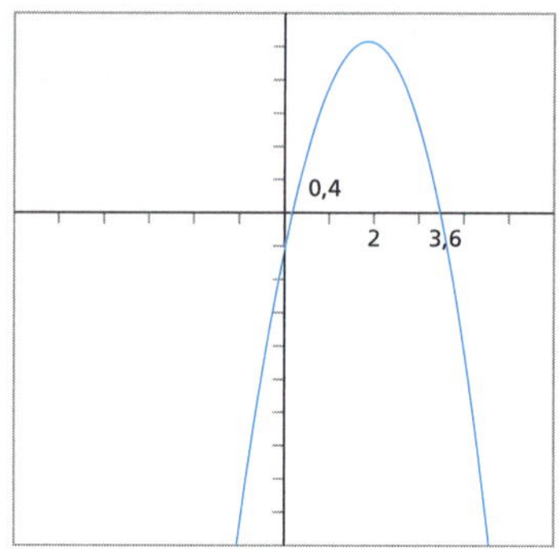

C Exercice commenté

Le but de cet exercice est d'étudier le maximum et le minimum de la fonction g définie sur $[-4;5]$ par $g(x) = 2x^3 - 3x^2 - 36x$.

1. Déterminer $g'(x)$.
2. Démontrer que pour tout réel x, $g'(x) = 6(x+2)(x-3)$.
3. Étudier le sens de variations de g.
4. Conclure.

1. $g'(x) = 2 \times 3x^2 - 3 \times 2x - 36 \times 1 = 6x^2 - 6x - 36$.
2. $6(x+2)(x-3) = 6(x^2 - 3x + 2x - 6) = 6(x^2 - x - 6) = 6x^2 - 6x - 36 = g'(x)$
3. $6(x+2)(x-3) = 0 \Leftrightarrow x + 2 = 0$ ou $x - 3 = 0 \Leftrightarrow x = -2$ ou $x = 3$

x	-4		-2		-2		$+\infty$
6		+		+		+	
$x+2$		−	0	+		+	
$x-3$		−		−	0	+	
$f'(x)$		+	0	−	0	+	
f	−32	↗	44	↘	−81	↗	−5

4. Sur $[-4;5]$, le minimum de la fonction f est -81 atteint en 3 et le maximum est 44 atteint en -2.

Vérification à la calculatrice graphique
Fenêtre d'affichage $Xmin = -4$
$Xmax = 5$, $Ymin = -100$ et $Ymax = 50$

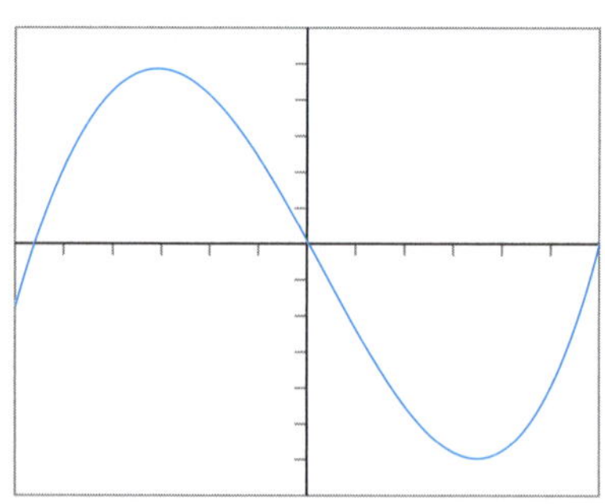

MATHS

Exercices d'entraînement

Exercice 1 ★ 5 min Automatisme

Corrigé p. 291

Déterminer l'équation réduite de la droite (AB) avec A(2 ; 3) et B(–1 ; 0).

Exercice 2 ★ 10 min Automatisme

Corrigé p. 291

Déterminer l'équation réduite des droites D et D′ représentées ci-dessous.

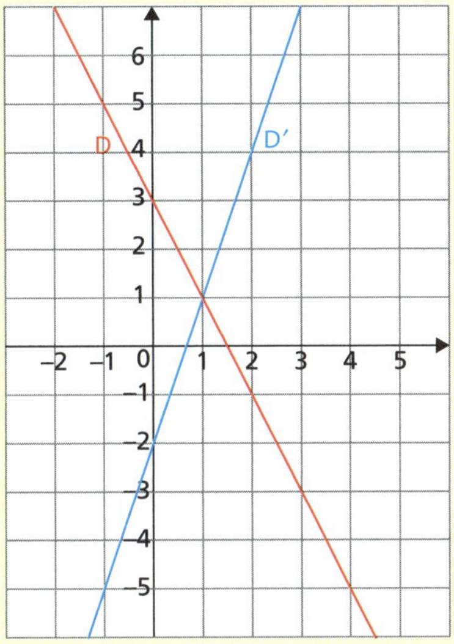

Exercice 3 ★ 10 min

Corrigé p. 291

Déterminer les fonctions dérivées des fonctions suivantes définies sur ℝ par :

a) $f(x) = \frac{4}{3}x - 11$

b) $g(x) = x^2 - 5x + 9$

c) $h(x) = 11x^3 - 2x^2 + 3x - 1$

d) $i(x) = \frac{5}{4}x^3 - \frac{1}{2}x^2 + 5x$

Exercice 4 ★ 10 min

Corrigé p. 291

Étudier sur ℝ le sens de variations de la fonction f définie par $f(x) = 3x^2 - 9x + 2$.

Exercice 5 ★★ 10 min

Corrigé p. 291

Dans le repère ci-dessous, les courbes d'une fonction h et de sa dérivée h' sont représentées.
Déterminer quelle courbe représente h et quelle courbe représente h'.

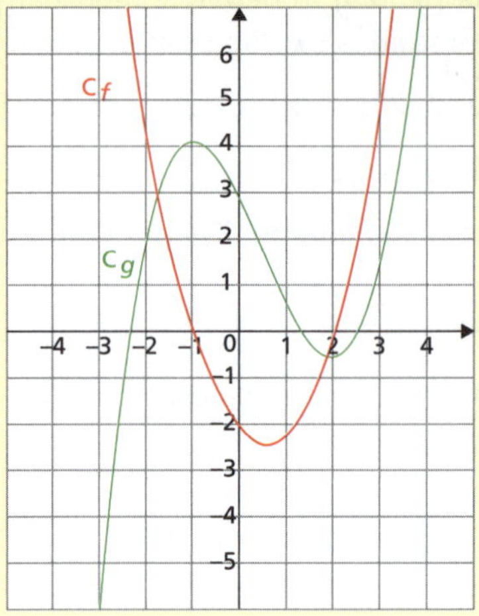

Exercice 6 ★ 25 min

Corrigé p. 292

Soit f la fonction définie sur $\mathbb{R}$ par $f(x) = x^2 + 2x - 3$ et C_f sa courbe représentative.

1. Calculer $f'(x)$.

2. Déterminer l'équation réduite de la tangente T_0 à C_f en 0.

3. Déterminer l'équation réduite de la tangente T_{-1} à C_f en –1.

4. Déterminer l'équation réduite de la tangente T_{-3} à C_f en –3.

La courbe C_f est représentée dans le plan muni d'un repère orthonormal ci-contre.

5. Tracer T_0, T_{-1} et T_{-3}.

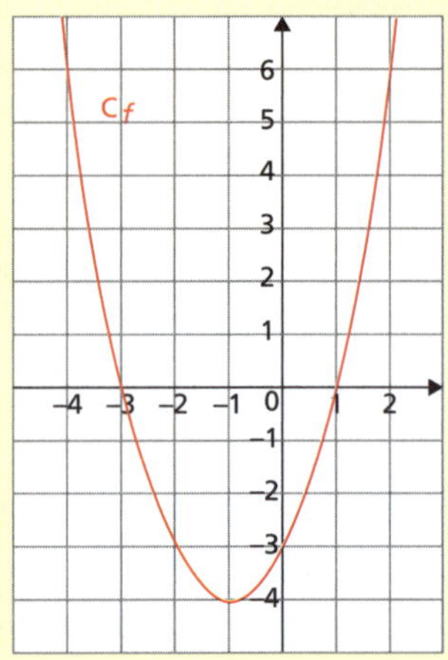

Exercice 7 ★★ 50 min

Corrigé p. 292

Une entreprise décide de fabriquer et commercialiser un produit. Sa capacité maximale de production mensuelle est de 25 tonnes. Le coût en euros d'une production mensuelle de q tonnes est modélisé par la fonction C définie par $C(q) = q^3 - 30q^2 + 352q$ sur l'intervalle [0 ; 25].

Partie A : étude du coût moyen

Le coût moyen de fabrication noté C_M est donné en fonction de q par $C_M(q) = \dfrac{C(q)}{q} = q^2 - 30q + 352$ sur [0 ; 25].

1. Calculer $C'_M(q)$.

2. Étudier le signe de $C'_M(q)$ puis en déduire les variations de la fonction C_M sur [0 ; 25].

3. En déduire le coût moyen minimum en euros par tonnes.

MATHS

Partie B : étude du bénéfice

Après une étude de marché, l'entreprise décide de vendre son produit 160 euros la tonne. On admet que tout produit fabriqué est vendu le mois de sa fabrication.

4. **Montrer que sur l'intervalle [0 ; 25] le bénéfice mensuel $B(q)$, en euros, pour la vente mensuelle de q tonnes de ce produit, s'exprime par $B(q) = -q^3 + 30q^2 - 192q$.**

5. **Montrer que pour tout q de [0 ;25], $B'(q) = -3(q-4)(q-16)$.**

6. **Déterminer les variations de B sur [0 ; 25].**

7. **Quel est le bénéfice mensuel maximum réalisé par l'entreprise ? Pour quelle production mensuelle ?**

Partie C : avec Python

Le programme ci-dessous permet de déterminer un encadrement de la solution comprise entre 4 et 16 de l'équation $B(q)= 0$.

```
def B(x):
    return -x**3+30*x**2-192*x

a=4
b=16

p=float(input("Précision?"))

while(abs(b-a))>p:
    m=(a+b)/2
    if B(a)*B(m)<0:
        b=m
    else:
        a=m

print("La solution est comprise entre ",a," et ",b)
```

8. **Expliquer pourquoi on peut être sûr que cette solution existe.**

9. **À l'utilisation de ce programme, on décide d'entrer la valeur 0,1. Compléter le tableau ci-dessous et en déduire les valeurs affichées par le programme :**

a	4	4						
b	16	10						
m	10	7						
$\|b-a\|<0{,}1$	Vrai							

10. **Que faut-il modifier dans le programme précédent pour que celui-ci nous donne l'autre solution de l'équation $B(q)= 0$?**

11. **On admet que l'autre solution de cette équation vaut environ 21. En déduire les quantités en tonnes pour que l'entreprise réalise un bénéfice.**

5 Statistiques et probabilités

1 Fréquences marginales, fréquences conditionnelles

A Fréquences

Exemple

Une enquête portant sur les loisirs préférés (cinéma, lecture, sport, jeux vidéo) de125 élèves de première d'un lycée a permis de dresser le tableau suivant.

	Sport	Lecture	Cinéma	Jeux vidéo	Total
Filles	34	10	8	14	66
Garçons	28	8	6	17	59
Total	62	18	14	31	125

• **Définition.** La **fréquence d'un caractère** est l'effectif de ce caractère divisé par l'effectif total. La fréquence peut être donnée sous forme d'un nombre décimal ou sous forme d'un pourcentage.

• **Appliquer le cours :** en utilisant l'exemple ci-dessus, il y a 34 filles dont le loisir préféré est le sport parmi les 125 élèves de première, donc la fréquence des filles dont le loisir préféré est le sport est égale à : $\frac{34}{125} = 0{,}272$. Dans ce lycée, il y a 27,2 % des élèves de première qui sont des filles dont le loisir préféré est le sport. De plus, il y a 59 garçons parmi les 125 élèves de première, donc la fréquence des garçons est égale à : $\frac{59}{125} = 0{,}472$.

• **Tableau des fréquences**

	Sport	Lecture	Cinéma	Jeux vidéo	Total
Filles	0,272	0,08	0,064	0,112	0,528
Garçons	0,224	0,064	0,048	0,136	0,472
Total	0,496	0,144	0,112	0,248	1

Remarques

- La fréquence totale doit être égale à 1, à la fois en ligne et en colonne.
- La somme de toutes les valeurs d'une ligne doit être égale aux valeurs de la ligne « Total ». Il en va de même pour les colonnes.

B Fréquences marginales

Les fréquences figurant dans la ligne « total » et dans la colonne « total » sont appelées **fréquences marginales**.

Remarque

Ces fréquences marginales donnent les répartitions suivant un caractère. Dans notre exemple, la ligne « Total » donne la répartition par loisir préféré et la colonne « Total » donne la répartition par sexe. Par exemple, il y a 52,8 % de filles et 47,2 % de garçons parmi les élèves de première. De plus, 49,6 % des élèves déclarent que leur loisir préféré est le sport, 14,4 % la lecture, 11,2 % le cinéma et 24,8 % les jeux vidéo.

MATHS

C Fréquences conditionnelles

Définition : soient A et B deux sous-ensembles tels que $f(B) \neq 0$.

La **fréquence conditionnelle** de A sachant B notée $f_B(A)$ est égale à

$$f_B(A) = \frac{f(A \cap B)}{f(B)}$$

Où $f(A \cap B)$ est la fréquence de $A \cap B$ et $f(B)$ est la fréquence de B.

> **Rappels**
>
> – On appelle **intersection** de deux ensembles A et B notée $A \cap B$ l'ensemble de tous les éléments appartenant à la fois à A **et** à B.
>
> – On appelle **réunion** de deux ensembles A et B notée $A \cup B$ l'ensemble de tous les éléments appartenant à A **ou** à B.

Exemple

En utilisant l'exemple précédent, soit G : « l'élève est un garçon » et soit L : « l'élève a pour loisir préféré la lecture ».

$G \cap L$: « l'élève est un garçon dont le loisir préféré est la lecture »

La fréquence des élèves dont le loisir préféré est la lecture est égale à $f(L) = 0{,}144$. La fréquence des garçons dont le loisir préféré est la lecture est égale à $f(G \cap L) = 0{,}064$ donc la fréquence des garçons parmi les élèves ayant pour loisir préféré la lecture est égale à : $f_L(G) = \frac{f(G \cap L)}{f(L)} = \frac{0{,}064}{0{,}144} \approx 0{,}444$.

> **Remarques**
>
> – L'ensemble de référence n'est pas le même pour calculer une fréquence conditionnelle. Dans l'exemple précédent, l'ensemble de référence est soit tous les élèves de première soit les élèves ayant pour loisir préféré la lecture.
>
> – Pour calculer une fréquence conditionnelle, on peut également utiliser les effectifs. Par exemple, il y a 6 garçons dont le loisir préféré est la lecture parmi les 14 garçons dont le loisir préféré est la lecture donc : $f_L(G) = \frac{8}{18} \approx 0{,}444$.

2 Probabilité conditionnelle

A Définitions

Lorsque tous les événements élémentaires d'un univers Ω ont la même probabilité, on dit qu'on est dans une situation d'équiprobabilité sur Ω. De plus, la probabilité d'un événement A est :

$$p(A) = \frac{\textit{nombre d'éléments de A}}{\textit{nombre total d'éléments dans } \Omega}$$

Soit A un événement de l'univers Ω. L'événement contraire de A est l'événement noté $\overline{A}$ qui contient toutes les issues n'appartenant pas à A.

B Propriétés

Si A et B sont deux événements d'un univers Ω alors on a :

$$p(\overline{A}) = 1 - p(A)$$

$$p(A \cup B) = p(A) + p(B) - p(A \cap B)$$

C Définition

Soient A et B deux événements avec $p(A) \neq 0$.

On appelle probabilité conditionnelle de A sachant B, la probabilité que l'événement A se réalise sachant que **l'événement B est réalisé. Elle est notée $P_B(A)$ et est définie par** $p_B(A) = \dfrac{p(A \cap B)}{p(B)}$.

Exemple

On a interrogé des élèves sur leurs loisirs : 50 % d'entre eux aiment la lecture et 75 % aiment le sport. De plus, 40 % des élèves déclarent aimer la lecture et le sport.

On rencontre au hasard l'un de ces élèves. On considère les événements L : « l'élève aime la lecture » et S « l'élève aime le sport ».

D'après l'énoncé, $p(L) = 0{,}5$, $p(S) = 0{,}75$ et $p(L \cap S) = 0{,}4$.

Donc $p_L(S) = \dfrac{p(L \cap S)}{p(L)} = \dfrac{0{,}4}{0{,}5} = 0{,}8$.

La probabilité que l'élève aime le sport sachant qu'il aime la lecture est égale à 0,8.

3 Variables aléatoires

- **Lorsque l'on associe à chaque issue de l'univers Ω** un nombre réel, on dit que l'on définit une **variable aléatoire**.

Exemple

Tom joue au jeu suivant : il lance un dé équilibré, s'il obtient 1 et 2, il perd 1 euro, s'il obtient 3, 4 et 5, il ne perd ni ne gagne d'argent et s'il obtient 6, il gagne 5 euros. Soit X la variable aléatoire correspondant au gain de Tom. X peut prendre les valeurs –1, 0 et 5.

L'événement $X = -1$ correspond aux issues {1 ; 2}. L'événement $X = 0$ correspond aux issues {3 ; 4 ; 5}. L'événement $X = 5$ correspond à l'issue {6}.

- **Lorsqu'à chaque valeur x_i** prise par une variable aléatoire X, on associe la probabilité de l'événement $X = x_i$, on dit que l'on définit la **loi de probabilité de *X***. On peut représenter cette loi à l'aide d'un tableau.

Valeurs prises par X	x_1	x_2	.....	x_n	Total
$p(X = x_i)$	p_1	p_2	.....	p_n	1

Exemple

Dans l'exemple précédent, $p(X = -1) = \dfrac{2}{6}$ car il y a 2 issues parmi les 6 telles que $X = -1$.

x_i	–1	0	5	Total
$p(X = x_i)$	$\frac{2}{6}$	$\frac{3}{6}$	$\frac{1}{6}$	1

MATHS

• **Soit X une variable aléatoire** prenant les valeurs x_1, x_2, …, x_n. L'espérance de la variable aléatoire X est le nombre réel noté E(X), tel que :

$$E(X) = x_1p_1 + x_2p_2 + \ldots + x_np_n$$

• **L'espérance mathématique** correspond donc à la valeur moyenne que l'on peut espérer obtenir si on répète l'expérience un grand nombre de fois.

Exemple
Dans l'exemple précédent,

$E(X) = -1 \times \frac{2}{6} + 0 \times \frac{3}{6} + 5 \times \frac{1}{6} = \frac{3}{6} = 0{,}5.$

Le gain que peut espérer avoir Tom est égal à 0,5 euros.

Remarque
Lorsque X représente un gain, si $E(X) > 0$, le jeu est favorable au joueur et si $E(X) = 0$, le jeu est équitable.

4 Épreuve de Bernoulli

On appelle épreuve de Bernoulli de paramètre p, toute expérience aléatoire admettant exactement 2 **issues** :
– l'une appelée « **succès** » notée S, dont **la probabilité d'apparition est** p ;
– l'autre appelée « **échec** » notée E ou $\overline{S}$, dont **la probabilité est** $1 - p$.

Exemple
On lance un dé cubique équilibré et on considère l'événement S : « obtenir un 1 ».

C'est une épreuve de Bernoulli de paramètre $p = \frac{1}{6}$. La probabilité de $\overline{S}$ est $1 - \frac{1}{6} = \frac{5}{6}$.

On appelle schéma de Bernoulli l'expérience aléatoire consistant à répéter n fois une épreuve de Bernoulli de manière identique et indépendante. Un schéma de Bernoulli a deux paramètres n et p.

Remarque
Pour représenter un schéma de Bernoulli, on peut utiliser un arbre de probabilités.

Exemple
Une urne contient 3 boules noires et 2 boules rouges. Lou tire une boule de l'urne puis la remet dans l'urne. Elle réalise trois fois la même expérience aléatoire.
Soit S : l'événement « tirer une boule noire ».

La probabilité de S est $\frac{3}{5}$ car il y a 3 boules noires parmi les 5 boules.

La probabilité de $\overline{S}$ est égale à $1 - \frac{3}{5} = \frac{2}{5}$.

Lou répète trois fois la même expérience, il s'agit donc d'un **schéma de Bernoulli**.

Voici l'arbre de probabilités représentant cette expérience aléatoire :

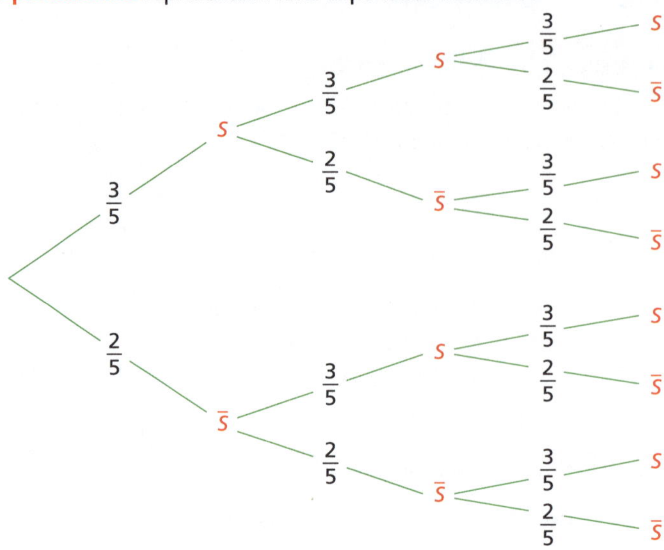

• Propriété : **pour déterminer la probabilité d'une issue** sur un arbre de probabilité, il faut multiplier toutes les probabilités rencontrées sur le chemin.

Exemple

La probabilité de l'issue $\{S\ ;\ \overline{S}\ ;\ S\}$ est égale à $\frac{3}{5} \times \frac{2}{5} \times \frac{3}{5} = \frac{18}{125}$.

Variable aléatoire

- **En utilisant l'expérience précédente,** on s'intéresse au nombre X de boules noires obtenues au cours des 3 tirages. X peut prendre les valeurs 0, 1, 2 et 3. X est appelé **variable aléatoire** représentant le nombre de succès obtenus lors d'un schéma de Bernoulli. On cherche donc à déterminer les probabilités de l'événement $(X = k)$ où k prend les valeurs 0, 1, 2 et 3.
- **Pour déterminer les probabilités,** on utilise l'arbre de probabilités.
- **L'événement $X = 1$** correspond à trois chemins de l'arbre de probabilités : $\{S\ ;\ \overline{S}\ ;\ \overline{S}\}$ $\{\overline{S}\ ;\ S\ ;\ \overline{S}\}$ *et* $\{\overline{S}\ ;\ \overline{S}\ ;\ S\}$. Pour déterminer sa probabilité, on ajoute la probabilité de chacun de ces chemins.

$$p(X = 1) = \frac{3}{5} \times \frac{2}{5} \times \frac{2}{5} + \frac{2}{5} \times \frac{3}{5} \times \frac{2}{5} + \frac{2}{5} \times \frac{2}{5} \times \frac{3}{5} = 3 \times \frac{3}{5} \times \frac{2}{5} \times \frac{2}{5} = \frac{36}{125}$$

Loi de probabilités de X

k	0	1	2	3	Total
$P(X = k)$	$\frac{2}{5} \times \frac{2}{5} \times \frac{2}{5} = \frac{8}{125}$	$\frac{36}{125}$	$3 \times \frac{3}{5} \times \frac{3}{5} \times \frac{2}{5} = \frac{54}{125}$	$\frac{3}{5} \times \frac{3}{5} \times \frac{3}{5} = \frac{27}{125}$	$\frac{125}{125} = 1$

L'espérance de X est égale à :

$$E(X) = 0 \times \frac{8}{125} + 1 \times \frac{36}{125} + 2 \times \frac{54}{125} + 3 \times \frac{27}{125} = \frac{225}{125} = 1{,}8$$

MATHS

Exercices d'entraînement

Exercice 1 ★ 5 min Automatisme Corrigé p. 293

Dans un lycée, il y a 108 élèves scolarisés en 1re STMG sur 480 élèves de première.
Quelle est la proportion des élèves de première ?

Quelques rappels

Pour calculer la proportion d'un ensemble A par rapport à un ensemble B, on fait $\frac{\textit{nombre d'éléments de A}}{\textit{nombre d'éléments de B}}$;

une proportion peut éventuellement être exprimée à l'aide d'un pourcentage.

Pour déterminer t = a % d'une valeur A, on calcule $\frac{a}{100} \times A$.

Exercice 2 ★ 10 min Automatisme Corrigé p. 293

Dans une entreprise il y a 150 employés dont 18 % sont des cadres, le reste des employés sont des ouvriers. 70 employés de cette entreprise sont des femmes dont 10 sont des cadres.

1. Quel est le nombre de cadres ?

2. Déterminer la proportion de femmes cadres.

3. Déterminer la proportion d'ouvrières parmi les femmes.

Exercice 3 ★ 5 min Automatisme Corrigé p. 293

Dans un club sportif il y a $\frac{3}{5}$ de femmes dont $\frac{1}{8}$ pratiquent le foot. Quelle est la proportion de femmes pratiquant le foot ?

Exercice 4 ★ 5 min Automatisme Corrigé p. 293

En 2018, le taux de réussite au baccalauréat est de 88,3 %, ce qui représente 596 555 élèves. Quel était le nombre de candidats ?

Exercice 5 ★ 5 min Automatisme Corrigé p. 293

Le beurre contient $\frac{3}{5}$ d'acides gras saturés. Quelle est la masse d'acides gras saturés dans une plaque de beurre de 250 g.

Exercice 6 ★★ 30 min Corrigé p. 293

On interroge 400 élèves d'un lycée sur leurs adhésions éventuelles à une association sportive ou culturelle. Les résultats obtenus sont les suivants :

- 54 % des élèves interrogés sont des filles ;
- $\frac{7}{16}$ des élèves interrogés pratiquent le sport dans une association dont 85 sont des filles ;
- 75 élèves pratiquent une activité culturelle dont $\frac{2}{5}$ sont des garçons ;
- Certains élèves ne sont pas membres d'une association.

1. **Compléter le tableau suivant :**

	Membres d'une association sportive	Membres d'une association culturelle	Non-membres d'une association	Total
Filles				
Garçons				
Total				

2. **Quelles sont les fréquences marginales des élèves membres d'une association ?**

3. **Quelle est la fréquence conditionnelle des filles pratiquant une activité culturelle parmi les filles de ce lycée ? Arrondir à 0,1 % près.**

On considère le programme Python suivant :

```python
def frequence(effectif):
    print(effectif/400)

fille=[85,45,86]
garcon=[90,30,64]

n=int(input("sport:0,culture:1,rien:2"))

frequence(fille[n]+garcon[n])
```

À son exécution, celui-ci affiche la boîte de dialogue suivante :

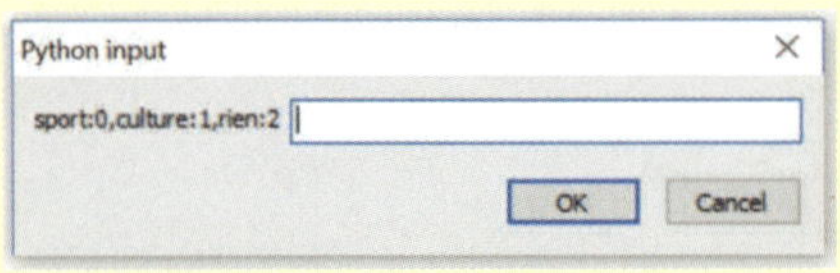

4. **Quelles valeurs peuvent être saisies par l'utilisateur ? Quels résultats ce programme permet-il de retrouver ?**

5. **Quelle modification peut-on apporter à ce programme et quelle valeur faut-il entrer dans la boîte de dialogue afin qu'il affiche la fréquence conditionnelle des filles membres d'une association sportive ?**

Exercice 7 ★ 30 min

Corrigé p. 294

Un magasin achète 700 composants électroniques chez trois fournisseurs F_1, F_2, et F_3.

$\frac{1}{4}$ des composants proviennent du fournisseur F_1 dont 92 % sont sans défaut. 250 composants proviennent du fournisseur F_2 dont 12 % ont un défaut. Sur les 700 composants, 70 ont un défaut.

1. **Compléter le tableau ci-dessous :**

	Composants de F_1	Composants de F_2	Composants de F_3	Total
Composants sans défaut				
Composants avec défaut				
Total				

2. **On tire au hasard un composant électronique parmi les 700 composants.**

Soit D l'événement : « le composant électronique tiré présente un défaut ».

Soit F_1 l'événement : « le composant électronique provient du fournisseur F_1 ».

a) Déterminer la probabilité $p(\overline{D})$.

b) Déterminer la probabilité $p_{F_2}(\overline{D})$.

c) Déterminer la probabilité qu'un composant vienne du fournisseur F_3 sachant que ce composant a un défaut. Arrondir à 0,01 près.

Exercice 8 ★ 15 min

Corrigé p. 294

Dans un pays, il y a 3 % de la population contaminée par un virus. On dispose d'un test de dépistage de ce virus qui a les propriétés suivantes :
– la probabilité qu'une personne contaminée ait un test positif est de 0,98 ;
– la probabilité qu'une personne non contaminée ait un test négatif est de 0,96.
On fait passer un test à une personne choisie au hasard dans cette population. On note V l'évènement « la personne est contaminée par le virus » et T l'évènement « le test est positif ». $\overline{V}$ et $\overline{T}$ désignent respectivement les évènements contraires de V et T.

1. **Préciser les valeurs des probabilités $p(V)$, $p_V(T)$, $p_{\overline{V}}(\overline{T})$.**

2. **Déterminer $p(V \cap T)$.**

Exercice 9 ★ 20 min

Corrigé p. 294

Dans une école, une tombola est organisée. 100 tickets sont vendus au prix de 2 euros. Parmi les 100 tickets, 90 billets sont perdants, 5 billets permettent de gagner 2 euros, 4 billets permettent de gagner 5 euros et 1 billet permet de gagner 50 euros. Anne achète un billet. Soit G la variable aléatoire correspondant au gain de Anne. Un gain peut être négatif.

1. **Déterminer les valeurs prises par G.**

2. **Déterminer la loi de probabilités de G.**

3. **Déterminer la probabilité que le gain soit strictement positif.**

4. **Déterminer l'espérance de G.**

Exercice 10 ★★ 30 min

Corrigé p. 294

Un QCM est constitué de 4 questions indépendantes les unes des autres. Pour chaque question, 4 réponses sont proposées dont une seule est exacte. Un élève répond au hasard à toutes les questions.
Soit l'événement B : « l'élève répond correctement à une question ».
Soit l'événement M : « l'élève ne répond pas correctement à la question ».
Soit X la variable aléatoire comptant le nombre de bonnes réponses.

1. **Faire un arbre pondéré illustrant cette expérience aléatoire.**

2. **Déterminer l'ensemble des valeurs prises par X.**

3. **Déterminer la probabilité $p(X = 3)$. Arrondir à 0,0001 près.**

4. **Compléter le tableau ci-dessous :**

x_i	0	1	2	3	4
$p(X = x_i)$					

5. **Déterminer l'espérance de X.**

6. **Chaque bonne réponse rapporte 2,5 points. Quelle est la note sur 10 que peut espérer avoir l'élève en répondant au hasard à toutes les questions ?**

CORRIGÉS

CHAPITRE 2 *(Énoncés p. 262)*

EXERCICE 1

1. L'image de 0 par f est 2. L'image de – 2 est – 3.

2. $f(3) = -3$.

3. Les antécédents de – 3 par f sont – 2 et 3.
3 n'a pas d'antécédent.

4. Tableau de variations de f :

x	-4		-2		0		-3		-4
f	-2	↘	-3	↗	2	↘	-3	↗	-1

5. Tableau de signes de f :

x	-4		-1		$1{,}5$		4
f		$-$	0	$+$	0	$-$	

6. Le maximum de f sur $[-4 ; 4]$ est 2 atteint en 0.

7. Les solutions de l'équation $f(x) = 0$ sont – 1 et 1,5.

Les solutions de l'inéquation $f(x) \geq 1$ sont $[-0{,}6 ; 1]$.

EXERCICE 2

1. $A(x) = (2x - 4)(3x + 1)$

$A(x) = 2x \times 3x + 2x \times 1 - 4 \times 3x - 4 \times 1$

$A(x) = 6x^2 + 2x - 12x - 4$

$A(x) = 6x^2 - 10x - 4$

2. $B(x) = (x + 3)^2$

$B(x) = x^2 + 2 \times x \times 3 + 3^2$

$B(x) = x^2 + 6x + 9$

EXERCICE 3

1. $f(2) = -2^2 + 3 \times 2 - 1 = -4 + 6 - 1 = 1$.
L'image de 2 est 1.

$f(-1) = -(-1)^2 + 3 \times (-1) - 1 = -1 - 3 - 1 = -5$.
L'image de – 1 est – 5.

2. $f(1) = -1^2 + 3 \times 1 - 1 = -1 + 3 - 1 = 1 \neq 3$ donc le point A n'appartient pas à la courbe représentative de f.

EXERCICE 4

1. $x^2 = 4 \Leftrightarrow x = 2$ ou -2 donc $S = \{-2 ; 2\}$

2. Pour tout x réel, $x^2 \geq 0$ donc l'équation $x^2 = -1$ n'a pas de solution. $S = \varnothing$

3. $x^2 < 9 \Leftrightarrow -3 < x < 3$ donc $S =]-3 ; 3[$

4. $x^2 \geq 3 \Leftrightarrow x \leq -\sqrt{3}$ *ou* $x \geq \sqrt{3}$ donc
$S =]-\infty ; -\sqrt{3}] \cup [\sqrt{3} ; +\infty[$

EXERCICE 5

1. Pour tout réel x,

$$\begin{aligned} 2(x-3)(x+1) &= 2(x^2 + x - 3x - 3) \\ &= 2(x^2 - 2x - 3) \\ &= 2x^2 - 4x - 6 \\ &= f(x) \end{aligned}$$

2.
$$\begin{aligned} f(x) = 0 &\Leftrightarrow 2(x-3)(x+1) = 0 \\ &\Leftrightarrow x - 3 = 0 \text{ ou } x + 1 = 0 \\ &\Leftrightarrow x = 3 \text{ ou } x = -1 \end{aligned}$$

Les racines de f sont 3 et – 1.

3. a) $a = 2 > 0$ donc

x	$-\infty$		-1		3		$+\infty$
$2(x+1)$		$-$		$-$	0	$+$	
$x - 3$		$-$	0	$+$		$+$	
$f(x)$		$+$	0	$-$	0	$+$	

b) $S =]-\infty ; -1] \cup [3 ; +\infty[$

4. $a = 2 > 0$, la fonction f admet un minimum en $\dfrac{-1+3}{2} = 1$.

$f(1) = 2(1-3)(1+1) = -8$

x	$-\infty$		1		$+\infty$
f		↘	-8	↗	

f admet donc – 8 comme minimum atteint en 1.

5. On dresse le tableau de valeurs de la fonction f en utilisant la calculatrice graphique et on trace la courbe représentative de la fonction.

Tableau de valeurs

x	-2	-1	0	1	2	3	4
$f(x)$	10	0	-6	-8	-6	0	10

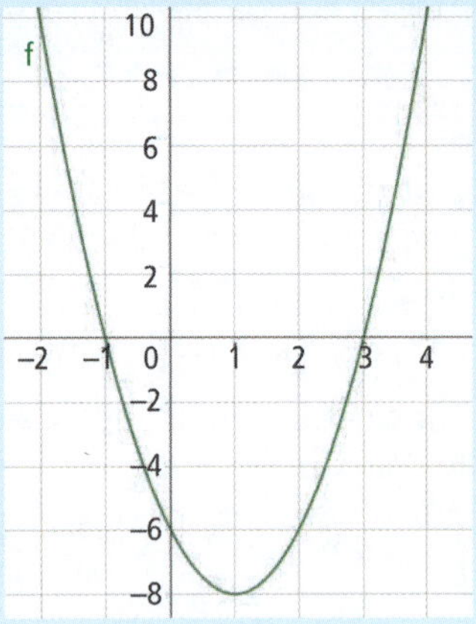

EXERCICE 6

1. $-3(x+4)(x-1) = -3(x^2 - x + 4x - 4)$
$= -3(x^2 + 3x - 4)$
$= -3x^2 - 9x + 12$
$= g(x)$.

2. $g(x) = 0 \Leftrightarrow -3(x+4)(x-1) = 0$
$\Leftrightarrow x + 4 = 0$ ou $x - 1 = 0$
$\Leftrightarrow x = -4$ ou $x = 1$.
$\Leftrightarrow -3(x+4)(x-1) = 0$
$\Leftrightarrow x + 4 = 0$ ou $x - 1 = 0$
$\Leftrightarrow x = -4$ ou $x = 1$

3.

x	$-\infty$		-4		1		$+\infty$
-3		$-$	|	$-$	|	$-$	
$x+4$		$-$	0	$+$	|	$+$	
$x-4$		$-$	|	$-$	0	$+$	
$g(x)$		$-$	0	$+$	0	$-$	

4. D'après le tableau de signes, $S = [-4\,;1]$.

EXERCICE 7

Partie A

1. $f(0) = 0^2 - 4 \times 0 + 80 = 80$. Le montant des charges fixes est égal à 80 euros.

2. **a)** D'après la lecture graphique, la recette pour 10 montres est égale à 200 euros.

b) Comme 10 montres sont vendues 200 euros, une montre coûte 20 euros. L'expression de la fonction R est donnée par $R(x) = 20x$.

3. L'entreprise réalise un bénéfice lorsque la droite représentant la recette est située au-dessus de la courbe représentant les charges. Ici c'est donc entre 4 et 20 montres.

4. Le bénéfice est maximal lorsque l'écart entre la droite représentant la recette et la courbe représentant les charges est le plus grand. Ici il semble que le bénéfice soit maximal entre 10 et 14 montres.

Partie B

1. Bénéfice = Recette – Coûts
$B(x) = R(x) - f(x)$
$B(x) = 20x - (x^2 - 4x + 80)$
$B(x) = 20x - x^2 + 4x - 80$
$B(x) = -x^2 + 24x - 80$

2. $-(x-4)(x-20) = -(x^2 - 20x - 4x + 80)$
$= -(x^2 - 24x + 80)$
$= -x^2 + 24x - 80$
$= B(x)$

3. $B(x) = 0 \Leftrightarrow -(x-4)(x-20) = 0$
$\Leftrightarrow x - 4 = 0$ ou $x - 20 = 0$
$\Leftrightarrow x = 4$ ou $x = 20$

x	0		4		20		24
-1		$-$	|	$-$	|	$-$	
$x-4$		$-$	0	$+$	|	$+$	
$x-20$		$-$	|	$-$	0	$+$	
$B(x)$		$-$	0	$+$	0	$-$	

L'entreprise est rentable entre 4 et 20 montres.

4. D'après la question précédente, les 2 racines de $B(x)$ sont 4 et 20.

$\frac{x_1 + x_2}{2} = \frac{4+20}{2} = 12$

$B(12) = -12^2 + 24 \times 12 - 80 = 64$
$a = -1 < 0$

Donc le tableau de variations de B est :

x	0		12		24
B		↗	64	↘	

L'entreprise réalise un bénéfice maximum de 64 € pour 12 montres vendues.

EXERCICE 8

1. La solution positive de $x^2 = 2$ est $\sqrt{2} \approx 1{,}414$.

2. Dans la fonction « balayage », il suffit de modifier la boucle :

```
while f(s)>= k :
s = s – e
```

3.

```
def f(x):
    return x**3

def balayage(f,k,e):
    s = 0
    if k>0:
        while f(s)<= k:
            s=s+e
    else:
        while f(s)>= k:
            s=s-e
    print(s)

c=int(input("Saisir c"))

balayage(f,c,0.001)
```

CHAPITRE 3 (Énoncés p. 269)

EXERCICE 1

1. $u_0 = 2 \times 0^2 + 3 = 3$; $u_1 = 2 \times 1^2 + 3 = 5$;
$u_2 = 2 \times 2^2 + 3 = 11$; $u_3 = 2 \times 3^2 + 3 = 21$.

2.

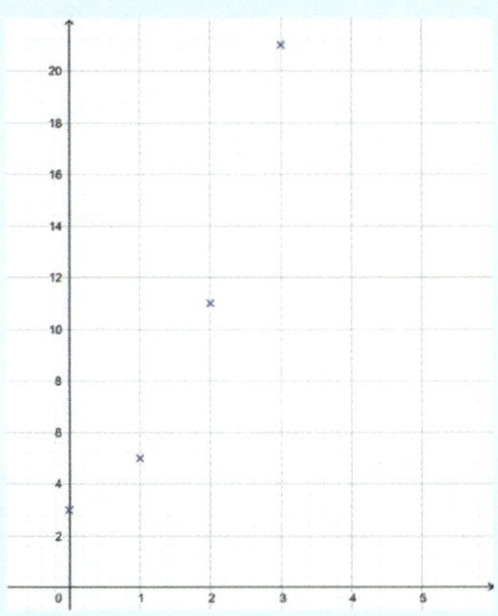

La suite semble croissante.

3. $u_{n+1} - u_n = 2(n+1)^2 + 3 - (2n^2 + 3)$
$= 2(n^2 + 2n + 1) + 3 - 2n^2 - 3$
$= 2n^2 + 4n + 2 - 2n^2 = 4n + 2 > 0$; donc la suite (u_n) est croissante.

Rappel : identités remarquables

$(a+b)^2 = a^2 + 2ab + b^2 \quad (a-b)^2 = a^2 - 2ab + b^2$

$(a-b)(a+b) = a^2 - b^2$

EXERCICE 2

1. $u_{n+1} - u_n = 3(n+1) - 5 - (3n - 5)$
$= 3n + 3 - 5 - 3n + 5 = 3$
Donc (u_n) est une suite arithmétique de raison 3.

2. La raison 3 est positive donc (u_n) est croissante.

EXERCICE 3

1. $u_1 = u_{0+1} = u_0^2 + 3u_0 + 1 = 1^2 + 3 \times 1 + 1 = 5$
$u_2 = u_{1+1} = u_1^2 + 3u_1 + 1 = 5^2 + 3 \times 5 + 1 = 41$

2. $u_{n+1} - u_n = u_n^2 + 3u_n + 1 - u_n$
$= u_n^2 + 2u_n + 1 = (u_n + 1)^2 > 0$
(d'après l'identité remarquable 1) donc la suite (u_n) est croissante.

3.

K	0	1	2	3
U	7	31	127	511

L'algorithme retourne donc la valeur 511 ; il s'agit de u_4.

4. Il suffit d'inclure une instruction d'affichage à l'intérieur de la boucle :

```
Saisir N
U ← 1
Pour k allant de 0 à N – 1
Afficher U
U ← U² + 3U + 1
k ← k + 1
FinPour
Afficher U
```

EXERCICE 4

1. $u_0 = 1\,250$

2. $u_1 = 1\,250 \times 1{,}03 = 1\,287{,}5$: son capital au bout d'un an serait de 1 287,5 euros.
$u_2 = 1\,312{,}5 \times 1{,}03 = 1\,326{,}125$: son capital au bout de deux ans serait de 1 326,125 euros.

3. Avec le placement proposé par la banque, le capital augmente chaque année de 3 % et est donc multiplié par $1 + \frac{3}{100} = 1{,}03$. On a donc $u_{n+1} = u_n \times 1{,}03$. (u_n) est donc une suite géométrique de raison 1,03.

Rappel : coefficients multiplicateurs

Pour augmenter une valeur de a %, il suffit de la multiplier par le coefficient multiplicateur $1 + \frac{a}{100}$.

Pour diminuer une valeur de a %, il suffit de la multiplier par le coefficient multiplicateur $1 - \frac{a}{100}$.

4. Dans le tableau ci-dessous, les valeurs de u ont été arrondies au dixième.

n	0	1	2	3	4	5	6	7
u	1 250	1 287,5	1 326,1	1 365,9	1 406,9	1 449,1	1 492,6	1 537,3
$u < 1\,500$	VRAI	VRAI	VRAI	VRAI	VRAI	VRAI	VRAI	FAUX

La valeur retournée est donc 7. Cela signifie que c'est au bout de 7 ans, c'est-à-dire en 2025, que le capital de Cyprien atteindra ou dépassera 1 500 euros.

CHAPITRE 4 *(Énoncés p. 276)*

EXERCICE 1

Le coefficient directeur de (AB) est égal à : $\frac{y_B - y_A}{x_B - x_A} = \frac{0-3}{-1-2} = \frac{-3}{-3} = 1$.

L'équation réduite de (AB) est : $y = x + b$.

Le point A appartient à la droite (AB) donc $y_A = x_A + b$ donc $3 = 2 + b$ donc $b = 1$ donc l'équation réduite de la droite (AB) est : $y = x + 1$.

EXERCICE 2

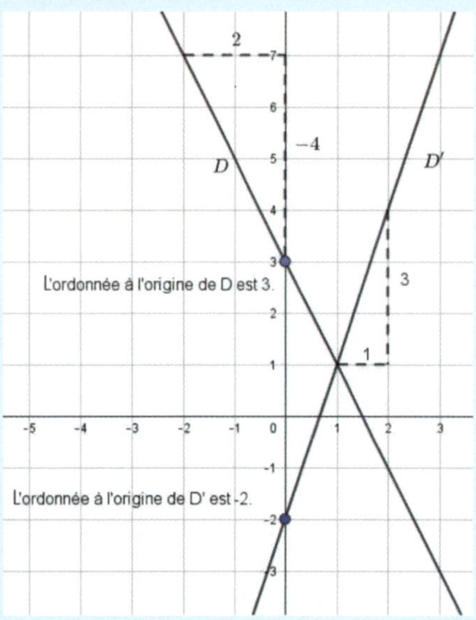

$D : y = \frac{-4}{2}x + 3 = -2x + 3$

$D' : y = \frac{3}{1}x - 2 = 3x - 2$

EXERCICE 3

a) $f'(x) = \frac{4}{3} \times 1 - 0 = \frac{4}{3}$

b) $g'(x) = 2x - 5 \times 1 + 0 = 2x - 5$

c) $h'(x) = 11 \times 3x^2 - 2 \times 2x + 3 \times 1 - 0$
$= 33x^2 - 4x + 3$

d) $i'(x) = \frac{5}{4} \times 3x^2 - \frac{1}{2} \times 2x + 5 \times 1$
$= \frac{15}{4}x^2 - x + 5$

EXERCICE 4

$f'(x) = 3 \times 2x - 9 \times 1 + 0 = 6x - 9$.

$6x - 9 = 0 \Leftrightarrow 6x = 9 \Leftrightarrow x = \frac{9}{6} = 1{,}5$.

Puis on dresse le tableau de signe de la dérivée et on conclut avec le tableau de variations de la fonction :

x	$-\infty$		1,5		$+\infty$
$f'(x)$		+	0	−	
f		↘	− 4,75	↗	

$f(1{,}5) = 3 \times 1{,}5^2 - 9 \times 1{,}5 + 2 = -4{,}75$

La fonction f admet donc − 4,75 comme minimum et il est atteint en 1,5.

EXERCICE 5

Tableau de signe de *f(x)* :

x	$-\infty$		− 1		2		$+\infty$
$f(x)$		+	0	−	0	+	

Tableau de variations de *g* :

x	$-\infty$		− 1		2		$+\infty$
g		↗		↘		↗	

La courbe C_f représente la dérivée h' et la courbe C_g représente la fonction h.

MATHS

EXERCICE 6

1. $f'(x) = 2x + 2 \times 1 - 0 = 2x + 2$.

2. $f'(0) = 2$ et $f(0) = -3$ donc
$T_0 : y = f'(0)(x - 0) + f(0) = 2x - 3$.

3. $f'(-1) = 0$ et $f(-1) = -4$ donc
$T_{-1} : y = f'(-1)(x + 1) + f(-1) = -4$.

4. $f'(-3) = -4$ et $f(-3) = 0$ donc
$T_{-3} : y = f'(-3)(x + 3) + f(-3)$
$T_{-3} : y = = -4(x + 3) + 0$

Donc $T_{-3} : y = -4x - 12$

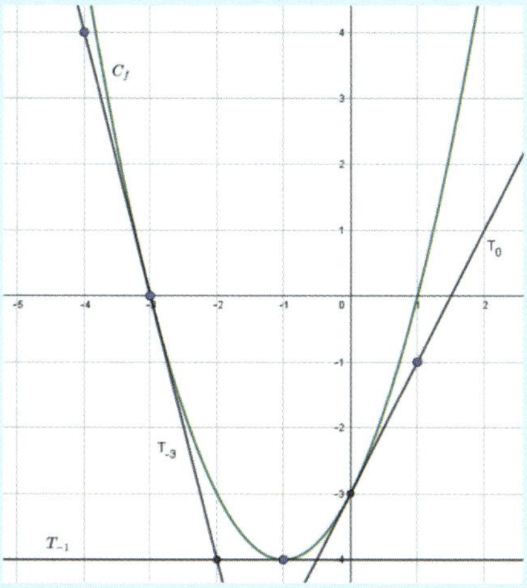

EXERCICE 7

Partie A

1. $C'_M(q) = 2q - 30$

2. $2q - 30 = 0 \Leftrightarrow 2q = 30 \Leftrightarrow q = \dfrac{30}{2} = 15$

q	0		15		25
$C'_M(q)$		$-$	0	$+$	
C_M	352 ↘		127	↗	227

3. Le coût moyen minimum par tonnes est 127 euros.

Partie B

4. La recette pour q tonnes produites est égale à $160q$.

$B(q) = R(q) - C(q)$
$= 160q - (q^3 - 30q^2 + 352q)$
$= 160q - q^3 + 30q^2 - 352q$
$= 160q - q^3 + 30q^2 - 352q$
$= -q^3 + 30q^2 - 192q$.

5. $B'(q) = -3 \times q^2 + 30 \times 2q - 192 \times 1$
$= -3q^2 + 60q - 192$.

De plus,
$-3(q - 4)(q - 16) = -3(q^2 - 16q - 4q + 64)$
$= -3q^2 + 60q - 192 = B'(q)$.

6. $-3(q - 4)(q - 16) = 0 \Leftrightarrow q - 4 = 0$ ou $q - 16 = 0$
$\Leftrightarrow q = 4$ ou $q = 16$

q	0		4		16		25
-3		$-$		$-$		$-$	
$q - 4$		$-$	0	$+$		$+$	
$q - 16$		$-$		$-$	0	$+$	
$B'(q)$		$-$	0	$+$	0	$-$	
B	0 ↘		-352	↗	512	↘	$-1\,675$

7. Le bénéfice maximal est de 512 euros pour 16 tonnes produites.

Partie C

8. Sur [4 ; 16] la fonction B est strictement croissante et prend des valeurs comprises entre -352 et 512 ; elle prend donc la valeur 0 entre 4 et 16.

9.

a	4	4	7	8,5	9,25	9,25	9,25	9,25
b	16	10	10	10	10	9,625	9,4375	9,34375
m	10	7	8,5	9,25	9,625	9,4375	9,34375	Non calculé
$\lvert b-a\rvert < 0,1$	Vrai	Vrai	Vrai	Vrai	Vrai	Vrai	Vrai	Faux

Le programme affiche donc : « La solution est comprise entre 9,25 et 9,34375 ».

10. Aux lignes 4 et 5, il suffit d'écrire : « a = 16 » et « b = 25 ».

11. En observant le tableau de variations de la fonction B et en considérant que le bénéfice est nul pour des quantités environ égales à 9 tonnes et 21 tonnes, on en déduit que l'entreprise réalise un bénéfice lorsqu'elle produit entre 9 et 21 tonnes de produit.

CHAPITRE 5 *(Énoncés p. 284)*

EXERCICE 1

$\frac{108}{480} = \frac{22,5}{100}$ donc la proportion des élèves scolarisés en 1re STMG est 22,5 %.

EXERCICE 2

1. $150 \times \frac{18}{100} = 27$ donc le nombre de cadres est 27.

2. $\frac{10}{150} = 0,08$ donc la proportion de femmes cadres est 8 %.

3. Il y a 60 ouvrières parmi les 70 femmes. $\frac{58}{70} \approx 0,86$ donc la proportion des ouvrières parmi les femmes est d'environ 86 %.

EXERCICE 3

$\frac{3}{5} \times \frac{1}{8} = \frac{3}{40}$ donc la proportion des femmes pratiquant le foot est $\frac{3}{40}$.

EXERCICE 4

$\frac{596555}{0,883} \approx 675\,600$ donc le nombre de candidats au baccalauréat en 2018 est 675 600.

EXERCICE 5

$\frac{3}{5} \times 250 = 150$ donc la masse d'acides gras saturés est 150 g.

EXERCICE 6

1. $\frac{54}{100} \times 400 = 216$ donc il y a 216 filles et $400 - 216 = 184$ garçons.

$\frac{7}{16} \times 400 = 175$ élèves sont membres d'une association sportive dont 85 filles et 90 garçons.

$\frac{2}{5} \times 75 = 30$ garçons sont membres d'une association culturelle et 45 filles. $400 - (175 + 75) = 150$ élèves ne sont pas membres d'une association. $216 - (85 + 45) = 86$ filles non-membres d'une association.
$184 - (90 + 30) = 64$ garçons non-membres d'une association.

	Membres d'une association sportive	Membres d'une association culturelle	Non-membres d'une association	Total
Filles	85	45	86	216
Garçons	90	30	64	184
Total	175	75	150	400

2. $\frac{175}{400} = 43,75\ \%$; $\frac{75}{400} = 18,75\ \%$. Dans ce lycée, 43,75 % des élèves sont membres d'une association sportive, 18,75 % sont membres d'une association culturelle et 37,5 % ne sont pas membres d'une association.

3. Il y a 45 filles qui sont membres d'une association culturelle parmi les 216 filles donc la fréquence conditionnelle des filles pratiquant une activité culturelle parmi les filles de ce lycée est $\frac{45}{216} = 20,8\ \%$.

4. On peut rentrer les valeurs 0,1 ou 2 pour avoir les fréquences marginales respectivement des membres d'une association sportive, des membres d'une association culturelle ou de ceux qui ne sont membres d'aucune association.

5. Il faudra remplacer la ligne 9 par « frequence(fille[n]) » et entrer la valeur 0 dans la boîte de dialogue.

EXERCICE 7

1.

	Composants de F_1	Composants de F_2	Composants de F_3	Total
Composants sans défaut	$\frac{92}{100} \times 175 = 161$	$250 - 30 = 220$	$630 - (161 + 220) = 249$	$700 - 70 = 630$
Composants avec défaut	**14**	$\frac{12}{100} \times 250 = 30$	$275 - 249 = 26$	**70**
Total	$\frac{1}{4} \times 700 = 175$	**250**	$700 - (175 + 250) = 275$	**700**

2. a) $p(\bar{D}) = \frac{630}{700} = 0,9$

b) $p_{F_2}(\bar{D}) = \frac{p(F_2 \cap \bar{D})}{p(F_2)} = \frac{\frac{220}{700}}{\frac{250}{700}} = \frac{220}{250} = 0,88$

c) $p_D(F_3) = \frac{p(D \cap F_3)}{p(D)} = \frac{\frac{26}{700}}{\frac{70}{700}} = \frac{26}{70} \approx 0,37$

EXERCICE 8

1. Par lecture de l'énoncé, $p(V) = 0,03$,

$p_V(T) = 0,98$ et $p_{\bar{V}}(\bar{T}) = 0,96$.

2. $p_V(T) = \frac{p(V \cap T)}{P(V)}$ donc

$p(V \cap T) = p(V) \times p_V(T) = 0,03 \times 0,98 = 0,0294$

EXERCICE 9

1. Les valeurs prises par G sont 48 euros (50 – 2), 3 euros (5 – 2), 0 euro (2 – 2) et – 2 euros (0 – 2).

2. Loi de probabilités de G :

Valeurs de G	48	3	0	– 2	Total
$p(G = x_i)$	$\frac{1}{100}$	$\frac{4}{100}$	$\frac{5}{100}$	$\frac{90}{100}$	1

3. $p(G > 0) = p(G = 48) + p(G = 3)$.

$= \frac{1}{100} + \frac{4}{100} = \frac{5}{100}$.

4.

$E(G) = 48 \times \frac{1}{100} + 3 \times \frac{4}{100} + 0 \times \frac{5}{100} - 2 \times \frac{90}{100}$

$= -\frac{120}{100} = -1,20.$

EXERCICE 10

1.

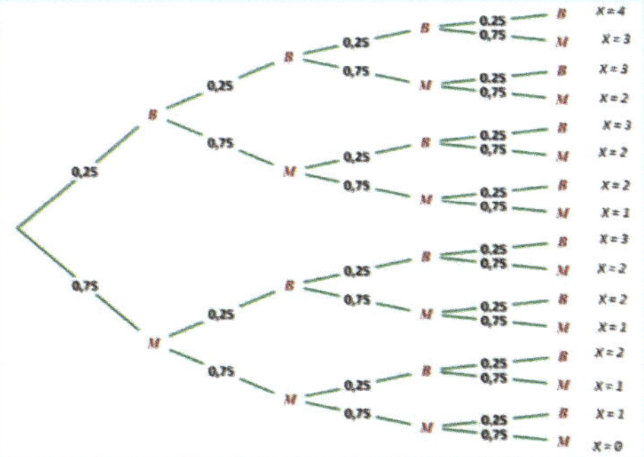

2. Les valeurs prises par X sont 0, 1, 2, 3 et 4.

3. Il y a 4 branches telles que $X = 3$.

$p(X = 3) = 4 \times 0,25^3 \times 0,75 \simeq 0,0469$

4. Loi de probabilités de X :

x_i	$p(X = x_i)$
0	$0,75^4 \simeq 0,3164$
1	$4 \times 0,25 \times 0,75^3 \simeq 0,4219$
2	$6 \times 0,25^2 \times 0,75^2 \simeq 0,2109$
3	0,0469
4	$0,25^4 \simeq 0,0039$

5.

$E(x) = 0 \times 0,3164 + 1 \times 0,4219 + 2 \times 0,2109$
$+ 3 \times 0,0469 + 4 \times 0,0039 \simeq 1.$

6. L'élève peut espérer avoir une bonne réponse donc espérer avoir 2,5/10.

Histoire-Géographie EMC

HISTOIRE

GÉOGRAPHIE

EMC

THÈME 1 L'Europe bouleversée par la Révolution française (1789-1815)

La Révolution française de 1789 provoque la **chute de la monarchie**, met fin à la société d'ordres et **abolit les privilèges**. Elle fonde une nation de **citoyens égaux**, à partir de la **Déclaration des Droits de l'Homme et du Citoyen** du 26 août 1789. Plusieurs régimes se succèdent jusqu'à **l'Empire de Napoléon Ier** en 1804. Battu en 1814 par une vaste coalition de monarchies européennes, Napoléon est de nouveau défait à **Waterloo** en 1815. Avec le Congrès de Vienne, les monarchies européennes sont restaurées et les aspirations des peuples à plus de liberté sont étouffées.

◄ *La Prise de la Bastille* de Jean-Baptiste Lallemand (1789)

1 La rupture révolutionnaire de 1789

A La crise de l'Ancien Régime

• **Des difficultés économiques et sociales.** Dans les années 1780, les mauvaises récoltes «entraînent» l'**augmentation du prix du blé**. Les révoltes sont de plus en plus fréquentes.

• **À cela s'ajoute une crise sociale** liée aux profondes inégalités dans la société française. L'organisation en **trois ordres inégalitaires** (noblesse, clergé et Tiers État) est de plus en plus contestée ; par ailleurs, les caisses de l'État sont vides.

> **Définition**
> **Société d'ordres :** la société d'Ancien Régime est composée de la noblesse, du clergé et du Tiers État (bourgeoisie, artisans et paysans).

Pour remédier à ces difficultés, Louis XVI **convoque les États généraux** pour le 5 mai 1789. Durant le printemps 1789, des cahiers de doléances sont rédigés.

• **Les députés du Tiers État,** beaucoup plus nombreux, réclament l'**abolition du vote par ordre** (chacun des trois ordres disposant d'une voix) et son remplacement par un vote par tête (chaque député disposerait alors d'une voix). Mais Louis XVI refuse.

B 1789 à 1792 : de la monarchie absolue à la République

• **L'affirmation de la souveraineté nationale.** Lors des États généraux réunis à Versailles, Louis XVI refuse toute réforme. **Le 17 juin, les députés du Tiers État se proclament Assemblée nationale.** Rejoints par des députés de la noblesse et du clergé, ils jurent de ne pas se séparer avant d'avoir rédigé une constitution pour la France : c'est le **serment du Jeu de paume** le 20 juin 1789.

> Définition
> **Souveraineté nationale :** principe affirmé dès le serment du Jeu de Paume (20 juin 1789) qui dispose que la source de l'autorité politique est la nation, communauté formée par l'ensemble des citoyens.

• **La prise de la Bastille, le 14 juillet 1789.** Les Parisiens armés (ouvriers, bourgeois, soldats rebelles) attaquent la prison de la Bastille, symbole de l'absolutisme royal. Cette **révolution populaire** met fin à l'absolutisme : la souveraineté nationale remplace la souveraineté du roi.

• **Égalité juridique et libertés individuelles.** En province, les paysans s'attaquent aux propriétés seigneuriales. Pour mettre fin à cette « **Grande Peur** », les députés de la nouvelle Assemblée nationale constituante décident d'**abolir les privilèges** le 4 août 1789.

> Définition
> **Grande Peur :** révoltes paysannes de l'été 1789, nées de rumeurs de complots des nobles. Les paysans pillent les châteaux et détruisent les registres des droits féodaux.

• **Le 26 août, la Déclaration des Droits de l'Homme et du Citoyen** consacre l'émergence d'une nation de citoyens égaux en droit. Louis XVI semble accepter la Révolution ; mais sa **fuite manquée en juin 1791** le discrédite auprès des Français.

• **Sous la pression populaire,** une nouvelle Assemblée, la Convention, décrète la fin de la monarchie, l'emprisonnement du roi et de sa famille et proclame la République.

C La République en danger

La France en guerre. Dès 1792, les révolutionnaires entendent diffuser leur nouveau modèle politique, la **République**, dans toute l'Europe.

• **La France entre en guerre le 20 avril 1792** contre l'empereur d'Autriche. Mais les défaites militaires se succèdent et ce n'est qu'en septembre 1792 que l'invasion du territoire par les puissances coalisées est stoppée avec la bataille de Valmy.

• **L'exécution de Louis XVI en janvier 1793** réunit contre la France toutes les monarchies d'Europe. À l'intérieur du pays, des **guerres civiles** se déclarent : en Vendée, les paysans, encadrés par les nobles royalistes et les prêtres catholiques, s'opposent aux Républicains.

• **Gouvernement révolutionnaire et Terreur.** Pour sauver la République, la Convention et le parti des Montagnards mettent en place un gouvernement révolutionnaire qui remet le pouvoir au **Comité de salut public**, dirigé par **Robespierre**.

• **La « loi des suspects » et la mise en place d'un tribunal révolutionnaire** permettent d'éliminer les opposants. Les libertés sont suspendues. Pourtant les chefs Montagnards se divisent : Danton demande la fin de **la Terreur** mais Robespierre le fait guillotiner. La Convention prend peur et fait guillotiner à son tour Robespierre en juillet 1794. À la fin de la Terreur, la République a du mal à se stabiliser.

2 L'Europe napoléonienne

A La domination européenne de Napoléon

• **À la suite du coup d'État du 18 Brumaire,** an VIII (9 novembre 1799) qui **met fin au Directoire**, le général Bonaparte instaure le **Consulat**. Il veut mettre fin à la Révolution et rétablir

> À retenir
> Napoléon Bonaparte devient consul à vie en 1802 puis empereur en 1804.

l'ordre tout en entérinant les acquis de la Révolution. À la suite de son sacre par le pape Pie VII le 2 décembre 1804, Napoléon met en place un régime personnel autoritaire, le **Premier Empire**.

• **L'Empire de Napoléon Ier** impose les idées de la Révolution française en Europe de 1804 à 1815. Napoléon souhaite que l'Europe soit fondée sur le modèle de la France. Les États conquis sont dotés de constitutions similaires à celle de la France. Napoléon impose à travers l'Europe une **administration centralisée**, le **Code civil**, l'**abolition de la féodalité**, les **lycées**, le **système métrique**... Mais le régime devient vite impopulaire.

Définitions
Consulat : régime politique mis en place de 1799 à 1804 après le coup d'État du **18 Brumaire** de l'an VIII.
Premier Empire : régime impérial mis en place de 1804 à la première abdication de Napoléon le 14 avril 1814.

B La coalition des puissances monarchiques

• **L'Empire doit faire face à l'éveil des sentiments nationaux** dans la plupart des territoires conquis. À partir de 1808, les Espagnols subissent l'oppression des Français. Le 2 mai, les habitants de Madrid se soulèvent contre l'autorité française. Le lendemain, les troupes françaises répriment férocement cette révolte. Cela a inspiré le peintre Goya avec ses tableaux le *Dos de Mayo* et le *Tres de Mayo*.

• **La domination napoléonienne en Europe.** Les campagnes napoléoniennes sont souvent vécues comme une **oppression** par les puissances occupées. Les territoires conquis sont victimes de pillages, de réquisitions. Dans ces pays émerge un sentiment national fondé sur le **refus de la domination française**. En Allemagne, puis en Russie, une forme de patriotisme émerge.

On observe ainsi un retournement de situation : les idées révolutionnaires, inspirées par la France, fondées sur la souveraineté de la Nation, se retournent contre la France. Ce sont des armées au caractère plus national qui poussent Napoléon à la défaite en 1814. Napoléon doit abdiquer.

C Le congrès de Vienne

• **Restaurer l'ordre monarchique.** Au moment de la chute de l'Empire en 1815, les monarchies (Royaume-Uni, Prusse, Russie et Autriche) tentent de **refonder l'ordre ancien en Europe**. Pour cela, ils se réunissent lors du **Congrès de Vienne** dont l'objectif est d'en finir avec la période révolutionnaire. Se dessine alors une **Europe monarchique** avec la Russie, la Prusse et l'Autriche qui agrandissent leur territoire alors que le Royaume-Uni étend son influence sur les mers.

• **Le Congrès de Vienne** tente également de créer les conditions d'une paix durable, en renouvelant par exemple les règles de la diplomatie.

À retenir
La France, vaincue, se voit imposer la restauration monarchique (Louis XVIII) et un retour aux frontières de 1791.

Le Congrès de Vienne marque donc le triomphe des principes de l'Ancien Régime dans une Europe des princes pacifiée (l'Europe ne connaîtra pas de conflit majeur avant 1914). Mais **les aspirations libérales et nationales sont malmenées**. Certaines lois libérales sont cependant proposées comme la **fin de la traite négrière**. Mais les aspirations des nationalités ne sont pas entendues : Polonais, Belges, Allemands, Italiens sont toujours divisés en plusieurs États ou intégrés à des Empires.

THÈME 1

Sujets d'étude

1 La chute de la monarchie

• **Avec l'emblématique 14 juillet 1789** (prise de la Bastille), le **10 août 1792** est une des journées les plus importantes de la Révolution française : la **prise du palais des Tuileries** par les sans-culottes et les fédérés marque la fin **de 1 000 ans de monarchie en France**.

• **Le 20 juin 1791, le roi Louis XVI tente de fuir** la France avec sa famille afin de rejoindre des troupes fidèles pour rétablir son autorité. Mais il est reconnu dans une auberge, arrêté à Varennes et ramené à Paris. Dès lors, de nombreux Français l'accusent de trahison.

> **Le roi est alors persuadé que seule une intervention étrangère** peut lui permettre de restaurer l'absolutisme. Le 20 avril 1792, l'Assemblée législative déclare la guerre à l'Autriche sur la proposition du roi qui, en secret, espère une défaite de la France. Dans un contexte de guerre, **le peuple parisien est en ébullition**.

• **Face à l'avancée des troupes étrangères vers les frontières,** l'Assemblée déclare « la patrie en danger » le 11 juillet 1792. Le 1er août, le « manifeste de Brunswick » (chef des armées prussiennes) est rendu public : il somme le peuple français « de se soumettre au roi sans délai », faute de quoi Paris serait « livré à une exécution militaire ». **Le peuple parisien se révolte**.

• **Au matin du 10 août,** une foule de sans-culottes se rassemblent aux abords des Tuileries. Plus de 950 gardes suisses et 2 000 à 3 000 gardes nationaux défendent les Tuileries. Toutefois, ces derniers se sont vite **ralliés du côté des insurgés**.

• **Le roi, suivi de sa famille,** cherche alors refuge au sein de l'Assemblée. Pendant ce temps, le palais est assailli et les gardes suisses tirent sur le peuple. Les **sans-culottes** et les **gardes nationaux**, qui se sont ralliés, **gagnent finalement le combat**.

• **Les conséquences.** Cette journée du 10 août a fait **plus de 650 morts chez les gardes suisses** et plus de 200 aristocrates et gens de maison meurent durant la prise des Tuileries. Chez les insurgés, on compte 200 à 400 morts. **L'Assemblée législative prononce la « suspension » du roi.** Elle convoque par ailleurs une **Convention nationale** en vue de prendre toutes mesures « pour assurer la souveraineté du peuple et le règne de la liberté et de l'égalité ».

• **La famille royale est conduite à la prison du Temple.** Fin août, les avancées des armées étrangères sur le territoire français réactivent la peur du complot. Les **massacres de septembre** (du 2 au 5) sont l'expression de la violence populaire : 1300 prisonniers parisiens (royalistes, prisonniers de droit commun) et des prêtres réfractaires (contre la Révolution) sont massacrés. Avec la **victoire de Valmy** la France est sauvée, et la République proclamée le 20 septembre 1792.

> **À retenir**
> Cette journée du 10 août 1792 aura donc marqué l'effondrement de la monarchie française. Louis XVI est guillotiné le 21 janvier 1793.

2 La bataille de Waterloo

• **À son retour de l'île d'Elbe,** Napoléon rentre aux Tuileries le 20 mars 1815. La fuite du roi Louis XVIII et le retour de Napoléon fixent le début des **Cent Jours** qui se terminent avec la **seconde abdication** de l'empereur, le 7 juillet 1815. La **bataille de Waterloo** est la dernière à laquelle prit part Napoléon, qui venait de reprendre le pouvoir en France trois mois plus tôt.

• **Les forces en présence.** Napoléon réunit en toute hâte les vétérans de son armée, et attaque les Anglais et les Prussiens en Belgique, avant que ceux-ci ne soient rejoints par les Autrichiens et les Russes.

• **La coalition monarchique européenne** veut **empêcher le retour de Napoléon** au pouvoir. Elle est composée du Royaume-Uni, d'Allemands, de Belges et de Néerlandais, sous les ordres du duc de Wellington, et de Prussiens commandés par Blücher.

• **L'Empereur pénètre en Belgique** le **15 juin,** en vue de se placer entre les deux armées ennemies. L'empereur envoie son aile droite commandée par **Grouchy** contre les Prussiens de Blücher et son aile gauche commandée par Ney contre Wellington.

> **Chiffres-clés**
> • L'armée impériale aligne plus de 86 000 hommes (74 000 fantassins et 12 000 cavaliers) ; elle est équipée d'environ 250 canons.
> • L'alliance des puissances étrangères 106 000 fantassins (Britanniques, Allemands et Néerlandais) et 12 000 cavaliers. Les artilleurs sont dotés d'environ 150 à 200 canons. Les Prussiens de Blücher sont environ 33 000.

• **Fidèle à sa tactique,** Napoléon veut prendre l'ennemi de vitesse avant d'affronter l'armée autrichienne restée sur le Rhin. L'armée napoléonienne, formée de vieux soldats et de volontaires, a un moral ardent mais des nerfs fragiles.

• **Le 16 juin, Blücher est battu à Ligny,** mais il réussit à échapper à Grouchy. Le 17, Wellington s'installe au sud de Waterloo. Napoléon l'attaque le 18. Les troupes françaises multiplient les assauts sans parvenir à battre les troupes de Wellington.

• **Au moment décisif,** alors que Napoléon espérait voir déboucher Grouchy sur sa droite, Blücher fait irruption sur le champ de bataille, prenant à revers l'armée française qui fuit en déroute. Napoléon se replie en France. Il abdiquera peu après cette foudroyante défaite.

• **Les conséquences.** Cette défaite de Waterloo marque l'affirmation des puissances monarchiques (Autriche, Prusse et Russie). Seule la Grande-Bretagne est une **monarchie parlementaire**. Le **congrès de Vienne** (1814-1815) et le **pacte de la Sainte-Alliance** (accord entre le Tsar de Russie, l'empereur d'Autriche et le roi de Prusse) rétablissent un ordre conservateur. En France, la royauté est rétablie le 8 juillet 1815. Quant à Napoléon, il meurt exilé par les Anglais dans l'île de Sainte-Hélène en 1821.

> **Chiffres-clés**
> La bataille aurait fait plus de 10 500 morts et plus de 35 000 blessés. Les pertes françaises ont été environ deux fois plus élevées que celles de la coalition.

Exercices d'entraînement

Exercice 1

Corrigé p. 342

Un appel à la violence

Jean-Paul Marat (1743-1793), dans son journal L'Ami du peuple, *dénonce sans relâche les ennemis de la Révolution. Il demande aussi la déchéance du roi.*

« La glorieuse journée du 10 août 92 peut être décisive pour le triomphe de la liberté si vous savez profiter de vos avantages. [...] Vos implacables ennemis paraissent consternés, mais ils ne tarderont pas à [...] se relever, plus terribles que jamais. [...] Je vous propose donc de décimer les membres contre-révolutionnaires de la municipalité, des juges de paix, des départements et de l'Assemblée nationale [...].

Mais, sur toutes choses, tenez le roi, sa femme et son fils en otage, et, jusqu'à ce que son jugement définitif soit prononcé, qu'il soit montré chaque jour quatre fois au peuple. Et comme il dépend de lui d'éloigner

pour toujours nos ennemis, déclarez-lui que si, sous quinze jours, les Autrichiens et les Prussiens ne sont pas à vingt lieues des frontières pour n'y plus reparaître, sa tête roulera à ses pieds. »

Jean-Paul Marat, *L'Ami du peuple* (1792).

1. **Quelle est l'opinion de Marat sur la journée du 10 août ?**
2. **En quoi ce texte est-il un appel à la violence ?**
3. **La journée du 10 août est-elle suffisante pour Marat ?**

Exercice 2

Corrigé p. 342

La bataille de Waterloo vue par Victor Hugo

Waterloo ! Waterloo ! morne plaine
Comme une onde qui bout dans une urne trop pleine,
Dans ton cirque de bois, de coteaux, de vallons,
La pâle mort mêlait les sombres bataillons.
D'un côté c'est l'Europe, et de l'autre la France !
Choc sanglant ! des héros Dieu trompait l'espérance
Tu désertais, victoire, et le sort était las.
O, Waterloo ! je pleure, et je m'arrête, hélas !
Car ces derniers soldats de la dernière guerre
Furent grands ; ils avaient vaincu toute la terre.
Chassés vingt rois, passé les Alpes et le Rhin,
Et leur âme chantait dans les clairons d'airain !
Le soir tombait ; la lutte était ardente et noire.
Il avait l'offensive et presque la victoire ;
Il tenait Wellington acculé sur un bois.
Sa lunette à la main, il observait parfois
Le centre du combat, point obscur où tressaille
La mêlée, effroyable et vivante broussaille,
Et parfois l'horizon, sombre comme la mer.
Soudain, joyeux, il dit : Grouchy ! — C'était Blücher !
L'espoir changea de camp, le combat changea d'âme.
La mêlée en hurlant grandit comme une flamme.
La batterie anglaise écrasa nos carrés.

Victor Hugo, *Les Châtiments*, « Expiation », 1853.

1. **Comment Hugo montre-t-il l'atrocité des combats ?**
2. **Quel portrait fait-il de Napoléon ?**
3. **Comment Hugo juge-t-il la défaite ?**

THÈME 2 Les transformations politiques et sociales de la France de 1848 à 1870

De 1848 à 1870, l'évolution politique de la France est marquée par la succession de deux régimes. La **deuxième République,** proclamée le 24 février 1848, prend fin avec le coup d'État du 2 décembre 1851. À partir de 1852, le nouvel empereur Napoléon III fonde un régime autoritaire, le **Second Empire**. Mais la défaite contre la Prusse en 1870 entraîne la fin de ce régime : le 4 septembre 1870, Léon Gambetta proclame la **IIIe République**.

1 L'esprit de 1848, puis l'Empire

A La révolution de février 1848

• **La fin de la monarchie de Juillet.** Comme en 1789, tout commence par une **crise agricole** : les récoltes sont médiocres. La dépression touche aussi l'industrie, et le chômage augmente. La tension sociale est forte à Paris. Le 21 février, un banquet républicain en faveur de l'élargissement du droit de vote est interdit, mais la foule ignore cette interdiction.

• **Une partie de la Garde nationale fraternise** avec la population. Une **insurrection** éclate à Paris le 23 février 1848. La troupe tire sur la foule boulevard des Capucines. Les insurgés se dirigent vers les Tuileries ou réside le roi. Louis-Philippe abdique. Un **gouvernement provisoire** est formé le 24 février, avec le poète Lamartine, et le 25 la **République** est proclamée à l'Hôtel de ville.

> **Définition**
> **Garde nationale :** milice bourgeoise créée en 1789 et affectée au maintien de l'ordre.

Sur le plan social, le **droit au travail** est proclamé, des Ateliers nationaux sont créés pour les milliers d'ouvriers au chômage.

• **Sur le plan politique,** le **suffrage universel masculin** entre en vigueur. L'esclavage est aboli dans toutes les colonies et possessions françaises grâce à l'action de Victor Schœlcher. La **liberté de la presse** devient totale et les arbres de la liberté sont à nouveau plantés, comme en 1789.

> **Définition**
> **Ateliers nationaux :** chantiers de travaux créés après février 1848 pour fournir du travail et un salaire aux ouvriers parisiens au chômage.

B Les journées de juin 1848

• **La révolte du peuple de Paris.** Les ouvriers sont soupçonnés d'entretenir l'agitation politique dans les Ateliers nationaux. L'Assemblée décide donc de les fermer le 21 juin 1848.

• **Du 23 au 26 juin,** les ouvriers dressent des barricades. La répression du ministre de la Guerre, le général Cavaignac, est sanglante : on compte 4 000 morts parmi les insurgés et 1 600 parmi les forces de l'ordre. 15 000 parisiens sont arrêtés dont 4 000 déportés en Algérie. Ces **journées de juin** sont marquées par un retour en arrière : la liberté de la presse est à nouveau limitée.

> **Définition**
> **Suffrage universel :** le suffrage correspond au vote, et il est dit universel s'il se réalise sans conditions pour tous les citoyens. En 1848, il est masculin, seuls les hommes de plus de 21 ans votent.

• **La mise en place de la deuxième République.** Le 4 novembre, une **nouvelle constitution**, inspirée de l'expérience américaine, est votée : elle prévoit une **Assemblée nationale**, élue au suffrage universel masculin, un **Président de la République,** élu au suffrage universel pour 4 ans avec un mandat non renouvelable, et une Assemblée.

• **L'élection du Président de la République** donne une victoire écrasante à **Louis Napoléon Bonaparte**. C'est le vote des campagnes, de la bourgeoisie et des conservateurs qui a conduit au pouvoir Louis Napoléon Bonaparte.

Les premières mesures politiques concernent l'instruction qui est confiée plus largement au clergé (loi Falloux de 1850), les libertés politiques sont encadrées (loi sur la presse, loi sur les clubs). Enfin, la **réforme de la loi électorale** aboutit à la fin du suffrage universel.

C Le coup d'État de 1851 et l'Empire

• **Ne pouvant pas renouveler son mandat,** Louis Napoléon Bonaparte organise un **coup d'État** le 2 décembre 1851. Des soulèvements éclatent à Paris, plus de 30 000 personnes sont arrêtées et les chefs de l'opposition doivent s'exiler (Victor Hugo).

Un régime autoritaire est mis en place, limitant la liberté d'expression, pratiquant la **censure** et la **répression. Le 2 décembre 1852, l'Empire est proclamé.**

• **À partir de 1860, le régime impérial se libéralise. L'amnistie de 1859** permet à tous les républicains proscrits de regagner la France. En 1864, la loi Ollivier reconnaît de fait le **droit de grève**. Deux lois de 1868 sont favorables à la **liberté de la presse** et à la **liberté de réunion**.

• **Mais l'Empire libéral disparaît** avec la chute de Napoléon III, fait prisonnier à Sedan par l'armée prussienne le 2 septembre 1870. La République est proclamée le **4 septembre 1870**.

2 La transformation de l'économie et de la société

A La transformation de l'industrie sous le Second Empire

La mise au point de la **machine à vapeur** à la fin du XVIIIe siècle bouleverse les techniques de production. Le textile et la métallurgie se mécanisent. De 1840 à 1870, **la proto-industrie cède la place aux grandes usines**.

• **En 1860, la France devient la première puissance industrielle** d'Europe occidentale. On assiste à l'**essor du chemin de fer.** Le secteur du bâtiment profite de la **rénovation de Paris** et des grands travaux entrepris par le **Baron Haussmann**.

• **Le salariat se développe** et la condition des ouvriers est difficile. Ils sont surveillés : le **livret ouvrier** est toujours en vigueur. Les journées de travail sont longues (plus de 12 heures). Le salaire des ouvriers progresse mais insuffisamment, c'est pourquoi les femmes et les enfants travaillent également.

Définition
Proto-industrie : phase de développement de l'industrie durant laquelle la production est réalisée dans de petits ateliers domestiques.

Chiffre-clé
Dans les années 1850, les enfants de moins de 14 ans représentent toujours 15 à 20 % de la main-d'œuvre des usines.

B Les progrès de l'urbanisation en France

• **L'urbanisation progresse** grâce à l'afflux de ruraux dans les villes.

• **À Paris, la population passe de 1,2 million à 1,8 million entre 1851 et 1870.** Les **villes de province** connaissent une croissance urbaine (Lyon, Toulouse, Lille) mais plus limitée (158 000 habitants à Lille en 1870).

Définition
Livret ouvrier : document d'identité obligatoire pour l'ouvrier. Le livret devait être présenté au patron qui le remettait à la fin du contrat. Il permettait de contrôler le nomadisme des ouvriers.

• **Les villes restent des lieux où les épidémies sont souvent meurtrières.** L'épidémie de choléra de 1854 fait 150 000 morts. Des **villes ouvrières** voient le jour dans un contexte de paternalisme. C'est le cas du Creusot où se trouvent les usines Schneider.

• Le 23 juin 1853, Napoléon III nomme le **Baron Haussmann** préfet de la Seine et lui confie la mission **d'assainir, d'embellir et d'unifier Paris. Paris compte désormais 20 arrondissements.** Les fortifications de la ville sont supprimées, de larges boulevards sont percés, des immeubles haussmanniens sont construits et des réseaux modernes d'égouts sont créés.

> **Mais si la réorganisation de la capitale** s'est faite sous l'impulsion de principes hygiénistes et de maintien de l'ordre, l'œuvre d'Haussmann n'en fut pas moins critiquée : rejetant les pauvres en périphérie.

Chiffre-clé

Le taux d'urbanisation de la France passe de 25,5 % en 1851 à 31,3 % en 1870.

Définitions

Paternalisme : système dans lequel les grands patrons d'entreprises prennent en charge l'amélioration de la vie de leurs ouvriers en dehors de l'atelier.

Hygiénisme : courant de pensée développé au XIXe siècle qui associe des aspects sanitaires et moraux, et qui vise à rendre l'environnement plus salubre et plus sain.

C L'évolution des campagnes

• **Le monde rural constitue l'essentiel de la population française** (70 % du total soit 26,6 millions sur 38 en 1866). Il est marqué par une grande diversité sociale. Si 1 % des propriétaires détiennent 1/3 de la terre, la majorité des paysans sont de petits propriétaires pratiquant la polyculture. Fermage et métayage se maintiennent.

• **Le monde rural** est aussi marqué par la présence des notables (maire, curé, instituteur, grands propriétaires terriens).

• **La modernisation des campagnes sous le Second Empire.** Le **chemin de fer** joue un rôle fondamental dans le désenclavement des campagnes françaises. Le Second Empire napoléonien met l'accent sur la **construction de nouvelles lignes** (les frères Pereire) qui permettent l'ouverture des marchés et la circulation des idées. Les produits agricoles peuvent ainsi être acheminés rapidement vers les marchés des grandes villes.

Définitions

Fermage : mode d'exploitation de la terre dans lequel l'exploitant paye un loyer au propriétaire.

Métayage : mode d'exploitation de la terre dans lequel l'exploitant n'est pas propriétaire de la terre qu'il exploite, et verse une part de sa production au propriétaire.

> Le Second Empire prend fin avec la guerre franco-prussienne de 1870.

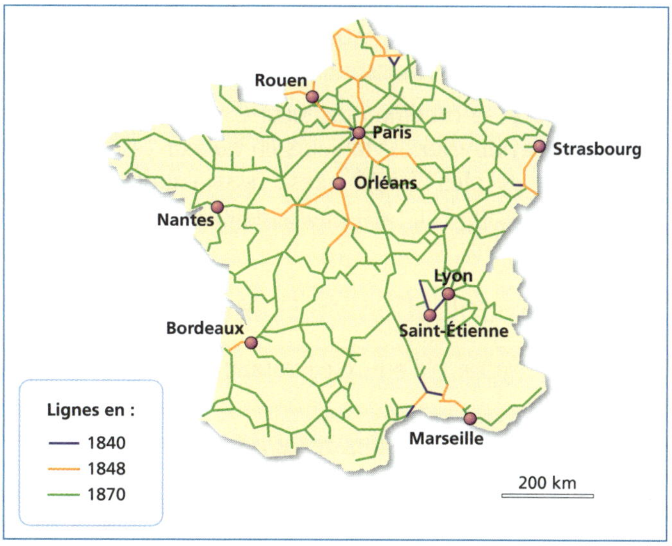

▲ L'évolution du réseau ferroviaire au XIXe siècle

Sujets d'étude

1 Victor Hugo et la deuxième République

• **La révolution de février 1848** surprend quelque peu Victor Hugo et contraint l'écrivain à interrompre la rédaction des *Misérables*, « pour cause de révolution ». La **dimension sociale** de cette révolution ne lui échappe pas. Mais l'écrivain n'éprouve d'abord qu'une sympathie limitée pour le mouvement de février 1848. Il est favorable à l'abolition de l'esclavage, de la peine de mort en matière politique, et à l'instauration du suffrage universel.

• **Élu député de l'Assemblée constituante** aux élections complémentaires de juin 1848, Hugo siège à droite. Lors de l'insurrection ouvrière de juin 1848, Hugo est sur les **barricades**, mais du côté de « l'ordre », mandaté par l'Assemblée pour tenter de limiter l'effusion de sang. Il conservera le souvenir de cette expérience dans *Les Misérables*.

• **Dans la seconde partie de l'année 1848, Hugo s'oppose au gouvernement autoritaire** du général Cavaignac et soutient la candidature à la présidence de la République de **Louis Napoléon Bonaparte**. Ce qui compte pour Hugo, c'est la **défense des libertés**. Avec son grand discours contre la loi Falloux sur la « liberté » de l'enseignement, il passe clairement dans les rangs de la gauche.

• **Le 11 décembre 1851 au soir,** Hugo **fuit un régime** où Louis Napoléon Bonaparte devient l'empereur Napoléon III. Hugo et 65 autres députés (dont Schœlcher et Raspail) sont frappés de **proscription**. Hugo emporte avec lui une haine féroce envers « l'usurpateur ». Hugo s'établit à Jersey en 1852 puis à Guernesey en 1855.

• **Ces dix-neuf années d'exil** sont destinées à combattre Napoléon III. Il rédige un pamphlet intitulé *Napoléon le petit*, par opposition à la grandeur de Napoléon Ier, et entre en résistance contre l'Empereur : « Et s'il n'en reste qu'un, je serai celui-là » (Extrait des *Châtiments*).

• **Lorsque la République est proclamée le 4 septembre 1870, Hugo revient à Paris** et reçoit un accueil triomphal. Victor Hugo meurt en 1885 à l'âge de 83 ans et a droit à des funerailles nationales.

2 Les établissements Schneider au Creusot

• **Les Schneider et le Creusot.** Devenus propriétaires, en 1836, de l'ancienne fonderie royale du Creusot, les frères Schneider la spécialisent dans les **productions métallurgiques**, destinées aux chemins de fer et à la marine. Ils transforment progressivement la manufacture du Creusot en une **gigantesque ville-usine**.

• **Les Schneider étaient des patrons paternalistes :** ils créent des écoles pour les enfants et les jeunes filles, des « maisons de famille » pour les travailleurs âgés et un hôpital.

• **Eugène Schneider a toujours eu de bons rapports** avec le monde politique et celui de la finance, il est élu député en 1845, puis devient ministre du Commerce et de l'Agriculture en 1851. Sous l'Empire, Schneider est nommé président du corps législatif par Napoléon III.

• **Les Schneider sont aussi très proches des milieux d'affaires** les plus influents. En 1837, Eugène Schneider épouse l'héritière d'une riche famille de banquiers et d'industriels. **Favorables au capitalisme**, les frères Schneider sont hostiles à l'intervention de l'État dans l'économie. Ils trouvent la réglementation du travail des enfants ou des femmes trop contraignante.

Chiffres-clés
À la fin du Second Empire, on y fabrique 130 000 tonnes de fonte et 110 000 tonnes d'acier dans les hauts fourneaux. On compte à cette époque environ 10 000 ouvriers.

Exercices d'entraînement

Exercice 1

Corrigé p. 342

Discours à l'Assemblée nationale législative, le 7 juillet 1849

Je ne suis pas, Messieurs, de ceux qui croient qu'on peut supprimer la souffrance en ce monde, la souffrance est une loi divine, mais je suis de ceux qui pensent et qui affirment qu'on peut détruire la misère. (*Réclamations. – Violentes dénégations à droite.*) Remarquez-le bien, messieurs, je ne dis pas diminuer, amoindrir, limiter, circonscrire, je dis détruire. (*Nouveaux murmures à droite.*) La misère est une maladie du corps social comme la lèpre était une maladie du corps humain ; la misère peut disparaître comme la lèpre a disparu. (*Oui ! oui ! à gauche.*) Détruire la misère ! […] La misère, Messieurs, j'aborde ici le vif de la question, voulez-vous savoir jusqu'où elle est, la misère ? Voulez-vous savoir jusqu'où elle peut aller, jusqu'où elle va, je ne dis pas en Irlande, je ne dis pas au Moyen Âge, je dis en France, je dis à Paris, et au temps où nous vivons ? Voulez-vous des faits […]. Il y a dans Paris, dans ces faubourgs de Paris que le vent de l'émeute soulevait naguère si aisément, il y a des rues, des maisons, des cloaques, où des familles, des familles entières, vivent pêle-mêle, hommes, femmes, jeunes filles, enfants, n'ayant pour lits, n'ayant pour couvertures, j'ai presque dit pour vêtement, que des monceaux infects de chiffons en fermentation, ramassés dans la fange du coin des bornes, espèce de fumier des villes, où des créatures s'enfouissent toutes vivantes pour échapper au froid de l'hiver. […] Eh bien, Messieurs, je dis que ce sont là des choses qui ne doivent pas être […]

Victor Hugo

1. **À qui s'adresse ce discours ?**
2. **Que dénonce Victor Hugo ?**
3. **Quels arguments emploie-t-il ?**

Exercice 2

Corrigé p. 342

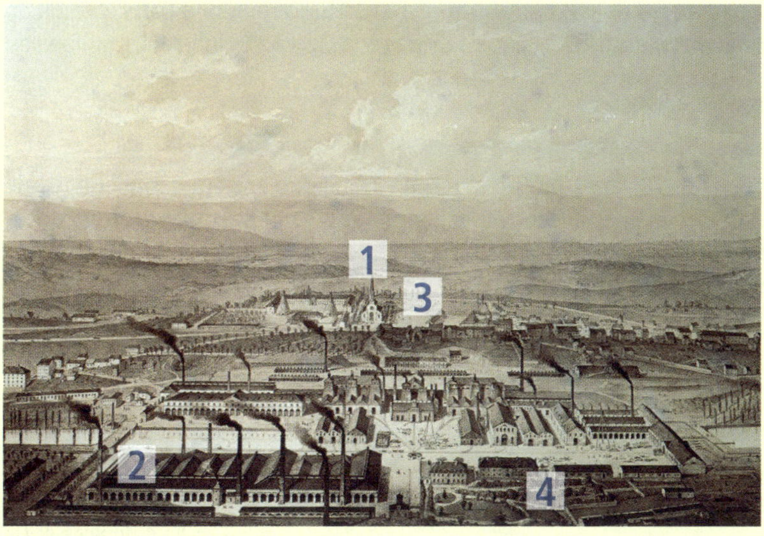

Les usines Schneider en 1847

1. **Faites correspondre les numéros aux éléments suivants :** différents bâtiments de l'usine ; église ; résidence de la famille Schneider ; logements des ouvriers.
2. **À quoi voit-on qu'il s'agit d'un paysage industriel ?**

THÈME 3 La Troisième République : un régime, un empire colonial

Après deux brèves tentatives en 1792 et en 1848, la République s'installe durablement à partir des années 1870. Le **régime démocratique** qu'elle met en place reprend et approfondit les principes de 1789, affirmant les **libertés fondamentales** et mettant en place l'**unification de la nation** autour de symboles forts et de lois scolaires importantes. Pourtant cette période n'est pas exempte de crises. Par ailleurs, la colonisation reprend avec la IIIe République.

1 Un régime stable, mais des crises à surmonter

A L'enracinement de la République

En 1875, des **lois constitutionnelles** sont votées. Elles mettent en place une République parlementaire.

- **Le pouvoir législatif** est constitué de l'**Assemblée nationale** et du **Sénat** :
  - les **députés**, élus au suffrage universel direct ;
  - les **sénateurs** sont élus au suffrage universel indirect par un collège de grands électeurs (maires et conseillers généraux).
- **Le Président de la République** est élu par les députés et les sénateurs. Le **pouvoir exécutif** est détenu par le **président du Conseil** qui n'est responsable que devant le Parlement. Il est choisi par les partis qui détiennent la majorité au Parlement et qui peuvent le destituer.

> Définition
> **République parlementaire :** régime politique reposant sur les valeurs des droits de l'Homme et caractérisée par un équilibre entre le pouvoir exécutif et le pouvoir législatif.

> Définitions
> **Pouvoir législatif :** pouvoir de voter la loi et le budget de l'État.
> **Pouvoir exécutif :** pouvoir chargé d'appliquer la loi.

- **Les républicains** veulent **enraciner la République** : la **Marseillaise** est définitivement adoptée en 1879 comme hymne national. Le **14 juillet** devient fête nationale en 1880. Des bustes de **Marianne** sont installés dans les mairies.
- **Entre janvier et juillet 1875 sont votées les lois constitutionnelles** qui s'inspirent des principes de la **Déclaration des Droits de l'Homme et du Citoyen** : liberté, égalité des droits, propriété et sûreté.

Entre 1881 et 1884, plusieurs lois sont votées sur la liberté de réunion, la liberté de la presse, l'autorisation des syndicats… Mais seuls les hommes âgés de plus de 21 ans bénéficient du droit de vote. Le **suffrage universel** ne concerne pas les femmes.

- **Une des grandes œuvres de la IIIe République concerne la politique scolaire. Il faut instruire les électeurs.** Entre 1881 et 1886, **Jules Ferry** institue **l'école gratuite, laïque et obligatoire**. L'État paie les instituteurs et veille aux programmes d'enseignement. Dans chaque commune, la mairie-école prend une place centrale.

B L'Affaire Dreyfus

- **L'affaire se déroule dans un climat patriotique,** lié à la perte de l'Alsace Lorraine en 1871, et **d'antisémitisme**. En septembre 1894, un document contenant des secrets militaires est dérobé à l'ambassade d'Allemagne. Après une enquête rapide et l'analyse de

> Définition
> **Antisémitisme :** haine des juifs en tant que peuple.

l'écriture du bordereau, la capitaine **Alfred Dreyfus,** un officier juif d'origine alsacienne est arrêté, dégradé et condamné à la déportation perpétuelle.

- **La presse antisémite** (Maurice Barrès) se déchaîne. Dans les années 1890, des ligues antisémites apparaissent comme le Comité anti-juifs de Drumont (qui publie dans le journal *La Libre Parole*). L'affaire rebondit en 1896 quand le colonel Picquart a la preuve de l'**innocence de Dreyfus**. Mais les autorités militaires refusent de rouvrir le dossier.
- **Les dreyfusards** persuadés de l'innocence du militaire veulent le réhabiliter au nom de la justice et de la vérité : ils se réunissent dans une **Ligne des droits de l'homme**.
- **Les antidreyfusards** considèrent que l'armée est infaillible, et que l'intérêt national passe avant l'intérêt particulier.
- **Les partisans de la révision du procès** de Dreyfus essaient de convaincre l'opinion publique. En 1898, Émile Zola publie, dans le journal *L'Aurore,* un article intitulé « J'accuse », lettre ouverte au Président de la République, Félix Faure. L'« affaire » **remet en cause les valeurs fondamentales de la République**. La révision du procès a lieu en 1899 : Dreyfus est jugé coupable, mais avec des circonstances atténuantes. Il est gracié quelques jours plus tard.

La reconnaissance de son innocence en 1906 correspond à une victoire des idées républicaines.

C La loi du 9 décembre 1905 de séparation des Églises et de l'État

- **Depuis le Concordat de 1801,** l'Église catholique et l'État français étaient liés. Les Républicains font voter une loi pour surveiller les associations (en particulier religieuses) en 1901.
- **En 1905,** le Président du Conseil, Émile Combes, fait voter la **loi de séparation des Églises et de l'État**. Cela revient à abroger le Concordat de 1801. Désormais, **la République française ne reconnaît ni ne salarie plus aucun culte**.

> **Définition**
> **Concordat :** traité entre le Saint-Siège et un État. Le concordat de 1801 reconnaît le catholicisme comme la « religion de la majorité des Français ».

- **Les conséquences de la loi de 1905.** Cette loi prescrit de faire l'inventaire des objets du culte et du mobilier des églises. En Bretagne, dans le Massif central et en Flandre surtout, les catholiques, encouragés par leurs prêtres, se barricadent dans les églises pour empêcher les agents du fisc de procéder à l'inventaire.

2 L'empire colonial français avant 1914

A La République coloniale

- **Au nom de la « grandeur nationale »,** les républicains se prononcent en faveur de l'**expansion coloniale**. Pour Jules Ferry et Léon Gambetta notamment, la France doit **affirmer sa puissance** en Europe et dans le monde. De plus, l'argument d'une **mission civilisatrice** est avancé tant par l'Église que par les Républicains, convaincus d'une responsabilité vis-à-vis de peuples considérés comme « en retard ».

Les milieux d'affaires voient aussi dans l'expansion coloniale la perspective de débouchés économiques. En fondant des colonies, il s'agit d'assurer à la France le **contrôle des matières premières** de constituer des marchés privilégiés pour écouler sa production.

- **En 1879,** les territoires coloniaux français (Antilles, Réunion, Guyane, Algérie…) ne regroupent que 5,4 millions habitants sur environ 1 million de km².

• **En Afrique du Nord,** la conquête rapide de la **Tunisie** en 1881 est suivie par une conquête plus difficile du nord du **Maroc** jusqu'en 1912. L'**Afrique Occidentale française** (AOF) et l'**Afrique Équatoriale française** (AEF) sont créées en 1895 et 1910.

• **En Asie,** La France continue son expansion en Indochine : l'**Union indochinoise** est formée en 1887.

• **En 1914,** l'empire colonial est peuplé de 48 millions d'habitants sur 14 millions de km².

B Les rivalités coloniales entre les puissances européennes

• **Le partage du monde par les Européens.** Si le Royaume-Uni et la France sont les premiers à étendre leur empire colonial, de nouveaux concurrents apparaissent en Afrique (Allemagne et Italie).

• **Pour sa part**, la France renforce sa présence en **Afrique de l'ouest**. Sous l'impulsion de Jules Ferry, la France conquiert l'**Indochine**.

Les puissances coloniales se réunissent à la **conférence de Berlin** en 1884-1885 pour fixer les règles de la colonisation de l'Afrique.

• **Britanniques, Français, Allemands, Belges, Portugais, Italiens** se lancent à la conquête de l'Afrique. La France et le Royaume-Uni se disputent le **Soudan** lors de la **crise de Fachoda** en 1898. La France et l'Allemagne s'opposent violemment au **Maroc** de 1905 à 1911.

• **En 1914, deux empires coloniaux se distinguent :** l'empire britannique et l'empire colonial français.

C Les sociétés coloniales

• **L'administration des territoires coloniaux.** La France choisit souvent l'**association** qui comporte en principe le **maintien des institutions locales** : la Tunisie, le Maroc, le Cambodge sont des protectorats où subsistent les souverains en place.

• **La France peut aussi opter pour l'assimilation.** Mais seules les « vieilles colonies », dont les habitants sont tous citoyens, sont véritablement représentées au Parlement métropolitain.

L'Algérie est divisée en 1848 en trois départements. Dans cette **colonie de peuplement**, les habitants d'origine européenne (800 000 en 1914) bénéficient du statut de citoyen mais **pas les musulmans.**

• **Dans beaucoup de territoires**, **les indigènes sont privés des droits politiques** et soumis à des règles juridiques et fiscales discriminatoires, fixées dans le **Code de l'indigénat**, généralisé en 1887.

• **Avant 1914, les mouvements nationalistes ne sont qu'embryonnaires ;** ils ne mettent pas en danger la domination française. Certains s'affirment, mais sont localisés et restent le fait de minorités d'intellectuels.

Définitions

Protectorat : État colonisé dont le gouvernement et l'administration sont officiellement indépendants mais contrôlés par la puissance coloniale.

Assimilation : volonté politique qui vise à transformer les indigènes en citoyens en leur imposant la langue et les valeurs de la métropole.

Définition

Indigénat : statut des peuples colonisés qualifiés d'indigènes qui les soumet à un régime juridique et fiscal d'infériorité et qui les prive de droits politiques.

THÈME 3 Sujets d'étude

1 L'instruction des filles sous la IIIe République avant 1914

• **Avant 1870 et l'instauration de la IIIe République,** les jeunes filles n'avaient guère accès à l'enseignement scolaire. Leur instruction se limitait à en faire de parfaites épouses et des mères de famille dévouées.

• **Avec la naissance de la IIIe République,** deux lois vont davantage intégrer les filles dans le système scolaire :

– la **loi Camille Sée** de 1880 **ouvre l'enseignement secondaire public aux jeunes filles** en créant des collèges et des lycées. Les programmes ne visent cependant pas à préparer les jeunes filles au baccalauréat, mais à un simple diplôme de fin d'étude ;

– les **lois scolaires de Jules Ferry** en 1881 et 1882 prévoient **la gratuité, la laïcité et l'obligation scolaire de 6 à 13 ans pour les enfants des deux sexes.** Pourtant, il y a la volonté de maintenir la différence entre les enseignements en fonction des rôles sociaux des deux sexes. Les études supérieures ne touchent qu'une **minorité de filles** de la bourgeoisie urbaine.

• **Avec la IIIe République, on assiste à une généralisation des Écoles normales.** La loi Paul Bert, du 9 août 1879, oblige les départements à disposer d'une École normale primaire de filles pour les élèves-institutrices. La seule possession du brevet élémentaire permet d'obtenir des suppléances, pour pouvoir enseigner par la suite. Les institutrices qui ne sortent pas de l'École normale sont moins bien considérées. Les conditions de formation dans les Écoles normales sont difficiles. L'Institution scolaire essaie ainsi de contrôler les institutrices.

À retenir
L'école a donc permis de faire progresser le statut des femmes dans la société. De nombreuses institutrices participeront à des mouvements féministes, luttant pour l'égalité des sexes.

2 Vivre à Alger au début du XXe siècle

• **La conquête de l'Algérie date de 1830.** La principale ville du pays, Alger, devient préfecture du département d'Alger en 1848. Avec la IIIe République, **la colonisation n'est plus uniquement militaire.**

• **La volonté de la IIIe République** est de faire d'Alger un **modèle de la présence française** sur le continent africain, une capitale de l'empire : on veut ainsi **franciser Alger.** De 1874 aux années 1900, l'Alger colonial connaît de grands **bouleversements architecturaux et économiques.**

Chiffres-clés
À Alger intra-muros, on comptait 42 000 habitants (31 500 Européens et 10 500 indigènes en 1872) ; la population a quasiment doublé en 1892 (82 000 habitants, 60 500 Européens, 21 500 indigènes).

• **Après l'achèvement du boulevard du Front-de-mer (1874),** de nouveaux quartiers se développent : Bab-el-Oued, Isly, Belcourt et celui de Mustapha. On assiste à la construction de boulevards sur le **modèle haussmannien.** Le port s'agrandit, deux gares sont construites et le tramway (1876) est prolongé.

• **Alger atteint 130 000 habitants en 1906,** dont 100 000 Européens. L'architecture mêle le style néo-mauresque au style européen. De même, le nom des quartiers de la ville mélange des toponymes arabes (Bab-el-Oued, la Casbah, Mustapha…) et européens (Marine, Esplanade).

Exemples
La Casbah est plutôt occupée par les Musulmans alors que Bab-el-Oued est un quartier européen, en particulier espagnol. Si les Musulmans occupent aussi les quartiers du Hamma et de Belcour, ceux-ci sont quasiment absents à Bab-el-Oued. Les quartiers d'Isly, d'Agha ou de Mustapha abritent une population bourgeoise, française surtout.

Espagnols et Italiens constituent un contingent important en 1900. Ils ont apporté leur culture et leur mode de vie. Les Italiens vivent à proximité du port, dans le quartier de la Marine, surnommé « le petit Naples ».
Les Juifs sont également très présents à Alger. La vague d'antisémitisme n'épargne pas Alger.

Exercices d'entraînement

Exercice 1

Corrigé p. 342

L'éducation des filles sous la IIIe République

Dans les établissements primaires, les programmes sont assez similaires et la plupart des journées se déroulent de la même manière, mais filles et garçons sont dans des établissements séparés, ce qui permet de faire passer des messages éducatifs différents en fonction du rôle social auquel ils sont destinés. Il y a quand même quelques différences puisque la loi de 1882 prévoit des « exercices militaires pour les garçons » et des « travaux à l'aiguille pour les filles »... On voit bien que cela renvoie à l'idée que leurs destinées sont très différentes... Pour l'enseignement secondaire, qui concerne exclusivement les bourgeoises, le programme est en revanche très différent : les garçons étudient les humanités classiques, les filles les humanités modernes... Il y a l'idée que les matières nobles sont réservées aux garçons.

De fait, les filles ne passent pas le baccalauréat – on ne les y prépare pas avant 1924. Alors que c'est évidemment le bac qui ouvre la porte à la poursuite d'études...

Interview de Rebecca Rogers, historienne, professeure à l'université Paris Descartes et spécialiste de l'histoire de l'éducation féminine en France au XIXe siècle, www.retronews.fr, 14 décembre 2018.

1. **Expliquez la phrase soulignée.**
2. **Qu'enseigne-t-on aux garçons et aux filles ?**
3. **Pourquoi les enseignements sont-ils différents ?**

Exercice 2

Corrigé p. 343

Sous le Second Empire et la IIIe République, les communautés (Espagnols, Italiens, Juifs...) qui la composent (Alger) évoluent dans leurs espaces réservés. Les quartiers s'imbriquent dans un extraordinaire foisonnement où chacun, cependant, garde ses distances. Respect ou méfiance ? Au-delà des crises politiques, un souci commun subsiste : faire d'Alger la grande ville française hors métropole. L'urbanisme ou l'art de la conquête. L'inconscience coloniale qui émane de cette confiance ne doit pas faire sourire : s'imposer dans la pierre, c'est s'imposer dans la mémoire et pouvoir affronter l'avenir sans crainte. En effet, jusqu'au tournant du siècle, les Arabes n'inquiètent pas ; les plus aisés rassurent le bourgeois français. Et pourtant la révolte gronde... Les pauvres, loin du regard européen, se faufilent dans les replis labyrinthiques et surpeuplés de la Casbah. Ils se taisent. Ils supportent.

Jean-Jacques Jordi, Jean Louis Planche (dir), *Alger 1860-1939 : le modèle ambigu du triomphe colonial,* Collection « mémoire », n° 55, Autrement, mars 1999.

1. **Quelles sont les différentes communautés qui cohabitent à Alger ?**
2. **Comment se passe cette cohabitation ?**
3. **Expliquez la phrase : « Et pourtant la révolte gronde ».**

THÈME 4 La Première Guerre mondiale et la fin des empires européens

L'assassinat de l'archiduc François-Ferdinand, héritier d'Autriche le 28 juin 1914 à Sarajevo, entraîne les puissances européennes dans une guerre qui devient mondiale et totale. La « Grande Guerre », qui débute en août 1914, suscite pendant quatre ans une mobilisation des militaires et des civils. **Un lourd bilan**, plus de 10 millions de morts, marque durablement les sociétés européennes. Les traités de paix se traduisent par la **fin des empires multinationaux** d'Europe.

1 Une guerre totale

A Les caractéristiques du conflit

• **En août 1914, on pensait que la guerre serait courte.** Le jeu des alliances entraîne l'Europe dans la guerre : les États de l'**Entente** (France, Royaume-Uni et Russie) affrontent les **Empires centraux** (Allemagne, Autriche-Hongrie puis Empire ottoman). En quelques mois, l'échec de la **guerre de mouvement** (phase offensive) laisse la place à une guerre d'usure dans les **tranchées** : le conflit s'installe dans la durée.

• **Le conflit est marqué** par des batailles longues et meurtrières (**bataille de la Somme** : 1 200 000 victimes, Verdun 750 000 tués.)

• **La guerre se déroule sur deux fronts principaux :**
– à l'ouest, les troupes allemandes sont opposées aux armées franco-britanniques ;
– à l'est aux soldats russes.

Cette situation condamne l'Allemagne à une victoire rapide. **À l'ouest,** le front se stabilise de la Suisse à la Manche. **Sur le front est**, l'offensive russe est arrêtée à la bataille de Tannenberg (30 août 1914).

• **L'échec de ces premières tentatives** provoque l'**enlisement du conflit**. Les soldats s'enterrent dans les tranchées, c'est la **guerre de position** (phase defensive). L'Allemagne bénéficie de l'armistice signé en mars 1918 avec la Russie soviétique et de la disparition du front de l'est pour reprendre l'offensive à l'ouest. Mais celle-ci se heurte à la contre-offensive des Alliés soutenus par les États-Unis entrés en guerre le 6 avril 1917. L'Allemagne doit capituler et signer **l'armistice**.

À retenir
Le 11 novembre 1918, l'armistice est signé à Rethondes entre les belligérants : l'Allemagne est vaincue.

B La violence de masse et la guerre industrielle

• **Le conflit est marqué par une violence de masse extrême** liée à l'usage massif de l'artillerie (obus), aux progrès dans l'armement (mitrailleuses, mines, lance-flammes, gaz…) et à l'utilisation des avions et des chars.

• **La vie quotidienne des soldats est très dure :** pluie, boue, froid, poux, rats… La vie et la mort se côtoient dans les tranchées où l'odeur de cadavres accompagne les soldats.

L'année 1917 est marquée par les mutineries. C'est au prix d'une sévère répression que la discipline peut être maintenue.

Chiffres-clés
Certaines journées ont été particulièrement meurtrières :
– 22 août 1914 : 21 035 morts en une seule journée ;
– 25 septembre 1915 : 23 416 tués.

• **Dans les pays en guerre, l'économie est tournée vers l'« effort de guerre ».** Les États jouent un rôle central dans cette nouvelle **économie de guerre**.

• **Pour financer leur effort de guerre,** les États augmentent les impôts et font des emprunts.

> **Définition**
> **Effort de guerre :** mobilisation des non-combattants dans la guerre qui prend des formes très diverses et vise à soutenir les forces militaires du front. L'État joue le rôle moteur dans cet effort de guerre en réorientant l'économie vers la production d'armes et de matériel de guerre.

> **Exemples**
> Perfectionnement des obus, premiers chars d'assaut et sous-marins, développement de nouveaux gaz asphyxiants comme le « gaz moutarde », etc.

C La mondialisation du conflit

• **Conflit européen** au départ, la **Première Guerre devint mondiale dès 1914** par l'entrée en guerre de nombreux pays (empire ottoman et Bulgarie avec l'Allemagne).

• **Du côté des Alliés,** les puissances de l'Entente (France, Royaume-Uni et Russie) bénéficient du concours de l'Italie, du Portugal, de la Roumanie, de la Grèce et du Japon.

• **L'entrée en guerre des États-Unis est plus tardive.** En effet, au début de la guerre, les Américains affirment leur **neutralité**. Mais l'état-major allemand lance une guerre sous-marine à outrance pour contrer le blocus économique de l'Allemagne. **Les sous-marins allemands coulent plusieurs navires américains**, dont certains transportant des civils.

2 Des sociétés en guerre

A Combattre au front

• **Les armées qui se font face** s'enterrent tout au long du front. Chaque kilomètre gagné ou perdu se paie au prix de **sacrifices humains considérables**. On l'évalue à la mort d'un homme par mètre de tranchée entre l'hiver 1914 et le printemps 1917.

> **Définition**
> **Tranchée :** galerie creusée dans le sol pour abriter les soldats. Elles sont séparées des tranchées ennemies par un *no man's land*.

• **De mars à juin 1915,** les batailles autour d'Ypres voient l'apparition des gaz asphixiant introduits par les Allemands.

• **En 1917, des mutineries éclatent dans les armées :** il s'agit d'un refus de la guerre. L'institution militaire reprend le dessus, d'une part en accordant largement des **permissions** et en **améliorant les conditions matérielles** des soldats, d'autre part en utilisant la **répression**.

• **Les conseils de guerre,** transformant les actes collectifs en agissements individuels, prononcent près de **600 condamnations à mort**, la plupart commuées par le pouvoir civil en travaux forcés et envoi dans les colonies. On a compté **26 soldats fusillés** pour mutinerie.

B Les souffrances des civils

• **Les sociétés des pays en guerre sont pleinement mobilisées.** Cette guerre totale induit une **économie de guerre** pour fournir armes et munitions. La production est assurée par les femmes (munitionnettes), les enfants et les travailleurs coloniaux.

• **Les États censurent les informations** et développent la **propagande** pour convaincre les populations du bien-fondé de la guerre. Des milliers de civils meurent dans les bombardements et de nombreux villages situés sur la ligne de front sont détruits.

• Les opinions publiques subissent un véritable « bourrage de crâne ». La **censure** vise à contrôler les informations de façon à maintenir le moral des combattants comme celui des civils.

> Définition
> **Bourrage de crâne :** propagande et désinformation destinées à maintenir le moral des troupes et des civils.

• Le génocide arménien. La Première Guerre mondiale est également liée à des **massacres de populations civiles.** C'est le cas des **Arméniens,** minorité chrétienne de l'Empire ottoman qui subit le premier génocide de l'histoire en 1915. Déjà persécutés entre 1894 et 1896 (plus de 250 000 personnes tuées), les Arméniens sont accusés en 1915 d'être des ennemis au service de l'Empire russe.

– **La guerre sert de prétexte** au gouvernement ottoman pour planifier l'élimination de la population arménienne. Pendant que les uns sont **massacrés** sur place (notamment les élites des grandes villes), les autres sont **déportés** et souvent **exécutés** durant le trajet.
– **Près des deux tiers de la population arménienne** de l'Empire ottoman meurent entre 1915 et 1916 (environ 1,2 million d'hommes, de femmes et d'enfants).

C Traités de paix et fin des empires multinationaux européens

• Le 18 janvier 1919 s'ouvre à Paris la **Conférence de la Paix** qui aboutit à la signature du **Traité de Versailles** le 28 juin 1919. À partir de cette date, la signature des différents traités de paix entérine alors la fin des empires multinationaux.

• Dans le cadre du Traité de Versailles, les vainqueurs règlent le sort de l'Allemagne et lui attribuent **l'entière responsabilité du conflit.** À ce titre, le pays perd de nombreux territoires à l'ouest (l'Alsace-Lorraine redevient française) et à l'est. Elle doit aussi verser des **réparations de guerre** tandis que son armée est limitée à 100 000 hommes.

• Les traités de Saint-Germain-en-Laye (1919) et de Trianon (1920) conduisent au démembrement de l'Empire d'Autriche-Hongrie donnant ainsi naissance à de nouveaux États. Enfin, le **Traité de Sèvres** (1920) officialise la **fin de l'Empire ottoman**.

> **Ces différents traités de paix** créent chez les vaincus un fort ressentiment : pour les Allemands c'est le « **Diktat** » de Versailles. Pour l'Italie, on parle de « victoire mutilée » car celle-ci se voit privée de territoires qu'elles revendiquaient (la Dalmatie et une partie de l'Istrie).

• Les traités bouleversent la carte du continent européen : pour l'empire allemand, **l'indépendance de la Pologne et de la Tchécoslovaquie** est affirmée, celle de **l'Autriche**, dans son nouveau territoire, est également actée.

• L'Allemagne est amputée de 15 % de son territoire et de 10 % de sa population au profit de la France, de la Belgique, du Danemark et surtout de la Pologne. L'Allemagne rend à la **France** les deux départements alsaciens (Haut-Rhin et Bas-Rhin) et la Lorraine mosellane.

• À l'est, Danzig devient une ville libre, ce qui garantit l'accès de la Pologne à la mer, mais a aussi pour effet de séparer la Prusse orientale restée allemande du reste de l'Allemagne par le corridor de Dantzig.

• L'empire austro-hongrois disparaît : l'Italie reçoit le Tyrol en partie peuplé par des Italiens et le Trentin, contrôlant ainsi les cols et vallées des Alpes. L'Italie parvient à prendre l'Istrie et l'important port de Trieste malgré les revendications yougoslaves. La région des Sudètes, riche en minerais, est donnée à la Tchécoslovaquie, malgré la présence de plusieurs millions d'habitants germanophones. La Pologne, recréée, obtient la Galicie. L'Autriche se trouve ainsi réduite à un tout petit territoire.

Sujets d'étude

1 Juillet-novembre 1916 : la bataille de la Somme

• En même temps que se déroule la **meurtrière bataille de Verdun**, une bataille tout aussi dévastatrice se déroule de juillet à novembre 1916 sur la Somme.

• **Ce sont les troupes britanniques** qui sont en première ligne. L'offensive est composée de troupes anglaises, écossaises, galloises, irlandaises, canadiennes, australiennes, néo-zélandaises et sud-africaines.

Les responsables militaires comptent sur l'apport de nouvelles armes qui sont **l'artillerie lourde** sur voie ferrée et pour les fantassins le **fusil-mitrailleur,** le **fusil lance-grenades**. Les **chars d'assauts** britanniques Mark 1 font leur apparition pour la première fois.

• **Le 1er juillet 1916,** une **soixantaine de divisions**, majoritairement françaises, se lancent sur un front de 70 kilomètres. Seulement, la France, contrainte d'envoyer des renforts à Verdun, ne mobilise que 14 divisions sur les 39 initialement prévues. **Le rôle primordial revient donc à l'armée britannique**.

• **Huit jours avant l'attaque,** l'artillerie anglaise pilonne les troupes allemandes, croyant les anéantir alors que celles-ci se protègent dans des **blockhaus** bétonnés. Le 1er juillet, les Anglais attaquent. Les Allemands attendent le dernier moment pour actionner les mitrailleuses. C'est un carnage.

• **Pendant cinq mois,** les assauts se succèdent et les Alliés avancent très peu. **Le 18 novembre, l'offensive cesse**.

Chiffres-clés

Bilan de l'offensive : les Français ont gagné 5 à 8 kilomètres, les Britanniques environ 12 kilomètres.
4 millions d'hommes ont été impliqués dans la bataille.
Les pertes sont estimées à 1,2 million d'hommes, dont 420 000 Anglais et plus de 200 000 Français. Côté allemand, 450 000 soldats ont été tués. La bataille de la Somme est l'affrontement le plus meurtrier de la Grande Guerre.

2 L'Autriche-Hongrie de 1914 au traité de Saint-Germain

• **L'Empire austro-hongrois est une double monarchie.** François-Joseph en est le seul monarque mais il est d'un côté **empereur d'Autriche**, de l'autre **roi de Hongrie**.

On y parlait plus de 10 langues que l'on écrivait avec **deux alphabets**, le latin principalement et le cyrillique. On y pratiquait **toutes les grandes religions monothéistes** dans un climat de tolérance. Les religions chrétiennes y étaient largement majoritaires avec le catholicisme, les différentes confessions protestantes et la religion orthodoxe. Il y avait aussi une importante communauté juive, sans oublier les 700 000 musulmans de Bosnie-Herzégovine.

• **Fin octobre, les troupes austro-hongroises doivent évacuer la Vénétie** après la défaite de Vittorio Veneto.

• **Le 25 octobre, la Hongrie déclare son indépendance.** Le 28, un État tchécoslovaque est proclamé à Prague. Le 12 novembre, ce qui reste de l'Autriche devient la « République allemande d'Autriche ». **L'Autriche-Hongrie n'existe plus.**

• **Lorsque le successeur de François Joseph,** Charles 1er, abdique, le territoire de son empire est désormais **divisé en 7 États,** conformément au « droit de peuples à disposer d'eux-mêmes » : trois anciens territoires austro-hongrois : l'Autriche, la Hongrie et la Tchécoslovaquie ; l'Italie et la Roumanie annexent d'autres territoires austro-hongrois ; la nouvelle Pologne récupère la

Galicie et la région de Cracovie ; enfin, Croates, Slovènes et Bosniaques rejoignent le 1er décembre la Serbie pour former un Royaume des Serbes, Croates et Slovènes qui deviendra la Yougoslavie en 1929.

• **Le traité de Saint-Germain** du 10 septembre 1919 établit la paix avec l'Autriche, et consacre la dislocation de l'empire. Le concept d'**État-nation** imposé par les vainqueurs s'applique dans un espace où les populations sont souvent mélangées.

Chiffres-clés
Parmi les 48 millions d'habitants de l'empire, on compte 12millions d'Allemands, 10 millions de Hongrois, 6 millions de Tchèques, 6 millions de Polonais, 3 millions de Roumains.

Exercices d'entraînement

Exercice 1

Corrigé p. 343

Vision d'un bombardement — par Paul Heuze, 1921

Dimanche 25 juin 1916, je me trouvais, avec quelques camarades, sur une espèce de butte située – autant que je m'en souviens – à l'ouest d'Albert, dominant la ville ; et nous contemplions, au milieu d'un tintamarre effroyable, un spectacle extraordinaire : le bombardement des lignes allemandes par l'artillerie des alliés, qui venait de se déclencher pour la « préparation » de la grande offensive du 1er juillet. Notre observatoire se dressait à peu près au centre du secteur de l'attaque [...]. Quelques milliers de canons, dont nous ne voyions pas un seul, tiraient alors ensemble sur les positions ennemies, et leurs coups faisaient un grondement ininterrompu, avec des claquements et des arrachements bizarres, dans lesquels, aussi, les longs sifflements des obus passant au-dessus de nos têtes, en voûte, mettaient des stridences aiguës de cent espèces différentes. [...] Rien ne répondait, de là-bas : aucun signe de vie. Nous savions pourtant que des êtres humains, nos ennemis, y vivaient et y recevaient sans répit cette infernale avalanche il semblait que toute l'Armée anglaise (car nous nous trouvions dans le secteur anglais) y fût représentée : des généraux, des officiers de toutes armes, des cavaliers, des gens de police, des coloniaux, des Canadiens, des Écossais, des Hindous. C'était la bataille qui venait de se déclencher, la grande bataille dont les préparatifs s'étaient faits, sous nos yeux, pendant plusieurs mois.

Paul Heuze, 1921.

1. **Que décrit le témoin ?**
2. **Comment réagissent les Allemands aux attaques de l'artillerie ?**
3. **Qui compose l'armée « anglaise » ?**

Exercice 2

Corrigé p. 343

Les nationalités en Autriche et Hongrie en 1914

AUTRICHE			HONGRIE		
Allemands	9 950 000	35,6 %	Hongrois	9 945 000	48,1 %
Tchèques	6 436 000	23 %	Roumains	2 949 000	14,1 %
Polonais	4 968 000	17,8 %	Allemands	2 037 000	9,8 %
Ukrainiens (Ruthènes)	3 519 000	12,6 %	Slovaques	1 968 000	9,4 %
Slovènes	1 259 000	4,5 %	Croates	1 833 000	8,8 %
Serbes et Croates	783 000	2,8 %	Serbes	1 106 000	5,3 %
Italiens	768 000	2,7 %	Ruthènes	473 000	2,3 %
Roumains	272 000	1 %	Polonais	27 000	0,2 %
			Italiens	24 000	0,2 %

1. **Montrez que l'Autriche-Hongrie est un État pluri-ethnique.**
2. **Quelles sont les principales minorités ?**
3. **Quelle sera la conséquence de cette multiplicité de nationalités en 1918-1919 ?**

THÈME 1 La métropolisation : un processus mondial différencié

Aujourd'hui, 55 % de la population mondiale vit dans des métropoles. Cette proportion pourrait atteindre 68 % en 2050. L'urbanisation constitue un phénomène géographique majeur qui s'accompagne d'un processus de métropolisation. Celui-ci se caractérise par la forte concentration des populations, des activités et des fonctions de commandement dans les villes.

1 L'urbanisation du monde

A L'augmentation de la population urbaine

• **En 1950, seuls 30 % de la population mondiale vivaient dans les villes.** Aujourd'hui, ce sont 55 % du total qui sont citadins, soit 4,1 milliards de personnes. Cette population urbaine pourrait atteindre près de 70 % en 2050.

• **L'urbanisation semble pourtant se ralentir** dans les pays développés : par exemple, l'Europe comptait 51 % d'urbains en 1950, elle en dénombre aujourd'hui 74 %. Aujourd'hui, ce sont surtout les pays du sud qui sont touchés par la croissance urbaine.

Définitions

Métropolisation : concentration croissante de la population, de la richesse et des fonctions de commandement dans les métropoles.
Urbanisation : augmentation du nombre d'habitants qui vivent en ville par rapport à l'ensemble de la population.
Taux d'urbanisation : pourcentage de la population vivant en ville.

B Une croissance urbaine inégale

• **Une évolution hétérogène.** On peut opposer des **taux d'urbanisation encore bas dans les sud** (50 % en Asie) **mais élevés dans les pays riches** : 74,5 % des Européens et 82,2 % des Nord-Américains sont citadins.

Si le taux d'urbanisation n'est que de 43 % en Afrique, il est de 82,2 % en Amérique du Nord. Certains pays ont même un taux d'urbanisation proche ou égal à 100 % : Singapour (100 %).

Exemples
Le continent africain ne comptait que 14 % d'urbains en 1950 et 43 % en 2018.

C Une hiérarchie urbaine bouleversée

En 1950, sur les dix métropoles les plus peuplées du monde, **3 étaient situées en Europe,** 2 aux États-Unis, et 2 au Japon. **New York**, alors première ville du monde, comptait 12 millions d'habitants. Dans ce classement ne figuraient que trois métropoles des pays en développement : Buenos Aires, Calcutta (Kolkata) et Shanghai.

Chiffre-clé
En 2035, la ville indienne de Dehli sera la plus peuplée du monde avec 43 millions d'habitants.

• **En 2018, seules trois métropoles du nord** (Tokyo et Osaka-Kobé-Kyoto au Japon, New York aux États-Unis) sont classées dans les dix premières villes de la planète ; les 7 autres villes sont localisées dans les pays du sud.

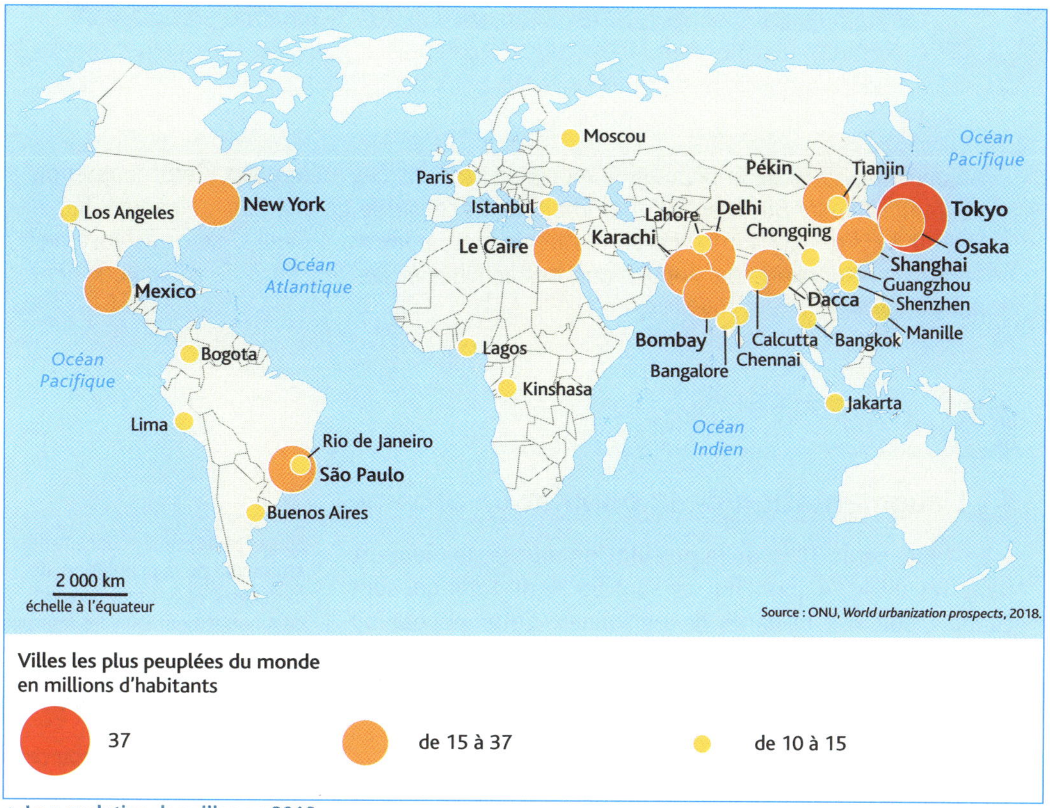

▲ La population des villes en 2018

2 La métropolisation du monde

A Une métropolisation qui s'accélère

• En 2018, **550 villes comptaient plus de 1 million d'habitants,** 35 en accueillaient plus de 10 millions. La métropolisation prend aujourd'hui une dimension particulière dans les PED. **Mumbai,** en Inde, comptait 3 millions d'habitants en 1950 et en compte 20 millions aujourd'hui.

• En 25 ans, **la population urbaine** est passée de 2,3 à 4,1 milliards (+ 78 %). **Plusieurs régions urbaines atteignent des dimensions exceptionnelles,** comme celles de **Canton** (48,6 millions d'habitants) ou de **Tokyo** (40 millions). Les métropoles mondiales (New York, Tokyo, Londres et Paris) regroupent les fonctions politiques, économiques et culturelles de la planète.

Définitions

Métropole : grande ville qui concentre la population, les activités économiques et les fonctions de commandement, exerçant une influence sur le territoire qui l'entoure.
Mégalopole : ensembles urbains reliés fonctionnellement (réseaux de transports, communications) qui s'étendent sur des centaines de km.

Chiffre-clé

En Afrique, Lagos au Nigeria était peuplée de 300 000 habitants en 1950 et de 12 millions en 2018.

B Des métropoles, lieux de la puissance mondiale

• **Les « villes mondiales »** ou *global cities* regroupent une population nombreuse, concentrent les capitaux, favorisent l'implantation de firmes transnationales (FTN). Elles disposent d'une grande accessibilité grâce à des équipements et un réseau de transports efficaces.

À retenir

Les métropoles mondiales regroupent des infrastructures de congrès ou d'événements d'envergure internationale.

Ces métropoles sont les **centres d'impulsion de l'économie mondiale** car elles concentrent la richesse et les fonctions décisionnelles dans divers domaines comme la finance et les organismes internationaux (ex. : ONU à New York).

C Un fonctionnement en réseaux

- **L'archipel mégalopolitain mondial.** Les métropoles entretiennent des **relations denses et continues** entre elles. Elles sont les **nœuds de communication majeurs** de la planète. Les grands aéroports les relient entre elles.
- **Les métropoles les plus actives** sont souvent associées à d'autres grandes villes proches et forment des ensembles urbains plus vastes : les **mégalopoles**.

À retenir

On compte trois mégalopoles principales : la mégalopole du nord-est des États-Unis, la mégalopole européenne et la mégalopole japonaise.

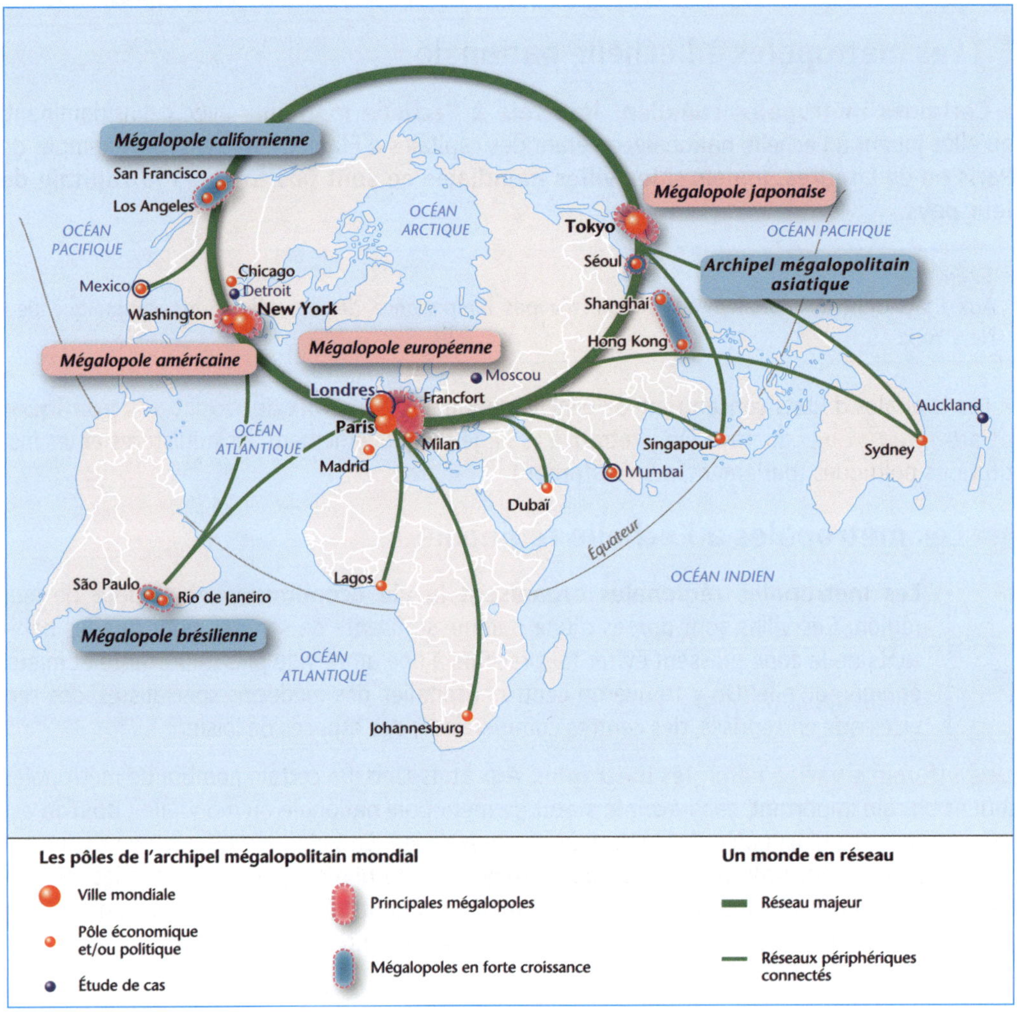

▲ Les pôles de l'archipel mégalopolitain mondial

GÉOGRAPHIE

3 Des métropoles inégalement attractives et influentes

A Les métropoles à l'échelle mondiale

Les centres d'impulsion de l'économie planétaire concentrent la population, la richesse et les fonctions décisionnelles. Elles comptent le plus souvent **plus de 10 millions d'habitants** et accueillent des activités tertiaires diversifiées dans la finance, la recherche, le conseil, la communication, les médias, etc. Certains grands événements sportifs y sont aussi organisés : Jeux olympiques de 2012 à Londres, de 2020 à Tokyo et de Paris en 2024.

Exemples
Le Caire en Égypte, Lagos au Nigeria, Delhi en Inde ont plus de 20 millions d'habitants.

B Les métropoles à l'échelle nationale

• **Certaines métropoles cumulent leur rôle à l'échelle mondiale** avec celui, dominant, qu'elles jouent à l'échelle nationale, en étant des capitales d'États. C'est le cas, par exemple, de **Paris** ou de **Londres**. Toutefois**, les villes mondiales ne sont pas toujours la capitale de leur pays**.

Exemple
Aux États-Unis, la capitale, Washington, n'a pas l'importance démographique et économique de New York.

• Les capitales d'États concentrent, à l'échelle nationale, **la plupart des fonctions politiques et administratives** du pays. On y retrouve le siège du gouvernement, les ministères et les institutions politiques (parlement, administration).

C Les métropoles à l'échelle régionale

Les métropoles régionales organisent la vie économique et sociale de leur région. Ces villes sont dotées d'une gamme suffisante de services pour que les habitants de la zone puissent éviter tout recours à une autre ville plus importante et mieux équipée qu'elle. On y trouve un centre hospitalier, des médecins spécialistes, des services aux entreprises, des centres commerciaux, des espaces de loisirs.

Une influence variée selon les métroples. Aux États-Unis, un certain nombre de métropoles jouent un rôle important, sans avoir le statut de métropole nationale ou mondiale : **Boston** est connue pour ses universités, **Atlanta** pour son hub aérien. En Inde, si la hiérarchie urbaine est dominée par **Delhi**, **Kolkota** et **Mumbai**, le pays compte une cinquantaine de villes millionnaires et plus de 500 villes qui ont plus de 100 000 habitants. Ces métropoles régionales sont parfois spécialisées (Bangalore : nouvelles technologies, Chennai : automobiles).

THÈME 1 Sujets d'étude

1 Lyon : les mutations d'une métropole

• **Avec 1 370 000 d'habitants,** la métropole lyonnaise est **la 2e agglomération urbaine de France** après Paris. Lyon est la principale métropole de la région Auvergne-Rhône-Alpes. L'extension de Lyon se traduit surtout par un étalement urbain important qui gagne les zones rurales surtout à l'est de la ville. Lyon cherche également à renforcer son statut de métropole à l'échelle européenne.

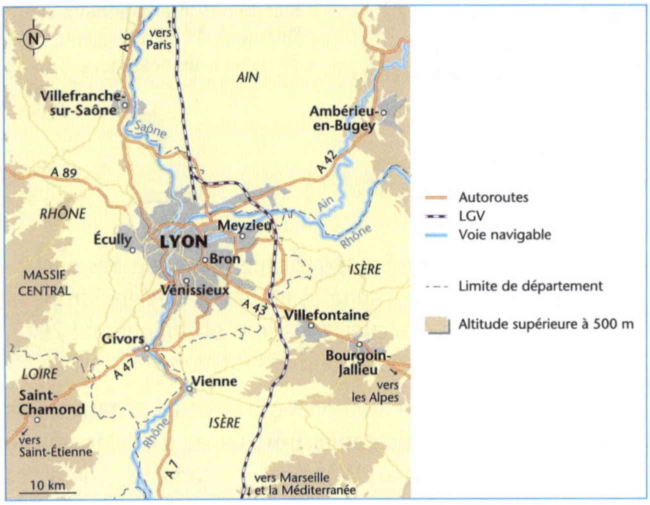

◄ La métropole lyonnaise

> **À retenir**
> **La métropole lyonnaise en chiffres**
> 1 370 000 habitants.
> 59 communes.
> 17,4 % de la population de la région.
> Lyon Saint-Exupéry : 3e aéroport français avec 11 millions de passagers en 2018.
> 2e ville de France pour l'accueil d'événements internationaux
> 25 000 étudiants.

• **Capitale de la région Auvergne-Rhône-Alpes,** la ville a connu récemment de nombreuses transformations : les réseaux de transports ont été améliorés (métro, tram, bus).

• **Lyon cherche également à renforcer son statut de métropole à l'échelle européenne,** voulant rivaliser avec Barcelone ou Milan. L'aéroport Saint-Exupéry relie Lyon à 120 destinations.

• **La ville dispose également du deuxième quartier des affaires du pays** (La Part-Dieu), situé à proximité de la gare TGV, facilitant ainsi les déplacements vers les grandes villes françaises et européennes.

• **La ville dispose d'un pôle de compétitivité :** Lyonbiopôle soutient les innovations technologiques en médecine. Lyon ambitionne aussi d'être une **ville durable** avec la réhabilitation du quartier de la Confluence, anciennes zones industrielles désaffectées.

• **Les différentes banlieues font apparaître de fortes inégalités sociales et spatiales.** Vaulx-en-Velin, au nord-est de Lyon, est la commune la plus pauvre du Rhône. La ville affiche un taux de pauvreté de 31,8 %.

> **Définition**
> Un **pôle de compétitivité** rassemble sur un territoire et sur une thématique ciblée, des entreprises petites, moyennes ou grandes, des laboratoires de recherche et des établissements de formation.

2 Londres, une métropole de rang mondial

Capitale du Royaume-Uni, Londres est, avec Paris, une **métropole de rang mondial**. Avec 9 millions d'habitants en 2018, Londres dispose d'un **rayonnement international** dans le domaine de la **banque**, des **assurances** et des **transactions boursières** (quartier de la City).

▼ La métropole londonienne

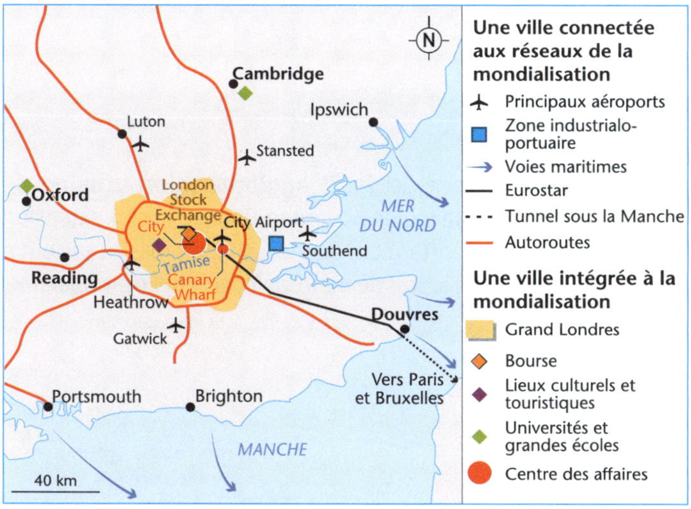

> **À retenir**
> **Londres en chiffres**
> 9 046 000 habitants.
> Aire urbaine : 12 millions d'habitants.
> Produit urbain brut : 5e ville du monde avec 840 milliards de dollars.
> 20 % du PIB du Royaume-Uni.
> 6 aéroports internationaux, dont Heathrow, 1er d'Europe avec 78 millions de passagers.

• **Malgré le Brexit,** Londres garde un rôle prééminent en Europe et dans le monde. Ses 6 aéroports internationaux relient la ville à un grand nombre de capitales et métropoles en Europe et dans le monde. La **renommée** de Londres lui a permis d'accueillir les Jeux olympiques de 2012. Enfin, Londres dispose de **nombreux musées** qui attirent des touristes du monde entier.

• **Pourtant, pour conserver son leadership,** la ville doit mettre en œuvre des aménagements coûteux. On peut citer la **transformation des anciennes zones portuaires** (Docklands) : ce projet a donné naissance au second centre d'affaires (Canary Wharf) et à un aménagement des berges de la Tamise.

• **Dans le domaine des transports,** le projet Crossrail vise à **faciliter les déplacements** des Londoniens d'ouest en est de la ville. Le **port commercial** de Londres a également été réhabilité (Thames Gateway).

• **Pour faire face à la montée des prix de l'immobilier,** des **villes nouvelles** se sont construites en périphérie de Londres (Crawley et Stevenage au nord).

• **La métropole londonienne représente 20 % du PIB du Royaume-Uni.** Mais on trouve aussi dans certains quartiers périphériques une grande pauvreté. **La proportion de Londoniens vivant sous le seuil de pauvreté est de 27 %.**

• **Pourtant, la mixité sociale est forte à Londres** qui est probablement la métropole la plus cosmopolite du monde occidental. Les 3 millions de Londoniens nés à l'étranger représentent plus de 36 % de la population. 40 % sont d'origine européenne, 30 % viennent du Moyen-Orient et d'Asie, 20 % d'Afrique et 10 % des Amérique. Quant aux Français, ils seraient un peu plus de 200 000 dans le Grand Londres.

Exercices d'entraînement

Exercice 1

Corrigé p. 343

L'aéroport de Lyon Saint-Exupéry dessert 120 destinations et 67 % du trafic est réalisé à l'international.

1. **Décrivez les différentes parties du paysage ci-dessous.**
2. **En quoi la proximité de la gare TGV et de l'aéroport est-elle importante ?**
3. **Comment appelle-t-on la connexion de plusieurs modes de transport sur un même site ?**

Exercice 2

Corrigé p. 343

Canary Wharf, le second quartier d'affaires

Canary Wharf est le quartier d'affaires britannique, concurrent de la City. Il est situé à l'est de Londres sur une presqu'île appelée « The Isle of Dog ». Historiquement, quartier grouillant d'activités grâce à ses dockers et ses entrepôts maritimes, le site fut abandonné de nombreuses années, suite à la chute du commerce de l'Angleterre avec ses colonies. Sa régénérescence a débuté à la fin des années 1980, avec le projet ambitieux d'en faire le nouveau quartier d'affaires, nouveau Manhattan à l'anglaise, faisant entrer Londres dans le XXIe siècle. [...] Il est à présent le siège de prestigieuses entreprises financières telles que Barclays Capital, KPMG, Crédit Suisse et HSBC, pour ne citer qu'elles mais accueille aussi des entreprises du monde des médias ou de la publicité [...]. Côté transports, le quartier est bien desservi par la Jubilee Line[1] vers le centre de Londres ainsi que par le DLR[2]. [...] La proximité immédiate du City Airport constitue également un atout pour les voyages d'affaires.

Sandra Redon, Agence de voyages « Simplement Londres », 27 février 2017.

1. Ligne de métro.
2. DLR : *Docklands Light Raiways*, trains automatiques, sans conducteur.

1. **Quelle était l'activité principale de ce quartier avant 1980 ?**
2. **Qu'est-il devenu après sa rénovation ?**
3. **Montrez que ce quartier est bien desservi par plusieurs moyens de transport.**

GÉOGRAPHIE

THÈME 2 Une diversification des espaces et des acteurs de la production

Avec la mondialisation, on assiste à une recomposition des logiques et des dynamiques des espaces productifs de la planète. Les types de production sont variés (agricoles, industrielles, services) et génèrent des espaces spécialisés.

1 Les espaces productifs en recomposition

A Vers de nouvelles logiques de localisation

• **Les espaces productifs industriels du XIXe siècle.** **La Révolution industrielle est née en Europe** et s'est progressivement étendue à l'ensemble des pays développés. Les espaces industriels étaient d'abord localisés près des matières premières ou des sources d'énergie (charbon, fer).

> **Définition**
> **Espace productif :** espace aménagé et mis en valeur dans le cadre d'une activité économique agricole, industrielle ou de services.

• **Le XIXe siècle et le XXe siècle** sont des périodes de **fort exode rural** dans les pays développés. Les industries s'implantent dans les périphéries des agglomérations.

B La nouvelle donne de la mondialisation

• **L'importance des avantages comparatifs.** La plupart des entreprises productives des pays développés ont **délocalisé leur production** vers des pays à main-d'œuvre bon marché (Asie, Amérique latine, Asie, Afrique du Nord et Europe de l'Est).

Les logiques d'implantation sont souvent liées aux avantages comparatifs : accessibilité, équipements (portuaires, aéroportuaires, routiers, ferroviaires), législation (fiscale, sociale, environnementale…), qualification et prix de la main-d'œuvre, sécurité.

• Dans le contexte de la mondialisation, **l'accessibilité des territoires** est une priorité pour répondre aux nouvelles logiques de production (**NDIT**, flux tendus).

• **L'accessibilité numérique** est également primordiale. C'est pourquoi les pouvoirs publics et les opérateurs privés développent l'accès au numérique.

> **Définition**
> **NDIT :** (nouvelle division internationale du travail) : dissociation spatiale des différentes fonctions de l'entreprise : administration, conception, recherche-développement, fabrication, assemblage…

C Innovation et économie de la connaissance

L'innovation pour la compétitivité territoriale. Les pays développés comme les États-Unis, le Japon et l'Europe cherchent à garder les avantages qu'ils ont sur les pays émergents en matière de recherche/développement et d'innovation.

> **Définitions**
> **Compétitivité :** capacité d'une entreprise, à produire et à vendre des biens en situation de concurrence.
> **Territoires de l'innovation :** espace productif spécialisé dans la conception ou la fabrication de nouveaux produits grâce à la synergie entreprises-centres de recherche-universités.

- **La Silicon Valley,** en Californie, le technopôle de Tsukuba au Japon, le pôle technologique de Saclay au sud de Paris sont des exemples de **territoires de l'innovation** où des entreprises, des centres de recherche et des universités mettent en commun leur savoir-faire.
- **Les pays émergents** (Chine et Inde) tentent de rattraper leur retard dans le domaine de l'**innovation technologique.** **Exemple :** le chinois Huawei est devenu un leader de la téléphonie.

2 Des espaces productifs majeurs

A Une nouvelle division internationale du travail

- La mondialisation repose sur **l'inégale compétitivité des territoires**. La NDIT s'appuie sur une **séparation géographique des fonctions** des entreprises.

> **Exemple**
> Apple conçoit ses IPhone en Californie, ses pièces sont fabriquées un peu partout dans le monde, et l'appareil est assemblé dans les usines Foxconn à Shenzhen en Chine.

- **De nombreuses entreprises internationales** externalisent une partie de leur production.

> **Exemple**
> Nike confie à des sous-traitants la fabrication de ses équipements et matériels de sports.

B La concentration des activités dans les métropoles

- **Les grandes métropoles polarisent les activités productives.** Elles offrent une main-d'œuvre qualifiée et des activités périproductives (services).
- **Les grandes métropoles des pays du sud** sont aussi des **espaces productifs performants** qui bénéficient d'une main-d'œuvre nombreuse et bon marché. Mais ces villes accueillent également des **activités artisanales** qui font vivre des millions de personnes dans les quartiers pauvres et les bidonvilles : on parle de **secteur informel**.

C Des interfaces privilégiées dans la mondialisation

- **Les littoraux sont devenus des espaces productifs majeurs,** mais la littoralisation privilégie quelques grandes façades maritimes comme celle de l'Asie-Pacifique, la Northern Range en Europe, les façades Pacifique et Atlantique du continent nord-américain.

> **À retenir**
> 7 des 10 premiers ports mondiaux pour le trafic des conteneurs sont chinois. Rotterdam, premier port européen ne figure qu'en 11e place.

- **Certains espaces transfrontaliers sont favorables à l'établissement d'espaces productifs** en raison de différences de développement ou de réglementation. C'est le cas de la « Mexamérique » entre les États-Unis et le Mexique (maquiladoras).

3 L'organisation des processus de production générateurs de multiples flux

A Des firmes transnationales au cœur de la mondialisation

- **Elles s'appuient sur un réseau international de production** constitué de plus de 900 000 filiales. **En internationalisant leur production,** les FTN jouent un rôle crucial dans

GÉOGRAPHIE

le commerce mondial : de la conception des produits à leur commercialisation, les chaînes de valeur ajoutée, contrôlées par des FTN, sont à l'origine de **80 % des échanges internationaux**.

> **Définition**
> **FTN :** firme transnationale. Entreprise qui développe des filiales à l'étranger.

• **Les FTN maintiennent un lien fort avec leur territoire d'origine**. Elles y conservent leurs activités décisionnelles stratégiques. **Exemples :** le siège social d'Apple est en Californie (États-Unis), celui de Toyota au Japon.

Il s'agit aussi de privilégier l'image : quand un consommateur achète une Toyota, il achète japonais, signe de fiabilité.

B Les autres acteurs du système productif

• **Les états agissent pour favoriser ou freiner la place des FTN,** en accordant des **facilités fiscales** ou au contraire en **limitant les importations** par des droits de douane élevés.

> **Exemple**
> En 2018, le Président américain Trump a augmenté les droits de douane de 25 % pour limiter les importations chinoises. Les Chinois ont fait de même avec certains produits américains.

• **De nouveaux acteurs transnationaux** cherchent à **mobiliser les citoyens en dénonçant les abus des FTN**. C'est le cas de l'ONG **Greenpeace** pour les questions environnementales ou des mouvements altermondialistes qui souhaitent une meilleure répartition des richesses.

C Des flux matériels et immatériels de plus en plus intenses

• **La révolution logistique.** Plus de 80 % des produits transportés empruntent les voies maritimes.

La conteneurisation a permis de limiter les ruptures de charges dans les ports. L'espace économique mondial s'organise ainsi avec de grands **hubs portuaires** comme, Shanghai, Singapour en Asie, Dubaï au Moyen-Orient ou Rotterdam en Europe.

> **Définition**
> **Hub portuaire :** port qui sert de nœud de correspondance, qui concentre et redistribue vers d'autres destinations les flux de marchandises ou de passagers.

• **Si le pétrole est la marchandise la plus échangée en volume,** l'essor des échanges est surtout dû aux **produits manufacturés** et aux **services** (transport, tourisme...).

• **Une explosion des échanges financiers.** Les **flux de capitaux** largement dématérialisés se sont multipliés.

• **Les progrès des télécommunications** (téléphonie, Internet, fibre optique) permettent l'intensification des flux d'informations et de services.

THÈME 2

Sujets d'étude

1 Les espaces des industries aéronautique et aérospatiale européennes

A Airbus : présentation

Airbus est un constructeur aéronautique européen dont le siège social est à Toulouse. Le groupe Airbus compte 134 000 employés dont 48 000 en France.

Airbus en chiffres 2017

Chiffre d'affaires : 1 059 milliards de dollars

Avions livrés dans l'année : 718

Moyens et longs courriers : A330, A350, A380[1]

[1] La fabrication est abandonnée en février 2019.

B Airbus : l'essentiel

• **Airbus est une grande entreprise aéronautique** dont les différentes fonctions sont réparties sur plusieurs sites européens et même mondiaux.
- La **conception des avions** ainsi que les **bureaux de recherche/développement** sont situés en Allemagne, Espagne, France et Royaume-Uni mais s'appuient également sur plusieurs sites basés aux États-Unis (Mobile), en Chine (Beijing), en Inde (Bangalore) et en Russie (Moscou).
- Les **composants de l'avion** sont eux aussi fabriqués dans de nombreuses usines (par exemple à Toulouse ou à Saint-Nazaire en France, Hambourg en Allemagne, Getafe en Espagne ou Filton au Royaume-Uni…).

• **Pour gagner d'autres marchés face à Boeing,** Airbus a construit des usines aux États-Unis et même en Chine (Tianjin), le plus gros marché potentiel du monde.

C Arianespace : présentation

• **Ariane est un grand projet scientifique, technique et industriel** qui associe 17 pays européens. Aujourd'hui, les fusées Ariane représentent **plus de la moitié des lancements de satellites civils** dans le monde.

• **Aujourd'hui, Arianespace développe deux types de lanceurs :** les **fusées Ariane** (version 6) et le **lanceur léger Vega** pour les satellites plus petits (de 300 kg à 2,5 tonnes).

• **La base de lancements des fusées est située au centre spatial guyanais de Kourou.** L'avantage de ce site est sa proximité de l'équateur, dans une zone sans cyclones.

• **Les différents éléments des fusées Ariane** sont fabriqués en Europe et transportés en Guyane. **Cela génère des milliers d'emplois** chez 1 200 fournisseurs de toute taille. Avant que le lanceur n'arrive en Guyane, beaucoup d'opérations ont déjà eu lieu en Europe.

Chiffres-clés d'Arianespace

Chiffres d'affaires : 1,4 milliard d'Euros.
Nombre de salariés : 8 000 salariés + sous-traitants.
Pays impliqués dans le projet : France, Allemagne, Italie, Royaume-Uni, Espagne, Belgique, Suisse, Suède, Autriche, Norvège, Danemark, Finlande, Irlande, Portugal, Grèce, Luxembourg, République Tchèque.
Nombre de lancements en 2017 : 11.

2 Rotterdam, un espace industrialo-portuaire européen de dimension internationale

• **Rotterdam est un exemple d'espace industrialo-portuaire européen** de dimension internationale. Situé sur l'estuaire du Rhin, le port de Rotterdam a donné naissance à une zone industrielle.

▼ Rotterdam, une zone industrialo-portuaire (ZIP)

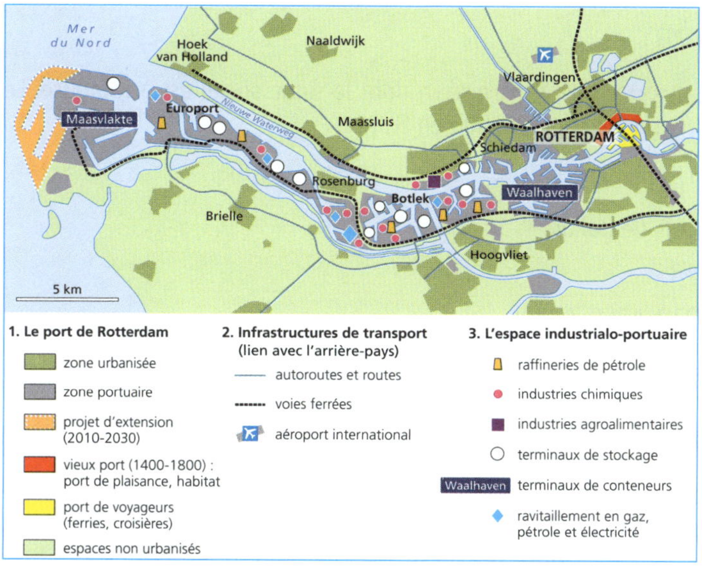

À retenir
Rotterdam en chiffres
11e port mondial pour les conteneurs : 13,7 millions d'EVP.
9e port mondial : 470 millions de tonnes.
1er port européen.
Importations : 320 millions de tonnes.
Exportations 150 millions de tonnes.

• **Le port et la ZIP de Rotterdam font partie de la Northern Range.** Le port de Rotterdam dessert **un très vaste *hinterland*** (arrière-pays) par la voie fluviale du Rhin et un **réseau dense de voies autoroutières et ferrées.** Le port s'étend sur 40 km de longueur et occupe plus de 125 km^2. Les infrastructures ont été construites progressivement à partir du vieux port de fond d'estuaire, à proximité de la ville. Puis les activités portuaires se sont déplacées vers l'ouest, vers la Mer du Nord en aval.

• **Les différentes parties du port sont spécialisées :**
– port et réservoirs de pétrole ;
– port de passagers ;
– port de conteneurs ;
– port minéralier.

• **Une vaste zone indutrialo-portuaire** s'est développée parallèlement à l'extension du port. C'est donc un espace productif très important car il transforme les produits importés :
– pétrole du Moyen-Orient, de Russie ou de Norvège ;
– gaz naturel liquéfié de Norvège ;
– minerai de fer du Brésil et d'Afrique du Sud ;
– charbon d'Australie et d'Afrique du Sud ;
– céréale du Brésil et des États-Unis.

Chiffre-clé
Rotterdam gère annuellement 13,7 millions d'équivalents vingt pieds (EVP) de conteneurs qu'il faut entreposer avant de les réexpédier dans toute l'Europe.

Exercices d'entraînement

Exercice 1

Corrigé p. 343

Airbus et Safran au Maroc

Au Midparc, la nouvelle zone franche dédiée à l'aéronautique, près de l'aéroport de Casablanca, c'est déjà la ruée. Airbus termine la nouvelle usine de sa filiale Stelia pour fabriquer des pièces du fuselage de l'A 320. Même effervescence à Nouaceur, où le groupe Safran, l'un des premiers à s'être implanté au Maroc, accélère les cadences. En dix ans, sa filiale Aircelle, qui fabrique les nacelles des réacteurs, a décuplé son chiffre d'affaires. « Nous pouvons devenir le Mexique de l'Europe », s'exclame Hamid Benbrahim el-Andaloussi, président de Safran au Maroc et dirigeant de la fédération professionnelle du secteur, en faisant référence à la vaste zone de sous-traitance mexicaine qui fournit les groupes américains. Avec une centaine de sociétés, le pôle aéronautique marocain emploie déjà 11 500 salariés. […] En venant au Maroc, les constructeurs savent qu'ils vont réduire leurs coûts, gagner en compétitivité, et conquérir de nouveaux marchés.

D'après Thierry Favre, « le Maroc, base arrière industrielle de la France », Challenges.fr, 3 avril 2016.

1. **Que fabriquent les nouvelles usines construites au Maroc ?**
2. **Quel exemple essaie-t-on de suivre ?**
3. **Quel est l'avantage principal de ces nouvelles implantations ?**

Exercice 2

Corrigé p. 344

Rotterdam, la porte d'entrée idéale du marché européen

Rotterdam dessert un hinterland de plus de 150 millions de consommateurs vivant dans un rayon de 500 km autour de Rotterdam, et plus de 500 millions de consommateurs à travers l'Europe. Ce vaste marché européen est accessible depuis Rotterdam par de nombreuses infrastructures : routes, rail, navigation fluviale intérieure, cabotage et pipeline. Un produit débarqué à Rotterdam […] peut être acheminé rapidement vers l'Allemagne, la Belgique, la France, la Grande Bretagne […]. Les principaux centres industriels et économiques européens sont à moins de 24 heures de Rotterdam. Un des nombreux avantages de Rotterdam réside dans sa localisation sur l'estuaire du Rhin et de la Meuse. Ainsi, par les canaux et les fleuves, les marchandises peuvent gagner le cœur de l'Europe rapidement.

Site Internet de l'Autorité portuaire de Rotterdam, consulté en janvier 2019.

1. **À l'aide du texte, définissez l'*hinterland*.**
2. **Pourquoi le port de Rotterdam est-il important pour l'Europe ?**
3. **Quels sont les avantages de ce port ?**

THÈME 3 Les espaces ruraux : une multifonctionnalité toujours plus marquée

Dans un contexte de mondialisation, **les espaces ruraux connaissent d'importantes mutations. Les campagnes sont de plus en plus liées aux espaces urbains** qui s'étendent sur les espaces ruraux environnants. Par ailleurs, ces derniers sont marqués par la multifonctionnalité.

1 Les espaces ruraux agricoles à l'échelle mondiale

A Agriculteurs et espaces agricoles en diminution

• **Aujourd'hui, la population rurale dans le monde** représente environ 45 % de la population totale soit 3,4 milliards de personnes. Dans les pays développés, **les agriculteurs représentent aujourd'hui souvent moins de 5 % de la population active.**

• **L'urbanisation** a pour conséquence de diminuer les surfaces disponibles pour l'agriculture.

Chiffres-clés
En Afrique de l'Ouest, l'agriculture emploie environ 75 % de la population active.

B Différents types d'espaces productifs agricoles

Les progrès de l'agriculture productiviste ont permis d'assurer la **sécurité alimentaire** (augmentation des surfaces cultivées et des rendements).

• **La mondialisation a vu le développement de grandes entreprises agricoles** et agroalimentaires : aux États-Unis, on parle **d'agrobusiness**. Dans les PED, la **révolution verte** a contribué à l'autosuffisance alimentaire (Amérique latine, Asie). Certains pays se sont spécialisés.

Exemples
La Côte d'Ivoire vend son café et son cacao, la Colombie, le Kenya et l'Éthiopie vendent leurs fleurs coupées.

• **En Afrique, certains petits paysans se tournent vers l'agriculture commerciale** au détriment de l'agriculture vivrière.

Définitions
Agriculture commerciale : production agricole et d'élevage destinée à l'exportation.
Agriculture vivrière : agriculture destinée à la subsistance des paysans.
Révolution verte : innovations agricoles mises au point dans les années 1960 qui reposent sur l'utilisation de nouvelles variétés de céréales (riz, blé) à hauts rendements (VHR). L'irrigation, les engrais chimiques et les traitements antiparasitaires ont permis d'accroître la production.

C Vers une agriculture durable

• **L'agriculture intensive provoque de graves problèmes écologiques :** les engrais et les pesticides polluent les mers (algues vertes) et détruisent l'écosystème (disparition des abeilles). On tente de développer une **agriculture raisonnée**.

À côté des pays exportateurs qui sont les « greniers » du monde (États-Unis, Union européenne, Brésil), le **commerce équitable** cherche à assurer un revenu suffisant aux petits producteurs.

2 Les espaces ruraux liés aux villes

A L'étalement urbain

• **Depuis 1950,** l'urbanisation accélérée provoque **la fin de la séparation entre espace urbain et espace rural**.

• **Dans les pays pauvres,** les grandes métropoles occupent de grandes superficies : les banlieues sont souvent très ségrégées : banlieues riches pour les urbains à la recherche d'un cadre agréable et bidonvilles périphériques pour les nouveaux urbains.

Exemples de bidonvilles géants :
Kibera à Nairobi, Netzahualtcoyolt à Mexico.

Définition
Étalement urbain : croissance spatiale des villes sous l'effet d'un accroissement démographique et/ou de l'implantation de nouvelles activités économiques.

B L'attractivité des espaces ruraux

• **Dans les pays riches,** les villages proches des villes voient apparaître de nouveaux types d'**habitat pavillonnaire** où résident des populations qui travaillent en ville et gardent un mode de vie urbain.

• **Les terres disponibles dans les espaces ruraux proches des villes** sont très convoitées (centres commerciaux, *edge cities*). Des **espaces récréatifs** se créent : parcs d'attractions, terrain de golf…

Définition
***Edge city* :** pôle secondaire d'existence récente (20 ou 30 ans) installé dans les espaces ruraux attenants aux villes. Il rassemble surtout des bureaux, des espaces commerciaux, des hôtels et des sièges sociaux d'entreprises.

C Un espace rural de plus en plus fragmenté

• **L'espace rural est radicalement transformé :** dans certains villages, la population rajeunit, parfois certains services s'installent (infrastructures de transports, zones commerciales et espaces récréatifs).

• **Dans les PED,** on retrouve la même **fragmentation de l'espace rural** avec une **ségrégation sociospatiale** encore plus marquée dans les zones périphériques proches des villes.

Définitions
Fragmentation : séparation sur les plans économique, social, culturel et politique entre certains quartiers des espaces ruraux.
Périurbanisation : processus d'extension des agglomérations urbaines, dans leur périphérie, entraînant une transformation des espaces ruraux.

3 Des espaces ruraux multifonctionnels

A Des espaces ruraux industriels

Avec la saturation des villes, les industries ont migré vers les espaces ruraux, à proximité des voies de communication. Les technopôles s'implantent dans les espaces ruraux périurbains.

Définitions
Agroalimentaire : ensemble des activités industrielles qui transforment des productions issues de l'agriculture ou de la pêche en aliments destinés essentiellement à la consommation.
Systèmes productifs locaux : concentration, sur un territoire géographiquement délimité, d'unités productives de type PME-PMI, spécialisées dans un secteur d'activité, autour d'un métier ou d'un type de produit.

Exemples
C'est le cas de la Silicon Valley près de San Francisco ou de Sophia Antipolis près de Nice.

Pour rester compétitive, cette industrie rurale s'est spécialisée. L'agriculture valorise ses produits dans l'**industrie agroalimentaire**, au plus près de la production des denrées agricoles. On trouve dans les espaces ruraux des systèmes productifs locaux : on cite souvent les SPL d'Italie dans l'habillement ou l'ameublement « *made in Italy* ».

À retenir
L'implantation d'industries dans les pays en développement permet de lutter contre la pauvreté par la création d'emplois.

Exemple
La vallée du Rio Dos Sinos, au Brésil, est spécialisée dans le cuir et la chaussure.

B Les activités de services dans les espaces ruraux

- Dans toutes les campagnes du monde, **on trouve des services divers :** commerce de proximité, des écoles, des ateliers de réparation de matériel agricole… Par ailleurs, le **télétravail** se développe également.

- **Dans les pays pauvres,** l'enjeu est d'**équiper les espaces ruraux des services nécessaires à la population** : école, hôpital, services publics, transports. Dans les pays développés il s'agit de les **maintenir face aux objectifs de rentabilité**.

Définition
Télétravail : activité professionnelle exercée à distance (d'une entreprise), grâce aux technologies de l'information et de la communication.

Exemples
En zone rurale parfois, les habitants doivent manifester pour maintenir une maternité.

C Des espaces ruraux à vocation touristique

- **Avec l'apparition d'une société des loisirs,** le tourisme est devenu un **facteur important du développement économique des espaces ruraux** à l'échelle mondiale depuis les années 1950.

Exemples
Les stations de sports d'hiver permettent de valoriser certaines régions rurales enclavées.
Dans les pays africains, le tourisme animalier est une source de revenus pour les populations.

- Dans les pays développés, **le tourisme vert,** a permis aux ruraux d'avoir un **complément de revenus**.

- **Depuis quelques années, un écotourisme se développe** dans les pays en développement. Les activités écotouristiques en Afrique sont faites d'observation d'animaux, d'oiseaux, de randonnées.

Définitions
Écotourisme : tourisme qui doit respecter les populations locales, l'environnement et contribuer à leur développement.
Tourisme vert : tourisme qui repose sur les paysages, la nature et la pratique de loisirs de plein air.

THÈME 3 Sujets d'étude

1 Les espaces périurbains en France (métropolitaine et ultramarine)

• **En France métropolitaine ou dans les territoires ultramarins** sont considérés, selon l'INSEE, comme périurbains tous les espaces qui, situés en dehors des villes, sont néanmoins sous leur influence en matière d'emplois, de services, etc.

Ce sont les territoires périurbains qui **connaissent la plus forte croissance démographique** depuis 30 ans. Ceux-ci se recomposent avec un recul de l'agriculture.

• **Les territoires périurbains de la France métropolitaine** comme de l'Outre-mer deviennent multifonctionnels. **La fonction résidentielle est importante**.

• **L'éloignement du centre implique des migrations pendulaires contraignantes.** Les espaces périurbains sont multifonctionnels : le **périurbain industriel** (industries diverses et artisanat) cohabite avec de **grands équipements** (centres hospitaliers, universités) ou des **structures commerciales ou hôtelières**.

> **Définition**
> **Migrations pendulaires :** déplacements quotidiens entre le lieu de résidence et le lieu de travail.

2 L'agrotourisme en France

L'agrotourisme fait partie du tourisme rural : on l'appelle aussi le tourisme agricole ou encore le tourisme à la ferme. Pourtant les termes ne sont pas équivalents : le « tourisme rural » généralise les multiples formes de tourisme du domaine rural et dont l'agrotourisme devient alors l'une des composantes.

• **Si l'agrotourisme se pratique dans des entreprises à vocation agricole,** le **tourisme à la ferme** viserait plus spécifiquement les visiteurs qui sont hébergés à la ferme.

• **L'agrotourisme** implique plus spécifiquement des activités pour lesquelles les agriculteurs proposent de découvrir leur métier louant des chambres d'hôtes, des gîtes…

• **Cela permet de revitaliser** des régions rurales désertifiées, par exemple le Massif Central.

• **Le touriste peut participer activement aux activités agricoles** ou simplement visiter le site. La tendance actuelle vise à **compléter les éléments traditionnels de la ferme par des équipements complémentaires**, destinés à attirer la clientèle (piscine, spa, soins de confort…).

• **La pratique de l'œnotourisme se développe** visant à mieux connaître les vignobles français et les modes de fabrication vinicoles. Dans les territoires ultramarins, l'agrotourisme est souvent associé à des ressources agricoles spécifiques et à des circuits écotouristiques.

> **Exemple**
> Guadeloupe et Martinique proposent de découvrir la fabrication du rhum, de la récolte de la canne à sucre à l'élaboration finale.

Exercices d'entraînement

Exercice 1

Corrigé p. 344

Les espaces périurbains

Les recherches montrent notamment combien les espaces périurbains sont des espaces ouverts en relation permanente et étroite tant avec les villes-centres qu'avec le monde rural [...]. Mais plus encore, elles mettent en évidence qu'il s'agit d'espaces pluriels et diversifiés aussi bien sur le plan social que sur le plan spatial. Ainsi, au sein du périurbain, il est possible de distinguer globalement :

– le périurbain industriel, dont l'espace est dévolu quasi exclusivement aux activités relevant de l'industrie et de l'artisanat;

– le périurbain mixte, dont le territoire est occupé par l'industrie, l'habitat, les grands équipements (centres hospitaliers, universités...) ou les structures commerciales et hôtelières (centres commerciaux, halls d'exposition, chaînes d'hôtels...) ;

– le périurbain résidentiel, dont les contours correspondent aux nappes pavillonnaires et aux anciennes maisons situées dans les cœurs des villages et des petites villes. [...]

D'après H. Marchal, J.-M. Stébé, *La France périurbaine*, « Que sais-je », PUF, 2018.

1. **Quels sont les différents types d'espaces périurbains ?**
2. **Donnez les caractéristiques d'un espace périurbain mixte.**
3. **En quoi consiste le périurbain résidentiel ?**

Exercice 2

Corrigé p. 344

Le réseau Bienvenue à la ferme, premier réseau de vente directe et d'accueil à la ferme en France, géré par les Chambres d'agriculture, fait la promotion des produits fermiers et de l'expérience de la ferme, via la visite d'une exploitation, la participation à un atelier ou l'hébergement. Le réseau compte aujourd'hui 8 000 agriculteurs membres en France. Il a réalisé un chiffre d'affaires d'un milliard d'euros en 2017, en vente directe et agrotourisme. 12 % des agriculteurs se sont lancés dans l'accueil à la ferme selon les chiffres de Bienvenue à la Ferme. [...] L'agrotourisme est également un complément de revenu pour les hôtes. Patricia Rebillou, productrice de fraises en Dordogne y voit le moyen de s'assurer un complément de revenu de 5 %, grâce à la visite de son exploitation. Les initiatives pour booster l'agrotourisme et diversifier l'activité des agriculteurs se multiplient. [...]

Caroline Lelievre, *TourMaG*, 1er mars 2018.

1. **Que propose le réseau Bienvenue à la ferme ?**
2. **Que recherchent les touristes ?**
3. **Quels avantages trouvent les agriculteurs ?**

La Chine : des recompositions spatiales multiples

La Chine est devenue un acteur majeur d'une économie mondialisée. Depuis les années 1980, **le pays s'est ouvert aux échanges**. Aujourd'hui, la Chine est devenue la **deuxième puissance mondiale**. Elle est l'atelier du monde grâce à l'abondance de sa main-d'œuvre bon marché.

1 L'urbanisation chinoise

A Un pays urbain

Chiffre-clé
La population urbaine de la Chine a dépassé 50 % de la population totale à la fin des années 2000.

- **L'urbanisation est rapide** car aujourd'hui la Chine compte 59,2 % d'urbains soit 837 millions de personnes. Il y a 30 ans, les Chinois ruraux représentaient les 2/3 de la population du pays.
- **Le pays a vu émerger de très grandes villes :** Shanghai (27 millions d'habitants), Pékin (20 millions), Chongqing (15 millions) sont les villes les plus peuplées. Le pays compte plus de 40 agglomérations regroupant plus d'un million d'habitants.
- **L'urbanisation est liée à la venue de dizaines de millions de migrants** ruraux de l'ouest et du centre du pays.

▲ Les villes chinoises

B Des villes aménagées

• **On assiste à un étalement urbain des villes chinoises,** en même temps qu'à un renforcement de leurs activités.

Des constructions massives d'équipements ont été planifiées pour accompagner la croissance démographique : infrastructures (métros, voies autoroutières), mais aussi nouveaux quartiers d'affaires. **Exemple :** La zone de Pudong à Shanghai.

• **L'industrie et les transports automobiles polluent gravement les villes** et dégradent la santé des populations urbaines.

C La vie des citadins chinois

L'urbanisation de la Chine s'est accompagnée de criantes inégalités : de nombreuses populations (environ 200 millions) de migrants, les Mingong, originaires des campagnes, peuplent les périphéries et les quartiers pauvres des grandes villes.

2 La littoralisation des hommes et des activités

A Une conséquence de la mondialisation

• Après la mort de Mao Zedong (1976), **la Chine va s'ouvrir au monde**. En 1979, **quatre zones économiques spéciales** (ZES) chinoises ont été créées pour attirer les investisseurs étrangers. Ces ZES ont connu un essor remarquable, notamment celle de Shenzhen. Par la suite, ce sont 14 villes littorales ouvertes qui sont créées à partir de 1984 (dont Shanghai et Guangzhou). Depuis 1992, **cette politique d'ouverture gagne l'intérieur du pays** (par exemple la vallée du Yangzi jusqu'à Chongqing).

• **La mise en valeur de Chine littorale.** La littoralisation s'est accompagnée d'une **maritimisation de l'économie**.

Chiffres-clés

Les provinces littorales représentent sur 14 % du territoire 45 % de la population, 58 % du PIB et 84 % des exportations.

Définition

Maritimisation : processus conduisant les littoraux d'un pays à prendre une part de plus en plus importante dans l'économie.

B La littoralisation des métropoles

• Située sur le delta du Yangzi, **la ville de Shanghai** est devenue aujourd'hui l'une des **principales métropoles mondiales** (27 millions d'habitants, 3e rang mondial). Elle accueille les sièges sociaux de plus de 300 firmes transnationales et l'une des principales bourses asiatiques dans le quartier de Pudong.

• **La métropole est tournée vers l'extérieur** grâce à son port en eau profonde de Yangshan (1er port mondial de conteneurs avec 40 millions d'EVP en 2017).

• **Deux autres ensembles urbains littoraux se distinguent :** le couple **Beijing-Tianjin** au nord et **Guangzhou-Hong Kong-Shenzen** sur le delta de la rivière des Perles.

• **Beijing, capitale de la république populaire de Chine,** est peuplée de 20 millions d'habitants. L'organisation des Jeux olympiques en 2008 a été le point de départ d'une modernisation des infrastructures de Beijing.

C La littoralisation des activités

• **Dès 1980, un rapide mouvement d'industrialisation** a gagné les provinces chinoises littorales. Profitant d'une main-d'œuvre bon marché venant des campagnes, les villes côtières ont attiré les entreprises étrangères puis nationales. La Chine est ainsi devenue « l'atelier du monde ».

• **7 des 10 premiers ports mondiaux sont chinois** avec, en tête celui de Ningbo-Zhoushan (900 millions de tonnes de marchandises diverses).

• **Pour les conteneurs**, Shanghai vient en tête devant Shenzen et Hong Kong. Les ports se dotent d'équipements ultramodernes pour accueillir des navires toujours plus grands. Le port en eau profonde de Yangshan (Shanghai), vient d'ouvrir un nouveau terminal à conteneurs totalement automatisé.

3 La recomposition territoriale de la Chine

A Les trois Chine

• **Les littoraux et les métropoles sont les espaces privilégiés** de la Chine avec l'insertion du pays dans la mondialisation. En revanche, **les espaces ruraux connaissent d'importantes difficultés.** La politique d'aménagement du pays vise à mieux articuler les trois Chine.

• **Les provinces intérieures** occupent 30 % de la superficie du pays, regroupent 44 % de la population mais ne comptent que pour 34 % du PIB total, 16 % des IDE et 13 % des exportations.

• **Par ailleurs, l'ouest du territoire** (Mongolie intérieure, Yunnan, Tibet etc) est constitué de régions enclavées et en retard : sur 56 % de la superficie vivent 11 % de la population. Ces régions ne fournissent que 8 % du PIB chinois.

B L'espace rural chinois

La Chine doit nourrir sa population (20 % du total mondial sur 9 % de la superficie) alors que ses ressources en eau ne représentent que 6 % des ressources de la planète. Cependant, la Chine est le 1er producteur mondial de blé, le 2e de maïs et un porc sur deux dans le monde est chinois. Mais ces succès dans le domaine agricole ont un **coût environnemental**.

Chiffre-clé
La Chine utilise deux fois plus de pesticides et d'engrais par hectare que la moyenne mondiale et contribue de manière catastrophique à la pollution des sols.

C Les marges chinoises

• **Tibet et Qinghai.** Ces deux régions de l'ouest chinois couvrent le quart de la superficie du pays. Elles n'abritent pourtant que 1 % de la population. Ces hautes terres (parfois situées au-dessus de 3 000 mètres d'altitude) sont occupées par des populations qui vivent de l'élevage ou de l'agriculture. **Les autorités chinoises tentent de désenclaver ces régions** très éloignées du littoral par la construction de voies de communication.

• Territoire autonome du nord-ouest de la Chine, le **Xinjiang** occupe une vaste région désertique et montagneuse. **Il compte de nombreuses minorités ethniques** dont des Ouïghours. L'ancienne route de la soie qui reliait la Chine au Moyen-Orient passait par le Xinjiang.

Chiffre-clé
En moyenne, le revenu moyen des citadins est trois fois supérieur à celui des ruraux.

GÉOGRAPHIE

THÈME 1 Fondements et fragilités du lien social

1 L'essentiel

A Qu'est-ce que le lien social ?

Le lien social désigne les relations personnelles, les valeurs et les règles communes qui relient les individus et permettent la cohésion d'une société. Ce lien repose sur la **nature et la qualité des relations** entre les individus.

Toute société n'est viable que si les personnes qui la composent respectent ce système de normes, de règles et de valeurs, telles que le respect de l'autre ou la solidarité. Le lien social repose aussi sur la **volonté des individus** d'avoir des projets communs.

B Les fragilités du lien social

Aujourd'hui, le contexte économique et social difficile a pour conséquence de **mettre en danger le lien social**. Avec la **montée du chômage** ou la remise en cause des systèmes de protection, les grandes institutions qui intègrent et socialisent les individus dans la société, telles que l'école, la famille, le travail, l'État sont remises en cause. Ces mutations entraînent une **crise des identités** et encouragent à réfléchir aux liens qui lient l'individu à la société.

2 Quelques exemples de fragilisation du lien social

- **Les fragilités dans le domaine social** (cadre de vie, phénomènes des quartiers) : elles peuvent créer des mécanismes d'exclusion ou d'inégalités générateurs de conflits.
- **Les fragilités liées à l'économie :** chômage, relations au travail peuvent entraîner un sentiment de déclassement et de rejet d'une partie de la société.
- **Le repli sur soi** ou le besoin de **liens communautaires virtuels** (réseaux sociaux).
- **La défiance vis-à-vis de la sphère politique** (abstentions lors des scrutins) et des institutions, vis-à-vis de l'information (*fake news* ou fausses nouvelles) et de la science.
- **Apparition de nouvelles formes de violence ou de délinquance,** comme le cyberharcèlement ou les phénomènes de bandes.

3 Les notions à maîtriser

A Intérêt général – intérêt particulier

- **Un intérêt particulier** peut être défini comme l'objectif propre à un individu ou à un groupe.
- **L'intérêt général** est l'émanation de la volonté de l'ensemble des citoyens.

B Engagement – abstention

- **L'engagement** résulte d'une décision volontaire de participer à une action.

• **L'abstention** est le fait de ne pas aller voter alors que l'on est inscrit sur les listes électorales. S'abstenir est donc le contraire de s'engager.

C Intégration – exclusion – déclassement

• **L'intégration** est liée au partage de valeurs communes, d'objectifs, entre des individus.

• **L'exclusion** désigne un processus de fragilisation du lien social, au cours duquel l'individu perd le contact avec d'autres individus.

• **Le sentiment de déclassement** se produit lorsque les individus ressentent une perte de leur dignité. Cela s'applique dans le **monde du travail** (chômage) ou dans l'exclusion de la personne d'un **groupe social** auquel il appartenait.

D Égalité – équité

• **L'égalité** est le rapport entre individus, citoyens, soumis aux mêmes obligations.

• **L'équité** peut désigner la vertu de celui qui possède un sens naturel de la justice, qui est impartial. C'est aussi un correctif qui permet de pallier les insuffisances de la loi.

Exercice d'entraînement

Exercice 1 *Corrigé p. 344*

Campagne d'information du ministère de l'Intérieur, novembre 2017

Internet doit rester un espace de partage et non d'exclusion. Utiliser ce moyen de communication afin de tenir intentionnellement, de manière répétée, des propos insultants, obscènes, ou encore menaçants constitue du cyberharcèlement.
Sa manière d'opérer peut prendre différentes formes; insultes, moqueries, publications de photos, etc.

www.police-nationale.interieur.gouv.fr

1. **À l'aide de l'illustration et du commentaire, donnez une définition du cyber harcèlement.**

2. **Comment et auprès de qui se manifeste cette pratique ?**

3. **Recherchez dans votre documentation, les moyens qu'ont les victimes de cyber-harcèlement pour dénoncer cette pratique et leurs auteurs.**

THÈME 2 Les recompositions du lien social

1 L'essentiel

A Quel rôle pour les instances de socialisation (famille, école...) ?

Avec une augmentation importante du nombre de divorces, on peut dire que **la famille traditionnelle est en crise**. Pourtant, de nouvelles dispositions sont mises en place pour assurer le bien-être de l'enfant. **L'école tente de lutter contre les inégalités**.

B L'importance des nouvelles technologies

• Les nouvelles technologies facilitent parfois la recomposition du lien social : on cite souvent les aspects négatifs des réseaux sociaux, mais ceux-ci permettent de **réduire les distances** géographiques, économiques, sociales ou culturelles entre les individus.

• Dans ce cadre, les réseaux sociaux ont un **impact non négligeable** sur l'augmentation du capital social des individus, en les aidant à trouver un travail, un logement...

2 Quelques exemples de recomposition du lien social

• Un certain nombre de lois pour l'égalité hommes/femmes ont été votées depuis 1945 ;

• Les nouvelles formes de solidarité : les associations.

• La solidarité économique : système d'échange et de production qui, vise à augmenter l'efficacité de l'utilisation des ressources et à diminuer l'impact sur l'environnement tout en développant le bien-être des individus. Exemples : le commerce équitable, l'économie circulaire.

• Les nouvelles formes de responsabilité individuelle et collective, par exemple dans le domaine de l'environnement ou de la santé (application du principe de précaution).

• Les politiques publiques en matière d'égalité à l'école ou au travail.

• Des structures pour de nouveaux liens sociaux : le service civique, le service national universel, les clubs sportifs, les associations, les actions de bénévolat.

3 Notions à maîtriser

• Respect : sentiment de **considération**, d'**égard**, voire de **vénération** que l'on peut avoir envers un individu ou quelque chose. Le respect mutuel est souvent garant de la paix sociale.

• Justice : principe moral de la vie sociale fondé sur la reconnaissance et le respect du droit.

• Égalité-équité (voir thème 1).

• Rapport social — solidarité : les rapports sociaux désignent les relations, les interactions ou les liens d'interdépendance qui s'établissent entre les individus et les groupes.

• Responsabilité individuelle et collective : la responsabilité est l'obligation de **répondre de ses actes**, principalement dans les cas où ceux-ci sont condamnables, légalement ou moralement. La question qui fait débat est celle de la **responsabilité collective** pour des actes moralement condamnables commis par d'autres de la même communauté ou de la même nation et que l'on préférerait oublier.

Exemples
Peut-on demander aux jeunes Allemands d'aujourd'hui de se sentir responsables des crimes nazis, ou aux Américains d'avoir massacré les Indiens ?

Exercice d'entraînement

Exercice 1

Corrigé p. 344

Les missions du service civique

Le service civique est un engagement volontaire au service de l'intérêt général, ouvert à tous les jeunes **de 16 à 25 ans, sans condition de diplôme,** étendu jusqu'à 30 ans pour les jeunes en situation de handicap ; seuls comptent les savoirs être et la motivation.

FAVORISER L'ACCESSIBILITÉ CULTURELLE AUX PERSONNES EN SITUATION DE HANDICAP

OÙ ? Limoges (87 – Haute-Vienne)

QUOI ? Merci d'envoyer votre CV et lettre de motivation uniquement par mail à : apajh.s@apajh87.fr

Le service Vacances et loisirs, situé à Limoges, vous accueillera afin de :

Permettre aux personnes en situation de handicap mental et aux personnes à mobilité réduite d'accéder aux loisirs de la vie quotidienne.

Participer à l'organisation des sorties. Proposer des activités adaptées…

QUAND ? À partir du 1er avril 2019 (8 mois)

QUEL ORGANISME ? Association pour jeunes et adultes handicapés

QUEL DOMAINE ? Solidarité

Voir plus CANDIDATER

ACCOMPAGNEMENT VERS L'ACCÈS À L'HÉBERGEMENT ET AU LOGEMENT DE PERSONNES EN SITUATION DE PRÉCARITÉ OU D'EXCLUSION

OÙ ? Paris 18 (75 – Paris)

QUOI ? Contribuer au développement de la permanence d'accueil sur la recherche d'hébergement et/ou de logement social.

Participer à l'accueil des personnes en grande difficulté : être à l'écoute et aider le public à s'exprimer.

Participer à la construction des dossiers administratifs en vue d'obtenir un hébergement et/ou un logement social.

Participer à la recherche des offres…

QUAND ? À partir du 1er avril 2019 (6 mois)

QUEL ORGANISME ? Fédération de Paris du Secours populaire français

QUEL DOMAINE ? Solidarité

Voir plus CANDIDATER

SANTÉ ET AIDE À L'AUTONOMIE : ACCOMPAGNER LES PERSONNES ÂGÉES EN PERTE D'AUTONOMIE À L'ACCÈS À LA VIE SOCIALE

OÙ ? Cognac (16 – Charente)

QUOI ? Au sein de l'EHPAD Montesquieu (Centre de gérontologie clinique) à Cognac :

Assurer des missions d'aide à la vie sociale et à l'animation au sein de l'établissement, en lien avec les professionnels.

Initier et conduire des projets pour permettre aux personnes accueillies de sortir de leur environnement, et/ou de créer du lien social et intergénérationnel.

QUAND ? À partir du 3 avril 2019 (6 mois)

QUEL ORGANISME ? Centre hospitalier intercommunal du pays de Cognac

QUEL DOMAINE ? Solidarité

Voir plus CANDIDATER

www.service-civique.gouv.fr

1. **À qui s'adresse ce dispositif ?**
2. **Dans quels domaines peuvent être effectuées ces missions ?**
3. **Pourquoi peut-on parler dans ce cas d'engagement civique ?**

CORRIGÉS

HISTOIRE

THÈME 1 — L'EUROPE BOULEVERSÉE PAR LA RÉVOLUTION FRANÇAISE (1789-1815)

(Énoncés p. 300)

EXERCICE 1

1. Marat pense que la journée du 10 août est « décisive » pour les révolutionnaires et qu'elle va permettre le triomphe de la liberté.

2. Marat appelle les révolutionnaires à la violence comme le montre le vocabulaire particulièrement agressif employé : « décimer les membres contre-révolutionnaires… » La violence est également tournée contre la personne même du roi : « sa tête roulera à ses pieds ».

3. Pour Marat, la journée du 10 août n'est pas suffisante car l'action doit se poursuivre sous peine de voir les ennemis de la Révolution « se relever ».

EXERCICE 2

1. Hugo utilise de nombreux termes qui appartiennent au champ lexical de la violence et de la mort. On peut citer « urne », « la pâle mort », « choc sanglant », etc.

2. Hugo fait un portrait élogieux de Napoléon et de ses soldats. Il a quasiment la victoire en mains : « Il avait l'offensive et presque la victoire ;/Il tenait Wellington acculé sur un bois/. Sa lunette à la main, il observait parfois ». Hugo met surtout en exergue les qualités de stratège de l'Empereur.

3. Hugo juge la défaite injuste, car Napoléon n'aurait perdu la bataille de Waterloo qu'à cause d'un coup du sort (la défection de Grouchy). Ce sentiment d'injustice est développé dans le vers : « Soudain, joyeux, il dit : Grouchy ! C'était Blücher ! »

THÈME 2 — LES TRANSFORMATIONS POLITIQUES ET SOCIALES DE LA FRANCE DE 1848 À 1870

(Énoncés p. 306)

EXERCICE 1

1. Ce discours s'adresse aux députés de l'Assemblée nationale législative.

2. Victor Hugo y dénonce la misère d'une partie de la population, en particulier, celle de certains quartiers de Paris. Pour lui, il est important de « détruire la misère », car cette population vit dans des conditions qui sont indignes.

3. Hugo essaie surtout de persuader son auditoire en utilisant des arguments émotionnels. On peut noter l'importance des phrases exclamatives (« détruire la misère ! »), des questions rhétoriques (« voulez-vous savoir »). Il s'adresse directement aux députés, en essayant de leur faire prendre conscience de la misère du peuple.

EXERCICE 2

1. Les numéros correspondent aux éléments suivants :
- différents bâtiments de l'usine : **2** ;
- église : **1** ;
- résidence de la famille Schneider : **4** ;
- logements des ouvriers : **3**.

2. On voit qu'il s'agit d'un paysage industriel au nombre important de cheminées d'où s'échappe une fumée noire et aux bâtiments caractéristiques des usines du XIXe siècle.

THÈME 3 — LA IIIe RÉPUBLIQUE : UN RÉGIME, UN EMPIRE COLONIAL.

(Énoncés p. 311)

EXERCICE 1

1. Sous la IIIe République, avant 1914, les filles sont encore considérées comme inférieures aux hommes. Elles sont surtout destinées à fonder une famille, avoir des enfants et s'occuper du foyer. Ce qu'on leur apprend est en rapport avec le rôle que la société leur assigne.

2. L'enseignement prodigué aux garçons est composé d'« exercices militaires ». Pour les filles, les programmes prévoient des « travaux à l'aiguille ». Les différences existent aussi pour l'enseignement secondaire où les matières dites nobles à l'époque (« les humanités classiques ») sont réservées aux garçons.

3. L'enseignement est le reflet du fonctionnement de la société où les inégalités hommes / femmes restent importantes.

EXERCICE 2

1. On trouve différentes communautés qui cohabitent à Alger : « Espagnols, Italiens, Juifs, Français, Arabes ».

2. La cohabitation se passe bien car les communautés vivent dans des quartiers différents.

3. La phrase : « Et pourtant la révolte gronde » laisse penser qu'une partie de la population (les pauvres, appartenant à la communauté arabe surtout) pourrait se révolter. En mai 1945, il y a les premières émeutes à Sétif et en novembre 1954 ont lieu les premiers attentats de la « Toussaint rouge » qui marquent le début de la guerre d'Algérie.

THÈME 4 LA PREMIÈRE GUERRE MONDIALE ET LA FIN DES EMPIRES EUROPÉENS

(Énoncés p. 316)

EXERCICE 1

1. Le témoin décrit le bombardement des lignes allemandes par l'artillerie des Alliés, principalement, l'armée anglaise.

2. Les Allemands ne réagissent pas aux attaques de l'artillerie : « Rien ne répondait, de là-bas : aucun signe de vie ». En effet, les Allemands se protègent dans des blockhaus bétonnés.

3. L'armée anglaise est composée de multiples nationalités : des Canadiens, des Écossais, des Hindous…

EXERCICE 2

1. L'Autriche-Hongrie est un État pluriethnique car l'empire est composé de multiples nationalités.

2. Les principales minorités en Autriche sont les Allemands, les Tchèques et les Polonais. En Hongrie, vivent des Roumains, des Allemands et des Slovaques.

3. La conséquence de cette multiplicité de nationalités en 1918-1919 est la dislocation de l'empire austro-hongrois et l'apparition de nouveaux États (Autriche, Hongrie, Tchécoslovaquie).

GÉOGRAPHIE

THÈME 1 LA MÉTROPOLISATION : UN PROCESSUS MONDIAL DIFFÉRENCIÉ

(Énoncés p. 323)

EXERCICE 1

1. Les différentes parties de ce paysage : L'aérogare avec les plateformes d'accès aux avions, la gare et la ligne TGV, les parkings automobiles.

2. La proximité de la gare TGV et de l'aéroport est importante parce que cela permet de mieux relier deux modes de transports pour les passagers qui arrivent ou qui partent de l'aéroport de Lyon Saint-Exupéry (train et avion).

3. La connexion de plusieurs modes de transport sur un même site est une plate-forme multimodale.

EXERCICE 2

1. Avant 1980, ce quartier était le port de Londres. En effet, l'Angleterre disposait d'un vaste empire colonial.

2. Après sa rénovation dans les années 1980, ce quartier est devenu le second centre d'affaire de Londres, avec la présence de banques prestigieuses : « Barclays Capital, KPMG, Crédit Suisse et HSBC ».

3. Ce quartier est bien desservi par plusieurs moyens de transport : on peut citer la Jubilee Line vers le centre de Londres ainsi que par le DLR (trains automatiques) et le *City Airport* pour les hommes d'affaires.

THÈME 2 UNE DIVERSIFICATION DES ESPACES ET DES ACTEURS DE LA PRODUCTION

(Énoncés p. 329)

EXERCICE 1

1. La nouvelle usine de la filiale d'Airbus (Stelia) construite au Maroc fabrique des pièces du fuselage de l'A320. La nouvelle usine d'Aircelle, filiale de Safran construit les nacelles des réacteurs.

2. L'exemple que l'on essaie de suivre au Maroc est celui du Mexique, dont les *maquiladoras* fabriquent des produits finis pour les grandes entreprises nord-américaines.

3. Ces nouvelles implantations ont de multiples avantages pour les entreprises aéronautiques européennes : réduire les coûts, gagner en compétitivité, et conquérir de nouveaux marchés.

EXERCICE 2

1. L'*hinterland* désigne l'arrière-pays, c'est-à-dire les régions ou pays desservis par un port, ici Rotterdam.

2. Le port de Rotterdam est important parce qu'il constitue la porte d'entrée principale en Europe des produits finis de la mondialisation et des matières premières et sources d'énergie nécessaires à son industrie.

3. Les avantages de ce port sont liés essentiellement à sa localisation : situé sur l'estuaire du Rhin et de la Meuse, il peut accueillir les plus gros navires du monde. De plus, il bénéficie de nombreuses infrastructures pour réacheminer les importations.

THÈME 3 — LES ESPACES RURAUX : UNE MULTIFONCTIONNALITÉ TOUJOURS PLUS MARQUÉE

(Énoncés p. 334)

EXERCICE 1

1. Les différents types d'espaces périurbains sont le périurbain industriel, le périurbain mixte (l'industrie, l'habitat, centres hospitaliers, universités, centres commerciaux…) et le périurbain résidentiel.

2. Un espace périurbain mixte associe plusieurs fonctions urbaines : industrielle, résidentielle, et tertiaire (hôpital, université, commerces…).

3. Le périurbain résidentiel est constitué des quartiers d'habitat pavillonnaire et des anciennes maisons situées dans les cœurs des villages.

EXERCICE 2

1. Le réseau Bienvenue à la ferme est un organisme qui propose des séjours à la ferme. Il appartient donc au secteur de l'agrotourisme

2. Dans ce type d'activité, les touristes recherchent le dépaysement et le contact avec la nature et les animaux.

3. Les agriculteurs y trouvent le moyen de faire connaître leurs activités et leurs produits. L'agrotourisme leur fournit un complément de revenu non négligeable.

EMC

THÈME 1 — FONDEMENTS ET FRAGILITÉS DU LIEN SOCIAL

(Énoncés p. 339)

1. Le cyber-harcèlement peut se définir comme l'action de tenir intentionnellement, de manière répétée, des propos insultants, obscènes, ou encore menaçants, par le biais d'Internet et des réseaux sociaux.

2. Cette pratique peut prendre plusieurs formes : insultes, moqueries, publications de photos, etc.

3. Les moyens qu'ont les victimes de cyberharcèlement pour dénoncer cette pratique et leurs auteurs sont de collecter des preuves (captures d'écran), de porter plainte à la gendarmerie ou au poste de police. Les personnes victimes de cyberharcèlement doivent aussi parler de la situation à des personnes de confiance, ne surtout pas se replier sur soi-même et rester seul à supporter le poids du traumatisme subi. Les mineurs ont la possibilité de joindre un numéro : le 0800 200 000 pour en parler de manière anonyme.

THÈME 2 — LES RECOMPOSITIONS DU LIEN SOCIAL

(Énoncés p. 341)

1. Ce dispositif s'adresse à tous les jeunes **de 16 à 25 ans, sans condition de diplôme,** étendu jusqu'à 30 ans pour les jeunes en situation de handicap.

2. Les missions peuvent s'effectuer, entre autres, dans le domaine de l'aide aux personnes en situation de handicap, aux personnes qui vivent dans la précarité ou aux personnes âgées.

3. On peut parler dans ce cas d'engagement civique parce que ces missions sont effectuées dans le cadre d'une recomposition du lien social, en particulier entre les jeunes volontaires du service civique et des populations souvent isolées.

Langues vivantes

ANGLAIS

ESPAGNOL

1 Grammaire : quelques points importants

1 Parler du présent

A Le présent simple

Le présent simple est employé pour :

• **exprimer une habitude,** un fait habituel
Ex. : *I* ***wake up*** *at 6 a.m. every morning.* (Je me lève à 6 heures tous les matins.)

• **définir une caractéristique du sujet**
Ex. : *She* ***plays*** *the piano.* (Elle joue du piano.)

• **exprimer une vérité générale**
Ex. : *Water* ***boils*** *at 100 degrees.* (L'eau bout à 100 degrés.)

• **exprimer un état, un sentiment ou une opinion**
Ex. : *I* ***think*** *you* ***are*** *right.* (Je pense que tu as raison.)

• **présenter une succession rapide d'actions,** d'événements
Ex. : *She* ***hears*** *the phone,* ***gets*** *out of her bath and* ***runs*** *to answer.*
(Elle entend le téléphone, sort de son bain et court répondre.)

> **Attention !**
> Veillez à ne pas oublier le **-s** de la **3e personne du singulier !**
> John **plays** tennis every Sunday morning.
> *John joue au tennis le dimanche matin.*

B Le présent *be + V-ing*

Le présent ***be + V-ing*** est employé pour :

• **décrire un fait, une action, un événement** en train de se produire
Ex. : *The children* ***are crossing*** *the street.* (Les enfants sont en train de traverser la rue.)

• **les verbes d'attitude**
Ex. : *She* ***is lying****. They* ***are sitting****.* (Elle est allongée. Ils sont assis.)

• **décrire ce que la personne qui parle voit ou sait** au moment où elle parle
Ex. : *My sister is in London. She* ***is learning*** *English.*
(Ma sœur est à Londres. Elle apprend l'anglais.)

• **exprimer l'irritation,** associé à un adverbe indiquant la répétition, l'habitude
Ex. : *Mark* ***is*** *always* ***bullying*** *other kids.* (Mark n'arrête pas d'harceler d'autres enfants.)

2 Parler du passé

A Le prétérit

• **Le prétérit** est le temps que l'on emploie pour **parler d'un événement, d'une action passés,** datés de façon précise :
Ex. : *I* ***lived*** *in Paris from 1999 to 2001.* (J'ai vécu à Paris de 1999 à 2001.)

> **Attention !**
> Le **prétérit** est utilisé pour indiquer la durée écoulée depuis un événement situé dans le passé.
> She left the country **two years ago**.
> *Elle a quitté le pays il y a deux ans.*

• **Formation**
– **Verbes réguliers** : base verbale + ***-ed***
Ex. : *I* ***walked*** *2 miles.* (J'ai marché 3 kilomètres.)
– **Verbes irréguliers** : formes à connaître par cœur
Ex. : *She* ***ate*** *sushi, then* ***went*** *to bed.* (Elle a mangé des sushis puis s'est couchée.)

B Le *present perfect*

- **Le *present perfect* relie le passé au présent.** L'utilisation de cette forme signifie que :

– **l'action ou l'état viennent juste de se terminer**

Ex. : *I **have read** for two hours.* (Je viens de lire pendant deux heures.)

– **l'action passée ou l'état du sujet ont des répercussions sur le présent**

Ex. : *He **has mud** on his clothes. He **has played** outside.*
(Il a de la boue sur ses vêtements. Il a joué dehors.)

- **Formation**

Have au présent + participe passé (***V-ed*** ou 3e colonne de la liste des verbes irréguliers).

- **Cette forme** peut être associée avec des termes permettant de **dater le début de l'action** ou de **donner la durée de l'action**.

– ***Since*** + date ou événement précis

Ex. : *They have lived here **since they got married**.*
(Ils habitent ici depuis qu'ils sont mariés.)

– ***For*** + durée

Ex. : *They have lived here **for eleven years**.*
(Ils habitent ici depuis onze ans.)

> **Attention !**
>
> Le ***present perfect*** ne doit pas s'employer tout le temps pour parler du passé. Ce n'est pas parce que la structure de cette forme évoque celle du passé composé qu'elle est systématique ! Observez :
> **Does he have a new car?** *A-t-il une nouvelle voiture ?*
> **Yes, he bought it last week.** *Oui, il l'a achetée la semaine dernière.*

C Le *present perfect* continu

- **Le *present perfect* continu** est très similaire au ***present perfect*** mais, en l'utilisant, on insiste sur la **durée**.

Ex. : *She **has been doing** her homework for two hours now.*
(Elle fait ses devoirs depuis deux heures maintenant.) *[sous-entendu : c'est long]*

- **Formation**

Have au présent + ***been*** + ***V-ing***

D Les actions habituelles du passé que l'on ne fait plus

- ***Used to* + verbe**

On insiste sur la coupure entre passé et présent.

Ex. : *When he was a child, he **used to walk** to school.*
(Quand il était enfant, il allait à l'école à pied.)

- ***Would* + verbe**

On insiste sur la répétition, l'habitude, un trait de caractère ou une volonté du sujet grammatical.

Ex. : *When she was little, she **would spend** hours staring at the sky.*
(Quand elle était petite, elle passait des heures à regarder le ciel.)

3 Parler de l'avenir

Le temps grammatical du futur n'existe pas en anglais. Pour parler de l'avenir, on peut employer diverses structures.

- ***Will* + verbe**

Ex. : *We **will go** to the cinema as soon as my mother gives me money.*
(Nous irons au cinéma dès que ma mère m'aura donné de l'argent.)

- ***Shall* + verbe**

S'emploie surtout à la forme interrogative pour faire une suggestion ou demander un conseil.

Ex. : ***Shall we** go now?* (Est-ce que l'on y va maintenant ?)

- ***Be going to* + verbe**

– **Exprime l'intention** du sujet grammatical.

Ex. : *I'**m going to do** the washing up.* (Je vais faire la vaisselle.)

– **Énonce une prédiction** fondée sur ce que l'on constate.

Ex. : *It's sunny, it'**s going to be** a beautiful day.* (Il y a du soleil, ça va être une belle journée.)

- ***Be to* + verbe**

– **Implique que l'action a été convenue**, organisée à l'avance.

Ex. : *We **are to fly** to Ireland for Christmas.* (Nous devons aller en Irlande pour Noël.)

– **Exprime un ordre** ou une **obligation**.

Ex. : *You **are to obey** your teacher at once!* (Tu dois obéir à ton professeur tout de suite !)

- ***Be about to* + verbe**

Exprime un **futur immédiat** : l'action ou l'événement est sur le point de se produire.

Ex. : *He **is about to divorce**.* (Il est sur le point de divorcer.)

4 Les modaux

- ***Can, could***

– **Forme affirmative :** expriment la **capacité**, la **possibilité**, la **probabilité**.

Ex. : *She **can** drive.* (Elle sait conduire.)
*You **could** do it if you tried.* (Tu pourrais y arriver si tu essayais.)

– **Forme interrogative :** expriment une **demande** ou une **demande de permission**.

Ex. : ***Can** I come with you?* (Est-ce que je peux venir avec toi ?)
***Could** I borrow your phone?* (Pourrais-je emprunter votre téléphone ?)

– **Forme négative :** expriment l'**impossibilité ou l'interdiction**.

Ex. : *You **can't** park here.* (Vous ne pouvez pas vous garer ici.) *Mark **couldn't** come to the cinema, he was sick.* (Mark ne pouvait pas venir au cinéma, il était malade.)

- ***Must***

– **Forme affirmative :** exprime le **devoir**, l'**obligation** ou la **forte probabilité**.

Ex. : *You **must** listen to your parents.* (Il faut que tu écoutes tes parents.)
*He **must** be sleeping.* (Il doit être en train de dormir.)

- ***May, might***

– **Expriment la permission**.

Ex. : ***May** I come in?* (Vous permettez que je rentre ?)

– **Expriment la probabilité**, **l'éventualité**, **le doute**.

Ex. : *He **may** be exhausted.* (Il doit être épuisé.) *They are nowhere to be found, they **might** have gone out.* (Ils sont introuvables : il se pourrait qu'ils soient sortis.)

- ***Would***

– **Exprime le conditionnel**.

Ex. : *He **would** have better grades if he worked more.*
(Il aurait de meilleures notes s'il travaillait davantage.)

– **Exprime la volonté**.

Ex. : *She insisted but her son **wouldn't** do his homework.*
(Malgré son insistance, son fils a refusé de faire ses devoirs.)

• ***Should***
Exprime le conseil.
Ex. : *You **should** read more books.* (Tu devrais lire davantage.)

• ***Should + have* + participe passé**
Exprime le reproche ou le **regret**.
Ex. : *Mike **should have driven** more carefully.* (Mike aurait dû conduire plus prudemment.)

5 Le discours direct et le discours indirect

A Passage du discours direct au discours indirect

• **Proposition principale introductive** du discours indirect au **présent** ou au ***present perfect***. La subordonnée est au même temps que dans le discours direct.
– Discours direct
Ex. : *The journalist writes: "The President has delivered a speech."*
– Discours indirect
Ex. : *The journalist writes that the President has delivered a speech.*

• **Proposition principale introductive** au **prétérit** ou au **plus-que-parfait**. Il y a alors un changement de temps.
– Discours direct
Ex. : *He said: "I want to go to Italy, I will book plane tickets."* *She said: "I ate too much."*
– Discours indirect
Ex. : ***He said that he wanted** to go to Italy and that **he would book** plane tickets.*
***She said that she had eaten** too much.*
– Les paroles prononcées au présent sont rapportées au prétérit : ***want*** devient ***wanted***.
– Les paroles prononcées au futur ou au conditionnel sont rapportées au conditionnel : ***will book*** devient ***would book***.
– Les paroles prononcées au ***present perfect*** ou au **prétérit** sont rapportées au ***past perfect*** : (***had*** + participe passé) : ***ate*** devient ***had eaten***.

B Questions au discours indirect

• On note les mêmes changements de temps, de pronoms et d'adjectifs.

• De plus, on passe de la forme interrogative à la forme affirmative.

• Enfin, on doit introduire ***if*** ou ***whether*** dans la phrase s'il n'y a pas déjà un pronom interrogatif.
– Discours direct
Ex. : *She asked: "**Can you** stop talking?"* *He asked her: "**Where did you go** last weekend?"*
– Discours indirect
Ex. : *She asked him **whether / if he could** stop talking.*
*He asked her **where she had gone** the previous weekend.*

Conseil

Veillez à bien changer les pronoms lorsque vous passez du discours direct au discours indirect. De même, les repères temporels et spatiaux doivent être modifiés :
Last → The previous
Next → The following
Today → That day
Tomorrow → The next day
Last week → The previous week
Next month → The following month
Yesterday → The day before
Here → There

C Ordres au discours indirect

Discours direct

Ex. : *Our parents told us: "Turn the TV off and go to your bed."*

Discours indirect

Ex. : *Our parents told us to turn the TV off and to go to our bed.*

> **Attention !**
>
> Il faut bien faire la **différence** entre ***say*** et ***tell.***
>
> • ***To say something to somebody.***
> He **said** hello to his neighbour.
> *Il a dit bonjour à son voisin.*
>
> • ***To tell somebody something.***
> He **told** his children to tidy their room.
> *Il a dit à ses enfants de ranger leur chambre.*

6 Le passif

A Formation

• Pour passer **de la forme active à la forme passive**, l'objet de l'action devient le sujet grammatical.

• On conjugue l'auxiliaire ***be*** au temps de la voix active et on utilise le participe passé du verbe (***V-ed*** ou 3e colonne de la liste des verbes irréguliers).

Ex. : *The cat* ***eats*** *the mouse.* (Le chat mange la souris.) *[actif]*
The mouse ***is eaten*** *by the cat.* (La souris est mangée par le chat.) *[passif]*

B Emplois

• **Mise en valeur de l'objet de l'action**

Le passif permet de choisir un point de vue différent en se focalisant sur l'objet de l'action. On introduira l'agent de l'action par ***by***.

Ex. : *Thousands of viewers watched the match last night.*
(Des milliers de spectateurs ont regardé le match hier soir.)
The match ***was watched*** *by thousands of viewers last night.* (Le match a été regardé par des milliers de spectateurs hier soir.) *[Dans le 2d énoncé, l'accent est mis sur le match.]*

• **Absence de mention du sujet de l'action**

On utilisera le passif si l'on ne connaît pas le sujet de l'action ou si ce sujet est tellement évident qu'on peut l'omettre sans dénaturer le message.

Ex. : *My wallet* ***has disappeared!*** (Mon portefeuille a disparu !)
Obama ***was elected*** *in 2008.* (Obama a été élu en 2008.)

• **Traduction de « on »**

La tournure impersonnelle « on » est très souvent traduite par le passif.

Ex. : *I* ***was told*** *that…* (On m'a dit que…)

7 Les tags

• **Les tags, ou *question tags,* sont des petites questions placées en fin de phrase.** Ils servent à **demander une confirmation ou un avis** sur ce qui vient d'être énoncé.

• Ils sont peu employés en français mais **très courants en anglais** et correspondent à des interjections familières telles que « non ? », « hein ? », « pas vrai ? », « n'est-ce pas ? ».

• **Structure.** Auxiliaire ***be***, ***do*** ou ***have*** / ou **modal (*n't*)** + pronom sujet (selon le verbe et le sujet de la phrase).

– Après un énoncé à la forme affirmative, le tag est à la forme négative.

Ex. : *He helped her,* ***didn't he?*** (Il l'a aidée, n'est-ce-pas ?)

– Après un énoncé à la forme négative, le tag est à la forme affirmative.

Ex. : *You* ***haven't seen*** *that film,* ***have you?*** (Tu n'as pas vu ce film, hein ?)

> **Attention !**
>
> *Le tag de "I am" est "Aren't I?"*
> I **am** late, **aren't I**? *Je suis en retard, n'est-ce-pas ?*

2 Le vocabulaire utile par thème du programme

1 Identités et échanges / *Identities and Exchanges*

Abréviations
qch : quelque chose
qqn : quelqu'un
sth : something
sb : somebody

A Noms et expressions avec des noms

un immigrant légal ≠ illégal a legal ≠ an illegal immigrant
le taux d'immigration the immigration rate
un camp de réfugiés a refugee camp
sans papier undocumented
le contrôle des frontières border control
l'exil exile
un passeur a smuggler
la citoyenneté citizenship
la persécution persecution
l'expulsion deportation
la survie survival
l'hospitalité hospitality
le dialogue dialogue
le partage sharing
le racisme racism
le protectionnisme protectionism
la mondialisation globalisation
la mobilité mobility
le multiculturalisme multiculturalism
un ghetto a ghetto
un quartier a neighbourhood
des bidonvilles slums / shanty towns
les tensions tensions
le rêve américain american dream
le niveau de vie the living standard
un emploi subalterne a menial job
un atelier (personnel exploité) a sweatshop
main d'œuvre bon marché cheap labour
la richesse ≠ la pauvreté wealth ≠ poverty
l'asile politique political asylum
le droit d'asile the right of asylum
le choc des cultures culture shock
l'incompréhension culturelle cultural misunderstanding
le déclassement social social downgrading
la mixité sociale social mix
un voyage a trip
le tourisme tourism
un dépaysement a change of scenery

B Adjectifs

compréhensif understanding
culturel cultural
désillusionné disillusioned
linguistique linguistic
menaçant threatening
optimiste / plein d'espoir hopeful
problématique problematic
tendu tensed

C Verbes et expressions avec des verbes

assimiler to assimilate
échanger to exchange
émigrer to emigrate
entrer en masse to swarm into
être accueilli à bras ouverts to be welcome with open arms
être attiré par une vie meilleure to be lured by a better life
être déraciné to be uprooted
être rejeté to be rejected
expulser to deport
faire entrer clandestinement to smuggle in
fuir un pays to flee a country
mettre un frein à l'immigration to curb immigration
monter dans l'échelle sociale to climb the social ladder
recommencer to start afresh
restreindre to restrict
saisir sa chance to seize the opportunity
se mélanger avec to mix with / to blend with
transgresser la loi to break the law
vivre sous le seuil de pauvreté to live below the poverty line

2 Espace privé et espace public / *Private Space vs. Public Space*

A Noms et expressions avec des noms

l'éducation education
l'émancipation emancipation
la rue street
le village village
le centre-ville downtown
l'habitat housing
les banlieues the suburbs
les bidonvilles slums / shanty towns
l'église church
la mosquée mosque
le temple temple
les transports en commun public transportation
la mobilité sociale upward mobility
la parité parity
le monde du travail the world of work
le télétravail teleworking / working from home
la société society
les droits rights
les devoirs duties
la sociabilité sociability
la famille family
l'entourage circle of acquaintances
la sphère privée / publique private / public realm
le machisme machismo
le féminisme feminism
les clichés clichés / stereotypes
les valeurs values
les mentalités mentalities
les us et coutumes habits and customs
la transformation transformation
la hiérarchie hierarchy
les inégalités inequalities
les traditions traditions
les croyances beliefs
le refus rejection
l'évolution evolution
les mutations changes
l'égalité hommes-femmes gender equality
le fossé entre les sexes the gender gap
la liberté de mouvement freedom of movement
les espaces religieux religious places
le plafond de verre glass ceiling
l'échelle sociale social ladder
l'égalité des chances equality of opportunity

B Adjectifs

conditionné conditioned
égalitaire egalitarian
familial familial / family
féministe feminist
machiste macho
médiatique newsworthy
professionnel professional
religieux religious
social social
traditionnel traditional

C Verbes et expressions avec des verbes

attirer l'attention sur to draw attention to
distinguer to distinguish
évoluer to evolve
faire le trajet domicile-travail to commute
hiérarchiser to prioritise
jouer un rôle to play a part
mettre en lumière to highlight
mettre sur un pied d'égalité to put on equal terms
passer inaperçu to go unnoticed
présager to foreshadow
reléguer au second plan to put on the back burner / to overshadow
s'adapter to adapt
s'émanciper to become emancipated
se fondre dans la masse to blend into the masses
sensibiliser to create awareness about

3 Art et pouvoir / *Art and Power*

A Noms et expressions avec des noms

l'architecture architecture
les bâtiments buildings
les monuments monuments
la musique music
un hymne a hymn
un chant a song
la littérature literature
une satire a satiric pamphlet / a satire
la propagande propaganda
un prospectus a flyer
une affiche a poster
une caricature a caricature
la peinture painting
un portrait a portrait
le film the movie (US) / the film (UK)
la culture ≠ la contre-culture culture ≠ counterculture
l'art officiel official art
l'art de rue street art
la liberté de création freedom of creation
un porte-parole a spokesperson
une critique a criticism
un détracteur a critic
l'idéologie ideology
les convictions beliefs
l'opposition opposition
l'apologie the promotion
l'avant-garde avant-garde
une manifestation / une contestation a protest / a demonstration
un rassemblement a rally
un dissident a dissident
des troubles unrest
un point de vue a point of view
la sensibilisation awareness
la censure censorship
des mesures de répression a crackdown
l'engagement social et politique social and political commitment
le contre-pouvoir opposing power

B Adjectifs

caricatural caricatural
controversé controversial
engagé committed
influent influential
institutionnel institutional
officiel official
patriotique patriotic
provocateur provocative

C Verbes et expressions avec des verbes

censurer to censor
condamner to condemn
convaincre to convince
critiquer to criticise
défendre to defend
être contre qch to be against sth
faire l'apologie de to champion / to advocate sth
faire la lumière sur to shed light on / to highlight
faire passer un message to get a message across
influencer to influence
légitimer to legitimate
limiter la liberté de qqn to curtail sb's freedom
museler to muzzle
passer sous silence to pass over in silence
prévenir to warn
protester contre qch to protest against sth
pousser un cri d'alarme to issue a warning
provoquer une prise de conscience to raise awareness
remettre en question to call sth into question
s'engager dans to commit oneself into
s'exprimer to express oneself
se soulever contre qch to rise up against sth
souligner / accentuer to emphasise

4 Citoyenneté et mondes virtuels / *Citizenship and Virtual Worlds*

A Noms et expressions avec des noms

un blog a blog
un forum a forum
les relations relationships
la confiance ≠ la méfiance trust ≠ mistrust / distrust
les risques risks
un cyberpirate a hacker
le piratage piracy
le cyber-harcèlement cyber-bullying
l'anonymat anonymity
les fausses informations fake news
les réseaux sociaux social networks
l'éducation aux medias education to the media
le paiement virtuel virtual payment
l'accès au savoir access to knowledge
les données personnelles personal data
la prudence caution
le contrôle parental parental control
le progrès progress
les nouvelles technologies new technologies
le profil the profile
le téléchargement downloading
les mensonges lies
la vérité the truth
les repères landmarks
l'escroquerie fraud
une atteinte à la vie privée an invasion of privacy
le repli sur soi withdrawal
l'intelligence artificielle artificial intelligence
la démocratie participative participative democracy
le contrôle d'Internet Internet control
la liberté d'expression freedom of speech
l'usurpation d'identité identity fraud
un lanceur d'alerte a whistleblower
l'esprit critique critical mind
les traces numériques digital traces
le droit à l'oubli the right to oblivion
le droit à la vie privée the right to privacy
le droit à l'image the right of publicity
une plateforme collaborative a collaborative platform
informatique IT (information technology)

B Adjectifs

anonyme anonymous
dangereux dangerous
faux false / fake
fiable reliable
juste et précis accurate
malintentionné malicious
numérique digital
partial / pas objectif biased
privé private
prudent cautious
ultra connecté ultra-connected
virtuel virtual

C Verbes et expressions avec des verbes

arnaquer to con
chercher des informations to search for information
contrôler to control
démêler le vrai du faux to know right from wrong
entrer en contact avec qqn to get in touch with sb
espionner to spy on
être accro à Internet to be addicted to the Internet
être discriminé to be prejudiced against
harceler to harass
harceler en ligne to cyberbully
manipuler to manipulate
partager des données to share data
pirater to hack
provoquer l'indignation to cause an outrage
se connecter ≠ se déconnecter to log in ≠ to log off
se faire passer pour qqn to pretend to be
surfer sur Internet to surf on the Internet
tchater to chat online

5 Fictions et réalités / *Fictions and Realities*

A Noms et expressions avec des noms

un hommage a tribute
un mythe a myth
une légende a legend
une figure tutélaire a figurehead / a guardian figure
l'incarnation embodiment
une icône an icon
un modèle a model
le héros the hero
le super-héros the superhero
l'exemple the example
les civilisations civilisations
l'éthique ethics
la morale morality
les sources d'inspiration the sources of inspiration
l'imagination imagination
le retour à la réalité back to reality
la ressemblance resemblance
la science-fiction science fiction
le champ des possibles the field of possibilities
la fantaisie fantasy
la représentation representation
la vision vision
le réalisme realism
la mythologie mythology
les histoires stories
la pensée the thought
le récit the narrative
un récit à la 3e personne a third person narrative
la fiction fiction
une dystopie a dystopia
une utopie an utopia
le patrimoine patrimony
un archétype an archetype

B Adjectifs

esthétique aesthetic
éthique ethical
fantastique fantastic
fictif fictional
imaginaire imaginary
légendaire legendary
merveilleux magic / supernatural
politique political
réel ≠ irréel real ≠ surreal
utopique utopian

C Verbes et expressions avec des verbes

croire à to believe in
être déconnecté de la réalité to be disconnected from reality
fantasmer to fantasise
incarner to embody
interpréter to interpret
s'échapper de to escape from
penser à to think of / to think about
quand la réalité dépasse la fiction when reality surpasses fiction
raconter to tell
ramener à la réalité to bring back to reality
réfléchir to think
rêver d'un monde meilleur to dream of a better world
s'évader to escape
s'identifier à qqn to identify with sb
(s')imaginer to imagine (oneself)
s'inspirer de to draw from
(s')inventer to invent (oneself)
se battre contre to fight against
(se) représenter to represent (oneself)

6 Innovations scientifiques et responsabilité / *Scientific Innovations and Responsibility*

A Noms et expressions avec des noms

les sciences sciences
une expérience an experiment
une découverte a discovery / a finding
une découverte capitale a breakthrough
un chercheur a researcher
le clonage cloning
les manipulations génétiques genetic engineering
les vaccins vaccines
les dérives abuses
la surpopulation overcrowding
la consommation consumption
la croissance growth
la pollution pollution
les gaz d'échappement exhaust gas
le forage drilling
le déboisement deforestation
l'empreinte carbone the carbon footprint
le réchauffement climatique global warming
l'effet de serre the greenhouse effect
la hausse du niveau de la mer the sea-level rise
la couche d'ozone the ozone layer
les réserves en eau water supplies
l'épuisement des ressources naturelles the exhaustion of natural resources
les espèces en voie d'extinction species facing extinction
les espèces menacées endangered species
une inquiétude / une préoccupation a concern
une menace a threat
une pénurie / un manque a shortage
l'épuisement des ressources ressources depletion
l'environnement the environment
la faune fauna
la flore flora
la biodiversité biodiversity
le développement durable sustainable development
la transition énergétique energy transition
l'énergie renouvelable / durable renewable / sustainable energy
le recyclage recycling
la prise de conscience the awareness
le covoiturage carpool
les éoliennes wind turbines
une centrale nucléaire a nuclear power station
les robots robots
une ONG an NGO (Non Governmental Organization)
un plaidoyer a plea
des dégâts irréversibles irreversible damages

B Adjectifs

alarmant alarming
biologique biological
écologique ecological
génétique genetic
nucléaire nuclear
préjudiciable detrimental
responsable responsible
technologique technological

C Verbes et expressions avec des verbes

agir to act
améliorer to improve
démontrer to demonstrate
détruire to destroy
dévoiler / divulguer to disclose
éclipser to overshadow
endommager to damage
épuiser des ressources to deplete ressources
être menacé d'extinction to face extinction
être sensible à to be sensitive to
faire des recherches sur to research
faire entendre sa voix to speak up
gaspiller to waste
innover to innovate
mettre en péril to jeopardise
polluer to pollute
réduire to decrease
résoudre un problème to solve a problem

7 Diversité et inclusion / *Diversity and Inclusion*

A Noms et expressions avec des noms

l'invalidité disability
un handicap a handicap
un handicapé a disabled person
la différence difference
les générations generations
le fossé des générations the generation gap
les personnes âgées the elderly / the seniors
une population vieillissante an ageing population
la vieillesse old age
les barrières linguistiques language barriers
les langues régionales / officielles / étrangères regional / official / foreign languages
le métissage culturel cultural melting-pot
la religion religion
la sexualité sexuality
la nationalité nationality
une minorité a minority
l'inclusion ≠ l'exclusion inclusion ≠ exclusion
l'intégration integration
la cohésion cohesion
la solidarité solidarity
l'entraide mutual aid
l'égalité equality
un salaire décent a living wage
le pouvoir d'achat the purchasing power
la tolérance tolerance
une discrimination a discrimination
un bouc émissaire a scapegoat
les préjugés prejudices
le sectarisme sectarianism
le mépris disdain / scorn
la xénophobie xenophobia

B Adjectifs

contraire à l'éthique unethical
controversé / polémique controversial
cosmopolite cosmopolitan
inégal unequal
intergénérationnel intergenerational
majoritaire predominant
minoritaire minority
ouvert d'esprit ≠ fermé d'esprit open-minded ≠ close-minded / narrow-minded
respectueux ≠ irrespectueux respectful ≠ disrespectful
solidaire supportive
tolérant ≠ intolérant tolerant ≠ intolerant

C Verbes et expressions avec des verbes

avoir accès à to have access to
avoir confiance en qqn to trust sb
avoir de l'estime pour qqn to esteem sb
compter les uns sur les autres to rely on one another
discriminer to discriminate
élever un enfant to raise a child
être conscient de to be aware of
être égaux to be equal
être partagé entre deux cultures to be torn between two cultures
être victime de discrimination to be discriminated against
exclure ≠ inclure to exclude ≠ to include
faire évoluer les mentalités to change mentalities
lutter pour l'égalité to fight for equality
maltraiter qqn to ill-treat sb
menacer to threaten
mettre sur un pied d'égalité to put on equal terms / to put on an equal footing
provoquer un débat to spark a debate
relancer un débat to reignite a debate
satisfaire les besoins de sa famille to provide for one's family
s'élever socialement to work one's way up
se méfier to distrust
se mobiliser to mobilise
tisser des liens to create links
vivre ensemble to live together

8 Territoire et mémoire / *Territory and Memory*

A Noms et expressions avec des noms

la colonisation colonisation
les colonies colonies
l'esclavage slavery
l'exploitation exploitation
la conquête the conquest
l'expédition the expedition
l'avènement the advent
l'effondrement the collapse
le déclin the decline
la destinée the destiny
l'humanité mankind
la nation the nation
le nationalisme nationalism
le séparatisme separatism
l'unité unity
le peuple the people
le pays the country
la communauté the community
un guerrier a warrior
la résistance resistance
la défaite defeat
un pionnier a pioneer
l'indépendance independence
une lutte sans merci a merciless battle
les événements the events
les faits the facts
les racines the roots
l'héritage heritage
l'oubli oblivion
le souvenir remembrance
un témoignage a testimony
un hommage a tribute
l'amnistie amnesty
l'amnésie amnesia
un traumatisme a trauma / a traumatism
l'histoire officielle official history
à la mémoire de qqn in someone's memory
la commémoration commemoration
un monument aux morts a war memorial
le devoir de mémoire the duty of memory

B Adjectifs

colonial colonial
contemporain contemporary
emblématique iconic
frontalier frontier
historique historical
individuel individual
moderne modern
mythique mythical
national national
régional / local regional / local
solennel solemn / formal
traumatisant traumatic

C Les verbes

coloniser to colonise
commémorer to commemorate
conquérir to conquer
écrire une nouvelle page to write a new page
être en deuil to grieve
être gravé dans la pierre to be cast in stone
envahir to invade
faire le deuil de qqn / qch to mourn sb / sth
gracier to pardon
hériter to inherit
inscrire dans le marbre to set in stone
prendre son indépendance to become independent
rendre un dernier hommage à to pay one's last/final tribute / respects to
rester gravé dans sa mémoire to remain in someone's memory
se souvenir to remember
témoigner to testify
tourner la page to turn the page

1 Conjuguer les verbes

1 La conjugaison régulière

A Les temps simples

HABL**AR** (participe passé : habl**ado** ; gérondif : habl**ando**)

Présent		
Indicatif	**Impératif**	**Subjonctif**
Habl **–o**		Habl **–e**
Habl **–as**	Habl **–a** (tú)	Habl **–es**
Habl **–a**	Habl **–e** (él, ella, usted)	Habl **–e**
Habl **–amos**	Habl **–emos** (nosotros)	Habl **–emos**
Habl **–áis**	Habl **–ad** (vosotros)	Habl **–éis**
Habl **–an**	Habl **–en** (ellos, ellas, ustedes)	Habl **–en**

Passé			
Indicatif imparfait	**Passé simple**	**Subjonctif imparfait 1**	**Subjonctif imparfait 2**
Habl **–aba**	Habl **–é**	Habl **–ara**	Habl **–ase**
Habl **–abas**	Habl **–aste**	Habl **–aras**	Habl **–ases**
Habl **–aba**	Habl **–ó**	Habl **–ara**	Habl **–ase**
Habl **–ábamos**	Habl **–amos**	Habl **–áramos**	Habl **–ásemos**
Habl **–abais**	Habl **–asteis**	Habl **–arais**	Habl **–aseis**
Habl **–aban**	Habl **–aron**	Habl **–aran**	Habl **–asen**

Futur	Conditionnel
Hablar **–é**	Hablar **–ía**
Hablar **–ás**	Hablar **–ías**
Hablar **–á**	Hablar **–ía**
Hablar **–emos**	Hablar **–íamos**
Hablar **–éis**	Hablar **–íais**
Hablar **–án**	Hablar **–ían**

RESPOND**ER** (participe passé : respond**ido** ; gérondif : respond**iendo**)
VIV**IR** (participe passé : viv**ido** ; gérondif : viv**iendo**)

Présent		
Indicatif	**Impératif**	**Subjonctif**
Respond **–o** Viv **–o**		Respond –/ viv **–a**
–es **–es**	Respond **–e** / viv **–e** (tú)	Respond –/ viv **–as**
–e **–e**	Respond **–a** / viv **–a** (él, ella, usted)	Respond –/ viv **–a**
–emos **–imos**	Respond **–amos** / viv **–amos** (nosotros)	Respond –/ viv **–amos**
–éis **–ís**	Respond **–ed** / viv **–id** (vosotros)	Respond –/ viv **–áis**
–en **–en**	Respond **–an** / viv **–an** (ellos)	Respond –/ viv **–an**

Passé			
Indicatif imparfait	**Passé simple**	**Subjonctif imparfait 1**	**Subjonctif imparfait 2**
Respond **–ía** Viv **–ías** **–ía** **–íamos** **–íais** **–ían**	Respond **–í** Viv **–iste** **–ió** **–imos** **–isteis** **–ieron**	Respond **–iera** Viv **–ieras** **–iera** **–iéramos** **–ierais** **–ieran**	Respond **–iese** Viv **–ieses** **–iese** **–iésemos** **–ieseis** **–iesen**

Futur	Conditionnel
Responder **–é** Vivir **–ás** **–á** **–emos** **–éis** **–án**	Responder **–ía** Vivir **–ías** **–ía** **–íamos** **–íais** **–ían**

B Les temps composés

Formation : auxiliaire HABER conjugué suivi du participe passé invariable (habl**ado**, respond**ido**, viv**ido**).

Attention !

Certains verbes très courants ont un participe passé irrégulier : **abrir:** abierto; **cubrir:** cubierto; **decir:** dicho; **escribir:** escrito; **morir:** muerto; **poner:** puesto; **romper:** roto; **ver:** visto; **volver:** vuelto.

Passé composé		Plus-que-parfait	
Indicatif	**Subjonctif**	**Indicatif**	**Subjonctif**
He Has Ha + participe passé Hemos Habéis Han	Haya Hayas Haya + participe passé Hayamos Hayáis Hayan	Había Habías Había + participe passé Habíamos Habíais Habían	Hubiera Hubieras Hubiera + participe passé Hubiéramos Hubierais Hubieran

Passé antérieur		Futur antérieur		Conditionnel passé	
Hube Hubiste Hubo Hubimos Hubistein Hubieron	+ participe passé	Habré Habrás Habrá Habremos Habréis Habrán	+ participe passé	Habría Habrías Habría Habríamos Habríais Habrían	+ participe passé

2 La conjugaison irrégulière

A Irrégularités portant uniquement sur les voyelles du radical

• **La voyelle –e-** du radical de certains verbes diphtongue en **–ie-** lorsqu'elle est tonique. Ne sont concernés que le présent de l'indicatif, du subjonctif et de l'impératif (voir le verbe français « venir »).

PENSAR

Indicatif présent : p**ie**nso, p**ie**nsas, p**ie**nsa, pensamos, pensáis, p**ie**nsan.
Subjonctif présent : p**ie**nse, p**ie**nses, p**ie**nse, pensemos, penséis, p**ie**nsen.
Impératif : p**ie**nsa, p**ie**nse, pensemos, pensad, p**ie**nsen.
Verbes qui suivent cette irrégularité : acertar, atravesar, calentar, comenzar, despertar, enterrar, sembrar, ascender, encender, entender, extender, perder, querer...

• **La voyelle –o-** du radical de certains verbes diphtongue en **–ue-** lorsqu'elle est tonique. Ne sont concernés que le présent de l'indicatif, du subjonctif et de l'impératif.

ENCONTRAR

Indicatif présent : enc**ue**ntro, enc**ue**ntras, enc**ue**ntra, encontramos, encontráis, enc**ue**ntran.
Subjonctif présent : enc**ue**ntre, enc**ue**ntres, enc**ue**ntre, encontremos, encontréis, enc**ue**ntren.
Impératif : enc**ue**ntra, enc**ue**ntre, encontremos, encontrad, enc**ue**ntren.
Verbes qui suivent cette irrégularité : acordar(se), apostar, colgar, comprobar, contar, costar, probar, recordar, rogar, soñar, volar, conmover, devolver, morder, mover, promover, resolver, volver, dormir, morir...

• **La voyelle –e-** du radical de certains verbes devient **–i-** lorsque le radical est tonique (p**i**do, mais ped**i**mos) et lorsque la terminaison est accentuée sur une voyelle autre que **i** (pidió, pidiera, pidiendo).
Verbes qui suivent cette irrégularité : competir, despedir, impedir, medir, pedir, rendir, repetir, seguir, reír, servir, vestir...

• **La voyelle –u-** du radical devient **–ue**- lorsque le radical est tonique : jugar (j**ue**go...).

• **La voyelle –i-** du radical devient **–ie**- lorsque le radical est tonique : adquirir (adqu**ie**ro...).

> **Attention !**
> **Irrégularité de « sentir » et « dormir » :**
> a. –**e**- tonique devient –**ie**- (s**ie**nto) ;
> b. **–o-** tonique devient –**ue**- (d**ue**rmo) ;
> c. lorsque la terminaison est accentuée sur une voyelle autre que –**i**-, la voyelle –**e**- du radical devient –**i**- (s**i**ntieron, s**i**ntamos), et la voyelle –**o**- devient –**u**- (d**u**rmió, d**u**rmamos).
> **Verbes qui suivent cette irrégularité** : advertir, arrepentirse, convertir, invertir, preferir, sentir ; dormir, morir...

B Irrégularités portant uniquement sur les consonnes du radical

• **Les verbes en –acer, –ecer, –ocer, –ucir** subissent une modification orthographique : le –**c**- du radical devient –**zc**- devant les voyelles –**o** et –**a** ; on retrouve le –**c**- devant –**e** et –**i**.
Verbes qui suivent cette irrégularité : complacer, nacer (sauf hacer), abastecer, aparecer, carecer, conocer, crecer, desaparecer, enriquecer, ofrecer, padecer, permanecer, lucir, deducir, introducir, producir, reducir, traducir…

• **Les verbes en –uir** subissent une modification orthographique : le –**i**- du radical devient –**y**- devant les voyelles –**o** , –**e** et –**a**.
Verbes qui suivent cette irrégularité : atribuir, concluir, construir, disminuir, huir, incluir, influir, instruir, rehuir...

3 Verbes usuels diversement irréguliers

Infinitif	Indicatif présent	Subjonctif présent[1]	Impératif	Indicatif imparfait	Futur[2] (conditionnel)	Passé simple[3]	Gérondif	Participe passé
Andar						anduve…		
Dar	doy, das…	dé, des…				di, diste, dio…		
Decir	digo, puis *cf.* pedir	diga, digas…	di (tú)		diré… (diría…)	dije…		dicho
Estar	estoy, estás, está, estamos, estáis, están	esté…				estuve, estuviste, estuvo…		
Hacer	hago, haces…	haga…	haz (tú), haga (ud)…		haré… (haría…)	hice, hiciste, hizo…		hecho
Ir	voy, vas, va…	vaya…	ve (tú), vamos…	iba, ibas, iba, íbamos…		fui, fuiste, fue…	yendo	
Poder	Diphtongaison					pude…	pudiendo	
Poner	pongo, pones…	ponga…	pon (tú)		pondré… (pondría…)	puse…		puesto
Querer	Diphtongaison				querré… (querría…)	quise…		
Saber	sé, sabes…	sepa, sepas…			sabré,… (sabría…)	supe…		
Salir	salgo, sales…	salga…	sal (tú)		saldré… (sabría…)			
Ser	soy, eres, es, somos, sois, son	sea, seas…	sé (tú)	era, eras, era, éramos…		fui, fuiste, fue…		
Tener	tengo, puis diphtongaison	tenga, tengas…	ten (tú)		tendré… (tendría…)	tuve…		
Venir	vengo, puis diphtongaison	venga…	ven (tú)			vine…	viniendo	
Ver	veo, ves…	vea…		veía…				visto

1. Le subjonctif présent suit l'irrégularité de la première personne de l'indicatif présent.
2. Le conditionnel suit l'irrégularité du futur.
3. La 3e personne du pluriel du passé simple sert de base à la formation des imparfaits du subjonctif (voir la conjugaison régulière). Ex. : anduvieron → anduviera → anduviese.

2 Employer la bonne préposition avec le verbe

1 Omission de la préposition « de »

• Certains verbes se construisent **avec la préposition « de » en français** mais l'omettent en espagnol :

Décider de : decidir
Éviter de : evitar
Essayer de : intentar, procurar
Demander de : pedir
Permettre de : permitir
Proposer de : proponer
Prévoir de : prever

Exemples Nous avons décidé de participer à la fête. Hemos decidido participar en la fiesta.
Nous vous demandons de nous envoyer la commande la semaine prochaine. Le pedimos que nos envíe el pedido la semana próxima.
L'augmentation du nombre de participants permettra d'augmenter les bénéfices. El aumento del número de participantes permitirá aumentar los beneficios.

• **Les tournures impersonnelles** avec **es** omettent la préposition « de » en espagnol :

Il est bon/convenable de : es bueno/es conveniente
Il est difficile : es difícil
Il est intéressant : es interesante
Il est nécessaire : es necesario

Exemples Il est difficile de connaître les conséquences de la crise. Es difícil conocer las consecuencias de la crisis.
Il est nécessaire de se poser la question de son remplacement. Es necesario plantearse la cuestión de su sustitución.
Il est intéressant de se rendre à la réunion. Es interesante asistir a la reunión.

• Un certain nombre de verbes français **exprimant une notion de quantité** se construisent avec la préposition « de », ces verbes seront construits en espagnol sans préposition « de » : maigrir de (adelgazar), grossir de (engordar), augmenter de (aumentar, subir).

Exemple Le chômage a augmenté de 5,9 % en octobre. El paro aumentó (subió) el 5,9 % – el cinco coma nueve por ciento – en octubre.

2 Emploi des prépositions *en* et *con*

• Certains verbes construits en français avec la préposition « de » utilisent la préposition **en** en espagnol pour **marquer une idée de quantité** : augmenter de (aumentar), diminuer de (disminuir).

Exemple Le prix des vêtements a augmenté de 7 %. El precio de la ropa aumentó en un 7 %.

• Quelques verbes se construisent **avec « de » en français et con en espagnol** :

Menacer de : amenazar con
Se contenter de : contentarse con
Rêver de : soñar con

Exemple Elle rêve de gagner la course. Sueña con ganar la carrera.

• Certains verbes se construisant **avec « à » en français emploient en en espagnol** :

Consister à : consistir en
Croire à : creer en
Hésiter à : dudar en
S'obstiner à : obstinarse en
Penser à : pensar en

Exemple Nous pensons à notre prochain voyage. Pensamos en nuestro próximo viaje.

3 Éviter les faux sens et relier logiquement des idées

1 Éviter les faux sens

Il convient de repérer les faux amis afin de bien comprendre un énoncé ou bien s'exprimer en évitant les faux sens.

• Adjectifs

Dur : duro (résistant), difícil (difficile).
Grand : alto (par sa hauteur), grande (par sa taille), gran (importante).
Propre : propio (qui lui est propre), limpio (qui n'est pas sale).
Rare : escaso (peu nombreux), raro (bizarre).

• Noms

Une affaire : un asunto (un sujet de discussion), un negocio (un marché).
La consommation : la consumición (la boisson), el consumo (l'utilisation).
Une lettre : una letra (une lettre de l'alphabet), una carta (une missive).
Le nom : el nombre (le prénom), el apellido (le patronyme), el número (le chiffre).
Le succès : el suceso (le fait divers), el éxito (le triomphe).
La table : la tabla (la planche en bois), la mesa (pour manger).

• Verbes

Apprendre : aprender (acquérir une connaissance), enseñar (faire acquérir une connaissance), enterarse de (connaître).
Demander : demandar (poursuivre en justice), pedir (solliciter), preguntar (poser une question).
Discuter : discutir (manifester son désaccord), charlar, hablar (parler).
Enfermer : enfermar (tomber malade), encerrar (mettre dans un lieu clos).
Exprimer : exprimir (presser un fruit), expresar (formuler une idée).
Jouer : jugar (jouer au football), tocar (jouer du piano).
Quitter : dejar (s'éloigner, se séparer de), quitar (enlever, voler).
Subir : subir (monter), sufrir (endurer).

2 Relier logiquement des idées

Les liens logiques du discours permettent d'exprimer les idées de :

• Cause

porque: parce que, car ; puesto que, ya que: puisque ; dado que: étant donné que ; en vista de que: vu que.

• Finalité

para que: pour que ; a fin de que: afin que ; con vistas a: en vue de, en prévision de ; de manera que, de modo que: de manière que, de sorte que, de façon que.

• Conséquence

por consiguiente: par conséquent ; por lo tanto: donc ; así que: donc ; con lo cual: c'est pourquoi, si bien que ; en consecuencia: en conséquence.

• Concession

aunque: même si, bien que ; aun cuando: quand bien même ; si bien: quoique, encore que ; a pesar de que: malgré.

• Restriction et opposition

pero: mais ; sin embargo: cependant ; no obstante: nonobstant, malgré ; ahora bien: or ; por el contrario: par contre ; no… sino…: non… mais… ; no sólo… sino también…: non seulement… mais aussi…

• Transition

además: en plus, de plus, en outre ; asimismo: de même ; por otra parte: par ailleurs ; efectivamente: effectivement ; en efecto: en effet.

• Conclusion

para terminar: pour terminer ; para concluir: en conclusión, por fin: enfin ; en resumidas cuentas: bref ; en definitiva: en définitive, en fin de compte ; después de todo: après tout.

4 Le vocabulaire utile par thème du programme

1 Identités et échanges : *identidades e intercambios*

Les frontières régionales nationales, sociales, politiques, culturelles : las fronteras regionales, nacionales, sociales, políticas, culturales
Les contacts, liens intergénérationnels : los contactos, vínculos entre generaciones
La migration et l'exil : la migración y el exilio
Le droit d'asile, l'hospitalité, l'accueil, la solidarité : el derecho de asilo, la hospitalidad, la acogida, la solidaridad
Le ghetto, l'exclusion, l'incompréhension, les frontières invisibles : el gueto, la exclusión, la incomprensión, las fronteras invisibles
Le protectionnisme, la mobilité, le partage : el proteccionismo, la movilidad, la repartición (la distribución)
L'ascension sociale, le déclassement social : la ascensión social, la regresión social
Les voyages, le tourisme, le dépaysement culturel : los viajes, el turismo, el cambio cultural
La médiation, la mixité socio-économique, le partage : la mediación, la mixidad socioeconómica
Les échanges économiques, culturels : los intercambios económicos, culturales
L'identité personnelle, sociale, nationale : la identidad personal, social, nacional
La crise, la prospérité économique : la crisis, la prosperidad (la bonanza) económica
L'émigration, l'immigration : la emigración, la inmigración
L'étranger : el extranjero (el foráneo)
La marchandise, le bien : la mercancía, el bien
Acheter, échanger, vendre : comprar, intercambiar, vender
L'import, l'export : la importación, la exportación

2 Espace privé et espace public : *espacio público y espacio privado*

L'égalité, l'inégalité homme-femme : la igualdad, la desigualdad hombre-mujer
La parité, l'équité homme-femme, le fossé hommes-femmes : la paridad, la equidad entre mujeres y hombres (la cuota de género), la brecha de género (la brecha entre mujeres y hombres)
El machismo, el feminismo, la violence faite aux femmes : el machismo, el feminismo, la violencia de género
L'éducation, la formation initiale, la formation continue : la educación, la formación inicial, la formación continua
La liberté de mouvement, l'émancipation, la mixité : la libertad de movimientos, la emancipación, la mixidad
Le télétravail, le contrat de travail (l'intérim), les aides à l'embauche : el trabajo « on line », el contrato de trabajo (el contrato temporal), la subvenciones para la contratación
Lieux de convivialité (le parc, l'allée, la bibliothèque, la cafétérie, l'association, le club) : lugares de convivialidad (el parque, la alameda, la biblioteca, la cafetería, la asociación, el club)
Les espaces publics (la rue, le quartier, la banlieue, le centre commercial, la ville) : los espacios públicos (la calle, el barrio, las afueras, el centro comercial, la ciudad)
Les espaces privés (la maison, l'appartement, l'immeuble, l'hôtel) : los espacios privados (la casa, el piso, el edificio, el hotel)
Les espaces religieux (l'église, la cathédrale, le temple, la mosquée, la synagogue) : los espacios religiosos (la iglesia, la catedral, el templo, la mezquita, la sinagoga)

3 Art et pouvoir : *arte y poder*

L'architecture classique, moderne, fonctionnelle : la arquitectura clásica, moderna, funcional
Les résidences officielles (La Moncloa, résidence du Premier Ministre/Chef du gouvernement ; la Zarzuela, résidence du Roi) : las residencias oficiales (La Moncloa, residencia del Jefe del Gobierno ; La Zarzuela : residencia del Rey)
Les édifices institutionnels (le Sénat, l'Assemblée Nationale ; le siège du gouvernement régional) : los edificios institucionales (el Senado, el Congreso de los Diputados ; la sede del gobierno regional)
La peinture (les portraits, l'art religieux ; le tableau, la perspective, les couleurs) : la pintura (los retratos, el arte religioso ; el cuadro, la perspectiva, los colores)
La musique (les opéras, les hymnes, les chants) : la música (las óperas, los himnos, los cantos)
La littérature (les apologies, les satires, les dédicaces) : la literatura (las apologías, las sátiras, las dedicatorias)
Le cinéma (les films de propagande, les films patriotiques) : el cine (las películas de propaganda, las películas patrióticas)
L'art officiel, la contre-culture, l'underground, le street art : el arte oficial, la contracultura, la cultura underground, el street art (el arte urbano)
L'art engagé, la résistance, l'avant-garde : el arte comprometido, la resistencia, la vanguardia
Les affiches, les caricatures : los carteles, las caricaturas
La censure, la liberté de création : la censura, la libertad de creación

4 Citoyenneté et mondes virtuels : *ciudadanía y mundos virtuales*

Les fausses informations, la manipulation : las falsas informaciones, la manipulación
Les réseaux sociaux, l'éducation aux médias : las redes sociales (las RRSS), la educación digital
Les paiements virtuels, la carte de paiement, les données personnelles : los pagos virtuales, la tarjeta de pago, los datos personales
L'intelligence artificielle, la puissance de stockage : la inteligencia digital, el poder (la capacidad) de almacenamiento
Les wikis, les blogs, les forums, la démocratie participative : los sitios wiki, los blogs, los foros, la democracia participativa
La censure et le contrôle d'internet, le cyber-harcèlement, la liberté d'expression : la censura y el control de internet, el acoso virtual (el ciberbullying), la libertad de expresion
L'usurpation d'identité, l'identité virtuelle, le lanceur d'alerte : la usurpación de identidad, la identidad virtual, la e-identidad, el lanzador de alerta (el alertador)
Le télétravail, l'intelligence collaborative : el trabajo « on line », la inteligencia colaborativa
Le doute, l'hésitation : la duda
La question, la réponse : la pregunta, la respuesta
La polémique, donner son opinion, argumenter, dénoncer : la polémica, opinar, argumentar, denunciar
Répondre, être au courant : contestar (responder), estar al tanto (estar al corriente)
Le vouvoiement, le tutoiement : el tratamiento de usted, el tuteo
Convaincre, expliquer, se rendre compte : convencer, explicar, darse cuenta
Partager un point de vue : compartir un punto de vista

5 Fictions et réalités : *ficciones y realidades*

Les utopies, les dystopies, la réalité : las utopías, las distopías, la realidad
L'oppression, la domination, le colonialisme, le choc de cultures, la libération, l'émancipation : la opresión, la dominación, el colonialismo, el choque de culturas, la liberación, la emancipación
La littérature, la mythologie, les légendes, les croyances : la literatura, la mitología, las leyendas, la creencias
La science-fiction, la littérature réaliste, la littérature engagée : la ciencia ficción, la literatura realista, la literatura comprometida
Le héros, le super-héros (le sportif, le chanteur, l'acteur, le militant d'une ONG, l'inventeur, l'homme politique, la femme/l'homme d'affaires) : el héroe, el superhéroe (el deportista, el cantante, el actor, el militante de una ONG, el inventor, el político, la mujer/el hombre de negocios)
Le sentiment national, les figures tutélaires (les personnages historiques, les écrivains, les icônes classiques/modernes) : el sentimiento nacional, las figuras tutelares (los personajes históricos, los escritores, las figuras icónicas clásicas/modernas)
Les monuments (civils, religieux, politiques, culturels) : los monumentos (civiles, religiosos, políticos, culturales)
Le modèle éthique, esthétique, politique : el modelo ético, estético, político
Les valeurs (le courage, l'honnêteté, l'altruisme, la confiance, l'hypocrisie, la méchanceté, l'égoïsme, la méfiance) : los valores (el valor, la honestidad, el altruismo, la confianza, la hipocresía, la maldad, el egoísmo, la desconfianza)

6 Innovations scientifiques et responsabilité : *innovaciones científicas y responsabilidad*

La recherche génétique, les vaccins, le clonage, les OGM, les nanotechnologies : la investigación genética, las vacunas, la clonación, los OGM (los organismos genéticamente modificados)
Les robots, la fabrication en chaîne, les nouvelles technologies : los robots, la fabricación en cadena, las nuevas tecnologías
Les énergies renouvelables, les moyens de transport, le covoiturage, l'écologie, l'éco-citoyen : las energías renovables, los medios de transporte, el uso compartido del coche, la ecología, el ecociudadano
L'ONG, la mobilisation : la ONG (la organización no gubernamental), la movilización
Le projet, le défi, une avancée, la conquête spatiale : el proyecto, el desafío, un adelanto, la conquista espacial
Le recyclage, le déchet, le producteur, le consommateur : el reciclado, el desecho (el vertido), el productor, el consumidor
La surpopulation, la maîtrise des naissances : el exceso de población (la superpoblación), el control de natalidad (de los nacimientos)
L'aliénation au travail : la alienación laboral
La biodiversité, les circuits courts de commercialisation, le produit bio, la croissance verte : la biodiversidad, los circuitos cortos de comercialización (CCC), el producto ecológico, el crecimiento ecológico
La pollution, les dérives sectaires, la course à l'armement : la contaminación, las derivas sectarias, la carrera armamentística
Les innovations scientifiques et la responsabilité citoyenne : las innovaciones científicas y la responsabilidad ciudadana

7 Diversité et inclusion : *diversidad e inclusión*

Le handicap, le handicapé, l'application pour les déficients visuels : la discapacidad (la minusvalía), el discapacitado (el minusválido), la aplicación para los discapacitados visuales

L'intégration, la campagne de sensibilisation : la integración, la campaña de sensibilización

La liberté de mouvement, la revendication : la libertad de movimientos, la reivindicación

Les discriminations (la richesse, la pauvreté, la précarité, les inégalités ; les riches, les pauvres) : las discriminaciones (la riqueza, la pobreza, la precariedad, las desigualdades ; los ricos, los pobres)

Les jeunes générations, les adultes, le troisième âge, les relations intergénérationnelles : las jóvenes generaciones, los adultos, la tercera edad, las relaciones entre las generaciones

Les minorités, l'exclusion : las minorías, la exclusión

Les langues officielles, les langues non reconnues, les idiolectes, la langue régionale : las lenguas oficiales, las lenguas no reconocidas, los idiolectos, la lengua regional

L'égalité, l'émancipation, l'inégalité salariale (le « plafond de verre »), le développement : la igualdad, la emancipación, la desigualdad salarial (el « techo de cristal »), el desarrollo

L'évolution des sociétés, les catégories sociales, la diversité culturelle (linguistique, sociale, ethnique) : la evolución de las sociedades, las categorías sociales, la diversidad cultural (lingüística, social, étnica)

8 Territoire et mémoire : *territorio y memoria*

Les espaces frontaliers (les espaces régionaux, nationaux, transnationaux) : los espacios fronterizos (los espacios regionales, nacionales, transnacionales)

La découverte, la conquête, la colonisation, l'esclavage, la domination, l'indépendance, le choc de civilisations, le syncrétisme culturel : el descubrimiento, la conquista, la colonización, la esclavitud, la dominación, la independencia, el choque de civilizaciones, el sincretismo cultural

Les monuments aux morts, les monuments mémoriaux (le musée, la statue, la colonne) : los monumentos por los caídos, los monumentos conmemorativos (el museo, la estatua, la columna)

Les traces de l'histoire (les dates des événements marquants, les périodes, les lieux de mémoire, l'évolution temporelle, les personnages historiques) : los rastros de la historia (las fechas de los acontecimientos más significativos, los periodos, los lugares de memoria, la evolución temporal, los personajes históricos)

L'histoire officielle, le devoir de mémoire, l'histoire individuelle, le destin collectif : la historia oficial, el deber de memoria, la historia individual, el destino colectivo

L'amnistie, l'amnésie : la amnistía, la amnesia

Le récit, la chronique, le roman, la nouvelle, la pièce de théâtre, le journal : el relato, la crónica, la novela, el cuento, la obra de teatro, el periódico

Le quartier historique, le patrimoine bâti : el barrio histórico, el patrimonio arquitectónico

Achevé d'imprimer en juin 2021 en Espagne par Macrolibros
Dépôt légal : juillet 2021 - Édition : 01
20/9802/9